KB237524

Pegasus Love Story

페가수스의 전설

Reap The Wind
by Iris Johansen

Copyright © 1991 by I. J. Enterprises
All rights reserved.

Korean Translation Copyright © 1999 by Big Tree Publishing Co.
Korean edition is published by arrangement with Bantam Books,
a division of Bantam Doubleday Dell Publishing Group
through Imprima Korea Agency.

이 책의 한국어판 저작권은 Imprima Korea Agency를 통한
Bantam Books와의 독점 계약으로 도서출판 큰나무에 있습니다.
저작권법에 의하여 한국 내에서 보호를 받는 저작물이므로
무단 전재와 무단 복제를 금합니다.

Pegasus Love Story

페가수스의 전설

아이리스 요한슨

나채성 옮김

큰나무

나 채 성

이화여자대학교 사회사업학과 졸업
역서로『침대에서 아침을』,『너무도 아름다운 사랑』,
『크리스마스 이브의 천사』,『지니아의 사랑』,
『오키드의 운명』,『베르사유의 전설』외 다수

페가수스의 전설

초판 인쇄 / 1999년 3월 25일
초판 발행 / 1999년 3월 30일

지은이 / 아이리스 요한슨
옮긴이 / 나채성
펴낸이 / 한익수
펴낸곳 / 도서출판 큰나무

등록 / 1993년 11월 30일(제5-396호)
주소 / 120-090 서울시 서대문구 홍제동 215
전화 / 736-9653 · 736-6960 팩스 / 732-8694
통신 / 천리안 : 큰나무북, 유니텔 : 큰나무북

값 9,000원

ISBN 89-7891-071-8 03840

아이리스 요한슨의 작품 세계는 웅장하다.
파리, 미국, 동양의 보석 이스탄불을 넘나들며
펼쳐지는 사랑과 음모의 대모험을
독자 여러분들도 충분히 즐길 수 있을 것이다.
또한 윈드 댄서에 숨겨진 진짜 비밀은…….

아이리스 요한슨은 대단히 충실한 작가이다. 전편에서 느꼈던 바와 같이 이번 소설에서도 풍부한 자료와 지성이 돋보인다. 파리와 미국, 아이슬란드와 이스탄불까지 정신없이 뛰어다니며 사악한 음모와 맞서 싸우는 인간들의 이야기. 그 인간들의 변화해 가는 인생과 사랑도 장대하게 펼쳐진다.

탄생과 파괴를 거친 새로운 탄생, 아무리 짓밟혀도 쓰러지지 않고 다시 태어나는 자연과 같이 우리 인생 또한 그렇다는 것을 작가는 감동적으로 설명해 준다. 바사로라는 꽃의 낙원이 파괴되고 여러 명의 생명이 사라졌음에도, 인생이란 계속되는 것이며 그대로 포기해 버릴 수 없다는 것, 포기하는 것이 아니라 스스로의 힘으로 일구어나가 새로운 인생을 만드는 것임을 일깨워 준다.

우리도 과연 그렇게 치열하게 살아가고 있는가? 시련이 닥치면 내 인생은 이것으로 끝이다 낙심하며 주저앉아 버리지는 않는가?

그런 면에서 자연을 보면 참으로 얻는 것이 많다. 자연에는 죽음이 없다. 죽었다 싶으면 다시 어디에서인가 생명을 찾아내 소생한다. 변화와 순환만이 있을 뿐 진정한 죽음이란 없다.

· ·

　인간도 자연의 일부가 아닌가? 수없이 변해 가며 우여곡절을 겪어 간
다 해도 인생은 끝나지 않는 것이다. 실패가 있다 해도 그것은 변화해 가
는 과정일 뿐, 진정한 실패는 아니다. 그 과정을 내 것으로 만들면 더 나
은 인생이 내 앞에 기다리고 있다.

　물론 한마디로 단정지을 수는 없다. 하지만 이런 것이 희망이 아닐까?
희망이 있기에 견딜 수 있는 것. 더 나아질 수 있다는 기다림이 있기에
현재를 참아내는 것이 아닐까?

　우리도 그냥 넘어지지는 말자. 넘어졌다 해도 일어서면 그뿐이라 생각
하자. 그래, 일어서면 그뿐이다. 남에게 기대지 말고 내 힘으로 일어서서
더 걸어가 보자. 내가 찾던 황금의 샘물이 어딘가 있을 것이다. 내가 찾
던 행복이란 오아시스가 내 앞에 기다리고 있을 것이다.

　우리 희망을 가져보자.

나 채 성

아이리스 요한슨
Reap the Wind

프롤로그

1978년 7월 12일, 프랑스의 바사로

"한참 찾아다녔잖아. 한밤중에 숲속에서 뭐하는 거니?"
자크 드 아블러가 소녀의 옆에 무릎을 꿇고 앉았다.
"잠을 자야지, 꼬마 아가씨."
"그게 없어졌어요, 자크. 그 사람이 내 목걸이까지 가져갔어요."
자크의 굳은살 박힌 손이 케이틀린의 머리를 부드럽게 쓰다듬어 주었다.
"언젠가는 다시 돌아올 거야, 아가야."
"아뇨, 내가 도로까지 뒤쫓아갔는데도 그 사람은 돌아보지 않았어요. 우리를 더 이상 사랑하지 않는 거라고 엄마가 말했어요. 그 사람은 이제 다시 바사로에 돌아오지 않을 거래요."
소녀가 자크의 어깨에 얼굴을 묻었다.
"집으로 가자."
"그게 정말인가요?"

"그래, 정말인 것 같다. 그는 돌아오지 않을 거야."

"왜 내 페가수스를 가져갔을까요? 난 그걸 정말 좋아했어요. 그 사람이 나에게 주었던 거라고요, 자크."

"알아."

"내 목에 걸어 주면서 그 목걸이를 하면 나도 엄마처럼 예쁘게 보일 거라고 했어요. 사실이 아니라는 건 알지만……."

또다시 흐느낌이 목을 메어 와 소녀는 말을 잇지 못했다.

"미안해요. 내가 너무 어린아이 같죠?"

"열두 살은 많은 나이가 아니란다. 당연한 거야."

"그 사람이 언젠가 진짜 윈드 댄서를 보여 주겠다고 했는데. 그리고……."

"쉬이, 울지 말아라. 고통은 사라질 거야. 아침에 들판에 나가 꽃을 따자, 그러고 싶지?"

"내일은 학교에 가야 해요."

"내가 어머니께 말씀드려 놓을게."

"그건 정말 너무나 아름다웠어요, 자크."

"꽃들도 아름답단다. 그리고 그건 언제나 여기 있을 거야. 아무도 그걸 너에게서 빼앗아 갈 수 없어."

"영원히?"

"네가 보호하고 가꾸어 주는 한, 꽃들은 너를 위해 여기 있을 거야."

그가 소녀의 손을 잡았다.

"가자, 집에 데려다 줄게."

그녀가 그의 옆에서 걸음을 옮겼다.

"그 사람이 진짜 윈드 댄서를 보여 주겠다고 한 건 진심이 아니었을 거예요, 그렇죠? 그건 거짓말이었어요, 다른 모든 말들처럼."

자크는 대답하지 않았다.

갑자기 매미 소리와 대지의 향내와 북쪽 들판에서 자라는 라벤더의 향기가 흠뻑 느껴졌다. 자크가 올리브 나무처럼 강하고 단단하게 그녀의 옆에서 걷고 있었다. 터져 뭉그러졌던 고통과 슬픔이 사그라들며 위로가 전해져 왔다. 자크의 말이 옳았다. 바사로는 전처럼 여기에 있었고 절대 그녀를 저버리지 않을 것이다. 그녀가 손등으로 뺨의 물기를 닦았다.

"내일 정말로 라벤더를 따도 돼요?"

"네가 없으면 일이 안 된단다."

그의 손이 소녀의 손을 힘껏 잡아 쥐었다.

"그 나쁜 자…… 네 아버지에 대해서는 잊어버려. 그자가 없어도 바사로는 잘되어 갈 거고 너도 마찬가지일 거야."

그들은 그 없이 살아가야만 할 것이다, 다시는 돌아오지 않을 것이기에. 그녀의 아름다운 황금 페가수스도.

"그건 아주 비싼 거라고 했어요. 하지만 그런 건 상관없었어요. 진짜 윈드 댄서처럼 보였거든요. 그건 특별한 것이었어요, 자크. 그가 그걸 주었을 때, 난 희망을……."

"무슨 희망?"

아버지가 진심으로 자신을 사랑해 주길 소망했다. 다시는 그녀를 떠나지 않고, 바사로의 일들도 변화되기를 희망했다.

"신경 쓰지 마세요."

"윈드 댄서가 마술을 부리지는 않는단다, 케이틀린."

"그렇게 말한 적 없어요."

하지만 그녀는 믿고 있었다. 모든 것이 잘못되어 가더라도, 그건 윈드 댄서의 탓이 아니다. 윈드 댄서만 갖고 있으면, 무슨 일이라도 가능하다고.

1

1991년 6월 14일, 스위스의 세인트 바실

윈드 댄서의 보석 박힌 눈동자, 은밀하고 신비하며 인간을 초월한 인내가 깃들어 있는 듯한 그 눈동자가 흑백 사진 속에서 알렉스 카라조브를 쳐다보고 있었다.

그 조각에서 뿜어져 나오는 불가사의하고 신비한 느낌은 카메라 렌즈에 잡힌 빛의 장난일 것이다. 하지만 알렉스는 이제서야 그 조각을 둘러싼 신비로운 이야기들을 이해할 수 있었다. 그가 갖고 있는 책은 60년 이상 지난 것이니, 당연히 그 사진은 조각의 진면목을 제대로 표현하지 못했을 것이다. 그가 사진 밑의 설명을 읽어 보았다.

윈드 댄서는 세상에서 가장 가치 있는 예술 작품 중 하나로 간주되고 있다. 그 눈동자는 하나에 65.50캐럿의 아몬드 모양 에메랄드이며, 페가수스 상 밑에는 447개의 다이아몬드가 박혀 있다.

1923년 출간된 '윈드 댄서에 관한 사실과 전설들'에서, 릴리 안드레는 윈드 댄서가 B. C. 323년 페르시아에 처음 출정할 당시 알렉산더 대왕의 소유였음을 알려주는 역사적인 문헌이 있다고 주장한 바 있다. 나중에 그것은 서로마 제국의 황제였던 샤를마뉴 대제에게 전달되었다고 한다. 그녀의 책은 논쟁의 대상이 되고 있다.

그녀가 주장하는 바로는 수세대에 걸쳐 가장 영향력 있는 인물들이 윈드 댄서를 소유했고, 그들의 성공과 실패에 지대한 영향을 끼쳤다고 한다.

알렉스는 짜증스레 '세계의 예술 작품들'이라는 책을 덮어 옆으로 밀어놓았다. 릴리 안드레의 책 내용은 이미 다 알고 있었다. 레드포드가 성경이라도 되는 듯이 구구절절 인용했던 것이다.

페이블이 다가와 숱 많은 까만 눈썹을 들어올렸다.

"어때?"

알렉스가 머리를 흔들었다.

"아직은 너무 일러. 난 전설이 아니라, 진실이 필요하다고. 그 빌어먹을 조각이 지구상에서 사라졌다고 생각될 지경이야. 이차 대전 후 히틀러의 산장에서 발견된 뒤 어느 곳에도 윈드 댄서에 대한 언급이 없지."

그가 한숨을 쉬었다.

"이건 시간 낭비야. 루브르의 큐레이터에게 전화해서……."

"윈드 댄서가 지금 어디 있는지 물어 보라고?"

페이블이 머리를 흔들었다.

"그들이 전화를 추적해서 인터폴에 알릴 거라는 점도 물론 알고 있겠지. 모나리자를 잃어버린 게 바로 어제이기 때문에 루브르 직원이 꽤나 까다롭게 굴 거야."

"아마 그렇겠지."

알렉스는 무심히 대꾸하며 일어나 긴 테이블로 걸어갔다. 그 위에 조각조각 오려진 수많은 신문 기사들이 퍼즐 조각처럼 배열되어 있었다.

미켈란젤로의 '다비드'가 플로렌스에서 사라지다.

테러리스트 집단인 블랙 메디나가 바티칸으로 향하던 추기경을 암살하다.

암스테르담 박물관에서 렘브란트의 '야경꾼'이 도둑맞자 경찰이 혼란에 빠지다.

테러리스트 집단인 블랙 메디나가 샤를 드골 공항에서 폭탄을 터트려 세 명을 숨지게 하다.

'모나리자'가 루브르에서 없어지다.

알렉스는 문진 아래 놓인 몇 개의 다른 기사들을 쳐다보며 그것이 흥미를 끌 만한지 생각해 보았다. 그의 생각이 맞다면, 그 전화는 페이블이 생각하는 것보다 훨씬 더 큰 소동을 불러일으킬 것이다.

이런, 제기랄. 뭐가 어떻단 말인가? 이 빌어먹을 산꼭대기에 마냥 앉아 머리가 돌아 버리게 놔둘 수는 없지 않은가.

"하여튼 전화하라고. 내 이름을 대고 소설 자료를 찾는 중이라고 해. 지금 윈드 댄서가 어디 있는지 알아내. 가능한 한 많은 걸 알아보라고. 아참, 루브르 큐레이터의 이름은 에밀 데슬로즈야."

알렉스의 진지한 얼굴을 살피며 페이블의 까만 눈동자가 반짝거렸다.

"내가 루브르에 전화를 하고 넌 또 다른 퍼즐 조각을 얻는다."

그가 짐짓 한숨을 쉬었다.

"그 조각이 도둑맞으면, 경찰이 누구네 집 대문을 두드릴까?"

그가 회색 스웨터로 감싼 육중한 자신의 가슴을 두드렸다.

"바로 나, 페이블 루반스키의 집이겠지. 넌 나에게 문제만 일으킨다고. 나한테 정신이 있다면, 당장 여길 떠나서 돈을 적게 받더라도 훨씬 더 안전한 직업을 찾아야 해."

"그러면 굉장히 지루해질걸."

알렉스가 씨익 웃으며 테이블에 앉아 가장 최근의 기사를 끌어당겼다.

"나도 마찬가지고."

문으로 어슬렁거리며 걸어가다가, 페이블이 놀란 듯 알렉스를 돌아보았다.

"마침내 그걸 인정하는군. 이젠 그 지겨운 퍼즐에 정보를 대주는 것 말고 내가 다른 일도 해줄게. 돈을 쓰지 않는다면 부자가 무슨 소용이야? 여행사에 전화해서 마르티니크로의 멋진 여행을 준비할게. 넌 언제나 이 맘때쯤 마르티니크에 가길 좋아했잖아. 아니면 안젤라와 그녀의 친구를 이곳 별장에 초대하자고, 즐거운 주말을 보내자고 하는 거야. 섹스도 여행만큼이나 좋은 거지."

페이블의 희망어린 얼굴을 쳐다보며 알렉스의 입술이 비틀어졌다.

"그런 일들이 내 마음을 윈드 댄서에서 떼어놓을 거라고 생각하는군."

"그래. 넌 KGB와 CIA의 보호를 받을 수 있지만, 난 인터폴한테 그런 호의를 받지 못한다고. 난 약간의 태양과 약간의 섹스와 이따금씩 약간의 맛좋은 음식만 있으면 족한 평화를 사랑하는 남자란 말이야."

"이따금씩? 최근에 체중을 재 보지 않았군."

"이건 살이 아니라 근육이야. 나같이 체격이 큰 사람은 연료가 필요한 법이라고. 게다가 이 산 속에서 먹지 않으면 할 일이 뭐가 있어? 마르티니크에 가면 해변에 누워서 피나 콜라다(코코넛 주스, 파인애플 주스, 럼으로 만든 알코올 음료)를 마시며 눈이나 얼음 따위는 걱정도 하지 않을 수 있어. 인터폴에게 불편한 질문을 받을 걱정도 할 필요 없고."

"인터폴은 눈앞의 지푸라기를 잡느라 너무 바빠서 너를 귀찮게 하지 않을 거야."

알렉스가 최근 신문의 머릿기사들을 생각하며 눈살을 찌푸렸다.

"그 중 일부가……."

"무슨 일부?"

알렉스는 대답하지 않았다. 그의 두뇌가 바쁘게 정보를 분류해 버릴 것은 버리고, 정보를 새로운 곳으로 움직여 다른 결론을 끌어내 조각을 맞추어 갔다. 만족할 만한 그림이 형성될 때까지.

페이블이 투덜거렸다.

"신경 쓰지 마. 차라리 이 빌어먹을 산 위에서 나 혼자 사는 게 나을 거야. 퍼즐을 풀고 있는 동안에는 누구도 너와 얘기할 수 없으니까. 더 이상 돈을 위해 그런 짓을 하지 않아도 되는데. 넌 빌어먹을 중독자야."

그가 문을 쾅 닫고 나가 버렸다.

정말 그럴까? 어쩌면 페이블의 말이 맞을지도 몰랐다. 그는 너무나 오랫동안 그 일을 해 왔고 퍼즐을 풀었을 때의 그 엄청난 쾌감을 잘 알고 있었다. 아프가니스탄 일 후에 다시는 이런 문제에 끼어들지 않겠다고 생각했지만, 그때는 수년간 형성된 습관을 미처 고려하지 못했다.

이번 퍼즐은 지금껏 그 어느 것보다 훨씬 더 흥미를 끌었다. 흥분이 일어나며 혈관 속으로 아드레날린이 흐르기 시작했다. 다시 한 번 자신의 능력을 한껏 발휘할 수 있고 살아 있음을 느꼈다.

한 시간 후 페이블이 서재로 들어와 알렉스 앞에 공책을 던졌다.

"여기 있어. 윈드 댄서는 현재 조나단 안드레의 소유야."

"어디?"

"사우스캐롤라이나 안드레 항에 위치한 안드레 단지에. 안드레가는 미국에서 가장 부유한 집안 중 하나야. 경호원과 안전 요원들로 가득 차 있고, 예술품 안전 장치도 설치돼 있어."

"루브르도 그랬어. 하지만 모나리자를 잃어버리고 말았지."

그가 노란 공책의 메모를 내려다보았다.

"바사로에 대한 건 뭐지?"

"바사로는 프랑스의 그라스 근처에 있는데 향수에 쓰는 꽃들을 재배해. 바사로가는 안드레가와 먼 친척뻘이야. 이차 대전 중 독일인에게 볼모로 잡힌 열한 명의 유대인 예술가들을 구하기 위해, 윈드 댄서를 루브르에 빌려 달라고 설득한 사람이 바로 그 프랑스 친척이었어. 오 년 전에 소르본 대학에 다니던 케이틀린 바사로는 윈드 댄서가 갖는 역사적인 중요성에 대해 연구 논문을 썼지."

"바사로가는 윈드 댄서에 대해 권리가 있나?"

"아니, 또 프랑스 정부는 마리 앙투아네트의 선물이 혁명 정부 하에서 행해진 것이라 법적인 효력이 없으므로 돌려 받아야 한다고 1876년 안드레가에 정식으로 요구를 했었어. 하지만 프랑스는 소송에 졌지. 윈드 댄서가 다음 목표일까?"

“아니겠지.”

“그럼 내가 왜 그 의심 많은 큐레이터와 한 시간 가까이 시간을 소비해야 했던 거지?”

“도둑맞은 예술 작품들은 유럽 국가들에게 있어 문화적으로 대단히 중요한 것들이었어. 이탈리아에서는 다비드 상, 네덜란드에서는 야경꾼, 이제 프랑스에서 모나리자. 윈드 댄서가 유럽에 있었다면 첫번째 줄에 올라 있었을 거야.”

알렉스가 어깨를 으쓱였다.

“하지만 미국 땅에 안전하게 있는 동안에는 목표가 되지 않을 거야. 안된 일이지.”

“조나단 안드레는 그렇게 생각하지 않을걸.”

알렉스의 파란 눈동자가 검게 탄 얼굴에서 반짝거렸다.

“기분이 별로 좋지 않은 것 같군?”

“네가 기분 좋아하니까. 넌 지금 흥분해서 달려나가고 있어. 뭔가 냄새를 맡은 거야. 난 널 알아, 알렉스.”

알렉스는 짐짓 순진한 표정으로 그를 쳐다보았다.

“신문이나 골드바움한테 연락하면 알 수 있는 걸, 왜 나더러 루브르에 전화하라고 한 거야?”

“인터폴은 별 문제 없을 거야, 페이블.”

“하지만 그 전화로 무언가가 움직이길 바란 거겠지.”

“문득 예감이 들어서 몇 가지 과정을 뛰어넘고 싶었어. 걱정 마, 네 목은 안전할 테니까.”

“걱정하지 않아. 내 목은 전에도 위태로웠다고. 디라네브에서 그 죄수 기억나? 네가 끼어들어서 베어 버리기 전에 난 거의 그렇게 될 뻔했어.”

“너에게 빌려 준 돈을 받으려면 살려 둬야 했어.”

“그리고 지금까지 난 너의 고결한 영혼을 확인해 오는 중이지.”

“고결이라는 단어의 뜻조차 모르는데 무슨 소리.”

“하지만 넌 우정이라는 말뜻은 알고 있어.”

알렉스가 재빨리 시선을 내렸다.

“맙소사, 나이가 들더니 점점 감상적이 돼 가는군.”
“원하는 것을 얻어내려고 너의 동정을 교묘하게 자극하는 것뿐이야.”
“원하는 게 뭔데?”
“마르티니크, 이놈의 눈은 더 이상 견딜 수가 없어. 디라네브가 생각난 단 말이야. 도대체 왜 스위스에다 집을 샀는지 알 수가 없어.”
“최소한의 관료적 형식으로 집을 살 수 있는 몇 안 되는 나라 중 하나 니까.”
“얼음과 눈에서 나갈 수만 있다면 그깟 관료들 따윈 견뎌낼 거야.”
그가 애절하게 알렉스를 쳐다보았다.
“마르티니크?”
그 모습이 마치 손에 닿지 않는 뼈를 바라보는 강아지 같다고 알렉스 는 생각했다.
“좋아, 마르티니크. 이 일만 끝내고…….”
“제기랄, 네가 이 일을 끝낼 때쯤이면 다음 빙하기가 닥쳐 있을 거야.”
페이블이 몸을 돌려 문 쪽으로 성큼성큼 걸어갔다.
“물어 보지 말고 그냥 안젤라를 부를 걸 그랬어. 넌 대뇌 작용이 아니 라 육체적으로 작용할 때 더 유순하단 말이야.”
“페이블?”
“왜?”
“난 전화를 기다리고 있어. 바로 연결해 줄래?”
“누구?”
“레드포드.”
페이블의 눈이 휘둥그래졌다.
“하나님 맙소사.”
“그렇게 말할 수는 없지. 우리 친구 레드포드는 루시퍼와 훨씬 더 가 깝잖아.”
알렉스의 입술이 냉소적으로 비꼬였다.
“이 모든 일들이 그자 소행이라고 생각해?”
“그자 냄새가 나. 레드포드는 언제나 화려하게 나타나는 걸 좋아하지.

그리고 나와 일하기 전에 예술 작품 관련 기관의 우두머리였어.”

“그 점을 잊고 있었군. 브라질에서 포르투갈 대사의 몸값으로 쓰였던 그 델 사르토를 그자가 다시 훔쳐왔었지?”

페이블은 눈살을 찌푸리며 기억을 되살려 보았다.

“다른 여러 건들 중 하나였지.”

“CIA?”

“처음에는 그렇게 생각했는데, 지금은 아닌 것 같아.”

“그럼 뭐지?”

“레드포드에게 전화가 오면 알게 되겠지.”

페이블의 눈이 가늘어졌다.

“그래서 루브르에 전화하라고 했군. 넌 윈드 댄서가 다음 목표라고는 생각지 않았어. 초대장을 보낸 거였어.”

“호출의 의미가 더 크지. 레드포드는 언제나 윈드 댄서에 집착했어. 내가 그 조각에 대해 물은 게 어떤 의미인지 그는 잘 알 거야.”

“그 큐레이터가 레드포드와 연결돼 있다고 생각해?”

“그는 레드포드 아니면 모나리자를 훔쳐간 자와 연락이 될 거야. 루브르의 안전 장치는 너무나 정교하기 때문에 큐레이터가 아니면 통과할 수 없었을걸.”

“뇌물?”

“엄청난 액수여야 했겠지, 수백만 프랑쯤.”

“그건 말이 안 돼. 왜 팔 수도 없는 그림을 훔치려고 그 많은 돈을 지불했겠어? 비밀스런 수집가라도 모나리자처럼 유명한 그림은 감히 사지 못할 거야.”

“재미있는 질문이야. 우리가 답을 찾아내야겠지?”

알렉스가 의자에 등을 기댔다. 페이블이 말했다.

“레드포드는 전화로 얘기하지 않을 거야. 직접 달려올 거야.”

“아마도.”

“실수하는 거야, 알렉스. 이 일에 정말 레드포드가 관련되어 있는 거라면, 네가 쫓고 있다는 걸 알리지 말았어야 했어.”

"그는 문제가 안 될 거야. 전에도 다루어 봤는걸."

"하지만 그때는 같은 편이었잖아."

"그가 나쁜 놈이긴 해도 중대한 해악을 끼치지는 않아."

"변했을지도 몰라. 그는 너와는 달라. 넌 그를 과소평가하고 있어."

페이블이 인상을 찡그리며 서재를 나섰다.

알렉스는 펜을 흔들며 노란 종이를 내려다보았다. 바사로라는 단어에 동그라미를 치고, 윈드 댄서에 밑줄을 긋고, 조나단 안드레 뒤에 물음표를 네 개 휘갈겼다.

어쩌면 페이블의 말처럼 위험한 짓을 하고 있는지도 모른다. 이 퍼즐에 레드포드가 연관되었을 가능성이 대두되자 흥미는 배가되었고, 과거 그 남자와의 관계를 생각하니 입 속에 시큼한 맛이 느껴졌다.

그 악마의 자식을 끌어내는 것이 기대되었다. 하지만 지겹디 지겨운 권태가 그의 판단력을 흐리게 하여 위험을 자초하고 있는 것 같기도 했다.

하여튼 이제는 그의 반응을 기다릴 뿐이었다.

알렉스는 성마르게 펜을 옆으로 던져놓고 벌떡 일어나 창가로 다가갔다. 알프스의 눈 덮인 산봉우리들이 내다보였다. 납덩이 같은 회색 구름이 산 위에 맴돌고 북쪽에서는 더 검은 구름이 꿈틀거리고 있었다.

폭풍우가 오고 있다.

6월 중순이니 폭풍우가 끝났어야 마땅한데, 올해는 유럽 전체의 날씨가 대단히 변덕스러웠다. 얼음 섞인 폭풍우와 휘몰아치는 비바람이 이탈리아와 남부 프랑스를 집어삼켰고, 지난달에도 독일과 스위스가 심한 눈보라에 갇혀 버렸다.

이제 몇 시간 있으면 이곳도 폭풍우에 시달림을 당할 모양이었다. 하지만 문제될 건 없었다. 산장에 식료품은 넉넉했고, 자가 발전기도 있으니. 눈에 고립되는 것이 마음에 들었다.

필요하면 충분히 사회에 적응할 수 있지만, 그럼에도 그는 고독한 상태가 더 좋았다. 그렇게 오랜 시간 같이 지냈음에도, 페이블은 알렉스가 왜 다른 사람들과 같이 있는 걸 달가워하지 않는지 이해하지 못했다.

그래, 폭풍우가 진행중이라는 사실은 별로 중요하지 않았다.

"안 돼!"

북쪽에서부터 어두워지는 하늘을 공포스레 쳐다보며, 케이틀린 바사로의 목에서 찢어질 듯한 비명이 새어나왔다. 일기 예보가 틀리길 바랐는데. 맙소사, 얼마나 열심히 기도했었는데.

"지금은 안 돼. 제기랄, 하루만 더 달라구."

"케이틀린? 왜 그러니, 아가야? 뭐가 잘못됐니?"

어머니의 걱정스런 목소리가 케이틀린의 뒤에서 들려 왔다.

"잘못됐냐고요? 폭풍우가 오고 있어요. 장미꽃들이……."

케이틀린은 창문에서 몸을 돌려 부엌문으로 달려나갔다.

"필요한 건 하루뿐인데. 빌어먹을, 왜 하루를 더 주지 않는 거냐고?"

"점심을 다 먹고 나가면 안 되니? 준비하는 데 두 시간이나 걸렸단다. 삼십 분 지체한다고 무슨 차이가 있겠니?"

카트린 바사로의 주름살 하나 없는 얼굴이 살짝 찌푸려지고, 절묘하게 화장으로 다듬어진 입술이 못마땅한 듯 뾰로통해졌다.

"넌 너무 말랐어. 식사를 거르면 안 된단 말이야. 폭풍우가 우리를 비켜갈지도 모르잖니."

케이틀린은 믿을 수 없다는 표정으로 어머니를 돌아보았다.

"밥 한 끼 못 먹는 걸 걱정하시는 거예요? 모르시겠어요, 장미꽃들이요? 아직 활짝 피지도 않았는데, 그 빌어먹을 폭풍우가 망가뜨리기 전에 따내야 한다고요. 어머니는……."

어머니는 어째서 이해하지 못하는 걸까? 케이틀린은 화가 치밀었다. 그들이 가진 꽃들 중 가장 비싼 작물은 아니라 하더라도, 장미는 지금까지 가장 인기 있는 것이었다. 올해는 벌써 많은 손실을 입었고, 두 달 전 은행에서 바사로의 경영권을 빼앗아 가지 않은 것은 행운이었다. 장미 수확으로 이런 지독한 상황을 좀더 낫게 할 수 있으리라 믿었는데.

케이틀린은 무언가 지독한 말들을 뱉어내려고 입을 벌렸다가 다시 다물었다. 소용없는 짓이다. 어머니에게 바사로는 별 의미가 없었다. 이 일은 단지 사업일 뿐이며, 칸이나 몬테 카를로에서 노는 데 더 행복을 느끼는 분이지 않은가. 문을 활짝 열어젖히며 케이틀린은 목소리를 진정시키려 노력했다.

"아뇨, 점심 먹을 시간이 없어요, 어머니."

그녀는 저택에서 언덕을 달려 내려갔다. 장미 들판이 온통 눈앞에 펼쳐져 있었고, 반쯤 핀 꽃송이들이 햇살 속에서 짙은 진홍빛으로 반짝거렸다. 그 투명한 아름다움이 그녀를 감동시켰다.

'검의 그늘 밑에서 살아남은 것처럼 강한 사랑은 없다.'

이런 말을 어디에서 읽었더라? 오, 하나님, 바사로를 얼마나 사랑하는지 아시나요! 그녀는 갑자기 풍성하게 굽이치는 들판들과 오렌지 올리브 관목들, 포도밭 하나하나가 너무나도 소중하게 느껴졌다. 평소에는 그 향기를 거의 느끼지도 못하는데, 지금 숨막힐 듯 공기 중에 퍼져 있는 향기는 당황스러울 정도였다.

'검의 그늘 밑에서……'

태양은 화사하게 빛을 뿜어내고 머리 위의 하늘은 청명한 푸른빛이었다. 하지만 지평선 위로 그 불길한 구름이 다가오고 있었다.

바사로의 감독관인 자크가 벌써 장미꽃들 사이로 일꾼들을 밀어 넣고 있었다. 아침 내내 그도 걱정스레 날씨를 지켜보고 있다가 구름이 지평선에 나타나자마자 행동을 개시한 것이다. 그녀가 장미 들판에 도착했을 때, 자크는 낡은 트럭 위에 두 다리를 벌리고 서서 일꾼들에게 커다란 광주리를 던져주고 있었다. 그는 마치 폭풍우 치는 바다에서 배를 조정하는 선장 같았다.

"정말 너무하는군."

"그런 말 마세요. 이대로 당하지는 않을 거예요. 우린 이대로 당하지 않아요."

초록빛 회색 눈동자를 격렬하게 반짝거리며 케이틀린이 가장 가까운 곳에서 꽃을 따고 있는 장 달마스를 쳐다보았다.

"당장 뮤니어 농장으로 가서 두 시간만 일꾼들을 빌려 달라고 하세요, 두 시간만. 일당을 두 배로 주겠다고 말해요. 어서!"

그녀가 던져준 차 열쇠를 들고 장이 달려갔다. 자크는 머리를 흔들었다.

"뮤니어는 일꾼들을 빌려주지 않을 거야."

"빌려줄 거예요. 그들은 장미를 재배하지 않잖아요. 하지만 나에게는 그들이 필요해요. 정말 필요하다고요. 우리에게 사십이 명이 있고, 스무 명을 더 빌리면 해낼 수 있어요."

"지불은 어떻게 하려고?"

"어딘가에서 돈을 찾아내야죠. 마을 학교에 아이들을 부르러 보냈나요?"

"그럼."

자크가 부모님들 옆에서 장미를 따고 있는 아이들을 가리켜 보였다.

"미안해요. 당신이 최선을 다하고 있다는 거 알면서도."

그녀가 힘없이 머리를 흔들었다.

"일기예보가 틀리길 바랐어."

"저도 그래요. 자연의 힘이 올해에는 우리에게 원한이 맺혔나 봐요."

그녀의 시선이 어두운 하늘로 향했다.

"시간이 얼마나 남았을까요?"

"느리게 오고 있어. 두 시간쯤……. 운이 좋다면."

"우린 운이 없어요. 한 시간으로 생각해 두는 게 낫겠어요."

그녀는 들판에서 일하는 남자와 여자, 아이들을 쳐다보았다. 그들의 능숙한 손가락이 엄청난 속도로 진홍빛 장미꽃을 따 바구니에 던져 넣었다. 짜릿한 자부심이 느껴졌다.

"우리가 일하는 걸로 봐서는 한 시간 내에 가능할 수도 있어요."

"그들은 장미를 따지 못하면 어떻게 되는지 알고 있어. 그들은 너의 가족이야, 케이틀린."

"그래요, 내 가족들이에요."

길메 쁘와렌, 피에르 르듀, 르네 브와송, 마리안 주니엣, 그리고 다른 많은 사람들이 그녀의 가족과도 같았다. 그들과 같이 자랐고, 그들의 오두막에서 놀기도 했으며, 한밤중에 오렌지 숲속에서 어른들 몰래 개똥벌레를 쫓아다니기도 했다.

"나도 일해야죠."

케이틀린이 트럭에서 광주리를 집어들었다.

"뮤니어의 일꾼들이 도착하면, 열여덟 명은 꽃을 따라고 하고, 두 명은 당신을 도와 바구니를 비우도록 하세요. 빈 바구니가 충분히 공급되어야 해요."

그녀는 장미 덤불 속으로 들어가 르네의 옆에 바구니를 내려놓고 꽃을 따기 시작했다.

여섯 살 난 가스통이 그녀의 옆으로 달려왔다. 아이의 조그만 얼굴은 흥분되어 있었다.

"케이틀린, 오늘은 수업을 안 한대요!"

"알아, 가스통. 하지만 지금은 날 도와줘야겠어. 아주 중요한 일이란다."

"알았어요, 내가 이 중에서 제일 많이 딸 거예요."

아이가 엄마의 옆으로 달려갔다.

"그렇게 지독하지 않을지도 몰라."

르네가 시선을 들지도 않고 꽃을 따며 다른 줄로 이동해 갔다.

"하루 정도가 얼마나 차이나겠니?"

"특별한 향기의 큰 굴복과 평범한 향기의 작은 굴복 사이의 차이지."

케이틀린이 꽃송이들을 바구니 속으로 계속해서 던져 넣었다.

"너도 잘 알잖아, 르네. 맙소사, 우린 아침이 아니라 오후에 꽃을 따고 있어. 향기가 가장 강한 때가 아니라고. 운이 좋다면……."

그녀가 헛웃음을 터트렸다.

"이젠 내가 그 말을 하고 있네. 자크에게는 운을 바라지 말라고 했으면서."

그녀가 하늘을 걱정스레 쳐다보았다. 구름의 흐름이 더 빨라진 것일까?

"하지만 그 외엔 믿을 만한 게 없는 것 같아."

르네가 딱한 듯 쳐다보았다. 케이틀린은 꽃을 따는 일 외에는 눈을 돌리지 않으려 애쓰며 재빨리 손을 놀렸다. 심장이 두근거리고 입술이 말라 왔다. 공기가 점점 더 뜨거워지고 숨쉬기도 힘들어졌다. 보통 꽃을 수확하는 작업에는 재잘거림과 수다, 드물게는 철학적인 토론까지 곁들여졌지만, 지금은 아이들조차 조용했다.

뮤니어의 일꾼들은 대체 어떻게 된 거야?

자크가 사람들 사이로 움직이며, 꽉 찬 바구니를 빈 바구니로 바꿔 주고, 넘칠 듯한 꽃바구니를 트럭으로 가져가 거대한 통 속에 비워 넣었다.

"케이틀린?"

눈을 들어보니, 어머니가 조심스런 미소를 띤 채 그녀의 옆에 서 있었다.

"나에게 화나 있다는 거 알아. 돕고 싶구나. 속도가 그다지 빠르지는 않겠지만, 일을 하고 싶단다. 네 바구니를 같이 써도 되겠니?"

케이틀린의 눈이 휘둥그래졌다. 검은 구름을 본 후 처음으로 웃음이 나오려 했다. 어머니는 완벽하게 맞춤한 하얀색 디오르 바지와 실크 블라우스를 입고, 정성스레 하나로 묶은 검은머리에 요즘 가장 인기 있는 모카색으로 손톱을 칠하고, 기쁨을 구걸하는 어린아이처럼 진지한 표정으로 서 있었던 것이다.

"어렸을 때 나도 꽃을 따본 적이 있어. 돕고 싶어서 그래."

카트린이 불안하게 미소지으며 다시 부탁했다.

케이틀린은 망설이다가 어찌할 수 없는 한숨을 눌러 참았다.

"제 바구니를 같이 쓰셔도 돼요. 우린 지금 어떤 도움이라도 필요해요."

카트린이 행복하게 미소지으며 조심스런 동작으로 꽃송이를 따기 시작했다.

"여긴 참 멋진 곳이야, 그렇지? 어렸을 때 아버지가 목말을 태워 이 들판으로 데려왔던 게 기억나. 넌 할아버지를 본 적이 없지? 그분은 커다란 체격에 아주 잘 웃으셨단다. 난 네가……."

차가운 바람이 뺨에 와닿자, 케이틀린은 다시 지평선으로 시선을 올렸다. 더 이상 어머니의 수다가 귀에 들어오지 않았다. 구름이 몸부림을 치며 끓어오르고 있었다.

자크가 꽉 들어 찬 바구니를 들고서 그녀의 옆에 멈춰 섰다.

"장이 돌아왔어."

케이틀린이 희망적으로 돌아보았다. 자크가 고개를 흔들었다.

"일꾼들을 보내 줄 수 없대. 그곳도 라벤더가 만발해서 그걸 따야 한대."

"빌어먹을!"

케이틀린이 다시 걱정스럽게 하늘을 쳐다보자, 자크의 시선도 그녀를 따랐다.

"바람, 강한 바람이야. 어렵게 될 것 같아."

"십오 분?"

"십 분."

아랫입술을 깨물며 묻는 케이틀린에게 자크가 짤막하게 대답하고는 걸어가 버렸다.

십 분. 지금까지 그들은 간신히 들판의 4분의 1을 수확했을 뿐이었다. 손을 뻗어 멍하니 꽃을 따면서 그녀의 마음속에서 공포가 솟아오르기 시작했다. 시간이 활처럼 날아가고 있었고 손가락이 말을 듣지 않았다.

바람의 속도가 점점 빨라지며 그녀의 짧은 머리카락을 잡아당기고 콧구멍 속으로 비와 장미의 내음을 불어넣었다. 태양은 사라졌고 들판은 온통 폭풍을 예고하는 수상한 황금색으로 감싸였다.

더욱 손을 빠르게 놀리는 일꾼들 사이에서 낙엽들의 바스락거림처럼 불안한 웅성거림이 생겨났다. 낮은 천둥소리. 그녀의 손가락이 얼어붙으며, 마치 생전 꽃을 따본 적이 없는 사람처럼 헤매다녔다. 어머니가 자신에게 말을 하고 있었지만, 무슨 말인지 더 이상 알아들을 수가 없었다. 자크가 일꾼들에게 바구니를 갖고 오라고 소리를 쳤다.

그녀는 계속해서 꽃을 땄다. 커다란 빗방울이 뺨에 닿았다가 목까지 주르르 흘러내렸다. 그녀의 옆에서 자크의 목소리가 부드럽게 들려 왔다.

"케이틀린, 폭풍우가 닥쳤어. 바구니를 트럭으로 가져갈게."

케이틀린은 그를 올려다보지 않았다. 황금빛 기운조차 사라지고, 들판은 어둠에 잠겼다. 바람이 자크의 짧은 머리를 찢을 듯이 잡아뜯으며 단단한 가슴 근육으로 하얀 셔츠를 몰아붙였다.

"포기해, 케이틀린. 네가 떠나지 않으면 일꾼들이 멈추지 않을 거라는 거 알잖아."

그녀는 시선을 들어, 말없이 자신을 보고 서 있는 일꾼들을 쳐다보았다. 그녀가 계속한다면, 그들도 그녀의 옆에, 이 들판에 남아 있을 것이다. 몰아치는 비바람 속에서 바람에 망가지고 비에 꺾인 꽃들을 따면서 말이다.

눈물이 흘러나왔다. 그 눈물 방울은 세찬 바람에 금세 휩쓸려 날아가 버렸다. 그녀는 몸을 세우고 청바지에 두 손을 문질러 닦았다.

"바구니 가져가세요."

목소리가 떨려나왔다. 그녀는 애써 마음을 가다듬고, 천둥이 울려대는 틈을 뚫고 큰 소리로 외쳤다.

"오늘은 이만하죠. 우리는 최선을 다했어요. 여러분 모두에게 깊이 감사드립니다. 어서 집으로 돌아가세요."

남자와 여자와 아이들이 트럭 위에 마지막 꽃송이들을 던지고는 언덕 위의 마을 쪽으로 종종걸음쳐 갔다.

"우리가 잘 해낸 것 같아, 그렇지 않니?"

카트린이 트럭으로 향하며 흡족하게 물었다.

충분치는 않아. 케이틀린은 어머니를 따라 천천히 걸으며 생각했다. 전혀 충분치가 않다구.

"어서 가자, 케이틀린. 내가 왜 우산을 챙겨 오지 않았을까. 내일은 칸의 미용실에 들러야겠다."

빗방울이 폭우로 변해 가자 카트린의 걸음이 더욱 빨라졌다. 케이틀린은 트럭 위로 방수포를 묶는 자크의 모습을 지켜보았다.

"어머니는 집으로 가세요. 난 자크와 같이 작업실로 갈래요."

"네 생각이 정 그렇다면 그래라. 난 젖는 게 정말 싫어. 내 안에 고양이가 있는 모양이야. 난 항상 다시 태어나면 하얀 페르시아산 고양이가 되고 싶다고 생각했었지. 내 눈과 닮은 토파즈 목걸이를 달고 거대한 공단 베개 위에서 늘어져 있는 모습이 떠오른단다."

그녀가 뒤를 힐끗 돌아보았다.

"내가 조금이라도 도움이 되었니, 케이틀린?"

케이틀린은 애써 미소를 지어 보였다.

"큰 도움이 되었어요, 어머니. 이제는 집으로 가서 옷을 갈아입으세요. 감기에 걸리면 안 되잖아요."

"널 위해 뜨거운 음식을 만들어 둘게. 내가 제일 잘 하는 양고기 스튜."

방금 자신과 비교했던 페르시아산 고양이처럼 카트린이 우아하게 저택으로 이어진 길을 걸어갔다.

케이틀린이 도착했을 때 자크는 방수포를 다 묶고 나서 트럭 밑으로 뛰어내렸다.

"그렇게 나쁜 것도 아니야."

케이틀린은 들판을 돌아보았다. 이제 바람에 찢겨지고, 쏟아지는 폭우에 잔인하게 망가지고 있는 들판. 그녀의 가슴 아픈 상실감은 수확을 다 하지 못한 때문만은 아니었다.

연약하고 아름다운 것이 그녀의 눈앞에서 파괴되어 가고 있었다. 그녀의 뿌리이며, 심장이며 기억의 일부인 그것이.

"갈까?"

자크가 트럭의 운전석으로 올랐다.

"나와 같이 갈 필요는 없겠지요? 난 조금 있다가 걸어갈래요."

크고 마른 몸매에 청바지와 티셔츠가 찰싹 달라붙었고, 고통스런 눈빛을 한 채 빗속에 서 있는 그녀의 모습을 쳐다보며, 그는 더 이상 말하지 않았다. 아무 소용이 없다는 걸 알았기 때문이었다.

"네 향수가 시장에 나오게 되면 이런 손실쯤 보충할 수 있을 거야."

그의 부드러운 미소가 주름진 검은 얼굴에서 고르지 않은 하얀 이를 드러내었다.

"그리고 언제나 새로운 꽃들이 자란단다."

하지만 그들은 둘다 꽃나무 중 어느 정도는 이 잔학한 폭풍우 속에서 살아남지 못하리라는 것을 알고 있었다. 그 전에 강타했던 폭풍우로 이미 뿌리가 약해져 있었다. 그리고 향수라고? 일 프랑이라도 생존을 위해 써야 하는 이때에 어떻게 향수를 시장에 내놓을 수 있단 말인가? 하지만 자크는 희망을 포기하지 않을 것이고 그녀도 그래야만 한다.

세상에서 원하는 것이 있다면, 그걸 얻을 때까지 불독과 같은 끈기로 물고 늘어져야 한다는 것을 쓰디쓴 경험으로 배우지 않았던가. 그들은 수년간의 많은 싸움에서 이기기도 하고 패하기도 했다. 이번은 그 중 하나일 뿐이다.

케이틀린은 고개를 끄덕이며 길 옆으로 물러나 손을 흔들어 주었다. 자크는 트럭의 시동을 켜고 아래쪽의 돌건물들을 향해 자갈길을 내려가기 시작했다.

케이틀린은 산중턱의 피난처로 달려 들어갔다. 젖은 풀 속에 앉아 다리를 모으고 무릎에 두 팔을 감았다. 장미나무들이 지금껏 한 번도 당해보지 않은 잔인함으로 폭풍우에 찢겨나가고 있었다. 어떤 나무는 바람에 뿌리가 뽑혀지고, 진홍빛 꽃송이들이 사방으로 날아갔다.

그 폭풍우는 한 시간 동안 더 계속되었고, 케이틀린은 폭우가 끝나길 기다리며 파멸의 광경을 지켜보고 있었다. 오후 늦게서야 마침내 비가 그쳤고, 물기를 머금은 노란 태양이 약하게 구름 뒤에서 고개를 내밀었다. 케이틀린은 일어서서 천천히 언덕 아래로 내려갔다. 이번 폭풍우로 거의 절반의 나무들을 잃어버렸다.

하지만 그걸 보기 위해 남아 있었던 것은 아니었다. 그녀는 환경이나 자연에 의해 아무리 고통받는다 해도, 바사로는 언제나 살아남으리라는 확신이 필요했기에 있었다. 대지는 언제나 다시 영양을 받아 살아나거 위해 기다리고 있다는 것을 확인하기 위해서.

그녀는 무릎을 꿇고 진흙을 한 줌 집어올렸다. 차갑고 축축하지만 살아 있는 땅. 따뜻한 감정이 찾아들며 속살이 다 터진 듯한 고통을 다소 가라앉혀 주었다. 모든 것이 괜찮아질 것이다. 이 정도는 극복할 수 있다. 그녀 또한 바사로처럼 강해져야 한다. 더 열심히 일하고, 더 현명해지고, 바사로가 단순한 담보물 이상이라는 것을 은행 사람들에게 확신시킬 방법을 찾아야만 한다.

그녀의 손이 축축한 대지를 힘껏 감싸쥐었다.

그건 생명이었다.

"그가 왔어, 알렉스."

페이블이 문을 활짝 열고 브라이언 레드포드를 서재 안으로 들여보냈다.

"나도 같이 있을까?"

"물론 자네는 필요 없네."

브라이언 레드포드가 방으로 들어서며 비버털을 단 코트를 살짝 털었다. 페이블은 그 말을 무시했다.

"알렉스?"

알렉스가 고개를 젓자, 페이블은 불안한 듯 눈살을 찌푸리며 레드포드를 쳐다보다가 이윽고 육중한 어깨를 으쓱이고는 문을 닫아 주었다.

"신중한 자식이야. 페이블이 얼마나 너를 감싸고 도는지 잊었다니까. 휴, 밖은 정말 추워. 이런 날씨에 널 만나러 오는 게 나에게 얼마나 큰 희생이었는지 알아주길 바래."

그가 코트를 벗어 갈색 가죽 소파 위에 살짝 던졌다. 레드포드는 런던의 고급 양복점에서 맞춘 회색 정장을 입고 있었다. 손에서 회색 이탈리아 가죽 장갑을 벗겨내고는 두꺼운 목에서 파란 캐시미어 스카프를 풀어냈다.

우아한 옷차림과는 달리, 그는 알렉스가 5년 전 만났던 남자와 별로 다를 바가 없어 보였다. 짧게 깎은 짙은 금발머리에 백발이 약간 더해지고, 크고 두툼한 가슴에 살이 좀더 붙긴 했지만, 넓으면서도 앙상한 몸매와 불그스레한 얼굴과 밝은 개암나무빛 눈동자에서 번져나는 유머의 표정은 똑같았다.

그의 목소리가 울려퍼졌다.

"오, 알렉스, 내 아기. 다시 만나니 정말 좋구나. 어제 전화 통화했을 때, 너에게 약간 짜증이 났다는 건 인정해. 하지만 현재의 갈등으로 우리

애정이 깨어지게 된다면 너무나 어리석은 일이라는 걸 깨달았어."

그는 알렉스가 서 있는 창문의 맞은편 의자에 털썩 주저앉았다.

"난 가끔 버지니아에 있었을 때가 그리워. 우리가 같이 했던 체스 게임까지 그립다니까. 그땐 내가 정말 매저키스트가 된 것 같았지. 한 번도 이긴 적이 없었으니까. 하지만 난 낙관적인 사람이야. 조직의 슈퍼맨과 대결할 때조차 희망을 갖고 있었지."

한순간 알렉스는 전에 몇 년간이나 그랬던 것처럼 레드포드의 매력에 휩쓸려 버리는 느낌이었다. 하지만 기억이 되살아나며 그를 똑바로 바라볼 수 있었다. 알렉스는 조심스레 머리를 흔들었다.

"난 그 시절이나 당신이 전혀 그립지 않았어, 레드포드."

"별로 유쾌한 기분이 아닌가 보지? 그럼 좋아, 일 얘기를 해볼까. 얼마나 알고 있지?"

"당신이 예술품 도둑의 일당이라는 거. 아마도 대단히 잘 정비되어 있고 돈도 많은 조직이겠지. 그리고 그 도둑질은 더 큰 어떤 일의 일부고."

레드포드가 인정하듯이 고개를 끄덕였다.

"다른 건?"

알렉스는 부드러운 표정을 유지하면서 한 마디 내뱉었다.

"블랙 메디나."

레드포드가 고개를 젖히고 웃음을 터트렸다.

"처음부터 네가 결국은 그 연결 고리를 알아낼 거라고 생각했어. 그래서 네가 위험한 존재가 될 거라고 파트너에게 경고했는데 말이야, 그는 내 말을 믿지 않더군."

알렉스는 흥분이 물결치는 것을 느꼈다. 성공이다. 두 개가 연결되어 있다는 생각이 맞았다.

"파트너? CIA를 말하는 게 아니었던가?"

"네가 승리감에 취해 우리를 뛰쳐나가고 나서 나도 거길 떠났어. 난 지금 훨씬 더 돈이 되는 일을 하고 있지."

그가 감탄스레 서재를 둘러보았다.

"멋진 곳이야, 알렉스. 고급스런 취향이고. 특히나 현관에 걸어 놓은 반 고흐의 작품에 감탄하고 있지. 산장 전체가 개인적이고, 심미적이며, 색채와 재질에 육감적인 흔적이 있지. 넌 언제나 르네상스적인 인물이었어."

그의 시선이 책상 위의 책들에 꽂혔다.

"훌륭한 도서관도 있겠군?"

"물론이지."

"어리석은 질문이었어. 너의 호기심 많은 두뇌는 항상 먹이를 필요로 하지. 네가 눈앞에 보이는 책들마다 얼마나 걸신들린 듯이 읽어댔는지 기억이 나. 난 서재의 책들이 바닥나지 않도록 더 많은 책들을 날라다 주어야 했지."

그가 알렉스의 눈을 똑바로 들여다보았다.

"그때 우린 좋은 친구였어. 그렇지 않나, 알렉스?"

"견딜 만했지."

"넌 나를 좋아했어. 인정하라구, 나를 샘 아저씨와 마크 트웨인이 하나로 합쳐졌다고 생각했었지."

"자신을 너무 칭찬할 필요는 없어. 난 그 당시 쉬웠지. 무엇이든 믿으려 하던 상태였어. 하지만 그래, 당신은 아주 괜찮았어, 정말로."

레드포드가 고개를 끄덕였다.

"맞았어. 최고였지. 그리고 난 우리가 각자의 길로 향한 이후로 더 나아졌어. CIA에 있을 때는 기초적인 훈련 기간이었지. 지금 난 잠재력을 한껏 발휘하고 있다고."

"더 나아졌다면 여기 있지 않겠지. 당신은 여전히 예측이 가능해, 레드포드."

"너에게만 그렇지. 우린 모두 각자의 천적을 갖고 있어. 나에게는 너고 너에게는 나야, 알렉스."

그가 미소지었다.

"한 잔 마실 수 있을까?"

"아니."

레드포드가 손가락을 퉁겼다.

"그렇게 말할 줄 알았어. 너도 예측이 가능해. 넌 네 집에서 적에게 대접을 하지는 않아. 가끔 너에게는 중세적인 분위기가 있다니까, 알렉스."

"처음에는 르네상스적이라더니 지금은 중세적이라. 마음을 한 쪽으로 정하셔야지."

"둘다 맞아. 너는 메디치가(르네상스 시대의 이탈리아 명문가. 군주, 교황 등을 배출했다) 사람처럼 명석하고 무자비하면서도 어떤 약한 부분이 있어. 그건 남자에게 제한이 된다구. 네가 그런 장애를 갖고 있으면서 어떻게 이 정도까지 오를 수 있었는지 알 수가 없단 말이야. 그리고 넌 기본적인 법칙을 전혀 배우지 못했어."

"기본적인 법칙에 관해서는 당신이 계몽시켜 주겠지."

레드포드가 요란스레 킥킥거렸다.

"비꼴 필요는 없어. 난 친구끼리 상냥하게 대화해 보려는 거였어. 그 기본 법칙은 적응하는 것이지. 환경에 맞게끔 자신의 색채를 변화시키는 거야."

"어떤 사람들은 그걸 위선이라고 부르지."

"바보들만. 넌 바보가 아니야, 비록 실수는 하지만 말이야."

"어떤 실수를 말하는 거지?"

"페이블이 루브르에 전화하도록 만든 것. 휘파람을 불며 두 손을 흔드는 게 차라리 나았을 거야. 처음에는 김이 날 정도로 화가 났지. 하지만 네가 끼어들기로 결정했다는 점이 기쁘기도 했어. 너에 대한 내 감정은 언제나 양면적이었지."

그가 알렉스를 살피며 고개를 갸우뚱거렸다.

"넌 아름다운 놈이야. 한때는 너에게 미친 적도 있었지. 너와 가까이 일하면서 널 유혹하지 않는다는 게 얼마나 힘들었는지 몰라."

알렉스의 놀란 표정을 보자, 그가 웃음을 터트리며 무릎을 탁 내리쳤다.

"놀란 모양이군. 흠, 넌 전혀 몰랐지, 그렇지?"

"그래."

레드포드가 어깨를 으쓱였다.

"그 조직은 사내답네 하는 녀석들 투성이였어. 한 발만 잘못 들이면 쫓겨나는 거지. 적응을 하는 거야."

"그렇군."

"하지만 넌 정말 유혹적이었어. 넌 성적으로 날 좌절시켰고, 정신적으로는 날 능가했지. 그래서 널 증오하기 시작했던 것 같아."

"체스에서 매번 졌기 때문이 아니고?"

"음, 그것도 있었지. 난 지는 게 싫어. 무슨 일이든 간에 최고가 아니면 자존심이 상하지. 내가 어떻게 너의 그 빌어먹을 재능과 경쟁할 수 있었겠나? 하지만 난 적응했어. 너의 친구가 되었지."

그가 유감스러운 듯 머리를 흔들었다.

"그리고 네 양심이 발휘되기 전까지는 너로 인해 나도 꽤나 괜찮아 보였지. 넌 아프가니스탄 프로젝트의 결과에 대해 알 필요가 없었어. 네가 폭발해 버렸을 때, 넌 내 머리에 엄청난 수치심을 떨어뜨렸지. 그걸 말한 게 페이블이었나?"

"맞아."

"난 너에게 페이블을 받아들이지 말라고 충고했어. 널 혼자 고립시키는 것이 더 낫다는 걸 알았거든."

"그를 받아들이지 않았으면 망명하지도 않았을 거야."

"아, 우정이라. 정말 멋진 거지. 둘이 얼마나 오래 같이 있었지?"

"십삼 년. 우린 스페츠나츠(구소련 특수 부대)에서 만났어. 당신도 잘 아는 것처럼."

알렉스가 창문에서 몸을 돌려 레드포드를 응시했다.

"그리고 우정을 찬미하기 위해 여기 온 것은 아닐 텐데."

"그래, 너에게 물러나라고 말하러 왔지. 이건 네가 상상할 수 있는 것 이상으로 큰 조직이야. 이 산꼭대기에서 퍼즐이나 풀라구. 현실 세계는 내버려 두고."

"당신 파트너가 원하는 게 그건가?"

레드포드의 얼굴에 남아 있던 미소가 그대로 굳어졌다.

"우리가 의견일치에 이르지 못했다는 걸 짐작했군. 아니, 그는 네가 우리 팀이 되길 바라지. 널 귀중한 자산으로 생각하거든.”

그의 목소리가 비단처럼 부드럽게 낮아졌다.

“난 견딜 수가 없을 거야. 다시는 두 번째 자리에 남아 있지 않을 생각이거든.”

“그런가? 안됐군, 당신에겐 그 자리가 아주 잘 어울리는데.”

“넌 모를 거야. 네가 조직을 떠났을 때, 십오 년간 공을 들였던 내 모든 것이 무너져 버렸어. 이 년만 있으면 맥밀란의 뒤를 이어 그곳의 최고 자리에 오를 수 있었는데. 내가 그 조직을 떠난 게 아니었어, 그들이 쫓아낸 거지. 한동안은 정말 미칠 지경이었지. 네가 나에게서 빼앗아 간 것처럼, 너의 모든 걸 빼앗아 버리고 싶었어. 난 지난 세월 동안 너를 무시하며 분노를 억누를 수 있었던 걸 순전히 자기 수련의 승리로 생각하지.”

레드포드의 눈이 가늘어졌다.

“넌 내가 윈드 댄서에 그렇게 열정을 갖고 있는 진짜 이유를 모를 거야, 그렇지?”

“훌륭한 예술 작품이지.”

“그리고 궁극적으로 힘의 상징이야. 그걸 처음 본 순간부터, 난 그게 언제나 횃불이 되어 내가 갈 길을 보여 주리라는 걸 알았어.”

“영광에 대한 망상인가?”

“망상이 아니야, 사실이지. 넌 지금 원하는 모든 것을 갖고 있어. 돈과 안전과 여자들. 왜 이득도 되지 않는 일에 장난을 하는 거지?”

“아마도 흥미로운 문제이기 때문이겠지. 난 수수께끼를 푸는 걸 좋아하지. 한때는 당신이 그걸 내 약점으로 이용했잖아.”

왜 레드포드를 자극하고 있는 걸까? 레드포드에 대한 반감과 환멸을 떨쳐냈다고 생각했었는데, 그를 놀리는 것이 이상하게 뒤틀린 쾌감을 주고 있었다. 방울소리를 듣기 위해 방울뱀을 건드리는 것과 비슷했다.

“산꼭대기에 있는 게 약간 지루하기도 하고.”

“너에게는 언제나 지루한 게 문제였어. 권태와 호기심, 그 호기심 때문에 신세 망친다는 걸 기억해야지.”

그가 손목시계를 힐끗 쳐다보고는 미소지었다.

"음, 이제 가야겠군. 너를 만나 옛날 얘기를 하니 기분이 좋아졌어."

알렉스는 레드포드의 갑작스런 말에 순간 당황했다.

"간다고?"

"운전사와 부하 두 명이 거실에서 기다리고 있어. 날씨가 괜찮을 때 어서 공항에 도착해야 하거든. 여기 오면서 소용없을 거라는 건 알고 있었지. 넌 내 말에 별로 영향을 받지 않을 테니 말이야."

레드포드가 코트를 입었다.

"또 다른 모나리자를 훔치려고?"

"우리 둘다 모나리자가 하나뿐이라는 걸 잘 알잖아. 알렉스 카라조브가 한 명뿐인 것처럼."

그가 가죽 장갑을 손에 끼워 넣었다. 알렉스는 절을 하듯이 고개를 숙여 보였다.

"비수가 날아오길 기다리는 중이야."

"비수는 없어. 너에 대한 내 감정이 양면적이라고 했잖아."

레드포드가 커다란 손을 구부려, 손바닥에 닿는 부드러운 가죽의 감촉을 즐겼다.

"하지만 내 활동 무대에서 너와 경쟁하지는 않을 거야. 그러니 네 기를 좀 죽일 필요가 있겠지."

"무슨 뜻이지?"

"난 같은 팀에 있는 것보다 네가 적으로 있는 게 더 좋아. 아, 당장은 널 건드릴 수 없지. CIA와 KGB를 둘다 손에 넣고 있으니 넌 정말 영리한 녀석이라니까. 우린 지금 그들과 연결되는 걸 원하지 않는다구."

레드포드의 환한 미소에는 선량함이 넘쳐흘렀다.

"그나저나 너랑 사귀는 그 이탈리아계 모델이 KGB의 하수인이라는 거 아나?"

"짐작은 했지. 거기인지 CIA인지 확실치는 않았지만. 안젤라가 그런 일에 가담했다고 해서 우리 관계에 영향을 끼치지는 않아."

레드포드가 고개를 끄덕였다.

"넌 언제나 여자에게 냉소적인 자식이었어. 그들이 아무리 솜씨 좋은

창녀를 제공한다 해도 네가 그들에게 애착을 느끼기에는 너무 이성적이
거든."

그가 캐시미어 스카프를 집어들고 문으로 향했다.

"하지만 네가 그 여자를 소중히 여길 만한 가능성이 아주 약간이나마
있겠지. 그 여자에게 전화나 해보지 그래?"

알렉스의 몸이 굳어졌다.

"그건 협박인가?"

"아니, 제안일 뿐이야. 넌 아직까지 진짜 내 모습을 알아보지 못하는
군. 오 년전에 알던 남자만 기억할 뿐이야. 내가 기본적인 훈련 과정을
졸업했다고 했잖아. 요즘은 본보기를 보이는 데 별로 주저하지 않지. 때
로는 즐겁기조차 해. 안녕, 알렉스. 너와의 대화는 유쾌했어. 다시는 널
방문하게 만들지 말라구."

문이 닫히는 것을 지켜보며 알렉스의 등에 소름이 쫙 돋았다. 그 마지
막 말은 위협이었다. 페이블의 말이 맞았다. 알렉스는 레드포드를 과소평
가하는 실수를 범했다.

제기랄, 너무 늦지 말았어야 할 텐데! 그가 재빨리 책상으로 다가가 수
화기를 들고 로마에 있는 안젤라의 아파트 전화번호를 눌렀다.

응답이 없다. 알렉스는 전화벨이 울리는 소리를 들으며 점점 공포가
치솟는 걸 느꼈다. 별 일 없어야 할 텐데. 겨우 자정이 되었을 뿐이니, 안
젤라가 저녁 모임을 위해 외출했든지 아니면 섹스 파트너 중 하나와 즐
기고 있다가 굳이 전화를 받지 않는 것일 수도 있었다.

"여보세요."

안젤라의 성마른 목소리가 들려 오자 안도감이 느껴졌다.

"안젤라, 아파트에 그대로 있어. 문을 잠그고. 만약 다른 사람과 같이
있는 거라면, 당장 내보내."

"알렉스?"

"아무 말 말고, 내가 하라는 대로 해."

그가 잠시 말을 멈췄다.

"KGB에 연락해서 유럽이 아닌 다른 곳으로 이동시켜 달라고 하는 것

도 좋을 거야. 여기 있는 건 당신에게 바람직하지 않아.”

그녀가 잠시 말이 없었다.

“알고 있었어요? 그건 개인적인 일이 아니었어요, 알렉스. 난 당신을 진심으로 좋아해요.”

“알아.”

그가 수화기를 내려놓았다. 처음에 느꼈던 안도감이 재빨리 죄책감과 자기 혐오로 대치되었다. 레드포드를 놀려 주었을 때, 그는 지루함을 몰아내기 위해 그 빌어먹을 퍼즐을 풀며, 자신의 즐거움을 찾았을 뿐이었다. 하지만 이제 게임은 심각해졌다. 알렉스가 그들의 제안을 거절함으로써 한 여자가 죽을 수도 있었다. 그는 레드포드를 과소평가했다.

하지만 안젤라는 다치지 않았다. 왜일까?

알렉스는 눈을 감고 여러 조각들을 하나로 맞추려 노력했다. 레드포드는 그녀의 죽음이 알렉스에게 별 의미가 없다는 걸 알았기 때문이다. 하지만 왜 괜한 협박을 한 것일까? 왜 알렉스가 즉시 로마에 전화하게끔 만들었을까?

‘거실에 내 운전사와 부하 두 명이 있지.’

그가 서재 안에서 알렉스와 얘기하는 동안 레드포드의 부하들은 무엇을 하고 있었을까? 그는 어째서 알렉스가 서재에 남아 있는 동안 산장을 떠날 만한 기회를 부여받고 싶었던 것일까?

알렉스는 갑자기 등골이 오싹해지는 느낌이었다. 알렉스가 세상에서 가장 아끼는 사람이 과연 누구였을까? 안젤라는 관심을 딴 데로 돌리게 하는 거짓정보였다.

“맙소사!”

알렉스의 눈이 번쩍 뜨였다.

“페이블!”

그는 문으로 달려나갔다.

“페이블? 어디…….”

알렉스가 제일 처음 본 것은 페이블의 목에 감겨 있는 파란 스카프였다.

페이블은 서재가 마주 보이는 하얀 안락의자에 걸터앉은 채, 입에 재
갈이 물려 있었다.

그의 까만 눈은 눈구멍에서 튀어나올 듯이 부풀어 있었고, 얼굴은 고
통스럽게 입을 벌린 채 얼어붙었다. 성기도 잘려 나갔고, 배에서 가슴뼈
까지 길게 그어 버린 식칼이 가슴에 튀어나와 있었다.

2

"누가 널 만나러 왔어, 케이틀린."

자크가 그녀의 옆에 무릎을 꿇고, 케이틀린이 부드럽게 뿌리에 흙을 다지는 동안 나무를 붙잡아 주었다.

"언덕 위에서 기다리고 있어."

케이틀린은 뻣뻣한 어깨 근육을 풀기 위해 한 번 어깨를 흔들고는 나무 뿌리 주위의 흙을 눌러 주었다.

"은행에서 온 사람?"

"그런 것 같지는 않아. 그는……."

자크가 어깨를 으쓱였다.

"어떻게 설명해야 할지 모르겠어. 그 사람은 어떤 틀에 끼워 맞추기가 힘들어."

케이틀린은 지는 햇살에 검은 그림자로 서 있는 남자를 올려다보았다.

"비료를 팔러 왔나 보죠. 당신이 처리할 수 없나요?"

그녀가 팔을 들어 이마의 땀을 닦아내었다.

자크는 고개를 흔들었다.

"노력해 봤지만, 돌아가지 않아. 그리고 집 앞에 주차되어 있는 람보기니로 비료를 나를 것 같지는 않은걸."

"이런, 제길. 그럼 은행에서 왔군요."

"만약 그렇다면, 회계 감사원이 그를 열심히 감시하고 있겠지. 가서 무슨 일인지 알아봐. 여기 일은 내가 맡을게. 어차피 너도 좀 쉬어야 한다구."

"당신도 그래요."

케이틀린이 일어서 온몸을 쭉 폈다. 빌어먹을, 지독히도 피곤했다. 새벽 동이 트기 전부터 일해 왔건만 아직 두 줄이나 더 심어야 했다.

"금방 돌아올게요."

"이제 곧 어두워질 거야. 내일 다시 하자구."

케이틀린이 청바지에 손을 문지르며 고개를 흔들었다.

"내일은 내일대로 할 일이 많아요. 북쪽 들판에서 라벤더를 따기 시작해야 해요. 여기는 내가 오늘밤에 끝내 놓을 게요."

새로 심은 장미나무들을 지나며, 언덕에서 그들을 쳐다보고 서 있는 남자에게 시선을 고정시켰다.

"이름이 뭐래요?"

"알렉스 카라조브."

그녀가 눈살을 찌푸렸다.

"그런 이름은 들어 본 적이 없는데. 만난 적이 없는 것 같아요."

"만났다면 기억이 났을 거야."

알렉스 카라조브를 본 순간, 그녀는 자크의 말이 무슨 뜻인지 이해했다. 그는 30대 중반의 대단히 잘생긴 남자였다. 운동선수처럼 날렵하고 단단한 체격에다, 생모리츠의 스키장이나 앤티브스 해변에서 많은 시간을 보낸 듯 짙게 그을려 있었다.

그녀가 다가가자 그는 친근한 미소를 지어 보였다. 문득 아버지의 젊은 시절 모습이 이러했을 거라는 생각이 들자 긴장이 들었다. 아버지의 검은머리에는 이제 회색빛이 끼어들었지만, 알렉스 카라조브와 같은 윤기를 품고 있었다. 매력적인 미소와 우아한 옷차림 또한 같았다. 카라조브를 더욱 자세히 쳐다보았을 때, 그 얼음처럼 파란 눈동자에 담긴 날카로운 지성과 그가 발산하는 강렬한 자신감을 알아차렸다.

사실, 그가 자신 없어할 이유가 무엇이겠는가? 그가 입고 있는 재킷만 해도 그녀의 옷을 전부 합친 것보다 더 비쌀 것이다.

하지만 직감적으로 그가 자신의 아버지와는 다르다는 느낌이 들었다. 데니스 리어돈에게는 숨겨진 깊이가 없었다. 외면상의 것들이 전부였다. 그러나 카라조브의 도시적인 미소 뒤에는 많은 것이 내재되어 있는 것 같았다. 그는 이제 처음 꽃을 피우려 하는, 단단히 입을 다물고 은밀하게 멋진 미래를 약속하는 아름다운 재스민을 연상시켰다.

그 생각에 미소가 절로 나왔다. 이처럼 남성적인 사람을 꽃과 비교하다니 얼마나 모욕적으로 느낄 것인가.

그의 앞에 멈춰 섰을 때도 미소는 여전히 머물러 있었다.

"전 케이틀린 바사로예요, 카라조브 씨."

그녀는 손을 내밀려다가 지저분한 얼룩을 내려다보며 인상을 찡그렸다.

"악수하지 못한다 해도 용서하세요. 지금 일하던 중이라 지저분하답니다. 저와 얘길 하고 싶다고 하셨다면서요?"

그는 그 질문에 대답하지 않고, 그녀의 얼굴을 유심히 쳐다보았다.

"언제나 일반 노동자들처럼 들에서 일하는 거요?"

"바사로의 일꾼들은 일반적이지 않아요, 카라조브 씨. 그들은 맡은 일을 잘 해내는 훌륭한 사람들이에요. 그리고 난 꽤 자주 들판에서 일을 하지요."

"기분 나빠하지 마시오. 그저 궁금했을 뿐이오. 난 만족을 모르는 호기심을 가졌거든요."

그가 들판을 내려다보았다.

"저 아래서 뭘 하고 있었소?"

그의 프랑스어는 완벽했지만, 액센트가 약간 특이했다. 영국인의 정확성을 갖고 있으면서도 미국인처럼 단조로웠다. 그녀가 영어로 바꾸어 대답했다.

“장미나무를 심고 있었어요. 지난달에 불어닥친 폭풍우가 나무의 절반쯤을 뽑아 버렸죠. 그래서 새 나무를 심어야 해요.”

“장미는 봄에 심는 게 아니오?”

그는 영국인도 미국인도 아니었다. 프랑스어보다 영어를 더 편하게 말하긴 하지만.

“보통은 일 월이나 십일 월이지요. 하지만 이곳 날씨는 일년 내내 거의 이상적이에요. 그래서 우리는……”

그녀는 말을 멈추고 성마르게 덧붙였다.

“바사로의 나무 심는 시기에는 관심이 없으실 거예요. 무슨 일로 오신 건가요?”

“우리가 서로를 도울 수 있는 일이오. 그리고 관심이 없다는 말은 틀렸소. 난 바사로의 모든 것에 대단히 흥미를 느끼오. 그 생산품에 큰 돈을 투자할 생각이니까.”

그녀의 몸이 경직되었다.

“뭐라고요?”

“아주 간단하오. 난 투자할 돈이 있고, 당신은 자본이 필요한 계획을 갖고 있잖소.”

“무슨 계획?”

“당신의 향수, 그 새로운 향수를 시장에 내놓기 위해 칸의 몇몇 은행에 대출을 부탁했던 걸로 알고 있소.”

“거절당했지요.”

“향수 사업은 위험부담이 큰 사업이라는 걸 인정해야 할 거요.”

“그럼 당신은 향수 사업을 잘 알고 계시나요?”

“조금은 알고 있소. 파리의 향수 용기 공장을 일주일 동안 둘러보고 온 참이오. 그 전에 옵세신을 광고했던 광고 회사에 이틀, 샤넬 넘버 파이브에 재스민과 장미를 대는 남쪽 들판을 일주일 동안 둘러보았소. 물론 그 정도로 전문가가 될 수는 없다는 걸 깨달았소. 하지만 난 빠르게 배우는 편이고 많은 변수를 고려하는 데 익숙하오. 전에 그런 일을 한 적이 있소.”

“주식 중개인이었나요?”

“가끔은 주식 시장에 개입하기도 했소. 당신이 더 흥분하리라 생각했는데.”

그녀가 멍하니 머리를 흔들었다.

“마치 트럭에 부딪힌 듯한 느낌이에요. 난…… 무언가 잘못되었을 거예요. 이런 일이 일어날 리 없어요. 람보기니를 탄 남자가 느닷없이 나타나서 그런 제안을 할 리가…… 정확히 뭘 제안하는 건가요?”

“당신에게는 시장에 내놓을 새 향수가 있소. 그 일을 위해 사십만 달러를 빌리려 했소. 하지만 그 정도로는 충분치 않을 거요.”

“그걸 내가 모른다고 생각하세요? 처음에는 작게 시작했다가, 향수가 잘 팔리면 그들에게 더 빌려 달라고 설득할 참이었다구요. 사십만 달러가 내가 제공할 수 있는 담보로 빌릴 수 있는 최대한의 액수였거든요. 당신이 내 은행 담당자와 그렇게 친하다면, 바사로가 저당 잡혀 있다는 걸 아셨을 거예요.”

“오, 칸에 있는 은행가들은 대단히 신중하오. 내 정보는 다른 곳에서 얻은 것이지. 거기서 그 돈을 갚는 일이 밀려 있다는 사실도 들었소. 옛날 멜로 드라마처럼 들리지 않소?”

“별로 재미있다고 느껴지지 않는군요.”

피곤하지 않은 상태라면 얼마나 좋을까. 그녀는 냉정하고 명석하게 생각해야만 한다.

“그런 드라마에서 당신이 맡은 역은 악역인가요?”

“자신을 나쁜 놈으로 생각하는 사람이 있을까 모르겠소. 내 제안에 맹목적으로 동의하라고 설득할 생각은 없소. 당신처럼 엄격한 사업가에게 그것은 무척이나 어리석은 짓일 거요.”

“대단히 어리석지요.”

“그러니 내가 무엇을 제안할 것이며 그 보상으로 뭘 기대하는지 들어 보겠소? 나는 힘닿는 데까지 당신의 새 향수가 시장에 나오도록 자금을 제공할 거요. 그 대가로, 당신은 향수를 판매한 첫해의 모든 이익을 나에게 넘기고, 거기에다 다음 오 년 동안 향수 판매로 얻은 이익의 이십오 퍼센트를 나에게 주는 거요. 동의하오?"

"아뇨."

그녀는 누군가에게 가슴을 걷어채인 듯 숨을 쉬기가 힘들었다.

"생각을 해봐야겠어요. 난…… 너무 좋은 조건이라 사실 같지가 않아요. 무언가 잘못되었을 거예요."

"뭐가 잘못될 수 있겠소? 난 내 돈으로 벌어들이는 것 외의 다른 것을 요구하는 게 아니오. 선물 받은 물건의 흠을 잡고 있는 거요?"

그녀는 상상할 수 있는 유일한 결론에 성큼 도달했다.

"당신은 내 사업을 잘 알고 있는 전혀 낯선 사람이에요. 그게 걱정이 되는군요. 어떤 불법적인 일에 연관되어 있다는 생각이 들어요. 마약으로 번 돈인가요? 그 돈을 세탁하려는 거죠?"

그가 웃음을 터트렸다.

"돈세탁을 하려면 향수 사업에 모험을 거는 것보다 더 좋은 방법들이 많소."

"그런 일을 잘 알고 있는 것 같군요."

"마약으로 번 돈이 아니오. 난 미스터리 소설을 쓰고 있소."

그가 재킷의 안쪽 주머니에서 명함 한 장을 꺼내, 몽블랑 펜으로 전화 번호를 적었다.

"필요한 돈은 제네바의 내 은행 계좌에서 빠져 나갈 거요. 이 번호로 전화해서 가놀드 씨를 찾으시오. 그는 그 은행의 부지점장으로, 내 계좌 의 돈이 뉴욕의 출판사 거래 은행에서 들어왔다는 사실을 증명해 줄 거 요."

명함을 받아들며 그녀의 손이 떨렸다. 흥분으로 거의 기절할 지경인 것도 당연했다. 이 남자가 진짜 투자자일 수도 있었다. 희망이 제멋대로 날아가게 놓아두면 안 된다. 이 남자는 낯선 사람이었다. 이상한 함정일 수도 있다. 빌어먹을, 그녀는 소망이 너무나 간절하여 그와 얘기조차 제 대로 하지 못하고 있었다. 하지만 어쩔 수가 없었다.

"이십오 퍼센트는 너무 많아요."

"받아들이지 않으면 없었던 얘기로 하겠소. 성공했을 경우 칠십오 퍼센트면 아무것도 없는 것보다 나을 거요. 내 제안을 받아들이지 않는다면, 당신은 향수를 출시할 기회뿐 아니라 바사로도 잃게 될 거요. 이십만 달러를 추가로 더 빌려주는 것으로 계약을 완화시킬 수도 있소. 그게 당신의 저당금을 완전히 갚지는 못하겠지만, 향수를 팔아 돈이 들어올 때까지 걱정할 필요는 없게 될 거요."

바사로는 안전하다, 그녀 자신도. 그 생각이 들자 그녀는 다시 거친 흥분이 솟구치는 것을 느꼈다.

"진심이신가요?"

그녀의 속삭임에 그가 그녀의 얼굴을 응시한 채 고개를 끄덕였다.

"은행에 전화해서 확인해 보시오. 그런 다음 더 많은 얘기를 나누도록 합시다."

"그러죠."

심장이 너무나 쿵쾅거려 말을 하는 것도 힘들었다.

"저희 집에 가서 어머니를 만나 보시겠어요? 어머니가 바사로의 실질적인 소유자이고 서류에 사인할 분이에요."

"그렇게 들었소. 하지만 운영은 당신이 맡고 있다던데?"

케이틀린이 고개를 끄덕거렸다.

"어머니는 사업에 관심이 없으세요. 이쪽이에요."

그녀가 2백 미터쯤 떨어져 있는 2층 저택으로 걸었다.

"하지만 우리 계약에 반대하지는 않으실 거예요. 어머니는 바사로를 위해 최선의 길이 되길 원하실 뿐이죠."

그에게 너무 냉담하게 굴었던 건 아닐까? 맙소사, 그가 합법적인 인물이라면 어쩌지……. 마음이 바뀐다면 어쩌지? 어쩌면 바사로를 구할 수 있는 마지막 길인데 만약 실패한다면 견딜 수 없을 것이다.

"어머니가 이곳에서 자랄 때에는 상황이 많이 달랐어요. 어머니는 이해하지 못하세요. 하지만 대단히 호의적이실 거예요."

그녀는 돌계단을 올라 마호가니 이중문을 열었다.

"별 어려움은 없을 거라……."

다시 의심이 들자 그녀가 뒤를 돌아보았다. 자신도 모르게 말이 튀어나왔다.

“왜 이런 일을 하시는 건가요? 당신이 어떤 범죄 조직에 속해 있냐고 묻는 것이 무례하다는 건 알지만…….”

“그건 대단히 무례하오. 저 람보기니 때문인 것 같군.”

그의 입술에 미소가 떠올랐다. 그가 비웃고 있다 해도, 화가 난 것만 아니라면 상관없었다.

“왜 향수에 투자하시나요? 그리고 왜 바사로에 대해 알려고 하시는 건가요?”

그가 머뭇거렸다. 순간적으로 그의 표정에 신중함이 스쳤다가 다시 미소가 나타났다.

“특별히 바사로에 대해 알려 했던 건 아니오. 처음에는 투자에 관심조차 없었소. 바사로 같은 장소를 책에 써보려고 조사했을 뿐이었소. 하지만 향수 사업에 대해 알면 알수록, 가능성이 생기더군. 향수가 성공하면 그 이익은 천문학적일 것이오.”

“성공이 중요하지요.”

“내가 왜 당신에게 왔다고 생각하시오? 이 계통에 있는 사람들은 당신의 향수에 대단히 좋은 인상을 갖고 있더군. 당신은 이 지역에서 가장 비옥한 땅을 갖고 있고 파산에 직면해 있소. 사실, 토지를 인수하라는 제안을 받았지. 하지만 난 그럴 시간도, 그럴 생각도 없었소. 난 작가지, 농부가 아니잖소. 당신의 향수로 벌어들이는 이익 이외에 어떤 것에도 관심이 없소. 돈을 벌면서 동시에 책의 소재를 연구하고자 하는 것이 비논리적이라고는 생각지 않소, 그렇지 않소?”

“그렇군요.”

그녀는 약간 안심이 되었다. 그의 합리적인 설명이 그럴 듯해 보였다.

“하지만 바사로 같은 장소란 없어요. 오직 바사로만이 있을 뿐이죠.”

그녀는 미소를 지었다.

“당신의 액센트는 특이해요. 미국인이신가요?”

“미국 시민이오. 하지만 루마니아에서 자랐소. 아버지는 러시아인이고 어머니는 루마니아인이오. 지금 난 스위스에 살고 있지.”

“어떤 종류의 책을 쓰시나요?”

“미스터리요. 필명은 알렉스 칼란이고.”

그녀가 머리를 흔들었다.

“들어 본 적이 없어요.”

“안됐군. 난 꽤나 잘 쓰는데.”

“책 읽을 시간이 별로 많지 않거든요.”

그가 살짝 미소지었다.

“장미나무를 심느라 바쁘시겠지. 이해하오, 세상에 그렇게 바쁜 사람들만 있는 게 아니라는 점이 다행스럽소.”

그가 현관으로 들어서, 시원하고 통풍이 잘되는 홀을 둘러보았다. 구리 샹들리에로부터 하얀 회칠한 벽까지 매우 우아하며 고풍스러웠다.

“매력적인 곳이오.”

그가 걸음을 옮겨 2층으로 연결된 반짝이는 참나무 난간을 만져 보았다.

“아주 오래되었군. 십육 세기 초기?”

케이틀린의 얼굴이 미소로 환해졌다.

“바사로는 1509년에 세워졌어요. 몇몇 건물들은 그 후에 건축되었지만 모두 다 1815년이 지나기 전이죠. 이 집에 있는 가구들은 거의가 삼백 년도 더 된 것들이랍니다.”

그녀가 목소리를 높였다.

“어머니.”

“여기 있어, 케이틀린.”

카트린의 가볍고 경쾌한 목소리가 현관 오른쪽의 응접실에서 들려 나왔다.

“네가 일찍 들어와서 다행이야. 넌 정말 정신이…….”

홀로 들어서다가 알렉스 카라조브를 보자, 카트린의 말꼬리가 흐려지면서 표정이 밝아졌다.

“손님이 오셨니?”

어머니의 손에 카라조브를 안전하게 떠맡긴 다음에 전화를 걸 수 있으리라 생각하며, 케이틀린은 안도했다. 여주인으로서 어머니보다 더 따뜻하고 매력적인 사람은 아마 없을 것이다.

"이분은 카라조브 씨예요, 어머니. 이분은 제 어머니, 카트린 바사로입니다. 카라조브 씨는 소설가이신데 바사로에 투자를 하실 생각이세요."

"정말이니? 너무나 기쁜 일이군요, 카라조브 씨. 케이틀린도 기뻐할 거랍니다. 이 애는 요즘 돈에 대해 너무 걱정하는 것 같았어요. 전 언제나 이렇게 말해 주지요, 모든 건……."

"제가 전화를 거는 동안 카라조브 씨에게 와인 한 잔 대접하시겠어요? 저도 금방 따라 들어갈게요."

케이틀린이 명함을 초조하게 만지작거렸다.

"천천히 하시오."

알렉스가 화사한 미소를 보이며 그녀의 어머니를 쳐다보았다.

"만나 뵙게 되어 반갑습니다, 바사로 부인."

그는 편안한 매력을 발산하고 있었고, 어머니 또한 그의 미소 속에서 빛을 뿜어내고 있었다. 하지만 어머니는 매력적인 남자에게라면 나이가 어떻게 되든지 간에 쉽게 넘어가곤 했다.

그가 카트린의 손을 잡으며 뒤를 돌아보았다.

"당신 없이도 당신 어머니와 잘 어울릴 것 같소. 묻고 싶은 건 죄다 물어 보시오. 가놀드에게 무엇이든 솔직하게 대답해 드리라고 말해 놓았소."

"그럴게요."

이렇게 솔직한 걸 보니, 그는 정말로 합법적인 부자인 모양이었다.

"당신을 믿지 못하는 건 아니지만……."

"날 믿지는 마시오."

홀의 어스름한 불빛 아래서 그의 눈동자가 번쩍이며, 그 말이 차갑게 흘러나왔다. 어머니에게 얘기할 때의 매력은 온데간데없이 사라져 버렸다.

"갑자기 걸어 들어와 당신의 문제를 풀어 주겠다고 하는 남자를 믿는 건 어리석은 짓이오. 자기 자신의 이익만이 세상을 지배하오. 바사로를 돕는 것이 나에게 가장 큰 이득이 된다는 것을 입증할 수 있다면, 그때 가서 날 믿으시오. 그게 아니라면 날 보내 버리시오."

"카라조브 씨는 진담이 아니실 거야."

카트린이 불안하게 미소지으며 말했다.

하지만 케이틀린은 그를 만난 후 처음으로 그가 대단히 진지하다는 것을 확신했다. 남자를 쳐다보며 불안하게 몸이 떨려 왔다. 이 남자는 대담하고 섬칫할 정도로 신랄하며, 냉혹했고 정직했다. 이상하게도 그가 불안하면서 동시에 안심이 되었다. 카라조브가 정직하다면, 그가 따뜻하고 멋진 사람이 아니라 해도 무슨 상관이란 말인가? 그가 바사로를 구할 수만 있다면 다른 것들이 무슨 소용이란 말인가?

"난 알고 싶은 걸 물어 볼 거고, 만족스럽지 않으면 당신은 그냥 돌아가셔야 할 거예요. 하지만 내가 결정하는 동안 와인 한 잔쯤은 대접해 드릴 수 있겠지요."

그녀가 차가운 미소를 지어 보였다.

"오래 걸리지 않을 거예요."

등뒤로 서재문을 닫고 그녀는 힘없이 몸을 기댔다. 무릎이 꺾일 것만 같고 머리가 어지러웠다. 맙소사, 정말 겁이 났다. 알렉스 카라조브에 대해서가 아니라, 바사로 때문에 두려웠다. 그의 말이 사실이 아닐까 봐, 바사로를 구할 수 있는 기회가 생긴 것만큼이나 빠르게 사라져 버릴까 봐 겁이 났다.

그 공포를 없앨 방법은 한 가지뿐이었다.

문에서 몸을 똑바로 세워 그녀는 천천히 루이 14세 책상의 전화기를 향해 걸음을 옮겼다.

20분 후 응접실로 들어섰을 때, 케이틀린 바사로의 얼굴은 그야말로 햇살과 같았다.

알렉스는 그녀를 바라보며 사타구니에 성욕이 꿈틀거리자 충격으로 굳어졌다. 맙소사, 이런 반응은 예상치 못했다. 처음에 더러운 청바지와 땀으로 젖은 셔츠를 입고서 땅에 무릎 꿇고 있는 그녀를 보았을 때는 그

저 평범하게만 생각했다. 그때 그녀의 어깨는 피로감으로 축 늘어져 있었다. 나중에 그 섬세한 외모와 머리색처럼 황갈색으로 빛나는 피부를 가까이서 보았을 때는, 꽤나 매력적이라고 자신의 견해를 수정했다.

그런데 지금, 생동감 넘치는 표정으로 초록빛 회색 눈동자를 반짝이는 그녀의 모습은 생생한 아름다움으로 빛나고 있었다.

테이블에 잔을 내려놓고 그가 일어섰다.

"내가 마약 중개상이 아니라는 것을 확인한 모양이오."

그녀가 열성적으로 고개를 끄덕였다.

"가놀드 씨는 당신 책을 읽어 보기도 하셨대요."

"물론이지. 그는 탁월한 취향을 갖고 있소. 내가 왜 그에게 내 돈을 맡겼겠소?"

"당신은 두 권의 책을 썼는데, 둘다 대단히 특별하다고 하더군요."

"난 구성에는 강하고, 주인공 성격에는 약한 면이 있소."

그녀가 가볍게 웃음을 터뜨렸다.

"당신이 능력 있다는 말은 아까도 하셨지요."

"하지만 이제는 날 칭찬해 줄 사람이 생겼으니 적당히 겸손해도 될 거요."

케이틀린이 성마르게 손을 내저었다.

"우린 향수에 대해 얘기해야 해요."

"내 제안에 동의하는 거요?"

"물론이에요. 날 바보로 생각하세요?"

그가 생각에 잠겨 쳐다보았다.

"아니오. 하지만 속임수가 없는 극히 드문 여자라는 생각이 드오."

"그게 나쁜가요?"

"나쁜 건 아니고 다만 당황스럽소."

카트린이 자신의 와인잔을 들어올리며 끼어들었다.

"케이틀린은 언제나 무뚝뚝해요. 그 애랑 얘길 해보면 누구나 알 수 있지요."

"언제 은행에서 돈을 받게 되나요?"

케이틀린이 대뜸 물었다.

맙소사, 이 여자는 어린아이처럼 솔직하고 연약했다. 그는 이전의 신중함이 모두 사라지고, 그녀가 완벽하게 순응한다는 사실이 이상하게도 짜증스러웠다.

"내일 칸으로 가서 당신 계좌로 옮길 수 있소. 하지만 난 오늘밤 이 일을 매듭짓고 싶소."

그가 재킷 안주머니에서 서류를 꺼냈다.

"내가 말한 조건들이 적힌 계약서요. 모든 페이지에 사인을 해주시면 감사하겠습니다, 바사로 부인. 네 장은 내 거고, 다음 네 장은 당신이 갖고 있을 복사본입니다."

그가 테이블에 계약서를 펼쳐놓고 케이틀린에게 앉으라고 손짓했다.

"용어는 대단히 명확하지만, 어머니가 사인하기 전에 당신이 읽어 보고 싶어할 거라 생각하오."

케이틀린이 놀란 눈으로 그를 쳐다보았다.

"확신하고 계셨나요?"

"난 준비되어 있는 걸 좋아하오. 오늘 이 일을 마무리지으면 안 될 이유라도 있소?"

"아뇨, 그런 것 같지는 않아요."

그녀가 천천히 내려앉아 계약서를 들고 조심스레 읽어 내려갔다.

적어도 읽어 보지도 않고 사인하지는 않는군. 하지만 모든 것이 너무나 쉬웠다. 그녀는 너무나 쉬웠다.

"모든 게 제대로 된 것 같아요. 당신 말대로, 꽤나 잘 준비를 하셨군요."

서류에서 시선을 들고 그녀가 어머니 앞으로 내려놓았다.

"사인하세요, 어머니."

알렉스가 펜을 빌려주었다.

"페이지마다 아랫줄 왼쪽입니다."

카트린이 고개를 끄덕이고 깔끔하게 페이지마다 자신의 이름을 써넣었다. 알렉스가 계약서를 돌려 케이틀린 앞으로 밀었다.

"이젠 당신이오. 어머니의 서명란 바로 아래 증인란이 있소."

케이틀린은 순간적으로 망설이다가 재빨리 자신의 이름을 페이지마다 적어 넣었다. 그리고는 안도의 한숨을 쉬며 서류를 밀어냈다.

"됐어요. 이로써 우리는 파트너가 된 거군요."

그가 서류들을 모아들인 다음 네 장을 케이틀린에게 건넸다.

"그렇소, 우린 파트너요. 자, 내 파트너로서 어떤 행동을 하면 안 되는지 알려주겠소. 내 파트너는 변호사가 확대경으로 철저히 살핀 후가 아니면 식료품 목록이라 해도 사인하지 않소. 내 파트너는 급하게 결론에 이르지 않소. 특히나 내 파트너는 어떤 풋내기 건달이라도 조작할 수 있는 전화 확인 한 번으로 사업상의 결정을 내리지 않소."

케이틀린의 미소가 흐려졌다.

"당신이 그런 조작을 했나요?"

"아니오. 하지만 그렇다고 해서…… 왜 좀더 신중하지 않았던 거요?"

"난 절망적이었어요. 당신 마음이 바뀌면 어쩌죠?"

그 대답은 그의 화를 더욱 돋구었을 뿐이었다.

"절망적이라는 말을 하면 안 되는 거요. 제기랄, 자신을 보호하라구."

"왜요? 난 이미 계약서에 사인을 했어요. 이젠 당신을 믿어야 해요. 그리고 당신 입으로 사기꾼이 아니라고 했잖아요."

"내 말을 믿소?"

"당신을 믿어요. 난 사람 성격을 잘 파악해요. 지난 사 년간 바사로를 운영하면서 그렇게 될 수밖에 없었죠."

그녀가 잠시 그를 살펴보았다.

"당신이 힘든 사람일 수는 있지만 사기꾼은 아니라고 생각해요."

"물론 이분은 사기꾼이 아니야, 케이틀린."

카트린이 충격받은 표정으로 말했다.

"그런 말을 하다니. 카라조브 씨는 신사야."

알렉스는 두 사람에게 짐짓 절을 해보였다.

"그런 신뢰를 보여 주시다니 감사합니다."

"신뢰는 없어요. 난 겁이 나고 흥분도 되고…… 당신이 우리에게 뭘 원하는지 전혀 모르겠어요.”

“내가 원하는 것은 계약서 안에 들어 있소. 그보다 더 확실할 수는 없겠지.”

그녀가 인상을 찡그렸다.

“내가 절망적일지는 모르지만 바보는 아니에요. 어린아이였을 때조차 당신이 간단하거나 명확했을지 의심스러워요.”

“날 실망시키는군. 그렇게 감동적인 신뢰를 보여 주었잖소.”

“당신을 사기꾼으로 생각지 않는다고만 말했을 뿐이에요. 난 꽃을 재배할 줄 알고, 향수 만드는 걸 좋아해요. 하지만 장부나 회계 같은 것들에는 소질이 없어요.”

“그럼 회계사를 고용했어야 했소.”

그녀의 뺨에 약한 홍조가 올라오며, 허풍스레 어깨를 쭉 펴보였다.

“좋아요, 진실을 알고 싶으신가요? 바사로의 그런 측면을 좋아하지 않는다 해도, 난 필요하다면 훌륭한 사업가가 될 수 있어요. 그 계약서는 법정에서 이용될 수 있어요. 그리고 당신도 잘 알고 있겠지만, 프랑스 배심원들은 외국 투자가에게 이용당한 자국의 무기력한 여성에게 대단히 동정적이겠지요. 그러니 우리는 충분히 안전해요. 내일 아침에 변호사와 회계사가 이 계약서를 검토하게 될 거예요. 문제가 있다고 판단되면, 추가 조항을 더하게 될 거고 당신이 동의하지 않으면 법정으로 가게 되겠죠.”

그의 표정이 갑자기 강렬해졌다.

“그게 정당하다고 생각지 않았다면 어째서 사인한 거요?”

“맨 처음 당신이 그 계약을 성립시킨 것과 같은 이유죠. 대부분의 사람들이 법정까지 가는 건 피하고 싶어해요. 내가 사인한 것으로 우리는 둘다 거래를 되돌리기가 어려워지겠지요. 서재에 있는 동안 난 가놀드 씨 말고 한 사람에게 더 전화를 해보았어요. 칸에 있는 대출 담당자인 헨리 르파르에게 전화해서 그 전화번호가 진짜 제네바 은행의 것인지, 그리고 가놀드 씨가 그 은행 직원인지 확인해 봤어요.”

그녀가 그의 시선을 똑바로 쳐다보며 격렬하게 덧붙였다.

"당신이 이 거래에서 뭘 원하든 상관없어요. 바사로를 구할 돈이 생기기만 한다면 말예요. 난 모든 것들로부터 바사로를 보호해 왔고, 당신으로부터도 보호할 수 있어요. 당신이 서둘러 사인하게 만든 게 오히려 기뻐요. 이제 우리가 당신에게 책임이 있는 것처럼 당신도 바사로에 대해 책임이 있게 되었으니까요."

그녀는 다시 생기가 넘쳐흘렀다. 차가움은 모조리 사라지고 열기마저 느껴질 정도의 강렬한 감정으로 불타고 있었다. 한순간은 순진한 소녀인 듯하다가 다음 순간은 정열적인 카르멘이 되었다.

한참 동안 그녀를 쳐다보다가 그가 머리를 젖히고 웃기 시작했다.

"이런, 양처럼 순진한 줄 알았더니 오히려 나에게 덫을 걸고 있었군."

"아뇨, 단지 당신이 나에게 덫을 걸도록 놔두었을 뿐이에요. 당신 말이 맞아요, 난 속이는 걸 싫어해요. 하지만 바사로를 위해서라면 무슨 짓이든 할 거예요."

그녀가 공포스레 그녀를 쳐다보고 있는 어머니에게 시선을 돌렸다.

"카라조브 씨가 저녁을 같이 드실 거라고 생각해요, 어머니. 소피아에게 저녁 준비를 시키실 건가요?"

카트린이 즉시 머리를 내저었다.

"당연히 안 되지. 내가 직접 준비할 거란다. 오늘은 아주 특별한 경우잖니."

"제 어머니는 일류 요리사랍니다, 카라조브 씨. 맛좋은 음식을 대접받으실 거예요. 준비를 시작하는 게 낫지 않을까요, 어머니?"

"오, 그래, 그래야지."

카트린이 시야에서 사라지자마자 알렉스가 입을 열었다.

"대단히 순종적이시군. 그게 당신에게는 일을 더 쉽게 만들겠지."

"가끔은요."

케이틀린은 무심코 대답했다가 그가 말한 의미를 깨닫고 변명하듯 덧붙였다.

"어머니를 조종하지는 않아요. 당신은 이해할 수 없을 거예요. 어머니는 쉬운 걸 좋아해요. 걱정하는 일은 원하지 않으세요. 제가 너무 주제넘

게 굴었나 봐요. 우리와 저녁 식사 같이 하시겠어요?”

“기쁘게 받아들이겠소.”

“어디에 묵고 계시나요? 칸?”

그가 고개를 끄덕였다.

“호텔에?”

“매저스틱 호텔이오.”

“여기에 방을 내어 드릴 수 있어요, 당신이 진심으로 바사로를 책 소재로 삼고 싶으시다면요.”

“대단히 친절하시오.”

“난 계약서에 사인을 했어요. 그 서류만이 아니라 정신에도 정성을 다하는 것이 명예로운 일이겠지요.”

“요즘은 그런 식으로 사업하는 사람들이 많지 않소. 그 정신이 길가로 내던져진 것 같아 유감이오.”

“바사로에서는 그렇지 않답니다. 여기에 묵고 싶으신가요?”

그가 고개를 끄덕였다.

“한동안은. 우린 계획들을 세워야 하니 여기 있는 것이 더 편리할 거요.”

“계획이라니요?”

“향수를 출시하는 것 말이오. 그런데 그 향수에 이름은 붙였소?”

“바사로.”

“장소 이름을 딴다고? 흔히 좀더 이색적인 이름을 짓지 않던가?”

“그건 내 향수고, 바사로의 것이에요.”

그녀의 얼굴이 불연듯 환해졌다.

“모르시겠어요? 바사로는 전에도 향수를 만들어 왔지만, 그 이름으로 나간 적이 없었어요. 난 이 향수를 개발하려고 사 년이나 심혈을 기울였죠. 그리고 거기에 특별한 의미를 부여하고 싶어요. 그 이름을 바꾸자고 하는 건 아니겠지요?”

“뭐라 부르든 난 상관없소. 쁘와종(독약)이라고 불리는 향수가 성공할 수 있었다면, 바사로라고 해서 문제가 될 것 같지는 않소.”

"당신은 이상한 사람이에요. 최소한의 노력으로 원하던 것을 얻어냈으면서 내가 그대로 받아들이니까 화를 냈지요."

"화낸 것이 아니오. 단지……."

사실이 아니었다. 그는 그녀가 자신을 소개한 순간부터 화가 났으며 불편했다. 이 여자의 소박함과 솔직한 무엇인가가 이상하게도 보호해 주고 싶은 충동을 불러일으켰다. 정말 이상한 일이었다. 소년 시절 이후로 여자에게 기본적인 성욕 이외의 충동을 느껴 본 적이 없었는데. 그리고 지금은 어떤 부드러운 감정도 도움이 되지 않는다.

"내가 왜 그런 식으로 반응했는지 당신보다 내가 더 알 수 없소. 당신은 스스로를 보살필 수 있어 보이는데."

"그 향수는 내 것이에요. 난 바사로에 영향을 끼치지 않는 한 그것으로 모험을 할 권리가 있어요. 당신은 내가 그 가능성을 알고 있다는 점을 깨달아야 할 거예요."

그래, 그녀는 속임수나 정직하지 않은 행동들을 모르고 있었던 것이 아니었다. 가능성을 받아들인 것이다. 자신이 다칠 가능성이라 해도, 소중한 바사로를 위해 그것조차 감수하려 한 것이다. 맙소사, 어떤 것에 그렇게 깊은 감정을 느껴 본 적이 과연 언제였던가?

그가 건넨 계약서 사본을 그녀가 힘껏 움켜쥐었다.

"괜찮으시다면, 전 샤워를 하고 식사 전에 옷을 갈아입어야겠어요. 부디 편하게 계세요."

그녀가 가버리자, 그는 천천히 의자에 내려앉았다. 케이틀린 바사로의 생기 넘치는 존재가 없으니 방안이 차갑게 느껴졌다. 그는 그 생각을 떨쳐내 버리고 와인잔을 집어들었다. 케이틀린이나 그녀의 바사로에 대해서는 조금도 관심 없었다. 그녀는 그의 퍼즐 조각 중 하나에 불과했다.

그는 케이틀린이 방안에 걸어 들어왔을 때 경험했던 성적 충동을 떨쳐내려 애썼다. 그녀는 자신의 취향이 아니었다. 가슴은 엄청나게 풍만했지만, 크고 우아한 몸매는 너무 말랐고, 관능적이라고 하기에는 지나치게 근육이 발달되어 있었다. 너무나 오랫동안 여자 없이 지내 왔기 때문일 것이다. 단지 암컷을 원하는 수컷의 행동일 뿐이었다.

하지만 여기 있는 동안 약간의 만족을 얻는 게 해가 되지는 않을 것이다.

그녀가 저녁 식사를 하기 위해 아래층으로 내려왔을 때, 카라조브의 태도는 달라져 있었다.

식사하는 내내 케이틀린은 그 미묘한 변화를 의식했지만, 정확히 무엇인지는 알 수가 없었다. 어머니에게는 매력적으로, 자신에게는 정중하게 행동했지만 틀림없이 뭔가가 있었다.

갑자기 그의 시선이 그녀에게로 향하자, 그의 눈 속에서 반짝이는 성적 욕망을 알아차렸다. 그녀의 눈이 놀라움으로 휘둥그래졌다. 알렉스는 미소지으며 아무렇지도 않게 카트린에게 테이블에 장식한 꽃들이 아름답다고 칭찬의 말을 늘어놓았다.

저녁 식사가 끝나자 그는 즉시 칸으로 돌아가겠다며 일어섰다. 카트린에게 작별 인사를 하고 나서, 케이틀린에게는 내일 일에 대해 의논할 게 있으니 차까지 함께 걸어가자고 요청했다.

하얀 스포츠카가 달빛 속에서 오만하고 화려하게 빛을 뿜어내었다.

"왜 람보기니를 타시나요?"

"어째서?"

"당신이 살 차 같지가 않아요. 너무 요란스러워요."

"그 말이 맞소. 난 화가 나서 이 차를 샀었소."

차문을 여는 그를 그녀가 당황스레 쳐다보았다.

"예기치 못한 돈이 생기자, 과시해 보이고 싶었던 거지."

"그렇군요."

그가 음울하게 미소지었다.

"아니, 당신은 모를 거요. 내가 무슨 얘길 하는지 전혀 알 수 없을 거요. 복수하기 위해 그 더러운 돈을 써버리고 싶었던 이유를 당신은 이해하지 못할 거요."

"그래요, 난 잘 모르겠어요. 복수란 언제나 쓸데없는 짓인 것 같거든요."

그가 머리를 내저었다.

"틀렸소. 무례함조차 그냥 넘어가서는 안 되오. 그렇지 않으면 언제나 또다시 그런 행동을 하지."

"눈에는 눈으로?"

그가 그녀의 눈을 마주 보았다.

"맞았소."

그 차가운 시선에 그녀는 자신도 모르게 한 걸음 뒤로 물러났다. 카라조브는 대체 어떤 남자일까?

"당신은 복수를 믿나요?"

"모든 사람이 복수를 믿소."

"난 아니에요. 잊어버리려 애쓰면서 나름대로의 삶을 살아야 한다고 생각해요."

"감탄할 만하군. 그리고 완벽하게 비현실적이오. 당신은 그걸 빼내어 적의 가슴에 돌려주고 싶을 만큼 깊은 칼날을 받아 본 적이 없소."

"당신은 있다는 건가요?"

그가 잠시 말이 없었다.

"그렇소."

두 사람 사이에 침묵이 깔리자, 케이틀린은 무언가 할 말을 찾았다. 문득 그의 단단한 몸에서 전해지는 체온과 자신을 들여다보는 강렬한 시선을 의식했다. 그녀는 멍하니 손을 뻗어 람보기니의 차갑고 매끈한 금속을 매만지며 제일 먼저 떠오른 말을 입 밖으로 꺼냈다.

"제 아버지는 이 차를 좋아하셨어요."

"그랬소? 그분은 멋진 물건들에 전문가라고 들었소. 지금은 런던에 계시나?"

그녀의 몸이 경직되었다.

"당신은 우리 재정 상태보다 어머니와 나에 대해 더 많은 걸 알아낸 모양이군요."

"변수들이 있지. 감정적인 반응이 가장 이성적인 인간에게 가장 비이성적인 행동을 하게 만들 수 있소. 서류에 사인할 사람이 당신 어머니였기 때문에, 그녀에 대해 알 필요가 있었지. 깊은 내용은 아니었소, 데니스

리어돈이라는 이름의 아일랜드인과 결혼을 했고, 십삼 년 후에 이혼했다는 것뿐이었지.”

“그가 어머니를 버린 거예요.”

“내 질문에 대답하지 않았소. 당신 아버지는 런던에 계시나?”

“그렇다고 생각해요.”

그녀의 목소리에는 감정이 없었다.

“이 년전에 그분에게 카드를 한 장 받았죠. 정기적으로 연락하지는 않아요. 내가 열두 살이었을 때 그는 어머니와 이혼했어요.”

“알고 있소.”

그는 이 정도에서 그만 둘지 말지를 결정하는 듯 그녀를 살펴보다가 무뚝뚝하게 덧붙였다.

“그녀의 돈을 바닥내고 바사로를 거의 엉망으로 만든 후였지. 그 매력적인 아버지에게 칼날을 되돌리고 싶지 않다고 말할 수 있소?”

“그래요.”

“전혀?”

“그게 무슨 소용인가요? 그도 자신을 어쩔 수가 없는 걸요.”

“바람둥이에다 사람만 이용해 먹는 자요.”

“그가 어떤 사람이든 당신과는 상관없어요.”

“‘왼쪽 뺨을 맞으면 오른쪽 뺨을 대라’, 당신의 그 철학이 얼마나 깊은 것인지 알고 싶군.”

그녀가 그를 이상하게 쳐다보았다.

“날 상처 입히려 하는군요.”

“아니, 당신을 일깨워 주려 할 뿐이오.”

“왜 신경을 쓰는 거죠? 난 당신과 전혀 관계 없는 남인 걸요.”

“내 사업 파트너잖소.”

씨익 미소짓는 그의 눈동자가 어둠 속에서 반짝였다.

“난 사업 파트너에게 대단히 바라는 게 많지. 그들이 내가 필요로 하는 어떤 분야에서든 똑똑하고 자유롭기를 원하오.”

그 속에 담긴 차가운 의미와는 대조적으로 그 말에는 부드러운 관능미가 섞여 있었다. 또다시 그녀의 방심을 틈탄 역습이었다.

"철학적인 박차가 없이도 난 충분히 제기능을 다할 수 있답니다. 이제 괜찮으시다면, 전 집으로 돌아가겠어요. 작업복으로 갈아입어야 해요."

그의 미소가 사그라들었다.

"일하러 간단 말이오? 거의 열 시가 다 되었는데?"

"장미 심는 일을 끝마쳐야 해요."

"맙소사, 밤낮으로 일할 필요는 없소. 더구나 내가 당신에게 돈을 주겠다고……."

"내일은 라벤더를 따야 해요. 그건 장미를 오늘 안에 끝내야 한다는 뜻이죠."

그가 이해하지 못하는 것을 알 수 있었다.

"아직은 돈을 받지 못했어요. 그러니 나에게는 현실이 아니죠. 그 돈을 받고 난 후라도, 저당금이 지불될 때까지는 일을 늦출 수 없어요. 항상 힘든 경우를 대비해서 준비를 해두어야 해요. 난 바사로를 보호해야만 한다구요."

"맙소사, 지나치게 강박적이오."

"당신이 이해해 줄 거라고 기대하지는 않아요."

"이해는 하오. 나 자신도 꽤나 강박적일 때가 있으니까. 내일 정오에 당신 은행에서 봅시다."

그녀가 눈살을 찌푸렸다.

"두 시라면 좋겠어요. 그 시간도 맞춰서 가려면 일찌감치 일을 중지해야 할 거예요. 우린 보통 한 시쯤 꽃 따는 일을 끝내지만 씻고 운전해서 가려면……."

"두 시."

그가 운전석에 올라 시동을 켜자, 차가 민감하게 살아나며 윙윙거렸다.

"당신 계획을 방해할 생각은 없소."

케이틀린은 차가 날렵하게 미끄러지는 모습을 지켜보았다.

"다 잘된 거니, 아가야?"

어머니가 문 쪽에서 외쳐 물었다. 그녀의 풍성한 하늘색 드레스가 밝은 복도의 불빛에 보석처럼 빛났다. 그녀의 시선이 모퉁이를 돌아 내려가는 스포츠카에 머물렀다.

"정말 멋진 차야. 그가 가끔씩 나도 운전하도록 해줄까?"

"직접 물어 보지 그래요? 어머니에게 꽤나 매혹된 것 같은데요."

케이틀린이 계단을 올라섰다.

"나도 마찬가지란다. 그렇게 매력적인 남자를 만나는 건 정말 드문 일이야. 그 오스트리아 배우를 연상시킨다니까, 눈동자가……."

"거의 대부분의 배우들이 눈동자를 갖고 있지요."

"내 말뜻 알잖니."

그녀가 손가락을 퉁겼다.

"매드 맥스."

"멜 깁슨."

카트린이 활짝 웃었다.

"맞았어. 하여튼 그는 정말 아름다운 남자야. 모든 일이 잘될 것 같아, 케이틀린."

케이틀린은 어머니의 뺨에 입을 맞추고는 그녀를 지나쳐 현관으로 들어섰다.

"저도 그러길 바래요. 안녕히 주무세요, 어머니. 내일 칸에 가려면 차를 써야겠어요."

어머니가 눈살을 찡그렸다.

"미뇽 살라노와 같이 니스에서 점심을 먹기로 했는데."

그녀가 재빨리 덧붙였다.

"하지만 취소할 수 있어."

"굳이 그럴 필요 없어요. 트럭을 갖고 가면 돼요."

카트린이 불쾌한 듯 코를 찡그렸다.

"은행 근처에는 주차하지 말아라. 그 낡은 덩어리는 정말 볼품이 없어."

"난 좋은 걸요. 특색 있잖아요. 그리고 그건 나에게 어울려요. 우리 둘 다 평범하고 우아한 면이 없거든요."

케이틀린이 미소지으며 계단을 오르기 시작했다.

"넌 평범하지 않아. 그리고 우아하게 되려고 노력하지 않잖니, 아가야. 지금 입고 있는 드레스를 좀 봐라. 적어도 오 년은 되었을 거야. 길이도 너무 길고. 여자란 매력적으로 보이기 위해 약간의 어려움은 감수할 의무가 있단다."

머리를 흔들며 케이틀린이 부드럽게 대꾸했다.

"어머니와 전 다른 세상에서 사는 것 같아요."

카트린이 한숨을 쉬며 포기한 듯 어깨를 으쓱였다.

"잘 자거라, 케이틀린."

케이틀린은 옷 갈아입으러 간다는 말을 굳이 하지 않았다. 어머니가 걱정할 만한 말은 하지 않아야 편하다는 걸 수년간의 경험으로 알고 있었다.

"주무실 거예요?"

"금방 자야지. 이번 달 엘르 잡지를 볼까 생각중이야. 카라조브 씨가 새 드레스를 살 수 있을 정도로 관대하게 투자할까?"

"청구서들을 다 지불하고 나서 알아보자구요."

"이 일들이 다 괜찮은 거지, 케이틀린? 처음에는 그런 것 같았는데 조금……."

"괜찮고말고요."

케이틀린이 재빨리 대답하자, 어머니의 얼굴에서 근심어린 표정이 사라졌다.

"난 언제나 네가 무슨 생각을 하는지 알 수가 없어. 네가 행복하길 바란단다, 케이틀린."

어머니는 언제나 모든 사람이 행복하길 바랐다. 케이틀린은 슬픔을 느꼈다. 어머니는 행복이란 것이 때때로 노동과 희생을 필요로 한다는 점을 이해하지 못했다.

어머니와 서로 다른 세상에서 사는 것 같다고 한 말은 진심이었다. 어머니는 자신처럼 패션 잡지를 훑어보고, 점심을 먹으면서 소문을 떠들어대고, 새 드레스를 살 생각에 흥분하는 딸을 가졌다면 좋았으리라. 어떤

점에서 보면, 어머니의 인생은 그녀보다 더 힘들고 고독했다. 적어도 케이틀린에게는 그녀의 목표와 문제를 이해해 주는 친구들과 자크가 있지 않은가. 그녀는 계단 중간에서 멈춰 어머니에게 미소를 보냈다.

"새 드레스 하나쯤은 살 여유가 있겠죠. 내일 니스에 가면 마음에 드는 것이 있는지 둘러보시는 게 어때요?"

카트린의 얼굴이 밝아졌다.

"너무 비싸지 않은 걸로 고를게. 네그레스코 호텔에서 거리로 쭉 올라가면 가장 절묘한 물건을 정말 말도 안 되는 가격에 살 수 있는 가게가 있단다."

그녀가 서둘러 응접실로 향했다.

"허리선이 낮게 내려온 걸로 해야겠어. 지난 달 보그지에서 본 게 있는데……."

소중한 패션 잡지들을 뒤지러 응접실로 사라지면서 그녀의 목소리가 차츰 낮아졌다.

계단을 오르는 동안 케이틀린의 미소는 점점 희미해졌다. 그들에게 새 드레스를 살 여유는 없었다. 하지만 돈이 들어오면 재정 상태가 나아질 수도 있었다. 더구나 어머니의 드레스는 새발의 피일 뿐이었다.

카라조브. 차 옆에 서 있던 순간이 생각나자 그녀는 문득 불편해졌다. 그 남자가 육체적으로 그녀를 동요시킨다는 점은 부인할 수 없었다. 그들 사이의 화학 작용은 숨김없이 노골적이었다.

하지만 성적 반응이 꼭 성적 행동을 의미하는 건 아니다. 그녀는 순진한 어린아이가 아니었고 전에도 육체적으로 끌려 본 적이 있었다. 물론 대학 시절의 서툰 연애를 정열이라고 말할 수는 없었다. 하지만, 그렇다 해도 연애는 연애였다.

문득 그녀는 짜증이 났다. 그녀는 알렉스 카라조브처럼 경험 많은 남자와 사귈 정도로 충분한 경험이 있는 것은 아니었다. 그래, 우정 이상으로 나아가는 것을 피하는 것이 최선이리라. 성적인 관계는 사업상의 거래에 지장을 줄 수 있다. 바사로를 보호하는 일에 어떤 것도 방해가 되면 안 된다.

3

　칠흑같이 까만 방안에서 받침대 위의 조각상이 반짝거렸다. 그 에메랄드 눈동자가 초인간적인 지혜를 뿜어내었다. 케이틀린은 그것을 살펴보다가 의자를 조정해 앉으며 공책을 펼쳤다.

　"맙소사, 윈드 댄서잖아!"

　향료 제조실 문가에서 목소리가 들려 왔다.

　케이틀린은 공책을 꼭 움켜쥔 채 굳어졌다. 빌어먹을, 이곳은 그녀만의 장소였다. 아무도 여기에 오는 것을 원하지 않았다.

　"카라조브 씨? 당신이 오실 줄은 몰랐어요."

　그녀가 일어나 스위치 쪽으로 걸어갔다.

　"대체 그 조각상을 갖고 뭘 하는 거요?"

　그녀가 불을 켜고 리모컨 버튼을 누르자, 까만 대리석 받침대 위의 조각상이 허공 속으로 사라져 버렸다!

　그의 표정을 눈치채고는 케이틀린이 미소지었다.

　"수리수리 마하수리."

　그의 시선이 세 개의 영사기에 고정되었다.

"입체 사진 필름이오?"

"그래요, 삼 차원 영상이죠."

"그렇군."

그가 방안으로 걸어 들어왔다. 아까 칸의 은행에서 만났을 때 입었던 우아한 짙푸른 양복을 벗어 버리고 낡은 청바지와 하얀 셔츠 차림이었다.

"당신 어머니가 여기 있을 거라고 말씀해 주셨소. 하지만 저녁 식사에 나타나지 않은 이유가 이런 장난을 치기 위해서인 줄은 상상도 못했소. 그다지 예의바른 행동은 아니오. 내 돈은 받지만 동료로서는 받아들이지 않는다는 의미요?"

"연구할 게 있어서요. 당신은 어머니가 즐겁게 대접할 거라고 믿었죠."

"윈드 댄서를 연구하고 있었소?"

"이걸 아시나요?"

"모르는 사람이 있을까?"

"그렇겠군요. 하지만 저는 좀 특별한 관심이 있답니다. 소르본에 있을 때 논문을 썼죠."

"최근 어떤 책에서 그 사진을 본 적이 있소. 고고학을 전공했소?"

"농업학 전공에 고고학 부전공이었죠."

"흥미로운 결합이군."

"그렇지도 않아요. 바사로는 내 핏줄이고 생명인 걸요."

"그럼 윈드 댄서는?"

"정열이라고 부를 수 있겠죠."

"어째서?"

"바사로는 사백 년 동안 윈드 댄서와 연결되어 있었어요. 내가 거기에 관심을 갖는 건 당연……."

그녀가 머리를 흔들었다.

"당신은 이해하지 못할 거예요."

"적어도 들판에서 노예처럼 일만 하는 건 아니군. 방해한 걸 사과해야 할 것 같소."

그녀가 미소지었다.

"그래야만 해요."

"용서하시오. 자, 사과를 했으니, 잠시 여기 있어도 되겠소? 지독히도 잠이 오질 않아서 말이오."

그에게서 발산되는 혼란스런 긴장감이 뚜렷이 느껴졌다. 그녀는 책상에 앉아 공책 옆으로 리모컨을 내려놓았다.

"여기엔 당신을 즐겁게 해드릴 만한 게 별로 없는 걸요, 카라조브 씨."

"알렉스요."

그가 편안한 가구 하나 없는 방을 둘러보았다.

"여긴 뭐하는 곳이오? 작은 비행기 격납고처럼 보이는군."

"내 작업실, 향료 제조실이에요. 내가 새 향수를 개발하는 곳이죠."

"어둠 속에 앉아서 윈드 댄서를 연구하지 않을 때 말이군."

그녀가 앉아 있는 둥근 책상 위로 우뚝 솟아오른 선반에는 반짝이는 수백 개의 유리병들이 나열되어 있었고, 작은 저울과 공책이 그녀의 바로 앞에 놓여 있었다.

"흥미롭군. 오르간을 치려고 준비하는 것 같소."

그녀가 미소지었다.

"거의 비슷해요. 이 책상이 바로 그거죠. 저 유리병 속에는 엑기스가 들어 있어요, 여러 가지 꽃과 식물들의 기름이지요. 거기에 다 이름을 적어 놓았어요. 그걸 제대로 된 게 나올 때까지 계속 섞어 보는 거예요. 그리고 기억해 둘 가치가 있는 것은 꼼꼼하게 공책에 적어 놓아요. 향기는 대단히 미묘하기 때문에 아주 사소한 성분 변화도 향기 전체를 변화시킬 수 있답니다."

"이미 향수를 개발했으리라 생각했는데."

"오, 하지만 그게 향기의 마법이에요. 언제나 새롭고 다른 무언가를 개발할 수 있거든요. 세상에는 수백만 종의 향기가 있지만 여전히…… 미안해요, 내 얘기에만 정신이 팔렸네요. 관심도 없으실 텐데."

"그렇지 않소. 그런데 집이 아니라 이 건물에 작업실이 있는 이유는 뭐요?"

그녀가 양쪽의 커다란 헛간 문들을 가리켜 보였다.

"문과 창문들을 활짝 열면 남아 있던 향기들이 바람에 날아가게 돼요. 코가 과민해지지 않도록 유지하는 건 아주 힘들어요. 후각이 지치면 다른 냄새를 맡을 수가 없거든요. 신선한 공기만이 그걸 되살릴 수 있어요. 다른 향수 제조실과 비교하면 원초적인 수준이지만, 난 이쪽이 더 좋아요."

그가 벽에 늘어서 있는 책장으로 어슬렁거리며 걸어갔다.

"당신이 이런 일을 아주 잘 해 낸다고 어머니가 그러시더군."

"좋아하는 거죠."

"꽃을 재배하는 것보다?"

"그건 모두 전체 과정의 일부인 걸요."

"그 전체가 바사로인 거요?"

"그래요, 미첼은 그것이 순환과 같다고 말했죠."

"미첼?"

"미첼 안드레. 그는 프랑스 혁명 당시에 여기 살았어요. 나중에 캐서린 바사로와 프랑수아 에칠렛의 큰딸과 결혼했지요."

"결혼을 했다고? 그 뒤에 무슨 사연이 있는 거요?"

"성 말인가요? 캐서린과 프랑수아가 결혼한 것은 맞아요. 바사로의 상속 조항에 따라, 이 땅은 맏딸의 맏딸들만 물려받게 되어 있어요. 그 여자가 결혼 후에도 바사로라는 성을 유지한다는 조건이죠."

그가 선반에서 향수 잡지를 꺼내 무심히 펼쳐 보았다.

"십팔 세기의 여성 해방 운동가들이 환희에 넘쳤겠군."

"미첼이 바사로 최초의 성공적인 향수를 개발했죠. 나폴레옹 궁전에 있던 모든 숙녀들이 '라 담' 한 병씩을 갖고 있었다고 해요. 캐서린의 일기를 당신이 읽어 봤어야 해요. 그때로 돌아가는 여행이죠. 그녀는 미첼을 자신의 아들로 키웠는데……."

케이틀린이 그의 미소를 알아채고는 말을 멈췄다.

"바사로의 역사를 얘기할 때면 난 너무 몰두해 버리고 말죠. 가족이 아닌 사람에게는 관심 없는 얘기인데."

"그 반대로 난 아주 흥미를 느끼오. 뿌리를 갖는다는 건 아주 편안한 느낌일 거요.”

“모든 사람이 뿌리를 갖고 있어요. 바사로의 뿌리가 다른 것보다 더 깊을 뿐이죠.”

그는 잠시 말이 없다가 간단하게 말했다.

“무슨 뜻인지 아오.”

그리고는 세 번째 선반에서 유리병 하나를 꺼내 불빛에 들어올렸다.

“이건 뭐요?”

유리병에는 모두 이름이 적혀 있었다. 그는 주제를 바꾸고 싶은 것이다.

“라일락이에요.”

“당신 향수에 이것도 사용하나?”

그녀가 고개를 저었다.

“난 재스민을 주요 키로 사용하고, 중간 키로는…….”

“키라니? 다시 오르간 얘기로 돌아가는 건가?”

그녀가 웃음을 터트렸다.

“향수를 개발하는 건 교향곡을 작곡하는 것과 다소 비슷해요. 제일 먼저 인식하는 중요한 키가 있고, 그 다음에는 중간 키, 그 다음에는 기본적인 키죠. 하지만 사실은 그 모든 것들이 혼합되어 있는 거예요. 좋은 향수는 향기가 사라질 때까지 순간순간 향기를 뿜어내야 한답니다.”

“교향곡의 선율처럼.”

“너무 빨리 사라져서도 안 돼요. 고려해야 할 것들이 산더미 같죠. 강렬하지만 너무 강하지는 않게. 날카롭게 할까 부드러운 쪽을 택할까? 알갱이는 있어야 할까? 향수를 뿌린 사람이 걸어가 버렸을 때 뒤에 남도록 해야 할까?”

“그럼 당신 향수는 그런 질문에 어떤 답을 주고 있소?”

“직접 판단해 보세요. 이게 바사로예요.”

케이틀린은 제일 아래 선반에서 유리병 하나를 꺼내 책상의 하얀 종이에 한 방울 떨어뜨렸다. 그리고는 그것을 알렉스에게 내밀었다.

“난 오품처럼 톡 쏘면서도 기억에 남는 걸 바랐지만, 다른 향기까지

배합시켰죠. 비 온 뒤 들판의 상큼함과 흐릿한 레몬의 향내 그리고……."

그녀는 표현할 수 없는 듯 손을 내저었다.

"그냥 바사로 자체가 되길 바랐어요."

알렉스는 종이를 들어 향기를 맡아 보았다.

"내가 여자에게서 맡아 본 어떤 향수와도 다르오."

문득 그녀는 알렉스가 여자의 머리에 얼굴을 묻고 서 있는 모습이 생생히 떠올랐다. 그녀는 단호하게 그런 영상을 밀쳐 내었다.

"향수는 독특해야 해요. 마음에 드세요?"

그가 종이를 책상에 내려놓았다.

"무어라 말할 수 없소. 향수는 여자의 피부에 닿으면 다른 향기가 되거든. 한 번 볼까?"

그는 대답을 기다리지도 않고 향수 한 방울을 그녀의 왼쪽 손목 민감한 부분에 문질렀다. 그런 다음 손목을 들어 시험하듯 향기를 맡아 보았다.

"좋군."

아무 억양도 없는 한 마디였지만, 그의 손은 단단하고 따뜻하며 고통스러울 정도로 친밀했다.

"한 곳이 더 있지, 가장 최상의 시험 장소."

그는 엄지손가락에 향수를 한 방울 떨어뜨리고 그녀의 셔츠 칼라를 벌려 두 손으로 가느다란 목을 감쌌다. 그리고는 양쪽 손가락으로 천천히 목의 움푹한 곳을 문질렀다.

"여기가 심장 박동이 가장 강한 곳이오, 향기가 넓게 번져 나가지."

그의 손길이 무겁게 느껴지며 목이 부러져 버릴 듯했다. 그녀는 침을 삼켰다.

"당신이 어떻게 아나요? 향수에 대해 별로 모른다고 했잖아요."

"그렇소. 하지만 후각 기관에 대해 몇 년 전 보고서를 읽은 적이 있소."

나른하게 앞뒤로 움직이는 손가락 아래에서 그녀의 심장은 미친 듯이 고동쳤다.

"읽은 걸 언제나 그렇게 잘 기억하시나요?"

"대개는. 쓸모가 있다면 그렇소."

그의 손이 목에서 떠나 그녀를 일으켜 세웠다. 그녀는 그 유리 같은 눈동자에서 눈을 떼지 못한 채 멍청하게 그를 올려다보기만 했다. 심장이 더 심하게 고동치며, 혈관 속의 피가 뜨겁게 달아올랐다.

"그래, 아주 훌륭해."

그가 감탄하며 중얼거렸다. 그의 몸 어느 부분도 닿아 있지 않았지만, 그녀는 그의 뜨거운 열기를 느낄 수 있었다. 그는 꼼짝 않고 서서 향기를 들이키고 있었다.

그의 향기가 아른하게 코끝을 스쳤다. 라임 콜로뉴에다 좀더 깊은 사향 내음. 서로의 향기를 맡는 두 사람에게는 교미를 준비하는 동물과 같은 원초적인 무엇이 존재했다.

그녀는 애써 숨을 진정시키며, 이 긴장을 깨뜨릴 말을 열심히 찾아헤맸다.

그가 깊이 숨을 들이쉬었다가 내쉬자 목에 따뜻하고 부드러운 숨결이 느껴졌다. 제기랄, 그는 건드리지도 않았는데 그녀는 떨기 시작했다.

"독특해, 우린 성공할 수 있을 것 같소."

여전히 반쯤 눈을 내리깐 채 그가 한 걸음 물러났다.

무릎이 꺾일 것만 같아 그녀는 의자로 털썩 주저앉았다. 얼굴이 달아올라 있다는 걸 알았다. 알렉스처럼 침착하고 초연하게 행동할 수 있다면 얼마나 좋을까. 그녀는 떨리는 웃음을 지어 보였다.

"훌륭한 사업가라면 계약하기 전에 미리 확인했을 거예요."

"별 도움이 안 되었을 거요. 난 여자가 향수를 뿌리면 어떻게 되는지 아는 바가 없으니."

그의 표정에 희미한 웃음기가 보인 것 같았다.

"하지만 내가 뭘 좋아하는지는 알지."

그는 그녀가 마음에 들었다. 그녀는 순수하고 간단하다. 그녀가 재빨리 유리병으로 시선을 내렸다.

"이제 어떻게 해야 하나요?"

그는 대답하지 않았다. 눈을 들자 그의 눈이 반짝이고 있었다.

"향수 말이에요. 시장에 내놓는 일을 상의해야 한다고 말씀하셨잖아요."

"그래야지."

"그러면요?"

"지금은 아니오. 몇 가지 생각이 있지만 얘기하기 전에 좀더 정보가 들어오길 기다리고 있소. 며칠 동안 전화를 받아야 하오. 그러고 나서 움직이게 될 거요."

"누구 전화요?"

"조사 전문가. 매일 우편물이 올 거라고 어머님께 말씀드리는 게 좋겠소. 정보를 수집하기 위해 몇 사람 고용을 했소."

그가 선반 위의 책들을 올려다보았다.

"모두 향수에 관한 책들이오?"

이 남자는 어떻게 이럴 수 있을까? 방금 전에는 흥분했었는데 지금은 차가웠다. 어쨌든 평정을 되찾을 시간이 생긴 것은 다행이었다. 그녀의 심장 박동도 거의 정상으로 돌아왔다.

"네, 맞아요. 캐서린의 일기만 빼면, 대부분이 참고 서적들이죠."

그의 시선이 두 번째 줄의 낡은 책으로 향하며 그 책을 빼들었다.

"이건 향수에 대한 게 아닌데. '윈드 댄서에 관한 사실과 전설들' 아주 낡았군, 거의 떨어져 나갈 지경이오."

"오랫동안 갖고 있었거든요."

"얼마나?"

"몇 년."

그를 안 지 얼마 되지 않았는데, 그 짧은 기간 동안 그는 그녀의 인생 구석구석에 깊숙이 침범해 들어왔다. 그녀는 장벽을 설치해야만 했다.

"금방이라도 찢어질 거예요. 부디, 선반에 올려놓아 주세요."

그는 한쪽 눈썹을 치켜올렸지만 조심스레 책을 되돌려 놓았다.

"재미있군."

즉시 다음 말이 이어졌기 때문에, 그가 그 책에 대해 말하는 것인지 그녀의 반응을 말하는 것인지 알 수 없었다.

"향수 관련 서적들을 몇 권 가져가도 되겠소? 우리의 공통 관심사에 대해 좀더 알아야 할 것 같소."

"물론이에요."

그가 책을 뽑아 팔에 한가득 여덟 권의 책을 안아들었다.

"내일 또 가져가셔도 돼요. 마음이 바뀌어서 내쫓는 일은 없을 테니까요."

"고맙소. 하지만 난 별로 잠이 많지 않고 읽는 속도도 아주 빠르오. 몇 년 전에 속독법을 익혔거든. 내 전 직장에서 쓸모가 있었지."

그가 힐끗 그녀를 곁눈질했다.

"문은 열어두는 게 좋을까? 방안의 향기가 하늘까지 찌를 듯하군."

그는 책을 든 채로 간신히 문을 열었다.

"너무 늦었어요. 그래서 종이를 쓰는 거라구요. 종이는 사용한 후에 상자에 넣어 버리면 되니까요. 이젠 이 향기를 없애려면 목욕을 해야 해요."

"그래, 너무 늦었소. 사실 당신에게 거짓말을 했소."

놀란 눈으로 그녀가 쳐다보았다.

"무엇을요?"

"향수를 시험하기에 가장 좋은 장소는 여자의 목덜미가 아니오."

"아니라고요?"

"훨씬 더 흥미로운 부분이 있소. 언젠가 시험해 봐야겠지."

그녀가 대답을 하기도 전에 그는 문을 닫고 나갔다.

그녀는 멍하니 문을 쳐다보고 있다가 미소지었다.

알렉스는 방에 들어서는 즉시 뉴욕에 있는 사이먼 골드바움에게 전화를 걸었다.

골드바움은 그의 전화를 받는 것이 별로 달갑지 않은 듯했다.

"맙소사, 알렉스. 뭘 기대하는 거요? 조나단 안드레는 대단히 사생활을 존중하는 사람이오. 사생활을 지키려고 엄청난 돈을 들이고 있소. 시간이 필요하오."

"난 미끼가 필요하오."

알렉스는 침대에 앉아 전화기 옆의 펜을 집어들었다.

"입수한 내용을 말하시오."

"신문에서 읽을 수 있는 이상은 없소. 그는 사십이 세의 기업가로, 이득을 못 내던 선박 회사를 유람선으로 바꿔 성공시켰소. 정치적으로는 활동적이고, 공화주의자요. 사우스캐롤라이나의 찰스턴 북쪽에 단지를 이뤄 살고 있소. 사실상 모든 사람들이 그를 좋아하오. 가족 문제는 없고, 실질적으로 집안의 가장이오."

"결혼은?"

"미혼이오. 신중한 연애는 몇 번 있었지만. 신중하다는 게 중요하오. 그자는 사생활을 극히 중요시하오."

"그게 전부요?"

골드바움이 머뭇거렸다.

"공화당사 근처에 얼씬거려 봤는데, 그들은 그를 대단히 좋아했소. 그는 영리하고 사교적이지만, 필요할 때는 밀고 나가는 용기를 가졌소. 리 아이아코카와 잭 케네디가 만난 식이지."

"그건 무슨 뜻이오?"

수화기 저쪽에서 잠시 말이 없었다.

"그건 그가 다음 번 미국의 대통령이 될 수도 있다는 뜻이오."

알렉스는 그 정보를 신중히 고려해 보다가 무시했다.

"다른 건?"

"빌어먹을, 알렉스. 미끼를 찾겠다는 생각은 버리시오. 다음 번 대통령이 될 남자는 실수하지 않으려고 지독히도 신중할 거란 말이오."

"파 보시오."

"그는 좋은 사내인 것 같소, 알렉스."

"그게 실수하지 않는다는 뜻은 아니지. 난 미끼가 필요하오."

"좋소, 다음 주에 전화하지. 산장에 있소?"

"아니, 프랑스에 있소."

그가 전화번호를 알려주었다.

"메시지는 남기지 마시오."

"날 아마추어로 생각하는 거요? 페이블은 한 번도 그런 실수를……."

중간에서 말이 끊겼다가 골드바움이 퉁명스레 내뱉었다.

"유감이오."

"나도 그렇소. 그리고 난 그를 죽인 자식을 원하오. 레드포드는 지하로 사라져 버렸소. 그를 잡으려면……."

"미끼가 필요하다는 거겠지. 내가 알아보겠소."

"레드포드의 소재지는 어떻게 된 거요? 새로운 건 없소?"

"계속 찾는 중이오. 당신 말이 맞았소, 그는 영리하지. 일년 전 구멍을 파두었다가 잠적해 버렸소."

"그럼 일년보다 더 이전으로 올라가 보시오. 잠적하기 전에 준비를 했을 거요."

"그랬다면 깨끗이 없애 버렸겠지."

그가 재빨리 말을 이었다.

"하지만 어쨌든 알았소, 파 보지!"

"좋소."

알렉스는 수화기를 내려놓고 메모해 놓은 것을 내려다보았다. 너무 적다. 골드바움에게 그 이상을 기대하고 있었다. 그는 전직 기자 출신으로 정보를 캐내는 데 솜씨가 좋았다. 만약 그가 안드레에 대해 필요한 것들을 찾아내지 못한다면, 찾아낼 것이 없기 때문이다.

하지만 무언가 있어야 했다.

알렉스는 가슴속에서 욕구불만과 분노가 치밀어올랐다. 그는 초조하게 창문으로 걸어가 달빛에 싸인 바사로의 풍경을 멍하니 내다보았다. 이보다는 쉬울 거라고 생각했었다. 아무 감정 없이 바사로를 자신에게 편리하도록 조정하고 목표를 향해 나아갈 수 있을 줄 알았다. 그런데 케이틀린 바사로와 그녀의 어머니를 만난 지 겨우 이틀밖에 되지 않았는데 문득 느껴지는 것은…… 무엇일까? 감동과 걱정…… 죄책감일까?

죄책감을 느낄 이유는 없다고 서둘러 자신에게 중얼거렸다. 케이틀린에게 모든 것을 다 털어놓은 것은 아니라 해도, 그의 돈이 바사로를 구할 것이고 케이틀린 바사로가 원하는 것은 그것뿐이다. 그녀는 그가 바사로에 투자하는 목적이 무엇이든 상관없다고 말하지 않았던가.

그의 손가락 아래서 부드럽고 매끄러웠던 케이틀린의 피부, 그를 올려다보던 놀란 그녀의 초록빛 눈동자가 기억나자, 손에 힘이 들어갔다. 어째서 더 나아가지 않았던가? 그녀는 준비가 되어 있었다. 그녀를 만졌을 때, 그녀의 몸은 전율로 흔들렸다.

작업실에 있었던 때처럼 그의 남성이 단단해지며, 욕구불만으로 폭발할 것만 같았다. 그는 침대로 걸어가며 머리 위로 셔츠를 벗어던졌다. 잠자리에 누워 케이틀린과 바사로에 대해서는 잊어버리고, 그 빌어먹을 레드포드를 손에 넣었을 때 어떻게 할지에 대해서만 생각하리라.

'마르티니크, 알렉스.'

페이블이 애원했다.

'약간의 태양, 내가 요구하는 건 그게 전부라구. 약간의 태양, 약간의 섹스, 이따금씩 맛좋은 음식이 다야.'

'이따금씩? 최근에 몸무게를 재 보지 않은 모양이군.'

페이블이 의자에 묶여 알렉스를 쳐다보고 있었다. 그의 죽은 입술이 움직였다.

'마르티니크, 약간의 태양……'

"페이블!"

알렉스가 침대에서 벌떡 일어났다. 심장이 쿵쾅거리고 온몸은 식은땀으로 뒤범벅이었다.

또 그 꿈을. 하지만 꿈 같지가 않았다. 단 한 번도 꿈처럼 느껴진 적이 없었다. 의자에 묶여 있는 페이블을 보았던 바로 그 순간처럼 분노와 슬픔이 폭발했다.

온몸의 떨림을 가라앉히려 애쓰며 그는 눈을 질끈 감았다. 매일 밤 그 꿈을 꾸고 있었다. 레드포드를 잡으면 그 꿈도 멈출 것이다. 페이블이, 그 커다란 곰 같은 녀석이 너무나도 그리웠다.

떨림이 차츰 진정되었다. 눈을 감고 침대에 눕자, 닫혀진 눈꺼풀 밑에서 눈물이 따갑게 찔러 왔다. 페이블에 대해 생각하지 말자. 죄책감과 고통 때문에 너무나 힘이 들었다. 그는 무언가를 절망적으로 찾아헤맸다, 그 생각을 막아 줄 무엇을.

케이틀린 바사로.

그녀와 같이 있을 때는 한 번도 페이블을 생각하지 않았다. 흥미롭기도 하고 감동스럽기도 하고 가끔 짜증이 날 때도 있었지만, 매순간 전적으로 그녀에게 몰입했다. 케이틀린을 이용해서 고통을 막아내고 그 꿈을 쫓아 버릴 수 있을 것이다.

이용한다고? 맙소사, 그는 타인을 이용하는 자들을 증오했다. 지금껏 자신이 너무나 많이 이용당해 왔기 때문에. 하지만 무언가, 누군가가 필요했다. 여자가 필요했다.

케이틀린에게 자신의 입장을 분명히 밝히면 될 것이다. 오늘밤 그 자신만큼이나 그녀도 그를 원하고 있었다. 그런데 그가 필요로 하는 것을 갖지 않을 이유가 뭐란 말인가?

어둠이 찾아들었다.

"내가 도와도 되겠소?"

눈을 들어보니 옆에 알렉스가 서 있었다. 어젯밤 입은 것과 비슷한 낡은 청바지와 하얀 티셔츠 차림이었다.

"무엇을요?"

"할 수만 있다면, 나도 돕고 싶소."

그가 라벤더 따는 모습을 지켜보았다.

"별로 어려워 보이지 않는데."

"어렵지는 않아요. 훈련과 어떤 리듬만 타면 되죠. 하지만 이건 힘든 일이에요."

그가 미소지었다.

"지쳐서 쓰러지진 않을 거요. 산장에 있을 때 난 매일 스키를 탔소. 그래서 꽤 탄탄한 몸매를 유지하고 있지.”

그 말은 허풍이 아니었다. 그의 팔뚝에는 근육이 뭉쳐 있었고, 그의 몸에서 군살이라곤 찾아볼 수 없었다.

“지루하시면, 무언가 써보시지 그래요?”

“뮤즈의 여신이 내 귀에 속삭여 주질 않소. 무언가 육체적인 일을 하고 싶소. 열심히 일하면 잠도 잘 오겠지. 내가 돕도록 해주겠소?”

“트럭에 가서 자크에게 바구니를 받아 오세요.”

“케이틀린이 당신에게 바구니를 받아 오라고 했어요, 아블러.”

“그녀가?”

자크는 한 일꾼이 들어올린 꽉 찬 바구니를 받아들고 나서 알렉스에게 시선을 돌렸다.

“그 바구니로 뭘 하고 싶소?”

편안한 말투였지만, 알렉스는 적대감을 느낄 수 있었다. 그 순간 격한 기쁨의 소용돌이에 휩싸였다. 전에도 다른 남자에게서 이런 자극하는 말투를 들은 적이 있었다. 그런 말투는 언제나 폭력을 예고했다. 지금껏 욕구불만으로 고통스러웠는데, 드디어 주먹을 휘두를 건수가 생긴 것이다.

자크 드 아블러는 만만치 않은 적수였다. 젊지는 않지만 강한 근육질이 바위처럼 단단해 보였고, 싸움에서 져 본 적이 없는 사내의 자신감이 엿보였다. 알렉스의 시선이 앞으로 닥칠 싸움에 대비하여 그를 평가하듯 훑어보았다.

“그걸로 다른 일꾼들은 뭘 합니까?”

“생계를 유지하오. 하지만 케이틀린 말로는 당신이 생활을 위해 일할 필요는 없다고 하던데. 당신은 마이더스처럼 부자고 그 돈으로 바사로를 구할 거라고 하더군.”

“그녀의 말을 믿지 않는 건가요?”

“당신이 그런 말을 했다는 건 믿지.”

그가 어깨를 으쓱였다.

“바구니를 받을 수 있겠소?”

"당신이 우리들과 하나라는 걸 보여 주려는 건가? 당신은 우리 일원이 아니오, 카라조브 씨. 전에도 당신 같은 자들을 보았지. 너무 매끄럽고 편한 사람은 바사로에 어울리지 않소."

"난 바구니를 요구했을 뿐입니다, 당신의 견해가 아니라."

"난 관대한 사람이지. 하여튼 하나 주겠소."

또 다른 일꾼이 나타나자 자크는 그 여인의 바구니를 받아 트럭 위의 커다란 통 속으로 내용물을 던져넣었다.

"케이틀린은 바보가 아니지만, 믿고 싶어하는 것 같소. 당신을 믿기 시작하는 것 같다구. 그게 날 불안하게 만들지."

"유감스럽군요."

"그렇소. 그녀에게 환멸을 느끼게 한다면 난 아주 화가 날 거요."

올 것이 오고 있다. 알렉스는 자크의 얼굴을 가늘게 들여다보며 한 걸음 더 다가섰다.

"어떻게 화를 낸다는 거죠?"

자크는 곧바로 대답하지 않았다.

"케이틀린이 어렸을 적에, 그녀의 아버지는 에메랄드 눈동자를 가진 황금 페가수스 목걸이를 선물했었지. 윈드 댄서에 대한 이야기에 그녀가 얼마나 매료되어 있었는지 누구나 알고 있었고 리어돈은 숙녀를 기쁘게 하는 일에는 언제나 영리했거든. 그녀는 그 목걸이를 무척이나 좋아했고 어디에나 걸고 다녔는데……."

그는 여자가 빈 바구니를 돌려받아 들판으로 돌아가는 모습을 지켜보았다. 그리고는 그녀의 귀에 말이 들리지 않을 정도가 되자 계속했다.

"그가 바사로를 떠난 날밤, 그 목걸이도 가져가 버렸지. 흥, 그 당시 바사로에는 그가 가져갈 만한 게 별로 남지 않았거든."

"난 보석 도둑이 아닙니다. 이야기의 초점이 그겁니까?"

자크의 그을린 얼굴에 커다란 미소가 드러났다.

"오, 아니오. 난 칸에 있는 호텔까지 그 자식을 따라가서 목걸이를 되찾아오려고 했소. 너무 열심히 노력한 나머지 그 자식 코와 갈비뼈 세 개를 부러뜨렸지."

"재미있군요. 그럼 목걸이는 돌려받았나요?"

"아니, 이미 돈 많은 친구에게 팔아 버렸더군. 뒤를 쫓아봤지만, 그 여자는 이 나라를 떠난 후였소. 그래서 호텔로 돌아가 리어돈의 팔을 둘다 부러뜨리고 바사로로 돌아왔지. 그자가 케이틀린을 실망시킨 마지막 인간이었소."

알렉스는 적대감을 유지시키려 애썼지만, 불가능했다. 이 남자의 솔직하고 순박한 난폭함이 어딘가 페이블을 연상시켰다.

"그게 앞으로 그런 일을 방지할 수도 있겠군요. 케이틀린은 당신이 한 짓을 알았나요?"

"아니, 그녀는 이해하지 못할 거요."

"하지만 난 이해합니다. 적당하게 위협을 받았으니, 이제 바구니를 주시겠습니까?"

"당신은 위협받지 않았소."

"맞아요, 사실 실망했다고 하는 편이 더 맞겠죠."

그는 자크를 마주 보며 진실을 말했다.

"싸울 건수가 필요했는데, 당신이 될 것 같지는 않군요. 우린 너무 비슷한 것 같아요."

자크는 한동안 그를 쳐다보고 있더니 바구니 하나를 집어 던져주었다.

"내가 하는 법을 가르쳐 주지."

케이틀린은 알렉스가 자크에게서 일하는 방법을 배우고 나면 자신의 옆으로 올 줄 알았다. 그런데 그는 피에르의 옆자리를 선택하여 거기에서 일을 하다가, 오후에 일이 끝나자 트럭에 빈 바구니를 던져넣고 한 마디 말도 없이 집으로 걸어가 버렸다.

다음날 새벽 알렉스는 그녀와 같이 갈 준비를 하고 있다가 들판으로 나가, 또다시 다른 줄에서 꽃을 땄다. 10시에 간식 먹는 시간에는, 트럭에 앉아 자크와 얘기했다.

삼 일째 되는 날 자크가 케이틀린이 일하는 줄에 잠깐 멈춰 섰다.

"그 녀석 꽤 잘 하지, 응?"

그녀는 르네 옆에서 꽃을 따는 알렉스를 슬쩍 쳐다보았다.

"빠르네요."

"그리고 강해. 굉장한 에너지를 지녔어."

그 말에는 이의가 없었다. 지난 이틀 동안 그의 내부에 금방이라도 터져 버릴 듯한 에너지가 부글거리는 것을 보았던 것이다. 그보다 더 빠르게 일할 수는 없을 것 같았다.

"처음에는 확신이 없었는데…… 그 녀석 믿을 만한 놈인 것 같아."

케이틀린이 놀라 자크를 쳐다보았다. 자크는 함부로 판단하는 사람이 아니었다. 그녀는 애매하게 대꾸했다.

"이해하기 쉬운 타입은 아니에요."

"그는 상처가 있어."

"어떻게 알아요?"

그가 어깨를 으쓱였다.

"너무 열심히 일하잖아."

자크는 트럭 쪽으로 성큼성큼 걸어갔다.

케이틀린은 일을 계속하며 알렉스를 물끄러미 쳐다보았다. 르네가 무슨 말인가 건네자, 그의 얼굴이 웃음으로 생생해졌다. 고통에 처한 사람 같아 보이지는 않았다. 처음 봤을 때 대지가 바다의 신 넵튠에게 향하듯 언덕 위에서 그녀를 기다리던 그 세련된 남자와도 거리가 멀었다. 순박하고 무척이나 남성적으로 보였다. 땀 맺힌 이마 위로 흘러내린 검은 머리카락과 파란 셔츠는 땀으로 얼룩져 있었다. 약간 다리를 벌리고 선 그는 낡은 청바지 천이 근육질의 다리와 팽팽한 엉덩이에 착 달라붙어 있어 대단히 섹시했다.

온몸으로 전율이 흐르는 듯하자 케이틀린은 재빨리 시선을 돌렸다. 작업실에서 있었던 일은 잊혀진 에피소드에 불과했다. 알렉스 카라조브는 분명 그걸 잊어버리는 데 성공한 것 같았다. 그녀도 성공해야만 한다.

하지만 그의 노동이 격렬하다는 자크의 말은 맞았다. 그는 들판에서 열심히 일할 뿐 아니라 어머니 말에 따르면 새벽 세 시까지 그의 방문 틈에서 불빛이 새어나온다고 한다. 그녀는 애써 머리 속에서 그를 밀어내고 눈앞의 일에만 정신을 집중시켰다.

"나와 같이 산책하겠소?"

케이틀린은 트럭 위에 바구니를 쌓고 나서 알렉스에게로 돌아섰다. 또 다시 억눌린 난폭함이 감지되자 불안하게 몸이 굳어졌다.

"산책할 시간이 없어요."

"짧은 산책일 뿐이오. 지난 며칠 동안은 나 혼자 바사로를 둘러보았지만, 묻고 싶은 게 몇 가지 있소, 조사 차원에서."

"내일쯤이면."

그가 미소지으며 달래듯이 말했다.

"공평하게 굽시다. 내가 이 들판에서 몇 시간씩 땀을 흘려 돕지 않았소? 당신은 나에게 빚이 있다구."

"당신이 돕고 싶어했어요."

"그리고 이제는 당신과 같이 산책하고 싶소."

"어디로?"

그가 남쪽을 가리켰다. 케이틀린은 망설이다가 그가 가리킨 쪽으로 씩씩하게 걷기 시작했다.

"케이틀린!"

아드린의 아들 가스통이 길에 서서 애원하듯이 쳐다보고 있었다. 얼굴은 지저분하고 갈색머리는 헝클어진 모습이 햇살 아래서 반짝였다.

"오늘밤?"

그녀가 고개를 저었다.

"오늘밤은 시간이 없어."

아이의 파란 눈동자에 실망의 눈물이 가득 차자, 평소처럼 그녀의 마음이 녹아내렸다.

"내일 밤. 하지만 먼저 어머니에게 여쭤 보고 할 일은 다 끝낸 다음에 와야 하는 거야."

아이의 얼굴이 금세 밝아졌다.

"그럴게요. 내가 버튼 눌러도 돼요?"

그녀가 미소지었다.

"물론이지. 네가 아니면 누가 그 일을 하겠니? 넌 나에게 아주 큰 도움이 된단다."

아이가 이를 다 드러내며 무지개 같은 미소를 보이고는 어머니의 뒤를 쫓아 달려나갔다.

"그게 다 무슨 얘기요?"

알렉스가 물었다.

"내 작업실에 와서 윈드 댄서를 작동시켜 보고 싶은 거예요. 그 애는 그걸 마술이라고 생각하죠."

"수리수리 마하수리로군. 당신이 그 애를 끼워 준다니 놀라운걸. 윈드 댄서에는 어떤 침입자도 반기지 않는 듯한 인상이었는데."

"가스통은 전혀 귀찮지 않아요. 음, 약간 귀찮을 수도 있지만 아이들은 보통 받은 것보다 더 많은 걸 주지요. 우리에게 경이로움을 가르쳐 줘요."

"그런가? 내 주위에는 아이들이 있어 본 적이 없어서."

"그리고 그 애는 윈드 댄서를 사랑해요. 아이들은 언제나 그래요."

"누구 아이요?"

"아드린과 에틴느, 나의 대자 중 한 명이고요."

"대자가 몇 명이나 되는 거요?"

"열두 명."

"대단하군."

알렉스가 그녀의 옆에서 같이 걸었다. 그녀도 알렉스만큼이나 키가 컸기 때문에 그들의 보조는 편하게 잘 맞았다.

"뭘 묻고 싶은가요?"

"기다리시오."

태양이 빛나고 있었다. 흙과 꽃의 내음이 코 속으로 밀려 들어왔고 알렉스의 존재가 이상하게도 편안했다. 단순히 산책만을 위해 누군가와 걸어본 지가 정말 오래되었다. 그녀에게는 언제나 할 일이 있었고, 갈 곳, 만날 사람들이 있었다.

"당신은 수다를 떨지 않는군."

십 분간의 침묵 후에 알렉스가 입을 열었다.

"당신도요."

그녀가 미소지으며 말했다.

"자크가 당신이 일을 아주 잘 한다고 하더군요. 만약에 돈이 떨어지면, 당장에 자크가 고용해 줄 거예요."

"명심해 두리다. 자크는 여기서 일한 지 얼마나 되었소?"

"내가 태어나기 전부터예요. 자크는 바사로에서 자랐어요. 겨우 걸음마를 시작할 때 그가 꽃이 가득한 트럭 위로 올려주었던 게 기억나요."

그들 왼쪽에 흐드러지게 자라난 하얀 꽃들 쪽으로 그가 고갯짓을 했다.

"저건 재스민이오?"

"그래요, 다음주 말쯤이면 따도 될 거예요."

"여기서는 어떤 꽃들을 재배하오?"

"오렌지 꽃, 제라늄, 튜브로즈, 히아신스, 계수나무, 미모사, 레몬 그라스……."

알렉스가 손을 들어올렸다.

"잠깐, 재배하지 않는 것이 뭔지 물어 볼 걸 그랬소."

그녀가 미소지었다.

"별로 많지 않아요. 땅이 아주 비옥하잖아요."

그녀가 두 눈을 감고 깊이 숨을 들이켰다.

"휴, 난 재스민 향기가 정말 좋아요."

"그래서 당신 향수에 중요 향기로 쓴 거요?"

"모르겠어요. 어쩌면 그럴지도 모르죠. 어렸을 때 황혼녘에 자크와 같이 이 들판에 왔던 게 기억나요. 마치 마법의 세계에 들어온 것 같았어요. 모든 것 위로 황금빛 안개가 내려앉은 것 같았죠. 그 빛이 꽃송이들을 크림색으로 바꾸어 놓고 하늘은 자주색, 분홍색, 주홍색 물결이었어요. 이따금씩 르네와 피에르와 숨바꼭질도 하고 이 들판을 뛰어다니면서 소리도 질러 보고……."

그녀가 말을 멈추고 잠시 생각에 잠겼다.

"추억. 재스민을 사용한 이유가 그것인 것 같아요. 난 추억을 간직하고 싶었던 거예요. 그게 바로 향수가 추구하는 거죠. 예전의 추억을 되살리거나 아니면 새로운 것을 만들어 내는 거."

"자크가 당신을 데려왔다고? 아버지가 아니라?"

"집에 파티가 열리는 밤이면 자크가 날 이리로 데려왔어요. 아버지는 어른들의 파티는 아이들이 있을 곳이 못 된다고 하셨죠."

그녀가 시선을 피한 채 걸음을 더욱 빨리 했다.

"그 당시 바사로에는 파티가 정말 많았어요."

알렉스가 자신을 쳐다보고 있다는 것을 알았지만, 그녀는 가만히 있었다. 그도 더 이상 그 주제를 고집하지 않았다. 그들은 다시 침묵했다.

다음 언덕에 오르자, 저 멀리 바다와 하늘과 산들의 숨막힐 듯한 파노라마가 그들 앞에 펼쳐졌다.

"저 집은 뭐요? 저기에는 누가 사는 거요?"

그가 2백 미터쯤 떨어진 언덕 밑의 작은 돌 오두막을 가리켰다. 케이틀린이 미소지었다.

"아무도 살지 않아요. 거긴 꽃의 오두막이에요."

"아주 오래된 것 같은데."

그녀는 고개를 끄덕이며 그쪽으로 걸음을 옮겼다.

"프랑스 혁명이 일어나기 전에 필립 안드레가 건축했어요. 그는 캐서린 바사로를 위해 이곳을 운영해 나가고 있었죠."

"창고로 쓰였던 거요?"

"아뇨."

"그럼 왜 지었던 거지?"

그녀가 킥킥대며 웃었다.

"그는 이 지방의 바람둥이였어요. 여기에 시골 여자들을 데려와 놀기 위해서였죠."

"영주의 권리였나?"

"오, 아니에요. 여자들이 자발적으로 따라온 거죠."

문을 열고 오두막으로 들어서자, 곰팡내나는 먼지 냄새와 썩은 나무 냄새가 코를 찔러 왔다. 안은 온통 거미줄 투성이였다. 유일하게 있는 가구라고는 창문 아래 놓인 침대 하나뿐이었고 그 위에 덮인 시트는 곰팡이가 슬고 노랗게 변색되어 있었다. 나무로 된 바닥은 형태가 비교적 잘 유지돼 있었지만, 역시 지저분했다.

"좀 엉망이죠? 더 이상 여기에 오는 사람이 없거든요. 항상 잘 유지해 놓으려 애써 왔지만, 최근에는 수리할 시간도, 돈도 없었어요."

그가 작은 벽난로로 다가갔다.

"사용하지도 않으면서 왜 굳이 수리를 하려는 거요?"

그녀의 눈이 놀라서 휘둥그래졌다.

"여긴 바사로 역사의 일부라구요."

그가 몸을 돌려 그녀에게 짐짓 절을 올렸다.

"용서하시오. 바사로에 관계된 거라면 무엇이든 신성하다는 걸 알아차렸어야 했는데. 바람둥이의 사랑의 둥지조차도 말이오."

그가 오두막을 둘러보았다.

"그가 자기 애인들과 어디에서 즐겼을 것 같소? 저 침대 위에서?"

케이틀린은 문득 오두막의 어둠과, 그들밖에 없다는 사실, 알렉스의 타는 듯한 에너지가 또렷이 의식되었다. 그녀가 얼른 구석의 침대를 쳐다보았다.

"아뇨, 그때는 침대가 없었어요."

"그럼 어디에서?"

"캐서린의 일기에 따르면, 일종의 짚이불 같은 게 있었대요. 필립은 그 이불 위에 비단보를 깔고 꽃잎을 뿌려, 그 위에서 사랑을 나눴다고 해요."

알렉스의 강렬한 시선에 마음이 불안해지자 그녀가 떨리는 웃음을 지어 보였다.

"그래서 꽃의 오두막이라고 부르는 거죠."

"하지만 그건 사랑이 아니었소, 그렇지 않나? 그들은 욕망이 뜨겁게 달아올랐기 때문에 여기 왔던 거요."

그녀는 애써 미소를 지어 보였다.

"그래요, 사랑을 한 건 아니었던 것 같아요. 단어 선택이 잘못되었군요."

"정확한 단어를 선택하는 건 중요하오. 정직이 중요하지. 난 필립이 그 여자들에게 했던 것처럼 그 하나하나를 당신에게 해주고 싶소. 아니, 그 이상을. 당신은 여기 누워 다리를 벌리고, 난 당신의 안으로 들어가고 싶소."

"뭐라고요?"

"내가 당신 안에 들어갔다 나올 때마다 나를 할퀴고 물어뜯으며 흐느끼는 소리를 듣고 싶소. 그런 일이 계속해서 일어나길 바라오. 그리고 당신도 그걸 바란다고 생각하오."

"맙소사."

그녀가 입술을 혀로 축였다.

"그런 식으로 말하는 사람은 없어요. 아무도 그렇게 노골적으로……."

"난 그렇소. 당신을 갖고 싶다고 말하는 거요, 하지만 그건 섹스가 될 거요."

그가 조용히 덧붙였다.

"사랑이 아니라. 지독히도 멋진 섹스가 되겠지만 그 외에는 아무것도 없소. 당신에게 거짓말을 하지는 않을 거요. 난 로맨틱한 사랑 같은 것이 있다고 생각지는 않소, 당신은?"

"없어요."

그녀가 멍하니 그를 쳐다보았다.

"당신이 달콤한 말로 날 넘어뜨리려 하지 않는 건 분명하군요."

"하지만 정직하게 말한 거요."

그가 잠시 머뭇거리다가 어색하게 말을 이었다.

"때때로 내가 차가운 사람처럼 보일지도 모르오. 하지만 그렇지는 않소. 난 여자를 즐겁게 해주는 방법을 많이 알고 있소. 그리고 당신에게 친절하게 굴 거요. 친절도 또한 중요한 거지."

"그래요, 친절이란 무척 중요하지요. 당신은 그러니까, 나와 섹스하고 싶다는 건가요?”

“그 점은 분명히 한 것 같은데. 더 상세하게 말해야 할까?”

그의 말에는 슬라브어 비슷한 억양이 들어 있었다.

“충분히 상세하게 말씀하셨어요. 여기 오지 말았어야 했어요. 이곳 분위기가 당신의 균형 감각을 약간 어지럽힌 게 틀림없어요.”

그녀가 뒤로 물러났다.

“이 장소 때문이 아니오. 난 지난 삼 일 동안 줄곧 당신에게 같이 자자고 말할 생각을 했소.”

“거의 날 쳐다보지도 않았잖아요.”

“그렇게 하면 가슴이 아프기 때문이었소.”

그 간단한 대답에 그녀의 눈이 놀라움으로 커졌다. 알렉스의 말에서 느껴지는 진실의 울림 때문이었다.

“첫날밤부터 당신을 원했지만 이렇게 되는 건 바라지 않았소. 지쳐 쓰러질 정도로 열심히 일하면…….”

그가 머리를 흔들었다.

“하지만 그건 도움이 되지 않았소. 전보다 더 심해졌지. 끝을 내야 한다는 걸 알았소. 당신을 유혹할까도 생각해 봤지만, 그건 공평치 않은 것 같았소. 당신은 정직한 말을 들을 권리가 있소.”

“고맙군요. 이젠 다 말씀하셨나요?”

“아니, 당신을 원한다는 말만 했소.”

“다른 게 더 있나요?”

“당신이 필요하오.”

그 말이 너무나 고통스럽게 흘러나와 그녀는 전기에 감전된 듯한 충격을 받았다. 그는 진실을 말하고 있었다. 무슨 이유에서인지, 그녀를 필요로 하고 있었다. 그리고 그 고통스런 다급함이 그녀를 자석처럼 그에게로 끌어당겼다.

그녀는 충동적으로 한 걸음 다가섰다가 멈췄다. 맙소사, 무슨 짓을 하는 건가? 이런 일은 원하지 않았다.

“안 돼요.”

그가 깊은 숨을 들이쉬었다가 천천히 토해내었다.

"생각해 보시오. 구속은 없고, 서로를 존중할 것이며, 서로가 지칠 때까지 끝없는 에로틱만이 있을 거요."

"생각하고 싶지도 않아요. 모든 게 혼란스러워요."

"당신이 그 생각에 익숙해질 때까지 기다리겠소. 하지만 다시 시도할 거요, 케이틀린."

그녀는 문을 열고 밖으로 나와 크게 심호흡을 했다.

"내 마음은 변하지 않을 거예요."

그녀가 그의 시선을 똑바로 쳐다보았다.

"당신은 너무 격렬해요. 바사로를 위해 내가 원하는 것을 방해할 거예요."

"한 번 시도해 보시오. 무슨 해가 되겠소?"

대단히 큰 상처가 될 것이다. 그녀는 이미 자신이 부담 없는 관계를 받아들이는 타입이 못 된다는 걸 알고 있었다. 알렉스는 감정을 개입시키지 않을 수 있다고 확신하는 것 같았지만, 그녀는 자신에게 확신이 없었다.

"한 번 시도해 보시오."

그녀는 대답하지 않고 재빨리 언덕을 올라갔다.

그가 또다시 그녀를 바라다보고 있다!

그가 일부러 그러는 것은 아니다. 본능적으로 그녀에게로 향하는 자신의 눈을 어찌할 수 없는 것이다, 그녀처럼. 케이틀린은 바구니에 꽃송이를 던지고 멍하니 다른 꽃으로 손을 내밀었다.

그러나 마음의 눈은 여전히 그를 향하고 있었다. 오늘은 몹시도 더운 날이어서 그와 다른 남자들은 셔츠를 벗어던졌다. 잘 그을린 가슴과 어깨는 땀방울로 번들거렸고, 검은 털로 덮인 가슴 사이로 작고 단단한 젖꼭지가 고개를 내밀고 있었다. 땀에 젖은 까만 머리는 손수건으로 묶어놓았다. 그 모습이 원초적인 해적의 분위기를 자아냈다.

르네가 장난스레 케이틀린을 살짝 쳐다보았다.

"나쁘지 않지? 내가 멋진 피에르와 결혼하지 않았다면, 네가 부러웠을 거야."

지금 따고 있는 라벤더꽃 향기가 코 속으로 들어와야 당연했지만, 케이틀린은 들판 저쪽의 라임과 사향의 흐릿한 내음, 알렉스의 것이 분명한 내음이 맡아졌다.

"날 부러워할 이유는 없어."

"없다고? 넌 항상 생각이 약간 이상하다니까. 왜 그를 즐기지 않는 거니?"

케이틀린은 대답하지 않았다.

"그는 널 잡아먹고 싶은 것처럼 쳐다본다구."

르네가 뒤를 돌아보았다.

"그가 또 널 쳐다보고 있어."

그쪽을 쳐다보지 않을 것이다. 쳐다보면 정신이 더 산란해질 뿐이다. 알렉스를 무시하고 일만 계속하리라. 하지만 천천히, 어찌할 수 없이 그녀는 들판 저쪽의 그를 쳐다보았다.

그도 그녀를 쳐다보고 있었다. 일하는 것도 잊어버렸다.

산들바람이 불어와 그 뜨거운 숨결로 얼굴과 목을 어루만지고, 셔츠를 젖가슴에 밀착시켰다. 자신의 젖꼭지가 단단해지고, 젖가슴이 한껏 부풀어오르며, 고통에 가까울 정도로 다급하게 여성의 한가운데가 얼얼하게 느껴졌다.

르네의 낮은 휘파람 소리가 들렸다.

"그렇게 나쁘지 않다면, 움직이는 게 좋겠어. 땅바닥보다는 침대가 부드럽잖아."

케이틀린은 알렉스에게서 억지로 시선을 잡아떼어 다시 꽃을 따기 시작했다.

그가 돌아오길 기다리는 게 아니다. 그녀는 자신에게 중얼거렸다. 잠이 오지 않아서 신선한 공기를 마시려는 것뿐이다.

케이틀린은 창문가의 의자에 앉아 들판을 쳐다보았다. 그건 거짓말이었다. 잠이 오지 않는 건 알렉스가 바깥 어딘가에 있기 때문이었다.

이틀 밤 동안 그녀는 창문가에 서서 그가 언덕을 내려가 들판으로 걸어가는 모습을 지켜보았다. 그의 발걸음은 금방이라도 무슨 일이든 벌일 듯 불안했다. 이틀 밤 내내 그는 몇 시간이나 나갔다 돌아왔고, 그녀는 잠을 이루지 못한 채 그가 돌아올 때까지 기다렸다.

이제 그가 재빨리 언덕을 올라오고 있었다. 밤은 너무나 고요해 잡초 위를 스치는 발소리와 그의 숨소리조차 들을 수 있을 것 같았다. 달빛이 그의 까만 머리카락에 조명처럼 빛나며 그 아래쪽의 몸매를 드러내었다. 현관에 도착하기 바로 직전, 그가 걸음을 멈추더니 2층 그녀의 창문을 올려다보았다.

그녀는 화들짝 놀라 구석진 그늘로 숨었다.

"케이틀린?"

그녀는 대답하지 않았다.

"거기 있는 거 아오. 당신을 보았소."

그녀는 아무 말도 하지 않았다. 그가 고통스럽게 한 마디 한 마디를 내뱉었다.

"날 더 이상 기다리게 하지 마시오. 당신이 필요하오."

그는 전에도 그 말을 한 적이 있었다. 차가운 연초록 커튼에 뺨을 기대고 있는 그녀의 몸에서 마음과는 상관없이 반응이 나타나고 있었다. 젖가슴이 부풀어올라 잠옷을 밀어댔다.

맙소사, 그녀도 그가 필요했다.

그는 잠시 더 그곳에 서 있었다. 전혀 미동도 않은 채 그의 모든 근육이 긴장으로 굳어 있었다. 그리고는 천천히 무겁게 현관 돌계단을 올라 시야에서 사라져 버렸다.

2층으로 연결된 계단을 오르는 그의 발소리를 들으며 그녀는 숨을 죽였다. 그가 그녀의 문 앞을 지나 자신의 방 쪽으로 계속해서 걸어갔다.

"오늘 아침에는 들일을 나가지 않는 게 좋겠어. 기분이 안 좋은 거니, 케이틀린? 요즘 넌 아주 조용하구나."

카트린이 방금 커피를 따른 잔을 딸에게 건네며 눈살을 찌푸렸다.

"괜찮아요."

열에 들떠 있는 것만 빼면. 그녀가 절망스럽게 생각했다. 그 말을 밖으로 꺼낸다면 어머니가 뭐라고 말할지 궁금했다. 어머니에게 있어 섹스란 인생의 다른 요소처럼 좋은 것일 뿐이라는 생각이 들었다. 어머니는 이런 동물적인 욕구를 거의 이해하지 못할 것이다.

"좀 피곤해서 그런가 봐요."

"알렉스도 어제 저녁을 먹으면서 네가 너무 열심히 일한다고 하더라. 손님이 있을 때는 저녁에 좀 쉬면 좋잖니."

"알렉스는 손님이 아니에요. 우리의 사업 파트너죠."

알렉스 이야기는 듣고 싶지 않았다. 그녀는 서둘러 커피를 한 모금 마시고 잔을 내려놓았다.

"이제 가봐야겠어요."

"알렉스를 기다리지 않을 거니? 이틀 동안 기다려 주지 않았잖니. 그는 들에서 널 도울 정도로 친절한데, 네가 좀더 예의를……."

문 닫히는 소리가 카트린의 말을 잘라 내었다.

미치겠어, 케이틀린이 속으로 욕설을 중얼거렸다. 그녀는 지금 너무나 고통스러웠다. 잠시 후 알렉스가 따라와 그녀의 옆에서 같이 걸었다. 그녀는 쳐다보지 않았다.

"이렇게 계속할 수는 없소."

알렉스의 목소리가 낮게 들려 왔다.

"이렇게는 안 돼. 어째서 저항하는 거요? 난 당신에게 해를 끼치지 않을 거요."

목이 메일 것 같아 힘겹게 침을 삼키며 그녀는 앞만 똑바로 쳐다보았다.

"난 건강하고 이상한 변태도 아니오. 날 좋아하게 될 거요."

태양이 솟아오르며 라벤더 들판을 자줏빛 광채로 물들였지만, 그녀는 눈앞에 펼쳐진 아름다움을 거의 알아차리지 못했다.

"먹을 수도 없고 잠을 잘 수도 없소. 침대에 누우면 당신과 하고 싶은 모든 행동들이 생각나기만 하고."

그 말은 속삭임이었지만, 한 마디 한 마디가 그녀를 불태우며 가슴을 울렸다.

"당신의 바사로를 방해하지 않을 거요. 내가 원하는 건……."

잠시 멈췄다가 다시 입을 열었을 때, 그의 목소리는 좌절감으로 거칠게 터져나왔다.

"내가 원하는 걸 알잖소."

그의 걸음이 빨라지더니 순식간에 그녀를 한참 뒤에 남겨놓았다.

4

알렉스가 집에서 빠져 나가 들판을 향해 걷는 것을 보았을 때는 거의 자정이 다된 시간이었다.

그녀는 눈을 감고 뜨거운 뺨을 차가운 유리창에 갖다 대었다. 빌어먹을, 그를 따라가고 싶었다. 왜 이런 느낌이 드는 걸까? 그녀는 어떤 일에도 정신을 집중할 수 없었고 일할 수도, 다른 어떤 생각도 할 수가 없었다. 알렉스가 모든 행동, 모든 순간 그녀를 지배했다.

하지만 그녀를 지배하는 것은 알렉스 카라조브가 아니라, 그에 대한 그녀의 감정이었다.

그 깨달음에 몸이 경직되었다. 적은 그 남자가 아니라, 그녀의 갈망이었다. 그 갈망을 만족시킨다면, 그녀는 다시 자신의 모습을 찾을 수 있을 것이다. 그렇게 간단한 사실을 이해하지 못하다니 얼마나 바보 같았단 말인가?

흥분감으로 심장이 심하게 두근거려 숨을 쉬는 것도 힘이 들었다. 그녀는 그를 가질 수 있었다. 그를 갖는다면 바사로를 위해서도 오히려 나을 것이다.

그녀는 벌떡 일어나 재빨리 문으로 걸어나갔다.

따뜻한 산들바람이 다음날 수확할 라벤더의 마지막 향기를 날라 주었고, 잠옷이 몸에 찰싹 달라붙었지만 그녀는 아무 생각도 없이 알렉스의 뒤를 쫓았다. 그는 새로 심은 장미 들판을 통과하며, 걸음을 더욱 빨리 했다.

왜 소리쳐 부르지 않는 걸까? 부르기만 하면 그가 멈춰 서 기다릴 텐데. 그런데 부를 필요도 없었다. 재스민 들판에 도착하기 전, 그가 멈춰 서더니 마치 그녀의 존재를 감지하기라도 한 듯 뒤를 돌아보았다.

그의 표정이 그녀를 겁먹게 했다.

그녀가 그 자리에서 불안하게 멈춰 섰다.

"안 돼."

알렉스의 목소리는 신음에 가까웠다. 그의 시선이 그녀의 헝클어진 머리에서 나풀거리는 잠옷과 슬리퍼를 신은 발까지 훑어내렸다. 그가 손을 내밀었다.

"괜찮소, 이리 오시오."

그녀가 천천히 그에게로 다가갔다.

그가 쉰 목소리로 물었다.

"승낙이오?"

그녀는 메마른 입술로 간신히 대답했다.

"네."

그가 그녀의 손목을 움켜잡더니 재스민 들판으로 휙 잡아당겼다.

케이틀린은 얇은 슬리퍼 바닥에 느껴지는 부드러운 땅의 감촉과 강렬한 재스민의 향기와 알렉스의 검은머리를 은색으로 비추는 달빛들을 어렴풋이 인식했다. 그가 그녀를 들판 안으로 더 깊이 끌어들였다.

"알렉스, 어디……."

"여기."

그가 멈추며 그녀를 똑바로 쳐다보았다.

"난 더 이상 기다릴 수 없소."

그의 손이 더듬거리며 허리띠를 풀고 바지 지퍼를 내렸다.

“그 잠옷을 벗으시오.”

그녀는 어찌할 줄 모른 채 그를 쳐다보았다.

“어서.”

그는 미친 듯이 자신의 옷가지를 벗어던지며 그녀의 얼굴을 쳐다보았다.

“제발, 이제 와서 다시 생각하지는 마시오.”

그의 벌거벗은 몸은 완전히 대담하게 발기되어 있었다. 그는 그녀에게 한 걸음 다가섰다.

“받아들일 수 없소.”

그가 그녀의 머리 위로 잠옷을 끌어당기고 옆으로 밀쳐냈다.

“이리로.”

그에게 한 걸음 다가섰다고 생각될 무렵, 이미 그녀의 벗은 젖가슴이 그의 가슴털에 닿아 있었다. 그녀의 몸에 자신을 비벼대며, 그의 목 깊은 곳에서 낮고 질식할 듯한 신음이 새어나왔다.

그녀의 젖꼭지가 불타고 있었다. 그녀가 불타고 있었다. 그녀는 그에게 더 가까이 가기 위해 몸을 움직였다.

그의 머리가 내려와 굶주린 사람처럼 오른쪽 젖가슴을 입 안 가득 넣었다. 그는 낮은 신음을 흘리며 그녀를 빨아 보고 깨물어 보고 핥아댔다.

케이틀린은 숨이 막힐 듯 전율하며 그의 머리카락을 움켜잡았다. 생각할 수가 없었다. 그에게 완전히 먹혀지는 듯한 느낌, 그녀를 향한 그의 강렬한 갈망에는 야성적인 흥분이 있었다.

“알렉스, 이건…….”

그녀는 무기력하게 머리를 저었다. 그들이 하고 있는 행위를 어떻게 표현해야 할지 알 수 없었다. 그녀의 젖가슴을 입에 넣은 채로 그가 그녀를 땅으로 끌어내리고는 고개를 들었다.

“안 되겠소. 참을 수가…….”

그는 그녀를 땅바닥에 눕히고 다리를 벌려, 그녀의 감촉을 느끼며 미친 듯이 손바닥으로 문질러댔다. 두 손가락으로 한 곳을 만져 보다 깊이 찔러넣었다.

그녀는 낮게 비명을 질렀다. 침입자가 빠른 리듬을 시작하자 배의 근육이 뭉쳐지며 전율했다.

"작군. 맙소사, 작아."

그가 더 가까이 움직여 단단한 남성을 그녀에게 내리누르며 악문 잇사이로 내뱉었다.

"들어…… 가고…… 싶어."

그녀도 그를 원했다. 숨도 쉴 수 없는 흥분에 그녀의 손톱이 그의 어깨에 상처를 냈다.

"알렉스, 날……."

그가 광포하게 그녀 안으로 깊이 밀고 들어왔다. 몸 속의 그의 존재가 온몸으로 충격파를 전달하자 케이틀린의 몸이 긴장되었다. 그의 얼굴은 달아오르고 눈동자는 원초적인 쾌감으로 번들거렸다.

"맙소사, 아주 좋아."

"움직여요."

그의 어깨를 아무렇게나 잡아뜯으며 그녀가 메마른 목구멍에서 간신히 그 말을 밖으로 밀어냈다.

"참을 수가 없어요."

더욱더 그를 차지하려고 그녀가 엉덩이를 움직여댔다.

"멈추지 말아요."

"움직이기가 겁나. 이런 느낌은 처음이야. 당신을 찢어 놓고 싶어, 난……."

"상관없어요, 움직이라니까."

케이틀린이 몸을 위로 들썩였다.

그가 부르르 몸을 떨더니 천천히 감았던 눈을 뜨고 달빛 속에서 반짝이는 눈동자를 드러내었다.

그의 목소리는 낮은 으르렁거림이었다.

"내가 마음에 들어? 이게 좋은가? 말해 봐."

그가 자신을 빼내었다가 그녀에게로 깊이 들어왔다. 케이틀린의 등이 땅에서 휘어 올라가며 만족스런 비명을 거칠게 쏟아내었다.

그가 숨가쁜 목소리로 다시 물었다.

"어서…… 말하시오."

"… 좋아요."

그녀의 몸이 그의 침입을 환영하며 그를 향해 움직였다.

그는 이제 완전히 야성적인 짐승이 되었다. 암말에 올라탄 종마처럼 그녀를 내리누르고, 그녀를 타고 달리며 자극했다. 믿을 수 없을 만큼 원초적이었다.

그의 손가락이 배를 쓰다듬으며 마사지했다. 움직일 때마다 근육이 삐걱거리며 팽팽해졌다.

"지금, 케이틀린……."

그의 손이 그녀의 몸 밑으로 내려와 엉덩이를 움켜쥐고는 이를 악물고서 계속 밀어올렸다. 숨을 쉴 때마다 거친 숨소리가 났다.

"아니! 충분치 않아. 계속…… 하고…… 싶어. 계속하게 도와줘."

그가 필사적으로 엉덩이를 비틀어댔다.

그녀는 그를 도울 수 없었다. 자신도 간신히 지탱하는 정도였다. 그의 몸이 움직일 때마다 긴장이 더 팽팽하게 또아리를 말았고, 들판에 머리를 휘저어 가며 내뱉는 자신의 광적인 신음 소리를 들을 수 있었다. 더 이상 아무것도 생각할 수 없었지만, 그녀의 감각들이 간헐적인 메시지를 보내고 있었다.

'달빛, 대지, 재스민, 라임, 사향, 알렉스.'

거친 숨으로 가슴을 들먹이며 알렉스의 몸이 경직되었다.

"빌어먹을, 제기랄……."

그는 절망적으로 중얼거리다가, 다시 침입을 시작하면서 그녀가 이해할 수 없는 언어로 무슨 말인가를 더 중얼거렸다.

케이틀린은 이제 클라이맥스에 도달했다. 몸 속의 모든 근육과 혈관을 해방시키며 긴장이 폭발했다. 다음 순간 알렉스가 그녀의 몸 속에서 몇 번이고 경련을 일으키다가 부르르 몸을 떨었다. 그녀의 위에 무너져 내리면서도, 그의 엉덩이는 여전히 열망하듯이 움직여댔다. 이미 만족에 도달했음에도 멈출 수가 없는 것처럼. 그대로 누워 가쁜 숨을 몰아쉬는 그의 몸은 뜨거웠다.

성모 마리아님, 우리 사이에 무슨 일이 일어났던 건가요? 케이틀린은 어지럽기만 했다. 이렇게 강렬한 경험은 한 번도 가져 본 적이 없었다.

알렉스의 숨결이 차츰 정상으로 돌아왔다. 하지만 그의 목소리는 여전히 고르지 못했다.

"미안하오. 내가 너무 거칠었소. 자제력을 잃었지."

"우리 둘다 그랬는 걸요. 당신은 아주…… 원초적이었어요."

그녀가 그를 올려다보았다.

"난 시골 출신이지. 야성적인 경향이 있을 거요."

그의 입술이 비틀어졌다.

"그건…… 밀림에서 나온 것처럼…… 야만적인…….''

"하지만 좋았겠지?"

그의 손이 젖가슴을 어루만지며 굳은살 박힌 손바닥으로 감싸쥐었다.

"당신은 환상적인 가슴을 가졌소. 처음 보았을 때부터 이렇게 하고 싶었지. 내가 마음에 들었소?"

그녀가 부들거리며 웃었다.

"그래요. 나도 꽤나 원초적인가 봐요."

그제서야 갑자기 맨등에 닿는 차가운 흙과 그들 양쪽으로 보초병처럼 우뚝 서 있는 하얀 재스민 줄기가 느껴졌다.

"르네는 침대가 더 부드러울 거라고 했는데, 이쪽도 그렇게 나쁘지는 않네요. 바사로의 흙은 탁월하거든요."

"르네와 내 얘기를 했소?"

"그녀가 당신에 대해서 말한 거죠. 그녀는 내가 진작부터 이러지 않은 것이 약간 미숙한 탓이라고 했어요."

그가 몸을 움직여 그녀를 일으켜 앉혔다.

"난 당신을 사디스트라고 생각했소. 거의 날 미치게 할 뻔했지. 하루만 더 지났더라면 일꾼들이 보는 앞에서 당신을 깔아뭉갰을 거요. 휴, 당신이 제정신을 차려 다행이오."

그는 그녀의 잠옷을 입혀 주고는 단추를 잠그기 시작했다. 그의 표정이 갑자기 진지해졌다.

"내가 아프게 하지는 않았소?"

"아뇨, 당신은요?"

그가 킥킥댔다.

"아니, 하지만 르네의 말이 옳소. 무릎 꿇고 있기에는 침대 쪽이 더 편할 거요. 집에 돌아가서 먼지를 씻어냅시다……."

그녀의 표정을 보더니 그가 말을 멈췄다.

"싫소?"

그녀가 초조하게 혀로 입술을 축였다.

"그러지 않는 게 낫겠어요."

"집으로 돌아가는 것 말이오, 아니면 나와 같이 침대에 눕는 것 말이오? 내가 늘 이러는 건 아니오, 케이틀린. 다음에는 더 부드럽게……."

"그게 아니에요. 난 단지…… 이 일을 분리시키고 싶어요."

긴장되었던 그의 근육이 다소 풀어졌다.

"어떤 식으로?"

"어머니가 알게 되는 건 싫어요. 아무도 모르는 쪽이 좋겠어요. 이 일로 어떤 것이라도 변하는 건 원치 않아요."

"여전히 내가 당신의 바사로를 방해할까 봐 걱정하는군. 우리 일이 당신에게 해가 되지 않도록 하겠다고 했잖소. 날 남 모르게 남겨 놓고 싶다면, 그렇게 하시오."

그녀는 안도의 감정을 느꼈다.

"당신 괜찮겠어요?"

"한밤중에 깨어나 당신 위로 올라갈 수 없다면 괜찮지 않겠지. 그리고 당신은 아마 다음 번에도 내가 오늘밤처럼 찢어 버릴 듯이 굴면 싫어하겠지."

"그렇지 않아요."

방금전의 격렬한 결합이 떠오르자, 허벅지 사이가 다시 따끔거리는 느낌이었다.

"제 생각대로 하는 게 나을 거예요. 어떤 방법이 좋을지는 아직 잘 모르겠지만……."

"그 점은 걱정하지 마시오. 내가 해결하겠소."

케이틀린은 벌써 많은 어려움들이 새록새록 생각나는 중이었다.

"이 일을 그냥 잊어버릴 수도 있어요. 그렇게 하는 게 분별 있는……."

"안 돼!"

그가 난폭한 목소리를 다소 누그러뜨렸다.

"내가 해결하겠다고 했잖소. 우리에겐 이게 필요하오. 내가 당신을 위해 문제가 없도록 만들겠소."

그녀의 머리 속에 얼굴을 묻고 그가 웅얼거렸다.

"난 아무 대책이 없었는데, 괜찮겠소?"

맙소사! 임신 가능성에 대해서는 완전히 잊고 있었다. 이런 바보, 어쩜 이렇게 바보 같을 수가 있을까? 그녀는 그 대답을 알고 있었다. 빌어먹을, 어떤 생각도 할 수 없는 열기에 빠져 있었던 것이다. 그리고 대학을 떠난 후로는 피임할 필요가 없었다.

"케이틀린?"

"괜찮아요. 아무 문제 없어요."

지금부터는 아무 문제가 없도록 확실히 할 것이다.

"확실하오?"

"문제 없다니까요."

"좋소."

그가 부드럽게 그녀를 눕히고 허리 위로 잠옷을 끌어올렸다. 그리고는 그녀의 다리 사이의 털을 장난스레 손에 감아 보았다가 잡아당겼다.

"그럼 다시 밀림으로 돌아가서 나의 시골뜨기 본능을 만족시켜도 상관 없겠군."

다음날 새벽 알렉스는 들일에 합류하지 않았다. 8시쯤 람보기니가 칸으로 향하는 모습이 보였다.

"저 남자 어디 가는 거야?"

르네가 그녀의 시선을 따르다가 대뜸 물었다.

케이틀린은 애써 관심 없는 척 어깨를 으쓱였다.

"내가 어떻게 알겠어?"

"네가 너무 힘들게 군 거 아니야? 남자가 한 여자에게서 원하는 것을 얻지 못하면, 게임을 즐기는 다른 방법들이 있잖아."

"난 관심 없어……."

그러나 케이틀린은 관심이 많았다. 알렉스가 그녀에게 한 마디 말도 없이 떠났다는 것과 르네의 말이 무척이나 귀에 거슬렸다.

힘들게 굴었다고? 그녀는 어젯밤 그가 원하는 것을 주었다. 지나치게 고분고분했다고 해도 좋았다. 그들은 그 후로도 열띤 관계를 수없이 나눈 후 새벽 3시가 지나서야 집으로 들어갔다. 그 격렬했던 성적 욕구가 만족된 지금, 알렉스는 그녀가 필요치 않게 되었고 자신의 일을 하기 시작한 것이 틀림없었다.

이런 일을 예상했어야 했다. 남자들이란 여자에게서 원하던 것을 얻고 나면 금세 싫증을 내지 않던가. 그녀의 아버지도 어머니에게 그렇게 행동했다.

그녀도 원하던 것을 얻었으니 불평할 권리는 없다. 하지만, 그렇다 해도, 오늘 같이 일하지 않겠다는 말쯤은 해줄 수 있지 않았을까.

케이틀린이 마지막 바구니를 트럭으로 가져갔을 때, 알렉스는 양복을 작업복으로 갈아입고 트럭에 앉아 자크와 얘기하는 중이었다.

그가 그녀에게 미소를 보냈다.

"안녕."

"안녕."

그녀는 무표정하게 바구니를 비워 냈다.

"나와 같이 갑시다."

알렉스가 트럭에서 뛰어내려 케이틀린의 손을 잡고 끌어당겼다.

"어서."

"난 바빠요. 연화 작업장에 가봐야 해요."

그에게서 손목을 빼내려 애쓰며 그녀가 짤막하게 대꾸했다.

"바쁜 게 아니라, 화가 났군."

그는 자크에게 손을 흔들고 나서 케이틀린을 길로 잡아끌었다. 놀리는 듯, 멜로 드라마에서나 나올 듯한 목소리로 그가 낮게 속삭였다.

"내가 당신을 이용한 다음 버렸다고 생각하는 거야."

"말도 안 되는 소리 마세요. 난 당신에게 화낼 권리가 없어요. 우린 둘 다 우리가 그런 사이가 아니라는 걸 알잖아요."

"당신에게는 그럴 권리가 있소."

길 한가운데 멈춰 서서 그가 두 손으로 그녀의 어깨를 움켜잡았다.

"난 당신에게 친절하게 하겠다고 약속했소. 자, 화 그만 내고 나와 같이 갑시다."

그가 미소지으며 그녀를 부드럽게 흔들었다.

낯익은 그의 향내가 맡아졌다. 그녀는 그의 손길에 어젯밤처럼 정신이 없어졌다.

"어디에?"

"꽃의 오두막."

문을 열었을 때 케이틀린이 제일 먼저 알아차린 것은 방 한가운데 새 매트리스와 그 위의 면 시트였다.

그녀의 눈이 커다래졌다.

"들어가자구."

그가 오두막 안으로 잡아끌었다. 그의 파란 눈동자가 소년 같은 열정으로 반짝거렸다.

"내가 모든 걸 깨끗이 닦았소. 그리고 칸에서 리넨을 사 왔지. 얼음 속에 와인도 넣어 두었소."

그는 한쪽에 놓여 있는 쿨러로 고갯짓을 하고는 씨익 웃었다.

"밤에 쌀쌀해지면 불을 지필 수 있도록 굴뚝의 새 둥지도 치워 버렸소."

그녀는 어리둥절해 하며 주위를 둘러보았다. 오두막은 깨끗이 치워져 있었다.

"당신이 했다는 건 알겠어요. 왜죠?"

“내가 해결하겠다고 했잖소. 여기에는 아무도 오지 않는다고 당신이 말했고. 그러니까 우리가 이용한다 해도 아무도 모를 거요. 당신은 당신의 바사로를 가질 수 있소.”

그가 그녀의 얼굴에서 황갈색 머리카락을 부드럽게 쓸어넘겼다.

“그리고 난 당신을 가질 수 있지. 멋진 해결책 아니오?”

오두막의 먼지와 쓰레기를 치우기 위해 알렉스는 몇 시간이고 힘든 노동을 하여야 했으리라. 그는 그들의 관계를 아무에게도 알리지 않기 위해, 그녀를 보호하기 위해 은밀하게 혼자서 이 일을 했다. 그녀가 그러길 원한다고 말했기 때문에.

“시트는 세탁해서 씌워야 하니 꽃잎은 뿌리지 않기로 했소.”

그가 진지하게 그녀를 바라다보았다.

“난 그런 로맨틱한 남자는 아니오. 당신이 그런 것을 기대하지 않기를 바라오.”

그랬다, 그는 거짓말이 될 것이기에 로맨틱한 행동들을 하지는 않을 것이다. 슬픔이 느껴지자 그녀는 바보 같은 자신을 비난하며 즉시 떨쳐 내었다. 그가 정직하고 사려 깊게 행동해 준다면, 그리고 그들을 함께 묶어 주는 갈망이 있다면 로맨틱한 행동은 필요치 않았다. 아버지는 어머니에게 거짓과 로맨틱한 함정밖에 준 것이 없었다. 비단 시트와 장미 꽃잎은 필요 없다.

그녀는 마치 그 전에도 수백 번이나 그래 보았던 여인처럼 자연스럽게 알렉스의 품에서 가슴에 머리를 기댔다.

“상관없어요. 난 항상 필립에게 약간의 과장이 있었다고 생각했죠.”

“내가 먼저 갈게요.”

케이틀린이 재빨리 셔츠의 단추를 잠그고 바지 속으로 집어넣었다.

“당신은 십 분 있다가 출발하세요.”

“아무도 모르는 게 왜 그렇게 중요한 거요?”

알렉스가 매트리스에 팔꿈치를 대고 일어나며 나른하게 물었다. 그렇게 감미로운 젖가슴과 아름다운 엉덩이를 가리는 것은 정말 슬픈 일이었

다. 하지만 그 아래 놓인 매끄러운 살결을 알고 있기에 그녀의 거친 작업
복이 더욱 관능을 도발시켰다.

"간통하는 남자가 된 기분이오."

케이틀린은 그의 시선을 피했다.

"그렇게 중요한 건 아니에요. 다만…… 더 편하니까."

"어머니가 반대하실까 봐?"

"아뇨, 그렇지는 않아요."

"자크와 다른 일꾼들은 무척이나 원초적이오. 그들은 어떤 험담도 하
지 않을 거요."

"알아요."

"그럼 왜 그러는 거요?"

"우리 관계를 개인적인 것으로 하고 싶어요."

"그건 논리적이지 않소."

"당신은 모든 게 논리적이어야 하나요?"

"아니, 하지만 이해는 되어야 하지. 모든 종류의 행동과 감정에는 원인
과 결과가 있소. 우리에겐 결과가 있지. 그럼 원인은 뭘까?"

그는 시트를 밀치고 벌거벗을 채 일어섰다.

"당신은 정말 집요하군요. 이 오두막을 치우는 수고까지 감당했으면서
이제 와서……."

그녀가 짜증스레 문으로 향했다. 그는 옷을 입으며 눈살을 찌푸렸다.

"이유를 알고 싶소. 이상하다는 생각이 들어서 그래. 내가 은밀한 남자
가 되는 것 따위는 별로 중요치 않소. 그냥 궁금한 거요."

"이 지구상의 모든 것이 궁금하시겠죠."

"거의라고 해야겠지."

그의 시선이 그녀의 얼굴을 살폈다.

"아버지 때문인가?"

그녀의 몸이 굳어졌다.

"무슨 뜻인지 모르겠군요."

그가 고개를 끄덕였다.

“원인, 바로 그거야. 그는 어머니를 속였고, 그가 떠날 때 바사로는 거의 엉망이 되어 버렸지. 당신은 우리 관계를 그 일과 관련시켜 생각하는 거요.”

그녀는 애써 미소지으려 했다.

“말도 안 돼요. 우리 관계가 바사로를 다치게 할 수는 없어요.”

“그걸 알면서도 당신은…….”

“맙소사, 당신 책에 쓰려고 날 분석하는 건가요?”

“난 심리 스릴러물이 아니라 미스터리 작가요. 어쨌든 미안하오. 당신은 퍼즐을 만들었고, 난 퍼즐을 푸는 데 열정을 갖고 있소. 이제 더 이상 질문하지 않겠소.”

“대답을 얻었다고 생각하기 때문이겠죠.”

“그렇소. 그리고 당신이 바라지 않는 일을 하지는 않을 거요.”

그가 그녀의 뺨에 살짝 입을 맞췄다.

“저녁 식사 시간에 볼 수 있을까?”

그녀가 고개를 저었다.

“향료 제조실에 가봐야 해요.”

“왜?”

“윈드 댄서, 당신이 온 후로 두 번밖에 가보질 못했어요.”

“내가 그 정도로 강력한 존재라니 기쁘군. 그건 왜 연구하는 거요? 그걸로 뭘…….”

“당신이 상관할 바 아니에요. 내 일에 끼어들지 말아요, 알렉스.”

그녀의 어조가 갑자기 격해졌다.

또 이러는군. 윈드 댄서를 언급할 때마다, 그녀는 그를 몰아내고 마치 신성한 성지에서 불을 지키는 성직자처럼 경계했다.

“당신 몸에서 떨어지라고 하지만 않는다면. 당신이 얼마나 큰 엉덩이를 갖고 있는지 말한 적이 있던가?”

장난스레 엉덩이를 툭 치자 그녀가 웃음을 터트렸고, 그녀의 굳은 근육에서 긴장이 다소 풀리는 게 보였다.

“안녕, 알렉스.”

씩씩하게 오두막을 나가 언덕을 오르는 그녀를 쳐다보며 그의 얼굴에서 미소가 서서히 사그라졌다. 거의 확실했다. 케이틀린은 아버지에게 대단히 큰 컴플렉스를 가지고 있었고, 그것이 알려지는 걸 달가워하지 않았다. 윈드 댄서에 대한 정열 또한 출입금지 구역임이 분명했다. 왜 자신은 그런 문제들을 내버려 두지 못하는 것일까? 지난 한 주, 이 오두막에서의 만남은 그가 아는 한 가장 에로틱하고 만족스러웠다. 며칠이면 서로에 대한 갈망이 식으리라고 예상했는데, 그들은 재스민 들판에서의 첫날밤처럼 여전히 다급하게 서로를 찾아헤맸다. 케이틀린은 천성적으로 관능을 아는 여자였으며, 정열적인 상대였다.

그 이상을 갖고 싶다.

그런 생각이 그를 놀라게 했다. 그는 그녀에 대해 모든 걸 알고 싶었다. 그녀의 번득이는 유머 감각과 차가운 외면 아래 숨겨져 있는 강한 정열과 충동이 놀라웠다.

카트린에게 있어 그녀는 딸이라기보다 어머니에 가까웠다. 자크와는 깊은 유대감을 갖고 있으면서, 아버지와 딸 같은 관계가 아니라 동등한 파트너였다. 그녀는 일꾼들과 섞여 하나가 됐다가 그들과는 다른 경영자가 됐다. 그녀를 볼 때마다 새로운 일면들을 알게 되었고, 그것이 흥미를 자극해 더욱 궁금증이 일었다.

그녀와 너무 가까워지고 있었다.

문득 그의 등으로 소름이 훑고 지나갔다. 그는 일부러 그 자신에게 도전할 것을 마련해 주기 위해 그녀를 유혹해 냈다. 그런데 무언가가 잘못되었다.

그는 오두막을 나와 해결 방안을 생각하며 언덕을 올라갔다.

바사로. 그는 바사로의 케이틀린과 너무나 가까워졌다. 그들은 함께 일하고 같이 식사를 하고, 육체적인 관계까지 맺고 있다. 케이틀린밖에 생각할 것이 없어서 자연스레 그녀가 너무나 중요하게 생각되는 것이다. 바사로가 아닌 다른 곳이라면 자신의 감정을 통제할 수 있을 것이다.

집으로 돌아가 골드바움에게 전화하자. 그와 통화한 지 거의 2주가 지났으니, 이곳을 떠나게 할 만한 어떤 새로운 정보를 찾아냈을 것이다.

골드바움이 무언가 찾아냈기를 진정으로 기도했다.

"확실치는 않소."
골드바움이 경고했다.
"안드레는 빈틈이 없소. 증거도 없고. 그냥…… 그런 인상을 풍기는 것
뿐이오."
"다른 게 없으니, 그걸 이용해야지. 어떻게 되는지 두고 봅시다."
"아마 소용없을 거요."
"그럴지도 모르지. 레드포드에 대한 건?"
"지난 이 년 동안의 흔적을 조사해 봤는데 아무것도 없소."
"안드레에게서 별 소득이 없을 경우를 대비해서 계속 찾아보시오."
골드바움이 한숨을 쉬었다.
"나에게는 다른 고객들도 있소."
"나처럼 큰 돈을 주는 고객은 없겠지."
"그래서 당신하고 계속 일하는 거요. 다음에 연락하겠소."
"아니, 내가 전화하지. 이동중일 수도 있소."
전화를 끊으며, 알렉스는 혈관 속으로 아드레날린이 달리는 걸 느꼈다.
미끼. 좋은 미끼는 아닐지 모르지만, 미끼는 미끼였다.
그는 일어서서 문으로 걸어갔다. 몇 주 동안이나 손을 놓은 채 바사로
에만 있었는데, 이젠 움직일 수 있다. 계단을 두 개씩 뛰어내려 서둘러
케이틀린이 있는 작업실로 향했다.

케이틀린은 입체 영상으로 나타난 받침대 앞에 무릎을 꿇고 앉아 있었
다. 어둠 속에서 그녀의 형체가 어렴풋이 드러났고, 올려다보고 있는 그
녀의 머리카락이 영사기의 불빛에 반사되었다.
케이틀린은 정말 성소를 지키는 성직자 같았다. 알렉스는 자신이 침입
자 같다는 생각이 들었다.
"대체 뭐하는 거요?"
케이틀린이 벌떡 일어나며 눈에 대고 있던 쌍안경을 내렸다.

"어머나, 깜짝 놀랐잖아요. 나가세요. 오늘밤에는 만날 수 없다고 했잖아요."

"제단 앞에서 경배드릴 수는 있고?"

"말도 안 되는 소리 마세요. 나가지 않을 거라면, 이리 와서 내 옆에 앉으세요."

그는 천천히 방안으로 들어와 그녀 옆에 주저앉았다.

"그리고?"

그녀가 쌍안경을 건네주었다.

"조각의 밑면을 좀 보세요. 조각에 이음새는 없나요, 같은 종류의 황금으로 되어 있나요?"

그가 쌍안경을 들어 입체 영상 화면의 밑면을 들여다보았다.

"아주 비슷한 것 같은데."

"같은 금이에요?"

"당신이 전문가잖소."

"나도 모르겠어요."

케이틀린의 목소리는 좌절감으로 날카로웠다.

"그 이상이 있어야 해요. 내가 갖고 있는 건 캐서린의 일기하고 이십 세기에 릴리 안드레가 쓴 책뿐이에요. 안드레 가문은 그보다 훨씬 전의 일기를 두 개 갖고 있어요. 그것들은 출판된 적이 없구요. 난 고성능 쌍안경을 갖고 이 빌어먹을 영상만 들여다볼 뿐이에요. 난 그 조각을 봐야 해요."

알렉스가 미소지었다.

"어쩌면 내가 제안을 하나 할 수 있겠군."

케이틀린이 그를 쳐다보았다. 그녀의 눈에 윈드 댄서의 영상이 반짝거렸다. 케이틀린처럼 너무나 인간적인 존재에게서 인간을 초월한 힘과 아름다움이 보인다는 것은 이상했다. 그녀도 그의 눈 속에서 똑같은 영상을 보는지도 몰랐다.

한순간, 그들이 그 조각에 사로잡혀 소유되는 듯했다.

"농담할 기분 아니에요, 알렉스. 이 일은 나에게 중요하다구요."

그녀의 어조는 성마름으로 날카로웠다. 그가 손을 뻗어 그녀가 쥐고 있던 리모컨을 잡았다.

"그걸 봐야 한다면, 우리가 보러 갑시다."

"뭐라구요?"

리모컨 버튼을 누르자 케이틀린의 눈에서 윈드 댄서가 사라졌다.

"짐을 싸시오. 오 일치 정도면 충분할 거요. 얼마나 오래 걸릴지는 모르지만, 필요하면 살 수 있으니까."

"짐? 내가 어디로 가는데요?"

"미국, 여권 있소?"

"그런 것 같아요. 확인해 봐야 해요."

"문제가 있으면 니스에서 처리할 수 있소. 당신이 에어 프랑스에 전화해서 우리 자리를 예약해주겠소? 난 몇 군데 전화를 해서 공항으로 쓸모 있는 정보를 갖고 오라고 해야겠소."

케이틀린이 일어섰다.

"무슨 쓸모? 그리고 난 그렇게 미국으로 떠날 수 없어요. 바사로를 돌봐야 해요."

"그 중 하나가 당신의 향수를 출시하는 것이지."

"그 일에 대한 건가요?"

"그렇소. 향수를 거창하게 출시하기 위해서는 미끼가 있어야 하오."

"그 미끼가 미국에 있다는 건가요?"

"정확히 말하면 사우스캐롤라이나지, 윈드 댄서."

그의 계획을 알아차리고는 그녀의 눈이 휘둥그래졌다.

"안드레 가문에게 윈드 댄서를 선전에 쓰겠다고 빌릴 생각이에요?"

"그보다 더 도발적이고 로맨틱한 상징이 있겠소?"

"없죠. 하지만 그들은 절대 승낙하지 않을 거예요."

"어째서? 당신은 안드레가와 먼 친척간이오. 그것이 시작이오. 나머지는 내가 맡겠소."

"우리가 그들에게 뭘 제안할 수 있겠어요? 그들은 돈이 필요 없단 말이에요."

케이틀린이 걱정스레 아랫입술을 깨물었다.

"그리고 이차 대전 당시 히틀러에게 빼앗긴 후로 절대 미국땅에서 그 조각을 내보내지 않았다구요. 그걸 갖고 세계를 돌아다니려는 건가요?"

"적어도 유럽만이라도, 시작은 파리에서 하고."

그녀가 얼굴을 찡그렸다.

"안드레 사람들이 우릴 친척이라고 부드럽게 대하길 기대한다면 실망할 거예요. 내가 왜 윈드 댄서를 연구할 수 있게 해달라고 부탁하지 않았을 것 같아요? 조나단의 아버지에게 윈드 댄서를 루브르에 빌려 주라고 말한 사람이 나의 할머니였다구요. 윈드 댄서가 나치에게 도둑맞자, 안드레가는 엄청나게 화를 냈고, 그걸 보호하지 못했다고 바사로를 비난했어요."

"그건 오십 년 전 일이오."

"안드레 사람들은 오랫동안 기억한다고 하더군요."

"그건 두고 봅시다. 도박을 할 가치는 있소."

그가 그녀의 손을 잡아 문으로 이끌었다.

"정말 그 일을 하려는 거예요?"

"당신의 향수를 팔기 위해 대대적으로 광고를 하려면 얼마나 큰 돈이 들 것 같소?"

"알아보기가 겁나요. 족히 한 재산은 되겠죠?"

"그보다 더 하지. 일억이나 일억오천 달러 사이요."

그녀가 놀라서 숨을 들이켰다.

"그 정도 돈을 갖고 있나요?"

"갖고는 있지. 하지만 운이 좋다면 그 정도를 쓰지 않아도 될 거요. 윈드 댄서가 대중의 관심을 불러일으킬 테니까. 우린 특별히 다른 신비로움을 창출해 낼 필요가 없소."

"신비로움? 그런 단어도 알고 계시는군요."

그녀가 미소지었다.

"광고에 그렇게 많은 돈이 든다면, 이익을 얻어낼 수 있을까요?"

"바사로 일 온스를 만드는 데 얼마가 들지?"

"이십 달러쯤, 우린 최고의 기름과 최고의 원료만 사용해요."

그가 씨익 웃었다.

"그럼 이익을 낼 수 있소. 우리는 일 온스에 이백 달러를 붙일 거니까."

"너무 비싸요."

"그 병에 들어 있는 신비에 비하면 아무것도 아니오. 당신의 향수는 훌륭하오?"

"그럼요."

"환상적이고?"

"바사로인 걸요."

그녀의 간단한 대답에 그가 킥킥댔다.

"그건 최고가 될 수 있다는 뜻이오. 최고의 향수는 일년에 오억 달러는 쉽게 벌어들일 수 있소."

"당신의 이런 모습은 처음 봐요."

"몸 쓰는 모습만 봤기 때문이지. 난 근본적으로 문제를 해결하는 자요. 그리고 지금은 해결할 문제가 생겼지. 오랜 기다림 후에 드디어."

"그걸 좋아하시는군요? 그게 당신을 살아 있게 만들어요."

그가 어깨를 으쓱이고는 그녀의 팔꿈치를 잡았다.

"적어도 살아 있다는 느낌은 들게 하지. 찰스턴으로 직행하는 비행기가 없다면, 뉴욕으로 가는 밤 비행기가 있는지 알아보시오. 자크에게 지시 사항을 남겨 두고 어머니에게는 작별 인사를 해야할 거요."

"그 정도는 혼자서 처리할 수 있어요."

"미안하오. 내가 너무 정신이 팔려서…… 왜 웃는 거요?"

"당신에게 바사로에 대해 얘기했을 때가 생각나서요. 아마도 우린 생각보다 공통점이 많은가 봐요."

그녀의 얼굴이 웃음으로 환해지자, 그는 그 모습에 사로잡혀 눈을 떼지 못했다. 손을 뻗어 그녀의 입술을 만지고 싶었다, 그 미소를 쓰다듬고 싶었다.

부드러운 감정.

그는 그녀를 건드리지 않고 몸을 돌렸다.

"윈드 댄서에 대해 당신이 쓴 논문을 가지고 가는 게 좋겠소. 안드레가 역사를 존중하는 사람이라면 도움이 되겠지. 그에게서 윈드 댄서를 빌리려면 어떤 도움이라도 필요하오."

"그것들은 뭐예요?"

알렉스의 앞에 펼쳐진 신문 조각들을 케이틀린이 호기심어린 눈으로 쳐다보았다.

"그게 아까 공항에서 받은 건가요?"

"지난 육 개월 동안의 미국 신문 기사들이오. 그들이 유럽의 예술품 도둑에 대해 얼마만큼의 관심을 보이는지 알고 싶었지. 신문에서 열광적으로 달려들었으면, 안드레가 윈드 댄서를 빌려주는 일을 그다지 좋아하지 않을 거요."

승무원이 그의 옆으로 와 미소지으며 커피 한 잔을 권하자, 알렉스는 마닐라 봉투 안에 기사 조각들을 집어넣고 나서 미소를 되돌리며 컵을 받아들었다.

"내가 본 바로는, 불행히도 꽤나 크게 다루었군."

"모나리자 같은 예술품이 도둑맞은 건 당연히 세계적인 뉴스거리였을 거예요."

그녀가 머리를 내저었다.

"그렇게 노력했는데도 아직 되찾지 못했다는 게 믿어지지 않아요. 인터폴에 있는 사람들은 틀림없이 실수만 하는 얼간이들일 거예요."

그가 커피를 한 모금 마셨다.

"그건 인터폴에 대한 당신의 견해요?"

"무슨 뜻인가요?"

"그 사건으로 경찰에 대한 신뢰를 잃었소?"

"음…… 모르겠어요."

"그럼 블랙 메디나가 벌이는 테러 때문에 겁이 나오?"

"그렇게 안전하다는 느낌은 아니죠."

"홍미롭군. 당신은 바사로에 고립되어 있었는데도 두려워하고 있소. 그럼 그런 은신처에 살지 않는 사람들은 어떻게 반응할지 궁금하지 않소?"

"별 생각이 없는 걸요. 당신은 그런 일에 왜 그렇게 관심이 많은가요?"

"그냥……."

"호기심이군요. 이렇게 호기심이 많은 사람은 본 적이 없어요. 점점 쇠약해져 가는 고양이의 슬픈 운명에 대해 말해 드려야겠어요."

그의 표정이 차갑게 굳어졌다.

"그 얘긴 전에 들었소."

그를 쳐다보며 그녀의 미소가 사그라들었다. 그녀가 어떤 식으로인지 그에게 상처를 주었다. 그 무표정한 가면 뒤에는 고통이 있었고, 그로 인해 그녀도 고통스러워졌다. 어두운 창 밖을 내다보며, 그녀는 그의 정신을 분산시킬 말을 찾아보았다.

"그들이 모나리자를 훔쳐갈 때 '들판의 소년'에 대해서는 신경 쓰지 않아서 다행이에요. 그건 루브르의 같은 구역 내에 있거든요."

"'들판의 소년'? 그런 제목은 들은 적이 없소. 누가 그렸지?"

"사인은 없어요. 하지만 줄리엣 안드레가 그린 거예요, 조나단 안드레의 먼 할머니가 되죠."

"사인이 되어 있지 않은데, 그것이 줄리엣 안드레의 그림인지 어떻게 아는 거요?"

"캐서린의 일기장에 나와요. 줄리엣은 미국으로 이주할 때 바사로에 미첼의 그림을 남겨놓았어요. 줄리엣은 훌륭한 화가였지만, 그 당시는 여성 화가에 대해 지독한 편견이 있었기 때문에 루브르에서 받아들일 리가 없었죠."

그녀가 의자 뒤로 등을 기댔다.

"그래서 캐서린이 일을 꾸민 거예요. 베르사유에 있던 위대한 그림들은 거의 1793년 루브르로 옮겨졌어요. 하지만 공포 정치의 혼란 속에서 은밀한 장소에 숨겨져 있던 예술 작품들이 빠졌다고 해도 충분히 논리적일 거라고 생각했지요."

알렉스의 얼굴에 느릿한 미소가 번졌다.

"믿을 수가 없군."

"사실이에요. 어쨌든 그녀와 프랑수아는 줄리엣의 그림을 그런 그림과 섞어 놓았죠. 그런 다음 호위대가 숨겨진 걸작들을 발견하게끔 만들었어요. 발견된 즉시 그것은 다른 작품들과 같이 루브르로 직행했어요. 사인 없는 그 작품은 너무나 유명한 그림 속에 끼어 있었기 때문에, 위대한 재능을 가진 사람의 그림으로 추정되었죠."

"그래서 줄리엣 안드레의 그림이 걸작들과 같이 루브르에 걸려 있는 거군. 안드레가도 그 얘기를 알고 있소?"

알렉스가 생각에 잠겨 커피잔을 내려다보았다.

"알 거예요. 캐서린이 줄리엣에게 그런 얘기를 편지로 알렸다고 했으니까요."

"캐서린이 그런 어려운 일을 해낼 정도였으면 그들은 아주 좋은 친구였던 모양이오."

"일기를 읽어 보세요."

"그래야 할 것 같소. 상황에 따라 그 사건을 안드레에게 얘기한다 해도 괜찮겠군."

"이미 흘러간 옛날 일인 걸요. 1797년 일이에요."

"안드레가는 오랫동안 기억한다고 하지 않았소. 시도할 수는 있을 거요."

그에게서 끔찍한 고통이 사라진 것 같아 다행스러웠다. 어쩌면 캐서린의 이야기가 그녀의 의도대로 도움이 되었을지도 몰랐다.

"당신은 정말 결심이 확고하군요. 어떤 짓이라도 시도해 볼 건가요?"

"무엇이든지."

그의 짤막한 대꾸에 그녀가 그의 얼굴을 쳐다보았다.

"진짜 윈드 댄서를 얻어낼 수 있다고 생각해요?"

"얻어낼 거요."

"어떻게 그렇게 확신하나요?"

"얻어내야만 하니까."

그녀가 머리를 흔들었다.

"자신의 행동에 의문은 없나요?"

그는 대답하지 않았다.

"윈드 댄서를 받아내는 것이 당신에게 왜 그렇게 중요한지 말하고 싶지 않은 모양이죠?"

그가 미소지었다.

"글쎄, 내 돈을 절약하기 위해서랄까."

"하지만 그것만이 다는 아니죠?"

"그거면 충분한 이유가 되지 않소? 우리 모두가 고고학에 정열을 가질 수는 없으니까."

그에게서 더 이상의 대답은 듣지 못할 것 같았다. 이상하게 그것이 상처가 되었다. 그녀도 윈드 댄서에 대한 자신의 감정을 고백하고 싶지 않았고, 바사로를 구해 주는 이유가 무엇이든 상관없다고 알렉스에게 말한 바 있었다. 하지만 이제는 무엇인가가 변했다. 그가 그녀에게 말해 주지 않는 게 신경 쓰였다.

그가 손을 뻗어 그녀의 손을 힘껏 잡아 주었다. 방금 전의 상처를 달래 주듯이.

"좀 자도록 하시오. 뉴욕에 도착하려면 네 시간이나 남았고, 그 다음에는 찰스턴까지 두 시간을 더 가야 하니까. 도착할 때쯤에는 지쳐 버릴 거요."

"잠을 잘 수가 없어요. 너무나 긴장이 돼요. 그가 우리를 만나 줄까요?"

"우린 내일 오후 세 시에 약속을 해놓았소. 떠나기 전에 바사로에서 전화를 걸어 안드레의 개인 비서인 피터 마스코블과 통화를 했지."

그가 머리를 흔들었다.

"너무 쉬울 정도였소. 당신 이름을 대니까 마스코블이 거의 뛰어오르는 것 같더군."

"모든 게 너무 빨라요."

"안드레가 승낙만 하면 더 빨리 움직여야 할 거요."

"우리가 옳은 일을 하고 있다는 건 알지만, 어쩐지 겁이 나요. 이런 계획을 세우는 건 내 전문 분야가 아니에요. 그냥 집에 가서 꽃만 키우고 싶어요."

"계획이 진행되기 시작하면 괜찮아질 거요. 기다리는 게 힘든 거지. 그리고 조나단 안드레를 두려워할 이유가 뭐요? 당신은 그의 사촌인걸."

"너무나 많은 의미들이 담겨 있어요. 윈드 댄서, 향수, 바사로……."

"음, 잠이 오지 않으면 얘기나 하나 해주시오."

"얘기?"

"캐서린의 일기. 처음부터 시작해서 당신 가문 역사의 세세한 부분까지 전부 얘기해 주시오."

그녀는 의심스러운 듯이 그를 바라다보았다.

"정말 듣고 싶은 거예요?"

알렉스의 손에 힘이 들어갔다.

"정말이오."

그녀가 의자에 등을 기댔다.

"일기는 1792년 9월 2일부터 시작해요, 캐서린이 라 레인 수녀원에 있을 때였죠……."

5

"전 피터 마스코블입니다. 바사로 양과 같이 오셨나요?"

정문의 인터컴에서 소년같이 열의에 찬 목소리가 들려 왔다.

알렉스는 재미있는 듯 옆자리에 앉은 케이틀린을 슬쩍 쳐다보았다.

"바로 옆에 있소."

"문을 열고 제가 현관에서 맞이하겠습니다. 저택에 도착할 때까지는 차에서 내리지 마십시오."

인터컴이 끊어지면서 철문이 스르르 양쪽으로 열렸다. 알렉스가 짙푸른 색의 자동차를 안으로 운전해 들어갔다.

"당신을 바사로에 남겨놓고 왔다고 했으면 거절당했을 것 같소. 그 남자를 만나 본 적이 정말 없는 거요?"

"그래요, 이름도 들어 본 적이 없어요."

커다란 철문이 그들의 뒤로 닫히고 거대한 빗장이 자동적으로 문을 잠갔다. 케이틀린이 그 문을 돌아다보았다.

"최첨단 안전 장치가 있는 감옥에 잠입한 느낌이에요. 경찰견은 어디 있죠?"

"도베르만이오."

"네?"

"이곳에는 여섯 마리의 도베르만들이 돌아다니고 있소. 저택에 도착할 때까지 차에서 내리지 말라고 한 게 그 때문이오."

"그 개들에 대해서는 어떻게 알았나요?"

그녀 자신이 바로 대답을 얻어냈다.

"그 조사한 내용들 중에 있었군요."

"그렇소. 이 단지의 설계도가 우리 목적에 그리 중요하지는 않지만, 알아둔다고 해서 손해날 건 없다고 생각했지."

"왜 이곳을 단지라고 부르나요?"

"이 대지에 안드레가의 몇몇 일원들이 자기들 저택을 갖고 있소. 조나단의 두 누이들과 남편들은 해변에 별장을 갖고 있고, 그의 아버지는 더 멀리에 오두막을 갖고 있소. 저택 주위에는 손님용 객사와 하인들의 숙소가 자리잡고 있지."

모퉁이를 돌아들자 거대한 하얀 기둥들이 서 있는 그야말로 웅장한 건물이 눈앞에 드러났다.

"대단히 인상적이군요. 남북 전쟁 당시의 남부 저택 같아요."

케이틀린이 중얼거렸다.

저택의 넓은 이중문이 열리며 날씬한 남자 한 명이 모습을 나타냈다.

"저 사람이 피터 마스코블인 모양이오. 우리에게 중요할 수도 있소."

"어떻게요?"

"그는 십팔 년 동안 안드레를 위해 일했고, 안드레는 그를 전적으로 신임하고 있소."

그가 계단을 내려오는 남자를 유심히 살폈다.

"둘은 예일 대학을 함께 다녔소. 마스코블의 가족은 서부 버지니아에서 석탄을 캐는 사람들이었고, 그는 장학금을 탔소. 다른 건……."

조사 내용에 쓰여 있던 마지막 구절을 기억하려 애쓰다가 그의 눈썹이 펴졌다.

"맞아, 마스코블은 심장이 안 좋소. 오 년 전에 혈관 이식 수술을 받았지.”

“아픈 사람 같지는 않은데요.”

피터 마스코블은 평균 신장보다 약간 더 컸고, 근육질은 아니었지만 하얀 스웨터에 회색 바지를 입은 모습이 건강해 보였다. 신중하게 가다듬은 밝은 갈색머리가 햇살 속에서 부드럽게 빛났고, 외모는 지성으로 반짝이는 갈색 눈동자를 빼면 별 특징이 없어 보였다.

“아픈 건 아니오. 조심해야 할 뿐이지.”

알렉스가 차를 멈추고 시동을 껐다. 그는 그녀를 쳐다보며 안심하라는 듯 미소를 보냈다.

“긴장하지 마시오. 우린 목적을 이룰 거요.”

그녀가 치마를 매만졌다.

“나하고는 맞지 않는 일이라니까요. 나 괜찮아 보여요?”

그녀가 입고 있는 하늘색 정장을 알렉스가 힐끗 쳐다보았다.

“좋아 보이오.”

그녀가 얼굴을 일그러뜨렸다.

“어머니는 그 말에 동의하지 않으실 거예요. 이건 오 년이나 된 옷이거든요.”

“안드레는 당신 옷에 신경 쓰지 않을 거요. 그를 만나러 갑시다.”

그가 문을 열고 밖으로 나섰다.

“카라조브 씨?”

피터가 알렉스에게 정중하게 고개를 숙여 보이며 케이틀린이 내릴 수 있도록 문을 열어 주었다.

“전 피터 마스코블입니다.”

그의 시선이 케이틀린의 얼굴을 열심히 살폈다.

“당신이 케이틀린 바사로 양이군요. 오랫동안 이날을 기다려 왔습니다.”

케이틀린은 당황할 수밖에 없었다.

“안녕하세요, 마스코블 씨?”

“피터라고 부르세요. 우린 서로 좋은 친구가 되었으면 좋겠습니다. 당신의 논문을 읽어 봤지요. 대단히 날카롭고 통찰력 있는 글이었습니다. 전 당신을 이용하고 싶답니다.”

“절 이용하다니요?”

“당신은 캐서린의 일기를 갖고 있지요. 전 카타리나와 상치아 안드레의 일기를 갖고 있지만, 캐서린의 것은 읽어 보질 못했어요. 난 그…….”

“잠깐만요. 당신이 안드레의 일기를 갖고 계세요?”

그는 수줍은 미소를 지었다.

“음, 사실은 조나단의 소유지요. 하지만 전 마치 제 것인 양 느껴진답니다. 작년에 당신에게 전화해서 그 일기의 복사본을 받을 수 있을지 물어 볼 생각이었지요.”

“그렇게 할 수는 없었을 거예요. 일기의 내용은 개인적인 것이거든요.”

그가 인상을 찡그렸다.

“그런 말을 들을까 걱정했었지요. 안드레 일기 안에도 몇 가지 가족의 비밀이 적혀 있답니다.”

“왜 캐서린의 일기에 관심을 갖는 건가요?”

“바사로와 안드레가는 수세기 동안 연결되어 있었습니다. 윈드 댄서와 같이 몇 년을 살다 보니 그것에 대해 더 알고 싶은 욕심에서 관심이 시작된 것 같습니다.”

마스코블의 얼굴에 부드러운 미소가 번지자 더 이상 그는 특징 없는 얼굴이 아니었다.

“한 가지가 또 다른 것들을 끌어내지요. 나에게는 살아 있는 가족이 없답니다. 그래서 안드레가와 그 조상들이 이제는 내 가족이 되어 버렸어요. 그리고 조각에 새겨진 글이 일기에 언급되지 않았을까도 궁금해졌답니다.”

“글이라구요?”

그녀의 몸이 딱딱해졌다.

“그 글이 지금껏 해석되지 못했다는 건 알고 계시겠지요?”

“물론이에요, 하지만…….”

“실례지만, 그 문제는 나중에 토론할 수 있을 것 같소. 안드레 씨를 기다리게 하고 싶지 않군요."

알렉스가 끼어들자, 피터는 고개를 끄덕이고는 케이틀린의 팔을 잡고 계단을 올라갔다.

"조나단은 서재에 있습니다. 방금 말한 것처럼, 난 윈드 댄서에 대해 더 많은 것을 밝혀내기 위해 일기를 읽기 시작했죠. 그런데 작년에 캐서린의 일기를 언급한 가문의 기록을 우연히 보게 되었답니다."

그들은 반짝이는 참나무 바닥으로 된 웅장한 현관 홀을 걸어갔다. 케이틀린은 피터를 재미있다는 듯 쳐다보는 알렉스의 시선을 알아챘다. 피터는 거의 어린아이와 같은 열정이 있었지만 그와 동시에 성숙하고 세상사에 현명한 남자라는 인상이었다. 그런 모순이 피터의 열정을 더욱 매력적으로 만들었다.

하지만 그에 대해 부러움과 분한 감정도 생기기 시작했다. 그는 두 개의 일기를 갖고 있고, 윈드 댄서를 매일매일 관찰할 수 있는데도 더 많은 것을 원하고 있었다.

피터가 마호가니 문 앞에서 멈춰 섰다.

"나중에 얘기할 수 있겠지요? 난 정말로 그 일기를 보고 싶답니다."

"그러죠. 하지만 어떤 것도 약속드릴 수는 없어요."

"그걸로 충분합니다."

그가 미소지으며 문을 활짝 열었다.

"카라조브 씨와 바사로 양이 오셨네, 조나단."

그가 그들을 먼저 안으로 들여보내고 서재 안으로 따라 들어와 문을 닫았다.

조나단 안드레는 컸다.

케이틀린이 처음으로 인식한 것은 창문에서 돌아서는 그 남자의 엄청난 체격이었다. 족히 2미터는 됨직한 키에, 육중한 어깨, 넓은 가슴을 가진 그는 막노동꾼이라 해도 좋을 정도의 체격이었다. 코와 입도 컸고, 넓은 광대뼈에다, 갈색보다는 검은색에 가까운 눈동자 위에 짙은 눈썹이 인상적이었다. 40대 초반은 넘어 보이지 않았고 피터와 마찬가지로, 하늘색 면 스웨터에 까만 바지의 간편한 차림이었다.

안드레의 얼굴에 미소가 번지자 그의 눈가로 주름살이 나타났다. 그는 전혀 잘생긴 남자가 아닌데도, 무언가가 있었다.

"바사로 양."

그의 손이 단단하게 그녀의 손을 감싸자, 그녀는 이상하게도 행복한 느낌이 들었다.

"케이틀린이라고 부르도록 허락해 주시오. 당신이 여기 왜 왔는지는 모르지만 여기 와주어 기쁘오. 지금껏 바사로에 대해 많이 들어왔는데 드디어 만나게 되는군요."

그녀는 문득 조나단 안드레의 매력을 알 수 있었다. 그는 그의 옆에 있으면 어떤 나쁜 일도 일어나지 않을 거라는 안락한 분위기를 발산했다. 너무나 독특했다.

그녀도 미소를 보냈다.

"환영받을지 확신이 없었답니다. 윈드 댄서를 잃어버린 일로 당신 아버님께서 얼마나 화를 내셨는지 들었거든요."

"여전히 그러시지요."

안드레의 검은 눈동자가 반짝거렸다.

"그게 바로 바사로에 대해 그토록 많은 이야기들을 들어야 했던 이유죠."

그가 손을 풀고 커다란 자단 책상 앞의 소파를 가리켰다.

"앉으시오. 차에서 내리자마자 피터가 공격을 했을 것 같은데?"

피터도 소파에 자리를 잡았다.

"죄송스럽게 생각하고 있어. 하지만 내가 끌어가기 전에 카라조브 씨가 구출해 내셨지."

안드레가 알렉스를 돌아보았다.

"카라조브 씨, 무례하게 군 점을 용서하십시오. 오십 년이라는 세월의 강을 뛰어넘는 게 흔히 있는 기회가 아니라서요."

"충분히 이해합니다. 내가 들은 바에 따르면, 당신은 틈을 메꾸는 일에 대단히 능숙하다고 하더군요."

안드레의 진심어린 얼굴에 약간의 변화가 스치고 지나가며 알렉스를 좀더 자세히 살폈다.

"내가 할 일을 하는 거지요. 모두가 함께 모이지 않으면 성공적으로 사업을 운영할 수 없으니까요. 앉으시지요."

알렉스가 자리를 잡고 편안하게 미소지었다.

"피터에게 오늘의 방문이 사업상의 일 때문이라고 하셨지요."

안드레는 책상 의자에 내려앉으며 케이틀린에게로 시선을 돌렸다.

"바사로에 대한 일인가요?"

"네, 우린 당신의 도움이 필요해요."

"돈인가요?"

"그렇지는 않아요. 제 사업 파트너가 설명하는 게 낫겠어요."

그녀가 알렉스에게 고갯짓을 했다.

"나에게 뭘 원하십니까?"

"윈드 댄서."

피터 마스코블이 무언가 중얼거리는 소리를 들었지만, 케이틀린은 알렉스와 안드레에게서 시선을 떼지 않았다.

"농담이 지나치군요."

"우리는 잠시 당신에게 윈드 댄서를 빌리고 싶습니다, 육 개월 정도. 케이틀린은 새로운 향수를 개발했는데 그 향수를 출시하기 위해……."

"광고를 위해 그 조각을 이용하고 싶다는 건가요? 세상의 사업가 반이 다 그걸 바라지요. 당신이 그런 제안을 처음 했을 것 같소? 우리는 그런 목적으로 윈드 댄서를 이용하지 않아요, 카라조브 씨."

알렉스가 조용히 대꾸했다.

"일반적으로는 그렇지요. 하지만 이번 경우는 상황이 다릅니다. 바사로 양은 그 향수가 성공하지 않으면 갖고 있는 걸 모두 잃게 될 거요. 그리고 그녀는 당신의 친척이오."

"먼 친척이지."

"그래도 당신에게는 의미가 있을 거라 생각하오. 당신은 가족을 대단히 보호한다고 들었소. 우리가 윈드 댄서를 이용하려는 건 아니오. 유럽에서 잠깐 선보이고 그 다음에는 이곳 미국에서 잠깐 보이게 될 거요. 그 후에는 이곳으로 돌아오게 될 겁니다.”

“친절한 말씀이시군.”

“물론 윈드 댄서는 제한적으로만 사용될 것이기 때문에, 다른 매개체도 필요할 거요.”

“무슨 이유로 내가 승낙할 거라고 믿는 거요?”

“가족이기 때문이죠. 그리고 거기다가 앞으로 오 년간 나오는 수익금에서 내 몫인 이십오 퍼센트 중 육 퍼센트를 당신에게 주겠소. 그 금액은 삼십억 달러쯤이 될 거라고 예상하고 있소.”

“꽤나 존중할 만한 금액이군.”

안드레가 의자에 등을 기댔다.

“하지만 내가 당신들을 돕기로 결정한다 해도, 윈드 댄서를 유럽으로 보내는 일은 불가능하오.”

알렉스가 이해한다는 듯 고개를 끄덕였다.

“도둑 때문이군요. 협조만 해주신다면 윈드 댄서를 잃어버리지 않을 거라고 약속하겠소. 안전 장치가 대단히 엄밀해야 한다는 건 말할 필요도 없을 거요.”

안드레가 회의적으로 쳐다보았다. 알렉스는 말을 이었다.

“물론 그렇다 해도 위험은 남아 있소. 우린 당신의 안전요원들과 당신의 감시 하에 여행을 할 수도 있소.”

안드레는 믿어지지 않는 듯 웃음을 터트렸다.

“내가 그 조각과 같이 여행하길 기대하는 거요? 난 바쁜 사람이오, 카라조브 씨.”

“윈드 댄서의 안전을 위해서는 그게 가장 논리적인 방법이오. 누구라도 그렇게 생각할 거요.”

그 마지막 말이 이상하게 강조되자, 안드레의 시선이 가늘어졌다.

“무슨 말을 하려는 거요?”

“말한 그대로요.”

“충분치 않소.”

안드레가 케이틀린을 쳐다보며 유감스레 말했다.

"미안하오. 하지만 위험이 너무 크다오."

케이틀린은 모든 희망이 곤두박질치는 걸 느꼈다. 빌어먹을, 불가능하다는 걸 알았어야 했어.

"우리 광고 계획을 들어 보기라도 해주시오."

알렉스가 서류 가방을 열었다.

"돌아가는 대로 우리는 향수병 제작자를 섭외할 거요. 마개로는 윈드 댄서를 연상시키는 작은 페가수스 모양이 되어도 괜찮을 것 같소, 크리스털로 만들어야겠지."

그가 가방에서 그림과 메모, 사진들을 꺼내 놓았다.

"아까 말한 대로, 우리에게는 또 다른 유인물이 필요하고, 그건 보통 유명인들이 제공해 줄 수 있소."

그가 일어서서 안드레 앞으로 걸어갔다.

"여기 몇몇 배우들의 사진과 이력이 있소."

안드레는 망설이다가 그 종이들을 받아들었다.

안드레가 윈드 댄서를 빌려 줄 생각이 없는 건 분명했다. 지금의 행동은 단지 예의를 보이는 것뿐이었다. 하지만 케이틀린은 알렉스가 포기하지 않을 것임을 알았다. 그는 들판에서 일할 때처럼 고집스러운 표정을 하고 있었다.

안드레가 사진들을 들추기 시작했다.

"우리에게 필요한 건 매력적이고 지적이면서도, 강한 사람이오. 섹스 심볼로서뿐만 아니라 생존자로서 대중에게 다가가야 하지요. 내가 첫번째로 생각하는 사람은 첼시 베네딕트요. 그녀의 사진이 언제나 마음에 들었소. 다른 사람들도 마찬가지일 거요. 글렌 클로스가 그 다음 후보인데……."

"첼시 베네딕트?"

안드레는 사진에서 눈을 들지도 않았다.

"그녀에 대해 반대도 있지만 그녀의 장점이 결점들을 능가한다고 생각하고 있소."

안드레가 눈을 들었을 때, 케이틀린은 그의 차가운 표정에 놀라고 말왔다.

"당신은 광고 계획을 대단히 철저히 생각한 것 같소."

"예비 계획일 뿐이지만, 전혀 준비되지 않은 상태로 당신의 시간을 뺏고 싶지 않았소. 생각해 보겠소? 다른 정보가 필요하다면, 이틀 동안 찰스턴의 힐튼 호텔에 있을 테니 연락해 주시오."

"생각해 보겠소. 당신은 매우 영리한 남자요, 카라조브 씨. 케이틀린이 당신에 대해 정확히 알고 있을지 의심스럽소."

알렉스의 표정에 신중함이 스쳐갔다.

"무슨 말이오?"

"당신과 약속했을 때, 난 피터에게 국가 안보국에 소속된 오랜 친구와 연락해 보라고 했소. 당신에 대해 좀 알아보고 싶었지."

"이유가 뭐요? 단순한 사업상의 만남치고는 드문 일인 것 같은데."

조나단이 흐릿하게 미소지었다.

"내가 가족을 대단히 잘 보호한다는 평판은 정확하오. 나의 먼 친척이 사기꾼의 야심에 이용당한다고 생각하기는 싫었소."

"알렉스는 그런 사람이 아니에요."

케이틀린의 말에, 조나단이 책상의 중간 서랍을 열고 봉투 하나를 꺼내 그 안에서 서류를 끄집어냈다.

"그래, 그렇긴 하오. 우리의 카라조브 씨는 불가사의하더군. 이 서류를 얻어내느라 피터가 많은 고생을 했소. CIA는 그에 대해 조사하는 걸 싫어하는 것 같았지. 국가 안보국과 CIA는 어떤 상황에서는 그렇게 다정한 사이가 아닌데, 카라조브의 말만 나오면 완전히 빗장을 걸어 잠근다고 하더군. 그래도 우리는 몇 가지 사실을 알아냈소."

"그러셨겠지."

알렉스가 아무 감정 없이 대꾸했다.

"나이는 서른일곱, 루마니아에서 태어났지만 육 년 전 미국 시민권을 얻었소. 그 오 년 전에 페이블 루반스키라는 남자와 소련에서 망명했소. CIA는 당신을 열렬히 환영했지."

"이 사람이 요원이었단 말인가요?"

케이틀린이 놀라며 물었다.

"아니, 그런 것 같지는 않소. CIA는 그를 버지니아의 콴티코에 있는 싱크 탱크로 끌어들였소. 거기서 그는 육 년간 같이 일했지. 무슨 일을 했는지는 모르지만, 그들은 그가 원하는 것은 무엇이든 줄 정도로 가치 있게 여겼소. 주말의 여행을 위해 개인용 제트기까지 빌려주고, 하룻밤에 천 달러짜리 콜걸도 불러 주었지."

알렉스가 무미건조하게 입을 열었다.

"나에 대해서 많은 걸 알아낸 것 같군. 그렇다면 그들이 날 그렇게 잘 대우해 주었는데도, 어째서 내가 그곳을 떠난 건지도 알고 있겠군?"

"이런, 그게 또 하나 알 수 없는 일이오. 어떤 이유에서인지 당신은 그곳에 수많은 화난 사람들을 남겨 둔 채 떠나 버렸소. 화난 사람들은 보통 고함을 쳐대고 사납게 날뛰기 마련이지. 그런데 CIA는 당신에 관해서는 절대 입을 열지 않았소."

"내가 전투용 화학 무기를 만들어 내는 미친 과학자는 아니었다고 말해 주겠소?"

"나도 그렇게 생각지는 않소. 그런 이론은 스페츠나츠라는 당신의 군대적 배경과 어울리지 않지."

"스페츠나츠라뇨?"

케이틀린의 질문에 알렉스가 대신 대답했다.

"난 군대에 있었소. 미국의 특전 부대와 비슷한 거요."

"또한 세계에서 가장 잘 훈련받은 살인 기계들이오."

조나단이 덧붙였다.

"미국의 특수 부대보다 더하지는 않겠지. 당신도 베트남에서 그 일원으로 활동했다는 걸 알고 있소, 안드레."

"그렇소. 하지만 KGB를 위해 일하지는 않았지. 당신은 스페츠나츠에서 이 년간만 일했고, 그 후에는 KGB의 특수 임무를 맡았소."

"어떤 특수 임무인가요?"

케이틀린은 자신이 알렉스와 안드레 사이의, 고양이 쥐 잡기 놀이의 한가운데 잡혀 있는 것 같았다. 그리고 그것이 점점 더 그녀를 겁나고 불안하게 만들었다.

"그에게 직접 물어 보지 그러오?"

알렉스가 말하자 안드레는 의자 뒤에 몸을 기대고 알렉스의 얼굴을 바라다보았다.

"그건 기밀이오. KGB는 도움을 주지 않았소. 하지만 당신에 대해 대단히 집착하더군. 당신이 영리하다는 건 의심의 여지가 없소. 정밀한 기억력을 갖고 있고, 대단히 인기가 좋았지. 스페츠나츠, KGB, CIA……. 그들 모두 당신을 강아지처럼 데리고 있고 싶어했소."

"요즘에는 날 강아지로 데리고 있는 사람이 없다는 것도 알았을 거요."

"그렇더군, 당신은 스위스의 커다란 산장에서 살고 있소. 불에 태울 만큼의 돈이 있고, 스위스 은행에 몇 개의 계좌가 있지."

"그는 소설을 써요. 알렉스 칼란이라구요."

"그게 필명이지. 솔직히 나도 그 책을 읽어 보았소, 대단히 감탄했지. 하지만 그 책을 내기 전에 이미 큰 재산을 만들었음이 틀림없소. 그렇지 않았다면 그 산장을 살 수는 없었을 거요."

"이분이 애기하려는 것은 내가 평판이 나쁜 녀석이며 위험하다는 거요, 케이틀린."

알렉스가 가볍게 한 마디 했다.

"안전하다고 할 수는 없지."

조나단이 케이틀린에게로 시선을 돌렸다.

"난 누구나 자신이 결정을 내려야 한다고 믿소. 하지만 결정을 내리기 위해 알아야 할 것들이 있소."

"그래서 그는 질문을 하기 위해 당신을 이용하는 거요. 자신이 나에게 물어 보면 대답하지 않을 거라고 생각하는 거지."

맙소사, 그녀는 이해도 되지 않는 애기들을 들을 만큼 들었다.

"내가 물어 볼 만한 질문은 하나뿐인 것 같군요. CIA를 위해 무슨 일을 했나요, 알렉스?"

그는 금방 대답하지 않았다. 대답을 들을 수 없으리라고 생각했을 때,

그가 간단하게 말했다.

"퍼즐을 푸는 거였소."

"농담이겠죠?"

"오, 아니오."

알렉스가 씁쓸한 미소를 지었다.

"농담이 아니오. 난 그 분야에서 최고였지. 사실, 내가 유일한 인물이었을 거요. 아무도 알렉스 카라조브처럼 그 일을 할 수가 없었지."

조나단이 갑자기 흥미를 보였다.

"뭘 했다고?"

"아주 간단하오. 나에게는 재능이 있소. 여기에서 한 가지 저기에서 한 가지 정보를 주면, 난 그 관계를 알아내오. 가능성과 변수들을 고려하고 두세 발짝 앞에 일어날 일을 예측하는 거요. 때로는 그보다 더 앞서나가기도 했고."

"무슨 마술 얘기처럼 들려요."

알렉스가 고개를 저었다.

"스케일이 큰 체스 게임과 비슷하오. 나는 직접 그 게임에 끼어들지 않고, 게임에 이기려면 어떤 행동을 해야 하는지 말해 줄 뿐이오. 그들은 나를 이용해서 많은 게임에서 이겼소. 정확히 말하면 92.4퍼센트의 확률이었소."

"정보 조직이었소?"

조나단이 물었다.

"대개는. 때로는 나를 다른 부에도 빌려 주었소."

"어떤 부?"

"나의 부정한 과거에 대한 탐색은 이제 그만하기로 합시다. 무엇이 중요한지는 내가 말했잖소. 이젠 나를 밀어낼 결심을 하셨나?"

그의 표정은 냉소적일 뿐 아니라, 조심스러웠다.

"뭐라고요?"

그녀는 그 질문을 겨우 알아들었다.

"결정을 했느냐……."

"정말로 퍼즐을 풀 수 있나요? 어떤 종류라도?"

그가 당황하여 눈을 깜박거렸다.

"그렇소."

"그건 독특한 재능인가요? 당신보다 나은 사람이 없는 건가요?"

"내가 그런 분야에서 유일한 인물이오."

그의 냉소적인 어조를 그녀는 거의 알아차리지 못했다.

"좋아요."

열렬한 흥분감을 느끼며 그녀가 조나단에게 말했다.

"그럼 우린 목표를 이루기 위해 다른 걸 또 하나 갖고 있답니다. 윈드 댄서 밑단에 있는 글은 지금껏 해독되지 못했어요. 마스코블 씨는 그 일에 관심이 있으시던데, 당신도 같은 생각인가요?"

"물론이오. 그건 수세기 동안 가문에 전해져 내려온 불가사의였소."

"그럼 알렉스와 내가 그 문제를 풀겠어요."

알렉스의 눈썹이 올라갔다.

"우리가?"

"물론이죠."

케이틀린이 성마르게 눈살을 찌푸려 보인 다음, 다시 조나단에게 시선을 돌렸다.

"난 고고학을 잘 알고, 알렉스는 문제를 해결할 수 있어요. 우리보다 더 가능성 있는 사람이 있을까요?"

조나단은 한동안 대답하지 않았다.

"그거 흥미로운 제안이군. 하지만 그 글이 수천년 동안 해독되지 못했다는 걸 알고 있겠죠?"

"하지만 알렉스도 단 하나뿐인 능력을 갖고 있답니다."

알렉스가 킥킥거렸다.

"다음부터는 말조심해야겠군. 당신이 옆에 있으면 위험해지겠어."

"조나단, 카라조브가 도움을 줄 수 있다면…… 만약에 놀라운 일이 생긴다면……."

처음으로 피터가 입을 열었고, 조나단이 의심스러운 듯 알렉스를 쳐다보았다.

"그게 가능하겠소?"

"연구를 해봐야겠지."

"수년 동안 우리 가문은 최고의 전문가들에게 그 일을 의뢰해 보았소. 지금 우리에겐 좀 다른 것이 필요한 것 같소. 신선한 접근 방법, 퍼즐 해결자가 필요할 수도 있겠지."

"난 분석을 하고 계획을 세우는 일을 했소. 당신은 전적으로 다른 문제를 얘기하고 있는 거요."

"그래도 퍼즐이잖아요. 우리가 그 일을 하겠어요."

케이틀린이 말했다.

"당신이 나를 그렇게 믿어 준다니 기쁘군."

알렉스가 천천히 조나단에게로 시선을 돌렸다.

"그게 만약 우리 요구를 승낙한다는 뜻이라면 당연히 노력해 보겠소."

"그 점은 생각해 봐야겠소."

조나단이 벌떡 일어났다.

"내일 아침 어느 쪽으로 결정되었든 당신에게 연락하도록 하겠소. 잘 가시오."

케이틀린도 일어섰다.

"만나 주셔서 감사해요. 바사로에 이렇게 중요한 일이 아니었다면 당신을 귀찮게 하지도 않았을 거예요. 제발, 믿어 주세요. 전…… 우리는 그 글을 해독할 수 있어요. 그리고 만약 윈드 댄서를 빌려주신다면, 꼭 안전하게 지키겠다고 약속드릴게요, 안드레 씨."

그녀를 쳐다보는 조나단의 표정이 부드러워졌다.

"조나단이라고 하시오. 일과는 관계 없이, 이게 작별이 아니길 바라오. 이번 가을 아버님 생신 때쯤 몇 주 우리를 방문하셔도 좋을 거요. 아이들이 꽤나 소란스럽긴 하지만, 내 누이들을 좋아하게 될 거라 생각하오."

"고맙습니다. 하지만 당신 아버님께서는 절 반가워하시지 않을 것 같아요. 그리고 전 바사로를 돌봐야 한답니다."

"그리고 당신의 새 향수도."

그녀는 고개를 끄덕이고 피터를 쳐다보았다.

"우리는 내일 얘기해도 되겠지요?"

피터가 미소지으며 일어섰다.

"당연한 말씀이지요."

그녀가 잠시 머뭇거렸다.

"저…… 잠시 윈드 댄서를 볼 수 있을까요?"

"물론이오."

조나단이 고갯짓을 하자, 피터가 즉시 문으로 향했다.

"피터가 그곳으로 안내해 줄 거요."

알렉스는 케이틀린의 팔을 잡고 피터의 뒤를 따랐다. 그들이 문에 도달했을 때 조나단이 갑자기 말을 했다.

"카라조브, 한 가지 더 묻겠소. 당신 친구 페이블 루반스키에게 무슨 일이 일어났던 거요?"

케이틀린은 알렉스의 손에 힘이 들어가는 것을 느꼈다.

"당신이 조사한 기록에는 뭐라고 쓰여 있소?"

"스위스 경찰은 그가 심장병으로 고생하다가 지난 유월 당신 산장에서 죽었다고 보고했더군."

"그런데 왜 그런 질문을 하는 거요?"

조나단은 잠시 말이 없었다.

"묻지 말았어야 했던 것 같군. 그냥 궁금했소."

그가 책상 위의 서류들을 덮었다.

"당신의 광고 계획에 대해서 자세한 내용을 보내 주시오."

알렉스가 고개를 끄덕였다.

"호텔에 돌아가는 즉시 보내겠소."

그들은 서재를 나와 복도를 걸어갔다. 피터는 그들보다 한 발 앞서갔다. 케이틀린은 알렉스에게 낮게 속삭였다.

"무슨 계획을 말하는 거예요?"

"내가 몇 가지 제안들을 정리해서 보내 줄 거요."

"몇 가지? 우린 아직 상세한 계획을……."

“우리는 그렇지만, 난 아니오.”
“그는 대단히 날카로운 사업가로 알려져 있다구요.”
“명석하지. 하지만 내 생각에…….”
“여기입니다.”
피터가 복도 왼쪽의 문을 열었다.
“윈드 댄서는 저기 받침대 위에 있습니다.”
“지하 금고에 있을 거라고 생각했는데.”
알렉스가 커다랗고 천장이 높은 방안으로 들어서며 말했다.
“당신이라면 가족의 일원을 지하 금고에 넣겠습니까? 걱정 마십시오, 이곳의 안전장치는 누구도 깨뜨릴 수가 없답니다.”
케이틀린의 눈길은 바로 한가운데 당당하게 놓여 있는 받침대로 향했다. 폐 속에서 공기가 빠져 나가는 느낌이었다.
“오, 세상에!”
준비가 되어 있었다고 생각했는데, 그렇지 않았다.
피터가 물었다.
“배에 한 방 얻어맞은 것 같지 않습니까? 당신 느낌을 나도 알지요. 저 녀석이 가끔 아직까지도 그렇게 불편한 느낌을 전달한다니까요.”
케이틀린은 불편한 느낌이 아니었다. 처음의 강력한 충격이 지나간 후로 이게 정당하다는 느낌이 물밀 듯이 밀려들었다. 마치 그녀의 모든 것이 바로 이 순간을 위해 존재했던 것처럼. 그녀는 천천히 움직여 조각상 앞에 가서 섰다. 페가수스의 그 완전한 아름다움에 취해들었다.
“안녕.”
자신이 그런 말을 내뱉은 것도 알아차리지 못했다. 그 절묘한 날개 위로 손을 뻗어 보았다. 만지는 것조차 겁이 났다. 손바닥 밑에서 그 황금은 가볍고 차가운 느낌이었다. 그러면서도 어떤…….
“케이틀린?”
알렉스의 목소리가 들렸다.
“네.”
이상해. 영상에서는 그 반짝이는 에메랄드 눈동자가 차가워 보였는데,

진짜 눈동자는 전혀 차갑지가 않았다. 거기에는 지혜와 이해, 연민조차 담겨 있는 듯했다.

"이제 가야지."

"벌써? 방금……."

고개를 돌리자, 그녀는 알렉스와 피터가 조각이 아닌 자신의 얼굴을 쳐다보고 있는 것을 보았다. 그녀의 손이 얼른 페가수스의 날개에서 떨어졌다. 그녀는 한 걸음 물러나며 피터에게 미소를 지어 보이려 했다.

"이걸 보게 해주셔서 감사해요. 전 어린아이였을 때부터 이 순간을 기다려 왔답니다."

"별말씀을. 아주…… 흥미로웠습니다."

피터는 여전히 이상한 표정으로 그녀를 쳐다보고 있었다.

알렉스 또한 이상하게 보호하려는 듯이 그녀의 팔을 잡아 문으로 이끌었다.

"대단한 작품이오. 가까이서 보면 언제나 더 인상적이지. 연락 기다리겠소, 마스코블."

"알겠습니다. 호텔까지 안전하게 돌아가십시오."

알렉스는 현관문을 향해 걸어가며 그녀에게 낮게 중얼거렸다.

"당신이 실수할까 봐 걱정했소. 마스코블은 당신이 그 조각을 갖고 도망가지나 않을까 염려했을 거요."

"너무나 아름다웠어요, 알렉스."

"당신 표정에서 그걸 알 수 있겠더군. 한 마디도 없이 오 분간이나 쳐다보고 있었으니."

"오 분…… 아니에요, 그럴 리가……."

거기 서 있었던 시간은 겨우 몇 초였던 것 같은데.

"정말이에요?"

"정말이오. 우린 둘 다 당신이 홀려 버렸다고 생각했소."

알렉스가 현관문을 열었다.

"하지만 전체적으로 보면, 이 만남은 매우 잘 되었다고 생각하오."

그가 갑자기 낄낄거렸다.

"나의 괴상한 과거 경력을 폭로했을 때 당신이 적절한 반응을 보이지 않아서 안드레가 꽤나 당황했던 것 같기는 했지만 말이오."

그녀를 응시하며 그의 미소가 흐려졌다.

"나 또한 당신에게 놀랐소."

"왜요? 대단히 흥미롭긴 했지만, 언제나 당신에게 비밀이 있다는 건 알고 있었는 걸요. 솔직히, 내가 상상하던 것보다는 훨씬 해가 없는 것이었어요."

"그래서 당신은 그걸 역으로 공격했던 거로군. 들어가기 전에 부들부들 떨던 숙녀치고는 아주 잘 해냈소."

"중요한 일이었잖아요. 긴장도 잊어버렸어요. 그리고 우린 그에게 충분한 가치를 보여 주어야 했어요, 알렉스. 난 그 글을 해독할 거예요."

"내가 잘못 들었던 건가? 아까는 분명 내 도움을 받겠다고 하지 않았소?"

"당신 얘기를 하는 게 더 신용 있게 들렸을 테니까요. 나만으로는 쉽게 허락하지 않을 것 같았어요. 걱정 마세요. 그 일은 나 혼자 처리할 거예요."

"오, 글쎄. 그 문제에 호기심이 생기기 시작하는걸."

그녀가 난폭하게 돌아보았다.

"그건 내 거예요, 알렉스."

그가 웃음을 터트렸다.

"농담한 거요. 당신 반응이 어떻게 나올지 궁금했거든."

"그 빌어먹을 호기심."

그녀가 긴장을 풀었다.

"미안해요, 그걸 가까이서 살펴볼 수 있으리라곤 생각도 해본 적이 없었거든요. 아참, 그런데 우리가 상세한 광고 계획을 제시하지 못하면 조나단이 주저하지 않을까요?"

알렉스는 고개를 저었다.

"안드레가 원하는 건 단지 서류뿐이오."

"무슨 애긴지 이해가 안 돼요."

"그는 우리가 원하는 것을 줄 핑계가 필요한 거요."

"정말로 그가 마음을 바꿀까요?"

"아니, 그는 이미 마음을 바꾸었다고 생각하오."

알렉스가 그녀에게 차문을 열어 주었다.

"자네 생각은 어때, 피터?"

조나단은 가죽 의자에 등을 기대고, 손으로는 배우들과 모델들의 사진을 만지작거리고 있었다.

"무슨 생각?"

"카라조브."

"영리하고, 완고하고, 은밀하게 일하는 인물 같아."

"케이틀린 바사로는?"

피터가 미소지었다.

"그 문자를 해독하겠다고 나서서 물고 늘어지기 전까지는 얌전한 고양이인 줄 알았는데. 겉으로 보는 것보다 더 많은 게 있는 것 같아. 그리고 그녀는 사랑에 빠져 있어."

"카라조브와?"

"그럴 가능성도 있지. 하지만 윈드 댄서에 대해서는 확실하다고. 그걸 쳐다보던 얼굴을 자네가 봤어야 해. 난 무언가를 그런 식으로 본 적이 한 번도 없었어."

"그럼 그걸 위험에 빠뜨리지 않기 위해 대단히 신중을 기하겠군."

"정말 그래."

피터가 그의 표정을 살폈다.

"그들에게 빌려줄 생각인가?"

"날 바보로 아나?"

"나한테 뭘 기대한다면, 잊어버리게나. 윈드 댄서를 프랑스에 가져간다면, 난 캐서린의 일기를 얻어낼 기회가 생기는 거고, 우리는 그 문자를 연구할 명석한 두뇌를 얻게 되는 거라구."

"완전히 그 조각을 잃을 위험도 있지."

"자네가 같이 따라간다면, 절대 안전할 거야."

"자넨 정말 무척이나 그 문자를 해독하고 싶어하는군."

"그 조각을 바라보는 케이틀린 바사로를 보기 전까지는 단순히 취미 정도였지. 하지만 그녀에게는 그것이 취미 이상의 무언가가 있어."

"그 윈드 댄서의 문자를 해독하려고 학자들이 수백 년간이나 노력해 왔어. 그들은 파라오 시대 이전에 이미 사라져 버린 문자라고 결론지었지. 그들이 해낼 수 있을 것 같지는 않아."

피터가 고개를 저었다.

"윈드 댄서에 대해 처음으로 언급된 건 트로이 시대였어. 그게 그 이전에 나타났다면, 어디에라도 표시가 되어 있었을 거야."

"네안데르탈인의 동굴벽에라도 쓰여 있을까?"

"어디에라도 나타났을 거야."

피터가 고집스레 되풀이했다.

"피터, 자네는……."

조나단이 웃으며 머리를 흔들었다.

"휴, 자네는 정말 완고해. 매독스에게 전화해서 카라조브에 대해 더 알아보라고 하게. 지금 갖고 있는 걸로는 너무 부족해. 그 남자와 거래하려면, 최대한 많은 걸 알아둘 필요가 있어."

"그와 거래를 할 건가?"

조나단은 책상 위의 사진 더미를 바라보다 천천히 입을 열었다.

"그럴 수도 있을 것 같네."

호텔에서 저녁 식사를 끝낸 후, 알렉스는 케이틀린의 방을 열어주고 나서 열쇠를 건네주었다.

"내일 아침 아홉 시에 당신 방으로 아침 식사를 주문하겠소. 뭐가 먹고 싶소?"

"아무거나 상관없어요."

그가 그녀를 혼자 남겨 두려 하고 있었다. 두 개의 침실을 예약했다는 걸 알면서도, 이 순간까지 케이틀린은 그가 자신과 함께 밤을 보낼 거라고 생각했다. 실망한 표정을 들키지 않으려고 그녀는 얼굴을 돌렸다.

"그쪽에서 몇 시쯤 전화할 것 같아요?"

"전화를 걸어도 되겠다 싶은 시간이 되면. 그는 당신이 걱정한다는 걸 알고 있고 그 긴장을 늘리고 싶어하지 않을 거요. 당신을 좋아하는 것 같소."

"나도 그가 좋아요, 당신은요?"

그녀는 문을 열고 나가려는 알렉스를 쳐다보았다. 알렉스가 잠시 머뭇거렸다.

"음, 그를 좋아하지 않기란 어려울 거요. 다른 상황이었다면, 우리는 친구가 될 수도 있었을 것 같소."

그녀는 당혹스레 그를 응시했다.

"사업적인 관계보다 친구가 되는 게 더 쉽지 않은가요?"

알렉스가 그녀의 이마에 가볍게 입을 맞추었다.

"당신은 그와 친구가 될 거요. 둘다 같은 종류의 인간이니까."

"어떤 종류 말인가요?"

"솔직하고 부드럽지. 난 아주 오래 전에 그 두 가지를 잃어버렸소. 잘 자요."

그녀가 코를 찡그려 보였다.

"그럴 것 같지 않아요. 긴장감이 복수하듯이 다시 찾아왔다구요. 당신은 모든 게 잘 될 거라고 확신하는 모양이지만, 난 그렇지가 않아요. 올해는 나에게 별로 운이 따르지 않았는 걸요."

"걱정 말라고 했잖소."

그가 눈살을 찌푸리자, 그녀는 고개를 살짝 숙여 인사했다.

"네, 알겠습니다."

"뜨거운 물로 샤워하고 침대로 들어가면, 오 분 내로 잠이 들 거요. 당신은 거의 서른여섯 시간 동안 제대로 자지 못했잖소. 내가 필요하면 복도 바로 아래에 있으니 연락하시오."

하지만 같은 침대는 아니잖아요.

"연락할 일은 없을 거예요. 당신 말이 맞아요, 난 지금 온전한 상태가 아니에요. 안녕히 주무세요.”

그녀는 애써 미소를 지어 보이고 재빨리 문을 닫았다. 그가 같이 머물지 않는다고 해서 상처받아서는 안 된다. 그도 그녀만큼 지쳐 있을 테고 휴식이 필요하다. 그들의 관계는 섹스에 기초했을 뿐, 다른 감정은 있을 수 없다. 어쩌면 이제 향수를 출시하는 일에 전념해야 하니 더 가까운 관계는 방해가 될지도 모른다.

그녀는 작은 거실을 불안하게 둘러보았다. 꽤나 깔끔했다. 방은 편안하고 우아하고 그러면서도 그녀 자신과는 아무 관련이 없었다. 갑자기 자신이 알고 있고 사랑하는 모든 것들로부터, 바사로에서부터 수백만 킬로미터나 떨어져 있다는 사실이 크게 다가왔다.

너무 바보 같은 짓이다. 조금 있으면 향수병에 걸린 아이처럼 울어 버릴지도 모른다. 케이틀린은 몸을 똑바로 세우고 힘차게 침실로 걸어갔다. 알렉스가 말한 대로 샤워를 하고 침대에 누우면 금방 잠이 들 것이다.

그리고 만약 잠이 오지 않는다면, 윈드 댄서의 눈동자를 들여다보았던 마법 같은 순간을 생각하리라.

6

누군가 문을 두드리고 있었다.

케이틀린은 간신히 눈을 떴다. 눈부신 햇살, 하얀색과 노란색의 차가운 우아함, 바사로가 아니다. 다시 노크 소리가 들리자 정신이 들었다.

알렉스!

"잠시만요."

그녀는 소파에서 일어나 이불을 옆으로 던지고는 문으로 달려가 열었다. 알렉스가 아이보리색 면셔츠와 초록색 골덴 바지를 입고 서 있었다. 방금 샤워를 한 듯 젖은 검은머리가 상큼하고 말짱해 보였다.

그가 눈살을 찌푸렸다.

"누군지 알아보지도 않고 문을 열면 안 되는 거요."

"당신인 줄 알았는 걸요."

그녀가 하품을 했다. 알렉스는 안으로 들어와 부드럽게 문을 닫았다.

"어떻게?"

"오늘 아침에 온다고 했잖아요."

"똑똑하시군."

“미안해요, 아직 잠이 덜 깼어요. 샤워를 하고 나면 똑똑해질 거예요.”

“그건 의심스러운걸. 잠을 잘 못 잤소?”

그의 시선이 그녀의 얼굴을 훑어보았다.

“그렇게 지독해 보여요? 밤새 걱정만 하다가 새벽에서야 깜박 잠이 들었어요.”

그가 소파 위의 이불을 힐끗 보았다.

“저 위에서?”

“방에 있는 침대는 너무 커요. 길을 잃어버릴 것 같았다구요.”

그녀가 헝클어진 머리를 다듬어 보려다가 이내 포기하고 말았다.

“난 시골쥐고 바사로의 침대는 거의 이백 년이 넘은 거예요. 지금보다 그때는 사람들이 더 작았다구요. 옷을 갈아입고 금방…….”

그녀가 침실로 걸음을 옮겼다.

“잠깐.”

뒤를 돌아보았다가 그의 표정을 본 순간 그녀는 숨이 멎는 것 같았다.

그가 망설이다가 말을 꺼냈다.

“나도 잘 자지 못했소. 재스민 들판에서 만난 날 이후로 불면증을 겪은 건 처음이었소. 이리 오겠소?”

그가 두 손을 펼쳤다. 얼얼한 반응이 솟구쳐 그녀를 완전히 깨워 버렸다.

“아침은…….”

“아직 시간이 있소. 웨이터가 들어오도록 문을 열어놓고 침대로 들어가면 돼.”

그가 몸을 돌려 문의 잠금쇠를 풀었다.

“만약 당신이 원하지 않는다 해도, 난 이해할…….”

“아뇨.”

그가 그녀를 원한다. 그들 사이의 모든 것이 괜찮았다. 변한 건 아무것도 없었다.

그는 그녀를 강렬하게 쳐다보며 다가왔다.

“어젯밤 당신을 혼자 내버려 두지 말아야 했소. 당신이 걱정 때문에 잠을 자지 못하리라는 걸 알았어야 했소.”

“당신이 그런 것까지 책임질 필요는 없어요. 당신은…….”

그의 손이 젖가슴을 움켜쥐자 그녀의 말이 끊겼다. 그녀의 면잠옷은 얇았다. 그의 따뜻한 손바닥이 뾰족하게 일어설 때까지 젖꼭지를 문질러 댔다.

“당신을 도울 수 있었소. 당신의 긴장을 내가 풀어 줄 수 있었지.”

그가 조심스레 앞자락의 단추를 풀고 활짝 벌려 젖가슴을 드러내었다.

“당신이 동요하고 있다는 걸 알고 있었으면서.”

그의 머리가 천천히 내려와 나른하게 젖꼭지를 핥았다.

뜨거운 떨림이 그녀를 관통했다. 그의 혀는 너무나 따뜻하고 촉촉하여, 마치 장난스런 사자에게 애무받는 것 같았다. 이처럼 편안하게 사랑을 나누는 알렉스는 처음 보았다. 그는 보통 강렬하고 광적이며 폭풍처럼 몰아쳤었다.

“알렉스.”

자신의 가슴에 숙여진 그의 검은머리를 내려다보며 무릎이 고무처럼 허물어질 것 같았다.

“침실로 가야 하지 않겠어요?”

“아직은 아니오.”

그의 파란 눈동자가 장난스레 빛을 뿜으며 이로 살짝 젖꼭지를 깨물었다. 뜨거운 불에 데인 듯한 기분, 배의 근육이 뭉쳐졌다.

그가 그녀를 소파로 이끌어 이불을 옆으로 밀쳐내고 자리를 잡았다. 그리고는 양 다리를 벌려 그 사이에 그녀를 세운 다음 그녀의 배에 뺨을 부볐다.

“아직 긴장해 있군. 난 느낄 수 있소.”

“그렇겠지요.”

대체 이 남자가 뭘 하는 걸까?

“가엾은 아기.”

그는 그녀의 잠옷을 젖가슴 바로 아래까지 올려잡고 그녀의 드러난 배에 뺨과 입술을 문질렀다. 다른 손은 그녀의 다리 사이로 움직여 그곳을 감싸 눌렀다.

"나아졌소?"

"아뇨. 알렉스, 이건 재미없어요."

그녀가 폐 속으로 떨리는 숨을 들이마셨다.

"알아. 지독히도 고통스러워지는군. 무언가를 해야만 하겠지."

그가 바지의 지퍼를 더듬거려 내리고는 다리 사이에서 한쪽 옆으로 그녀를 이동시켰다.

"나에게 오시오."

이건 정상적인 위치가 아니라고, 그녀는 몽롱하게 생각했다. 그는 무릎께로 그녀를 끌어당겼다.

그가 천천히 그녀를 아래쪽으로 인도하자, 그녀의 감각은 산산조각이 나는 듯했다. 마침내 그가 그녀를 가득 채우자 만족스런 신음이 새어나왔다.

"자, 다리를 닫아 보시오. 그리고 그대로 가만히 있어요."

그녀는 그 말대로 따르며 그의 어깨를 필사적으로 움켜잡았다.

"움직여요."

"그러면 날 잃어버릴 거요."

그가 잠옷 앞자락을 벌려 다시 젖가슴을 희롱하기 시작했다.

"그걸 원하지는 않을 거야."

그래, 그런 일은 가장 바라지 않았다. 후퇴가 아니라 전진하길 원했다. 그녀를 품안에 감싼 채 그의 입술이 젖가슴을 가득 물었다. 수많은 감각들이 그녀를 불태웠다. 지금의 자세가 그녀의 감각에 독특한 효과를 만들어 냈다. 포옹 자체도 사랑스럽고 애정이 넘쳤다. 그러면서도 한편으로는, 그녀의 안에서 그의 뜨거운 기둥이 그녀를 극도로 긴장시키며 가득 채웠다. 그의 입술은 젖가슴을 깊이 빨아대고 있었다.

그가 조종하는 대로 무기력하게 앉아만 있는 것에 긴장이 점점 커져 갔다. 움직이지 않으면 수천 갈래로 터져 버릴 것 같았다. 시시각각 전율이 온몸을 관통하자 그녀의 몸이 흔들리기 시작했다.

"알렉스, 심장이 마비될 것 같아요."

"조금만 더."

다른 젖가슴으로 입술을 옮기며 그가 남성이 더 힘차게 그녀를 내리눌렀다. 그가 깊이 파고 들어오자 그녀는 숨을 들이켰다. 눈을 감고 그의 품안에서 몸을 늘어뜨렸다.

노크 소리가 들렸다. 케이틀린의 눈이 번쩍 뜨였다.

"누구……?"

"아침 식사로군."

알렉스가 잠옷의 단추를 잠가 주었다.

"그냥 가라고 해요."

"하지만 당신은 먹어야 해. 어젯밤에도 샌드위치 하나밖에 먹지 않았잖소."

알렉스의 순진한 표정을 쳐다보며, 그녀의 눈이 커다래졌다.

"알렉스, 당신 이대로……?"

"문제될 거 없소."

그의 눈동자에 아까와 같은 장난스런 번득임이 지나갔다. 그가 상체만 보이도록 하얀 공단 이불을 끌어 밑부분을 덮었다.

"우리는 전혀 이상해 보이지 않아. 당신은 내 무릎에 앉아 있는 거고 난 당신을 사랑스럽게 안고 있는 거지. 아주 사랑스럽게."

그가 그녀의 안에서 움직였다.

"알렉스, 안 돼요."

"들어와요."

문이 열리고 중년의 하얀 재킷을 입은 웨이터가 천으로 덮은 수레를 밀고 들어왔다.

"좋은 아침입니다. 전 담당 웨이터인 맥입니다. 멋진 날이지요?"

"아주 멋지오."

알렉스가 웃으며 말했다.

"어디에 식탁을 차려 드릴까요?"

"아무 곳이든 괜찮소."

케이틀린은 알렉스의 어깨에 달아오른 얼굴을 내리눌렀다. 옆에서 보면 그들의 자세는 애정어린 것뿐일지 모르지만, 그녀 자신은 알고 있지 않은가. 그녀의 몸 속에 알렉스가 단단하게 자리잡고 있는걸.

"이 도시에 오래 계실 건가요?"

웨이터가 물어 왔다.

"상황에 따라 다르오."

알렉스의 손이 이불 밑으로 파고 들어와 나른하게 케이틀린의 허벅지를 만졌다.

"재미있는 역사 도보 여행이 있답니다."

웨이터는 뒤로 물러서서 식탁을 평가해 보았다.

알렉스의 엄지손가락이 그곳을 누르고 회전하기 시작하자, 케이틀린은 거의 폭발할 지경이 되었다. 열기가 뜨겁게 솟구쳐 모든 것이 흐릿한 안개처럼 보였다.

"찰스턴에는 멋진 옛날 가옥들이 있답니다."

알렉스의 손가락들이 부드럽게 민감한 부분을 애무하기 시작했다.

"얼마 전 이곳에 허리케인이 닥쳤다고 하던데."

몸서리가 쳐지자 그녀는 이를 악물었다.

"많은 피해를 입었지요. 하지만 역사적인 장소는 여전히 볼 가치가 있답니다."

"한 번 생각해 보겠소. 커피 좀 따라 주시겠소?"

"그러지요."

웨이터가 두 개의 도자기 잔으로 김이 모락모락한 커피를 따랐다.

"그쪽에서 드실 건가요?"

케이틀린이 순간적으로 놀라며 알렉스의 얼굴을 쳐다보았다.

"그러면 안 될 것 같소. 여기 이 친구는 아직 잠이 덜 깨서 온통 쏟아버릴 거요."

"그런 것 같군요."

맥이 유리병을 내려놓고 계산서와 펜을 들고 소파로 다가왔다.

"우리 도시에서 즐겁게 보내시기 바랍니다."

"당신이 사인하지, 케이틀린."

알렉스의 손가락이 천천히 앞뒤로 움직여댔다. 그녀는 반응을 보이지 않기 위해 모든 근육을 긴장시켜야만 했다.

"여긴 당신 방이잖소. 프런트를 혼란시키면 안 되겠지."

그녀는 계산서와 펜을 받아들었다. 손이 너무나 심하게 떨려 간신히 이름을 쓸 수 있었다.

"고맙습니다. 맛있게 드십시오."

웨이터가 계산서와 펜을 받고 몸을 돌렸다.

"맥에게 팁을 후하게 남겨 주어야 할 거요."

문이 닫히자 알렉스가 중얼거렸다.

"당신을 죽여 버리고 싶어요."

"색달랐다는 점은 인정해야 할 거요. 대단히 흥분되기도 하고. 당신이 흥분했다는 건 의심의 여지가 없소."

그 순간들에 숨겨진 흥분이 존재했다는 것을 깨달았다. 그녀는 어찌할 수 없이 웃고 말았다.

"당신은 변태가 아니라고 했잖아요."

"모든 사람에게 약간씩은 그런 요소가 있소. 게다가 당신은 초조하고 불안한 상태여서 풀어 주어야 한다고 생각했지."

그가 이불을 옆으로 젖히고 그녀를 위로 안아들었다.

"자, 이제 이백 년도 안 된 침대에 익숙해져야 할 시간이오."

그녀가 우아하게 차려진 식탁을 힐끗 쳐다보았다.

"나에게 그렇게도 필요하다던 아침 식사는 어떻게 하구요?"

"지금 이 순간은 당신에게 좀 다른 것이 필요할 거라고 생각하오, 나도 그렇고."

그가 그녀를 침실로 이끌었다.

맥이 이해하든 말든 그녀는 상관없었다. 그의 긴장된 얼굴에서 장난스런 전희는 끝났음을 알 수 있었다. 그리고 그것이 다행스러웠다.

그녀의 등이 매트리스에 닿기도 전에 알렉스가 그녀 안으로 밀고 들어왔다. 템포가 너무나 뜨겁고 사나워서 바로 뒤이은 해방감도 폭풍우와 같았다. 모든 일이 끝났을 때, 케이틀린은 근육 하나도 움직일 수 없이 축 늘어졌다.

알렉스는 눈동자를 빛내며 그녀를 내려다보았다.

"성공한 것 같은데."

"뭐가요?"

"당신은 긴장을 풀어야 했소. 그리고 지난 삼십 분 동안에는 향수나 안드레에 대해 전혀 걱정할 틈이 없었다고 확신하오."

그녀가 믿을 수 없다는 듯 한쪽 눈썹을 들어올렸다.

"그 이유 때문이었단 말인가요?"

그의 미소가 희미해졌다.

"아니, 나를 위한 거였소. 당신에게 떨어져 있는 게 더 나을 거라고 생각했는데, 잘 되지 않았소."

"왜요?"

그녀는 일어나 앉아 그를 쳐다보지 않은 채 잠옷을 가다듬었다.

"말할 필요 없어요. 물어 보지 말았어야 했는데. 나에겐 그럴 권리가……."

"쉬잇."

그의 손가락이 그녀의 입술을 막아 흘러나오는 말들을 침묵시켰다.

"당신은 정직을 기대할 권리가 있소."

그의 손이 목덜미를 부드럽게 쓰다듬기 시작했다.

"난…… 당신이 좋소."

따뜻한 기운이 온몸으로 번졌다.

"그것 때문에 나에게서 떨어지려는 거였어요?"

"너무 복잡해지고 있소. 난 당신이나 안드레처럼 솔직하고 친절하지 못하기 때문이오. 난 너무나 오랫동안 혼자 힘으로 나만을 위해 살아 왔소."

"나에게 경고하는 건가요?"

"그렇소."

그의 손이 떨어져 나갔다.

"당신에게 경고하는 것 같소. 나 자신을 신뢰할 수 없기 때문에, 당신을 보호하는 일을 당신에게 맡겨 두는 거요."

그가 벌떡 일어나 옷을 챙겨입었다.

"내 방에 가서 샤워하고 옷을 갈아입어야겠소. 십오 분 내로 돌아오리다."

케이틀린이 무슨 말을 하기도 전에, 알렉스는 침실을 빠져 나갔다. 잠시 후 문 닫히는 소리가 들렸다. 그녀는 천천히 일어나 욕실로 향했다.

알렉스의 말과는 상관없이, 그는 그녀를 진심으로 걱정했고, 그녀를 돕고 싶어했다. 그 걱정이 육체적인 느낌으로 변질되었을지는 모르지만, 분명 걱정이 존재했다.

그리고 그가 그녀를 좋아한다고 말했다.

좋아한다, 사랑한다가 아니라. 두 사람 다 사랑은 필요로 하지 않았다. 하지만 알렉스처럼 흥미로운 친구를 갖는다는 건…… 유쾌할 것이다. 침대 파트너도 친구가 될 수 있다.

그 생각이 들자 온몸으로 온기가 번져 갔다. 욕실로 들어가 샤워기를 틀면서 그녀의 입술에는 미소가 서렸다.

그날 아침 정확히 10시에 피터 마스코블이 케이틀린의 객실로 전화했다. 케이틀린은 알렉스가 거실 책상의 전화를 받는 동안 침실의 전화기로 대화를 들었다.

"조나단은 당신들에게 윈드 댄서를 빌려주기로 결정했습니다."

피터의 목소리는 대단히 사무적이어서, 어제의 소년 같은 열정은 전혀 찾아볼 수 없었다.

"오 년간 이익의 십 퍼센트와 안전은 우리가 모두 책임지는 조건입니다. 미국이 아닌 경우 조나단이나 나, 아니면 우리 둘이 조각상과 같이 움직일 거고요."

알렉스도 피터만큼이나 침착하고 차분한 어조였다.

"동감이오. 유럽 여행에 반대하지 않는 겁니까?"

"그다지 내켜 하지는 않지만, 필요성은 인정하고 있습니다. 조나단은 향수병에 관한 당신의 아이디어에 대해 이의는 없지만 생산하기 전에 원형을 보고 싶어합니다. 바사로를 언제쯤 출시할 계획입니까?"

알렉스가 수화기를 감싸쥐고 케이틀린에게 물었다.

"출시할 정도의 향수를 생산하려면 언제쯤 가능하겠소?"

그녀도 수화기를 감아쥐고 생각해 보았다.

"모르겠어요. 그라스에 있는 서듀 씨의 공장과 계약을 해놓았는데, 전화해서 즉시 생산을 시작할 수 있는지 알아봐야 해요."

"즉시 시작한다면, 대충 얼마나 걸리겠소?"

"삼 개월쯤."

"삼 개월."

알렉스가 피터에게 말했다.

"하지만 그 전에 광고를 시작해야 하오. 우린 파리에서 오 주 이내에 향수를 선전할 배우를 발표할 생각이오. 언론의 관심을 끌어들이기 위해서는 그때쯤 윈드 댄서가 도착한다면 좋겠소."

"조나단의 스케줄을 확인해 봐야 합니다. 당신이 건네준 배우와 모델의 리스트를 검토해 봤는데, 당신 생각대로 첼시 베네딕트가 최적임자일 거라고 결론을 내렸습니다."

"의견이 일치해서 다행이오."

"그녀는 작년에 아카데미상을 수상했으니 아마도 요구가 까다로울 겁니다. 지금까지 상품 광고에 나선 적도 없고요. 그녀의 승낙을 받아낼 수 있겠습니까?"

"장담할 수 있소. 내가 안드레 씨에게 추천한 여배우는 가까운 미래에 영화를 찍을 계획이 전혀 없소."

"이런 일에는 모든 것이 잘 들어맞아야 합니다. 향수병 원형을 확인하고 첼시 베네딕트가 사인한 계약서를 볼 때까지는 윈드 댄서에 관한 계약서가 작성되지 않을 겁니다."

"합리적인 처사요. 다음 달 내로 둘다 받아 볼 수 있을 거요. 오 주 이내에 윈드 댄서와 같이 파리에 도착할 수 있도록 안드레 씨의 스케줄이나 잘 확인해 주시오."

상대편에서 약간의 망설임이 전해졌다.

"모든 게 이상이 없으면, 윈드 댄서는 시월 삼 일 파리에 도착할 겁니다."

"그렇게 될 거요."

전화 내용이 문자 해독에 대한 언급 없이 끝나려 하자, 케이틀린이 재빨리 끼어들었다.

"그 문자는요."

"오, 그렇지. 우리는 그 문제에 대해 당신들의 협조를 원하고 있습니다. 난 사진 찍는 걸 대단히 좋아하죠. 그래서 윈드 댄서에 관해 보내 줄 수 있는 사진들이 많아요. 또한 메트로폴리탄에 위탁했던 홀로그램도 보내 줄 수 있는지 알아보겠소."

"카타리나의 일기에 모든 전설이 담겨 있다고 알고 있어요. 그걸 갖고 싶어요. 홀로그램 필름은 이미 갖고 있고요."

"그래요?"

피터는 잠시 말이 없었다.

"물론 가능합니다. 짐작을 했어야 했는데……."

"그 일기를 보내 주시겠어요?"

"이탈리아어를 읽을 줄 압니까?"

"아뇨, 하지만 그럭저럭 말은 통해요."

"그걸로는 안 될 겁니다. 카타리나의 일기는 1497년으로 거슬러 올라가지요. 난 이탈리아어를 잘 하는 편인데도 어려움이 있습니다. 그게 옛 이탈리아어라서 요즘 언어로는 정확히 해석할 수가 없어요. 내가 번역해 드리는 것이 더 효과적일 겁니다. 당장 착수하도록 하지요."

"언제쯤 받아 볼 수 있을까요?"

"나도 모릅니다. 끝내는 대로 보내드리지요. 그걸 받으신 후에, 그 일의 진척에 관해 두 달에 한 번씩 보고서를 보내 주십시오."

"처음에는 별 내용이 없을지도 모르오."

알렉스가 끼어들었다.

"그래도 보고서는 보내 주십시오."

처음으로 피터의 목소리에 다정한 기색이 서렸다.

"두 분 모두에게 행운을 빕니다. 꼭 성공하길 바랍니다."

그리고는 전화가 끊어졌다.

"믿을 수가 없어요. 이런 일이 생기리라고는 상상도 못해 봤어요."

알렉스가 침실로 들어왔을 때 케이틀린의 눈동자는 빛을 뿜어내고 있었다.

"걱정 말라고 했잖소. 승산은 우리 쪽에 있었소."

"당신 눈에는 보였는지 모르지만, 난 전혀 그렇지 않았다고요. 윈드 댄서, 세상에 믿을 수가……."

그녀는 흥분에 겨워 벌떡 일어나 두 팔로 가슴을 감쌌다.

"똑같은 말을 되풀이하는군. 마치 천장으로 날아오를 것처럼 보이오."

그의 미소도 환했다.

케이틀린이 고개를 흔들었다.

"그럼요. 전에는 꿈일 뿐이었어요. 희망을 갖는 것조차 두려웠다고요."

갑자기 그녀의 미소가 사그라들었다.

"하지만 우린 향수병을 만들어야 해요. 그 기간 내에 할 수 있다고 무작정 약속하면 어떻게 해요? 그걸 만드는 데도 시간이 오래 걸리고 광고는 그 후에 해야 한단 말이에요."

"돈이 좋은 채찍이 될 거요."

"엄청난 돈이 들 거예요."

"난 돈이 많소."

"하지만 조나단은……. 당신은 과거에 대해 더 이상 말하고 싶지 않겠지만요, 경찰이 당신 재산이나 어떤 것에 따라붙어서 이 계획을 엉망으로 만들지는 않을 거라는 확답을 듣고 싶어요."

그가 킥킥대며 웃었다.

"경찰은 내 계좌를 건드리지 못할 거요. 난 범죄자가 아니오, 케이틀린."

안도감이 들면서, 그녀의 기분은 공기처럼 가벼워졌다.

"좋아요. 그때까지 향수병을 얻어낸다 하더라도, 첼시 베네딕트는 어떻게 하죠?"

"그녀가 더 어려울 거요. 가능한 한 빨리 그녀를 우리 쪽으로 끌어들이는 작업을 시작해야 할 거요."

신문에서 읽은 바에 따르면, 그 여배우는 날뛰는 호랑이에 더 가까웠다. 외설스럽고 불손하며 개성이 너무나도 뚜렷한 그녀는 무대와 스크린에서 지난 13년간 톱스타의 자리를 유지했고, 두 번의 오스카상과 한 번의 토니상을 거머쥐었다. 그녀의 사생활은 대단히 비공개적이었지만, 일단 화제가 될 때마다 엄청난 반향을 불러일으켰다. 그 여배우에 대해 몇몇 스캔들을 읽은 기억은 났지만, 자세한 것은 생각나지 않았다.

"그녀에 대한 보고서를 갖고 있겠죠?"

"첼시 베네딕트에 대해 약간 알지."

"약간만?"

"꽤."

그가 일어서며 그녀의 뺨에 입을 맞추었다.

"하지만 지금 당장 중요한 것은 그녀를 찾는 일이오. 그녀와 그 딸은 그린피스와 연합해 고래 구하기 운동에 가담하고 있소. 당신은 나가서 따뜻한 코트를 하나 사오는 게 좋겠소. 난 그 동안 체크 아웃을 하고 예약도 할 테니까."

"그녀가 어디 있는데요?"

"레이캬비크."

"아이슬란드?"

첼시 베네딕트는 사진 찍는 기자를 지옥으로 던져 버리고 싶었다. 뒤를 돌아보니 잿빛 초록색의 바다 물결 밑으로 거대한 총탄처럼 사라지는 회색 고래의 등이 보였다. 적어도 저 녀석은 안전했고, 그것으로 마리사는 이런 악몽을 가치 있다고 생각할 것이다. 그들의 작은 배보다 네 배나 큰 포경선과 고래 사이에 끼어드는 일은 그녀가 생각하기에도 즐겁게 하루를 보내는 방법은 아니었다.

뱃머리의 난간을 잡고 서서 200미터쯤 떨어진 고래잡이 어선의 선장을 노려보았다. 아니, 노려보고 있는 거라면 얼마나 좋을까. 너무나 비참

한 기분이어서 텁수룩하게 턱수염을 기른 선장과 그녀에게 작살총을 겨
누고 있는 불쾌한 인상의 멍청이 녀석에게 차라리 미소를 짓고 싶었다.

"사진 찍으라구요."

그녀가 잇사이로 내뱉었다.

기자는 심술궂게 미소지었다.

"저자가 당신에게 작살을 날릴지 기다리고 있습니다."

그녀는 기자를 악독한 눈빛으로 노려보았다. 통통한 그는 주름살 하나
없이 역겨울 정도로 좋아 보였다. 그의 바바리 코트는 그날 아침 '구출
호'가 출발할 때처럼 구김 하나 없이 바삭바삭했다. 반면에 그녀는 뱃머
리에 서 있었던 탓에 속옷까지 흠뻑 젖어 버렸다.

"당신이 따라오기로 자원한 거니까, 쓸모 있는 행동을 해요."

"타임지와 거래한 건 표지에 날 수 있는 기사와 사진이죠. 아직 표지
에 날 정도는 아닙니다. 충격적인 사진 한 장은 천 마디의 말과 같으니까
요."

"이 사람이 사진을 찍을 필요는 없어요."

마리사가 첼시에게 다가오며, 부드럽고 다급하게 말했다.

"우린 원하던 바를 이뤘어요. 고래는 이제 안전하고 그린피스 배가 내
일 이리로 올 거예요."

마리사의 걱정어린 얼굴을 쳐다본 첼시의 표정이 부드러워졌다. 딸아
이의 야윈 얼굴은 추위로 얼어붙었고, 긴 생머리는 물에 젖어 거의 검은
색으로 짙어졌다. 이런 시간이 마리사에게도 쉽지는 않았을 텐데, 그 빌
어먹을 고래에 대한 걱정 때문에 자기 생각은 하지도 못했을 것이다. 첼
시가 부드럽게 웃어 주었다.

"괜찮다, 아가야. 이 일은 내가 알아서 할게."

기자가 말했다.

"당신은 이미 대중성을 얻었습니다, 첼시. 다음주면 잡지에 작은 기사
가 날 겁니다, 자연 환경을 걱정하는 용감한 첼시 베네딕트가 아이슬란
드 고래잡이와 맞붙었다는 내용이겠죠. 욕심 부릴 필요는 없어요."

그 순간 첼시는 너무나 화가 나서 뱃속에서 바다 물결이 흔들리는 듯

한 역겨움마저 잊어버렸다.

"난 이름을 날리려고 심각한 주제를 이용하는 영화배우들을 좋아하지 않습니다. 환경보호는 중요한 문제고 진지하게 받아들여져야만 하지요."

제기랄, 영화배우에게 악의를 가진 이 살찐 녀석을 혼내 주어야만 한다.

"당신이 따라왔잖아, 빌어먹을."

"당신은 뉴스거리이고 난 타임지의 사진에 내 이름이 들어가는 걸 싫어하지 않지요. 하지만 쓸데없이 더 내보낼 생각은 없습니다."

"표지에 실릴 수 있는 사진을 찍기로 거래했잖아."

그가 어깨를 으쓱했다.

"그럼 고소를 하시든지."

첼시는 머리털이 뿌리까지 분노로 활활 타오르는 느낌이었다.

"네가 날 어떻게 생각하든 전혀 상관없어, 개자식. 하지만 마리사는 이 일이 알려지면 포경선들이 고래를 죽이는 일을 막을 수 있다고 생각해. 그리고 우린 마리사가 바라는 대로 해주는 거야."

그녀는 조타실에 있는 선장에게 소리쳤다.

"저 포경선에 더 가까이 다가가요!"

"엄마, 안 돼요! 이럴 필요까지는 없어요."

마리사가 어머니의 팔을 붙잡았고, 선장도 고개를 저었다.

"영리한 행동이 아니에요, 첼시. 저 선장은 우리가 고래 앞으로 끼어들었던 것 때문에 미칠 듯이 화가 나 있다구요."

첼시는 포경선에서 그들을 노려보고 있는 땅딸막한 사내를 쳐다보았다. 선장의 말이 맞다, 그 포경선 선장은 그녀처럼 미칠 듯이 화가 났다.

"우린 저들을 행복하게 해주려고 여기 온 게 아니에요."

첼시가 기자에게 시선을 돌렸다.

"아직 흥미로울 만한 사진이 없다고 했나요? 마리사, 넌 선장님과 조타실에 올라가 있어."

"싫어요."

마리사가 조용하지만 강하게 말했다.

"그럼 배 우현으로 올라가. 네가 내 옆에 있지 않기를 바란다."
마리사는 머뭇거리다가 한숨을 쉬며 순종했다.
"이런 일을 하지 않았으면 좋겠어요, 어머니."
"나도 그렇소."
선장이 중얼거렸다.
"동력을 올려요. 그리고 당신, 거기 그대로 서서 사진 찍을 준비나 하시지."
기자가 몸을 똑바로 세웠다.
"무슨 짓을 하려는 겁니까?"
"이 사진을 놓치면, 아마 편집장이 당신 물건을 잘라 버릴 거예요."
이제 포경선 선장의 어이없어하는 표정이 똑똑히 보였다. 그가 격분하여 고함을 쳐대며 주먹을 휘둘러댔다.
"어머니, 제발."
마리사의 목소리가 긴장되었다. 첼시가 어깨 너머로 선장에게 말했다.
"어서, 아이슬란드 욕을 알려줘요. 그를 미치게 할 만큼 추잡한 걸로요."
"이미 미쳐 있는 걸요."
기자가 멍하니 말했다. 선장은 어쩔 수 없다는 표정으로 체념하며 외국어로 무엇인가 중얼거렸다.
"더 천천히, 알아들을 수가 없어요."
첼시는 선원에게 작살총을 겨누라고 지시하는 포경선 선장의 얼굴에 정신을 집중시켰다. 선장이 더 천천히 그 말을 반복했다.
"알아들었어요."
첼시는 언제나 잘 듣는 귀를 갖고 있었지만, 이런 방식으로 사용하게 될 줄은 몰랐다. 기자를 쳐다보지도 않고 그녀가 명령했다.
"준비해요. 만약 이 사진을 찍지 못하면, 그 카메라를 태양이 비치지 않는 곳까지 던져 버리겠어요."
"당신은 그자의 사정거리 안에 있어요. 빗나가지 않을 거라고요."
"그자가 날 맞히고 싶다면. 그 정도로 멍청이일지 의심스럽지만요."

진심으로 그가 멍청이가 아니길 바랐다. 그녀는 깊은 숨을 들이마시고 목소리를 높여, 선장이 알려준 욕설을 포경선 선장에게 소리쳤다.

다음 순간은 소음과 움직임이 정신없이 뒤섞였다. 고래잡이 선장의 격분한 고함소리, 작살이 발사되는 폭발음, 작살이 공기를 가르며 첼시를 향해 날아오는 소리, 첼시를 향해 달려들며 외치는 마리사의 낮은 비명소리…….

작살은 첼시의 머리 위 바로 60센티미터 떨어진 나무 기둥에 둔탁하게 박혀들었다.

첼시가 분노와 열기로 몸을 부들거리며 기자를 노려보았다.

"사진 찍었나요?"

기자의 얼굴은 백짓장처럼 창백해졌고 카메라를 잡은 손도 떨리고 있었다.

"네."

"그럼 여기서 빠져 나가자고요."

선장이 필사적으로 속도를 올리고는 90도 각도로 키를 돌렸다.

"그 줄 끊어요. 그러지 않으면 우린 어디에도 갈 수 없을 거요."

선원 하나가 앞으로 달려와 기둥에 박힌 작살의 줄을 끊었다.

첼시는 다시 한 번 고래잡이선을 돌아보았다. 포경선 선장은 여전히 그녀를 노려보고 있었지만, 약간 진정이 된 듯 작살총을 재장전하지는 않았다.

5분 후 포경선이 시야에서 사라지자 첼시는 난간에 달라붙었다. 속이 몹시도 안 좋았다. 한참 동안 거기에 서 있었다. 어렴풋이 차가운 초록 바다 위를 떠다니는 주먹만한 크기의 얼음덩이가 눈에 들어왔다. 제기랄, 빙산에 부딪히기만 하면 아주 완벽한 하루가 될 것이다.

그녀가 고개를 들어올리자 마리사가 젖은 손수건을 건네주었다.

"고맙다, 달링. 이젠 살 것 같아."

갑자기 그녀는 의심스럽다는 표정으로 떨어져 서 있는 기자를 쳐다보았다.

"내가 토하는 사진도 찍었을까?"

마리사가 고개를 저었다.

"엄마가 그를 꼼짝 못하게 한 것 같아요. 엄마를 이런 어려움에 처하게 할 뜻은 아니었는데……."

"너한테는 잘못이 없어. 저 포경선과 기자가 이런 소동을 일으킨 거야, 그리고 내 성질머리하고. 내가 너의 평화적인 대항을 망쳐놓은 거지?"

"좀더 전투적인 방법이 있어야 할 때인 것 같아요. 아무도 우리의 말에 귀를 기울이지 않는 것 같거든요. 고래와 돌고래들이 여전히 수도 없이 죽어 나가고 있어요. 왜 아무도 우리에게 관심을 보이지 않는 걸까요?"

"아마 이번에는 다를 거다."

첼시는 이번 대결이 무슨 소용이 있을까 의심스러웠다. 하지만 마리사에게 그런 말을 할 수는 없었다. 딸아이는 탐욕을 이해하지 못했고 열심히 노력만 한다면 세상이 변할 수 있다고 믿을 만큼 젊었다.

"어쨌든 우리는 그들을 뒤흔들 정도의 관심을 불러일으키게 될 거야."

마리사가 킥킥거렸다.

"작살총이 날아올 때 기자의 표정을 봤어야 했어요."

"그 녀석이 죽을 만큼 겁먹었다면 좋겠어."

다시 뱃속에서 요동이 일어나자 첼시는 난간을 움겨잡았다.

"오, 제기랄, 다 진정된 줄 알았는데."

그녀는 눈을 감고 심호흡을 했다.

"마리사, 나에게 약속 한 가지 해주렴."

마리사가 손수건을 받아 어머니의 얼굴을 닦아 주었다.

"뭔데요?"

"다음에는 코끼리를 구하는 거야."

첼시는 앞으로 몸을 숙여 흔들리는 파도 위에 머리를 떨구었다.

"제기랄, 난 배멀미가 정말 싫어."

구출호가 부두에 도착할 때쯤 알렉스와 케이틀린의 택시가 커다란 창고 옆에 정차했다. 부두에는 유니폼을 입은 운전사가 다가오는 배를 쳐다보며 긴 리무진 차체에 기대어 있었다.

"딱 맞춰 왔군."

알렉스가 택시 운전사에게 지폐를 주고는 기다리라고 손짓했다.

"이제 그 숙녀가 얼마나 친절한 기분인지, 다음에 찾아봐야 할지를 알아봐야지."

"그녀와 그 딸이 포경선을 막으려 한다고 했던가요?"

알렉스가 고개를 끄덕거렸다.

"아이슬란드와 일본은 여전히 돈을 벌기 위해 고래를 해치고 있소. 차츰 줄어들고 있긴 하지만, 여전히 고래잡이꾼들은 존재하고 그들은 외부의 간섭에 적대적이오."

"저기 그녀가 와요. 머리색이 맞는 것 같아요."

택시 운전사가 문을 열어주기도 전에 케이틀린은 차에서 뛰어내려 방파제로 서둘러 달려갔다.

건널판을 건너는 여자는 빨간색과 벌꿀색의 중간쯤 되는 특이한 색조의 머리로, 최고의 미용사만이 손을 댄 것 같은 야성적인 곱슬머리가 어깨까지 내려와 있었다. 처음 보았을 때 그녀는 작아 보였다. 그런데 너무나 민첩하고 우아하고 생동감 있게 움직이는 모습이 그녀의 존재감을 크게 느끼게끔 했다. 그녀는 어부들이 입는 하얀 스웨터에 녹슨 듯한 색의 스웨이드 재킷을 입었고, 초록색 골덴 바지는 베이지색 발목 부츠 속에 끼워 넣었다.

알렉스와 케이틀린은 여배우가 방파제에 도착하자 한 걸음 앞으로 나섰다.

"베네딕트 양인가요? 전 알렉스 카라조브고, 이쪽은 케이틀린 바사로입니다. 당신과 얘기를 하고 싶습니다."

첼시가 고개를 들자 케이틀린은 놀라움으로 숨을 들이켰다. 그녀는 이 여배우가 이렇게 놀라움을 주리라고는 예상하지 못했다. 첼시 베네딕트는 화장을 하지 않은 모습이었지만 그 부드러운 올리브빛 살결은 전혀 화장이 필요치 않았다. 높은 광대뼈에 사파이어와 같은 푸른 눈동자, 그녀의 외모는 고전적이라고 할 수는 없지만 그 자신만의 기준을 가진 대담함을 보여 주었다.

"절대 안 되겠어요."

그녀가 험상궂게 인상을 찌푸렸다. 목소리도 거의 갈라져 있었다.

"난 지금 춥고 흠뻑 젖은데다가 배멀미로 고생했어요. 그리고 내 뒤에 있는 자식이 독점권을 갖고 있다구요. 미안해요."

처음으로 첼시 베네딕트의 유명한 입술가에 피로가 서린 것을 알아보았다.

"우린 기자가 아닙니다, 베네딕트 양. 사업상 제안할 일이 있어서 왔습니다."

"내 사업 매니저를 만나 보세요. 마리사, 얼른 가자."

첼시가 마리사라고 부른 젊은 소녀는 첼시보다 머리 하나쯤은 더 컸다. 노란 점퍼와 청바지 차림의 소녀가 서둘러 건널판을 건너왔다.

"미안해요, 어머니. 기자가 몇 가지 물어 보고 있어서요."

첼시의 몸이 굳어졌다.

"그 프로젝트에 대해서?"

마리사가 어머니의 시선을 피했다.

"그것도 있구요."

"리무진에 타라. 내가 그와 얘기하겠다."

첼시가 욕설을 중얼거렸다.

"괜찮아요, 어머니. 난 괜찮아요."

"난 괜찮지 않아."

첼시가 배에서 내려오는 남자를 쳐다보았다.

"당신 기사는 구출호 프로젝트에 대해서지, 내 딸에 대해서가 아니에요."

기자는 음흉하게 미소지었다.

"당신은 큰 기사를 원했어요. 그러려면 이야기에 깊이가 있어야 하고 당신의 딸도 포함되어야 하지요."

그가 마리사를 쳐다보았다.

"사진도 몇 장 찍어야겠군요. 그러지 않으면 법정에서 쓰던 사진을 끌어모을 수밖에 없을 테니.”

“당신을 대서양 바다에 처박아 버리겠어. 만약…….”

“중요한 일이 아니에요, 어머니. 그가 나에 대해 무슨 얘기를 쓰든 상관없어요. 중요한 건 고래들이에요.”

마리사가 끼어들었다.

“보셨죠? 당신의 딸은 우선순위를 갖고 있답니다.”

기자는 조롱하듯 미소를 보냈다.

“위험에 처한 동물을 구하기 위해서라면 약간의 지저분한 이야기라도……. 내가 쓰기로 선택하기만 한다면 말이죠.”

그가 두 사람을 지나쳐 걸어가 버렸다.

첼시는 그의 뒷모습을 노려보았다.

“그가 어머니 생각처럼 나쁜 사람은 아닐 거예요. 그냥 어머니가 그를 바보로 만들었기 때문에 화가 났을 뿐이에요. 가요, 뜨거운 물에 목욕하고 낮잠을 자면 기분이 좋아질 거예요.”

마리사가 어머니의 몸에 한 팔을 둘렀다. 첼시는 마리사의 볼을 한 손으로 어루만졌다.

“하지만 넌 괜찮지 않을 거야. 이 일을 그냥 놔둘 걸 그랬어. 표지에 한 번 난다고 해서 무슨 차이가 있겠니?”

“어머니는 언제나 성취욕이 너무 강하다니까요. 그리고 날 위해서 하신 일인데 내가 어떻게 불평할 수 있겠어요?”

마리사가 씨익 웃었다. 알렉스가 다시 앞으로 나섰다.

“사업 얘기를 하기엔 적당한 시간이 아닌 듯싶군요. 오늘 저녁에 호텔에서 뵐 수 있을까요?”

“우린 내일 뉴욕으로 돌아갈 거예요. 내 사업 매니저와 연락하세요.”

첼시가 까만 리무진으로 걷기 시작했다.

“우린 빨리 결정해야 합니다. 우리 제안을 듣는 데는 십 분이면 족합니다.”

“난 그럴 생각이…….”

“다시 한 번 고려해 주십시오. 만약 당신이 당신과 윈드 댄서에 관한 우리의 계획을 들어보지도 않는다면, 우리의 파트너인 조나단 안드레가 대단히 실망할 겁니다.”

첼시는 한순간 말이 없었다. 얼굴을 반쯤 가린 머리카락 사이로 그녀의 얼굴이 변했다.

“윈드 댄서?”

운전사가 차문을 열어주었다.

“오늘 저녁 일곱 시에 찾아뵈도 될까요?”

마리사가 리무진에 타는 동안 첼시가 잠시 주저했다.

“오, 대체 무슨 일이지? 뭐 어떻겠어? 네 시에 내 방으로 오세요.”

그녀가 차에 오르자, 운전사가 문을 닫고 재빨리 운전석으로 걸어갔다. 알렉스와 케이틀린은 부두에서 멀어져 가는 리무진을 지켜보았다.

“그녀는 보이는 것보다 더 대단하군요, 그렇죠?”

케이틀린이 양털 코트 주머니 속으로 두 손을 집어넣었다.

“그런 사람은 어떻게 다루나요?”

“다른 사람들을 다루는 것과 마찬가지로.”

알렉스가 그녀의 팔을 잡아 택시 쪽으로 이끌었다.

“그들이 원하는 것을 찾아서 그걸 주는 거지. 당신이 원하는 것과 교환하는 거요.”

첼시는 무표정하게 알렉스의 설명을 들었다. 그녀는 알렉스의 말이 끝난 후에도 잠시 말없이 컵 안의 호박색 홍차만을 내려다보았다.

“난 지금껏 한 번도 상품을 광고한 적이 없어요. 난 배우지, 장사꾼이 아니에요.”

“배우는 언제나 대중에게 모습을 드러내야 합니다. 그리고 모든 일은 품격 있게 처리될 겁니다. 이 광고는 우리에게뿐 아니라 당신의 명성에도 이로울 겁니다.”

첼시는 컵에서 눈을 들지 않았다.

“네, 그건 알겠어요.”

그녀는 말없이 있다가 갑자기 고개를 들어 알렉스 옆에 앉은 케이틀린에게 강한 시선을 던졌다.

"당신은 왜 얘기하지 않나요? 이건 당신의 향수잖아요?"

케이틀린은 갑작스런 공격에 뺨이 달아올랐다.

"네, 제 향수예요."

"그럼 왜 날 설득하려 들지 않나요?"

"난…… 제 생각에는…….."

그녀는 더듬거리다가 진실을 말해 버렸다.

"당신에게 약간 겁을 먹은 것 같아요."

첼시가 한쪽 눈썹을 올리며 알렉스를 쳐다보았다.

"이 사람은 아닌 걸요?"

첼시는 분명 사람을 빠르게 판단할 수 있는 듯했다.

"전 한 번도 영화배우를 만나 본 적이 없어요. 그리고 당신이……."

"이 향수의 샘플을 갖고 있나요?"

케이틀린이 머뭇거리자 첼시가 성마르게 끼어들었다.

"물론이에요. 전 이걸 바사로라고 부른답니다."

케이틀린은 핸드백을 열고 작은 유리병을 꺼냈다.

첼시가 병을 열어 향기를 맡아 보고 손목에 몇 방울 문지른 다음 다시 맡아 보았다.

"와우, 멋진 향기예요."

"마음에 드세요? 제가 개발했어요. 제가 처음으로 만든 향수랍니다."

케이틀린은 희망적으로 몸을 내밀었다.

"이 정도 향수면, 두 번째 것은 개발할 필요도 없을 거예요. 왜 바사로죠?"

첼시가 다시 손목에 코를 대 향기를 맡았다.

"바사로는 내 고향이에요. 우리는 향수에 쓰일 꽃들을 재배하죠."

"음, 어디 있는 곳인가요?"

첼시가 케이틀린에게 병을 돌려주었다.

"남 프랑스의 그라스 근처예요."

"우린 바사로에서 텔레비전 광고를 찍을 계획입니다. 그곳은 믿을 수 없을 만큼 아름답죠."

알렉스가 대답했다.

"관광지인가요?"

"아뇨, 대단히 격리되어 있지요."

첼시가 다시 향기를 킁킁거렸다.

"한달 동안 내가 파리에 있길 원한다고 했던가요?"

케이틀린은 안도의 한숨이 나오려는 것을 겨우 참았다. 이 배우는 관심이 있는 것이다. 그렇지 않다면 이런 말을 할 필요도 없을 것이다.

알렉스가 고개를 끄덕였다.

"우린 당신을 향수 모델로 소개하고, 고향땅으로 돌아오는 윈드 댄서를 맞아 큰 행사를 하며 향수의 출시 날짜를 공표할 겁니다."

"그럼 윈드 댄서와 같이 엄청나게 사진이 찍히겠군요."

첼시가 인상을 찌푸렸다.

"조각상 때문에 눌려 본 적은 없는데."

"하지만 조각상 나름이죠, 그리고 여자 나름이고요. 둘이 합쳐지면 세상을 뒤흔들 겁니다."

첼시가 고개를 젖히며 웃었다.

"맙소사, 당신은 정말 끈질기군요."

"이 일을 하시겠습니까?"

첼시의 속눈썹이 내려와 사파이어 같은 눈동자를 감추었다.

"우리가 합의에 이를 수 있다면요."

케이틀린은 초조하게 향수병을 움켜쥐었다.

"당신은 돈 얘기를 하지 않았……."

"이백만 달러."

알렉스의 한 마디에 케이틀린은 날카롭게 숨을 들이켰다. 그렇게 많은 돈을 지불해야 할 거라고는 상상도 못했다.

"충분치 않아요."

"영화 한 편 찍는 것보다 많지요."

"난 다음에 삼백만을 요구할 거예요."

"우린 광고 필름과 몇 번의 출현을 얘기하는 겁니다. 힘들게 일하는 것과는 다르지요."

"하지만 난 그 상품을 보장하는 거예요. 그건 책임감이에요."

알렉스가 잠시 침묵했다.

"삼백만."

첼시의 시선이 가늘어졌다.

"이백칠십을 받겠어요. 당신은 너무 관대하군요. 하지만 조건이 있어요. 그 향수에 내 이름이 붙길 원해요. 그걸 첼시라고 부를 거예요."

"안 돼요!"

케이틀린은 충격을 받아 소리지르고 말았다.

첼시의 턱이 완고하게 굳어졌다.

"난 그걸 원해요. 그 향수에 내 이름이 붙는 건 나에게 명예를 줄 거예요. 어떤 향수는 반 세기 동안 인기를 누리기도 해요. 샤넬 넘버 파이브를 보세요."

알렉스는 말이 없었다.

"안 된다고 말하세요. 제기랄, 그녀는 이름을 바꿀 수 없어요."

케이틀린이 알렉스를 휙 돌아보았다.

"그 향수에 내 이름이 붙으면 이백칠십만까지 내리겠어요. 그렇지 않으면 거래는 없는 거예요."

케이틀린이 필사적으로 알렉스의 팔을 붙잡고 늘어졌다.

"알렉스, 그녀에게 말하라구요."

"우리에겐 그녀가 필요하오."

"그 정도는 아니에요."

"빌어먹을, 그 정도라구."

알렉스의 목소리가 강하게 울려퍼졌다.

절망으로 인해 눈물이 차올라 케이틀린은 목이 메었다. 왜 계약서에 그 이름을 유지한다는 조항을 넣지 않았던가? 알렉스가 바사로라고 부르는 것이 별 문제 없다고 말한 후라서 필요할 것 같지 않았었다.

"그 이름을 써도 된다고 당신이 말했어요. 문제 없다고 당신이 말했다구요.”

알렉스의 근육이 긴장되는 게 느껴졌다.

“당신은 이해하지 못해. 모든 부분이 조화되어야 하오. 하나라도 놓치면 처음부터 다시 시작해야 하는 거라구.”

“하지만 이건 옳은 게 아니에요.”

그녀가 첼시를 쳐다보며 격렬하게 말했다.

“내 향수에 당신 이름을 쓸 수는 없어요. 그 향수는 바사로의 것이에요. 그건 바사로라구요.”

첼시는 미소지은 채 알렉스를 바라보며 기다렸다.

알렉스의 시선이 케이틀린의 긴장된 얼굴로 향했다. 그는 한참 동안 말이 없었다.

“좋소. 거래는 없던 걸로 하겠소. 그 이름을 붙일 수 없소.”

케이틀린은 안도감으로 몸이 축 늘어졌고, 첼시의 눈은 휘둥그래졌다.

“확실하나요?”

“우린 다른 사람을 찾아보겠소.”

첼시가 호기심어린 미소를 지었다.

“당신은 내가 생각한 것처럼 거칠지 않군요, 카라조브 씨. 그녀를 배신할 거라고 확신했는데.”

알렉스가 일어섰다.

“당신 시간을 빼앗아서 죄송합니다. 갑시다, 케이틀린.”

첼시는 우아하게 몸을 일으켰다.

“시간 낭비는 아니었어요. 당신들이 아주 흥미롭다는 걸 발견했거든요.”

그녀가 케이틀린을 쳐다보았다.

“바사로는 당신에게 큰 의미가 있는 모양이군요.”

케이틀린도 일어서며 고개를 끄덕거렸다.

“이 세상에 그곳 같은 곳은 없어요.”

첼시가 코를 찡그리며 웃어젖혔다.

“고향 같은 곳은 없다? 난 잘 몰라요. 그런 걸 가져 본 적이 없으니까,

마리사도 그렇고."

갑자기 그녀가 알렉스를 돌아보았다.

"삼백만 달러, 그리고 이름은 당신 뜻대로 해요."

알렉스는 미동도 하지 않았다.

"동의하겠소."

놀란 케이틀린이 첼시를 응시했다.

"하지만 조건이 하나 더 있어요. 이건 특별히 어려운 건 아니에요. 당신이 내 딸아이를 바사로의 손님으로 받아들여 주었으면 해요, 공식적으로 향수가 출시될 때까지요. 그 애는 열여섯 살밖에 안 되었지만, 아무 문제도 일으키지 않을 거예요. 또 보통 모든 사람과 잘 어울려요. 아주 조용하지요, 나와는 전혀 다르게."

"대환영이에요."

케이틀린의 말은 진심이었다. 부두에서 보았던 소녀의 모습이 마음에 들었다. 그녀는 젊은 나이치고 대단히 보기 드물게 성숙해 보였다.

"난 들판에서 일하느라 좀 바쁘겠지만, 제 어머니께서 보살펴 주실 거예요."

"그 애는 보살펴 줄 필요가 없어요. 적어도, 그게 그 애가 언제나 나에게 하는 말이죠."

첼시가 문으로 성큼성큼 걸어갔다.

"당연히 난 그 애 말을 듣지 않아요. 내가 요구하는 건 다음 한달 동안 그 애한테 기자들이 접근하지 못하도록 막는 거예요. 고래 기사가 파문을 일으킬 거고, 난 그 어떤 것도 그 애를 건드리지 않길 바래요."

"파문이라뇨?"

"당신 친구에게 물어 보세요. 그는 마리사에 대해 다 알고 있을 거예요. 그는 정보에 정통한 것 같은 걸요."

"말씀하신 대로, 난 마리사에게 생겼던 일에 대해 알고 있습니다. 그리고 당신의 대응에 감탄했죠."

알렉스의 표정은 엄숙했다.

"그렇게밖에 할 수 없었어요."

첼시가 케이틀린을 바라보았다.

"당신은 용기가 있지만 탐욕스럽지는 않아요. 그 점이 마음에 들어요."

"당신도 용기 있는 사람이에요."

케이틀린은 자신도 모르게 첼시에게 미소짓고 있었다. 그 여자는 매력적이었고 그녀의 솔직함 또한 존경스러웠다.

"하지만 욕심이 없다고는 말할 수 없겠어요."

첼시가 폭소를 터트렸다.

"빈민가에서 자란 탓일 거예요. 얼마나 돈이 많든지 간에, 전혀 충분치가 않답니다."

알렉스가 재킷 안주머니에 손을 넣었다.

"여기 사인할 계약서를 갖고 왔습니다. 수정 사항을 첨가해서 사인을 하면……."

"안 돼요, 내 매니저에게 보내세요."

첼시의 단호한 말투에, 알렉스가 살짝 미소지으며 케이틀린을 돌아보았다.

"똑똑한 여성이오. 당신도 그렇게 했어야 했소, 케이틀린."

"하지만 난 매니저가 없어요. 나 외에 믿을 사람이 없는 걸요, 당신만 빼고."

알렉스가 인상을 찌푸렸다.

"그럼 하늘이나 믿어야 할 거요."

"아멘."

첼시가 문을 열고 그들에게 손을 흔들었다.

"그 딸에 대해 안다는 게 무슨 뜻이에요?"

엘리베이터를 향해 걸어가며 케이틀린이 물었다.

"세상 사람들 거의가 알고 있는 사실이지. 비밀로 할 수 있는 일이 아니오. 첼시 베네딕트는 십사 개월 동안 감옥에 있었소."

"감옥이라구요?"

"첼시는 뉴욕 빈민가에서 자랐지. 그녀의 어머니는 창녀였고, 아버지는…… 누가 알겠소? 중요한 인물이 될 만큼 오래 머물지 않았으니. 그녀는 공연예술 학교에 갔고, 해리 퍼넬을 만났을 때는 그 방면으로 잘 진행해 가고 있을 때였소. 퍼넬은 늙은 남자였는데, 월가의 거물이었지. 그자는 열여섯 살의 그녀를 임신시켜 결혼했고, 그녀는 결혼 육 개월만에 마리사를 낳았소.”

그가 엘리베이터 버튼을 눌렀다.

“마리사를 낳은 후 사 년만에 이혼을 했다고 하더군. 그리고 양육권 소송을 냈고 그녀가 졌소.”

“보통은 어머니가 양육권을 얻는데, 왜 첼시는 안 되었던 거죠?”

“해리 퍼넬은 진짜 나쁜 자식이었던 게 분명하오. 증인을 고용해서 그녀에게 불리한 증거를 만들어 낼 정도로 돈이 많았거든. 그자가 유일한 양육권을 인정받았는데, 첼시는 포기하지 않았소. 다시 일을 시작하면서 변호사도 고용했소. 마리사는 맨해튼에 있는 사립학교에 다녔고, 첼시는 하인들과 학교 직원들에게 뇌물을 먹여서 마리사와 시간을 보냈지.”

엘리베이터 문이 스르르 열리고, 두 사람은 안으로 들어가 로비 버튼을 눌렀다.

“마리사가 여섯 살이었을 때, 첼시는 퍼넬이 성적으로 아이를 학대한다는 사실을 알았소.”

“자기 딸을?”

케이틀린은 구역질이 날 것만 같았다.

“근친상간이지. 그때만 해도 그런 주제는 금기시되어 있었소. 첼시가 경찰에 갔을 때 아무도 믿어 주지 않았지.”

“맙소사.”

“그래서 첼시는 마리사를 유괴해다가 다른 도시에 사는 친구 집에 숨겨놓았소 그리고 퍼넬은 첼시를 체포해 유괴범으로 감옥에 던져 버렸지. 그녀는 거기서 십사 개월 동안 지냈소.”

“대단한 용기로군요.”

“그렇소. 그 여자는 개성이 있지. 그녀의 변호사가 결국 퍼넬이 다른 아동을 학대한 증거를 찾아냈소. 그건 정말 사악하고 명백한 강간이었소. 그리고 첼시는 풀려나게 되었지.”

"그는 어떻게 되었나요?"

"감옥으로 들어갔지. 칠 개월도 안 되어서 치명적인 사고를 당했소. 죄수들은 아동 학대자를 좋아하지 않지."

자신의 마음속에 스치는 강력한 만족감에 그녀는 놀라고 말았다. 그녀는 언제나 복수는 쓸데없는 짓이라고 생각했는데, 무기력한 아이가 어떤 방식으로든 희생되었다고 생각하니, 더구나 자신의 아버지에게, 분노로 속이 울렁거릴 정도였다. 그것에 대해 듣는 것만으로도 이렇게 강한 반감을 느끼는데, 첼시는 과연 어떠했을까? 케이틀린은 문득 그 여자에게 강한 친근감을 느꼈다.

"그럼 첼시는 그 얘기가 다시 등장할 거라고 생각하는 건가요?"

"그녀가 처음으로 할리우드에서 성공했을 때, 그녀의 모든 과거가 파헤쳐져 잡지에 실렸소. 하지만 그녀는 그에 맞서 싸웠고 언론과 대중을 물리쳤지. 만약 영화에서 보여 주는 것으로 충분치 않다면, 모두 다 지옥으로 꺼지라고 했거든."

"그녀답군요."

"그녀는 생존자요. 대단히 강하고 원초적이지."

엘리베이터가 열리자 알렉스와 케이틀린은 밝고 소란스러운 로비로 들어섰다.

"바사로처럼요."

문득 처음 첼시를 만났을 때의 기억이 되살아났다. 아름답고 피곤하지만, 여전히 싸울 준비가 되어 있었다. 그래, 첼시는 바사로와 비슷했다. 어떤 것이 던져지든 받아들일 수 있고 견뎌내며 번창할 수 있었다.

"그녀가 우리의 모델이 되어 기뻐요. 아무도 내 의견을 묻지는 않았지만요."

그녀가 인상을 찡그리자 알렉스가 상기시켰다.

"광고는 내가 맡기로 했잖소."

"알아요. 불평하는 건 아니에요. 그리고 당신은 그 이름을 고수해 주었는 걸요."

그녀가 화사한 미소를 보냈다.

"그런 식으로 보지 마시오. 난 그녀가 물러설 것을 알았기 때문에 그 랬던 거요."

알렉스가 거칠게 대꾸했다.

"확신할 수는 없었잖아요. 첼시의 말이 맞아요. 당신은 보이는 것만큼 거칠지가 않다니까요."

그녀가 팔짱을 끼자, 알렉스는 머리를 흔들며 경고했다.

"나를 나 아닌 다른 어떤 사람으로 생각하지는 마시오, 케이틀린."

"난 당신이 어떤 사람인지 몰라요. 하지만 차츰 알아간다는 생각이 들 어요."

그녀의 미소짓는 얼굴을 그는 복잡한 표정으로 바라보았다. 화가 나는 건지, 자포자기의 심정이 되는 건지, 아니면 부드러워지는 건지 알 수 없 는 복잡한 심정이었다.

"우린 파리로 곧장 날아갈 거요. 내일 모레 피에르와 약속이 있소."

그녀의 신경이 즉시 날카로워졌다. 피에르도 향수 용기 디자이너 가운 데 최고 중의 한 명으로 꼽혔지만, 그녀가 선택한 사람이 아니었다.

"안 돼요."

"안 된다고?"

"난 헨리 르크럭을 원해요."

"그는 요구가 대단히 많은 사람이오. 우리의 향수 용기를 위해서 디오 르와 코티를 연기하라고 설득할 수 없을 거요."

그녀가 머뭇거렸다.

"시도는 해보고 싶어요. 이 년전 그의 기사를 읽은 게 있는데 도움이 될지도 몰라요."

"언론에 의지하면 안 되오."

"음, 별 거 아닐 수도 있지만…… 그래도 시도해 보고 싶어요."

"그럼 그럽시다. 공항에서 그의 사무실에 전화를 걸어 약속을 해놓겠 소."

그가 정문의 유리문을 열자 차가운 강풍이 그들의 얼굴로 불어닥쳤다.

"우린 상황을 살펴보고 어떻게 하면 우리에게 맞출 수 있을지 알아볼 뿐이지."

"르크럭이 원하는 걸 찾아내서 그에게 주라."

알렉스의 말을 그대로 인용하며 케이틀린은 짜릿한 흥분감이 밀려들었다. 알렉스는 너무나 편안하게 적응하는 이 빠르게 움직이는 세상에서 마치 외계인이 된 느낌이면서도, 이 나라 저 나라를 돌아다니며 첼시 베네딕트와 조나단 안드레 같은 저명인사들을 만난다는 것이 흥분되지 않을 수 없었다.

"정확히 맞았소."

이상한 표정으로 알렉스가 케이틀린의 달아오른 뺨과 빛나는 눈동자를 내려다보았다. 그는 잠시 멈춰 서 그녀의 코트 목깃을 부드럽게 감싸 주어 차디찬 바람을 막아 주었다.

첼시가 노크를 하고 마리사의 침실문을 열었다.

"얘, 그 사람들은 갔어."

마리사가 미소지으며 고개를 들었다.

"그럼 이제 식사를 주문해서 먹고 자면 되겠네요."

그녀는 침대에 웅크리고 누워 대수책을 보며 공책에다 문제를 푸는 중이었다. 지금 입고 있는 낡은 푸른 파자마가 그녀의 길쭉하고 마른 몸매를 더 남자아이처럼 보이게 했다.

"아까 홍차와 같이 나온 핫케이크 좀 드셨어요?"

첼시가 고개를 흔들며 침대로 걸어왔다.

"아직은 먹을 수 없단다. 뱃속이 아직도 울렁거려. 뭘 먹으면 토해 버릴 거야."

마리사가 한쪽으로 움직이자 첼시는 그녀의 옆에 누웠다. 만족스런 한숨을 쉬며 눈을 감으니, 그날 하루의 모든 긴장이 빠져 나가는 듯했다.

"좋구나. 휴, 정말 피곤한 하루였어."

마리사가 공책을 밀쳐내고 편안한 침묵을 지켰다. 첼시가 먼저 말하길 기다리는 것이다.

싸울 필요도 없이, 강해지거나 영리한 척할 필요도 없이 그냥 누워 있는다는 것은 유쾌했다. 조금 있으면 금방 자신의 모습을 되찾을 것이지만, 지금 이 순간은 마리사의 옆에 누워 있는 것으로 족했다. 마리사의 고르고 가벼운 숨소리가 들렸고, 탁자에 놓인 아이리스와 하얀 라일락 꽃송이의 신선한 향기를 맡을 수 있었다. 그들이 투숙했을 때 호텔 매니저가 이 꽃다발을 보내 왔다. 그때 마리사가 천천히 화사하게 미소지으며 부드럽게 그 아이리스 꽃잎을 살짝 만져 보았던 것이 기억났다.

마리사가 발산해 내는 고요함이 몸 속으로 흘러들자 첼시의 긴장이 풀리기 시작했다. 이 애는 어떻게 이렇게 할 수 있을까? 첼시는 놀라웠다. 마리사가 겪은 그 모든 고통이 상처는 주었을망정 홈집은 남기지 않았던 것이다.

"난 가끔 환생이란 게 진짜 있는 것 같아."

"그래요? 왜요?"

"어떤 사람들은 태어날 때부터 이미 영혼이 고상하게 준비가 된 것 같단 말이야."

첼시는 눈을 뜨고 생각에 잠겨 반대쪽 벽을 쳐다보았다.

"그들에게 어떤 일이 일어나든 그들 자체를 변화시키거나 파괴시킬 순 없는 것 같아. 내 말뜻 알겠니?"

"성인들 얘기를 하는 것 같은데요."

"그래?"

마리사는 알고 있을 것이다. 첼시가 몸을 돌려 딸을 바라보았다.

"넌 옛날에 성인이었을 거야, 아가야."

마리사가 킥킥거렸다.

"피곤하신 모양이군요. 엄마가 그런 철학적인 말을 하는 걸 들어 본 적이 없는 걸요."

"철학적? 내가? 오, 맙소사, 네 말이 맞아. 머리가 약간 이상한 것 같아. 무어라도 좀 먹는 게 낫겠다. 샐러드와 수프를 주문할 건데, 괜찮겠니?"

"좋아요."

첼시가 룸 서비스를 부탁하는 동안 마리사는 침대 머리맡에 등을 기대고 앉았다.

"됐다. 자, 난 나갈 테니까 식사가 올 때까지 숙제를 계속하렴."

"나가실 필요 없어요."

"아니, 나가야 돼. 내가 널 방해하는데, 넌 그런 말을 하기에는 너무 예의가 바르단 말이야."

"엄마, 그렇지 않아요."

"내 말이 맞다니까."

첼시는 침대에서 일어나 문으로 걸어가다가 잠깐 멈춰 돌아보았다. 마리사의 표정은 반쯤 걱정하는 듯 슬퍼 보였다. 첼시는 문득 너무도 깊은 사랑을 느꼈다. 난 얼마나 운이 좋은 여자란 말인가? 지금껏 많은 실수를 해왔지만, 올바른 일 하나쯤은 해놓은 게 분명했다.

"나 상처받지 않았어. 네가 날 사랑한다는 거 안단다."

그녀가 인상을 찌푸렸다.

"엄마 역할을 맡는 건 쉽지 않을 것 같은 생각이 들어."

"그래요, 하지만 아주 재미있을 거예요."

마리사가 미소지었다.

"꽤나 재미도 있겠구나."

첼시가 시선을 회피했다.

"나 향수 모델로 나서기로 했다."

마리사가 놀라며 눈을 동그랗게 떴다.

"왜요?"

첼시는 어깨를 으쓱했다.

"좋은 조건이었어. 그 향수를 개발한 여자가 프랑스 남부의 바사로라는 곳에서 꽃도 재배한대. 향수가 출시될 때까지 다음 몇 달 동안 널 거기로 보낼 거야."

"기자 때문이군요."

"그게 최선이란다, 아가야."

"난 이미 다 극복했어요. 그리고 몇 달 동안 학교를 빠져야 한다구요."

"그 정도는 보충할 수 있을 거야. 넌 성적이 좋잖니."

마리사가 어머니를 유심히 쳐다보았다.

"이 일에서 도망갈 필요는 없어요."

"도망가는 게 아니야. 다만 피하기로 결정한 거지."

"똑같은 거예요. 엄마는 언제나 아끼는 모든 것을 보호하려고 들어요. 하지만 날 보호할 필요는 없어요."

"아니, 난 그렇게 해야 해. 넌 사나운 상어가 널 얼마나 찢어발길 수 있는지 모르고 있어. 나한테 그런 말 하지 말라고. 너도 꽤나 보호적이야. 그렇지 않았다면 고래를 위해 그 난리를 겪지도 않았을 거란다."

"그건 달라요."

"그래, 넌 아직 잘 모르는 거야. 바사로에 가주겠니?"

한동안 그녀는 마리사가 거절할 거라고 생각했다. 하지만 다음 순간 딸아이가 고개를 끄덕였다.

"좋아요, 바사로에 갈게요."

7

“세관을 영원히 **빠져** 나오지 못하는 줄 알았어요.”

케이틀린이 택시에 올라타 털썩 앉으며 안도의 한숨을 쉬었다.

“그들은 정말 무시무시했어요. 군인들이 기관총을 갖고 있는 거 봤어요?”

알렉스가 택시에 타며 종이 한 장을 운전사에게 건넸다.

“불안할 만도 하지. 블랙 메디나가 어제 비엔나에서 두 명을 죽였거든.”

케이틀린이 몸서리를 쳤다.

“그런 얘기는 못 들었어요.”

“나도 비행기 안에서 신문을 보고 알았소.”

“끔찍해요. 그런 폭력은 정말 이해가 안 돼요. 그들은 뭘 원하는 거죠? 그 테러리스트들은 아직 어떤 요구도 하지 않았잖아요?”

케이틀린이 창 밖을 내다보았다.

“그렇소, 하지만 곧 요구가 있을 거요.”

“새로운 공포 정치라니까요.”

그녀는 마음속에서 그 생각을 몰아내려 노력했다.

"우리는 어느 호텔에 묵죠?"

"호텔이 아니오."

"하지만 공항에서 한 시간 동안이나 전화를 걸었잖아요."

"오, 묵을 장소는 물론 있소. 그것 때문에 티켓 카운터에서 그 봉투를 받아야 했던 거요. 작은 놀라움이지."

40분 후 택시가 파리의 오래된 구역에 있는 한 집 앞에 멈춰 섰다. 광장을 바라보고 있는 2층 건물은 가파르게 경사진 슬레이트 지붕에 돌과 벽돌로 외부를 단장했다. 다른 시대에 있는 듯한 품위 있는 분위기였다.

알렉스가 운전사에게 돈을 지불했다.

"이건 더 이상 안드레가의 소유가 아니오. 장 마르크 안드레와 줄리엣이 이 나라에서 도망친 후 국민의회가 압수했었지. 그 후로는 안드레의 소유인 적이 없었소."

그가 공항에서 받은 봉투 안에서 열쇠를 꺼내 문을 열었다.

"바사로도 마찬가지고. 지금은 지난 이 년간 한 은행가의 소유요."

"왜 이런 일을?"

케이틀린은 현관으로 들어가 천장의 수정 같은 샹들리에를 경이롭게 쳐다보았다.

"날 위해서 이런 수고를 하신 거예요?"

"내 나름의 이유가 있었소. 세상은 자신만의 이익이 지배한다고 말했잖소."

"알렉스 카라조브, 왜 그냥 그렇다고 말하지 못하는 거예요? 제기랄, 날 위해 했다고 말하란 말이에요."

케이틀린은 두 손을 허리춤에 대고 격앙되어 그를 노려보았다. 그의 얼굴에 미소가 번졌다.

"좋소, 당신을 위해서였소, 부분적으로는."

케이틀린은 낄낄거리며 그와 같이 계단을 올랐다.

"맙소사, 당신은 정말 고집이 세요."

그녀는 그를 지나쳐 한 번에 두 계단씩 올라 2층으로 향했다.

"어디가 캐서린의 방이었을까요?"

침실문을 활짝활짝 열어 보며 복도를 걸어갔다.

"이 집에 대한 묘사를 좀더 신경 써서 읽어 볼 걸 그랬어요."

"기억나지 않는다는 뜻이오? 믿을 수가 없군. 비행기에서는 한 페이지도 빠짐없이 나에게 자세히 얘기했었잖소."

"비꼬지 마세요. 당신에게 역사나 뿌리에 대한 존경심이 있다면……."

"비꼬는 게 아니오, 농담하는 거지."

알렉스가 그녀의 뒤를 따라왔다.

"오, 비꼬든말든 상관없어요. 정말 얼마나 멋진 일인지……. 이 방이에요."

케이틀린이 커다란 침실 문가에서 멈춰 섰다가 창문으로 달려갔다.

"이 방이 틀림없어요. 정원이 내려다보여요. 캐서린은 자기 방에서 정원이 내려다보인다고 했어요."

그녀가 창문을 활짝 열었다.

"우리가 이 방을 쓸 수 있을까요, 알렉스? 이 경치 좀 봐요. 정원과 사랑스러운 다른 집들의 지붕을 모조리 볼 수 있어요. 파리의 전형적인 풍경 아니에요?"

"난 잘 모르겠소. 전에 파리에 와본 적이 없거든."

알렉스가 짐가방을 내려놓고 그녀의 옆으로 와 섰다. 케이틀린은 화들짝 놀라며 그를 쳐다보았다.

"한 번도요? 유럽에서 살았으면서 파리에 한 번도 안 와 봤단 말이에요?"

"신성모독죄에 해당하겠지. 그럴 여유가 없었소."

"파리에 올 여유가 없었다니요. 이건 순례 여행과 마찬가지라고요."

케이틀린이 활짝 웃었다.

"괜찮아요, 내가 당신에게 모두 다 보여 드릴게요. 우린 산책을 하는 거예요. 파리는 언제나 걸으면서 봐야 해요. 방과후에 들렀던 길가의 카페도 보여 드릴게요. 노트르담도 봐야 해요. 그 장미 창문의 스테인드 글라스는 정말 환상적이에요. 생 앙투안 성당도 봐야죠. 그건 파리에서 내가 가장 좋아하는 성당이에요. 그리고…….”

“그걸 다 보면서 르크럭 씨를 만날 시간이 있을까? 한 번이나 두 번이라도?”

케이틀린의 미소가 흐려졌다.

“물론, 우리는 그것 때문에 온 거죠. 난 그냥…… 어쩌면 당신 마음에는 파리가 그렇게 즐겁지 않을 수도 있겠죠. 학교에 다닐 때 난 별로 돈이 많지 않아서 최고급 레스토랑 같은 덴 잘 모르고…….”

“당신의 파리를 좋아할 거요. 그리고 르크럭의 손에 향수 용기를 맡기고 나면 우린 무지하게 시간이 많이 있을 거요.”

케이틀린의 표정이 밝아지며 열성이 되살아났다.

“그럼 지금 당장 외출할 수 있을까요? 짐은 나중에 풀어도 돼요. 파리의 저녁 노을을 보여 주고 싶어요.”

그가 미소지었다.

“자기를 시골쥐라고 했으면서, 큰 도시에 놀랄 만큼 열성적이군.”

“하지만 여긴 큰 도시가 아니에요, 파리죠. 음, 큰 도시라고 할 수도 있겠지만, 그건…….”

그의 웃는 모습을 보고는 그녀가 말을 멈추고 인상을 찌푸렸다.

“당신도 한동안 여기 있어 보면 내 말뜻을 알게 될 거예요.”

“의심의 여지가 없소.”

그가 웃으며 그녀의 코끝에 살짝 입술을 갖다 댔다.

“내일 르크럭과의 약속을 확인한 다음에 출발하도록 합시다.”

“난 신발을 갈아신어야겠어요.”

그녀가 창 밖을 내다보았다.

“지금은 달라진 것 같아요. 나이가 들면서 보는 눈도 달라진다는 게 이상하지 않아요?”

“당신은 노인이 아니잖소.”

“하지만 더 이상 십대도 아니죠.”

“대학은 언제 떠났소?”

“스물두 살 때였어요. 공부를 계속하고 싶었지만 은행에서…… 바사로가 날 필요로 했어요."

"그래서 공부를 포기했군."

"큰 희생은 아니었어요. 난 언제나 바사로를 지키고 보존하는 게 내 의무라는 걸 알고 있었거든요. 내가 놓친 건 고고학 공부뿐이었죠. 바사로가 더 중요했어요."

알렉스는 한참 동안 조용히 그녀를 응시했다.

"왜?"

"왜냐하면……."

그녀가 잠시 멈췄다가 천천히 말을 이었다.

"바사로는 언제나 거기 있고 영원히 변하지 않기 때문인 것 같아요. 세상이 아주 황홀한 곳이라고는 할 수 없잖아요? 테러리스트 같은 미친 사람들과 전쟁과 마약 같은 것들로 가득 차 있어요. 세상은 언제나 미친 듯이 돌아가면서 변화하죠. 벗어날 곳이 없어요. 바사로만 빼고 세상의 모든 것이 변하고 있어요."

"예외란 없소. 모든 것이 변하는 거요, 케이틀린."

"바사로는 아니에요. 많은 세월이 지나지만, 매 철마다 꽃이 피고 그 꽃을 거둬 들이고……."

케이틀린은 그의 강렬한 시선에 어색해졌다.

"내가 말하려는 건 이런 세상에서 어떤 것을 끝까지 지키려 한다는 건 중요하다는 거예요."

"어떤 것을 자신에게 너무 중요한 것으로 만들면 위험하오. 그것들이 사라지는 건 너무나도 쉬운 일이니까."

"바사로는 아니에요."

"당신에게는 그렇겠지."

"당신은 뭘 지키고 있나요, 알렉스?"

"나 자신, 내 모습."

"그걸로 충분해요?"

"말했잖소, 난 뿌리 같은 건 믿지 않는다고."

알렉스가 문으로 향했다.

"십 분 내로 전화를 끝내겠소. 신발을 갈아신은 후에 아래층에서 봅시다."

"좋아요."

그가 뒤를 돌아보았다.

"내가 어딜 제일 먼저 가고 싶은지 아오?"

"어딘데요?"

"루브르. 줄리엣의 그림, '들판의 소년'을 보고 싶소."

케이틀린이 고개를 끄덕였다.

"미술관에 먼저 들러요. 그건 멋진 그림이에요, 알렉스."

"그럴 것 같소."

알렉스가 방을 나서자 케이틀린은 창가로 돌아갔다. 정오가 조금 지난 시간, 태양은 강하고 밝게 빛났고, 공기는 청명했다. 삶이 수많은 가능성으로 새롭게 태어나고 넘실대는 속에서 세상이 부드러운 황금빛 속에 감싸여 있는 듯했다.

"저 남자가 우릴 쫓아오는 것 같아요."

루브르 마당의 유리 피라미드를 지나며 케이틀린이 속삭였다.

"우리가 집을 나설 때도 광장에서 보았다고요."

"어떤 남자?"

"유리 같은 선글라스에다 빨간 셔츠를 입은 사람이요."

알렉스가 아무렇지도 않게 뒤를 돌아보았다.

"안내 책자를 든 뚱뚱한 남자?"

"네."

"음, 그가 당신을 유괴해서 백인 노예 시장에 팔아넘기려는 걸까?"

"알렉스, 난 진지하다고요."

"나도 그렇소. 중동에서는 키 큰 금발의 백인 여자들을 좋아한다고 하더군. 그리고 그 풍만한 가슴은 플러스가 되겠지."

"난 금발이 아니에요."

"당신은 햇살 속에 있소. 그게 아니라면 얼룩 고양이처럼 줄이……."

"무슨 조치를 취해야 하지 않을까요?"

"머리를 염색할 거요?"

"경찰을 부르는 거요."

"아직은 유괴당하지 않았잖소."

"소매치기인지도 몰라요."

"난 백인 노예상 쪽이 더 마음에 드는걸. 그건 온갖 음란한 상상이 떠오르게 하거든. 보석이 박힌 가죽 족쇄, 최음제, 벌거벗은 요염한 여자가 춤을 추면 내 성적 욕구가 벌떡 일어나겠지."

케이틀린은 어찌할 수 없다는 듯 웃었다.

"당신은 벌떡 일어날 필요가 없어요. 이미 난폭한 걸요. 제기랄, 그 남자를 광장에서도 봤다고 했잖아요."

"보스지 광장은 파리에서 가장 오래된 명소 중 하나요. 아마 안내 책자에도 나와 있을 거요. 그리고 소매치기가 빨간 셔츠와 거울 같은 선글라스를 끼고 다닐 거라고 생각하는 거요?"

"그럴 것 같지는 않네요."

"미술관을 나섰는데도 그자가 보이면 경관을 부릅시다. 됐소?"

그녀가 고개를 끄덕였다.

"자, 줄리엣의 그림이 있는 곳으로 안내해 주시오. 나의 과대한 성적 욕망을 문화적인 차가운 물줄기로 식혀 줄 필요가 있겠소. 하렘의 베일 외에는 아무것도 걸치지 않은 당신이 계속 떠오른다구, 그 사랑스러운 엉덩이가 꿈틀거리면서……."

케이틀린이 키득거렸다.

"당신은 정말 변태예요."

"그런 얘길 꺼낸 쪽은 당신이오. 그러니 어서 이 상상력 과잉을 해결해 봅시다."

그가 문을 열고 그녀를 먼저 들여보냈다.

"해결이 될지 모르겠지만 말이오."

욕실에서 나는 샤워 소리를 들으며, 알렉스는 재빨리 아래층의 응접실로 들어섰다. 그는 수화기를 들고 버지니아, 콴티코의 전화번호를 눌렀다. 세 번의 벨이 울린 후 상대편에서 전화를 받았다.

"찰스 버니입니다."

맥밀란의 직속 부하였다.

"버니, 맥밀란을 대주시오."

"알렉스?"

버니의 부드럽고 망설이는 듯한 목소리에는 책망의 기색이 서려 있었다.

"무슨 일이오? 적당한 이유 없이는 그를 바꿔 줄 수 없소."

"버니, 연결해 달라구."

알렉스가 얼음장같이 한 마디 한 마디를 발음했다. 버니가 한숨을 쉬었다.

"알겠소."

잠시 후 로드 맥밀란이 전화기를 들었다.

"맥밀란이오."

"맥밀란, 내 꼬리에 붙인 녀석을 없애 버리든지 아니면 제대로 할 수 있는 녀석을 고용하시오."

"알렉스?"

맥밀란의 목소리는 비단같이 매끄러웠다.

"그런 일상적인 일에 최고의 감시를 붙일 수는 없잖아. 자넨 온 세상을 돌아다니니 우리도 외부의 도움을 청할 수밖에 없었다고. 여자가 하나 딸려 있다고 하던데."

"그자를 없애 버리지 않으면 내가 직접 처리하겠소."

"나라면 그러지 않을 텐데."

맥밀란의 목소리에서 침착함이 사라졌다.

"좀더 협조해 줄 수 있잖아. 우리가 자네를 위해 그 스위스 경찰에게 페이블의 죽음까지 처리해 주었다구. 그리고 그게 안전을 위해서라는 거 알잖아, 알렉스."

"내일 다시 눈에 뜨이게 되면, 그자는 없어지는 줄 아시오."

알렉스는 입을 꽉 다물고 수화기를 내려놓았다. 미술관을 떠난 후로 케이틀린은 그 CIA 하수인을 보았다는 말을 하지 않았다. 하지만 그녀가 의심하지 않도록 확실히 해야만 했다. 그녀가 조나단이 밝힌 이야기를 너무나도 잘 받아들인 것은 행운이었지만, 과거를 듣는 것과 맞부딪치는 것은 전혀 다른 문제였다.

이렇게 가까이 온 지금 하나라도 잘못되는 일이 없어야 했다.

욕조 주위의 벽에 붙은 타일의 푸른 꽃무늬가 참으로 예쁘고, 샤워 커튼의 꽃무늬와도 잘 어울린다고 케이틀린은 꿈을 꾸듯이 생각했다. 따뜻한 물줄기로 얼굴을 들어올리며 만족스런 한숨을 내쉬었다.

이곳의 장식으로 미루어 보아, 이 방은 1930년대에 옷 갈아입는 방을 욕실로 개조한 것이 분명했다. 그녀의 증조 할머니도 1935년에 바사로를 이와 같이 개조했다. 전통이란 것이 좋긴 하지만, 현대적인 시설의 즐거움을 놓칠 수는 없…….

"안녕."

알렉스가 무거운 샤워 커튼을 밀치고 벌거벗은 채 욕조 안으로 들어왔다.

"이 수증기 때문에 들어오는 길도 간신히 찾았소."

그녀가 놀라며 뒤를 돌아보았다.

"난…… 뜨거운 샤워를 좋아해요. 그래야 긴장이 풀리거든요."

"편안해진 것 같지 않은데."

"놀랐잖아요. 난 혼자 샤워하는 데 익숙하다고요."

"우린 샤워를 하려는 게 아니오."

뿌연 수증기를 통해 그의 그을린 살갗에서 축축한 물방울이 반짝거리는 게 보였다. 그의 연한 푸른 눈동자가 가늘어지며 강렬해졌다. 이상해, 처음에는 왜 이 눈동자를 얼음장 같다고 생각했을까.

"당신의 혀를 보여 주시오."

그녀의 심장이 심하게 두근거리기 시작했다.

"뭐라고요?"

"혀를 내밀라고."

그녀가 천천히 그의 말에 따랐다. 가까이 선 채로 잠시 그녀의 혀를 그의 혀가 얽었다. 그 아주 간단한 행동이 이상하게도 견딜 수 없을 만큼 관능적이었다.

"좋군."

그의 손바닥이 그녀의 뺨을 감쌌다.

"이제 다시 돌아서서 타일에 손을 대고 앞으로 기대시오."

케이틀린이 떨리는 웃음을 지었다.

"침대로 가는 게 낫겠어요."

"상상력이 부족하군."

알렉스가 비누를 손에 쥐었다.

"날 보지 말고 내가 말한 대로 하라구."

케이틀린은 망설이며 돌아서서 타일에 손바닥을 댔다.

"무슨 게임인가요?"

"오, 그래, 아주 즐거운 게임이오."

나른하게 원을 그리며 그가 젖가슴과 배에 비누를 문질렀다.

"이제 다리를 벌리시오, 케이틀린."

비누를 든 손이 그녀의 허벅지 사이로 파고들어 천천히 앞뒤로 움직였다. 낯선 비누의 매끈한 감촉과 가장 민감한 부분을 애무하는 그의 단단한 손의 느낌에 배의 근육이 팽팽하게 뭉쳤다. 그 순간 비누가 욕조로 떨어지는 소리가 들렸다.

"비누를 떨어뜨렸…….."

두 개의 손가락이 그녀의 안으로 들어와 안팎으로 움직이기 시작하자 그녀는 날카롭게 숨을 들이켰다. 질식할 것만 같은 가슴으로 공기를 들여보내려 애쓰며 그녀의 젖가슴이 위아래로 들먹거렸다. 뜨거운 수증기가 폐 속에 들어찬 것처럼 그가 그녀의 몸을 가득 채웠다.

"뭘…… 하는 거예요?"

그가 앞으로 몸을 내밀어 왼쪽 귓불을 깨무는 것과 동시에 손가락이 엉덩이로 움직여 부드럽게 마사지하기 시작했다.

“백인 노예와 하렘에 대해 상상해 봤소. 그걸 내 것으로 해보면 어떨까 생각했지.”

“하렘?”

“난 욕심이 별로 없소. 한 명의 첩으로 족하지.”

그가 부드럽게 엉덩이의 살갗을 움켜쥐자 에로틱한 감각에 온몸이 떨리며 타일에 대고 있던 손이 안으로 말렸다.

그의 따뜻하고 촉촉한 혀가 왼쪽 귓속으로 들어왔다.

“해보고 싶소?”

“난…… 잘 할 수 있을지 모르겠어요.”

“당신은 아주 수동적인 역할이오.”

그녀에게 몸을 기대며 그가 그녀의 다리를 더욱 벌렸다.

“환상적일 거라고 보장하겠소.”

깊이 그가 찔러 들어오자 그녀는 낮은 신음을 흘렸다.

“내가 모든 걸 하겠소. 당신은 노예고 난 당신을 산 족장으로 생각하면 되오. 예쁜 장난감인 듯이 당신을 갖고 놀 거요.”

그의 입술이 귀 안쪽의 민감한 부분을 스쳤다.

“우린 사하라 사막 한가운데 있소. 당신은 나에게서 도망가려 하지만, 문에 닿기도 전에 내가 붙잡아서 텐트의 벽으로 밀어붙였소. 아무도 당신의 소리를 들을 수 없고 도와줄 수도 없지.”

“야만적으로 들려요.”

“대부분의 남자는 야만적인 기질을 갖고 있소. 이제 당신은 나에게 구속되었소. 그걸 느낄 수 있소?”

그가 그녀의 안으로 깊이 밀고 들어와 그대로 있었다. 그녀의 윗니가 아랫입술을 힘껏 깨물었다.

“네.”

“두렵소?”

“아뇨.”

“기병대가 와서 당신을 구출했으면 좋겠소?”

그녀는 깊이 떨리는 숨을 들이쉬었다.

"아뇨."

"좋소, 불행히도 사하라에는 군대가 별로 없지."

그의 손이 그녀의 배를 단단히 누르고 엉덩이를 천천히 회전시켰다.

"이게 마음에 드오?"

"네."

그녀는 두 눈을 질끈 감고 젖은 타일 위로 손바닥을 펼쳤다. 바싹 마른 목구멍에서 간신히 말을 뱉을 수 있었다. 빈틈 하나 없다. 너무나 꽉 조여 있다.

"그럼 그대로 서 있으시오. 움직이거나 날 쳐다보면, 그만 둘 거요."

그가 천천히 빼내었다가 너무나 신중하게 다시 밀어넣었다. 그의 모든 구석구석, 모든 매끄러움과 뜨거운 감촉 하나하나를 느낄 수 있었다. 비명을 지르지 않으려고 그녀의 이가 아랫입술을 힘껏 깨물었다.

그가 다시 빠져 나가려 하자, 그녀는 자신도 모르게 그를 빼앗기지 않으려고 요동을 쳤다.

"안 돼."

그의 손이 어깨를 잡아 뒤돌아보지 못하도록 하면서 완전히 그녀에게서 빠져 나갔다.

"움직이면 그만 두겠다고 했잖소."

상실감에 고통스러웠다. 그가 돌아오길 바랐다. 갈망에 주먹이 움켜쥐어졌다.

"알렉스, 제발……."

"원하나?"

"그래요!"

"그럼 그대로 꼼짝 말고 있으시오. 근육 하나도 움직이지 말고."

그가 다시 미칠 듯이 느릿느릿하게 그녀 안으로 들어왔다.

그녀는 이를 꽉 깨물었다. 지금까지의 경험은 아무것도 아닌 듯했다. 그에게가 아니라 자신의 욕망에 완전히 정복될 것 같았다. 그 잠깐 동안의 느리고 고문과도 같은 유혹이 몇 시간이나 되는 듯 느껴졌다. 뒤에서 알렉스의 묵직한 숨결이 느껴졌다. 어깨에 닿은 그의 젖은 손을 느끼며,

활짝 펼친 자신의 손바닥 양쪽으로 푸른 꽃무늬 타일을 뒤덮은 물방울이 어렴풋이 보였다. 그녀의 목에서 낮고 흐느끼는 소리가 새어나오기 시작했다.

"움직이고 싶은가?"

알렉스가 귀에 대고 속삭였다.

"네. 오, 그래요."

그녀가 침을 삼켰다.

"얼마나?"

"… 아주 많이."

"그럼 어떤 느낌인지 말해 보시오."

그의 손이 젖가슴을 감싸왔다.

"여기."

"터질…… 것 같아요."

한 손이 아래로 내려와 여성을 둘러싼 털을 비벼대었다.

"여기는?"

"뜨거워…… 아플 정도로요."

"움직일 수 있다면 나아질까?"

"그래요."

"그럼 움직여."

그가 엉덩이를 가볍게 찰싹 때렸다.

"지금!"

그녀는 밧줄에서 풀려난 망아지처럼 뒤로 뛰어오르며 그를 거칠고 깊이 있게 필사적으로 받아들였다.

그는 그녀의 엉덩이를 단단히 잡아 밀착시키며 전혀 움직이지 않았다. 움직이지 못하도록 강요된 순간들로 인해 형성된 모든 욕구불만과 절망을 그녀가 모두 쏟아내도록 허락했다. 거친 클라이맥스가 닥칠 때까지 광적으로 움직이며 그녀는 뺨으로 눈물이 흘러내리는 것을 느꼈다. 마침내 그녀는 타일벽에 풀썩 몸을 기댔다.

"쉬이, 진정해."

알렉스의 젖은 뺨이 그녀의 뺨에 닿았고, 그의 가슴이 그녀의 등을 눌렀다.

그녀가 미친 듯이 떨며 웃어댔다.

"진정하라고요? 거기에 진정되는 것이라곤 전혀 없다고요."

"하지만 마음에 들었겠지?"

"폭풍을 타는 것 같았어요."

"고맙군. 자연의 힘과 비교돼 본 적은 없었는데."

알렉스가 낄낄대며 샤워기를 잠그고 욕조에서 빠져 나갔다.

"한동안은 물이 필요 없을 것 같아."

그가 타월을 잡고 그녀를 욕조에서 들어올려 닦아 주기 시작했다.

"당신에게 하렘 의상을 구해 줘야겠소."

"절대 안 돼요."

그가 부드럽게 머리를 말려 주었다.

"싫소?"

"싫어요. 하렘의 노예 역할을 하는 건 한 번으로 끝이에요. 나에게 전혀 어울리지 않아요."

그가 한숨을 쉬었다.

"슬프군. 당신은 내 환상을 망쳐 놓았소. 빨간 셔츠를 입은 사내를 고용해서 당신을 유괴해다가 사하라에 있는 내 텐트로 데려다놓으라고 해야 할 것 같은데. 물론, 우선은 사하라에 세울 텐트를 사야겠지, 그 다음에……."

"빨간 셔츠……."

알렉스가 이 모든 즐거움을 생각해 내서 에로틱한 행동에 불을 지른 그 뚱뚱한 여행객이 어렴풋이 기억났다.

"당신이 그렇게 빨리 그를 잊어버린다면 그 가엾은 사내가 실망할 거요. 미술관을 떠난 후로는 그를 잊어버린 것 같더군."

"다시 눈에 띄지 않았으니까요."

알렉스는 가볍게 미소짓고는 그녀의 몸에 타월을 감싸 주고 문으로 밀었다.

"감기 걸리기 전에 침대로 가라구."

헨리 르크럭은 지루했다.

케이틀린은 그의 길고 우아한 손가락이 권태롭게 편지 뜯는 칼날을 만지작거리는 것을 바라다보았다. 10분 전 알렉스와 그녀가 그의 사무실로 안내되었을 때, 처음에는 정중했다가 그 다음에는 차츰 짜증을 내더니 이제 완전히 지루해 하고 있었다.

케이틀린은 초조하게 핸드백의 매듭을 만지작거렸다. 알렉스의 설명이 끝났다. 르크럭은 특이할 정도로 밝은 회색 눈동자를 제외하면 보기 좋다고 할 수 없는 가는 삼각형의 얼굴을 가진 마른 사내였다.

이제 머리를 흔들며 그의 입가에 흐릿하게 비꼬는 미소가 서렸다.

"대단히 말씀을 잘 하시는군요. 그리고 당신의 제안이 매력적이라는 건 부인할 수 없습니다, 카라조브 씨. 그래서 일을 해야 하는 이때에 당신의 얘기를 듣고 앉아 있었던 거죠. 어차피 난 현실성을 생각해야 하는 가난한 예술가에 지나지 않으니까요."

롤렉스 시계를 차고 문진으로 라리크 비둘기상을 사용하는 가난한 예술가라. 그녀는 포도주색의 양탄자와 베이지색 커튼이 멋진 소나무 가구를 부드럽게 해주고 있는 사무실을 둘러보았다.

그녀의 맞은편 벽에는 여섯 개의 전구로 밝혀진 유리장 안에 고풍스런 향수병들이 진열되어 있었다. 처음 사무실에 들어섰을 때 그 진열장을 더 자세히 보고 싶었지만, 르크럭이 즉시 자리를 권하는 바람에 틈이 나지 않았다.

알렉스가 미소를 지으며 몸을 앞으로 기울였다.

"다른 일을 연기하고 우리 일을 하는 것이 얼마나 당신에게 이득이 될지 설득하기 위해 우리가 여기 온 것이죠. 액수가 충분치 않다면……."

"당신이 말한 액수는 대단합니다. 하지만 난 새 일을 맡을 시간이 없어요. 지금은 코티 일을 작업중이고 그 다음에는 겔랑의 일을 맡기로 약속했답니다. 아무렇게나 디자인을 만들어 낼 수는 없어요. 영감이 필요하지요. 우린 둘다 시간을 낭비한 것 같습니다."

이번만은 알렉스가 목적을 달성하지 못할 것 같았다. 르크럭이 그들의 제안을 거절하고 있었다. 케이틀린은 실망감이 드는 걸 어찌할 수 없었다. 르크럭이 정말 최고였다.

그녀의 절망어린 시선이 다시 진열대의 향수병으로 향했다. 그 병들을 더 가까이서 살펴볼 수만 있다면.

"코티의 일을 포기하라는 것이 아닙니다. 단지 우리에게……."

"르크럭 씨."

케이틀린이 알렉스의 말을 중단시키고 진열장을 가리켰다.

"저걸 가까이서 봐도 될까요?"

두 남자가 놀라며 그녀를 쳐다보았다.

"죄송합니다. 두 분은 계속 말씀 나누세요. 전 단지……."

케이틀린이 벌떡 일어나 그 진열대 앞으로 걸어갔다. 거기 있었다! 조명 아래서 파란 불길로 반짝이고 있었다.

"방해해서 죄송합니다, 르크럭 씨. 제 파트너는 골동품에 관심이 너무 많아서요."

알렉스가 별로 그녀의 행동을 달가워하지 않는 것이다. 잠시 죄책감이 들었지만 이내 떨쳐 버렸다. 르크럭은 거래를 하지 않으려 했고 그녀가 무엇이든 해보아야 했다.

"제 수집품에 그렇게 관심을 가져 주시니 기분이 좋은 걸요. 전 그걸 대단히 자랑스럽게 생각하고 있지요."

르크럭이 일어나 케이틀린의 옆으로 걸어왔다.

"어렸을 때부터 하나하나 모아 온 것들이지요. 향수병을 개발하는 데 얼마나 예술적인 감각이 필요한지 알아주는 사람은 별로 많지 않답니다."

굴뚝과 들쭉날쭉한 모양새를 완벽히 갖춘 세라믹 성 모양을 그가 가리켰다.

"이건 향을 태우는 기구죠, 향기가 굴뚝으로 올라가는 겁니다."

또 작은 도자기 꽃병을 가리켜 보였다.

"그리고 이 연고를 담는 병은 이집트 여왕의 무덤에서 발견된 거지요."

"이것은요?"

케이틀린이 세 번째 선반에 놓인 은색 용기를 가리켰다. 마개는 커다란 사파이어였다.

르크럭이 미소지었다.

"탁월한 취향이군요. 이 년전 한 경매장에서 그 아름다운 것을 간신히 얻어냈지요. 그때라면 당신의 돈을 받는 것이 기뻤을 겁니다. 거기에 일 년치 번 돈을 모두 쏟아부었지요. 그건……."

"마리 앙투아네트의 것이었어요."

그녀가 여전히 그 병을 쳐다보면서 그의 말을 대신 이었다.

"하지만 루비 마개가 달린 다른 향수병도 있을 텐데요?"

르크럭이 놀란 모양이었다.

"그건 국민의회가 베르사유에서 파리로 여왕을 데려갔을 때 사라졌답니다. 틀림없이 도둑맞은 것일 테지요. 그 다른 병에 대해서는 어떻게 아셨습니까? 당신도 수집가이신가요, 아가씨?"

케이틀린이 고개를 저었다.

"잡지에서 당신이 이걸 구했다는 기사를 읽었어요. 그리고 전 이 특별한 병에 개인적으로 관심을 갖고 있어요."

알렉스가 그들의 옆으로 와서 섰다.

"장 마르크 안드레?"

알렉스가 캐서린의 일기 내용을 모두 기억하리라는 것을 알았어야 했다.

"그런 것 같아요. 일기에 나오는 묘사와 딱 들어맞거든요."

"그 향수병은 마리 앙투아네트의 동생이 그녀에게 주었다고 하던데요."

케이틀린이 씨익 웃으며 머리를 흔들었다.

"그렇게 하면 가격을 더 올릴 수 있었겠지요."

르크럭은 호기심이 발동되는 모양이었다.

"아주 확신하시는군요. 수집하는 기쁨 중의 하나가 그 보물에 얽힌 역사적인 이야기까지 아는 것이랍니다.”

“같은 병이라고 절대적으로 확신하지는 못해요. 제가 어떻게 확신하겠어요? 하지만 제가 알고 있는 그 향수병의 묘사와 딱 들어맞는군요.”

“그리고 두 개의 병이 있었다는 것도 알고 계셨지요. 이 병에 얽힌 역사를 알고 있습니까?”

“오, 그래요. 거기에는 바사로에서 생산한 장미 향수가 채워져 있었지요. 진짜 이야기가 훨씬 더 흥미롭다는 걸 아시게 될 거예요.”

“경매인은 여왕이 가장 좋아하던 향수가 장미 향기라고 했지요.”

르크럭의 중얼거림에 케이틀린이 고개를 끄덕였다.

“제비꽃 향기만큼이나 좋아하셨지요.”

르크럭이 미소지었다.

“우리가 애길 좀 해야 할 것 같군요. 저와 점심을 같이 드시겠습니까?”

그의 마른 얼굴이 열성으로 살아났고, 케이틀린은 다시 희망이 솟는 걸 느꼈다. 행운이든 운명의 장난이든 간에, 그들은 다시 한 번 기회를 얻은 것이다.

‘그들이 원하는 것을 찾아내어 그걸 주어라.’

하지만 그녀 자신이 원하는 것을 얻기 전에는 안 될 말이다. 알렉스가 은근한 미소를 지으며 그녀를 쳐다보고 있었다. 그녀는 르크럭에게 돌아섰다.

“먼저 바사로의 향수 용기에 관한 애기를 끝마치는 게 좋을 것 같군요. 당신도 그 향기를 좋아하실 거라 믿어요.”

케이틀린이 달콤하게 미소지었다.

세 시간 후 르크럭은 바사로 용기의 원형을 디자인해 주기로 동의했다.

이 주일 후, 케이틀린은 알렉스가 어제 도착한 윈드 댄서 사진을 살펴고 있는 서재로 들어섰다. 그가 괜히 놀란 듯 고개를 들며 서둘러 사진들을 숨기는 척했다.

“날 죽이지는 마시오. 그냥 보고 있었을 뿐이라오.”

"아무것도 알아낼 수 없을 거예요. 어제 우편으로 도착했을 때 이미 살펴봤어요. 입체 영상 필름보다 더 안 좋다구요."

그녀가 인상을 찌푸렸다.

"어제 피터에게 전화해서 아직도 그 일기의 번역본을 보내 주지 않은 건 말도 안 된다고 말했어요."

"또?"

그녀가 수줍은 표정을 지었다.

"겨우 세 번째인 걸요."

그가 눈썹을 들어올린 채 쳐다보고만 있자, 그녀가 중얼거렸다.

"음, 네 번째인지도 모르죠. 하지만 그 중 반은 응답기에 대고 말했을 뿐이라고요. 피터가 막고 있는 게 아니라면, 번역하는 사람이 그의 돈을 받고는 정직하게 일하지 않는 거예요. 바사로에서라면 그런 일은 없을 텐데. 그날 일한 만큼 일당을 받으니까요."

"피터에게 그런 직업 윤리를 말했소?"

"그 번역자의 엉덩이를 차서 재촉하라고 말했죠."

알렉스가 킥킥대며 웃었다.

"그래서 피터는 뭐라고 대꾸를 했소?"

"달래는 소리만 하더군요. 나한테 지나치다고 해도 어쩔 수 없어요. 너무나 오랫동안 윈드 댄서를 연구해 왔기 때문에 그건 내 삶의 일부가 되었다고요."

그녀가 어깨를 으쓱였다.

"그 말을 하러 온 게 아니에요. 내가 리츠 호텔에 예약한 첼시와 향수의 소개 파티를 취소했어요. 더 나은 장소를 찾아냈거든요."

알렉스가 사진을 한쪽으로 밀쳐내며 눈살을 찌푸렸다.

"미쳤소? 빌어먹을, 그보다 나은 장소는 없소. 리츠는 파리에서 가장 파티를 위한 장소란 말이오."

"더 나은 곳을 찾아냈다니까요. 어딘지 알아맞혀 볼래요?"

케이틀린이 의자에 털썩 내려앉아 그에게 씨익 웃어 보였다.

그녀의 뺨은 흥분으로 달아올라 있었다. 그 모습이 너무나 아이 같아 그의 짜증은 사라져 버렸다.

"에펠탑?"

"말도 안 돼요. 에펠탑에서는 누구나 파티를 열 수 있다구요."

"세느강의 증기선."

"거긴 더 심해요."

그녀가 고개를 저으며 몸을 앞으로 내밀었다.

"베르사유."

"그건 불가능하오. 그 궁전은 역사적인 기념물이오."

"가능해요. 내가 해냈다니까요."

그녀의 잿빛 초록 눈동자가 흥분으로 반짝거렸다.

"스스로에게 물어 봤어요, 어느 곳이 가장 중요한 인물들을 파티로 끌어들일 수 있을까?"

그는 신중하게 미소를 참아냈다.

"대답을 얻어냈소?"

"베르사유의 거울의 홀이에요. 그래서 확인을 해봤는데, 아주 드물지만 가끔 허가가 난다는 거예요. 사교상의 파티나……."

"정말로 당신이 해냈단 말이오?"

"그렇다니까요. 조나단에게 전화해서 정부에 있는 높으신 분을 좀 설득해 달라고 부탁했어요. 그리고 난 역사 보존협회에 그 역사적인 장소에서 아무 사고도 없을 거라는 보증금으로 오십만 달러를 주기로 했어요. 물론 가지 달린 촛대도 꺼내야 하고 바닥에 양탄자도 깔아야겠지만, 난……. 왜 웃는 거예요?"

"내 돈 오십만 달러를 제안하기 전에 나와 상의를 했더라면 얼마나 친절한 행동이었을지 생각하고 있었소."

그녀의 눈이 불안하게 커졌다.

"화난 건 아니죠? 그건 그냥 보증금일 뿐이고 장소가 베르사유라고요, 알렉스."

고개를 흔들어대는 그의 입술에 여전히 미소가 남아 있었다.

"화나지 않았소. 당신이 아주 자랑스럽소."

그녀의 뺨에 붉은 기가 올라왔다.

“나도 내가 자랑스러워요. 내가 그 일을 할 수 있을지 확신이 없었어요. 한달 전만 해도 감히 생각지도 못했을 거예요.”

그녀가 치맛단을 매만졌다.

“난 언제나…… 이런 일은 잘 못하거든요.”

“또 그런 말을 하는군. 당신이 그런 일에 능숙하지 않은 것이 해보지 않았기 때문이라는 생각은 안 해봤소? 어떤 일에 자신감을 얻으려면 그냥 해보고 다시 해보는 거요, 잘 해낼 때까지. 앞으로 두 달이 더 지나면 당신은 아마…….”

“그때쯤에는 바사로로 돌아가겠죠, 내가 속한 곳으로.”

그런 다음 그녀가 생각에 잠겨 고개를 끄덕였다.

“하지만 당신 말이 맞을지도 몰라요. 최근에 난…… 내 안에 있는 것들이 폭발하는 것 같아요, 마치 매일매일 배우는…….”

그녀가 머리를 흔들며 벌떡 일어나 문으로 걸어갔다.

“모르겠어요. 난 손님 명단을 작성해야 하고, 당신은 변호사에게 전화해서 그곳을 빌리는 계약서를 작성하라고 하세요.”

“알겠습니다, 아가씨.”

그녀가 문가에 멈춰 서 건방지게 웃어 보였다.

“한 가지 알아낸 게 있어요. 난 아주 빨리 배운답니다, 알렉스.”

문이 닫혔지만, 알렉스는 바로 전화기를 들지 않았다. 케이틀린은 빨리 배웠고, 그녀가 겪고 있는 변화가 무슨 뜻인지 그는 알았다.

지난 2주 동안 그는 성장하고 자라는 그녀의 모습을 지켜보았다. 그녀는 자신감을 얻었고, 구속이 풀렸으며, 더 대담해졌다. 그것이 그들의 관계와 관련 있다고는 생각지 않았다. 희망이란 것이 멋지고 기적적인 방법으로 성장에 도움을 주었고, 케이틀린은 그 햇살 속에서 자라며 꽃을 피우고 있었다. 다음에는 어떤 변화가 일어날지 기대가 이는 것을 어쩔 수 없었다.

그가 갑자기 의자를 밀쳐내고 일어났다. 변호사나 손님 명단 따위는 집어치우라구. 태양은 밝았고, 이곳은 바로 파리였다. 그는 케이틀린과 같이 세느 강변으로 산책을 나갈 것이고 방금 그에게 던진 그 장난스런 미소를 다시 한 번 볼 수 있는지 알아보리라.

케이틀린이 다시 사라졌다.
그리고 알렉스는 어디에 가면 그녀를 찾을 수 있는지 정확히 알고 있었다.
체념적으로 머리를 흔들며 텅 빈 베개를 쳐다보다가 그는 이불을 걷고 침대에서 나왔다. 그리고는 로브를 걸쳐 입고 재빨리 계단을 내려갔다. 제기랄, 거의 새벽 네 시가 다 된 시간이었다. 다음주의 베르사유 파티를 위해 계획을 세우느라 새벽부터 저녁까지 몰아치는 것으로는 부족하단 말인가. 그녀는 한밤중에 몰래 서재로 내려가 믹 재거(유명한 팝 가수)의 포스터를 홀린 듯 쳐다보는 열성팬처럼 그 빌어먹을 사진들을 쳐다보는 것이었다. 그는 성큼성큼 걸어가 서재의 문을 활짝 열었다.
케이틀린이 놀라 고개를 들었다. 그녀의 얼굴은 죄지은 어린아이처럼 보였다.
"침대로, 당장."
그가 세 걸음만에 그녀의 곁으로 다가가서 손에 들린 확대경을 빼앗아 책상에 던졌다.
"아침 열 시에 요리 담당자와 약속이 있다고 했잖소."
"잠이 오질 않아서요. 그렇게 피곤하진 않아요. 이보다 더 심한 노동에 익숙한 걸요."
그리고 케이틀린의 불안한 에너지는 출구를 필요로 했다.
"들판에서의 일은 파리 전체의 장식가들을 뒤지고 다니는 것보다 약간 더 근육을 움직이는 것일 거요. 그래서 당신은 이리 살그머니 내려와 또다시 윈드 댄서 사진을 들여다보고 있군. 이번 주만 벌써 세 번째요."
그녀가 눈을 깜박거렸다.
"당신이 알고 있는지 몰랐는데."
"알고 있었소."
그가 열두 장의 윤기나는 사진들을 내려다보았다.

"이것들은 전혀 쓸모가 없다고 말했잖소."

"똑같은 게 아니에요. 이건 이틀전에 도착했어요."

"가치가 있나?"

"없는 것보다는 낫죠. 난 무언가 떠오를 수도 있을 거라 생각했어요."

"지쳤군?"

"피곤하지 않다고 했잖아요."

"육체적으로는 아닐지 모르지만, 당신의 신경은 바이올린의 현처럼 팽팽하게 잡아당겨져 있어."

그녀가 손등으로 눈자위를 문질렀다.

"그럴지도 모르죠. 모르겠어요. 그냥 기다리는 데 지친 건지도 몰라요. 그 일기가 필요해요."

그가 책상을 돌아 그녀를 내려다보았다.

"또 그 말을 하는군. 그 일기가 왜 그렇게 중요한 거요?"

윈드 댄서에 관한 질문이면 언제나 그렇듯이, 이번에도 대답을 얻지 못하리라 예상했다. 하지만 잠시 머뭇거린 후 그녀는 대답을 했다.

"안드레가는 외부 사람들에게 카타리나의 일기 내용을 드러내지 않으려고 언제나 신중을 기했어요. 가장 내용을 밝힌 것이 릴리 안드레의 책이고, 그것조차도 아주 일반적인 내용뿐이에요."

"하지만 당신은 '역사 속의 윈드 댄서'라는 논문을 썼잖소."

"소문, 전설, 히틀러를 위해 윈드 댄서를 보관했던 부대의 독일 장교들이 쓴 몇몇 서류들. 하지만 난 그 기원에 대해 어떤 세세한 점도 밝혀낼 수 없었어요. 공식적인 기록으로 치자면, 윈드 댄서가 처음으로 언급된 것은 트로이에서였어요. 안드로스가 그 조각상을 갖고 헬렌이라고 믿어지는 한 여자와 함께 은밀한 터널로 도시를 빠져 나왔다는 거죠."

"안드로스?"

"첫세대 안드레가 조상이에요. 그는 트로이인들에게 사로잡힌 바다의 약탈자인 것으로 추정돼요. 트로이와 그리스 간에 전쟁이 터졌을 때 감옥에 갇혀 있었죠."

"그리스인인 거요?"

"모르겠어요. 만약 그렇다면, 포위 공격이 진행되는 동안 죽었겠지요. 왕의 동생이 안드로스에게 그 조각을 주고 도시를 빠져 나갈 수 있는 길을 가르쳐 주었어요."

"왜?"

"나도 몰라요. 해답을 얻을 수 없는 많은 질문들이 남아 있어요."

그녀의 목소리에 좌절감이 어리는 걸 어찌할 수 없었다.

"그 일기에도 대답이 없을 수 있소, 케이틀린."

알렉스가 부드럽게 말했다.

"그래도 가능성은 있잖아요."

"당신은 마치 그것이 생과 사의 문제인 것처럼 행동하고 있소. 그리고도 내가 호기심이 많다고 그러겠지."

"그건 호기심이 아니에요. 그건……."

그녀가 잠시 시선을 내렸다가 단숨에 토해내었다.

"그가 나에게 무언가 말하려 하고 있어요."

"뭐라고 했소?"

그녀가 인상을 찌푸렸다.

"이젠 날 미쳤다고 생각하겠군요."

"정말 터무니없소."

"그래서 말하지 않은 거예요. 처음 윈드 댄서 사진을 보았을 때가 여덟 살 때였죠. 작업실 선반에 있던 릴리 안드레의 책에서였어요. 난 한동안 그 책을 어디에나 갖고 다녔어요. 내 눈에 안 보이는 게 싫었거든요. 그건 나에게 특별한 의미가 있었어요, 알렉스."

"페가수스는 믿을 수 없을 만큼 아름다운 창조물이오. 어떤 아이의 상상력이라도 사로잡았을 거요."

특히나 케이틀린처럼 부모의 관심을 받지 못한 아이는.

"날아다니는 말이 당신을 별나라까지 데려다 줄 수 있었겠지."

"아뇨, 그런 게 아니었어요. 그건…… 그건 마치 아무도 알지 못하는 비밀을 우리만 갖고 있는 것 같았어요. 내가 그걸 모를 뿐이죠."

그녀가 무기력하게 고개를 흔들다가 그의 눈을 마주 보았다.

"하지만 그는 자기의 비밀을 알아주길 원해요. 내가 그걸 알아내길 바라고 있어요."

"뭘?"

"모르겠어요? 윈드 댄서는 역사상 가장 뛰어난 지도자들이 힘의 상징으로 생각했던 거예요. 그들이 그렇게 느낄 만한 이유가 있었을 거예요."

"대단히 가치 있는 것이잖소. 귀중한 물건은 가끔 종교적인 경외감까지 불러일으키게 되지."

"아뇨, 그보다 더……."

불빛 속에서 그녀의 눈동자가 빛을 발했다.

"오, 그게 다른 세상의 외계인이 지구에 가져온 것이라거나 종교적인 상징이라고 말하는 게 아니에요. 하지만 그건 존재하고, 누군가 그걸 만들어 냈어요. 그리고 그것이 우리 모두에게 그러한 영향력을 갖는 이유가 있어야 해요. 그 문자에 어떤 의미가 있는 거예요."

"무슨 비법이라든가……."

그녀의 표정을 보며 그의 말이 중간에서 끊겼다. 그 주제에 관해 몇 달이나 침묵한 후 그녀가 마침내 입을 열고 있었다.

"잘 시간이오."

그가 그녀를 일으켜 세웠다.

"다음에 다시 몰래 내려올 수 있소. 윈드 댄서는 수천 년 동안 우리 주위에 있었고 내일도 있을 거라고 확신하오."

그녀가 한숨을 쉬었다.

"날 미쳤다고 생각하겠지요."

"아니오."

그녀의 관자놀이에 키스하며 그가 그녀를 문으로 끌고 갔다.

"당신에게는 내가 받아들이기 어려운 특이한 부분이 있는 것 같소."

"당신이 믿을 거라고 생각지는 않았어요."

"당신이 믿는 것을 믿을 수는 없소. 나는 꽃이 핀 들판에서 달리기를 하거나 조각상에 매혹된 채 자라지 않았으니까. 나의 세상은 언제나 딱딱하고 차가운 논리에 기반을 두고 있었소."

그가 계단 밑에서 걸음을 멈추고 그녀의 목을 부드럽게 매만졌다.

"하지만 당신을 믿고 싶소. 그걸 나에게 증명해 보이시오. 나에게 보여주시오, 케이틀린."

그녀는 진지하게 그를 쳐다보고 있다가 화사한 미소를 지었다.

"그럴게요."

그녀는 몸을 돌려 계단을 오르려다가 그를 돌아보았다.

"당신은 같이 안 가요?"

"사진을 정리하고 불을 끈 다음에 바로 올라가겠소. 그게 오래 전에 내가 배운 거요. 언제나 퍼즐 조각들을 안전하게 치워놓아라, 다른 자들이 잘못 놓지 않도록."

"피터의 번역물이 도착할 때까지는 치워놓을 만한 조각도 없는 걸요. 이젠 전화할 때마다 응답기만 받아요."

"그쪽에서 전화하지는 않고?"

"그래요, 다음날 우편으로 한 무더기의 사진만 도착할 뿐이에요. 지금 내 책상 서랍에 얼마나 많은 사진이 들어 있는지 아세요?"

"그가 점잖게 발을 빼는 거라 생각지 않소?"

"그건 물론 아닐 거예요. 그리고 그렇다면 그에게는 안된 일이죠. 난 그 일기가 꼭 필요하거든요."

"그럼 내일 또 전화하겠군."

"언젠가는 필름이 바닥나겠죠. 그 사람 코닥과 무슨 연관이 있나 봐요."

그녀가 계단을 오르다가 문득 다시 멈춰 뒤돌아보았다.

"알렉스, 나 무서워요."

"이제 와서, 무슨……."

"윈드 댄서 얘기가 아니에요. 오늘 오후에 르크럭의 최종 모형이 나오겠죠. 별로 훌륭하지 않으면 어떻게 해요?"

"그리고 윈드 댄서가 번개 속에서 태어난 거라면 어쩌지?"

알렉스가 웃음을 지어 보였다.

"그럴 가능성은 그와 똑같소. 르크럭은 대단한 장인이오. 걱정 말고 잠이나 자두라구."

알렉스는 층계 밑에서 그녀가 침실로 가는 것을 지켜보고 서 있었다. 케이틀린처럼 조심스럽고 현실적인 사람이 윈드 댄서에 대한 감정을 고백하기 위해서는 큰 믿음이 필요했으리라. 그는 마치 커다란 선물을 받은 기분이었다.

그는 다시 서재로 들어가 조심스레 사진들을 모아 책상의 중간 서랍에 집어넣었다. 그리고 책상 위의 불을 끄기 위해 손을 뻗었다. 그때 책상 위의 전화가 울렸다. 알렉스는 전화기를 바라보며 동작을 멈췄다. 골드바움과 카트린만이 이 전화번호를 알고 있었고, 급한 일이 아니라면 이런 한밤중에 전화하지는 않았을 것이다.

그가 수화기를 집어들었다.

"알렉스, 나의 아기, 날 찾아다닌다는 얘기는 들었어."

온몸으로 충격이 쓸고 지나갔다.

"레드포드?"

"아니면 누구겠어? 너처럼 나도 일을 꾸미는 데는 탁월하잖아."

손가락 관절이 하얗게 변할 때까지 알렉스의 손이 수화기를 움켜잡았다.

"이 개자식, 네 심장을 잘라 버릴 거야."

레드포드가 낄낄거렸다.

"페이블에게 한 내 작은 장난을 별로 좋아하지 않으리라는 건 알았지. 하지만 그건 널 위해서야, 알렉스. 네가 내 말을 심각하게 받아들이지 않아서 난 너에게 경고해야 했어. 그게 별 소용이 없을 거라는 걸 내심 알고 있었지만 말이야. 날 찾으려고 유럽 전체를 뒤지고 있다는 거 알아. 몇 달 동안 너에게 전화하지 않으려고 무던히도 노력했어. 하지만 난 유혹을 뿌리치는 일에는 재주가 없거든."

"그럼 어디에 있는지도 말할 수 있겠군."

"오, 안 되지. 그럼 모든 일을 망치게 돼. 난 그 도전이 정말 기대가 된다구."

"도전은 없어."

"당연히 있고말고. 그건 우리가 했던 체스 게임과 똑같은 거야, 좀더 판돈이 클 뿐이지."

그가 잠시 말을 멈췄다.

"내가 얼마나 외로운 사람인지 알아, 알렉스?"

"내가 신경이나 쓸 거라고 생각하나?"

레드포드는 알렉스의 조롱을 들은 사람 같지 않았다.

"그건 사실이야. 야망이 큰 남자는 언제나 사람들과 멀리 떨어져 있어야 해. 내 평생 가장 행복하고 편안했던 시간은 콴티코에서 우리가 같이 있던 때였어."

분노 때문에 생각이 방해받아서는 안 된다. 이 개자식이 얘기하도록 놔두자. 더 많은 정보를 말하도록 만들어라.

"우리가 무슨 게임을 하는 거지?"

"숨바꼭질 놀이지, 뭐겠어? 그리고 내 쪽에서는 고양이 쥐잡기 놀이일 수도 있지. 네가 내 머리에 그 많은 모멸감을 던져주고 떠난 후에 약간쯤은 널 놀려 주고 싶은 마음이 드는 걸 어쩔 수가 없군. 난 최근에 네가 콴티코를 떠날 때 나에게서 빼앗아 갔던 모든 것들에 대해 아주 많이 생각하고 있어. 그게 아주 마음에 사무치더군, 알렉스. 어디 보자, 오늘밤 너에게 어떤 조각을 하나 던져줄까? 내가 어디 있느냐고 물었지? 난 지금 아테네에서 전화하고 있어. 하지만 물론 네가 파리에서 이리 날아올 때쯤이면 사라지고 없겠지."

"우리의 사소한 대결이 당신의 거대한 계획에 방해되지 않을까?"

레드포드는 책망하듯 혀를 쯧쯧 찼다.

"비꼬는 건 너에게 어울리지 않아. 그건 정말 장대한 계획이고, 난 이번에 모든 구슬을 챙겨 올릴 거야."

"모두 다? 네 친구는 어떻게 하고?"

"난 오랫동안 같이 일할 타입은 아니지. 그는 지루해. 대단히 영리하지만 너만한 하늘의 선물을 갖고 있지는 않아. 아참, 선물 얘기가 나와서 말인데, 너에게 한 가지 선물을 주지."

"네 머리통을 쟁반 위에 올려 갖다 주면 좋을 거야."

“너무 잔인하군. 난 개인적으로 선물을 좋아하는 편이지. 그건 많은 얘기를 해주거든. 그 선물이 지금쯤이면 너의 문 앞에 배달이 되었을 거야. 그러니 이젠 작별 인사를 해야겠어. 잘 자라구, 알렉스.”

“잠깐, 네놈…….”

“안녕, 알렉스.”

레드포드가 전화를 끊었다.

알렉스는 수화기를 쾅 하고 내려놓고 복도를 달려 내려가 현관문을 활짝 열었다.

우아한 포장에 빨간 리본으로 장식되어 문 앞에 놓여 있는 것은, 페이블의 목에서 보았던 것과 똑같은 남자용 파란 스카프였다.

8

"그거 왔어요?"

다음날 아침, 케이틀린이 현관문에 서 있는 알렉스에게 서둘러 물었다. 그녀의 시선이 그의 손에 들린 가방에 고정되었다.

"그거 봤어요? 어때요?"

"지금 막 도착했소."

알렉스가 현관문을 닫았다.

"질문을 멈춰 준다면, 응접실로 가서 직접 볼 수 있을 거요."

"미안해요, 너무 흥분이 돼서. 당신은 단 한 번도 예비 원형을 보여 준 적이 없었잖아요. 난 사 주 동안이나 이걸 기다려 왔다고요."

케이틀린이 응접실로 그를 따라 들어왔다.

"난 아무 불만 없소. 흥분하는 당신 모습이 보기 좋거든."

알렉스가 방 가운데의 테이블에 가방을 놓고 자물쇠를 풀었다.

케이틀린이 그의 얼굴을 바라다보았다. 그녀는 문득 그의 태도가 이상하게 긴장되어 있다는 걸 알아차렸다.

"왜 그래요? 르크럭의 작품이 마음에 들지 않나요?"

"아니, 그건 감탄할 만하오. 당신도 좋아할 거요. 바로 이 병이오."

그가 정성스럽게 싸여진 작은 물건을 풀었다.

피라미드 형태의 크리스털 용기는 흐르는 듯 우아한 선을 이루었고, 유리 자체에는 이상한 층이 형성되어 있어 마치 수정공이나 깊고 맑은 호수를 보는 듯한 기분이었다. 그녀가 손가락으로 살짝 만져 보았다.

"사랑스러워요. 왜 삼각형일까요?"

"르크럭은 그게 피라미드의 권위와 영원불멸성, 불가사의 등등을 불러 일으킬 거라고 생각했소. 바사로라는 황금으로 쓴 활자는 이집트의 상형 문자처럼 보이게 될 거요."

그리고 가방에서 작고 까만 상자를 하나 꺼냈다.

"이게 향수병을 싸는 상자요, 어떻소?"

"멋져요."

그 종이 상자는 나무와 똑같아 보였다.

"여기 또 하나가 있지. 향수병의 마개요."

그는 조심스레 마지막 작은 물건을 풀었다.

"페가수스. 르크럭은 구름과 밑단을 없애는 것이 낫다고 생각했소. 또 다른 윈드 댄서를 만들 수는 없으니, 자신의 페가수스를 만들어 낸 거지. 달리는 자세는 조각상과 똑같소. 그건 싸구려 모방처럼 보이지 않으면서도 윈드 댄서를 연상시키게 될 거요."

"르크럭은 천재예요."

그 크리스털 페가수스를 손에 들고 그녀는 황홀하게 응시했다. 알렉스의 말대로, 르크럭의 페가수스는 윈드 댄서가 아니면서도 그 나름의 우아함과 유연한 선을 갖고 있었다. 케이틀린이 그 마개를 아주 신중하게 병 위에 올려놓고는 뒤로 물러나 쳐다보았다.

"이건 예술 작품이에요. 이건 정말…… 마법이에요."

"바사로 대신 윈드 댄서가 강조된 게 신경 쓰이지 않소?"

"내가 왜요? 윈드 댄서는 바사로의 역사와 많은 관련이 있어요. 그건 모두 하나인 걸요."

알렉스의 시선이 한동안 그녀의 화사한 얼굴에 머물렀다가 애써 시선을 떼어냈다.

"그렇게 느끼다니 다행이오. 다른 것 하나는 안드레에게 보냈소. 그는 내일이면 받아 볼 거고 그 또한 르크럭의 작품을 거부할 수는 없을 거요. 그러면 그가 계약서에 사인할 거고 광고가 본격적으로 시작될 거요."

"당연하죠, 그도 거절할 수 없을 거예요."

알렉스는 병과 마개를 다시 싸기 시작했고, 케이틀린은 상자를 들어 그 매끈한 마무리를 만져 보았다. 르크럭은 어떻게 종이를 가지고 나무와 같은 감촉을 낼 수 있었을까?

"그를 고용할 수 있었던 건 행운이었어요."

"행운이라고? 올해는 별로 운이 좋지 않았다고 했잖소."

알렉스가 한쪽 눈썹을 들어올렸다.

"내 운이 변했는지도 모르죠."

"이건 운이 아니었소. 르크럭은 당신의 향수를 좋아했고 그 멋진 물건에 한몫 끼고 싶었던 거요."

"당신은 그에게 원래 액수보다 두 배를 주었구요."

"그는 어쨌든 그 일을 했을 거요. 이렇게 빨리는 안 되었겠지만."

알렉스가 상자를 받아 가방에 다시 넣은 다음 닫았다.

"르크럭은 대중이 별로 알아주지 않는 분야의 예술가지. 우리가 윈드 댄서로 벌이는 축제로 그는 자신의 예술 작품을 보여 줄 기회를 얻게 될 것이고 찬사를 받게 될 거요. 돈이란 내보일 진열장이 없으면 소용이 없지."

"그래서 당신은 그가 원하는 것을 찾아내 그걸 준 거군요."

"우리가 주었지. 당신이 끼어들어 더 많은 시간을 벌기 전에는 그가 거절하려던 참이었소. 그는 당신의 향수가 고객을 끌어들일 만큼 좋다는 것도 마음에 들었던 거요."

케이틀린이 미소지었다.

"그리고 그는 우리가 원하는 것을 주었어요. 당신의 공식이 그럴 듯하다는 생각이 들기 시작하는 걸요."

"그래, 그럴 듯하지. 때때로 말이오."

알렉스가 그녀의 시선을 피하며 바닥에 가방을 내려놓았다.

케이틀린의 시선이 그의 얼굴로 날아갔다.

"무언가 잘못됐군요."

"바라카트가 입장을 고수하고 있소. 엄청난 보너스를 준다고 해도 병을 생산하려면 육 개월이 더 있어야 한다는 거요."

"육 개월이나? 우리에게 그만한 여유가 있나요?"

"아니, 그래서 난 내일 워터포드와 얘기하러 아일랜드로 떠날 거요."

"바라카트에게 맡겼잖아요."

"오, 바라카트가 하게 될 거요. 그들은 워터포드가 우리가 원하는 시간에 맞춰 줄 수 있다는 걸 알지. 우린 워터포드에게 당근을 내밀 거고, 바라카트는 그들에게서 그걸 빼앗을 거요."

"약간 무자비하게 들리는데요."

"사업이잖소. 당신을 위해 내일 니스행 비행기를 예약해 놓았소. 자크에게 공항으로 마중 나오라고 전화하는 게 좋을 거요."

케이틀린이 당황하며 그를 처다보았다.

"무슨 얘기를 하는 거예요?"

알렉스는 그녀를 처다보지 않았다.

"당신은 파리를 떠나는 거요. 난 여기 남아서 바라카트를 처리해야 하고 윈드 댄서와 첼시 베네딕트의 도착에 맞춰 언론들을 조정해야 하오. 하지만 당신은 여기 남을 필요가 없소."

그렇게 따지면, 르크럭이 향수병을 만들어 내는 동안에도 여기 있을 필요가 없었지만, 알렉스가 같이 있기를 원했다. 이젠 그렇지 않은 모양이었다. 그녀가 재빨리 속눈썹을 내려뜨렸다.

"그래요. 바사로로 돌아가는 게 좋겠어요. 언제 돌아오면 되나요?"

"이 주 후, 시월 삼 일. 내가 파티 준비를 끝내고 기자회견을 준비하겠소."

파티. 그녀는 거절당한 고통에 너무 정신이 없는 나머지, 파티에 대해서는 잊고 있었다.

그녀의 파티, 그렇게 오랫동안 힘들게 해 왔던 베르사유에서의 파티.

분노의 칼날이 절망감 속을 꿰뚫는 것이 느껴졌다.

"절대 안 돼요."

"뭐라고?"

"당신이 우리 관계를 끝내기로 결정했다고 해서 그냥 바사로로 돌아가지는 않을 거예요. 그건 내 향수고 내 파티예요. 베르사유의 파티가 끝날 때까지 파리에 머물 거예요."

"그럴 수는 없어, 제기랄."

"내가 원하는 거면 무엇이든 할 수 있어요."

그녀가 반항적으로 그를 노려보았다.

"당신이 나에게 싫증이 났다는 것 때문에 내 향수나 바사로에 피해를 끼치는 것은 용납하지 않겠어요."

"당신에게 싫증난 게 아니오. 지금 당장은 같이 있지 않는 것이 낫다는 거요."

알렉스의 목소리는 거칠었다.

"맞아요, 당신은 바쁘겠지요."

케이틀린은 애써 환한 미소를 지어 보였다.

"나도 바쁠 거예요. 내가 파리에 있는 동안 우리는 만날 필요가 없어요."

그녀가 몸을 돌려 문으로 걸어갔다.

"지금은 바사로에 가겠어요. 하지만 어머니가 계약서에 사인하는 걸 확인하는 하룻밤뿐이에요. 그 다음에는 파리로 돌아와서 첼시와 조나단을 위해 예약해 놓은 인터컨티넨탈에 숙소를 잡겠어요."

"그건 별로 좋은 생각이 아니오. 파티 때까지 당신이 파리를 떠나 있으면 좋겠소."

"언제나 자신이 원하는 것을 가질 수는 없지요."

"케이틀린, 설명할 수는 없지만 당신이 여기 있으면 안 되는 이유들이 있소. 그래야 하는 이유가."

"내가 여기 있어야 할 이유도 있지요. 바사로 말이에요."

케이틀린은 응접실을 황급히 빠져 나와 계단을 올라갔다. 그녀는 방으로 들어가 짐가방이 있는 옷장으로 향했다. 바쁘게 움직이면 고통이 사라질 것이다. 상처를 느낀다는 것조차 바보 같다. 처음부터 그들 사이에는 욕망 외에 어떤 것도 없다는 것을 알지 않았던가.

하지만 그들 사이에는 그보다 더한 것이 있었다.

그들은 함께 산책을 했고, 길가 카페에서 음식을 먹고, 유럽 국가들 간의 경제 장벽을 낮추는 문제에 대해 토론했다. 지난 몇 주 동안, 그들은 우정이라고 할 만한 웃음을 함께 나눴고 공동의 목표를 갖고 있었다.

그래, 바로 그랬다. 친구. 그녀는 그 단어를 필사적으로 붙잡았다. 친구가 더 이상 나를 원하지 않는다면 상처가 된다. 그런 상황에서도 고통이 있을 것이다.

침대에 가방을 내려놓고 짐을 꾸리기 시작했다. 파티 준비로 자신을 바쁘게 몰아치고 그 후에는 자유롭게 바사로로 돌아가리라, 그녀가 속한 곳으로. 알렉스의 말이 옳았다. 그들은 한동안 떨어져 있는 것이 낫다.

노크 소리가 들리고 알렉스가 방안으로 들어왔다. 그의 입술은 음울하게 굳어 있었다.

"당신에게 할 말이 있소, 케이틀린."

"날 이용했단 말인가요?"

그녀가 중얼거렸다.

그는 그 단어에 움찔했다.

"그걸 부인하지는 않겠소. 난 고의적으로…… 사전 계획 하에 그 일을 한 거요."

"왜죠?"

"내 친구 페이블이 지난 유월에 살해되었다고 했잖소. 내가 어떤 연결점을 찾으려 했기 때문에 그 일이 일어난 거요. 그건 내 잘못이었소. 난 그 빌어먹을 퍼즐을 푸는 중이었고, 블랙 메디나와 예술품 도둑 간에 관련이 있는 걸 알았소. 그 일하는 방식이 전에 CIA에서 나와 같이 일했던 남자, 브라이언 레드포드의 방법과 똑같았지. 나를 막기 위해 그자가 페이블을 죽인 거요."

"윈드 댄서는요?"

"레드포드는 언제나 윈드 댄서에 매혹되어 있었소. 그걸 이리 갖고 올 수 있다면, 그자가 움직이리라는 걸 알았소."

"그걸 이리 가져오려고 당신은 나와 조나단을 이용했군요."

"그렇소."

그녀가 두 눈을 감았다.

"맙소사, 꼭두각시가 된 기분이에요."

"당신을 다치게 하고 싶지 않았소, 케이틀린."

"당신은 날 다치게 했어요."

다시 눈을 떴을 때 그녀의 눈에는 눈물이 그렁그렁 맺혀 있었다.

"나쁜 사람, 당신은 날 아프게 했어요. 이런 식으로 우릴 조종할 권리가 없어요."

"난 받기만 하지는 않았소. 당신이 원하는 모든 것을 주지 않았소?"

그녀가 쉰 목소리로 웃었다.

"맞아요, 그랬죠. 공정한 거래였어요, 당신은 우리가 원하는 것을 주었으니까요."

그녀의 목소리가 끊기자 그는 충동적으로 한 걸음 다가섰다.

"안 돼요! 사양하겠어요. 더 이상은 원하지 않아요. 그러니 당신도 괜한 노력할 필요 없어요."

"우리가 함께 한 것들에 대해서는 거짓말하지 않았소, 케이틀린."

"당신을 믿지 못하겠어요. 이제 우리는 어쩌죠?"

그녀가 힘없이 머리를 흔들었다.

"당신은 파리를 떠나시오. 여긴 당신에게 안전하지 않소."

"어째서요? 레드포드가 증오하는 사람은 당신이잖아요."

"그는…… 뒤틀린 자요. 단지 경고하기 위해 페이블을 죽였다고는 생각지 않소. 그는 페이블이 내 친구였기 때문에 그런 짓을 한 거요."

"뒤틀렸다고요? 그럼, 내가 당신에게 아무것도 아니라는 걸 말해요. 그자에게 날 이용했을 뿐이라고 말하면 돼요. 그럼 만족하지 않겠어요?"

"케이틀린, 난……."

그가 무기력하게 어깨를 으쓱였다.

"내가 왜 모든 위험을 무릅쓰고 당신에게 이 말을 했을 것 같소? 문 앞에 있던 그 스카프에 대해 얘기했잖소. 레드포드에 관한 한 어떤 것도 확신할 수 없소. 그는 내가 여기에 있다는 걸 알고 당신에 대해서도 알고 있을 거요. 당신이 지금 바사로에 돌아간다면, 당신은 안전할 수 있을 거요."

"내가 그렇게 하지 않으면요?"

"윈드 댄서에 대한 기사가 내일부터 나가기 시작하오. 그 후에는 어떤 것도 장담할 수 없소."

"당신에게 장담해 달라고 요구하는 게 아니에요. 무엇이 최선인지 생각해 보려 애쓰는 중이에요."

그녀는 침대 한쪽에 주저앉았다.

"당신이 바사로로 돌아가는 것이 최선이오."

"아뇨, 그건 선택 사항이 아니에요."

"맙소사, 어째서?"

"다음주에 윈드 댄서가 파리에 도착하기 때문이죠."

그의 몸이 경직되었다.

"안드레에게 레드포드에 대해 말하지는 않겠지?"

"그래요, 난 바사로를 위해 그 조각이 필요해요. 조나단에게는 말하지 않을 거예요."

"그러길 바랐소."

"당신은 어떤 버튼을 누르면 되는지 알고 있죠. 당신은 나에게도 죄의식을 심어 주었어요."

그녀가 쓸쓸하게 미소지었다.

"내가 저지른 일은 내가 처리하겠소."

"안 돼요. 윈드 댄서를 이리로 가져오는 데는 내 탓도 있으니까, 그건 내 책임이에요."

그녀가 벌떡 일어나 주먹을 불끈 쥐고 그를 똑바로 쳐다보았다.

"하지만 절대 조나단에게 피해가 가면 안 돼요, 알렉스."

"그건 절대 내 의도가 아니오."

"당신의 의도가 뭔지 내가 어떻게 알겠어요? 그 조각은 도둑맞아선 안 돼요. 난 여기 남아서 그걸 확인할 거예요, 알렉스. 당신이 그 미치광이와 무슨 게임을 하든지, 당신 둘 이외의 어느 누구도 다치지 말아야 해요. 알아듣겠어요?"

"잘 알았소."

"좋아요."

그녀는 홱 몸을 돌려 다시 짐을 싸기 시작했다.

"그럼 내가 짐을 싸는 동안 밖에서 기다렸다가 공항까지 데려다 주세요. 지금 당장은 당신을 보고 싶지 않아요."

그가 그녀에게 상처를 입혔다.

알렉스는 샤를 드골 공항 로비로 사라지는 케이틀린을 지켜보며 운전대를 움켜쥐었다. 출발한 이후로 그녀는 차가운 초연함만을 유지한 채 뒤도 돌아보지 않았다. 이 일이 다 끝나면 그녀에게 보상하리라. 그렇게 할 수 있을 것이고 그녀도 이해해 줄 것이다.

제기랄, 그녀가 바사로에 머물러 주기를 바랐다. 그가 할 수 있는 일이라고는 파티가 끝날 때까지 그녀에게로 향할 위협을 최소화하는 것이었다. 어쩌면 레드포드는 알렉스의 인생에서 그녀도 안젤라와 같이 중요치 않은 존재로 넘겨 버릴 수도 있다. 그러면 그녀는 안전할 것이다.

어쩌면. 너무나 막연하고 위험한 그 단어에 견딜 수가 없었다. 그는 케이틀린이 확실히 다치지 않도록 해야만 했다. 레드포드에게 페이블처럼 케이틀린을 본보기로 삼을 만한 근거를 절대 주지 말아야 했다.

"아주 멋진 모형이야."

조나단이 책상 위의 크리스털 마개를 곰곰이 들여다보았다.

"르크럭은 까다롭기로 유명해. 카라조브가 그를 어떻게 이 일에 끌어 들였는지 알 수가 없어."

"여전히 불안한 거군."

피터가 말했다.

"우린 카라조브에 대해 더 알아낸 것이 없어. 그는 왜 이걸 그렇게 원하는 걸까? 어째서 케이틀린 바사로를 끌어들인 걸까?"

"개인적인 일일 수도 있어. 어떤 분명한 동기가 있는 것처럼 보이지는 않는걸."

"분명한? 카라조브에 대해 분명한 것이라고는 하나도 없을 거야. 자네가 그를 어떻게 묘사했었지? 은밀한 인물이라고 했던가?"

"케이틀린이 걱정되나?"

"난 그녀가 마음에 드네. 그리고 카라조브는 안전한 남자가 아니야."

"윈드 댄서에 대해서는 어떤가? 그가 예술품 도둑과 관련이 있다고 생각하나?"

"그가 왜? 불에 태워 버릴 만큼 돈이 많다고 자네가 직접 말하지 않았나."

"그럼 계약서에 사인할 건가?"

"아직 모르겠어."

피터가 머뭇거리다가 천천히 말했다.

"위험해. 제닝스는 하지 말라고 할걸세. 대통령 후보가 되면 모든 게 철저히 파헤쳐진다는 거 알잖아. 의심할 만한 인물과 연결되면 소동이 일어날 수 있네."

"출마할지 아직 결정도 안 했어."

"하고 싶어하잖아."

"도전이 되긴 할 거야. 하지만 다른 도전들도 있지."

"세계에서 가장 큰 나라를 움직이는 것만큼은 아니겠지."

"사실이야."

"제닝스는……."

"알 제닝스가 공화당에서 힘을 행사할지는 모르지만, 내 인생을 마음대로 다룰 순 없네."

조나단의 말투는 날카로웠다.

"난 어떤 집단의 애완 동물이 되지는 않아. 계약서에 사인하지 않는다 해도, 그건 공화당을 두려워해서는 아니네.”

피터가 킥킥거리며 일어섰다.

“자넨 싸우고 싶어 안달이 난 것 같아. 법정에서 코나드 선박회사를 뭉개뜨린 후로는 재미있는 일이 없었지, 아마.”

“아마도.”

조나단은 짜증이 사라지는 걸 느꼈다. 그는 앞에 놓인 서류더미를 내려다보았다.

“내가 이 거래를 하지 않으면, 자네는 귀중한 일기를 보지 못할 거고 카라조브는 문자를 해독하려고 노력하지 않겠지.”

피터는 아무 말도 하지 않았다.

“그건 자네에게 큰 의미가 있어.”

“자네의 후보 추천을 망가뜨릴 정도로는 아니야. 난 다른 방법을 찾으면 돼.”

“난 거래의 다른 조건을 만족시키면 사인을 하겠다고 카라조브에게 말했네. 이틀전에 첼시 베네딕트가 사인한 계약서를 받았지.”

“그래.”

“그리고 르크럭이 향수병을 디자인했어.”

조나단이 의자 뒤로 몸을 기대며 벽에 걸린 루이 샤를 안드레의 초상화를 응시했다.

“카라조브는 이 거래가 성사되길 원해. 내가 약속을 지키지 않는다면, 그가 뭐라고 하겠나?”

“원하는 걸 얻기 위해 다른 방법을 찾겠지.”

“그리고 우린 이미 그가 계략의 귀재라는 걸 알고 있어. 공개적으로 통제하는 것이 그를 다루는 데 더 안전하지 않겠나?”

“제닝스는 그걸 안전하다고 생각지 않을 거야.”

“제닝스 같은 자가 내 인생을 움직이게 하지는 않을 거라고 했잖나. 난 케이틀린 바사로와 계약을 하는 거고, 카라조브와 연결되는 부분은 극히 미약하네.”

피터가 일어났다.

"난 그 결정에 관여하지 않겠네. 자네가 결정하게나, 조나단."

조나단이 씨익 웃었다.

"겁쟁이."

피터가 침착하게 고개를 끄덕였다.

"개인적으로, 난 자네가 이 나라의 가장 위대한 대통령이 될 거라고 믿네. 그리고 그 기회를 잃어버리는 건 원하지 않아."

조나단의 미소가 흐려졌다.

"계약서에 사인한다고 말하지는 않았어."

"그렇게 될 것 같은 걸. 자네는 그 끝에서 망설이고 있어."

"그럴지도 모르지. 생각 좀 해봐야겠네."

"난 윈드 댄서에 대한 카라조브의 욕심이 어떤 해도 끼치지 않도록, 안전 시스템이나 두 배로 증가시켜야겠네."

그날 오후 조나단은 계약서에 사인을 했고, 피터는 바사로의 케이틀린에게 배달시켰다.

"마리사는 정말 사랑스러운 소녀야. 아주 조용하고 겸손해."

카트린이 방으로 케이틀린을 따라 들어와 침대에 가방을 내려놓는 모습을 지켜보았다.

"전혀 영화배우 딸 같지가 않아. 내가 니스하고 칸을 구경시켜 준다고 해보았지만, 이 주 동안 그녀를 데리고 간 곳은 몬테 카를로에 있는 해양 박물관뿐이었단다. 그 나머지 시간은 자크하고 같이 들판에서 보내던가 이곳저곳을 돌아다니고 있어."

케이틀린이 짐가방을 열었다.

"그녀는 상냥한 아이예요. 어머니에게 별 문제를 일으키지 않았다니 다행이네요. 그럴 거라고 생각지도 않았지만요."

카트린이 생각에 잠겨 인상을 썼다.

"아이라고? 오, 난 마리사가 전혀 아이같이 느껴지지 않아."

케이틀린이 놀라서 쳐다보았다.

"겨우 열여섯인 걸요."

"그래도 난……. 알렉스는 같이 안 왔니?"

"파리에서 볼일도 있고 제가 여기 있는 시간이 하루뿐이라는 걸 아는걸요. 모든 게 잘 돼 가고 있어요."

카트린이 미소지었다.

"그가 보고 싶구나. 하지만 난 람보기니 타는 걸 즐기고 있단다. 그걸 타고 니스를 돌아다니면 아주 멋진 느낌이거든."

케이틀린이 어머니를 돌아보았다.

"알렉스가 타도 된다고 했어요?"

"물론이지. 미국으로 떠나기 전에 열쇠를 주었는걸. 그의 허락 없이 마음대로 타지는 않아."

"그럼요. 난 그냥 몰랐거든요……. 나에게 말해 주지 않아서요."

케이틀린이 짐을 풀기 시작했다.

"그는 정말 생각이 깊어."

"그래요."

문득 광장에 있는 그 집을 보여 주려고 알렉스가 얼마나 수고를 했는지 기억나자, 고통스런 상실감이 찾아들었다. 그녀는 자신도 모르게 하늘색 치마를 움켜쥐고 있다는 걸 깨닫고 짜증스레 천을 놓았다. 들판, 들에 나가 일을 해야 했다. 그러면 모든 게 괜찮아질 것이다.

"어머니, 소피아에게 짐을 풀어 달라고 부탁해 주실래요? 난 옷 갈아입고 들에 나가 자크를 만나고 싶어요."

카트린이 고개를 끄덕였다.

"내가 할게. 지금 별로 바쁘지 않으니까."

그녀가 침대로 다가와 가방 맨 위에 있는 하늘색 정장을 보고는 눈살을 찌푸렸다.

"설마 이 낡은 옷을 입은 건 아니겠지? 가방 안에 새 옷이라고는 보이지 않는구나. 대체 파리에서 쇼핑도 하지 않고 뭘 한 거니?"

케이틀린이 미소지었다.

"할 일이 좀 있었거든요. 일 때문에 갔다는 거 아시잖아요. 어머니가 계약서에 사인을 하고 나면 난 내일 파티 준비를 마무리하러 돌아가야 해요.”

그녀는 옷장에서 작업용 셔츠를 꺼내들었다.

“하지만 파리는 언제나 즐길 만한 곳이에요. 박물관도 많이 있구요.”

‘그리고 수증기에 싸여 그녀 안에 들어왔던 알렉스, 루브르의 마당에서 들었던 알렉스의 웃음소리, 또 웨이터가 나이 든 여자와 강아지를 그들의 테이블 바로 옆으로 안내했을 때 놀라던 모습.’

“넌 항상 박물관을 좋아했었지.”

카트린이 청바지를 건네주었다.

“루브르의 경비가 두 배로 강화되었다고 하던데, 네가 왜 온통 무장 경찰들이 깔린 그곳에 가고 싶어하는지 이해할 수가 없구나.”

“그들은 아주 조심스러워요.”

“어쨌든 네가 돌아와서 난 정말 기뻐. 어제 아테네에서 블랙 메디나의 공격이 또 있었단다. 그래서 르크럭은 그들을 잡기 위해 반테러리스트 군대를 만들겠다고 선언했어. 그라면 할 수 있을 거야.”

“잘됐군요. 그들을 막을 수 있는 사람이 아무도 없는 것 같았는데.”

케이틀린은 바지를 다 입고 침대에 앉아 부츠를 신었다.

더 이상 할 말이 생각나지 않았다.

어머니와 몇 가지 공통적인 화제를 얘기하고 나면 보통은 어색한 침묵만이 흘렀다. 어머니는 그걸 알아챈 것 같지 않았다. 여전히 하늘색 정장을 보며 인상을 쓰고 있었다.

“내가 이걸 당장에 없애버려야겠어. 이런 건 정말 혐오스러워.”

케이틀린이 걸어오자 마리사가 고개를 들고 미소지었다.

“당신이 케이틀린 바사로죠. 아이슬란드의 부두에서 봤어요. 그리고 당신 어머님이 보여 주신 앨범 사진들 때문에라도 알 수 있었을 거예요.”

“어머니가 내 앨범을 보여 주었어요?”

“그럼요, 당신을 아주 자랑스럽게 생각하시던데요. 당신도 이미 알고 계시겠지만요.”

마리사가 소맷자락으로 이마의 땀방울을 닦아냈다.

"아뇨."

케이틀린은 방금 전 어머니에게서 느꼈던 어색함을 생각하며 집 쪽을 돌아보았다. 어머니는 가끔씩 그녀를 놀라게 했고, 그래서 어머니를 이해하려면 노력이 필요했다. 하지만 지금은 그럴 시간이 없었다.

"아뇨, 몰랐어요. 당신은 들에서 일하지 않아도 돼요. 우리 손님이잖아요."

"내가 좋아서 하는 거예요. 그리고 휴가 때마다 일을 하곤 했어요. 이 년 동안 여름마다 샌 디에이고 해양단지에서 돌고래들을 돌봤는 걸요. 난 해양 생물학자가 될 거예요."

"그렇군요."

마리사의 손놀림은 계속되었고, 케이틀린도 꽃을 따기 시작했다.

"그래서 그 고래를 구출하고 있었던 건가요?"

"누군가는 해야 하잖아요."

그녀가 손을 멈추고 들판을 둘러보았다.

"바사로는 아름다워요. 날 받아 주셔서 감사해요."

"어머니는 당신이 아주 좋은 사람이라고 칭찬하셨어요. 그리고 자크에게도 큰 도움이 되는 것 같은 걸요."

"꽃을 따는 일에는 무언가 마음을 달래 주는 것이 있어요. 잠수했을 때의 느낌을 떠올리게 하죠. 그곳은 다른 세상이에요. 보는 곳마다 신선한 아름다움이 있고, 그게 사방을 둘러싸 모든 흉악함과 고통을 사라지게 만들어요."

케이틀린은 어린 소녀의 밝은 얼굴을 쳐다보며 그녀의 말에 충분히 수긍했다. 마리사는 겨우 아이를 벗어난 나이인데도, 흉악함과 고통을 너무나도 많이 알고 있었다.

"그래요, 도움이 되죠."

마리사가 케이틀린을 바라보며 부드럽게 미소지었다.

"어머니가 당신을 좋아하게 될 거라고 하셨어요. 우리 친구가 될 수 있으면 좋겠어요."

케이틀린도 미소를 되돌렸다.

“물론이죠.”

터키.

런던 타임스 일요일자에 실린 기사가 레드포드의 시선을 즉시 사로잡았다. 그가 잇사이로 부드럽게 휘파람을 불었다.

“아름다워. 맙소사, 이 녀석 정말 아름다워.”

“누구 말이에요?”

테이블 너머로 한스 브러커의 금발머리가 자신의 영역을 침범한 침입자의 냄새를 맡은 사자처럼 위험스럽게 들렸다.

“넌 관심 없을 거야. 아침이나 먹어.”

레드포드는 신문에서 눈도 들지 않았다.

“관심이 없다면 물어 보지도 않았을 거예요. 그리고 배고프지 않아요.”

한스의 잘생긴 입술이 뿌루퉁하게 비틀렸다.

“어젯밤 수영할 때 보니까 좀 말랐더구나. 네가 걱정돼서 그러는 거야. 좀더 자신을 보살펴야 한단다, 아가야.”

“내 마음대로 할 거예요.”

하지만 잠시 후 한스는 토스트를 먹기 시작했다.

그가 너무 길들여져 가고 있다는 것이 레드포드는 유감스러웠다. 깨뜨리는 일은 언제나 도전이 되는데, 일단 그 일이 끝나고 나면 슬픈 감정이 드는 것이었다.

일년 전 블랙 메디나를 처음 구성했을 때 그는 한스 브러커를 받아들였다. 소년의 매끈한 금발 남성미뿐 아니라 폭발물에 대한 재능이 매력적이었다. 천사처럼 선량한 외모에 잔인한 난폭성의 결합은 몇 년간 알아왔던 어떤 사람보다 더 레드포드의 흥분을 발동시켰다.

한스는 뮌헨의 거리에서 자라, 12살 때 ‘정의의 아들들’이라는 테러리스트 집단에 합류했다. 그리고 일년 후 처음으로 사람을 죽였다. 그가 레드포드의 관심을 끌었을 무렵에는 사악하고 불유쾌한 방법으로 아홉 명을 더 죽인 상태였으며, 폭탄과 플라스틱 폭약의 조립과 설치에 있어 거의 천재적이었다. 겨우 18살의 소년, 그다지 똑똑하지도 않고, 거칠고 으스대기 좋아하며, 레드포드가 혐오해 마지않는 남성다움의 착각에 빠져 있었다.

그는 정말 완벽했다. 어떻게 그에게 저항할 수 있단 말인가?

그 소년에게 육체적인 유혹은 쓸모가 없었지만, 정신적이고 감정적으로 복종시키는 일은 전적으로 가능했다. 한스를 도전할 만한 가치가 있다고 결정한 후, 레드포드는 그를 아는 일에 착수했고 그를 최대한 조종하기 위한 방법을 찾아냈다. 그의 경험상, 고아들은 보통 연인보다는 강한 아버지의 모습에 반응을 보였다. 한스처럼 치명적으로 위험한 고아라 해도. 그리고 레드포드는 아버지 역을 하는 데는 전문가였다.

6개월 내에 한스는 완전히 그에게 의지하게 되었다. 도전이 이제 끝나 버렸다는 것은 슬픈 일이었다.

"누구냐구요?"

이 아이는 질투를 하고 있었다. 나를 향한 감정적인 애착이 성적 결합에 얼마나 가까운지 깨닫는다면 그는 정말 놀라고 반감을 가질 것이다. 레드포드는 잠시 그를 놀려 주고 싶은 유혹을 받았지만, 분별력 있는 짓이 아니었다. 한스는 약간 정신이상적인 면이 있었으므로, 그를 온전한 상태로 유지하는 것이 현명하리라.

"걱정 마라, 한스. 조각상일 뿐이야. 윈드 댄서, 예쁘지 않니?"

그가 신문을 들어 보여 주었다.

"네."

한스는 사진을 보지도 않고 긴장을 풀며 미소지었다.

"그걸 가져오는 건가요?"

"거의 그렇지."

"그는 더 이상 훔치지 않는다고 했는데요?"

"그럼 우리가 그의 마음을 바꾸어야지. 왜냐하면 내가 이걸 꼭 가져야 하기 때문이야. 신문사에 전화해서 윈드 댄서에 관한 내용이 누구에게서 나온 건지 알아봐라."

"당신이 직접 전화해요. 난 당신의 노예가 아니라구요."

"하지만 날 기쁘게 해주는 걸 좋아하잖니."

부드러운 목소리로 말하면서도 레드포드의 시선은 신문을 떠나지 않았다.

"그리고 난 네가 날 위해 그 일을 해주었으면 좋겠어."

굳이 눈을 들지 않더라도, 한스의 하얀 뺨에 빨간 기운이 올라왔다는 걸 알았다. 소년은 지루할 만큼 예측하기 쉬웠다. 한스는 욕설을 중얼거리며 의자를 밀치고는 전화기로 성큼성큼 걸어갔다.

레드포드는 의자에 기댄 채 그 사진을 생각에 잠겨 응시했다. 그의 파트너에게 한 번 더 훔친다고 해서 계획의 완성에 해가 되지 않는다는 점을 설득시켜야만 하리라. 자신이 조직의 비용을 전부 감당하겠다고 제안하면 더 쉽게 반응할 수도 있었다. 아니, 그 정도로는 충분하지 않을 것이다. 그는 틀림없이 지난 주 내내 거절해 왔던 그 일을 하라고 요구할 것이다.

제기랄, 그 일을 하는 건 싫었다. 그 남자는 과거의 아름다움에 대해 존경심이 없다. 아틸라(중세 유럽에 침입한 훈족의 왕)만큼이나 문화적으로 예민하지 못했다.

한스가 수화기를 내려놓았다.

"알렉스 카라조브."

레드포드는 머리를 젖히고 무릎을 탁 치며 크게 웃음을 터트렸다.

"멋지군. 그 녀석 정말 멋있어. 그럴 줄 알았지. 그 녀석이 어떻게 그 일을 해냈는지 궁금한걸."

"카라조브를 알아요?"

"샐쭉하지 마. 내 오랜 친구 알렉스를 기억하겠지? 그 녀석의 친한 친구 하나를 본보기로 삼아야 했지."

한스가 인상을 찡그렸다.

"이제야 기억나는군요. 유월, 날 같이 데려가지 않았었죠."

그 여행에 왜 한스를 데려가지 않았을까? 그는 그 당시 아직 한스를 굴복시키는 중이었고, 그 애가 살인을 즐거워하리라는 걸 알고 있었다.

하지만 왠지 그는 알렉스와의 만남을 전적으로 분리시키고 싶었다, 자신만의 것으로. 알렉스에게 그에 대한 자신의 감정이 양면적이라고 말한 적이 있지만, 요즘에는 어떤 감정인지 확실치가 않았다.

자신이 아직까지 사랑을 느낄 수 있을지 궁금했다. 너무나 오랫동안 그런 감정을 닫아 버렸기 때문에 그게 무엇인지조차 더 이상 알 수 없었다. 그는 알렉스를 증오했지만, 한편으론 그를 원했고 존경스럽기도 했다. 가끔은 그를 보호하기조차 했다. 증오는 사랑과 가깝다고 했던가. 그럼 그는 알렉스를 증오하는 만큼 사랑하는 것일까?

"그를 죽일 건가요?"

"가능성이 높지."

"내가 하게 해주세요. 당신을 위해 내가 할게요."

한스의 목소리는 과격했고, 그의 파란 눈동자는 열의로 빛나고 있었다.

"당신 말이 맞아요. 난 당신을 위한 일들을 하고 싶어요."

"우리가 서로를 아끼기 때문이지, 아버지와 아들처럼."

이 아이는 정말 절묘하다. 손을 뻗어 한스의 얼굴에서 금발머리를 쓸어넘기며 생각했다. 한스는 천사 같은 얼굴을 더 남성적으로 보이게 하기 위해 머리를 지독히도 짧게 깎고 다녔다. 다섯 달만에 현재의 길이까지 기르도록 설득했다는 것이 레드포드의 성공을 말해 주는 상징이었다. 이제 그 빛나는 머리카락을 만져 줄 때마다 그는 소년의 몸에 격정적인 떨림이 지나가는 것을 느낄 수 있었다. 알렉스를 이 정도까지 자기 마음대로 깨뜨릴 수 없었다는 것이 불만스러웠다.

"아니, 만약 그런 일이 있다면 내가 할 거야."

소년의 눈에 분노가 타올랐다.

"그 자식을 좋아하는군요."

"어리석은 말 말아라. 난 그를 좋아하지 않아."

그는 윈드 댄서를 다시 쳐다보며 미소지었다. 윈드 댄서나 알렉스는 둘다 좋아하는 따위의 우스꽝스러운 감정을 발동시키지는 않는다. 하지만 어떤 면에서, 그 둘다에 대단히 비슷한 정열을 느끼기도 했다.

"하지만 우린 이 순간 우리 친구 알렉스가 무슨 짓을 꾸미는 건지 알아봐야 해. 어디 보자, 음, 누가 그 작은 놀라움을 나에게 전달해 줄까?"

그가 손가락을 퉁겼다.

"페레조, 파리에 있는 페레조에게 전화해서 지금부터 알렉스를 계속 감시하라고 해."

"내가 가겠어요. 날 시켜 줘요."

"그럼 얼마 안 가 어느 골목에서 너무 익어 터져 버린 수박처럼 쪼개져 있는 알렉스를 발견하게 되겠지. 페레조에게 전화해."

"마음에 안 들어요."

"네 마음에 들 필요는 없어, 그냥 해. 자, 이제 내가 브뤼셀에 전화해서 우리의 매력적인 친구와 협상할 동안 조용히 있거라."

그가 전화기를 들었다. 잠시 후 연결이 되었고 그는 무엇을 하고 싶은지 설명했다.

"불가능해."

그의 파트너가 말했다.

"난 당신의 요구에 대단히 협조적이었어. 난 이번 일을 원한다네."

상대편에서 침묵이 흘렀다.

"어느 정도로 원하지?"

레드포드가 한숨을 쉬었다.

"좋아, 나의 미학적인 원칙에는 위배되지만, 한 건 터트려 주지."

"공평한 교환이군, 하나의 골동품과 다른 골동품. 당신이 왜 그렇게 그런 시대에 뒤떨어진 것들을 애호하는지 알 수가 없어. 새로운 세상을 위해 구시대적인 쓰레기들은 다 쓸어 없앨 시간이야."

"하겠다고 했잖아."

"넷이 필요해."

레드포드가 그 점을 생각해 보았다.

"넷은 너무 많아. 셋을 주지."

또다시 침묵.

"날 위해 다른 일을 해준다면. 스미스는 방해가 돼. 그자를 없앨 필요가 있어."

레드포드는 베란다의 하얀 등나무 의자 팔걸이에 우아하게 다리를 걸

치고 있는 한스를 쳐다보았다. 그의 입술에 약한 미소가 서렸다.

"어떻게?"

"난폭하지 않은 걸로. 심장 마비 정도면 충분할 거야."

"한스가 실망할 텐데. 그 애는 지금 꽤나 짜증이 나서 풀 기회를 원하고 있는데. 언제?"

"내일 리버풀로 와. 힐튼에서 열리는 회담에 참석해야 하는데 스미스가 거기 올 거야. 그는 그날 밤 방을 예약할 거고 다음날까지는 런던으로 돌아가지 않지. 난 내일 모레 점심 때 마지막 협의를 하러 그와 약속해 놓았어."

레드포드가 낄낄거렸다.

"마지막이라, 아주 적당한 말이야."

"내가 그자와 악수를 하면, 그 일은 취소되는 걸로 알라구. 또 한 가지, 그자가 누구와 얘길 하기 전에 처리했으면 좋겠어. 알아듣겠나?"

"완벽하게. 끈질기게도 날 우둔하다고 생각하는군. 내 쪽 일이 제대로 되지 않았다면 당신이 어떻게 살아남았을지 궁금한걸. 그건 몇 번의 멋진 연설과 모나리자를 훔치기 위해 언론을 이용하는 것 이상이 필요하지."

"백오십만 달러가 들었어."

"그리고 절대 그 돈을 받지 않겠다는 남자의 도덕성을 약화시키는 데 몇 달이 걸렸고. 나의 정신적인 명민함은 당신과 동급인 것 같은데, 어떤가?"

또다시 침묵. 레드포드는 그 자식이 그를 달래야 할지 제압해야 할지, 어느 쪽이 더 나은가 생각하며 머리 속의 톱니바퀴가 굴러가는 걸 알 수 있었다.

"당신의 지성을 의심해 본 적은 없어, 레드포드. 그렇지 않다면 내가 왜 같이 일하자고 제안했겠어?"

날 통제할 수 있다고 생각했기 때문이지, 개자식아. 레드포드는 감정 없이 생각했다. 흠, 자신의 목적에 합당할 동안은 받아들일 것이다. 하지만 마음만 먹으면 자신이 그 멋진 계획을 모조리 비틀어 버릴 수 있다는 것을 보여 줄 것이다.

"내일 리버풀로 가겠어."

"만약 내가 스미스와 악수하게 되면, 다 취소되는 거야. 그건 대단히 불편해. 카트라이트를 얻으려면 스미스가 필요할 수도 있어."

"그자 없이도 할 수 있을 거야."

수화기를 내려놓으며 그는 정말 유쾌한 기분이었다. 자신이 행동을 하면 그가 보일 격분을 그려 보았다. 그러기 위해서도 그 오만한 녀석이 성공하길 바랐다.

그가 한스에게 말했다.

"널 위해 멋진 일이 있어, 사랑스런 우리 아이. 우리 친구는 큰 건 하나에다 덤을 더 바라고 있어."

"덤이라뇨?"

"루이지애나에서 쓰는 말이지. 제과점에서 고객에서 열세 개의 쿠키를 주는 것처럼, 약간의 다른 걸 더해 준다는 뜻이야. 이번 경우의 덤은 너에게 별로 어려울 것도 없겠지."

한스가 어리둥절하여 눈살을 찌푸렸다.

"그가 뭘 원하는데요?"

"심장마비."

"없애고 싶어하는 녀석은?"

"충실한 존 로란드 스미스, 유럽 경제단 특사인 아만다 카트라이트의 보좌관. 그자는 청렴하고 뇌물도 통하지 않으며 지독히도 신중하지. 우리와 같이 일하지 않는다면 살아남기에는 너무 많은 것을 알고 있고, 그런 이유 때문에 유혹에 걸리거나 협박당하지도 않아."

"전에는 영국인을 죽인 적이 없어요."

"그럼 커다란 기쁨이 되겠군, 그렇지?"

"하필 왜 심장마비죠? 약물을 쓰는 건 싫은데. 다른 방법도 있잖아요."

"그게 너에게 훨씬 더 만족스러울 거라는 건 의심의 여지가 없지."

레드포드가 손가락으로 한스의 아름다운 입술 형태를 쓰다듬었다.

"하지만 자연사로 보여야만 하거든."

한스가 인상을 찡그렸다.

"이해할 수가 없군요. 언제는 소동을 일으킬 만한 일을 하라더니 이제는 죄다 비밀로 해야 한다니. 왜 그렇죠?"

"넌 이해할 필요 없어."

한스의 입술이 완고하게 굳어졌다.

"왜냐구요?"

레드포드는 한숨을 쉬었다. 한스는 가끔 가다 유감스러울 정도로 고집을 부렸다.

"한스, 나의 착한 아이, 넌 신문을 읽지도 않잖아. 내가 어떻게 설명을……."

그가 잠시 멈췄다가 어린아이에게 하듯이 천천히 쉽게 설명했다.

"공동 시장에 속한 유럽의 열두 나라는 장벽을 낮추려고 애쓰는 중이야. 파운드, 리라, 프랑 등등을 없애고 공통의 화폐를 만들려고도 노력중이지. 수년간 그 모든 나라를 하나의 정부로 통합하고 싶어하는 집단이 있었단다. 유럽 공동체를 손에 쥐게 되면 얼마만큼의 힘과 보상을 얻어낼 수 있는지 상상이 가니?"

한스가 성마르게 눈살을 찌푸렸다.

"그게 우리와 무슨 상관이 있는 거예요?"

"단일화에 대해 참으로 많은 반대가 있단다. 우리들은 유럽에서 오십오 퍼센트의 신문사와 두 개의 유선 방송국을 장악했어. 그것이 여론을 형성하는 데는 도움이 되지만, 여전히 그 모든 나라의 주요 인물들을 설득하려면 수년이 걸릴 수도 있어. 그래서 블랙 메디나가 탄생하게 되었지. 너 카우보이 영화 좋아하지? 인디언들이 공격할 때 마차들이 둥글게 모여 싸웠던 거 알지?"

한스가 고개를 끄덕였다.

"모든 나라들은 우리가 함께 모아야 하는 마차들인 거야. 우리가 할 일은 그들에게 인디언의 공격을 몇 번 더 보내서 보호의 수단을 찾아 비명을 지르게 하는 거지. 각각의 정부로 그걸 얻어낼 수 없다면, 그런 걸 제시해 줄 수 있는 누군가에게 방향을 돌리게 되겠지. 그런 일을 만들기 위해 우리가 마지막 분열을 계획한 거야."

"여기 터키에 대해 말해 주었던 그거로군요."

"그렇지. 그들이 준비가 되면, 우린 아주 빠르게 그들을 떠올리는 거야. 영국은 너무나 많은 문제에 시비를 거니 그게 우리 친구를 대단히 불편하게 만들고 있어."

"아…… 하지만 왜 스미스에게 주사약을 써야 하는 거죠?"

한스가 아까 했던 얘기로 또 돌아가자, 레드포드는 이 아름다운 금발 머리 속에 자신의 말이 얼마나 들어갔을지 의심스러웠다.

"왜냐하면 몇 달 내에는 카트라이트 주위에 어떤 위협의 낌새도 없어야 하기 때문이야. 더 협조적인 우리 사람으로 대치하는 게 어려워질 수 있으니까."

"그 늙은 여자를 죽일 셈이군요."

레드포드는 움찔했다.

"그녀는 별로 늙지 않았어, 혈기 왕성할 때지. 우리 모두가 열아홉 살이 될 수는 없잖아."

"늙은 여자도 죽여 본 적이 없는데."

"네가 그런 일을 하게 될지는 의심스럽다."

"왜요?"

"신중한 계획과 대단히 조심스러운 조정이 필요한 일이야."

"내가 할 수 있어요. 제발, 내가…… 꼭 해야 해요."

한스가 레드포드의 두 손을 잡아 입으로 가져갔다.

"꼭? 왜?"

"난…… 전에는 사람들이 날 존경했어요. 방안에 들어가면 모두 내 세상처럼 느꼈어요. 당신이 날 이렇게 만들기 전에……."

한스가 말꼬리를 흐리다가 중얼거렸다.

"난 그런 일들을 했다구요."

레드포드가 부드럽게 웃었다.

"우리 관계가 너의 가치에 문제가 되는 거니? 착한 아들은 모든 일에 존경하며 순종하는 거라고 가르친 것 같은데. 난 널 불행하게 하고 싶지 않아. 내가 널 놓아 주는 게 더 나을 수도 있겠구나."

"안 돼요!"

한스가 레드포드의 손을 움켜잡았다.

"그런 말이 아닌 거 알잖아요. 나에게 할 일을 좀더 주세요."

"그 일은 생각해 보마. 네가 스미스를 어떻게 처리하는지 보자구나."

그의 미소가 흐려지며 생각에 잠긴 표정이 되었다.

"스미스를 방문한 후에, 영국에서 또 다른 할 일이 있을 것 같구나."

엘리베이터 옆에 멈춰 서며 그 자식은 악수를 청하지 않았다. 스미스
는 오히려 다행스러웠다. 방금 그런 말들을 들은 후에 그자와 손이 닿는
것조차 견딜 수 없을 것 같았다.

"생각해 보시오. 그것만이 우리가 갈 길이오."

"생각해 보고 연락드리겠소."

스미스가 엘리베이터 버튼을 눌렀다.

"당신은 옳은 일을 하고 있다고 생각하겠지만, 그건 가볍게 생각할 일
이 아니오."

엘리베이터 문이 스르르 열리자 스미스가 서둘러 안으로 들어갔다.

"당신은 내가 방심한 틈을 탔소. 사실 난 놀랐소. 아마……."

상대편 남자의 흐릿한 경멸어린 표정을 보자 그의 말이 끊겼다. 자신
의 반발이 그에게 너무나 명백하게 드러났다는 것을 깨닫자 스미스는 공
포에 휩싸였다.

그 흠 하나 없이 우아하고 위협적인 존재를 막으며 문이 닫히자, 스미
스는 깊이 심호흡을 하고 6층의 버튼을 눌렀다. 이제 그가 할 일은 방에
가서 사무실에 전화하는 것뿐이다. 그럼 그들이 영국 정부까지 수행해
줄 사람들을 보내 줄 것이다.

갑자기 엄청난 분노가 일었다. 맙소사, 아만다 카트라이트가 열심히 일
하라며 괴롭히긴 했지만, 그녀 또한 쉼 없이 일했고 무엇보다 그는 그 늙
은 여자가 좋았다. 그녀를 그 연합 회의에 참가하게 할 생각은 없었다.

엘리베이터 문이 열리자 그는 황급히 자신의 방으로 다가가 열쇠를 돌

려 문을 열었다.

"스미스 씨, 얘기 좀 할 수 있을까요?"

심장이 털썩 내려앉고 근육이 긴장되며 두려움이 엄습했다. 뒤를 돌아보자 한 젊은이가 엘리베이터 쪽에서 어슬렁거리며 걸어오는 모습이 보였다. 순간 긴장이 풀렸다. 그는 열여덟이나 열아홉 정도의 소년이었고, 작년에 옥스퍼드에 들어간 자신의 아들 로버트와 동년배였다. 딱 붙는 청바지에 까만 목 스웨터, 하얀 점퍼를 입었다. 하나님, 감사합니다. 로버트는 언제나 다른 아이들보다 더 보수적인 차림이었고 머리도 깔끔하게 유지했다. 적어도 이 소년은 로버트의 다른 친구들보다 더 깨끗하고 매력적으로 보였다.

"미안하네, 난 좀 바쁘거든."

"하지만 난 아주 먼 길을 왔다구요, 스미스 씨."

스미스의 옆으로 다가오며 소년이 미소짓자 그 잘생긴 얼굴이 천사처럼 빛났다. 그의 왼손이 점퍼의 주머니로 조심스럽게 미끄러졌다.

"그리고 아주 잠깐이면 된다고 약속할게요."

9월 30일 오후, 인터컨티넨탈에 있는 케이틀린에게 알렉스로부터 전화가 왔다. 그의 어조는 간단하고 사무적이었다.

"첼시 베네딕트가 사 일 앞당겨 파리에 오겠다고 하오. 내일 당신과 할 일이 있으니 한 시에 로비에서 만났으면 좋겠다고 하더군."

"그럴 필요가 있나요?"

"그녀는 그렇게 생각하더군. 그녀를 행복하게 해주는 게 나을 거요. 결정은 당신이 하시오."

"좋아요, 만나지요. 바라카트는 용기 생산을 앞당겨 주기로 했나요?"

"문제 없소. 출시일까지 충분히 준비될 거요."

"또다시 성공하셨군요. 누군가가 원하는 것을 빼앗겠다는 위협이 원하는 것을 주는 것만큼이나 효과가 있군요."

"팔을 조금 비틀었다고 해서 미안해 하지는 않소."

당장 전화를 끊어 그의 목소리를 듣고 싶지 않으면서 왜 그와 이런 말들을 하고 있는 걸까?

"비난하는 게 아니에요. 너무 조종하는 것 같을 뿐이죠."

"그랬지, 그게 나요."

"그래요."

그 이야기는 그만 두기로 했다.

"광고하는 건 어떻게 됐나요?"

"신문 읽지 않았소?"

"요즘은 별로 신경 쓰지 못했어요. 하루의 반은 향수 공장의 서듀 씨와 전화로 얘기를 하고 나머지 반은 파티 준비에 쏟고 있어요. 우리 얘기가 신문에 났나요?"

"윈드 댄서가 프랑스로 온다는 소식이 신문과 텔레비전에 공포되었소."

"그럼 당신은 원하던 것을 얻었군요."

알렉스의 목소리에 이상한 긴장감이 배어 있었다.

"그렇소, 내가 원하는 것을 얻었지. 우리 둘다 원하는 것. 첼시에게 전화해서 당신이 만나기로 했다는 말을 전하겠소."

다음날 오후 1시에 로비로 내려가자, 첼시는 엄청난 짐가방과 당황하는 벨보이들, 운전사 제복을 입은 남자와 수위에 둘러싸여 있었다. 처음 만났던 때의 편안한 옷차림의 여자와는 전혀 달라 보였다. 오늘 첼시는 몸에 딱 달라붙는 갈색 드레스를 입었는데, 그 옷감의 짙은 색깔에 대비돼 머리카락이 불타는 듯했다. 대단히 자신만만하고 무척이나 세련돼 보였다.

첼시가 케이틀린에게 아는 체를 했다.

"안녕, 금방 갈게요."

그 여배우는 기적적으로 자신의 말을 사실로 입증시켰다. 번개처럼 수위에게 체크 인을 대신 부탁하고, 벨보이들에게 팁을 나누어 주고, 운전사에게 따라오라는 손짓을 한 후에, 로비를 씩씩하게 걸어왔다.

"정신이 하나도 없네. 이쪽은 조지예요. 내가 파리에 있는 동안 운전을 해주실 거예요.”

케이틀린이 간신히 인사를 중얼거리고 있는데, 첼시는 이미 그녀를 정문으로 끌고 나가 대기중인 까만 리무진으로 데려갔다.

“당신 짐을 내 방으로 옮기라고 말해 놓았는데, 당신이 싫어하지 않았으면 좋겠어요. 당신에게 먼저 물어 봤어야 한다는 건 알지만, 그 빌어먹을 VIP 스위트 룸은 언제나 축구장만큼이나 넓으니 날 피하고 싶으면 별어려움이 없을 거예요. 난 호텔에 혼자 있는 걸 아주 싫어해요.”

“네, 전 괜찮아요.”

첼시가 리무진 안으로 들여보내자 케이틀린이 놀라며 물었다.

“어디 가는 거예요?”

“쇼핑.”

첼시의 시선이 케이틀린의 회색 드레스를 훑어보았다.

“그런 옷을 입은 당신을 크리스천 라크로와는 절대 들여보내지 않을지도 모르겠군요. 아, 당신이 지난 오 년간 콩고에 있었다고 말하면 되겠어요. 선교사를 감히 내치지는 못하겠죠.”

그녀가 리무진에 올라타기 전에 잠시 멈춰 깊이 숨을 들이쉬었다.

“흐음, 난 파리 냄새가 정말 좋아. 다른 데와는 다르죠. 갓 구운 빵냄새, 꽃을 파는 수레들, 관광용 버스에서 나오는 배기가스……”

케이틀린이 웃었다.

“그리고 찰칵대는 카메라들.”

“그건 소리죠, 냄새가 아니라.”

첼시가 리무진에 올라타자 조지가 문을 닫았다.

“우리 가서 라크로와의 향기가 가득 찬 공기를 마셔 보자구요.”

“난 바사로의 향기가 더 좋아요. 당신도 아마 그럴 거예요. 광고 필름은 언제 찍기로 했나요?”

“너무 빨라요, 아가씨, 너무 빠르다구요. 파티가 끝난 다음 바로라니까. 알렉스는 파울리 하트랜드를 감독으로 고용했어요.”

케이틀린이 멍하니 쳐다보자 그녀가 말을 이었다.

“파울리는 최고 텔레비전 광고에 주는 클리오상을 두 번이나 탔어요.”

케이틀린이 엄숙하게 고개를 끄덕이며 눈을 빛냈다.

"괜찮다는 뜻이군요."

"최고죠."

"윈드 댄서와 같이 찍게 되나요?"

"바사로 장면은 아니에요. 알렉스는 안전상의 이유로 바사로까지 윈드 댄서를 가져갈 수는 없다고 말했어요. 그래서 파울리는 실내에서 그 조각상과 광고를 찍을 거예요. 하지만 스텝들이 아직 찾아내지 못했어요."

"뭘 찾는데요?"

"레스토랑이나 클럽, 현대적인 것보다 좀 로맨틱한 장소."

"라 로통드."

첼시가 물어보는 듯 쳐다보았다.

"니스의 네그레스코 호텔에 있는 멋진 카페예요. 테이블과 칸막이 좌석 사이의 연단에서 회전목마가 움직여요. 한가운데에는 하얀 빅토리아 풍 드레스를 입은 실제 크기의 작은 소녀 인형이 오르간을 연주하지요, 부드러운 베니스 왈츠를요. 창문에는 예쁜 분홍색 오스트리아식 블라인드가 너무나 아름답게 드리워져 있고요."

"꽤 멋지게 들리는군요."

"그래요."

케이틀린이 화사하게 미소지었다.

"어렸을 때 아버지가 생일날마다 거기 데려가시곤 했어요."

그 아름답던 시간을 잊어버리고 아버지가 떠난 후의 쓸쓸함만이 기억되는 건 참으로 이상했다.

"파울리에게 전화해서 알아보라고 해야겠군요."

첼시가 케이틀린을 돌아보았다.

"마리사는 당신을 좋아해요. 전화 통화할 때마다 당신 얘기를 하더군요."

"나도 마리사가 좋아요. 그녀는 사랑스러운 아이예요."

"그 애는 아이가 아니에요."

첼시의 장갑 낀 손이 핸드백을 움켜쥐었다.

"한 번도 아이인 적이 없었어요, 그 나쁜 자식이……."

그녀의 목소리가 다시 침착해졌다.

"그 애는 아버지를 사랑했는데 그자는 일부러 상처를 입혔어요. 그 애한테 무슨 일이 있었는지 아세요?"

"네."

첼시의 시선이 케이틀린의 얼굴을 살폈다.

"알 거라 생각했어요. 그래서 당신들 둘이 그렇게 빨리 친구가 되었겠지요. 당신들은……. 왜 그렇게 쳐다보죠?"

"당신이 왜 그 애를 바사로에 보냈을까 생각하고 있었어요."

"난 당신이 좋아요."

"하지만 내가 파리에서 많은 시간을 보낸다는 거 알고 계셨잖아요. 그리고 당신이 마리사를 대단히 보호하고 싶어하는 건 분명해요. 그러니 그냥 좋아한다는 이유만으로 그녀를 낯선 곳에 보냈을 것 같지는 않아요."

첼시가 인상을 찡그리며 약간 수줍은 표정을 보였다.

"당신도 바보가 아니죠. 난 당신에 대해서 다 조사해 봤답니다."

"뭘요?"

"사람을 시켜서 알아보라고 했어요. 오, 아주 신중하라고 얘기했죠. 당신의 이웃 사람들이 당신을 살인자나 그런 걸로 의심하는 건 원하지 않았어요. 그들은 모두 당신 가족을 좋아하고 존경하더군요."

케이틀린이 겨우 미소를 참았다.

"감사한 일이군요."

"나한테 화나지 않았죠?"

"아뇨, 우스운 것 같아요."

첼시가 안도의 한숨을 쉬었다.

"다행이에요."

그녀가 케이틀린의 시선을 피하며 머뭇거렸다.

"내 딸한테 친절하게 대해 주고 집처럼 느끼게 해주어서 고맙다는 말을 하고 싶어요. 그건 우리 계약에 포함된 부분이 아니었지요."

"도움이 되었다니 기뻐요. 그 기자가 당신이 생각하던 그런 문제를 일으켰나요?"

"아뇨. 그는 우리 일을 언급하지 않고 표지에 내주었어요. 그런 사람을 당신은 어떻게 판단하나요?"

"마리사는 그 사람이 당신이 생각하는 것처럼 나쁜 사람은 아니라고 믿었어요."

"최악의 상황에 대비하는 게 낫죠. 그리고 그 애는 바사로에 있는 걸 즐거워하고 있어요."

리무진이 파리의 고급 상점가의 한 가게 앞에 멈추자, 첼시가 씨익 웃었다.

"자, 작업복을 골라 보자구요."

"저는 별로 도움이 되지 못할 거예요. 어머니는 항상 내 취향이 지루하다고 하셨거든요."

"그 말이 맞아요. 당신을 처음 보았을 때 당신이 마리사와 똑같다는 걸 알았죠. 그 애는 옷이란 걸 몸을 가려 주고 체온을 보호해 주는 도구일 뿐이라고 생각하거든요."

"그럼 당신 생각은 어떤데요?"

"분위기를 조성하는 도구죠."

그녀가 자신이 입고 있는 드레스를 가리켰다.

"이 옷을 봤을 때 날 어떻게 생각했나요?"

"세련되고 대담하면서도 시선을 끈다고요."

"당신에게는 더 절제된 걸로 해야겠어요, 화려함 대신 우아한 걸로."

"저요? 당신 옷을 사는 걸로 생각했는데요."

첼시가 고개를 저었다.

"난 아이슬란드에서 돌아와서 바로 샤넬에 파티 의상을 주문해 놓았어요. 내가 할 일은 가봉뿐이죠. 이번 쇼핑은 당신을 위한 거예요."

"그렇다면 잘못된 장소로 온 거예요."

"말도 안 돼요. 당신은 일 온스에 이백 달러짜리 향수를 파는 거예요. 당신이 당신의 멋진 향수를 뿌릴 정도로 대단한 여자라고 사람들에게 인식돼야 해요."

첼시가 입구를 향해 걸어갔다.

"전 그럴 만한 여유가……."

"내가 있잖아요. 당신은 마리사에게 친절하게 대해 주었고, 난 당신에게 빚을 갚는 거예요."

첼시가 퉁명스레 잘라 말했다.

"첼시, 난 그녀와 이틀밖에 같이 안 있었어요. 어머니가 돌봐 주고 계시죠. 이런 건 받아들일 수 없어요."

"그러니까 당신 어머니 옷도 좀 사야지요."

"그럴 필요가……."

"맙소사, 입 좀 닫아 주실래요? 난 이 일로 삼백만 달러를 받아요. 편하게 조금 받으면 되는 거예요."

첼시가 안으로 들어갔다. 케이틀린은 망설이다가 황급히 그녀를 따라 들어갔다. 다음 며칠간 입고 나타날 만한 옷이 필요하긴 하리라.

"그럼 필요한 것만요. 내 일상 생활은 그런 게 별로……."

첼시는 듣지도 않고 그녀를 살펴보았다.

"보석 같은 색으로. 포도주색, 에메랄드색, 그리고 물론 까만색도. 그 머리에 까만색을 입으면 멋져 보일 거예요. 보디스를 낙낙하게 하고 흐르는 듯한 그리스 풍이 좋겠어요. 가슴이 크면 세련되지도 않고 옷 입기가 불편하죠."

그녀가 인상을 찡그렸다.

"당신에게 어떤 게 어울릴지 말하기는 어렵겠어요. 난 공작새고 당신은 백조이니."

케이틀린이 웃었다.

"백조라구요? 미운 오리 새끼는 아니지만, 백조도 아니에요."

"두고 보자구요."

짙은 은색 카펫 위로 우아하게 차려입은 모델 같은 판매원이 걸어오며 거만하게 케이틀린을 쳐다보았다. 첼시가 케이틀린에게 한 걸음 더 가까이 다가서며 속삭였다.

"그 지독한 옷 때문이에요. 겁먹지 말아요. 저런 드래곤들은 겁먹는 고객들을 위한 보너스죠. 쇼의 일부라구요. 그냥 초연한 척 가만히 있으면 내가 알아서 할 거예요."

케이틀린도 혐오스런 표정을 지어 보려 노력했지만, 그렇게 경멸적으로 쳐다보는 여자 앞에서는 제대로 되지 않았다.

첼시가 전투에 나서는 전사처럼 공격적으로 한 걸음 나섰다. 그리고 입을 열었을 때, 그녀의 말투는 할리우드의 배우가 아니라 셰익스피어를 연기하는 연극인 같았다.

"봉주르, 마담. 이쪽은 케이틀린 바사로 양이에요. 물론 이름은 들어 보셨겠죠."

여자가 고개를 젓자 첼시가 놀란 표정을 지었다.

"못 들었다고? 어떻게 그럴 수가 있지? 대통령께서 다음 주에 콩고에서의 헌신적인 봉사를 치하하는 뜻으로 훈장을 수여하기로 하셨는데."

그녀가 여자를 불쌍한 듯 쳐다보았다.

"디오르로 갈 걸 그랬나 봐, 케이틀린. 당신이 새로운 사람들을 시도해 보고 싶어하는 건 알지만, 보수파들이 좀 그렇잖아."

그녀가 그 드래곤을 똑바로 쳐다보다가, 양장점에서 저항할 수 없는 도전을 한 마디 던졌다.

"어디 말해 봐요, 마담. 내 친구에게 디오르가 할 수 없는 걸 이곳이 할 수 있을까요?"

9

“너무 많이 샀어요.”

케이틀린이 안도의 한숨을 내쉬며 리무진에 등을 기댔다. 고급 양장점의 세련된 분위기에서 세시간을 보내고 나니 들판에서 24시간 일한 것보다 더 피곤했다.

“어머니 옷을 세 벌이나 고르게 되어서 기뻐요. 하지만 난 이런 거 필요 없…….”

“물론 필요해요. 이브닝 드레스 세 벌, 외출복 두 벌, 정장 한 벌, 야회복 두 벌. 신발은 사지도 않았는 걸요. 파티에는 그 까만 드레스를 입어요. 당신 피부에 멋지게 어울린다구요.”

“그리고 노출이 너무 심하죠. 당신 옷은 사지도 않았어요.”

“난 파티와 출시하는 날 입을 옷 두 벌이면 족해요.”

호텔에 도착하자, 첼시는 군대에 신병을 들이는 장군처럼 벨보이들을 불러내어, 순식간에 그들에게 자기 객실의 응접실 소파 위에 수많은 상자들을 갖다 놓도록 했다. 그리고는 매혹된 짐꾼들에게 매력적인 미소와 관대한 팁을 나누어 주고 나서 그들을 내보냈다.

케이틀린은 하이힐을 벗어던졌다.

"너무 힘들어요. 당신은 어떻게 그 긴 마라톤을 견뎌낼 수 있는 거죠?"

"뜨거운 물로 샤워하고 나면 금방 괜찮아질 거예요."

'욕조의 뜨거운 안개 사이로 알렉스의 강렬한 눈동자가 그녀를 응시하고 있었다.'

그 기억이 불시에 고통스럽게 찾아들었다. 알렉스에 대해서는 생각하지 말자. 그녀는 필사적으로 자신에게 중얼거렸다. 그는 그녀를 이용했고 바사로를 이용했다. 상처는 금방 아물 것이다. 오늘 그를 생각한 것은 지금이 처음이고, 그것은 이미 치유되고 있음을 뜻하는 것이리라.

"내가 룸 서비스를 부르는 동안 당신은 샤워나 좀 해요. 여기서 식사하고 오늘밤은 푹 쉴 생각이에요. 내일 아침에 기자회견을 해야 하고 오후에는 신발을 사러 가야만 해요."

"기자 회견?"

이 새로운 위협에 케이틀린은 또다시 쇼핑한다는 위협을 잊어버렸다.

"내가 왜 거기 있어야 하죠?"

"당신이 그 향수를 개발했기 때문이죠, 나참. 걱정 말아요, 당신에게 관심이 쏠리지 않도록 애쓸 테니까. 기자들을 다루는 것도 내 일의 일부라구요."

"거의 전적으로 당신 몫이 되어야 해요. 난 이틀 동안 거의 베르사유에 있어야 한다구요."

"알렉스에게 당신의 명안에 대해 들었어요. 그는 당신을 아주 자랑스러워하더군요."

"그 사람이? 친절하군요. 사실 그들을 설득하는 게 그다지 어렵지는 않았어요. 윈드 댄서가 이전 고향으로 돌아오는 일에 궁전이 적절했을 뿐이죠."

첼시가 미소지었다.

"모두가 베르사유 파티의 초대장을 받고 싶어하더군요."

그리고는 살피듯이 케이틀린을 응시했다.

"당신, 처음 만났을 때와는 달라진 것 같아요."

"제가요? 어떻게요?"

"확실히는 모르겠어요. 그때보다 더 겁먹지 않아서 그럴까요?"

"그 라크로와의 여자한테 겁을 먹었는 걸요."

첼시가 킥킥거렸다.

"하지만 그 여자 앞에서는 지구상의 거의 모든 여자가 벌벌 떨 거예요."

그리고는 미소가 사그라들었다.

"당신과 당신의 알렉스의 관계는 발전소 같아요. 흔히 하는 말로, 정말 대단해요."

"그는 나의 알렉스도 아니고, 난 발전소도 아니에요."

케이틀린이 문으로 걷기 시작했다.

"하지만 적어도 한 가지는 맞아요. 그는 정말 대단해요."

"이젠 쇼를 시작해야죠!"

거울의 홀 앞에서 첼시는 케이틀린에게 윙크를 했다. 그들이 안으로 들어서자 기자와 텔레비전 카메라맨들이 자석에 달라붙는 못처럼 첼시를 향해 밀려들었다. 케이틀린은 얼른 한 걸음 물러났다.

첼시가 즉시 손님들의 무리 안으로 휩쓸려 들어가자 케이틀린은 살짝 방의 구석에 자리잡았다. 그녀의 할 일은 이제 끝난 것이다. 한쪽 구석에서 현악 4중주단이 비발디를 연주하고 있었지만, 대화 나누는 소리, 유리잔이 부딪히는 소리들 너머로 이따금씩만 들을 수 있었다. 드문드문 하얀 재킷을 걸친 웨이터들이 카나페와 샴페인을 권하고 술을 마시지 않는 손님들에게는 오렌지 주스를 날라주었다.

머리 위에서는 샹들리에가 수정빛을 발하며 축하를 했으며 르크럭의 윈드 댄서를 본뜬 멋진 얼음 조각이 뷔페 테이블에 장식되었다. 뷔페 테이블 위에는 값비싼 철갑상어알과 보석 같은 과자들이 듬뿍 쌓여 있었다.

케이틀린은 벽에 걸린 열일곱 개의 거울 속에서 웃고 우쭐해 하는 손님들을 지켜보았다.

문득 캐서린이 살던 당시 열렸던 무도회도 이와 비슷하지 않았을까 하는 생각이 들었다. 캐서린은 이곳의 무도회에 참석한 적이 없지만, 그녀의 친구 줄리엣은 바로 이 홀에서 지금의 케이틀린처럼 태양왕의 영광을 그린 르 브런의 천장 그림을 올려다본 적이 있었을 것이다.

"여기 있었군. 당신을 찾고 있었소."

그녀가 시선을 돌리자, 전보다 더 크고 인상적으로 느껴지는 조나단이 눈에 들어왔다.

"안녕하세요, 조나단. 낯익은 얼굴을 만나니 좋네요. 세 명의 영화배우와 장관님, 아라비아 족장을 보았더니 기가 죽는 기분이었거든요."

"오늘밤 당신은 자랑스럽고 행복해야 하오. 멋진 일을 해냈잖소."

조나단이 그녀의 손을 잡아 주자, 케이틀린은 또다시 처음 만났을 때처럼 행복한 기분이 들었다.

"게다가 아주 아름다워 보이는걸. 당당하고, 마치 궁전에 사는 사람 같소."

그녀가 웃으며 고개를 저었다.

"난 정신 병동에서 나온 기분이랍니다. 지난 며칠은 정말 정신이 없었어요. 당신이 그 모든 스포트라이트를 어떻게 감당하는지 알 수가 없어요."

"당신도 익숙해질 거요."

조나단이 지나가는 웨이터의 쟁반에서 샴페인 한 잔을 집어 그녀에게 건네주었다.

"하지만 가끔은 이런 게 긴장을 풀어 주지."

그도 자신의 잔을 홀짝이며 군중들을 둘러보았다.

"베네딕트 양이 인기가 좋군."

방 한가운데에 많은 무리들이 첼시를 둘러싸고 있었다.

"그녀는 정말 놀라워요. 오 분만 그녀와 같이 있으면 그녀 마음대로 다루어진다니까요. 기자들을 다루는 모습을 당신도 보았어야 해요."

"언제나 그렇게 사교적인 건 아니라고 들었소. 그녀를 좋아하오?"

"아주 많이요. 그녀는 진짜 인간이에요. 그녀를 만나 보고 싶으세요?"

"이미 만난 적이 있소. 작년에 백악관의 디너 파티에서 소개받았지. 여

기 있는 사람은 거의 아는 사람들이오. 미테랑이나 크라코를 소개받고
싶소?”

“크라코가 여기 왔어요? 그 사람이 와줄지 확신이 없었는데.”

“저기 야자수 나무 있는 쪽이군.”

케이틀린은 관심 있게 그 전설적인 인물을 쳐다보았다. 신문에 난 사
진으로 볼 때는 그의 머리가 하얀색으로 보였는데, 실제로는 연한 금발
과 은발의 중간색이었다. 크고 마른 몸매에 방안의 다른 사람들처럼 우
아하게 차려입었지만, 왼쪽 뺨을 뒤틀어 놓은 상처와 슬픈 듯한 까만 눈
동자가 다른 사람들과는 달라 보이게 했다.

그는 성인, 아니면 순교자처럼 보였다. 그 상처는 게슈타포의 고문을
받아 생긴 거라는 얘기를 어머니에게 들은 적이 있었다. 그는 아무 정보
도 밝히지 않았고, 풀려났을 때 그의 몸은 너무나 찢어지고 부서진 상태
여서 2년 이상 치료를 받았다고 했다. 그는 국가적인 영웅이 되었고 전쟁
후에는 유럽 정치의 핵으로 떠올랐다.

“그 사람에 대해서는 많이 들었어요. 어머니가 대단히 존경하거든요.
그를 아시나요?”

“몇 번 무역회담에서 만난 적이 있소. 대단히 매력적이더군.”

그의 어조에 망설임이 있는 것 같아 케이틀린이 재빨리 조나단의 얼굴
을 살폈다.

“그를 좋아하지 않나요?”

“그는 아주 단정한 인물이오. 그에 대해 어떤 견해를 가질 정도로 잘
알지는 못하오.”

그의 시선이 크라코와 얘기하는 남자에게 쏠리자, 표정이 우울해졌다.

“하지만 저 달프레 씨는 잘 알지. 인터폴의 우두머리인데, 윈드 댄서에
대한 관료주의적 처사 때문에 피터와 내 인생을 아주 비참하게 만들었다
오. 우리가 직접 보안을 챙기겠다고 말했는데도, 우리의 일정 하나하나를
알고 싶어했소.”

크라코의 존재가 너무나 눈에 띄어서, 케이틀린은 그의 옆에서 열심히
얘기중인 야위고 검은머리의 남자를 거의 알아차리지 못했다.

"그는 뭔가를 설득하려는 것처럼 보이네요."

"라울 달프레는 유럽 통합에 열성적인 지지자요. 크라코를 자기 진영으로 끌어들이려고 설득하는 거겠지. 그건 꽤나 도움이 될 거요. 크라코는 통합에 반대 의견을 표명했으니까."

"당신은 어떻게 생각해요?"

"유럽의 모든 나라를 한 정부 아래 둔다는 것은 이득보다 큰 위협이 될 수 있소. 달프레를 유심히 지켜보는 게 좋을 것 같소."

"최근에 읽은 뉴스 기사에서 보니까, 더 집중적인 통제력이 있으면 테러리스트의 공격이 사라질 거라고 하던데요. 모든 사람이 현재의 정치를 비난하고 있어요."

조나단이 어깨를 으쓱였다.

"그럴 수도 있겠지. 내 질문에 대답하지 않았잖소, 크라코를 만나고 싶소?"

그녀는 다시 크라코를 쳐다보았다. 어머니는 그를 무척 좋아했다. 그를 만났다고 어머니에게 말할 수 있으면 좋겠지만, 그 불쌍한 남자는 달프레 때문에 몹시 바쁜 듯했다.

"제 어머니는 용서하지 않으시겠지만, 그러고 싶지는 않네요. 그냥 돌아다니면서 모든 게 잘 돼가고 있는지 볼래요. 눈에 띄지 않도록 조심하면서요."

"불가능하오. 사랑스러운 여성이 눈에 띄지 않을 수는 없지."

조나단이 그녀의 팔을 잡아 한쪽 끝의 응접실 쪽으로 끌었다.

"여주인 역할은 잊어버리고, 피터의 마음을 좀 편하게 해주시오. 그는 당신이 자신을 닭꼬치처럼 꼬챙이에 꿰어 버릴 거라고 생각하고 있소."

그녀가 인상을 찡그렸다.

"그럴까도 생각해 봤죠. 난 그 번역본이 필요한데 아직도 받아 보지 못했다구요."

"그럼 그 불쌍한 남자를 은밀히 혼내 줄 수 있도록 당신에게 넘겨주리다. 그게 응답기에 대고 말하는 것보다는 훨씬 만족스러울 테니."

"피터는 어때요?"

"좋소. 당신이 직접 보시오. 적외선 카메라와 경보장치, 안전요원들이 주위에 가득한데도 그에게는 충분치 않은 모양이오. 자기가 직접 지키고 있소. 비록 알렉스의 조치를 대단히 인상 깊어하지만."

"알렉스는 아주 철저하지요. 당신이 만족한다니 다행이에요."

"그럴 수밖에 없소. 그는 우리의 보호 대책을 두 번이나 점검하고, 윈드 댄서를 베르사유까지 운반하는 일을 직접 감독했소. 또 우리 안전요원으로는 불안했는지, 경호원들을 추가로 고용했소."

그의 눈썹이 생각에 잠긴 듯 가운데로 모였다.

"그답지 않소. 뒤에서 은밀하게 조종하는 쪽이라고 생각했는데."

"마키아벨리처럼 권모술수에 능하다는 말씀 같군요."

"그랬소? 여러 면에서 알렉스도 그와 비슷할지 모르오."

빨간 끈으로 주위를 띄어 놓은 윈드 댄서에 가까이 다가가자, 그 안에서 열심히 주위를 살피는 피터 마스코블이 보였다. 그는 안드레항에서 보았을 때보다 더 창백하고 살이 빠진 듯했다.

케이틀린을 보더니 피터의 야윈 얼굴이 미소로 밝아졌다. 그가 옆의 까만 대리석 위에 있는 페가수스를 가리켰다.

"안녕, 날 보러 오셨나요 아니면 내 친구를 보러 오셨나요?"

"둘다요."

케이틀린이 미소지었다.

"어떠세요? 약간 피곤해 보이네요."

"아주 좋아요. 음, 거의 좋다고 해야겠죠. 시차를 약간 느끼는 정도죠."

조나단이 인상을 쓰며 말했다.

"제발 호텔로 가서 좀 쉬라구. 자네가 할 일은 다 했어."

"모든 게 끝나고 호텔 금고에 윈드 댄서가 안전하게 들어갈 때까지는 안 돼."

"숙소는 편안한가요? 저와 첼시는 사 층에 묵고 있어요."

"좋소. 피터와 나도 같은 층이오. 알렉스가 우리를 위해 사 층 전체를 예약해 두었지."

피터가 케이틀린에게 아부하듯 미소지었다.

"이웃이군요. 설마 이웃의 가죽을 벗기려 들지는 않겠지요."

그녀는 그의 매력적인 미소를 무시하려 애쓰며 엄하게 쳐다보았다.

"중세 시대에는 그런 일이 자주 있었죠. 난 번역본이 필요하다구요, 피터."

피터가 한숨을 쉬었다.

"당신은 조나단보다 더 혹독하게 노예를 부리는군요. 도미니크 신부님이 거의 다 끝냈으니 그걸 바탕으로 내가 나머지를 할 수 있을 거예요. 일주일쯤 있으면 완전히 번역될 겁니다."

"신부님과 당신만이 그 일을 하는 건가요?"

"십오 세기 이탈리아어를 정확히 번역할 수 있는 학자는 별로 많지 않아요. 버지니아의 수도원까지 가서 그분께 도와달라고 애걸해야 했답니다."

케이틀린은 피터의 응답기에 남겨 놓았던, 그 찬사가 아닌 메시지들을 기억하며 죄스러워졌다.

"난 그냥 당신이 다른 사람들을 몇 명 더 고용한 줄 알았어요. 나에게 왜 말하지 않았어요?"

"당연히 조나단이 그 수도원 금고에 관대한 기부를 해줄 겁니다. 그리고 당신에게 말하지 않는 게 더 재미있잖아요. 한참이 지나니까 당신이 응답기에 남겨 놓은 그 가시 돋친 메시지들이 즐거워지기 시작했답니다. 나에게 활력을 더해 주었지요."

그녀가 웃음을 터트렸다.

"맙소사, 그 사람들의 엉덩이를 차서 재촉하라고까지 했는데."

피터의 눈동자가 반짝거렸다.

"도미니크 신부님께는 당신의 메시지를 정확히 전달하지 않았답니다. 그분은 이해하지 못하셨을 거예요. 마지막 이십 페이지만 하면 당신에게 그걸 드릴 수 있을 겁니다."

"그럼 당신이 일을 마무리하도록 평화로운 환경을 만들어 드려야겠군요. 며칠 바사로에 들를 시간이 있으세요?"

그의 얼굴에 번지는 열의를 보며 케이틀린이 부드럽게 덧붙였다.

“아무 데서나 캐서린의 일기를 읽도록 할 수는 없답니다.”
“진심입니까?”
“그럼요. 지난 한달 동안 당신을 괴롭힌 제가 할 수 있는 일은 그 정도뿐이잖아요.”
“언제?”
“당신이 편하신 대로.”
“내일? 아, 안 되지, 내일은 안 돼. 윈드 댄서가 니스행 배에 옮겨지는 걸 감독해야 해요. 내일 모레쯤?”
케이틀린이 가볍게 웃었다.
“좋아요. 어머니에게 전화해서 당신이 갈 거라고 말씀드릴게요.”
“얼마나 머물 수 있을까요?”
“당신이 있고 싶은 만큼요. 첼시와 난 내일 광고를 찍기 위해 니스로 출발할 거예요. 하지만 며칠 이상 걸리지 않을 거고 그 다음에는 바사로에서 찍을 거예요.”
“이젠 기분이 훨씬 좋아졌습니다.”
피터가 한 걸음 다가와 케이틀린의 손을 잡았다.
“고마워요. 그게 나에게 어떤 의미인지 당신은 모르실 겁니다.”
“제 부탁은 한 가지뿐이에요.”
“번역본?”
“네. 그리고 부디 더 이상의 사진은 보내지 말아 주세요.”
피터가 웃음을 터트렸다.
“좋습니다.”
“당신도 아시겠지만, 캐서린의 일기는 별 도움이 안 될 거예요. 그 문자에 대한 말은 전혀 없거든요.”
“가문의 역사가 문자보다 더 중요하지요. 문자를 해독하는 건 나에게 보너스일 뿐이에요. 우린 함께 일할 수 있어요, 케이틀린. 당신을 돕고 싶어요. 경쟁할 생각은 없답니다.”
케이틀린은 마음이 따뜻해졌다.
“당신 말을 기억해 둘게요.”

케이틀린의 시선이 페가수스로 향했다. 한순간 처음 보았을 때와 같은 황홀감에 사로잡혔다.

"그건 나에게 큰 의미가 있어요. 난 그 일을 꼭 해내야 해요, 피터."

"해낼 거라 믿어요."

조나단이 케이틀린의 팔을 잡았다.

"베네딕트 양에게 내가 그녀를 모델로 선포할 준비가 되었다고 말해 주겠소?"

그의 목소리가 겨우 들릴 정도로 낮아졌다.

"얼른 이 일을 끝내고 피터를 침대로 보내고 싶소. 그는 이렇게 과로하면 안 되오."

"알겠어요."

케이틀린은 고개를 끄덕이고 첼시가 있는 곳으로 서둘러 걸어갔다.

"달라 보이는군."

알렉스의 목소리였다.

그녀는 걸음을 멈추고 기력을 모은 다음 그를 돌아보았다. 그 또한 달라 보였다. 거칠고 매끈한 표범처럼, 그리고 우아했다.

"안녕, 알렉스."

"멋진 드레스요. 까만 드레스를 입은 모습은 처음 보는군. 당신 피부가……."

그의 시선이 어깨끈 없는 드레스 위로 드러난 가슴에 머물렀다가 재빨리 그녀의 얼굴로 올라왔다.

맙소사, 그렇게 수없이 자신에게 훈계를 했으면서 또다시 이런 느낌이라니. 그녀의 마음은 그가 한 짓을 경멸했지만 몸의 반응은 달라지지 않았다. 가슴이 부풀어오르고, 온몸에 갈망의 열기가 관통했다.

그녀가 애써 미소를 지었다.

"모든 게 괜찮은가요?"

"그 자식 흔적이 보이지 않소."

그녀의 입술이 씁쓸하게 비틀렸다.

"당신에게는 실망이겠지만, 난 유감이라고 말할 수 없겠네요."

“아직은 모르는 일이오.”

“그렇다면 당신이 그자를 붙잡아 윈드 댄서를 갖지 못하도록 확실히 하셔야지요.”

그의 표정이 갑자기 난폭하게 변했다.

“내가 그걸 모를 것 같소? 어젯밤 나와 같이 안전장치를 확인했으니 내가 얼마나 신중을 기하는지 알잖소.”

“난 그런…….”

그녀는 입술을 축이며 말을 멈췄다. 그에게서 벗어나야 한다. 이런 신랄한 대화는 그에 대한 육체적인 반응만큼이나 고통스러웠다.

“가봐야겠어요.”

“그래, 그거 좋은 생각이군.”

그의 목소리는 쉬어 있었고, 약한 슬라브식 억양이 들렸다. 그가 흥분할 때마다 들었던 것처럼. 그녀의 시선이 그의 얼굴로 날아갔다. 그녀는 그의 표정을 보고는 날카롭게 숨을 들이키며 손바닥에 손톱이 박힐 정도로 힘껏 주먹을 쥐었다. 제기랄, 그를 만지고 싶었다. 그녀는 몸을 획 돌렸다.

“첼시에게 가봐야 해요. 조나단이 빨리 끝내고 싶대요.”

“나도 그렇소. 빌어먹을, 나도 이 지긋지긋한 소동을 모조리 끝내 버리고 싶소.”

알렉스가 발길을 돌려 금세 사람들 사이로 사라져 버렸다.

그 자식은 어디 있을까?

조나단이 첼시를 소개하는 동안 알렉스는 구석진 곳에서 사람들을 지켜보고 있었다. 의심스러운 구석은 없었다. 이보다 더 확실한 미끼는 없다. 함정이 설치되었다.

그런데 브라이언 레드포드는 대체 어디 있는 건가?

조나단이 방문을 열자 피터가 복도에 서 있었다.

“그냥 자네에게 윈드 댄서를 안전하게 넣었다는 걸 알려주려고 들렀

네.”

“금고에?”

“그래, 대형 금고. 밖에 두 명의 경호원을 세워 놓았어.”

그는 하품을 겨우 참아냈다.

“첼시 베네딕트가 윈드 댄서와 잘 어울려 보이더군, 그렇지?”

“응. 둘다 서로를 돋보이게 만들더군. 탁월한 선택이었네.”

“잘 자게, 조나단. 내일 아침에 보세.”

“잘 자. 그리고 좀 늦게까지 자라구. 매일 새벽 동틀 때마다 일어날 필요는 없어.”

피터는 다시 하품이 나오자 손으로 입을 막았다.

“그럴지도 모르지.”

문이 닫히자마자, 조나단은 까만 넥타이를 풀며 응접실로 걸어가 턱시도 재킷을 벗어 의자 뒤에 걸어놓았다. 제기랄, 그는 나무 뒤에 숨겨놓은 선물을 몰래 훔쳐보려고 아래층으로 달려 내려가는 크리스마스 이브의 어린아이 같은 기분이었다.

하지만 더 이상 아이도 아니었고, 기다리고 싶지도 않았다. 이미 너무나 오랫동안 기다려 왔고, 인생은 너무나 짧지 않은가.

문이 열리는 소리가 들리자 그가 재빨리 돌아보았다.

“어머나, 왜 옷도 아직 안 벗었어요?”

첼시가 문을 닫고는 날개처럼 하얀 옷자락을 휘날리며 달려왔다. 그의 품안에 안겨들며 목을 껴안고 그의 얼굴과 목에 열띤 키스를 퍼부었다.

“나라면 벌써 벗었을 텐데. 왜 남자들은……”

“입 다물어, 첼시.”

그가 길고 느린 키스로 그녀의 입을 막았다.

“시간이 없었어.”

그는 그녀를 안아 침실로 데리고 갔다. 맙소사, 품에 안긴 그녀는 가벼웠다. 그녀의 성격과는 너무나 대조적으로 육체가 이렇게 가볍다는 것이 그는 언제나 놀라웠다. 그 풍부한 영혼과 생명력, 강인함과 애정이 넘치는 관대함이 가득 차 있으면서도.

"이날을 팔 개월이나 기다려 왔소. 당신의 수다로 이날을 망치게 하지
는 않을 거요."

그녀가 더 가까이 품속으로 파고들며 온순하게 말했다.

"좋아요. 하지만 당신이 나처럼 자고 싶은 마음이 강렬하다면……."

"사랑을 나누는 거요."

그가 단어를 정정해 주며 그녀를 침대에 눕히고 자신의 셔츠 단추를
풀기 시작했다.

"그게 우리가 함께 하는 거요. 섹스 뒤에 숨으려 들지 말고 그렇게 말
하라구."

"말이 무슨 소용이죠?"

첼시는 가볍게 대꾸하며 신발을 벗어던지고 침대에 앉아 그에게 등을
돌렸다.

"지퍼 내려줘요."

"말해."

조나단은 지퍼를 내리고 빛나는 머릿다발을 한쪽으로 들어올려 목덜
미에 코를 비벼댔다.

"제발."

그녀가 돌아보며 떨리는 웃음을 토해내었다.

"제발이라고 말하는 신사에게 저항할 수 있었던 적은 한 번도 없었어
요. 사랑을 나눠요. 더 듣기 좋은가요?"

"그렇소. 그리고 그게 더 진실이지."

조나단이 옷을 첼시의 허리까지 내렸다. 그녀의 젖가슴은 완벽한 곡선
으로 높이 솟아 있었고, 젖꼭지는 그가 기억했던 대로 단단하고 뾰족했
다. 휴, 너무나 오랜만이었다.

"첼시, 내 사랑……."

고개를 밑으로 내리며 그는 모든 말들을 잊어버렸다.

"알렉스에게 감사하는 마음이 생기려 하오."

그녀의 얼굴에서 머리를 쓸어넘기며 조나단이 말했다.

“그가 어떻게 우리에 대해 알아냈을까요? 우린 아주 조심했는데.”

“누가 알겠소? 어떤 소식통을 갖고 있는 것 같소.”

“별로 마음에 들지 않아요. 그가 알아냈다면, 다른 기자도 알 수 있을 거예요.”

“그럴 것 같지는 않소. 알렉스는…… 아주 특이하지.”

“그가 말하지 않을 걸로 믿어도 될까요?”

“그럴 것 같소.”

“당신은 별로 걱정스럽지 않은 것 같군요.”

“솔직히 첼시, 난 전혀 신경 쓰지 않소.”

그녀의 미소가 흐려졌다.

“음, 난 신경이 쓰여요.”

“알아. 그래서 이런 멍청한 짓을 하는 거잖소. 내 방 열쇠는 어디서 났소?”

“알렉스, 파티가 열리기 전에 그가 내 방을 나가고 나서 지갑 속에 있더군요.”

“빚을 갚는 거로군.”

“그는 큐피드가 아니에요.”

“첼시, 내 사랑. 오늘밤은 알렉스에 대해 얘기하고 싶지 않소. 당신, 킹스턴에서보다 더 야위었군.”

그의 넓은 손바닥이 젖가슴을 가볍게 감싸쥐었다.

“오늘밤 파티에서 보았을 때 몸무게가 준 것 같다고 생각했지.”

“몇 킬로그램뿐이에요. 당신은 걱정이 너무 많아요.”

첼시가 그의 다리에 자신의 다리를 감으며 더 가까이 안겼다.

“내 걱정은 말아요. 난 스스로를 보살필 수 있다구요.”

“말도 안 돼. 타임지 표지에서 당신 바로 옆기둥에 꽂힌 작살을 보았소. 당신은 거의 작살에 꿰일 뻔했더군.”

그녀가 수줍게 수긍했다.

“제 정신이 아니었어요.”

조나단이 갑자기 피식 웃었다.

"앞으로 다시 당신을 꽂을 일이 있다면, 내가 그 일을 하고 싶소."

"음, 당신은 확실히 그럴 만한 무기를 갖고 있지요, 커다란 고래."

그녀의 손이 밑으로 내려와 그곳을 감쌌다.

"그런 찬사라면……."

그녀의 손에 힘이 더해지자 그가 숨을 들이켰다.

"또 다른 작살이군."

그녀가 낄낄대며 한쪽으로 일어나 그를 내려다보았다.

"맙소사, 당신은 정말 쉽게 일어나는군요."

"쉬운 게 아니오, 정열적인 거지. 사랑에 빠진 남자는 모두 다 정열적이라오. 당신도 그걸 알 때가 되었어, 첼시."

그녀가 그에게서 몸을 빼내어 침대에서 일어났다.

"아, 목이 마르네. 물 가지러 갈 건데, 당신도 뭐 좀 갖다줄까요?"

"아니."

그는 그녀의 벌거벗은 뒷모습을 바라다보았다. 그녀의 움직임을 보는 게 좋았다. 마치 적을 향해 행군하듯이 어깨를 똑바로 펴고 팅겨오를 듯한 걸음걸이로 걸었다. 백악관 식당에서 그의 앞으로 걸어가는 그녀의 모습을 보았을 때 처음으로 눈길을 끈 것이 그녀의 걸음걸이였다. 그 다음 순간 깨달은 것은 그녀가 자신의 옆에 앉아 있으며, 저녁이 다 지나기 전에는 인생에서 귀하고 아름다운 어떤 것과 만나게 되었다는 점이었다. 그가 밑에 떨어뜨려 놓았던 셔츠를 집어들었다.

"잠깐, 에어컨을 틀어놔서 벌거벗고 다니기에는 너무 춥소. 이걸 입으라구."

그녀에게 셔츠를 던져주자, 그녀가 받아 소매를 꼈다. 그녀는 소매 단을 말아올리며 교태를 부리듯 눈을 깜박였다.

"난 선포하노라, 이런 남부 신사 같은 자상함만을 사랑한다고."

그녀가 말을 이으며 몸을 돌려 침실을 빠져 나갔다.

"그것은 내 작은 가슴을 퍼덕이게 하고, 내 마음을……."

"내 사랑, 당신은 훌륭한 배우지만 남부 미인으로서는 완전히 엉망이오."

조나단이 일어나 옷장에서 까만 로브를 꺼냈다. 그는 그걸 입고 첼시를 따라 응접실로 들어갔다. 첼시는 작은 바 안을 뒤져 에비앙 한 병을 꺼내어 잔에 따르다가, 잔을 힘껏 움켜잡았다.

"그런 식으로 부르지 말아요. 난 당신의 사랑이 아니에요."

그는 아무 말 없이 그냥 서서 쳐다보고만 있었다.

"아니라구요, 그건 사랑이 아니에요."

그녀는 반항적으로 말하고 나서 잔을 입으로 가져갔다.

"그건 섹스일 뿐이에요, 건강에 좋은 운동일 뿐이라구요."

그는 여전히 말이 없었다.

"자고 난 다음이면 어째서 남자들은 그렇게 감상적으로 변하는지 알 수가 없어요. 오르가슴은 사랑이 아니라구요. 나에게 섹스는 별것도 아니에요. 난 누구와 어느 때고 오르가슴을 느낄 수 있어요. 맞아요, 난 맥과 이어가 홈런 치는 걸 보면서도 오르가슴을 느껴요."

"대단히 만족스럽겠군."

그녀가 순간적으로 당황하는 듯하더니 웃기 시작했다.

"나쁜 사람."

"미안하오, 첼시. 내가 적당히 낙심하는 모습을 보여야 하는 건데."

그가 그녀에게 가까이 다가왔다.

"나와 언제 결혼해 줄 거요?"

"절대 그런 일은 없어요. 팔 개월 전에 이미 말했잖아요, 당신은 받아들였고."

"받아들인 게 아니오. 더 이상 얘기하지 않았을 뿐이지."

"그럼 지금 받아들이세요. 우리가 신중하게 계속할 수 있는 한, 당신을 만나 자는 건……."

그녀가 그의 눈을 쳐다보더니 단어를 바꿨다.

"사랑을 나누는 건 상관없어요. 하지만 그것뿐이에요. 난 내 인생이 있고 당신에게는 당신 인생이 있어요. 그 둘은 섞이지 않아야 해요."

"전에는 섞여서도 잘 지냈잖소."

그녀가 조심스레 물잔을 내려놓았다.

"내 말 들어요. 이건 협상할 수 있는 문제가 아니에요."

"모든 건 협상이 가능하오."

조나단이 셔츠의 단추를 잠그기 시작했다.

"이대로 있으면 추울 거요."

그녀가 뒤로 물러났다.

"내 일은 내가 알아서 할 수 있어요. 난 당신 회사의 직원이나 가족이 아니에요. 나에게 아무것도 해줄 필요가 없어요."

"그럴 의무는 없지. 난 그걸 특권으로 생각하오."

그녀가 두 눈을 질끈 감았다.

"오, 제기랄. 내가 당신과 뭘 할 수 있겠어요?"

"나와 같이 사는 거요. 나와 결혼해서, 마리사만큼 멋진 아이들을 낳아 주는 거요."

"그럴 수는 없어요"

그녀의 눈이 열리며 그렁그렁한 눈물을 드러내었다.

"그리고 이런 얘기는 그만했으면 좋겠어요."

그가 머리를 흔들었다.

"이번에는 안 되오. 우리 관계를 세상에 알리는 거요. 나에게 말해 봐, 첼시."

"말하고 싶지 않아요."

하지만 그녀는 그에게 다가와 그의 품에 얼굴을 묻었다.

"당신이 그리웠어요. 정말 그리웠어요, 조나단."

"그건 좋은 시작이오. 이젠 나머지를 말해 봐요."

그의 손이 부드럽게 그녀의 머리를 쓸어내렸다.

"당신에 대해 내가 제일 처음 들은 말이 뭔지 아세요? 난 제럴드 티베츠와 얘기하고 있었죠, 베네수엘라 대사, 그 사람이 당신을 가리키며 말했어요. '저 사람이 누군지 아십니까? 조나단 안드레죠. 미국의 다음 대통령이 될 겁니다.'"

조나단이 웃었다.

"말처럼 다 되는 건 아니지."

"하지만 당신은 그걸 원하고 있어요. 그리고 원해야만 해요. 당신은 정말 훌륭한 대통령이 될 거니까."

"그리고 당신은 훌륭한 영부인이 될 거요."

그녀가 머리를 흔들었다.

"난 영화배우예요."

"레이건도 그랬지."

"그건 달라요. 난 감옥에 들어간 적도 있어요. 모든 잡지마다 나에 대해서 떠들어댔다구요."

"당신은 그걸 딛고 일어섰고 훌륭한 배우가 되었소. 그리고 당신은 정말 최고의 인간이오. 환상적인 잠자리도 포함해서."

그가 가볍게 키스했다.

"난 진지해요. 내가 한 일이 수치스럽지는 않지만, 아니, 그건 거짓말이에요. 그 개자식이 마리사에게 한 짓을 알아채지 못할 정도로 어리석었다는 사실이 너무나 수치스러워요."

"당신도 겨우 아이티를 벗었던 나이였소."

"그 아이를 세상에 내보냈을 때, 난 그 아이와 같이 있을 권리를 포기했어요. 다른 실수들도 많이 있었지만, 난 절대…… 난 그 일로 인해 성장했어요."

조나단이 조용히 머리를 쓰다듬으며 그녀의 말을 듣고 있었다.

"하지만 다른 사람을 다치게 할 만한 실수를 또다시 할 권리는 없는 거예요. 유권자들이 나와 같이 있는 당신을 받아들일 리가 없어요."

"당신이 어떻게 알지? 세상은 변하고 있소. 예전처럼 속 좁은 사람들이 아니라오."

"하지만 어떤 잡지에는 내가 남편에게 불성실했고 나중에는 난잡하게 굴었다는 기사까지 나왔다구요."

"사실인가?"

"아뇨. 그 나쁜 자식과 결혼한 후로 난 몇 년이나 다른 사람 손이 닿는 것조차 견딜 수 없었어요. 내가 무슨……. 하지만 지금은 그게 중요한 게 아니에요."

“나에게는 아니오. 당신에 관한 모든 것이 나에게는 중요하오. 진실을 알고 싶은가? 그래, 난 대통령이 되고 싶소. 모든 일이 잘 된다면, 몇 달 안에 출마를 발표할 계획이오.”

그녀의 몸이 경직되며 간신히 미소를 지었다.

“그러니까 내 방법이 최선이에요.”

그는 고개를 저었다.

“난 평생 힘이라는 걸 다루어 왔소. 대통령직은 궁극적인 목적이 아니라, 내가 하고 싶은 일일 뿐이오. 백악관에서의 사 년이 당신과 함께 할 수 있는 남은 평생을 희생할 정도의 가치는 없소.”

“팔 년이죠. 당신이 재선되지 않는다면 국민이 미친 걸 거예요.”

“팔 년이라 해도 마찬가지요.”

“그건 그렇게 될 거예요.”

그녀가 몸을 돌려 침실로 움직였다.

“하지만 당신이 나한테 정말 친절하게 군다면, 백악관으로 몰래 들어가 즐겁게 해줄 수도 있어요, 케네디와 마릴린 먼로처럼요.”

“당신은 대통령의 애인이 되기에는 너무나 불꽃 같소.”

“그렇게 연기하면 되죠. 내가 하기로 마음만 먹는다면 최고로 잘 할 수 있어요.”

그녀가 침실 문 앞에서 멈춰 서며 씨익 웃었다.

“이제 난 약간의 솜씨 좋은 작살꽂이를 할 분위기가 되었어요, 당신이 준비되었다면요.”

“당신에게는 언제나 준비가 되어 있지. 이걸로 얘기가 끝난 건 아니오.”

그녀가 코를 찡그려 보였다.

“알아요. 당신은 자신에게 좋은 게 뭔지 모른다니까요.”

“잘 알고 있다오.”

그녀의 방어막을 부수려 애쓸 필요는 없다. 논쟁을 멈추고 점잖게 기다리는 것이 나으리라. 그녀를 자신의 생각대로 설득할 만한 충분한 시간과 기회가 생긴 것에 감사했다. 그는 그녀를 향해 걸어가, 그녀의 허리를 감고 침대 쪽으로 이끌었다.

"우유, 야채와 오트밀이 나에게 아주 좋지. 그리고 운동도 그래. 산책, 수영, 테니스……."

그의 손이 셔츠에 감싸인 엉덩이를 애무했다.

"그리고 가장 좋은 건 바로 이거요."

알렉스가 보스지 광장의 집에 들어섰을 때 새벽 3시임에도 불구하고 전화벨이 울리고 있었다.

그는 문을 닫고 서둘러 응접실로 들어가 수화기를 집어들었다.

"알렉스, 내 아기, 아주 잘 해냈어. 분노와 슬픔은 인간에게 위대한 행동을 불러일으키지. 날 꾀어내려고 윈드 댄서를 여기까지 갖고 온 걸 보라구. 현란한 기술이었어."

"가져가 보시지, 레드포드."

"오, 그럴 거야. 오늘밤 베르사유에서 기다리고 있었겠지? 네가 이리저리 그 거대한 홀을 돌아다니며 화분 뒤에 숨어서 날 기다리고 있었을 모습이 눈에 선하군. 널 실망시키지 않기 위해 그렇게 하고 싶은 마음이 굴뚝 같았어."

"왜 하지 않았지?"

"내 협력자가 오늘밤 파티에 문제를 일으키는 일을 반대했고 난 그의 소망을 기꺼이 받아들였어. 사실 윈드 댄서를 훔치겠다는 말에 별로 유쾌해 하지는 않았지. 우리 둘다 유쾌할 만한 걸 주겠다고 거래를 해야 했어."

"다른 도둑질?"

"아니, 다른 거."

그의 목소리는 놀리는 듯했다.

"그리고 나에게는 개인적으로 희생이 필요한 거지. 내가 골동품을 얼마나 사랑하는지 알잖아. 내가 널 위해 그 정도로 힘쓴다는 걸 고마워하길 바래."

"널 만나고 싶다."

"그렇게 될 거야, 때가 되면. 내가 어떻게 너에게서 떨어져 있을 수 있겠어? 어쩌면 이런 모든 노력이 윈드 댄서가 아니라 너를 위해서일지도 몰라. 너의 노력도 복수가 아니라 우리가 더 가까워지기 위해서인지도 모르지. 그런 생각을 해봤나?"

"아니."

"아니라구, 물론 그렇겠지. 넌 자신에게조차 그걸 인정한 적이 없을 테니까."

레드포드는 잠시 말이 없었다.

"난 언제나 페이블에게 약간 샘을 냈어. 그래서 그 자식에게 장난을 친 거야."

알렉스는 엄청난 분노가 끓어올랐다.

"나쁜 자식."

"그건 상냥한 말이 아닌걸. 난 너에게 언제나 상냥했는데 말이야. 오늘 밤 너에게 이 일을 가르쳐 주고 있는 거야. 그렇게 엄청난 파괴의 손짓을 해줄 수 있는 사람은 많지 않을걸."

"그런 건 원하지 않아. 난 네 녀석의 목숨을 원해."

"유감이군. 보스지 광장에서도 폭발음을 들을 수 있을 거야. 그나저나 네가 있는 그곳은 정말 사랑스러운 집이더군. 널 방문해서 그곳의 장식을 보고 싶은 유혹을 느껴. 넌 정말 절묘한 취향을 가졌거든."

"문은 언제나 열려 있어."

레드포드가 키득거렸다.

"기억해 두지. 한동안 거기 여자와 같이 있었다는 걸 알아. 난 그게 별로 마음에 안 들어, 알렉스."

알렉스는 소름이 끼쳐 잠시 숨쉬는 것도 잊어버렸다.

"마지막으로 통화했을 때 그 여자에 대해서는 듣지 못했지. 들었다면 그때 널 혼내 주었을 텐데. 너의 관심은 오로지 나와 우리의 시합에만 집중되어야 해. 안젤라 일로 잘 배웠을 텐데."

"안젤라?"

"모르고 있었나? 그들은 그녀를 옮기는 일에 그렇게 빠르지 않더군."

"맙소사."

"그녀에 대해 잊었을 거라고도 생각했지. 꼭 그 일을 해야 할 필요는 없었어. 하지만 그녀가 죽었다는 걸 알고 나니까 기분이 훨씬 더 좋아졌어. 자, 이젠 끊어야겠군. 너와의 대화가 자극적이긴 하지만, 오늘밤에는 할 일이 있거든. 내가 가까이 있다는 건 확실히 알았을 거야."

상대편의 수화기가 내려졌다.

알렉스는 응접실 벽에 걸린 거울을 멍하니 노려보았다. 레드포드는 미치광이였다. 아니, 차라리 미친 놈이라면 더 안전할 것이다. 그는 전적으로 도덕과는 무관한 냉혈한이었다. 케이틀린을 안젤라와 같은 범주로 생각하기를 얼마나 바랐던가 기억하며, 갑작스런 공포가 치솟아 올랐다.

케이틀린!

그는 수화기를 움켜잡고 케이틀린의 숙소로 전화를 걸었다. 다섯 번의 벨이 울린 후에야 응답이 왔다.

"여보세요."

졸음에 취한 케이틀린의 목소리였다. 안도감에 거의 어지러울 지경이었다.

"케이틀린, 당신 괜찮소?"

"당신이 깨울 때까지는요. 대체 무슨……."

"문을 잠그고 거기 그대로 있으시오. 조나단에게 전화해서 내가 갈 때까지 당신과 같이 있으라고 하겠소. 몇 분밖에 걸리지 않을 거요. 다른 사람에게는 절대 문 열어 주지 마시오."

"알렉스, 무슨…… 레드포드?"

"당신 이름을 말하지는 않았소. 당신이 누군지 모를 수도 있지만, 확신할 수는 없소."

"맙소사, 윈드 댄서."

"그 빌어먹을 조각은 걱정하지 않아. 문을 꼭 잠그고 있으라구."

전화를 끊고 조나단의 방으로 걸어 그가 받아들자 간단하게 말했다.

"케이틀린의 방으로 가서 내가 갈 때까지 거기 있으시오. 그런 다음 피터에게 전화해서 윈드 댄서를 확인하라고 하시오."

“대체 무슨 일이야? 알렉스?”

“그냥 그렇게 하시오.”

그는 다시 교환원에게 전화를 걸어 경찰을 대달라고 했다. 연결이 되자 재빨리 말했다.

“블랙 메디나가 오늘밤 행동할 거요. 오래된 물건에 폭발이 있을 거요.”

그는 수화기를 내려놓았다. 경찰에 전화한 것은 쓸모 없는 짓일 수도 있었다. 파리처럼 오래된 도시에, 오래된 물건이란 흔하디 흔했다.

벌떡 일어나 현관으로 달려나가는 순간, 폭발음이 집 전체를 뒤흔들었다!

천년 동안, 기도의 소리들이 신성한 예배의 장소에서 천국까지 닿았으리라. 처음에는 초기 기독교 교회당이었다가 다음에는 로마네스크 교회였다가 15세기에는 수도원이 되었다. 2차 세계대전 동안에는 망명자들의 천국이 되었고, 히틀러는 조국의 영광을 위해 그곳을 철거해 베를린으로 옮길까 생각도 해보았다. 그 성당은 전쟁과 페스트와 세월의 흐름에서 살아남았다.

하지만 브라이언 레드포드에게는 살아남지 못했다.

생 앙투안 성당은 인터컨티넨탈 호텔에서 겨우 두 블록 떨어진 곳이었다. 알렉스는 그 재앙의 현장에 들어서 군중 사이를 밀고 나갔다. 참상이 눈에 들어오자, 목이 메었다. 유명했던 탑은 사라지고, 성당 내부는 까맣게 불타는 지옥이 되었다. 르네상스 시기의 가장 위대한 예술가들이 창조해 내었던 반짝이는 스테인드 글라스 파편들이 거리에 흩뿌려져 있었다. 바로 몇 주 전 그 창문을 통해 빛나는 햇살을 쳐다보던 케이틀린의 얼굴이 떠올랐다.

“물러나세요.”

창백한 얼굴의 헌병이 불타는 건물 주위에 설치한 밧줄로 물밀 듯이 밀려드는 군중들을 밀쳐내었다.

“아무것도 할 수 없어요. 소방관들에게 맡겨 두라구요.”

이미 세 대의 소방차가 재앙의 현장에 도착해 있었고, 성당을 향해 달려오는 또 다른 차들의 사이렌 소리가 들렸다.

"소용없을 거야. 사라져 버렸어."

알렉스의 옆에 서 있던 늙은 여자가 젊은 헌병처럼 눈물 젖은 눈으로 불타오르는 교회를 바라보고 있었다.

"여기서 처음으로 성찬식을 가졌었는데. 드골 장군의 영결식을 보며 바로 이곳에 서 있었는데."

그녀가 입을 다물자, 눈물이 뺨으로 스르르 미끄러져 내렸다. 나머지 사람들도 긴장된 얼굴과 눈물어린 눈으로 그 성당이 화염에 휩싸인 모습을 지켜보고 있을 뿐이었다.

그의 목적이 세상을 충격과 분노에 빠뜨리는 것이었다면, 레드포드는 대상을 대단히 잘 골랐다. 프랑스인이 아닌 알렉스조차 그 전통적이고 멋진 장소가 사라지는 것에 너무나도 고통스러웠던 것이다.

나이 든 여자가 눈물을 닦아내며 중얼거렸다.

"나쁜 놈들, 저주받은 놈들."

생 앙투안 성당의 벽이 재가 되어 버리는 동안 알렉스는 말없이 지켜보고 서 있는 군중들을 밀고 나갔다.

10

엄청난 불길이 밤하늘에 거대한 빛을 뿌려내었다.

케이틀린은 창가에 서서 격렬한 불길을 쳐다보며 재앙의 현장으로 달려가는 소방차의 사이렌 소리를 듣고 있었다.

"그들이 진짜 저질렀군요."

문가에 서 있는 첼시는 여전히 리셉션장에서 입었던 하얀 옷차림으로, 머리는 헝클어지고 얼굴에는 화장기가 전혀 없었다.

"처음 폭발음이 들렸을 때 데스크에 내려가서 물어보려 했는데, 뚫고 나갈 수가 없었어요. 무슨 일이에요?"

"나도 몰라요. 조나단이 알아보려고 대사관에 전화하고 있어요. 나더러 먼저 가서 금방 여기 온다고 말하랬어요. 왜 그래요? 어디 아픈 거예요?"

"아뇨."

"그럼 왜 알렉스가……."

"조나단이 올 때까지 기다리는 게 좋겠어요."

그들에게 거짓말을 계속할 수는 없었다.

"당신 지독해 보이네요. 그렇게 나쁜 일은 아닐 거예요."

첼시가 케이틀린의 옆으로 다가와 창 밖을 내다보았다. 그녀의 얼굴이 어둠 속의 빨간 불길에 반짝거렸다.

"내가 조나단과 뭘 하고 있었는지 묻지 않는군요."

"그건 내가 상관할 일이 아니에요. 알렉스의 전화를 받고 당신 방에 갔었는데 침대에 흔적이 없더군요. 나에게 말할 필요는 없어요."

"지금에 와서 당신에게 숨기기에는 약간 늦었죠. 우린 출시날까지 큰 가족이 될 텐데. 아마도 언제이든 당신이 알게 되었을 거예요. 조나단과 난 작년에 연인 사이가 됐어요. 당신이 이 일을 다른 사람에게 말하지 않는다면 고맙겠군요. 조나단은 정치적인 포부를 갖고 있고, 그건 그의 미래에 좋지 않을 거예요."

"아까 말한 대로 그건 내가 상관할 일이 아니에요."

"고마워요."

첼시가 잠시 가만히 있었다.

"당신도 알겠지만, 그는 정말 굉장해요."

"조나단을 아주 좋아해요."

"누구나 그래요. 그는 사람들에게 진심으로 마음을 쓰고, 그들도 그걸 느끼죠. 그와 함께 있을 때면……. 그는 피난처와 영양분과 아름다움까지 제공하는 산과 같아요."

"그래서 이 일을 하기로 동의한 건가요?"

첼시가 천천히 고개를 끄덕였다.

"알렉스가 조나단의 이름을 말했던 순간부터 이 일을 맡는다는 데 의심의 여지는 없었어요. 조나단과 내가 서로를 만나면서도 의심을 사지 않을 수 있는 완벽한 기회가 될 테니까요. 알렉스는 아주 영리했어요."

"알렉스도 당신과 조나단의 관계를 알고 있었나요?"

"알았겠죠. 그는 우리 둘다 너무나 잘 요리했어요."

그래, 그는 그들을 너무나 잘 요리했다.

"그가 어떻게 알아냈나요?"

"나도 몰라요. 조나단 말로는 소식통이 있을 거라고 하더군요."

모든 조사 기관들을 이용했을 것이다.

"그는 당신이 원하는 걸 찾아내서 그걸 제공한 거예요."

"그것만이 유일한 방법이었을 거예요."

"그게 알렉스의 방법이죠."

케이틀린의 목소리는 씁쓸하면서도 달콤했다.

"알렉스는 그런 습관이……. 아참, 잊고 있었네. 너무 걱정이 돼서 그냥 던져놓기만 했는데……."

첼시가 문 옆의 테이블에서 상자 하나를 집어 케이틀린에게 건넸다.

"이게 문 앞 복도에 있었어요. 카드에 당신 이름이 쓰여 있던데."

상자 속에는 세련된 푸른 스카프가 있었다.

케이틀린은 그 스카프를 내려다보며 알렉스의 전화를 받은 후 처음으로 공포가 현실로 다가왔다. 알렉스한테 레드포드가 남겨놓았다던 다른 스카프들에 대한 얘기를 들은 바 있었다. 하지만 이건 다른 것이었다. 좀 더 섬세한 것, 여성용이었다.

"생 앙투안 성당이오."

몇 분 후 조나단이 들어서며 말했다. 케이틀린의 눈이 공포로 휘둥그래졌다.

"설마."

"맞소. 성당을 완전히 무너뜨릴 정도의 충분한 폭약이 설치되었소. 그들은 파편 이상이 남기를 바라지 않았던 모양이오. 블랙 메디나 짓이오. 그 폭발이 있기 몇 분전에 경찰서에 익명의 제보가 있었다고 하오."

케이틀린의 손이 벨벳 커튼을 움켜쥐었다.

"그 나쁜 자식들을 잡아 거세시켜 버렸으면 좋겠어요."

첼시가 놀란 듯 쳐다보았다.

"당신이 그렇게 심한 말을 하는 건 처음 봐요."

"생 앙투안이라구요. 거긴 특별한 곳이에요. 노트르담을 폭파시킨 것만큼이나 지독한 짓이에요. 우리 유럽에서는 역사와 문화가 모든 것이에요. 우린 그것들과 같이 호흡하며 살아요. 바로 몇 주전에도 그곳에 갔었는데. 알렉스에게 보여 주고 싶……."

그녀는 말을 멈추고 테이블 위의 스카프를 쳐다보았다. 레드포드가 이런 끔찍한 짓을 했다.

"미쳤어요."

그녀의 모든 인생이 흉악함으로 오염되는 것 같았다. 어째서 생 앙투안 같은 아름다운 것을 폭파시킨단 말인가? 어째서 만나 보지도 못한 여자를 죽이고 싶어하는 것인가?

"알렉스가 당신의 안전을 대단히 걱정하더군, 케이틀린. 우리에게 말해 줄 것이 있지 않겠소?"

대단히 부드러운 말이었지만, 조나단의 표정은 단호했다.

15분 후 케이틀린은 알렉스의 노크 소리에 문을 열어 주었다.

"내가 모두 다 말했어요, 알렉스."

알렉스가 잠깐 멈칫하다가 안으로 들어왔다.

"잘 했군. 내 할 일을 대신해 주었소."

그가 문을 닫아 잠그고 그들을 마주 보았다.

"윈드 댄서는 확인해 봤소, 안드레?"

"안전하오. 피터가 직접 금고에 내려가서 확인했다고 전화가 왔소. 그 폭발이 건물을 흔들면서 경보 장치가 나갔지만 안에 들어가 보니 윈드 댄서가 안전하게 있었다고 했소."

알렉스가 얼어붙었다.

"그에게 다시 전화하시오. 그 경보 장치는 폭발 때문에 흔들리지 않아. 당신이 금고에 안전하게 넣었다는 말을 듣고 내가 직접 안전 장치를 살펴보았단 말이오."

"피터가 윈드 댄서를 보았다고 했소."

"전화해서 다시 확인하라고 하시오."

조나단이 잠시 말 없이 쳐다보다가 전화기로 가서 번호를 눌렀다.

"피터? 다시 한 번 조각을 확인해 주게. 그래, 아까 확인한 건 알아. 그래도 다시 가보고 나에게 전화해 주게."

조나단이 전화를 끊고 알렉스를 돌아보았다.

"시간 낭비요. 그 조각상이 목표는 아니었던 것 같소, 적어도 오늘밤에는. 내일 아침이 되면 기회는 없을 거요. 피터에게 그걸 갖고 돌아가라고 할 테니까."

"그럴 줄 알았소."

"그리고 경찰에 전화해서 당신 친구 레드포드에 대해 말하겠소."

"안 돼!"

"빌어먹을, 그는 미친 살인자요. 당신은 그의 정체를 숨겨 줄 권리가 없소."

"이름을 알았다고 그를 잡을 수 있을 것 같소? 내가 거의 사 개월간이나 그자를 찾으려고 노력했지만 근처에도 갈 수 없었소."

"그들은 당신이 갖지 못한 조직 체계를 갖고 있소."

"그리고 난 그들이 갖지 못한 체계를 갖고 있지. 레드포드는 이 게임을 나와 둘만의 것으로 생각하니, 나에게 그를 잡을 기회가 있소."

"그리고 그는 케이틀린을 잡을 기회가 있지요. 맙소사, 그녀가 죽을 정도로 두려워하는 게 안 보이나요?"

첼시의 말이었다.

"경찰에 전화하는 건 소용없을 거요. 모르겠소? 그는 CIA와 연결돼 있다구, 제기랄. 그자는 유럽 전체에 연락망과 소식통이 있단 말이오. 그들은 그녀를 안전하게 지켜 줄 수 없소."

"그럼 당신은요?"

첼시가 비꼬듯 물었다.

"우리 층이 철저히 경비가 되는 줄 알았는데 그자는 놀라운 선물을 두고 갔더군요."

"무슨……."

그의 시선이 테이블 위의 스카프에 가서 멎었다.

"맙소사."

"내 이름이 카드에 적혀 있었어요. 그는 내 이름을 알고 있어요."

그녀가 겁에 질렸다 해서 누가 비난할 수 있겠는가? 그는 그녀에게 위로의 손길을 뻗고 싶었다. 하지만 그녀가 받아들이지 않으리라는 걸 알았다.

"이런 일이 생기게 하려던 건 아니었소, 케이틀린. 이런 일은 일어나지 말았어야 해."

"당신이 잘못 계산한 거죠. 모든 걸 계획하면서 얼마나……."

문에서 커다란 노크 소리가 들렸다.

"조나단! 제발, 문 좀 열어."

"피터요."

조나단이 한달음에 걸어가 문을 활짝 열었다. 방으로 들어서는 피터의 금발머리는 엉망으로 헝클어져 있었고 얼굴은 창백했다.

"그들이 가져갔어, 조나단. 틀림없이 내가……. 맙소사, 미안하네. 알았어야 했는데, 내가 직접 거기 있었어야 했어."

"윈드 댄서?"

조나단이 믿을 수 없다는 듯 피터에게 시선을 고정시켰다.

"그들이 윈드 댄서를 가져갔다고?"

"금고 안에 있는 걸 직접 확인했는데, 하지만 너무 어두워서 난……."

"무슨 얘길 하는 거야?"

"복제품이야. 경보 장치가 꺼졌을 때 우린 성당의 폭발 때문이라고 생각했어. 세 블록 내에 있는 모든 경보 장치가 나갔고 호텔 전체가 흔들렸기에 경비원 한 명이 로비에서 날 부르더니 조각상을 다른 금고로 옮겨야 한다고 말했어. 그자들이 그때 진짜를 가져가고 복제품을 놓았던 거야."

"복제품이라니 무슨 소리야? 자네가 속을 정도로 윈드 댄서와 흡사한 복제품은 없다구."

"아뇨, 있어요."

케이틀린의 말에 모두 그녀를 돌아보았다.

"나란히 옆에 두고 보지 않으면 모를 만한 복제품이 하나 있어요. 베니스의 예술가 데세드로가 만든 조각, 윈드 댄서에 관한 논문을 쓸 때 한 번 본 적이 있어요. 어두운 불빛 속에서라면 구별할 수 있는 사람이 별로 없을 거예요."

"복제품이 있다는 건 전혀 몰랐는데."

"장 마르크 안드레가 십팔 세기에 그 일을 맡겼어요. 지금은 영국인 사업가, 알프레드 코나트의 개인 소장품 중에 있지요."

"맙소사. 맞소, 당신 논문에 적혀 있었지. 내가 왜 그 생각을……."

피터가 비참하게 중얼거렸다.

"하지만 그게 왜 여기에 있는 거죠?"

첼시가 의문을 던졌다.

"진짜보다 복제품을 훔치는 게 훨씬 더 쉬웠겠지. 코나트 씨가 잘 살고 있는지 확인해 보는 게 좋을 거요."

"세상에."

조나단은 정신이 없는 듯 머리를 흔들었다.

"사라졌다니, 난 믿을 수가 없어."

그가 고개를 들어 알렉스를 노려보았다.

"이 나쁜 자식, 그 조각은 우리 가문의 것이었어. 수백년 전부터…… 난……."

그가 깊이 심호흡을 하고 자제력을 되찾으려 노력했다.

"사라졌다니 믿을 수가 없어."

"내가 되찾아오겠소."

알렉스가 말했다.

"어떻게? 레드포드를 찾아내는 것조차 제대로 하지 못했잖소."

"윈드 댄서가 도둑맞은 건 내 탓이오. 내가 찾아서 되돌려 놓겠소."

케이틀린이 조나단의 앞으로 나섰다.

"정말 죄송해요, 조나단. 내가 얼마나 비참한 기분인지 모르실 거예요. 우리가 당신에게 찾아드리겠다고 약속할게요."

"우리? 당신은 아니오. 당신은 표적이 되오."

알렉스가 고개를 저었다.

"그럼 내가 어디로 숨어야 하나요?"

그를 홱 돌아보는 그녀의 눈에는 눈물과 함께 분노가 번쩍거렸다.

"당신이 이런 일을 하게 내가 놔둔 거예요. 내가 그 조각을 파리로 가져오게 하지만 않았어도."

"아무도 당신을 탓하지는 않아요, 케이틀린. 우린 당신이 얼마나 절망적이었는지 잘……."

"그러니까 내 탓이에요. 나도 알렉스만큼이나 책임이 있어요. 어쩌면 더 한지도 몰라요. 꿈이 현실로 되는 것 같았죠. 윈드 댄서…… 난 바사로를 너무나도 사랑해요, 그 향수가 성공하길 무척이나 원했어요. 막을 수도 있었는데……."

그녀가 힘겹게 침을 삼켰다.

"내가 조나단에게 피해가 가서는 안 된다고 분명히 말했을 거예요, 알렉스."

알렉스가 조나단을 돌아보았다.

"게임은 변했소. 레드포드는 윈드 댄서를 갖고 있고, 그걸 놓치지 않으려고 무슨 짓이든 할 거요. 그자는 그것에 대단히 집착하니까."

케이틀린이 쓰디쓴 미소를 지었다.

"그의 말이 맞을 거예요. 알렉스는 집착에 관해서라면 전문가죠."

"맞소. 레드포드는 나에게 집착하고 있소. 내가 당신의 유일한 가능성이오. 경찰에게 말해 버리면 우리가 가진 유일한 선마저 잃게 될 거요."

"아무 실마리도 없다고 했잖소."

"레드포드의 뒤를 캐고 있는 사람이 하나 있소. 그가 쓸모 있는 걸 발견할지도 모르오."

알렉스는 못 믿겠다는 듯한 조나단의 표정을 탓할 수 없었다.

"그리고 레드포드를 찾을 수 없다면, 그의 파트너를 추적할 수도 있소. 레드포드는 자기의 협력자가 반대해서 오늘밤 리셉션장에서 조각을 가져가지 않은 거라고 했소. 그자가 반대한 이유는 자신이 파티에 참석하고 있기 때문이었을 거요."

"지푸라기를 잡고 있군."

알렉스도 그 말을 부인할 수는 없었다.

"그래도 붙잡을 지푸라기는 있잖소. 이십사 시간 안에 실마리를 찾아내겠소.”

조나단이 머뭇거리다가 어깨를 으쓱였다.

“이십사 시간, 더 이상은 안 되오.”

알렉스가 케이틀린을 돌아보았다.

“당신이 초대장을 보냈소. 손님 명단이 필요하오.”

그녀가 책상으로 걸어가 중간 서랍을 열고 종이들을 꺼내 알렉스에게 건네주었다.

“내가 도울 수 있을까요?”

“이 부분에서는 안 되오. 하지만 당신의 안전을 확신할 수 있다면 더 정신을 집중할 수 있을 거요.”

그녀가 머리를 흔들었다.

“바사로에는 돌아가지 않겠어요.”

“그 일은 나중에 얘기합시다. 어디가 가장 안전할지 아직 잘 모르겠소.”

그가 문으로 향했다.

“내가 돌아올 때까지 그녀와 같이 있어 주시오, 조나단. 복도에 두 명의 경비원을 세우고 난 옆방에 있을 거요.”

그가 어깨 너머로 케이틀린을 쳐다보며 문을 열었다.

“제발 방안에 있으라구.”

그녀는 그를 보지 않았다.

“걱정 마세요. 나도 살고 싶어요. 그 미친 놈에게 죽을 생각은 전혀 없다구요.”

“그런 일은 내가 허락하지 않을 거요.”

알렉스는 문을 닫고 엘리베이터 쪽으로 성큼성큼 걸어갔다.

새벽 6시가 지나 응접실 창문으로 새벽빛이 스며 들어오고 있었다. 알렉스는 정말이지 피곤했다. 그는 어깨의 긴장을 풀어 보려고 근육을 움직이며 책상으로 가 의자에 털썩 주저앉았다. 아직은 쉴 수 없었다. 턱시도 주머니에서 케이틀린에게 받은 손님 명단을 꺼내 노려보았다.

24시간.

그는 명단을 훑어보기 시작했다. 저명한 인사들의 이름들, 한 시간쯤 지나 두 명 밑에 밑줄을 그었다. 인터폴의 우두머리 라울 달프레와 영국인 억만장자이자 예술품 감정 전문가인 벤저민 카터. 달프레는 예술품 도둑을 쫓는 일에 있어 놀라우리만치 무능했고, 카터는 지하 시장과의 연결 고리를 갖고 있는 광적인 수집가로 알려져 있었다. 알렉스는 의자에 등을 기대고 눈을 비볐다. 충분치 않았다. 그들에 대해 생각해 보아야 한다. 그들을 틀 속에 넣어 보아야 한다. 하지만 지금 당장은 너무나 피곤했다.

전화기로 손을 뻗어 뉴욕의 골드바움에게 연락했다.

"맙소사, 당신은 잠도 안 자는 거요?"

"시간이 별로 없소. 레드포드에 대해 뭐라도 알아야만 해, 어떤 거라도."

"어제 오후에 보고가 들어왔지만 아직 볼 시간이 없었소. 살펴보고 나서 내일 적당한 시간에 전화하겠소."

"지금 사무실로 가시오."

"지금이 몇 시인지 아는 거요?"

"당장."

"그럼 세 배를 내시오."

"새로운 게 있소?"

골드바움이 한숨을 쉬었다.

"있소. 하지만 아마 당신 돈만큼의 가치는 없을 거요."

"난 파리의 인터컨티넨탈에 있소."

"내가 다시 전화하겠소."

전화를 끊으며 알렉스는 다시 의자에 기댔다.

갑자기 그는 의자를 밀어내고 벌떡 일어났다. 가만히 있으면 케이틀린이 떠오르고 그러면 허무함과 죄의식만 몰아쳐 자신을 집어삼킬 것만 같았다.

그는 정신을 집중시켜야만 했다. 샤워를 하고 커피를 주문해야겠다. 그리고 조각들을 합칠 만한 새로운 방법을 생각해 보리라.

'크라코가 생 앙투안을 터트린 테러리스트들을 잡겠다고 맹세하다'
알렉스는 웨이터가 커피와 함께 가져다 준 조간 신문의 머릿기사를 읽었다. 제기랄, 이런 놈들이란. 가공의 환상적인 적과 싸우며 가는 곳마다 길을 방해하는 공상 사회 개량가.
세 잔째 커피를 다 마셨을 때 전화벨이 울렸다.
"날 막을 수 없을 거라고 했잖아."
레드포드의 목소리, 알렉스의 손에 힘이 들어갔다.
"어디야?"
"넌 보스지 광장의 그 사랑스러운 집을 떠났더군. 수치스러운 일이야. 그 숙녀 때문인지 대단히 걱정이 된다구."
"그 여자에게서 떨어져, 레드포드."
"어쩌면. 내가 보낸 스카프는 그냥 장난삼아 한 거였지. 하지만 네가 당장 그 여자를 방어하려 하는 방식은 거슬린다구. 바사로 양에 대해서 네 감정을 알아봐야겠어. 말해 봐, 그녀는……."
알렉스는 그의 관심을 돌리기 위해 갑자기 말했다.
"달프레가 왜 생 앙투안을 폭파하길 바란 거지?"
"달프레?"
레드포드가 잠시 조용해졌다.
"아주 빨리 조각들을 맞춰냈군? 아, 난 너의 그런 지성을 사랑한다니까, 알렉스."
알렉스는 충격으로 얼어붙었다. 자신이 이렇게 단 한 방에 맞춰내다니 행운을 믿을 수가 없었다.
"왜지?"
"난 정말 폭파하고 싶지 않았어. 하지만 달프레는 골동품을 존중하지 않아. 그리고 난 윈드 댄서를 가져야만 했고."
"그럼 왜 세계의 가장 가치 있는 명작들을 훔치도록 한 거야?"
"잘 모르는군. 그가 훔치라고 명령한 게 아니야. 그것이 조직의 중요한 부분이라고 내가 설득한 거지."

그가 웃어젖혔다.

"그는 나폴레옹이 되고 싶어해. 그것들이 새 정부의 국고에 확실한 후원을 해줄 거라고 내가 말한 거야."

"빌어먹을, 그래서 그자는 속은 거로군?"

"글쎄, 그자가 내 보물들에 대해 자기 나름대로의 계획을 갖고 있을 거라고는 생각하고 있지."

"서로를 가치 있게 여기는 것 같군."

"물론 그는 나에게 가치가 있어. 하지만 달프레보다 내가 좀더 낫지. 네가 생 앙투안 건으로 나에게 화낼 거라는 건 알아."

"화라구? 넌 미치광이야."

"아니, 난 다만 구획을 그을 뿐이야. 하지만 지금 널 한 곳으로 밀어넣는 건 좀 힘들군. 너에 대한 내 감정을 해결하지 못했기 때문인 것 같아. 난 깔끔한 걸 좋아해."

"달프레는……."

"달프레에 대해서는 말하고 싶지 않아."

"그럼 무슨 얘길 하고 싶지?"

"아무것도. 그냥 네 목소리를 듣고 싶었을 뿐이야."

그의 목소리가 속삭임으로 낮아졌다.

"내가 너의 모든 것을 빼앗을 수 있다는 것도 알려주고 싶었고."

그리고는 전화를 끊었다.

알렉스는 솟구쳐 오르는 분노를 삭이려 애쓰며, 방금 통화로 얻어낸 정보를 생각해 보았다.

많지 않다. 두 가지 사실뿐. 그가 여전히 감시당하고 있다는 것과 레드포드의 말대로라면, 달프레가 공모자라는 사실. 레드포드를 믿는 건 위험하지만 모든 게 맞아떨어졌다. 달프레는 연락망과 테러를 일으킬 만한 조직을 갖고 있었고 유럽 연합을 지지하고 있다.

15분 후에 다시 전화벨이 울렸다.

알렉스가 응답하자마자 골드바움이 말했다.

“아주 미약하오, 이스탄불.”

“계속해 보시오.”

“십사 개월쯤 전에 레드포드는 비자를 받아 터키로 갔소. 완벽한 여행객이었지, 다르다넬스 해협을 관광하고 그 후 이 주간을 이스탄불에서 보냈소. 거기서 집을 한 채 샀더군.”

“확실한 거요?”

“그렇소, 그걸 누구에게도 알리고 싶지 않았던 모양이오. 서류와 유령회사들을 뒤지는 데 몇 주가 걸리긴 했지만, 구입자는 레드포드요.”

“아직도 소유하고 있소?”

“오 일전까지도.”

“주소를 말하시오.”

“스워즈가 2-14. 이젠 집에 가서 좀 자도 되겠소?”

“아직은 안 되오. 벤저민 카터라는 영국인 사업가와 라울 달프레에 대해 가능한 한 모든 걸 파보시오.”

“그 라울 달프레?”

“인터폴.”

골드바움이 휘파람을 불었다.

“그거 꽤나 아슬아슬하군. 그자는 지독히도 악랄한데다가 대단한 권력을 가졌다고 하던데.”

“그에 관한 정보와 이십사 시간 감시가 필요하오.”

골드바움이 반대하려 하자 알렉스가 잘라 말했다.

“알고 있소. 나에게 청구하시오, 얼마가 되든.”

“휴, 알겠소. 다른 건?”

알렉스가 신문의 기사를 힐끗 보았다.

“라스 크라코를 감시하시오. 그자가 테러리스트에 대해 알아낸 모든 정보를 원하오.”

“그자보다 먼저 찾아내란 말이 없는 게 놀랍소. 난 기적을 일으키는 사람은 아니오.”

“당신이 그렇게 된다면 좋겠소. 지금은 기적이라도 바라고 싶소.”

잠시 침묵이 흐르다가 골드바움이 퉁명스럽게 말했다.

"침대로 가시오, 제기랄. 기적을 바라고 있다면, 나보다 더 피곤한 게 틀림없군. 요구한 것은 내가 알아보겠소."

알렉스가 대답하기도 전에 평소처럼 그가 먼저 전화를 끊어 버렸다.

이스탄불. 일리가 있다. 유럽과 인접한 아시아, 귀중한 예술품들을 숨기기에 그보다 더 나은 장소가 어디 있겠는가? 레드포드는 지금 이스탄불의 그 집으로 가는 도중일지 모른다. 그 생각에 혈관에서 격렬하게 피가 쿵쾅거리는 것 같았다. 그 개자식을 잡을 수 있다.

골드바움에게 터키라는 말을 들은 순간부터 무언가가 알렉스의 기억을 끌어당겼다. 제길, 왜 정확히 집어낼 수 없는 걸까? 조만간 생각이 날 것이다. 그 동안 그는 그곳으로 가야 하리라.

그는 수화기를 들어 제네바 행 비행기표를 예약한 다음, 조나단 안드레의 방에 다시 전화했다.

알렉스는 오후 2시쯤 떠날 준비를 하고 나서, 옆방의 케이틀린에게 가 알아낸 정보를 말해 주었다.

"나도 같이 가겠어요."

케이틀린이 간단하게 말했다.

"당신과 싸울 생각은 없소. 그 일을 생각해 봤는데, 당신이 나와 같이 있는 게 안전할 것 같소."

"좋아요. 짐을 쌀게요. 이십 분이면 충분할 거예요."

케이틀린이 침실 쪽으로 돌아섰다.

"아직은 아니오. 이스탄불에서 나 혼자 있을 시간을 이틀만 주시오."

그녀가 돌아섰다.

"왜요?"

"당신이 있을 집을 찾아야 하오."

그녀가 계속 의심스럽게 쳐다보자 그가 머리를 흔들었다.

"난 미행당하는 중이고 그자를 떼어내려면 얼마나 시간이 걸릴지 모르오. 당신에게 안전한 장소를 찾아야 하오."

“그럼 파리는 안전한가요?”

“아니, 하지만 적어도 여기서는 당신에게 경호원을 붙일 수 있고 조나단이 별 일 없도록 신경 써 줄 거요. 내일 모레, 그는 니스행의 촬영팀과 첼시, 그리고 당신의 비행기표를 끊을 거요. 공항에 도착하면, 당신과 비슷한 외모의 여자를 화장실에서 만나도록 조치를 취해 두겠소. 당신의 옷으로 갈아입고 그녀는 당신 표를 들고 나머지 사람들과 니스로 날아가는 거요. 그리고 거기서 그 여자는 사라지는 거지. 니스로 출발하기 전에 조나단이 당신에게 이스탄불행을 타도록 해줄 거고, 이스탄불 공항에서는 내가 맞이하겠소. 당신이 니스에 가지 않았다는 게 밝혀졌을 때쯤에는, 내가 당신을 안전하게 감출 수 있을 거요.”

케이틀린은 잠시 말이 없었다.

“날 속이려는 건 아니겠죠?”

그가 움찔했다.

“아니, 그런 건 다 끝났소.”

“좋아요, 이틀.”

“이성적으로 행동해 주어서 고맙소.”

“내가 두렵지 않을 것 같은가요? 그 파란 스카프를 보면……. 난 죽고 싶지 않고, 이 일에 대해 아무것도 몰라요. 여긴 내 세상이 아니에요.”

“다른 곳에 안전한 집을 찾아내도록 노력하겠소.”

“아뇨, 난 조나단에게 윈드 댄서를 되찾아놓겠다고 약속했어요. 난 약속을 지켜요.”

케이틀린은 거의 그 의미가 잊혀진 이 세상에서 충실하고 견고하게 명예를 지킬 줄 알았다. 그가 레드포드를 잡겠다는 일에 집착하는 것과 같이 그녀는 죄의식과 자신의 약속에 얽매여 있었다. 빌어먹을, 그가 모든 걸 엉망으로 만들어 버렸다.

“조나단이 알프레드 코나트를 알아봤어요. 그 집은 다 타버려서 재가 되었고, 그도 그 안에서 죽었어요. 그의 예술 소장품들도 다 파괴돼 버린 걸로 추측되었죠. 흥, 하지만 우린 잘 알고 있잖아요?”

“그래.”

"그리고 첼시는 계속 참여하기로 동의했어요. 대단히 친절한 처사예요."

"우리는 그 친절에 삼백만 달러를 지불했소."

케이틀린이 반박하려 하자 그가 손을 들어올렸다.

"미안하오. 친절한 처사요. 그녀가 이 일을 계속할 필요는 없지. 윈드댄서가 없으니, 그녀와 조나단, 카메라팀은 니스 촬영을 건너뛰고 곧장 바사로에 가서 나머지 촬영을 하게 될 거요. 그리고 조나단에게 피터를 먼저 보내 이상한 점이 없는지 알아보라고 했소."

케이틀린의 시선이 그의 얼굴로 날아갔다.

"어머니, 어머니는 안전하실까요?"

"그건 예방조치일 뿐이오. 전화해서 일 때문에 당신은 파리에 있어야 한다고 말하시오. 그리고 피터가 캐서린의 일기를 연구하러 갈 거라고 하시오. 문제가 생길 이유도 없는데, 괜히 놀라게 해드릴 필요는 없을 거요."

케이틀린이 안도하며 고개를 끄덕였다.

"내 생각도 그래요. 내가 거기 없는데, 그자가 바사로에 있는 사람을 해칠 이유는 없을 거예요."

"제네바 공항에서 카라조브를 놓쳤습니다. 어떻게 빠져 나갔는지 모르겠어요. 방금 거기 있었는데 다음 순간 사라져 버렸어요."

페레조가 레드포드에게 말했다.

"어떻게 빠져 나갔는지 내가 말해 주지. KGB와 CIA가 오 년 동안이나 그를 따라다녔어. 그러면 편리할 때 꼬리를 떼는 일에는 대단히 능숙해지지. 왜 좀더 신중하게 굴지 않았나?"

"난 노력했어요. 세인트 바실의 산장에도 가봤는데 그 집은 잠겨져 있고 그 녀석 흔적은 없었습니다. 스위스에서 그자를 계속 찾아봐야 할까요?"

레드포드는 잠시 생각해 보았다.

"아니, 제네바는 혼란을 일으키려는 계략일 거야."

"그럼 파리로 돌아갈까요? 그 여자와 연락할 수도 있잖아요."

"파리에는 감시할 만한 사람이 많아. 그리고 안드레의 경비 체계가 너무 삼엄해서 알렉스가 그 여자에게 연락했는지 알아낼 수 없을 거야. 바사로로 가서 그 여자가 돌아오는지 기다리고 있어."

레드포드는 눈살을 찌푸린 채 전화를 끊었다. 알렉스는 분명 가짜를 흘려 주고 진짜 목적지로 갔을 것이다. 알렉스는 좀처럼 충동적이거나 변덕스럽게 행동하지 않는다. 그러니까 파리를 떠날 만한 무언가를 알아냈음이 틀림없었다.

조심스레 그와의 대화를 되살려 보았다. 별달리 중요한 말은 흘러나오지 않았다. 그렇다면 알렉스는 자신의 정보원에게서 그 후에 어떤 정보를 알아냈을 것이다.

자, 알렉스가 어떤 정보를 얻어낼 가능성이 있을까?

스워즈가에 있는 그 집, 산더미 같은 서류를 뒤져서 그 집을 찾아낸 것이 틀림없었다. 그 생각에 화가 치밀어야 했지만, 레드포드는 거의 아버지와 같은 자부심이 느껴졌다.

"내가 페레조보다 더 잘 할 수 있다고 했잖아요."

레드포드는 한스를 돌아보며 괜한 짜증이 치밀어오르는 걸 느꼈다. 이런 성마름이 이 아이에게 지겨워졌기 때문인지 아니면 자꾸 알렉스와 비교가 되어서인지 확실하지 않았다.

"그렇게 말했지. 하지만 넌 무슨 일이라도 제일 잘 할 수 있다고 생각하잖아."

"내가 그 녀석을 쫓아갈게요. 그 녀석을 찾아내겠어요."

"그럴 필요 없어. 나의 친구 알렉스는 이스탄불로 간 것 같아. 그를 감시할 만한 사람에게 전화만 하면 돼. 넌 여기서 필요하단다."

한스가 험상궂게 인상을 썼다.

"왜 아직까지 파리에 있는 거예요? 당신이 원한 건 그 조각뿐인 줄 알았는데."

"먼저 여기 일을 마무리지어야 해."

"이미 끝났잖아요. 나한테 성당 일을 잘 해냈다고 했잖아요."

"아주 잘 했어. 하지만 성당을 폭파한 건 첫단계에 불과해. 조직에는 다른 일면도 있단다."

"그럼 내가 그 일을 맡는 건가요?"

"오, 그렇구말구."

레드포드가 자비롭게 미소지었다.

"너에게 그 일부를 맡기려고 충분히 생각하고 있어."

그가 다시 전화기로 손을 뻗었다.

"이제, 내가 이스탄불에 전화하는 동안 조용히 있거라."

"집시한테 연락할 건가요?"

"그래."

"왜 나한테 그 녀석을 만나게 해주지 않았죠?"

"집시는 매우 은밀한 녀석이야. 관심이 쏠리지 않는 걸 더 좋아하지."

"난 마음에 들지 않는 걸요."

"그럴 줄 알았다. 하지만 난 네가 그를 만나고 싶어하는 이유를 모르겠구나. 너희는 공통점이 거의 없어."

레드포드는 이미 전화를 걸고 있었다.

"하지만 그 녀석, 꽤나 효과적이야. 그래, 집시가 아주 멋지게 해낼 것 같아."

스워즈가의 집은 거의 궁전에 가까웠다.

나무로 만든 궁전이 3층으로 높이 솟아 있었다. 금박 입힌 창문이 궁전 앞면의 아래층들을 장식했고, 위층의 절묘하게 조각된 나무 셔터들은 한때 하렘이었을 그 집의 분위기를 가리고 있었다.

알렉스는 어젯밤 늦게 이스탄불에 도착했고, 오늘 아침에 그 집의 위치를 간신히 알아내었다.

그 집에는 레드포드나 그의 주위에 있을 법한 범죄적인 인물 비슷한 자의 흔적이 없었다. 그곳은 폐쇄되어 있었고, 하인 하나 보이지 않았다. 레드포드가 이 집을 훔친 예술품의 은닉처로 사용하고 있다면, 경호원들을 남겨 두었을 것이다.

하지만 이 궁전을 산 목적이 분명히 있을 텐데.

여기서 무슨 일인가 일어날 것이다, 빌어먹을. 그의 본능이 그걸 말하고 있었다.

하지만 레드포드가 나타나기만을 기다리고 있을 수는 없었다. 실마리를 찾아야 한다. 과거에 이스탄불을 몇 번 방문한 적이 있지만, 이런 외국땅에서 필요한 것을 탐색할 정도는 아니었다. 필요한 정보를 제공해 줄 수 있는 사람을 찾아야 하리라.

알렉스는 택시를 타고 힐튼으로 돌아왔다. 방에 들어서자마자 콴티코에 있는 로드 맥밀란에게 전화를 걸었다.

"지금 이스탄불에 있는데 도움이 필요해."

"이 오만한 개자식, 내가 널 도와줄 것 같아?"

"이 도시의 은밀한 곳들과, 밤에 기어나오는 모든 기생충들을 알고 있는 이곳 출신이 필요해. 이름을 대줘, 그러지 않으면 내가 직접 찾아나서야 할 거야."

"잘 해 보라구."

"이스탄불에서 기생충들한테 잡히는 건 위험하겠지. 이런 골목길에서 내 목이 위험해지는 걸 바라나?"

잠시 침묵이 흘렀다.

"언젠가 내가 직접 널 없애 버리겠어, 카라조브. 아주 잔인하게."

알렉스는 조롱하듯 맥밀란의 말을 인용했다.

"잘 해 보라구."

맥밀란이 방안의 누군가에게 중얼거리는 소리가 들렸다.

"기다려. 버니가 알아보는 중이야."

정확하게 컴퓨터 자판을 두드리는 버니의 대머리에 호박색 컴퓨터 불빛이 반사되는 모습을 상상할 수 있었다. 잠시 후 맥밀란이 다시 수화기를 들었다.

"케말 네미드, 그는 우리와 KGB를 위해 일하고 있어."

"어떻게 접촉하면 되지?"

"그는 전화가 없어. 버니가 만나도록 조정해 줄 거야. 네미드는 처음에는 공공 장소에서 만나는 걸 좋아해. 보통은 코페즈라는 야외 카페에서.”
“언제?”
“내일.”
“오늘. 난 지금 호텔에서 떠날 거야. 하루 종일 저녁 내내라도 그 카페
에서 기다릴 거야.”
알렉스가 전화기를 내려놓았다.

커피를 마시면서도, 알렉스의 시선은 파라솔을 세운 테이블에서 거리
의 바쁜 교통의 흐름까지 멈추지 않고 움직였다. 거의 해질녘이었다. 제
기랄, 벌써 6시간이나 지났는데도 아직 케말 네미드의 흔적은 보이질 않
았다.
자동차의 경적소리들이 조용함을 뒤흔들자 알렉스의 시선이 거리로
날아갔다. 열세 살이나 열네 살쯤 되어 보이는 소년 하나가 흔들거리는
파란 자전거를 타고 좁은 도로를 내려가고 있었다. 그 뒤에서 자동차들
이 뱀처럼 이리저리 움직였다.
소년이 뒤에 쭉 늘어서 있는 차들을 침착하게 돌아보더니 애교 있는
미소를 지으며 소리쳤다.
“제발, 참아 주세요. 타이어가 터졌다구요.”
욕설과 고함소리들이 터져나오자, 소년의 미소가 사라지더니 열심히
페달을 밟기 시작했다. 타이어의 공기가 빠져 나갈수록, 뒤로 늘어선 차
의 운전자들은 더 입이 사나워졌으며, 소년은 더 엄숙하고 단호해졌다.
그 괴상한 행렬을 지켜보며 알렉스가 미소지었다.
소년이 카페 옆으로 와 펄쩍 뛰어내리고는 운전자들에게 살짝 고개를
숙여 보이며 지나가라고 손짓했다. 그런 예의는 완전히 무시당했고, 차들
은 속력을 올려 그를 지나쳐 갔다.
아이는 당당했다. 알렉스는 자전거 옆에 무릎을 꿇고 타이어를 살피는
그를 지켜보았다. 성마른 운전자들을 그런 식으로 다룰 수 있는 사람은
많지 않았다. 그를 살펴보다가 처음 생각한 것보다 나이가 더 많다는 걸
알아차렸다.

가까이서 보니 젊어 보이게 했던 까만 곱슬머리와 밝은 까만 눈동자가 드러났다. 구겨진 낡은 청바지는 이스탄불의 학생들이 좋아하는 차림새였지만, 그의 몸은 사춘기 소년 같지는 않았다. 키는 중간 정도였지만, 허벅지는 자전거를 타서 그런지 울퉁불퉁한 근육질이었고, 빨간 셔츠에 가려진 어깨도 잘 발달되어 있었다.

소년이 비통하게 머리를 흔들며 알렉스를 쳐다보았다.

"프레임이 나간 것 같아요. 급한 김에 큰 시장 옆의 계단을 타고 내려왔거든요."

"안됐군."

소년이 인상을 찌푸렸다.

"아주 좋은 자전거였는데. 당신이 배상해야 해요."

알렉스의 눈이 휘둥그래졌다.

"내가?"

"물론이죠. 한시라도 빨리 만나고 싶다고 한 게 당신이니까요. 마지막 수업에서 달려나와야 했어요."

"네가 케말 네미드?"

소년이 벌떡 일어나며 고개를 끄덕였다.

"당신이 나에게 새 자전거를 사줘야 해요."

그는 자전거를 카페의 입구 옆에 세우고 알렉스의 테이블로 걸어왔다.

"경고해 줘야겠군요. 맥밀란이 이번에는 자기가 주지 않겠다고 했고, 난 아주 비싸답니다."

그가 씨익 웃었다.

"하지만 내가 그 돈만한 값어치가 있다는 걸 알게 될 거예요. 난 모든 방면에서 아주 우수하거든요."

알렉스는 애써 미소를 참았다. 이 아이의 당당한 태도는 자만심 때문이었던 모양이다.

"더 나이 든 사람을 기대했는데."

"난 거의 스물셋이에요. 젊음이란 좋은 거죠. 젊은 사람은 더 잘 보고 더 많은 걸 알아차려요. 날 만난 건 당신 행운이라구요."

그가 맞은편 의자에 털썩 앉았다.

"자, 뭘 원하시나요, 카라조브 씨?"

"날 어떻게 알아봤지?"

"좋은 눈과 날카로운 직감, 뛰어난 재치. 게다가 버니가 당신 사진을 팩스로 보내 줬거든요."

"팩스?"

"아, 난 최신 과학 기술을 사용하죠. 지난번 맥밀란 일을 해주면서 그걸 사기쳐서 얻어냈죠."

"전화도 없는 팩스를?"

"그럼 정기적으로 전화요금을 내야 했을 거예요. 전화 회사에 가서 팩스만 사용할 거라고 거래했어요. 내 고객이 그 비용을 대게 하는 방법이죠. 버니 말로는 당신이 누군가를 찾고 있다던데?"

"브라이언 레드포드."

케말의 인상이 일그러졌다.

"골치 아프군요."

알렉스의 몸이 경직되었다.

"그를 알고 있나?"

"몇 번 만난 적이 있죠. 지금은 이스탄불에 없어요."

"어떻게 알지?"

잘생긴 얼굴에 하얀 이를 드러내며 케말이 활짝 웃었다.

"그런 걸 아는 게 내 일이죠. 그래서 당신이 큰 돈을 내는 거잖아요. 레드포드는 몇 주전에 여기 있었지만, 지금은 떠났어요."

"이스탄불에는 얼마나 오래 있었지?"

"일년 이상 오락가락했죠."

"스워즈가의 그 집에서 지냈나?"

케말이 고개를 저었다.

"그 집에 대해서는 아무것도 몰라요. 내가 들은 바로는 옛날 도시 어딘가에서 지낸다고 하던데요."

"어디?"

"그건 몰라요."

또 막다른 골목이군. 하지만 레드포드는 이스탄불에 어떤 종류라도 조직망을 형성했을 것이다.

"그의 하수인은 누구지?"

케말의 입술에 즐거운 미소가 서렸다.

"아주 좋아요. 하수인을 알면 다른 것도 알아낼 수 있죠. 하지만 난 몰라요."

알렉스가 그를 쳐다보았다.

"난 정보를 원해."

"좋아요, 그 하수인은 무슨 일을 하죠?"

"레드포드는 무기와 폭발물, 위조 서류들이 필요할 거야. 누가 그렇게 다양한 일들을 할 수 있지?"

"위조 서류까지?"

알렉스가 고개를 끄덕였다.

"다른 일은 간단하지만, 위조 서류는 누군가……."

그가 말을 멈추고 눈살을 찌푸렸다가 천천히 말했다.

"집시, 집시만이 그 모든 걸 할 수 있어요."

"집시가 누구지?"

"이름을 말하라는 건가요? 나도 몰라요. 레드포드 같은 고객과 일하는 사람이라면, 필요 이상은 알려주고 싶어하지 않을 거예요. 집시가 마을의 몇몇 거물과 일을 한다는 말은 들었어요."

"그를 찾을 수 있겠나?"

"노력해 보죠. 아무것도 약속할 수는 없지만요."

"나한테 많은 돈을 청구하면서도?"

"오, 하지만 난 아주 열심히 노력할 거예요. 솔직히 당신만 좋다면, 내일 밤 집시의 연락책 한 사람을 대줄 수 있어요."

"좋아. 오늘밤 대준다면 훨씬 더 좋아할 거야."

"아주 급한 모양이군요."

"아주 급해. 오늘밤 그 남자를 만나게 해줄 수 있나?"

“불가능해요. 내일, 약속할게요. 하지만 오늘밤 지루하지는 않을 거예요. 우린 할 일이 있거든요.”

“우리가?”

케말은 엄숙하게 고개를 끄덕이고는 카페를 둘러보고 나서 목소리를 낮췄다.

“시장 근처의 가게에 가야 해요.”

“집시의 다른 연락책을 만나는 건가?”

“아뇨, 내 자전거를 사야 돼요.”

11

"캐서린의 일기는 작업실에 향수책들과 같이 있어요. 케이틀린은 언제나 그걸 옆에 두고 싶어했답니다. 정말이지, 그 애는 집에 있는 것보다 그 작업실에서 보내는 시간이 더 많아요. 제가 모셔다 드릴 테니, 그걸 가져와서 편안하게 살펴보세요."

카트린이 피터에게 말했다.

"귀찮게 해드리고 싶지 않습니다. 그냥 방향만 가르쳐 주시면 제가 찾아가겠습니다."

카트린은 대단히 상냥한 여성인 듯했지만, 피터는 일기를 손에 넣었을 때 사교적인 잡담으로 시간을 낭비하고 싶지 않았다.

"필요 이상으로 부담을 주고 싶지 않군요."

카트린이 머뭇거렸다.

"음, 당신이 정 그렇다면 집 뒤쪽의 두 번째 돌건물이에요."

그녀의 표정이 밝아졌다.

"아, 마리사가 밖에 어딘가 있을 거예요. 그녀와 만나게 되면 친절하게 안내해 드릴 거예요."

"알겠습니다, 두 번째 돌건물. 잠겨 있나요?"

"여기 바사로에서는 물건을 훔치는 사람이 한 명도 없답니다."

피터가 씨익 웃었다.

"지상낙원이군요. 여기가 좋아질 것 같습니다. 그런데 마리사가 누구죠?"

"마리사 베네딕트, 첼시 베네딕트의 딸이에요. 몇 주 동안 우리와 같이 지내고 있죠. 당신이 알고 있는 줄 알았는데."

"아무도 말해 주지 않았는 걸요. 별로 중요한 것도 아니죠. 굳이 그녀를 귀찮게 하고 싶지 않습니다. 제가 찾아야죠. 작업실을 별로 사용하지 않는다면, 거기서 일기를 살펴봐도 되겠습니까?"

"그럼요. 하지만 집처럼 편안하지 않을 텐데요. 케이틀린처럼 너무 몰입해서 식사까지 거르지는 마세요. 우린 저녁을 일찍 먹어요, 일곱 시쯤에."

"시간에 맞춰 돌아오겠습니다."

피터가 문을 열었다.

"저, 사진 찍은 게 좀 있는데, 직접 현상할 수도 있지만 장비가 없거든요. 필름을 맡길 만한 곳이 근처에 있을까요?"

"마을의 약국이요."

"감사합니다, 바사로 부인."

"카트린이에요. 바사로에서는 격식을 차리지 않는답니다."

피터가 어깨 너머로 미소지었다.

"카트린, 이젠 여기가 정말 좋아지는 걸요."

그는 문을 닫고 맨 윗계단에 서서 향기로 가득한 공기를 깊이 들이마셨다. 바사로는 참으로 아름다웠다. 파아란 하늘에는 화려한 태양이 빛을 발하고, 보는 곳마다 나무와 풀들과 꽃송이들이었다. 생명과 재탄생의 흔적들. 이보다 더 강인하고 살아 있다는 느낌은 가져 본 적이 없었다. 혈관 속의 피가 노래를 부르는 것만 같았다.

피터는 미소지었다. 피는 노래를 부르지 않는다. 그리고 이렇게 행복해하면 안 된다. 바사로에 오긴 전, 바로 이틀전에 윈드 댄서를 잃어버렸다는 죄책감에 짓눌리지 않았던가. 파리에 남아 보험회사 사람들과 경찰을 다루는 짜증스러운 일을 처리하게 해달라고 조나단에게 애원했는데, 벌을 받는 대신 바사로로 보내지다니.

여긴 에덴동산이었다. 모든 것이 완벽한 것 같았다. 그는 여기서 이리저리 산책하며 사람들과 얘기를 하고 사진을 찍을 수 있다. 사진. 맙소사, 이곳은 사진작가들의 파라다이스였다. 가방 속의 니콘을 꺼내 이곳을 돌아다니고 싶은 마음이 간절했다. 캐서린의 일기가 갑자기 중요성을 잃어버린 것이 놀라웠다. 이곳을 처음 본 순간부터 그가 오랫동안 기다려 왔던 무언가가 여기서 기다리고 있다는 이상한 느낌을 받았다.

바보 같기는, 그를 기다리고 있는 것은 캐서린의 일기 속에서 안드레가의 조상 이야기에 흠뻑 빠지는 일이다.

장원을 씩씩하게 돌아갔다가 잠시 머뭇거렸다. 카트린이 두 번째 돌건물이라고 했는데, 그는 전에 마구간이었음이 분명한 석조 반 목조 반의 건물을 마주 보고 있었다. 이걸 건물로 생각하라는 뜻이었을까?

"안녕하세요, 뭐 도와드릴까요?"

돌아보니 느슨한 노란 셔츠에 낡은 청바지를 입은 마른 소녀가 서 있었다. 그녀가 그의 눈을 이상스레 진지하게 쳐다보고 있었고, 그는 그녀의 긴 갈색 머리카락 몇 올이 바람에 들려 입술을 스치는 모습을 지켜보았다.

"전 피터 마스코블입니다. 작업실을 찾고 있죠."

"전 마리사 베네딕트예요. 그렇게 멀지 않아요. 제가 모셔다 드릴게요."

그녀가 고요하게 미소지었다.

그녀의 모습에 그는 숨을 삼켰다. 20년 전 윈드 댄서를 처음 보았을 때와 똑같은 느낌이었다, 놀라고 흥분되며 고향에 온 듯한 기분. 그리고 바사로에서 그를 기다리고 있던 것을 발견했다는 이상한 느낌이 들었다.

"그의 이름은 아드난 어막이에요."

케말이 철문을 열어, 해안가에 있는 어막의 저택 현관으로 알렉스를 안내했다.

"그가 별로 협조적이지는 않을 거라고 경고해 드리지요."

"약간의 즐거움을 주면, 대부분은 협조적으로 변하지. 그자에 대해 말해 봐."

케말이 어깨를 으쓱이고는 긴 복도를 내려가기 시작했다.

"그는 마약을 약간 다뤄요. 가끔은 몇 가지 다른 일도 하죠. 하지만 그의 돈 대부분은 하렘에서 나와요."

"그가 하렘의 사장인가?"

"들어보셨어요?"

"어떻게 모를 수가 있겠어?"

이스탄불에서는 매춘이 합법적이었다. 하지만 어막의 하렘에서 일어나는 행위들은 그 법적 경계를 넘어서는 것이었다. 그 악명이 세계적으로 널리 알려져 있었다.

"카파스를 한 번 가봤는데 하렘에 다시 가지 않기로 결심했어."

"나도 가봤어요. 좋은 곳은 아니지요."

케말은 그의 시선을 피하고 있었다.

알렉스도 그렇게 들었다. 가격만 적당하다면, 하렘에서는 사디즘과 마조히즘부터 아동 성애에 이르기까지 온갖 종류의 방탕과 관능을 제공했다. 알렉스는 타일 마루 위의 고급스런 페르시아 양탄자와 그들이 향하는 문 옆의 받침대에 자리잡은 섬세한 명조 자기를 힐끗 보았다.

"몸 파는 걸로 꽤나 잘 버는 모양이군."

"오, 어막은 아주 부자예요. 은퇴해도 될 거예요. 하지만 그러진 않을 걸요. 그가 왜 물러나겠어요? 욕심도 많고 자기가 하는 일을 좋아하는데."

"레드포드의 일을 하기에 적합한 것 같군."

"어막은 연락책도 갖고 있죠. 한때는 그가 바로 집시가 아닐지 의심했다니까요."

그가 복도 끝의 문을 노크했다.

"케말이에요, 어막."

"들어와, 케말."

깊은 목소리가 울려퍼졌다.

"너에게는 언제나 문이 열려 있다는 거 알잖아."

알렉스가 케말을 따라 사무실로 들어갔다.

아드난 어막은 책상 의자에 앉아 낮은 테이블에 놓인 관으로 연기를 뿜어내고 있었다. 루비색의 유리 그릇이 늦은 오후 햇살 속에서 반짝거렸고, 그 관에 연결된 긴 주홍빛 끈에는 금박 장식이 박혀 있었다. 그는 알렉스가 이스탄불에 와서부터 줄기차게 본 터키의 전통 복장을 입고 있었다. 하지만 흐르는 듯한 갈색과 하얀색 줄무늬 의상은 그자의 작은 체격에 붙은 엄청난 살덩이를 가리기 위해 디자인된 듯했다. 180킬로그램에 가까운 몸무게일 것이 분명했다.

"들어와, 들어와."

어막이 통통한 팔로 책상 앞의 소파를 가리켰다.

"앉아. 네가 날 보러 와준 게 정말 오랜만이군, 케말. 하지만 손님을 모셔왔으니 용서해 주지."

그가 케말을 감탄스레 쳐다보다가 활짝 웃자 살찐 볼에 주름이 패였다.

"전보다 더 예뻐졌구나, 귀여운 녀석."

그의 시선이 알렉스에게로 돌아왔다.

"자, 어떤 봉사를 해드릴까요? 케말이 그러는데 당신은 특별한 요구가 있고 그걸 살 만한 돈도 갖고 계시다던데."

"남자 하나를 찾고 싶소."

"별 문제 없지요."

어막이 낄낄거리며 장난스런 시선을 케말에게 던졌다.

"난 모든 욕망을 채워드리잖아. 그렇지, 케말?"

케말이 고개를 끄덕이자, 어막은 다시 파이프를 빨았다.

"난 언제나 알라께서 세상의 모든 욕망을 채우라고 남자를 만드셨다고 믿고 있지요. 그리고 그걸로 난 한 재산을 모았고."

"난 창남을 찾는 게 아니오."

“집시.”

케말이 말했다. 어막이 눈살을 찌푸리더니 입을 오므리고 깊이 파이프를 들이마셨다.

“그런 이름은 들어본 적이 없는데.”

“난 당신 기억을 일깨워 줄 만큼 큰 돈을 줄 수가 있지.”

“모른다고 했잖소. 너에게 실망했다, 케말. 고객이라고 했잖아.”

어막의 말투가 성마르게 변했다.

“돈을 주겠다잖아요.”

알렉스가 끼어들었다.

“집시에게 안내해 줄 필요는 없소. 단지 그와 연락할 방법만 알면 되오.”

“나가요, 난 아무것도 모르니까.”

“케말은 안다고 하던데. 가격을 말하시오.”

“아무것도 모른⋯⋯.”

어막의 표정이 계산적으로 변했다.

“케말이 당신에게 돈이 많다고 하던데.”

그가 갑자기 친근한 미소를 지어 보였다.

“집시를 찾는 일을 도울 순 없지만, 아직 거래할 수는 있을 거요. 당신은 우리 도시를 방문한 사람이고 방문객은 언제나 외로운 법이지. 나의 멋진 시설에 와본 적이 있으신가?”

“그런 영광스런 경험은 가져보질 못했소.”

알렉스가 비꼬며 말했다.

“여긴 상상할 수 있는 이상이지요. 과거의 하렘과 똑같아요. 멋진 가구와 달콤한 향내, 비단 쿠션⋯⋯. 매력적인 아가씨들이 주인님을 즐겁게 할 때까지 욕망을 자극하는 현대적인 약들도 갖고 있다오.”

알렉스는 혐오감이 일었다. 케말의 말이 옳았다. 이 뚱쟁이는 자기가 하는 짓을 즐거워하고 있다.

“난 당신 일에 관심이 없소.”

“서둘지 마시구려. 당신을 위해 특별한 걸 갖고 있다니까. 긴 금발머리에 비단 같은 피부를 가진 사랑스러운 아이가 있지. 멜리스는 젖가슴도 작고 솜털이 보송보송해."

어막이 승리에 차서 선언했다.

"열한 살, 그리고 거의 처녀나 마찬가지죠. 어디서 그런……."

"빌어먹을!"

이 정도면 충분했다. 알렉스는 벌떡 일어나 어막에게 다가갔다.

"네 희생양 하나와 자고 싶지 않단 말이야, 이 나쁜 자식아."

의자를 빙글 돌려 어막의 손에서 파이프를 잡아챈 다음 루비빛 그릇에 늘어진 끈을 잡아당겼다.

"하지만 집시를 찾는 방법은 알고 싶어."

어막의 사타구니에 한쪽 무릎을 힘껏 눌렀다. 그리고는 어막의 고통스런 비명은 아랑곳하지 않고, 그의 목에서 반짝이는 끈을 감아 힘껏 조였다. 어막의 목에서 이상한 소리가 새어나오며, 그의 땅딸막한 손가락이 끈을 잡아빼려고 미친 듯이 움직였다.

"대단히 알고 싶다구."

알렉스가 끈을 다시 한 번 감자, 그것이 살덩이에 깊이 파고 들었다. 어막의 입이 벌어지고 눈이 튀어나올 듯했다.

"말해."

"난…… 몰라……."

다시 끈에 힘을 가하자 어막의 그 말마저 끊어졌다.

"아주 잘 하는데요, 알렉스."

케말은 편안히 의자에 기대어 한쪽 다리를 팔걸이에 걸쳐놓고는 어막의 목에 감긴 끈을 차갑게 지켜보고 있었다.

"하지만 목 졸라 죽여 버리면 말을 할 수가 없잖아요?"

"고개는 끄덕일 수 있지. 말할 텐가?"

알렉스가 어막의 창백한 얼굴을 잔인하게 내려다보았다. 어막이 미친 듯이 고개를 끄덕거렸다.

"그럼 어디 가면 집시를 찾을 수 있는지 말할 거야?"

다시 어막이 고개를 끄덕거렸다.

알렉스에게 감탄스런 미소를 보내며, 케말의 발이 나른하게 앞뒤로 흔들거렸다.

"훌륭해, 정말 훌륭해."

알렉스가 끈을 느슨하게 풀었다. 어막이 긴 숨을 들이쉬며 살찐 손으로 팔걸이를 움켜잡았다.

"미친 놈이군, 날 죽일 뻔했어."

"집시."

"모른다고……."

다시 끈이 조여 오기 시작하자 거친 말소리가 줄어들었다.

"알라께 맹세코, 그가 어디 있는지 모르오. 하지만 난 사람을 많이 알고 있으니까, 찾아낼 수 있을지도 모르지."

"언제?"

"금방. 내일."

그가 목에 감긴 끈을 내려다보았다.

"그래, 내일."

알렉스가 그의 표정을 살폈다. 거짓말을 하기에는 너무 겁을 먹고 있었다. 어막은 진짜로 집시를 어디에서 찾을지 모르는 것이다. 알렉스는 끈을 풀고 한쪽으로 던진 다음 어막의 사타구니에서 무릎을 들었다.

"난 힐튼에 있어. 전화해."

고개를 끄덕이는 어막의 표정은 험상궂었다. 그는 한 손으로는 목을 문지르며 다른 손으로는 사타구니를 움켜쥐었다.

"날 다칠 뻔했어."

"정확히 그럴 생각이었지. 즐거웠어. 그 일을 다시 해보고 싶을 거야. 그 점을 기억하라구. 가자, 케말."

그가 문으로 향했다. 케말은 천천히 일어나 그의 뒤를 따랐다.

"나라도 그보다 잘 할 수는 없었겠는 걸요. 우리가 진짜 짝이 될 거라는 생각이 들기 시작해요, 알렉스."

"이 일을 잊지 않을 테다, 케말."

어막이 목을 문지르며 그를 노려보았다.

“용서 않겠다고? 우리 사이에 언제 그런 게 있었나요, 어막?”

케말은 사무실을 나서고 문을 닫았다.

“내가 어막과의 관계를 망친 모양이군. 그 점은 보상해 줄게.”

알렉스가 복도를 내려가며 말했다.

“오, 다 생각하고 있지요. 솔직히 말하면, 당신에게 얼마를 청구해야 할지 계산하는 중이에요. 어막과 난 오랜 사이니까요.”

“얼마나?”

케말은 가볍게 대꾸했다.

“어막이 날 자기 둥지로 받아들였을 때 난 겨우 여덟 살이었죠. 난 집에서 도망쳐 나왔어요. 어막은 아이들에게 무엇이 필요한지 완벽하게 알고 있었죠. 나에게 먹을 것을 주고 목욕을 시켜주고, 아주 호사스런 집까지 주었죠, 하렘 안에.”

알렉스의 눈이 놀라움으로 커졌다.

“오, 그래요. 난 어막의 어린 창남들 중에 가장 달콤한 서비스였어요. 다른 모든 일과 마찬가지로 그 일도 아주 잘 해냈거든요.”

케말이 어깨를 으쓱였다.

“하지만 난 그 직업이 나에게 적당치 않다고 느꼈어요. 그래서 열네 살 때 도망쳐 나와 다른 직업을 찾았죠. 어막에게서 안전할 수도 있고 독립할 수도 있는 것, 독립이란 아주 중요하잖아요?”

“그래, 아주 중요하지.”

“당신이 이해할 줄 알았어요. 그리고 돈이 독립에 가장 중요하죠. 언젠가 난 커다란 집을 가질 거예요, 궁전처럼 큰 집. 거기서 왕처럼 살 거예요. 난 이 세상에서 가장 독립적인 남자가 되기로 결심했답니다.”

“터무니없을 것 같지는 않군. 어막이 집시를 찾아낼 수 있다는 말은 거짓말일까?”

“어쩌면요, 하지만 당신이 무지하게 겁을 주었잖아요. 그자는 용기가 없어요.”

케말의 미소가 흐려졌다.

“무력한 여자와 아이들에게는 다르지만. 그럴 때는 사자처럼 으르렁거리죠. 하지만 우리에게는 안 그렇겠죠. 그 동안 난 열심히 다른 단서를 찾아다닐게요. 걱정 말아요, 원하는 것을 얻을 때까지 함께 견디는 거예요."

알렉스는 그를 믿었다. 케말의 쾌활한 외면 아래에는 날카로운 지성과 과격함이 도사리고 있었다. 녀석이 좋아지기 시작했다.

"내일 도착할 친구가 하나 있어. 집이 있어야겠어. 아주 안전한 집. 알아볼 수 있겠나?"

"물론이지죠. 특별한 장소여야 되나요?"

"그냥 추적할 수 없고 쉽게 접근할 수 없는 곳."

"그런 곳을 몇 군데 알고 있죠."

"그럴 줄 알았어. 그럼 특별히 신경 써서 부탁해."

"맡겨 둬요. 하지만 내 시간은 아주 귀중한 거예요. 이번 주엔 시험도 있는데 당신을 위해 공부할 시간을 희생하는 거라구요. 물론 그 대가를 지불하시겠죠?"

예상했어야 했다. 케말을 세상에서 가장 부자로 만드는 일에 그가 일조를 할 것 같았다. 그는 포기하며 한숨을 쉬었다.

"물론이지."

첼시와 케이틀린이 엘리베이터 안으로 들어가자 문이 조용히 닫혔다.

"이제 어떻게 해야 하는지 알겠죠? 그 여자와 내가 화장실을 떠난 후에, 당신은 오 분 정도 기다렸다가 당신 출구로 나가는 거예요. 조나단이 서류와 짐을 갖고 거기 있을 거예요."

"모른다면 바보겠죠. 당신이 벌써 몇 번이나 되풀이했는데요."

"미안해요. 난 약간 과도하게 보호하려는 경향이 있나 봐요."

이렇게 긴장한 상태가 아니라면, 아마 그녀의 말에 미소가 나왔으리라.

"조나단은 로비에서 우릴 만날 거예요. 일행을 위해 커다란 리무진을 빌리는 게 안전할 거라고 했어요. 그래야 당신이 사람들 속에서 쉽게 사라질 수 있을 테니까요."

문이 열리자 첼시가 먼저 밖으로 나섰다.

"자, 천천히 그리고 태연하게 움직이는 거 잊지 말아요, 몸동작이 얼마나……."

"잠깐만, 바사로 양. 얘기를 좀 해야겠는데요. 난 라울 달프레입니다."

케이틀린은 딱 멈춰 서 레드포드의 파트너에게 시선을 돌렸다. 크라코의 옆에 서 있을 때는 평범해 보였으나, 지금은 권력의 분위기를 차갑게 발산하고 있었다. 얼음장처럼. 그 말이 그에게 딱 어울리는 듯했다. 창백한 얼굴, 차가운 회색 눈동자, 아름답게 손질된 부드러운 손.

조나단이 갑자기 그들 옆으로 나타났다.

"우리가 공항으로 떠나야 한다고 설명했는데도, 굳이 당신을 만나겠다고 하시는군요, 케이틀린."

"몇 분이면 끝날 거요."

"우린 그 몇 분도 없어요."

첼시가 힘차게 말하며 케이틀린의 팔을 잡고 걸어나갔다.

"시간을 잘못 택하셨군요. 가요, 케이틀린."

달프레가 케이틀린의 옆으로 같이 걸었다.

"차까지 걸어가면서 얘기할 수는 있겠지요. 프랑스에 윈드 댄서를 가져온 것이 당신 책임이라고 알고 있소, 마드모아젤."

조나단이 재빨리 끼어들었다.

"내가 그 이유는 설명했잖소."

"그리고 당신 파트너인 카라조브 씨는 물건이 없어진 후 바로 파리를 떠났더군요. 그는 어디로 갔습니까?"

케이틀린이 어깨를 으쓱였다.

"나에게 말하지 않았어요. 스위스로 돌아갔는지도 모르죠. 거기에 집이 있으니까요."

"묻지 않으셨나요? 그거 참 이상하군요. 그럼 그와 연락할 일이 생기면 어떻게 합니까? 그는 스위스의 집에 없습니다."

"없다고요? 그럼, 그가 연락하겠지요. 알렉스는 예측하기가 힘들답니다."

로비의 출입문이 가까워지자 케이틀린의 걸음이 빨라졌다.

"안드레 씨 말로는 오늘 바사로로 돌아가신다던데요."

"맞아요. 거기에 무슨 문제가 있나요?"

"카라조브 씨처럼 사라지지만 않는다면 괜찮겠지요."

달프레가 차갑게 미소지었다.

"그건 날 대단히 불쾌하게 만들 겁니다. 난……."

"오, 저기 사람들이 리무진에 짐을 싣고 있네."

첼시가 케이틀린을 거리로 잡아끌었다.

"짐꾼들이 빠뜨리는 게 없는지 우리가 가서 확인해야겠어요."

달프레가 리무진까지 그들을 따라왔다.

"저쪽에 내 차가 있습니다. 제가 공항까지 모셔다 드리면 어떨까요, 바사로 양?"

"그건 별로 편리할 것 같지 않은데요. 공항에 도착하면 높으신 분들이 맞이해 주기로 약속이 되어 있어서요. 잘 가시오, 달프레 씨."

조나단이 말했다.

"날 떼어내려고 열심이신 것 같군요, 안드레 씨. 그리고 내가 기억하기로, 당신은 내가 그 물건의 안전을 확실히 하려 노력할 때 그다지 협조적이지 않았지요. 내 충고를 들었어야 했소."

"어쩌면. 내 사촌에게 질문하는 것 외에는 할 일이 없으신가요? 윈드댄서 외에도, 당신이 되찾지 못한 예술 작품들이 무수히 많은 걸로 알고 있는데요."

달프레가 경직되었다.

"그건 내 잘못이 아니오. 각 정부 사이의 밀접한 공동체가 없이는 내 손은 묶여 있는 거나 다름 없소."

그가 케이틀린을 돌아보았다.

"니스행 두 시 비행기를 타시나요?"

"네."

"그럼 안전한 여행이 되길 바라겠소. 다시 만나게 되겠지요. 좋은 하루 되십시오, 마드모아젤."

그가 방향을 돌려 걸어가 버렸다. 케이틀린은 참았던 안도의 한숨을 토해내었다.

"얼음 같아."

첼시의 중얼거림에 케이틀린도 고개를 끄덕였다.

"내가 니스로 가지 않을까 봐 의심하는 걸까요?"

"그럴지도 모르지. 하지만 확실히는 알 수 없을 거요."

조나단이 어깨를 으쓱였다.

"얼굴이 가려지도록 두건을 앞으로 눌러 써요."

첼시가 뒤로 물러나 쭉 훑어본 다음 고개를 끄덕였다.

"그 정도면 될 것 같군요. 장밋빛과 크림색 격자무늬는 탁월한 선택이었어요."

"배경 속으로 스며들 것 같지는 않은 걸요."

"당신이 스며들기를 원하는 게 아니에요. 모든 사람이 당신을 기억해 주길 바라는 거죠. 아니, 그 망토를. 배낭에 짙푸른 재킷은 넣었나요?"

케이틀린은 고개를 끄덕였다.

첼시가 리무진을 가리켰다.

"그럼 가자구요, 쇼를 할 시간이에요."

이스탄불 공항에 도착했을 때, 알렉스가 세관에서 그녀를 맞아 재빨리 빌린 집으로 데려갔다.

"다 왔소."

그가 현관문을 열며 말했다. 안은 완전히 편안한 서양식이었다.

"여기 사는 영국인 부부는 런던에 가 있소. 케말이 날 위해 이 집을 빌렸지. 저기 저 문은 작은 정원으로 이어져 있고, 정문은 아주 안전한 장치가 되어 있소. 침실 두 개, 거실과 식당을 겸한 곳 하나, 사무실, 욕실 하나. 욕조는 있고, 샤워실은 없소. 호사스럽지는 않지만 적당하오."

케이틀린은 자신이 뭘 기대하고 있었는지 알 수 없었지만, 확실히 이런 영국식 정원 같은 방은 아니었다. 그러나 공항에서 오는 내내 이국적인 회교 사원의 첨탑들과 돔 모양의 사원들만을 보고 난 후라, 서양적인 장식이 편안하고 원기를 북돋아 주었다.

"좋군요. 그 케말이라는 사람은 기적을 만들어 내는 모양이에요."

"믿을 수 없을 정도이긴 하오. 이 집을 빌리는 데 사용된 서류들은 지진이 일어나지 않는 한 드러나지 않을 거라고 하더군. 그리고 전화도 여전히 집주인의 이름으로 되어 있소. 힐튼 데스크에 메시지와 우편물을 받아놓으라고 했으니 매일 아침 케말이 그걸 확인해 이리 가져올 거요."

그녀가 그를 돌아보았다.

"여기 오는 데도 그렇게 조심했는데, 우리가 미행당하고 있나요?"

"그런 것 같지는 않지만, 확실히 하고 싶었소. 당신 침실은 왼쪽 거요."

"누가 우리를 미행할 거라고 걱정하는 건가요? 레드포드?"

"아마 레드포드의 하수인 중 하나겠지."

"파리에서 우릴 미행했던 사람은 누구죠?"

"CIA, 그들은 당신에게 위협이 되지 않소."

"CIA가 왜 당신을 따라 다니는 건지 말해 줄래요?"

"신경 쓰이나?"

"아뇨, 그냥 궁금해서요. 당신은 그런 걸 잘 이해할 거예요. 당신도 무척이나 알고 싶은 게 많으니까요."

"그래, 이해할 수 있소."

그가 그녀의 가방을 들어 침실로 들여 주었다.

"짐을 풀어요. 난 커피를 만들겠소."

"더 이상 당신 비밀을 말해 주지 않을 셈인가요?"

"그건 시간 낭비요. 중요한 것도 아니고."

"나에겐 중요해요."

그의 표정에 조심스러움이 번득거렸다.

"왜?"

"당신을 알고 싶으니까요."

"이미 알고 있잖소."

그녀가 고개를 흔들었다.

"아뇨. 안다고 생각했을 뿐이죠. 하지만 당신은 날 알고 있었어요, 그렇죠? 당신은 나에 대해 어떤 버튼을 누르면 되는지 다 알고 있으니까

나도 당신 마음이 어떻게 돌아가는지 알아야겠어요.”

“최근에 그다지 잘 돌아가지 않는다는 건 확실하오.”

그가 힘없이 어깨를 으쓱였다.

“제길, 당신 말이 맞을지도 모르오. 커피가 다 끓으면 부를 테니 그때 나와서 만족스러울 때까지 날 심문해 보구려.”

알렉스는 소파 뒤에 등을 기대고 냉소적으로 그녀에게 미소지었다.

“해볼까?”

케이틀린은 커피잔 속을 들여다보았다.

“CIA가 왜 당신을 따라다니죠?”

“날 보호하기 위해서.”

그녀가 믿어지지 않는다는 표정으로 그를 올려다보았다.

“아, 그들이 날 대단히 좋아하기 때문은 아니오. 그들은 날 지독히도 증오하지.”

“왜요?”

“나한테 맥밀란의 머리를 겨누는 권총이 있으니까.”

“맥밀란이 누구죠?”

“로드 맥밀란은 CIA에서 대단히 높은 사람이오. CIA를 위해 일하는 정직하고 애국적인 사람들이 많이 있소. 하지만 맥밀란은 그런 자들 중 하나가 아니지.”

“나쁜 사람인가요?”

“지저분하지. 글쎄, 한때는 곧았는지도 모르지만 내가 그를 알았을 때 는 자신의 위치를 이용해 주머니를 불려 부자가 되었소.”

케이틀린이 잔을 입으로 올렸다.

“계속해 봐요.”

“모두 다 알고 싶소? 좋소, 내가 처음 CIA를 위해 일하기 시작했을 때 난 맥밀란에 대해 어떤 환상도 없었고, 관심도 없었소. 난 대우를 잘 받았고, 그들은 KGB로부터 날 보호해 주었소. 그리고 아무 간섭도 없이 퍼즐을 풀도록 허락했지. 맥밀란은 십년이 지나면 날 놓아 주고 내 인생을 살게 해주겠다고 약속했소. 그건 좋은 거래였지."

"그런데 왜 떠났나요?"

"일이 있었지……."

황량한 눈동자로 그가 고개를 흔들었다.

"그 일에 대해서는 말하지 않을 거요. 그건 당신에게 날 너무나 연약하게 만들 테니까."

그는 커피를 한 모금 마시고 내려놓았다.

"어쨌든 일이 생겼고 난 거기서 빠져 나가야 한다는 걸 알았소. 하지만 그곳을 떠나면 맥밀란은 날 보호하지 않겠다고 위협했소. KGB가 날 절단내는 데 육 개월도 걸리지 않을 거라는 걸 알고 있었지. 그래서 난 나 자신의 퍼즐을 풀어야 했소. 썩은 고기로 끝나지 않으면서, 맥밀란이 날 이용하지 못하도록 할 방법이 뭘까 하고."

"당신처럼 명석한 사람은 해답을 얻기에 별 어려움이 없으셨겠지요."

그는 그녀의 비꼬는 듯한 말투를 무시했다.

"난 사방에서 들어오는 정보를 모니터하기 시작했소. 나에 관한 일뿐 아니라 맥밀란에게 직접 보고되는 것까지. 얼마 후 행운을 잡았소. 드디어 일련의 정보가 패턴을 형성하기 시작했지. 맥밀란은 큰 건을 해냈더군. 평생 먹고 살 정도의 큰 건. CIA와 KGB는 베네수엘라 마약계 두목인 마누엘 사라자에 관련된 계획에 얽여 있었소. 사라자는 베네수엘라 정부를 뒤엎어 자신이 장악할 계획이었지. 한 나라를 장악하는 건 대단히 값비싼 거래요."

"얼마나 비싼가요?"

"오십억 달러. 베네수엘라 관료들과 군인들에게 뇌물을 준 다음 은밀하게 사라자의 손에 고삐를 넘기게 하는 거지. 맥밀란과 KGB의 한 대령은 독재자가 되려는 사라자를 제거하는 것이 애국적인 의무라고 생각했소. 그리고 압수될 돈이 사법상의 절차 어딘가에서 사라지느니 자신들의 주머니로 들어가지 못할 이유가 없다고 생각했지. 그래서 그 둘은 공통의 목표를 향해 힘을 합치게 되었던 거요. 돈을 중간에서 가로채 자신들이 움켜잡은 거지. 오십 대 오십으로."

“그걸 당신이 먼저 가로챈 건가요?”

“그건 내 목적에 부합되지 않소. 난 사라자에게 쫓기고 싶은 생각은 없었지. 그래서 맥밀란과 그 대령이 돈을 훔칠 때까지 기다렸소. 그들이 대단히 영리하고 깨끗하게 처리했다는 건 인정해야겠지. 그 다음에 페이블과 같이 그들에게서 다시 돈을 훔쳐 스위스로 향한 거요.”

“그들이 왜 당신을 추적하지 않았나요?”

“거길 떠날 때 모든 정보들과 분석을 복사를 떠서 여러 나라의 안전 금고 안에 분산시켜 놓았소. 내가 죽거나 실종되었을 경우 즉시 미국과 소련의 정치인들과 여러 신문사에 보내라는 지시를 첨부해서. 또한 사라자에게 대단히 상세한 편지 하나를 써놓았지.”

“영리하군요. 그들은 당신을 보호하거나 아니면 파멸되거나 사라자에게 살해당해야 하는 거군요. 당신다운 구상이에요. 그자들을 모두 당신 마음대로 움직이니 즐겁던가요?”

“솔직히 즐거웠지. 내가 그걸 부인할 거라 생각했소? KGB와 CIA는 날 이용했소. 누군가 날 이용하지 않았던 때가 한 번이라도 있었는지 기억할 수조차 없소.”

“불쌍한 알렉스.”

그가 깊이 숨을 토해내며 조용히 말했다.

“동정을 바라는 게 아니오. 그저 당신이 이해해 준다면 좋겠소. 내가 살아온 세상에서는 모두가 다른 사람을 이용했소. 난 그런 세상에서 나오기로 결정한 건데, 페이블이…… 그는 내 친구였소, 빌어먹을.”

“그래서 그의 복수를 하려고 날 이용했군요.”

“당신을 다치게 할 뜻은 아니었소.”

“하지만 나에게 상처가 된다는 걸 알았다 해도 그 일을 했겠지요.”

그는 한동안 대답하지 않았다.

“그 일을 시작했을 때, 난 레드포드를 잡을 수만 있다면 누가 다치든 상관없었소. 이 말을 듣고 싶었던 거요?”

그녀는 갑자기 자신이 듣고 싶었던 건 그게 아니었음을 깨달았다. 그가 정직하게 대답하길 원치 않았다. 그 동안 알아왔던 모습처럼 어색한 핑계들을 듣고 싶었다. 자신의 비난과 분노를 유지할 연료를 얻기 위해서. 문득 공포가 치솟았다. 어째서 분노를 유지할 연료가 필요한 것인가? 그녀는 재빨리 시선을 내렸다.

"그 말을 듣고 싶었어요."

"그럼 인정하겠소. 당신도 그걸 잘 알고 있었잖소, 케이틀린."

그래, 그런 알렉스를 잘 알고 있었으면서도 그에게 휩쓸리지 않았던가.

"아까 말한 대로, 당신이 날 눈멀게 했어요. 난 제 정신이 아니었어요. 그래서 이곳에서 뭘 알아냈나요? 레드포드가 이스탄불에 있나요?"

"공항에 있는 케말의 정보원은 그자의 흔적을 보지 못했다고 했소. 또 레드포드의 수하 집시의 앞잡이 하나와 연락을 했는데, 어막이라고, 하지만 내가 찾아갔던 바로 다음날 사라져 버렸지. 케말은 그가 어디로 갔는지 알아낼 수 없었소."

"그럼 우린 뭘 해야 하나요?"

"지금은 케말의 전화를 기다리는 중이오."

바로 그때 기다렸다는 듯이 전화벨 소리가 찢어질 듯 울렸다. 알렉스는 전화를 받은 후 한동안 듣고만 있었다.

"알았어, 열한 시."

그가 수화기를 내려놓았다.

"케말이오. 오늘밤 보자는군. 그는 어막이 두 명의 경호원과 함께 숨어 있는 곳을 알아냈다고 하오."

알렉스의 차가운 표정을 보며 케이틀린은 소름이 쫙 끼쳤다.

"어디서 케말을 만날 거죠?"

"어막의 클럽에서."

"나도 같이 가겠어요."

"그럴 줄 알았소. 전혀 편안한 느낌이 드는 장소가 아니라고 말한다 해도 별 소용이 없겠지?"

"전혀 소용없어요."

그가 피식 웃었다.

"그럼 당신을 데려가지 않을 방법이 없을 것 같군. 짙은 색으로 목까지 다 덮는 보수적인 옷을 입으시오.”

그가 두 개의 찻잔을 들고 부엌으로 향했다.

“거기 쇼가 마음에 들지 않는다고 날 탓하지는 마시오.”

“카파스?”

케이틀린이 마호가니 문 위에 황금으로 휘갈겨 쓴 글씨를 읽었다.

“터키 말로 황금 우리라는 뜻이오.”

알렉스가 노크를 하자 빨간 로브에 하얀 터번을 쓴 체격 좋은 턱수염의 사내가 문을 열었다. 알렉스가 터키어로 무언가 중얼거리자 남자가 그들을 들어오게 했고 똑같은 옷을 입은 다른 남자들이 알렉스에게 하얀 로브를 입혀 주었다. 그들은 케이틀린에게는 아는 척도 하지 않았다. 알렉스가 케이틀린의 팔을 잡고 열쇠 모양의 안쪽 문으로 이끌었다.

안으로 들어서자 즉시 달콤한 연기와 강한 커피향이 밀려들었다.

“나에게는 황금처럼 보이지 않는 걸요.”

케이틀린은 커다란 방을 둘러보았다. 황금의 기색이라고는 아치형의 천장에서 부드럽게 뿜어내는 조명 불빛뿐이었다. 그 방은 우리라기보다는 운동장에 더 가까웠다. 손님용 낮은 테이블과 거대한 쿠션들이 6층으로 위치를 잡았고, 이색적인 현악기와 벨과 드럼을 연주해대는 터번을 두른 음악가들이 있는 둥근 경기장을 내려다보게 되어 있었다. 주홍빛 로브를 입은 웨이터들이 음료와 빵을 담은 접시를 들고서 오르락내리락하고 있었다. 그곳은 알렉스와 똑같은 로브를 입은 사내들로 가득 차 있었다. 하지만 여자는 그녀 혼자뿐이었다.

“그리고 이 지독하게 단 냄새는 이스탄불이라 해도 문제가 될 거예요.”

“터키는 다른 나라들보다 마약을 쓰는 일에 별로 심하게 굴지 않소. 그리고 황금 우리는 보호받고 있지.”

“누구에게게요?”

“정부의 고위 관리겠지.”

알렉스가 문과 가까운 낮은 테이블의 쿠션 위에 자리를 잡아 주었다.

“여기에서 여자는 나뿐이에요.”

“그렇다고 내쫓기지는 않을 거요. 이 클럽이 남자들을 위한 곳이지만, 가끔은 여자도 들어오지.”

알렉스가 손짓을 하자 웨이터 하나가 서둘러 계단을 올라왔다.

“불안한 거로군. 당신에게 적당한 장소가 아니라고 했잖소.”

“불안하지 않아요. 그냥, 그래요, 불안해요. 하지만 극복해 낼 거예요.”

가까이 다가온 웨이터에게 알렉스가 터키어로 재빨리 말을 하자, 남자가 고개를 끄덕이더니 금세 사람들 속으로 사라져 버렸다.

“케말이 오면 이리 보내라고 했소. 그리고 커피를 주문했지.”

“터키어를 할 줄 아는군요.”

“대단히 의심스러운 모양이군. 난 KGB와 일할 때 여러 번 이스탄불을 방문한 적이 있었소. 이곳이 마음에 들었지. 법이라는 것들이 굽어질 수도 있는 도시거든. 난 법이란 걸 좋아해 본 적이 없소.”

알렉스가 법을 싫어한다는 건 알고 있었다. 그걸 깨뜨릴 수 없을 때, 그는 돌아가는 방법을 찾아내었다. 그녀는 테이블의 구리 화로를 내려다보았다.

“어째서 황금 우리라는 이름이 붙은 건가요?”

“그건 역사적인 말이오. 황금 우리라 불렸던 톱카피 궁의 이름을 따서 붙인 거요.”

“톱카피 궁이요?”

“술탄의 형제들은 평생을 그곳에 갇힌 채 지냈소.”

그녀의 시선이 그의 얼굴로 날아갔다.

“세상에, 끔찍해라.”

“그렇소, 술탄을 암살의 위협에서 보호하려는 조치였지. 그리 유쾌하지는 않지만 죽는 것보다는 나았소. 가끔은 첩을 들이는 것이 허락되었지만, 아기를 가질 수 없도록 자궁을 들어낸 후에야 가능했지.”

케이틀린이 몸서리를 쳤다.

“황금이든 무엇이든 어째서 감옥의 이름을 따고 싶었는지 이해할 수가 없어요.”

알렉스가 흐릿하게 미소지었다.

"왕자들은 가끔씩만 여자를 허락받았기 때문이오. 그런 환경에서 건강하고 성적으로 활동 가능한 수컷들이 어떤 일을 할 거라 생각하오?"

"여기가 게이 바인가요?"

"정확히 말하면, 양성애지. 카파스는 세계에서 가장 유명한 섹스 클럽 중 하나고 그게 레드포드에게 매력적이었을 거요."

"아, 숙녀분을 데려오셨군요. 좋아요. 일과 즐거움을 결합시키는 것보다 좋은 건 없죠."

케이틀린은 놀랄 만큼 잘생긴 젊은 남자를 쳐다보았다. 다른 손님들처럼 하얀 로브를 입고 있었지만, 그에겐 기백과 당당한 기운을 느낄 수 있었다.

"이쪽은 케말 네미드, 이쪽은 케이틀린 바사로야."

케말이 케이틀린의 옆 쿠션에 털썩 내려앉으며 알렉스에게 말했다.

"아직은 접촉할 수 없었어요. 쇼가 시작될 때까지는 하렘으로 가는 문을 잠가 놓거든요."

다리를 우아하게 꼬며 그가 공단 쿠션 위에 앉은 이슬람국의 왕 흉내를 냈다. 그리고는 케이틀린을 바라보았다.

"아주 예쁜 숙녀로군요."

케말은 그녀의 손을 잡아 입술로 들어올렸다.

"만나게 되어 영광입니다. 정말 멋진 가슴을 갖고 계신다고 말해도 될까요?"

케이틀린이 눈을 깜박거렸다.

"고마워요."

"사랑스럽게 솟아오른 산과 같아요."

그가 책망하듯이 목까지 올라온 검은 드레스를 쳐다보았다.

"그런 식으로 덮으면 안 되는 거예요. 내가 마음에 드나요?"

그녀는 어리둥절해 하며 알렉스를 쳐다보았다. 그가 어깨만 으쓱이자 다시 케말을 돌아보았다.

"… 당신을 잘 모르는 걸요."

"하지만 보이는 모습은 마음에 드나요?"

"네, 그런 것 같아요."

"그럼 알렉스뿐 아니라 나와도 참여할 수 있겠군요."

"케말."

알렉스가 부드럽게 제지하자 케말이 한숨을 쉬었다.

"레드포드 때문에 온 거지 참여하기 위해서가 아니란 말이죠?"

알렉스가 고개를 끄덕이자, 케말은 유감스러운 듯 고개를 흔들었다.

"그녀가 참여한다면 아주 즐거울 텐데. 난 커다란 가슴이 좋아요. 심리적인 거죠. 아주 어렸을 때 어머니를 잃었거든요."

"미안해요, 네미드 씨. 하지만 난 무슨……."

"케말, 케말이라고 하세요. 같이 할 수는 없다 해도, 우린 금방 친구가 될 거예요. 장담하죠. 당신도 알겠지만, 난 천리안을 가졌거든요."

"아뇨, 난 모르겠는 걸요."

케이틀린은 미소를 참는 게 무척이나 힘이 들었다. 이 소년은 엉뚱하고 사람을 녹이는 구석이 있었다.

"만약 참여하기로 결정한다면, 나에게 분부만 내리십시오."

참여한다는 말이 무슨 뜻인지 정말 모르겠다.

"참여한다는 게 무슨 뜻인가요?"

케말이 알렉스를 쳐다보았다.

"부디 말씀드리라구."

케말이 눈살을 찌푸리며 케이틀린을 돌아보았다.

"알렉스가 말해 주었어야 했어요. 지금 떠나기에는 너무 늦었단 말이에요. 열한 시 이후에는 황금 우리를 떠날 수도 들어올 수도 없어요."

"그녀가 오고 싶어했어."

케말의 시선이 알렉스의 표정을 살폈다.

"당신은 무슨 이유인지 모르지만, 그녀에게 보여 주고 싶었군요. 하렘 안에서 그녀를 보고 싶었나요?"

"우린 어막을 찾으러 온 거야. 하렘은 지금 전혀 상관이 없지."

"하지만 앞으로 볼 게 그녀에게 어떨지 알잖아요. 그건 정말 공평치 않……."
"무시되고 있는 게 점점 대단히 지루해지는군요."
케이틀린이 난폭하게 끼어들었다.
"용서하세요."
케말이 케이틀린에게 미소지었다.
"우리가 무례했군요. 지금은 여기서 쇼를 보셔야만 되겠어요. 문이 잠겨 버렸죠. 그건 전통일 뿐이지, 당신에게 어떤 해도 끼치지 않을 거예요."
"전통?"
"매일밤 이곳에서는 환락적인 공연이 있어요."
그가 위로하듯 그녀의 손을 꼭 쥐었다.
"그래서 알렉스가 당신을 데려올지도 모른다고 생각했지요. 손님이 참여하고 싶으면, 그럴 수도 있거든요."
"섹스 쇼를 말하는 거군요. 맞나요?"
"그래요. 하지만 파리에서 보았을 그런 평범한 쇼가 아니에요. 하렘에서 데려온 몇 명의 여자를 빼고는 자신들을 내보이고 싶어하는 자원자들이죠. 대단히 자극적일 거예요."
징 소리가 울리자 갑자기 불이 어두워졌다.
무대를 내려다보며 케이틀린은 심장이 목까지 치솟는 것 같았다. 드럼 치는 남자만 남고 모든 연주자들이 나가 버렸고, 세 개의 주홍빛 쿠션 소파들이 간격을 두고 자리를 잡았다. 제기랄, 그녀는 어린아이가 아니었다. 이렇게 긴장할 이유가 전혀 없었다.
케말이 그녀의 손을 풀어 주고 일어났다.
"참을 수 없으면, 굳이 볼 필요는 없어요. 하지만 나라면 절대 그런 일은 하지 않죠, 난 관능주의자거든요. 쇼가 끝난 다음에 보자구요. 여자들이 들어올 때 하렘으로 갈 수 있는지 알아봐야겠어요."
그가 계단을 내려가기 시작했다.
드럼소리가 고동치는 심장박동처럼 울려퍼졌다. 어둠이 장밋빛 어스름으로 변하며 두 명의 남자가 등장했다. 둘다 젊고 운동선수 같은 체격에 아름다웠다. 게다가 완전 누드였다.

그 쇼는 한 시간 이상 계속되며 동성애뿐 아니라 이성애적인 짝짓기까지 다 펼쳐 보였다. 남자와 여자들은 모두 젊고 매력적이었으며 그들의 열정은 의심의 여지가 없었다. 쇼가 진행되는 동안 케이틀린은 매혹되기도 하고 반감이 일기도 했지만, 시선을 돌릴 수는 없었다. 그것은 섹스였지만, 섹스가 아니라 관능적인 발레이자 격렬한 꿈이었다. 그 환상을 방해하는 소리는 전혀 없었고, 테이블 앞의 남자들은 어둠 속에서 조용했다. 그러나 그들 모두 또렷하게 깨어 있다는 것만은 분명했다.

알렉스를 쳐다보지 않으려고 노력했지만, 그녀는 몇 번이나 그의 시선을 느꼈고 자신도 그를 쳐다보지 않을 수 없었다. 그는 구릿빛 피부의 여자 허벅지 사이에 얼굴을 묻고 있는 턱수염의 사내를 강렬히 응시하고 있었다.

알렉스의 뺨이 움푹해졌고, 숨쉴 때마다 콧구멍이 약간씩 커졌다. 그의 시선이 갑자기 그녀에게 향하자, 그녀는 그의 눈에서 번들거리는 흥분을 보며 짜릿한 반응이 일었다.

그녀의 표정을 알아채자 그가 살짝 미소지었다.

"흥분되나?"

그의 낮은 목소리는 거의 신음에 가까웠다. 어렴풋이 슬라브식 억양이 느껴졌다.

"네."

케이틀린은 침을 삼키고는 시선을 돌렸다. 허벅지 사이의 뜨거운 느낌을 부인하기에는 그가 그녀에 대해 너무나도 잘 알고 있었다. 여전히 알렉스의 시선이 느껴졌지만, 다시는 그를 쳐다보지 않았다.

"케말이 돌아왔으면 좋겠어요."

"금방 올 거요. 쇼는 십 분 안에 끝날 테니까. 저기 조그만 빨간 머리 여자와 덩치 큰 남자는 특히나 에로틱하게 보이지 않소?"

그녀의 시선이 소파에 무릎 꿇고 있는 여자의 뒤에 선 털북숭이 거인에게 고정되었다. 그가 그녀의 작은 몸뚱이 속으로 들어갔다 나올 때마다 드럼소리가 울려퍼졌고, 여자는 엉덩이를 남자에게 밀어대며 열띤 말을 중얼거리고 있었다.

드럼소리에 맞춰 여자의 부드러운 엉덩이에 남자의 근육질 허벅지가 부딪히는 소리가 에로틱했다.

케이틀린은 젖가슴이 부풀어오르며 자신의 손이 무의식적으로 커피잔을 움켜쥐는 걸 느낄 수 있었다. 맙소사, 느낄 수가 있었다. 자신이 그 소파에 무릎을 꿇고 있는 여자 같았다. 갑자기 공기가 숨쉬기 힘들 정도로 둔탁해지는 듯했다. 심장이 미친 듯이 쿵쾅거렸다. 그녀는 에로틱한 장면에서 간신히 시선을 돌렸다.

"당신과 케말이 말하던 하렘이라는 건 뭐죠? 또 다른 전설의 일부인가요?"

알렉스는 고개를 끄덕이고는 무대와 연결된 문을 가리켰다.

"저 문은 하렘의 여자와 남자들이 가득한 집으로 이어져 있소. 사실상 매춘굴이지만, 카파스를 통하지 않고는 누구도 들어갈 수 없지. 손님들은 쇼를 본 다음에 사창가로 들어가는 거요. 몇 시간이나 그날 밤 전체를 빌릴 수 있는 빈 집도 몇 군데 있지."

"믿을 수가 없어요."

"편리한 거요. 이런 장면을 본 후에는 기다리는 게 대단히 어렵잖소. 그렇지 않나, 케이틀린?"

다행스럽게도 무대의 광경이 끝나 가고 있었다. 표정 없는 얼굴을 유지하며 그녀가 그를 쳐다보았다.

"왜 나에게 이걸 보여 주고 싶어했죠? 흥분시킬 생각이었나요?"

"그렇소."

"그리고 내가 당신 침대로 뛰어들 걸로?"

"그 정도로 바보는 아니오."

"아니면 내가 하렘을 이용해 볼 거라고 생각하셨나요?"

그가 희미하게 미소지었다.

"상황이 달랐다면, 당신이 하렘을 선택했을 거라 확신하오."

그녀는 서둘러 그의 시선을 피했다.

"별로 인상적이지 않았어요."

"아닐걸. 당신의 관자놀이에서 고동치는 맥박을 볼 수 있소. 당신은 그 걸 아는 나에게 달아오르고 흥분되기도 하면서 화가 나는 거요."

"당신과는 전혀 상관없어요."

어떤 이상한 감정이 그의 얼굴을 스치더니 그가 자조하듯 미소지었다.

"당신은 똑똑하니까 내가 얼마나 이기적인지 알 거요. 나를 그렇게 경계하면서 같은 집에서 계속 살 수는 없소. 그리고 섹스만이 당신에게 접근할 수 있는 유일한 길인 것 같소."

그를 쳐다보지 말았어야 했다. 알렉스가 원하기만 하면 얼마나 사람을 끌어당길 수 있는지 알고 있었다. 그녀는 억지로 시선을 떼어내 무대를 쳐다보았다. 공연은 끝나 있었다.

"이제 그만, 케말이 와요."

한 번에 두 계단씩 그들에게 올라오는 케말을 보자 진심으로 안도감이 밀려들었다. 이곳에서 나가고 싶었다. 관능적인 분위기가 그녀의 균형을 망가뜨렸다. 침착을 되찾아야 한다.

"어막은?"

그들 옆에 멈춰 선 케말에게 알렉스가 물었다. 케말이 고개를 저었다.

"오늘밤은 여기 없어요. 하지만 아직 도시 안에는 있어요. 멜리스 말로는 오늘 아침에 하렘에 있었대요."

"멜리스……?"

알렉스가 그 이름을 기억해 내려 애쓰며 인상을 찡그렸다.

"알잖아요, '황금색 머리를 가진 열한 살짜리.'"

하렘으로 연결된 문을 물밀 듯이 빠져 나가는 남자들을 그가 가리켰다.

"오늘밤은 바쁠 거예요."

"열한 살?"

케이틀린은 속이 뒤틀리는 것 같았다.

"여기에 아이들도 있는 거예요? 우리가 할 수 있는 일은 없나요?"

"있을지도 모르죠. 하지만 오늘밤은 아니에요. 그녀나 다른 아이들에게 전에 일어나지 않았던 일은 일어나지 않을 거예요."

"그런 식으로 아이들을 이용하다니 너무나 끔찍해요."

"끔찍한 것보다 더 심하죠, 그건 사형 선고예요. 에이즈가 만연한 세상에서, 어막의 창녀들이 얼마나 오래 살아남을까요?"

알렉스가 일어나서 로브를 벗고, 테이블에 약간의 돈을 던졌다. 케말은 케이틀린의 표정을 보고는 화사한 미소를 지었다.

"우리가 예쁜 숙녀를 놀라게 했군요. 이제 슬픈 얘기는 그만하자구요."

그가 손을 뻗어 그녀를 일으켜 세웠다.

"자, 집에 가죠."

"당신도?"

케말이 로브를 벗어 던지자 청바지와 하얀 셔츠가 드러났다.

"커피 한 잔 마시고 당신이 나의 도시에서 보아야 하는 많은 장소들을 말해 드릴게요. 그래, 내일 내가 직접 당신을 데려가면 되겠군요."

"난 관광하러 온 게 아니에요, 케말."

"하지만 어막을 찾을 때까지 뭘 하겠어요? 그리고 당신은 아주 아름답기 때문에, 당신에게는 돈을 청구하지 않을 거예요."

알렉스를 힐끗 쳐다보며 그가 아량 있게 덧붙였다.

"당신도 가고 싶다면 같이 가도 돼요."

"날 끼워 주다니 대단히 친절하시군."

"그럼요. 내가 대단한 연인이라는 걸 이 예쁜 숙녀에게 보여 주도록 할 것 같지 않은데도 말이죠."

"눈치가 빠르군."

케말이 경쾌하게 한 손을 흔들었다.

"걱정 말아요. 난 당신 돈이 필요해요. 그녀가 뭘 놓치고 있는 건지 절대 보여 주지 않겠다고 약속할게요."

알렉스의 입술이 비틀어졌다.

"고맙군, 하지만 구경하는 건 현명할 것 같지 않아."

그가 케이틀린에게 시선을 돌렸다.

"하지만 그가 공짜로 해주겠다는 말이 얼마나 큰 찬사인지 당신은 모를 거요. 케말처럼 돈을 좋아하는 사람은 없지."

"정말 사실이랍니다."

케말이 케이틀린의 팔을 잡고 문으로 끌어당겼다.

"자, 당신 집으로 돌아가요. 난 터번 만드는 거리 근처에 사는데, 바퀴벌레들도 같이 있죠. 숙녀들은 바퀴벌레를 싫어해요."

"네, 맞아요."

"나도 그렇긴 하지만 집세가 싸거든요. 내 집에 들러서 기타를 가져가요. 내가 연주해 드릴게요."

"파티할 기분이 아니에요."

케말이 이해한다는 듯 고개를 끄덕였다.

"아이들 때문에 아직도 슬퍼하는군요. 하지만 지금은 그들을 도울 만한 일을 아무것도 할 수가 없어요. 그러니 그들에 대해 생각하지 말아야 해요. 순간을 즐기라구요."

"당신은 그럴 수 있나요?"

케말이 진지하게 쳐다보았다.

"네. 날 감정도 없는 사람으로 생각하겠지만, 난 행동할 시기가 올 때까지 슬픔을 한쪽으로 밀어 두는 법을 아주 오래 전에 터득했죠."

그가 미소지었다.

"당신은 아주 운이 좋아요. 난 노래도 부른다구요."

그가 무릎을 굽히고 기타를 연주하는 흉내를 냈다.

"당신을 위해 '미국에서 태어났어요'를 불러 드릴게요."

"솜씨가 좋은가요?"

"오, 그럼요. 난 탁월한 음악가라구요. 하지만 기타는 완벽해지려면 더 연습을 해야 하지요."

킥킥거리며, 케이틀린은 기분 좋게 웃었다. 그러면서 그녀는 케말에게 물어 보았다.

"당신은 CIA와 같이 일한다면서요."

"파트 타임이죠. 난 대학생이에요. 철학을 전공하죠."

그의 까만 눈동자가 반짝거렸다. 케이틀린이 머리를 흔들었다.

"짐작했어야 했는데."

그들은 황금 우리를 나와 구불구불한 거리를 걷기 시작했다. 가을의 쌀쌀함을 담은 공기가 상쾌했다.

"소크라테스도 관능주의자였어요. 대부분의 그리스인들이 그랬죠. 하지만 그들은 여자의 미보다 남성의 미에 훨씬 더 감탄했죠. 그건 공평치 않아요. 난 아주 민주적이랍니다."

그가 알렉스를 돌아보았다.

"내일 우리와 같이 가실래요?"

"아니, 그리고 케이틀린도 안 돼. 현명한 짓이 아니라고 했잖아."

가늘게 뜬 케말의 시선이 알렉스의 얼굴에 고정되었다.

"안전하지 않다는 뜻이군요. 그녀에게도 위험이 있나요?"

"레드포드."

"정말 안됐군요."

그의 표정이 밝아지며 케이틀린에게 살짝 머리를 숙여 절했다.

"하지만 걱정 마십시오, 어여쁜 아가씨. 내가 열심히 생각해서 이 어려움을 극복하겠다고 약속드리지요."

그의 단호한 표정을 당혹스럽게 지켜보며, 케이틀린은 케말이 약속을 지킬 것이라는 걸 알았다.

그 후 몇 시간 동안 케말은 자신이 주장한 대로 탁월한 음악가임을 입증했다. 기타 솜씨는 멋들어진 바리톤의 목소리를 능가했다. 집에 들어서자마자 그는 마룻바닥에 앉아 노래와 농담과 이 도시에서의 삶에 대한 재치 있는 이야기들로 그들을 즐겁게 해주었다. 케이틀린은 그에게 소년 같은 매력과 세상사에 능란한 거친 면모가 묘하게 혼합되어 있는 것을 알았다. 그에게 끌리지 않을 수 없었다. 그와 반대로 알렉스는 이상할 정도로 조용했다.

케말이 조심스레 기타를 케이스에 집어넣고 일어섰을 때는 새벽 3시가 가까운 시간이었다.

"집에 가서 샤워를 하고 학교 갈 옷으로 갈아입어야 해요. 오늘은 피곤하실 테니 쉬고, 내일 아침 여섯 시에 데리러 올게요."

케이틀린이 멍하니 눈을 깜박였다.

"데리러 온다구요?"

"물론이죠. 내 도시를 보여 주겠다고 약속했잖아요."

알렉스의 몸이 경직되었다.

"그리고 난 그게 너무 위험하다고 말했지."

"그래서 새벽에 출발하는 거라구요."

케말이 문을 열려다 돌아보며 미소지었다.

"다른 사람들이 움직이기 전에 돌아다니는 거죠."

케이틀린이 머리를 저었다.

"아무 데도 안 열었을 거예요."

"나에겐 친구들이 있어요. 닫힌 문을 여는 방법을 찾아봐야죠."

그가 알렉스를 돌아보았다.

"아홉 시까지 안전하게 모셔올게요. 됐죠?"

"아니."

"네."

알렉스와 케이틀린이 동시에 대답했다. 알렉스가 그녀에게 휙 돌아섰다.

"마음에 들지 않아, 제기랄."

"안전할 것 같아요. 공항에서 미행당하지 않았다고 했잖아요."

그녀가 케말에게 말했다.

"여섯 시에 준비하고 있을게요."

케말의 화사한 미소가 반짝이고는 다음 순간 문이 닫혔다.

"왜?"

알렉스가 씹듯이 내뱉자, 그녀는 시선을 피했다.

"케말은 재미있어요. 내 평생 그보다 더 열성적이고 솔직한 사람은 본 적이 없어요."

"속지 마시오. 그는 거친 자식이오."

"글쎄요, 그럼 내가 더 안전해지는 거 아닌가요? 게다가 나에게 위험이 있다고 생각했으면 오늘밤 카파스에 데려가지 않았을 텐데요."

"당신이 선택의 여지를 주지 않았소. 지금은 편안하게 관광할 때가 아니오."

관광 따위에는 사실 관심도 없었다. 알렉스와 24시간 같은 집에 있을 생각은 추호도 없기 때문이었다. 카파스에서 자신이 그에게 얼마나 무기력할 수 있는지 보지 않았던가.

"순간을 즐기라는 케말의 철학에 동화됐는지도 모르죠."

"그럼 내가 같이 가겠소."

"안 돼요!"

그녀의 난폭한 거절에 알렉스의 시선이 날아들자, 케이틀린은 재빨리 발길을 돌려 침실로 걸어갔다.

"당신이 같이 가지 않았으면 좋겠어요."

"안됐군. 날 참아내야 할 테니. 케말의 말대로 위험이 없다고 판단되면, 그 후에 내 존재를 치워 주겠소. 만족하오?"

"아뇨, 하지만 그래야 할 것 같군요. 잘 자요."

그녀의 뒤에서 중얼거리는 욕설소리가 들렸다.

"쉽게 신고 벗을 수 있는 신발을 신으시오."

그녀가 뒤돌아보았다.

"왜요?"

"이 도시는 사원으로 가득하오. 거기 들어가기 전에 신발을 벗어야 하지."

"당신이 어떻게 알죠? 아, 맞아. 전에 온 적이 있다고 했죠."

"사원들은 그 당시 내가 둘러볼 목록에 들어 있지 않았소. 난 아주 젊었고, 우리 친구 케말처럼 관능주의자였거든."

그가 힘없이 어깨를 들어올렸다. 그녀는 머뭇거렸다. 그에게 어떤 위로의 말이라도 해야 할 것 같았다. 그러나 문득 질문이 터져나왔다.

"왜 미국으로 망명했나요?"

"오, 안 되지. 오늘밤은 당신에게 더 이상의 무기를 주지 않을 거요."

"글쎄요, 내일은 또 다른 날이지요."

그녀가 문을 닫으려 했다.

"그건 소용없을 거요, 당신도 알겠지만."

"뭐가요?"

"당신은 도망칠 수 없소."

"난 도망치는 게 아니에요."

"말도 안 되는 소리야. 파리에서는 죽도록 겁을 먹었으면서, 지금은 날 피하려고 자기 목을 내놓다니."

"그게 아니……. 위험은 아주 작아요."

"어쩌면. 하지만 제기랄, 아주 작은 위험이라도 닥치면 안 된다구. 케이틀린, 레드포드를 찾을 생각이라면 우린 함께 일하고 함께 있어야만 해. 이십사 시간 내내 나에게 화만 내며 살 수는 없소."

"장담하지 말라구요."

케이틀린은 세차게 문을 닫아 버리고 힘없이 문에 등을 기댔다.

앞으로는 좀더 쉬워질 것인가?

12

밤새 뒤척이다가 케이틀린은 다음날 아침 일곱 시에 깨어났다. 제일 먼저 한 일은 바사로에 전화하는 것이었다. 어머니가 전화를 받자 애정이 밀려드는 걸 느꼈다.

"어머니, 어떠세요?"

"괜찮아."

정신이 딴 데 가 있는 목소리였다.

"사실 케이틀린, 그 모든 사람들을 바사로에 초대해 놓고 도와주러 오지도 않다니 너무했다. 오늘 낮에 몰려올 텐데 나더러 어쩌란 말이니? 베네딕트 양하고 안드레 씨하고 파울리라는 사람하고…… 또 촬영팀은 어떻고? 파리에서의 그 귀찮은 일들은 밀쳐두고 그들이 떠날 때까지만이라도 와주면 안 되겠니?"

"어머니는 아주 잘 해내실 거예요. 언제나 그러셨잖아요. 그리고 첼시 베네딕트에 대해 친구분들에게 해줄 얘기들을 생각해 보세요. 그녀가 바사로에 왔다는 걸 아주 부러워들 할 거예요."

"그건 사실이야."

카트린이 더욱 밝아졌다.

"이젠 끊어야겠다, 케이틀린. 너와 얘기할 시간이 없구나."

"잠깐만요, 피터와 통화할 수 있을까요?"

"오, 그래. 우린 방금 아침 식사를 했거든. 피터! 바꿔 줄게. 안녕, 케이틀린."

"거기 가서 도와드리지 못해 죄송해요."

"안녕, 케이틀린."

피터의 목소리였다.

"번역 일이 잘 돼 가고 있는지 궁금해요."

"그래요. 오늘쯤에는 다 끝낼 수 있을 것 같아요. 그걸 어디로 보내야 할까요?"

"이스탄불의 힐튼 호텔로 케말 네미드의 이름으로 보내세요. 알렉스에게 전할 말이 있는지 조나단에게 물어 보시구요."

"알았소. 다른 일은?"

"우린 잠시 여기 있어야 할 것 같아요. 작업실에 있는 영사기와 입체 영상 필름을 좀 보내 주시겠어요?"

"번역물과 같이 넣어서 보내 드리죠."

"고마워요."

그녀는 머뭇거렸다. 전화를 끊고 싶지 않았다. 빌어먹을, 그녀는 집과 관련된 이 조그만 연결이라도 끊고 싶지가 않았다.

"바사로에서는 즐겁게 보내고 계세요?"

"누군들 그렇지 않겠어요? 여긴 지상 낙원이에요. 여기 온 지 얼마 되지도 않았는데 벌써 엄청난 필름을 썼답니다. 물론 저녁마다 번역 일을 하고 있어요. 마리사가 타이프 치는 일을 도와주고 있죠."

"그녀는 정말 특별하죠?"

피터는 잠시 대답하지 않았다.

"아주 특별하지요."

그녀는 더 이상 대화를 이끌어 갈 핑계가 생각나지 않았다.

"제가 거기 갈 수 없으니, 당신이 어머니를 도와주신다면 감사하겠어요. 어머니는 걱정하는 걸 좋아하지 않으시거든요.”

“마리사와 내가 잘 보살펴 드리겠소.”

또다시 침묵이 흘렀다.

“한 가지 더요.”

그녀는 가벼운 목소리를 유지하려 노력했다.

“당신에게 더 이상의 사진을 보내지 말아 달라고 한 건 알지만, 바사로 사진을 몇 장 보내주신다면 좋겠어요.”

“한 장 한 장 다 보내드리리다.”

피터가 부드럽게 말했다.

“정말 친절하시군요. 그럼 끊을게요, 피터.”

전화를 끊고 나서 그녀는 떨리는 숨을 깊이 토해내었다. 한구석이 떨어져 나간 듯이, 너무나도 외로웠다.

피터가 전화를 끊고 몸을 돌렸을 때, 마리사가 옆에 서 있었다.

“그녀는 집을 그리워하고 있어.”

마리사가 고개를 끄덕였다.

“사랑하는 집이 있으면서도 올 수 없다는 건 끔찍할 거예요. 어머니와 난 너무나 많은 곳을 돌아다녀서 어떤 장소에 애착을 느낄 만큼 오래 머문 적이 없었지요.”

그가 문으로 걸어가자 그녀도 그와 보조를 맞췄다. 그녀가 그의 팔에 팔짱을 끼며 부드럽게 말했다.

“당신과 같이 있으면 아주 편안한 느낌이 들어요, 피터.”

그녀의 손길이 닿자 그는 심장이 두근거리는 걸 느꼈다. 하지만 신중하게 무표정한 얼굴을 유지했다. 열여섯과 사십 세, 그는 시시각각 쇠약해지고 시들어 가는 늙은 남자였고 그녀는 활동적인 삶을 꾸려 나갈 소녀이다. 그녀는 그를 좋아했다. 그들은 얘기할 수 있고 친밀하게 같이 일할 수 있는 친구가 되었다. 이런 순간이 주어졌다는 것만으로도 감사해야 한다.

그는 그녀의 손을 사랑스레 토닥여 주며 작업실로 향했다.

"나도 너와 있으면 아주 편안해, 마리사."

"우린 골든 혼에 가서 페리호를 탈 거예요."
케말이 말했다.
"골든 혼을 술탄의 연못이라고 부른다는 말을 했던가요? 한때 더럽혀진 적도 있었지만, 지금은 깨끗하고 아름답죠."
"얼마나 멀지?"
"이삼 킬로미터쯤."
"걸어서?"
"물론이죠. 그게 이스탄불을 제대로 볼 수 있는 유일한 방법이에요."
자신이 알렉스에게 파리에 대해 똑같이 말했던 게 어렴풋이 기억났다. 하지만 그녀는 케말처럼 지칠 줄 모르는 가이드는 아니었다. 아침 8시가 조금 지난 시간인데도 벌써 지쳐 버렸다. 하지만 계속되는 그와의 대화로 쉽게 친해질 수 있었다.
"택시를 타면 안 될까?"
케말이 단호하게 머리를 흔들었다.
"택시는 필요 없어요. 당신은 크고 강인하고 아름다운 여성이잖아요."
그녀의 얼굴이 어두워지는 것을 보자, 그가 누그러들었다.
"하지만 내일은 자전거를 빌릴 수 있을지도 몰라요."
그녀가 한숨을 쉬었다.
"아니, 사양할래. 이런 교통 상황에서는 안 돼. 좋아, 걸어가지."
"자전거는 괜찮아요. 오토바이보다 훨씬 나아요. 아주 작은 차가 갈 수 없는 곳까지 들어간다니까요."
케이틀린이 고개를 흔들었다.
"어느 길로 가지?"
케말이 힘차게 거리를 걸어 내려가자 그녀도 그의 옆으로 따라붙었다. 한 블록쯤 말없이 걷다가 갑자기 케말이 물었다.
"왜 그렇게 알렉스에게 차갑게 대하나요?"
케이틀린이 화난 표정을 던졌다.

“그건 대단히 개인적인 질문이고, 너와는 상관없어, 케말.”

“한때 연인이었다가 이제는 그렇지 않기 때문인가요?”

“어떻게…….”

케이틀린의 몸이 굳어지자 케말이 재빨리 말했다.

“아, 알렉스가 말해 준 건 아니에요. 난 아주 예민한 영혼을 가졌거든요. 당연히 두 사람의 감정을 감지했지요.”

“예민한 영혼에다 천리안까지?”

케말이 씨익 웃었다.

“그 두 개는 동반되는 거예요.”

그가 그녀의 조심스런 표정을 살펴보았다.

“알렉스가 두려운가요?”

“내가 왜 두려워해야 하지?”

“사람을 죽일 수도 있는 남자니까요. 때때로 여자들은 그런 남자를 두려워하지요.”

며칠전 알렉스를 보면서 느꼈던 두려움이 기억났다.

“알렉스와 어막 사이에 무슨 일이 있었던 거지?”

“알렉스는…… 짜증이 났어요.”

“그리고?”

케말은 대답하지 않은 채 어깨만 으쓱했다.

“물론 난 알렉스가 두렵지 않아.”

“그럼 왜 그와 같이 하고 싶으면서도 다른 침대를 쓰는 건가요?”

“난 그런 일을 원하지 않아. 케말, 이런 얘기는 그만하자.”

“나에게 화가 났군요. 알렉스를 좋아하기 때문에 말한 거예요. 난 당신도 좋아요.”

“그건 특별한 일도 아니지. 넌 모든 사람과 잘 어울리는 것 같으니까.”

“오, 그래요. 모두가 날 좋아하지요. 어떻게 좋아하지 않을 수 있겠어요?”

“나도 모르겠어.”

그녀는 어찌할 수 없다는 듯 미소지었다. 케말에게 오랫동안 화를 내는 건 불가능했다. 이번에도 예외는 아니었다. 이 쾌활한 개구쟁이는 세상 전부가 자기 것이라도 되는 양 금지된 곳까지 마구 밟아댔다.

"하지만 서로가 원하는 것을 막아서는 안 되는 거예요. 내일 무슨 일이 일어날지 누가 알겠어요? 매 순간순간을 음미해야 해요."

"케말, 넌 정말 전적으로 이교도야."

"하지만 그게 사실인 걸요. 날 믿어요. 내 말이 지혜예요."

그녀가 갑자기 키득거렸다.

"케말의 철학인 거야?"

그가 진지하게 고개를 끄덕였다.

"내가 어린아이였을 때 난 아주 가난했고 우리 가족은 경멸당했어요. 그래서 도망쳐 나왔죠. 더 나은 삶으로 달려가는 거라고 생각했어요."

"그런데 그렇지 않았어?"

"알렉스가 말하지 않았나요? 그래요, 더 나은 삶이 아니었어요. 내 가족과 어울려 그 좋은 시간들을 즐기며 견뎠어야 했어요."

케말은 잠시 말없이 미소를 보냈다.

"그만하죠. 내 수다를 듣고 싶지는 않겠죠?"

그녀의 생각이 어떻든, 케말은 자신의 생각이 옳다고 확신하는 것 같았다. 그가 관대하게 제안했다.

"페리를 탄 후에도 진짜 발이 아프다면, 돌아갈 때는 택시를 타죠."

그녀는 다이아몬드 장식이라도 선물 받은 느낌이었다.

"정말?"

"물론 요금은 당신이 내고요."

"물론이야."

그 순간 케말이 가이드 역할을 무료로 해주는 것이 얼마나 큰 찬사였는지 케이틀린은 이해할 수 있었다.

"두말 할 필요도 없겠지."

"그 나무에는 올라가지 않겠어요, 파울리."

첼시의 어조는 확고했다.

"절벽에서 안장도 없는 말을 타게 하고, 장미 들판에서는 달리게 하고, 포도밭에서는 춤을 추게 했죠. 더 이상은 참지 않겠어요. 발가락 사이에서 그런 게 얼마나 질퍽한지 알기나 해요?"

"하지만 당신은 대단히 신성한 발가락을 가졌소, 천사님."

파울리가 느릿하게 말하며, 달래듯이 하얀 이를 드러내고 미소지었다.

"그리고 한 신만 더 찍으면 니스로 돌아간다는 거 알잖소."

그가 몇 미터 떨어진 오렌지 나무를 가리켰다.

"자, 내가 생각하는 건 이런 거요. 당신은 그 오렌지 나뭇가지에 앉아 있는 바다의 요정이지. 송풍기를 돌려 바람이 불게 하면 치마가 부드럽게 휘날리며 당신 머리로 꽃송이들이 떨어지는 거요. 그 다음에 나무 아래 윈드 댄서까지 내려오는 거지."

"저 나무에는 꽃도 피지 않았다구요."

"그 정도는 다 준비해 놨소. 니스에서 대형 송풍기를 가져왔고 꽃이 진짜여야만 한다는 법은 없소. 실크면 괜찮을 거요."

"윈드 댄서도 없어요."

"특수 효과의 마술이 있지요, 천사님. 영상이 들어 있는 화면을 이용해서 초현실적으로 찍는 거요. 꿈 같은 걸로."

첼시는 조나단의 웃음소리를 들었지만, 그쪽을 쳐다보지는 않았다. 파울리는 지난 이틀 동안 무수한 요구로 그녀를 지치게 만들었고, 그것은 전혀 우스운 일이 아니었다.

"나무에 올라가지 않겠어요."

"완벽하게 안전할 거요. 사다리를 가져다가……."

"파울리, 난 뉴욕 뒷골목에서 자랐어요. 내가 아는 나무라고는 율리시스 S. 그랜드 초등학교의 나무 옷걸이뿐이라구요. 정글 여자처럼 숲속을 돌아다니지 않았어요."

"피곤한 모양이오."

파울리의 목소리가 열성적으로 낮아졌다.

"그리고 오늘 당신이 얼마나 열심히 일했는지 모른다면 내가 나쁜 놈이지. 십오 분 쉬고 다시 얘기합시다."

"십오 분? 새벽부터 일했는데 겨우……."

문득 허공에 대고 얘기하는 자신을 발견하고 첼시는 입을 닫았다. 파울리는 크레인에 올라 있는 카메라맨을 향해 걸어갔고, 나머지 스텝은 카트린이 다과를 차려놓은 테이블 쪽으로 흩어지고 있었다.

조나단이 한쪽 눈썹을 들어올리며 말을 건넸다.

"바다의 요정? 난 당신을 요정으로 볼 수가 없는걸. 너무나 존재가 확실하니 말이오."

"그 말을 파울리에게 해주세요."

그녀가 조나단이 선 곳으로 움직였다.

"그는 갑자기 내가 대지의 어머니라도 되었다고 생각하나 봐요."

그녀가 황금빛 명주 드레스의 치맛자락을 들어올리자 맨발이 드러났다.

"그리고 난 하루 종일 신발이라는 걸 구경도 못했어요. 그 남자는 맨발 숭배자인 것 같아요."

조나단이 눈을 반짝이며 그녀의 팔을 잡았다.

"흥미로운 생각이군. 지금으로서는 산책 가고 싶은 마음이 없겠지? 내가 마실 거라도 갖다 주겠소."

"됐어요. 그저 이 일이 빨리 끝났으면 좋겠어요. 다시는 영화의 야외 촬영에 대해 불평하지 않을 거예요. 적어도 영화에서는 스턴트 걸이라도 대주니까요."

"그렇긴 해도 그는 정말 대단히 멋진 장면들을 찍었소. 난 그 황금옷을 입고 물줄기 옆에 무릎꿇고 있는 모습이 좋더군. 당신은 아주 잘 해냈소. 마치 성배를 찾아낸 잔다르크처럼 보였지."

그의 표정이 너무나 사랑에 가득 차 있어, 갑자기 그녀의 모든 짜증과 피로가 녹아내리기 시작했다.

"내가요? 모두 다 흐릿하기만 해요. 기억도 잘 안 나는 걸요."

그녀가 그의 손을 잡으려 손을 뻗었다가 멈칫했다. 이곳 바사로는 낙원과도 같았다. 바깥 세상이 바로 몇 킬로미터밖에 떨어져 있지 않다는 것을 자신에게 계속 주입시켜야만 했다. 촬영팀 중 하나가 다시 그들을 세상으로 끌어낼 만한 얘기를 잡지에 내고 싶어할 수도 있었다. 그녀는 손을 내렸다.

"오늘 아침에 당신이 그리웠어요."

"인터폴에 전화하고 그 다음에는 피터에게, 그리고 어제 사무실에서 도착한 계약서를 훑어보아야 했소. 내 일에도 관심을 기울여 주어야지."

"약간쯤 밀어놓을 수 있잖아요? 우리가 다시 이런 기회를 가질 수는 없을 거예요."

조나단의 미소가 흐려졌다.

"말도 안 돼. 결혼하면 언제나 이런 기회가 있소."

"아뇨. 내가 그럴 수 없다는 거 알잖아요."

그녀가 사각 테이블에 모여 있는 사람들을 멍하니 쳐다보았다.

"난 피터가 마음에 들어요. 당신이 말한 대로 친절한 사람이에요. 그가 우리에 대해 알고 있을까요?"

"그에게 말한 적은 없지만, 날 읽을 수 있을 정도로 잘 알지. 아마도 내가 당신을 사랑한다는 걸 알아차렸을 거요."

그가 잠시 멈췄다가 교묘하게 덧붙였다.

"그리고 당신이 날 사랑한다는 것도."

"난 그런 말 한 적 없어요. 내가 말했잖아요……."

그녀가 걸음을 빨리 하여 테이블 쪽으로 걸어갔다.

"다시 시작할 시간이에요. 날 요정으로 만들게 내버려 둬야 할 것 같군요. 뭐 어떻겠어요? 다른 것도 다 했는데."

"언제쯤 도망가는 걸 그만 둘 참이오, 첼시?"

"도망가는 게 아니에요. 내 일을 하는 것뿐이에요."

첼시가 반항적으로 뒤를 돌아보았다.

"이건 내가 할 수 있는 일이에요. 당신 마음속에 있는 일은 전혀 나와 어울리지 않아요."

"당신에게 아주 잘 어울리오. 한 번 시험해 보시오."

첼시는 호전적으로 어깨를 쭉 펴며 두 손으로 섬세한 드레스의 주름을 가다듬었다.

"당신은 정말 지치지도 않는군요. 그건 시험해 볼 수 있는 그런 일이 아니에요."

"하지만 난 멈추지 않을 거요. 지금은 가만 있지만 계속 그대로 두진 않을 거요."

조나단이 강하게 말하자 첼시는 어쩔 수 없다는 듯이 한숨을 쉬었다. 그리고는 조나단을 살짝 쳐다보고는 머뭇거리며 물었다.

"촬영이 끝난 뒤에 당신도 같이 파리로 돌아갈 건가요."

"물론이오. 당신을 만날 기회를 한 번이라도 놓칠 순 없지."

첼시는 어깨를 으쓱이고는 일행을 향해 걸어가며 다시 조나단을 쳐다보지 않았다. 영원한 것은 아무것도 없다. 당분간 함께 지낼 수 있다는 것만으로 행복하게 생각해야만 했다.

하지만 빌어먹을, 충분치가 않았다. 그 이상을 갖고 싶었다. 그러나 그럴 순 없었다. 욕심을 내서 다시는 다른 사람을 망칠 수는 없다.

마리사와 피터는 케이틀린에게 소포를 보내고 나서 돌아오는 길에 자크와 얘기하기 위해 제라늄 들판에 들렀다. 피터는 여전히 들판과 마리사를 카메라로 찍어대고 있었다.

"새 일꾼들을 고용하셨군요."

들판을 내려다보며 마리사가 말했다.

"저 사람들이 필요한가요? 제라늄 수확도 거의 끝났는데."

"아니스는 이제 만삭이라 들에서 일할 수가 없고, 피에르는 리옹에 있는 어머니의 가게를 잠시 도와야 해. 그래서 그들을 대신할 사람을 며칠 전에 고용했어."

자크가 인상을 찌푸렸다.

"저 사람들은 오래 가지 않을 거야. 둘다 손도 더럽히지 않고 땀도 흘리지 않으려 하는 것 같거든."

"저에게 말하지 그러셨어요? 아침마다 와서 도와드릴 수 있는데."

그녀가 들판에 카메라를 대고 있는 피터에게 돌아섰다.

"내일은 오후에 작업실에 들를게요."

"나도 돕고 싶군."

"됐어요. 당신은 따로 할 일이 있잖아요."

마리사의 시선이 멀리에서 일하는 두 남자에게로 쏠렸다. 자크의 말이 맞는 것 같았다. 두 남자 모두 다른 일꾼들처럼 부드럽고 조화로운 리듬으로 움직이지 않았고, 꽃을 따는 것보다 웃거나 얘기하는 시간이 더 많았다. 영국인인 듯한 키가 크고 모래빛 머리색을 가진 소년은 소풍이라도 온 사람 같았고 다른 사내는 삼십대 초반쯤의 작고 탄탄한 체구에 거무스름한 피부였다.

"저 사람들보다 내가 더 잘 할 수 있을 것 같아요, 자크. 땀 흘려 일하는 것처럼 보이지 않는 건 확실하군요."

자크의 입술이 음울하게 긴장되며 언덕을 내려가기 시작했다.

"좀 들볶아야겠어. 그러면 좋든 싫든 땀이 나게 될걸. 이봐, 켐브로, 여기가 무슨 가든 파티장인 줄 알아? 우린 꽃을 따는 거야, 냄새 맡는 게 아니라."

키 큰 소년이 움찔 고개를 들었다가 재빨리 손을 놀리기 시작했다.

"당신도 페레조, 일을 하고 싶댔잖아. 당장 하라구."

페레조가 고개를 들고 이를 다 드러내며 순하게 웃었다. 그의 시선이 언덕에 선 마리사와 피터에게로 향했다. 그는 서두르지 않고 그들을 살펴본 다음 오렌지빛 빨간 제라늄으로 시선을 내렸다.

그날 늦게 파리의 아파트에 있던 레드포드는 페레조에게 전화를 받았다.

"오늘 내 사진이 찍힌 것 같아요. 피터라는 녀석인데 마음에 들지 않는다구요."

"의심하는 것 같던가?"

"아뇨, 그 녀석은 사방을 마구 찍어대고 있었어요."

"그럼 걱정하지 마. 그게 다야?"

페레조가 계속해서 호전적으로 말을 이었다.

"아뇨, 그 들판에서 헛소리나 들으며 엉덩이까지 흠뻑 젖도록 일하는 것도 싫어요. 이 근처에서 배회한 지 거의 일주일이나 지났다구요. 농장에서 일하려고 당신과 계약한 게 아니에요.”

“조금만 더 기다려. 바사로 여자는 거기 온 후로 뭘 하고 있지?”

“그 여자는 여기 오지 않았어요.”

레드포드는 기대고 있던 의자에서 천천히 일어나 앉았다. 충격이었다.

“무슨 소리야, 거기 오지 않았다니? 그 여자는 벌써 사 일전에 호텔을 떠나 니스행 비행기를 탔다구.”

“음, 하여튼 오지 않았어요. 촬영팀하고 피터하고…….”

“그걸 왜 말하지 않았어?”

“당신이 알고 있는 줄 알았죠. 그 여자가 이곳으로 올 경우에 대비해서 여기 있으라고 한 거잖아요.”

알렉스는 이스탄불에서 자기와 같이 있게 하려고 그녀를 불러들였다. 선수를 쳐서 자신을 속였다. 지금쯤 얼마나 날 비웃고 있을까. 갑자기 분노가 창처럼 찌르고 들어오는 듯했다.

그리고는 엄청난 고통으로 대치되었다. 배신감, 알렉스가 어떻게 이럴 수 있단 말인가? 그 매춘부를 그들 사이에, 그들의 장대하고 황홀한 게임 사이에 끌어들이다니. 녀석이 지하로 숨어 들어갔음은 의심의 여지가 없었고, 집시는 그를 찾아낼 수 없었다. 녀석은 지금도 그 지저분한 계집과 잠을 자고 있을지 모른다. 페레조에게 죽이라고 명령할 수도 있었는데 그러지 않았더니, 지금 그 보상이 뭐란 말인가. 그가 이를 악물고 말을 뱉어냈다.

“이 멍청한 자식, 그 여자에 대해 모두 다 알고 싶었던 거야.”

“난 멍청이가 아니에요. 당신이…… 계속 바사로에 있어야 하나요?”

“뭐라고?”

레드포드는 자신을 감싸고 있는 고통의 몽롱한 안개 사이로 생각을 하려 애썼다.

“어디서 전화하는 거지?”

“마을 약국이에요.”

“전화번호를 알려주고 거기서 기다려. 내가 다시 전화하지.”

레드포드는 전화번호를 받아 적고 수화기를 내려놓았다.

케이틀린 바사로. 베르사유 파티에서 찍힌 사진 기사를 보긴 했지만 섬세한 외모에 키가 큰 여자였다는 인상밖에는 떠오르지 않았다. 전에는 단순한 인질이었지만, 이제 그 여자는 중요하게 부각되었다. 그가 경고한 후에도 적당한 자리에서 겁먹고 두려워하지 않다니. 그 여자도 이 속임수에 개입되어 있음이 틀림없다. 그 여자의 잘못이다. 알렉스의 배신의 원인이 된 여자이다.

전화기로 손을 뻗었다가 다시 떨어뜨렸다. 정신을 차리자. 우선 계획을 세워라. 루브르에서의 일을 마무리지어야만 한다. 충동적이어서는 안 된다. 알렉스가 그의 인생으로 돌아온 이래로, 그는 자신의 감정을 닫아 버리기가 점점 어려워졌다. 그 불합리성이 그를 아이처럼 파괴시킬 뻔했지만, 이제는 확고하게 통제력을 되찾았다.

그는 테이블 옆 의자에 앉아 모든 감정을 정리하려 노력했다. 냉정하고 간결하게 생각해야 한다. 알렉스에게 보여 주어야 한다. 이런 속임수로는 이길 수 없다는 것을.

알렉스는 문 옆에 서 있다가 케이틀린이 들어서자 재빨리 쳐다보았다.

"대체 어디 갔다온 거요?"

"진정해요, 알렉스."

케말이 소파에서 일어서며 조용히 말했다.

케이틀린은 알렉스의 무시무시한 표정을 한 번 보고는 즉시 경계했다. 그녀는 공책과 지갑을 문 옆 테이블에 내려놓고 선글라스를 벗어 둔 후 바로 걸어가 냉장고 안에서 음료수를 꺼냈다. 알렉스는 완전히 무시한 채.

"안녕, 케말."

"안녕, 케이틀린. 즐거운 하루였나요?"

그가 환한 미소를 지어 보였다.

"아니, 끔찍한 하루였어. 두통에다가, 목에는 커다란 혹이 붙어 있는 것 같고 죽도록 피곤해."

그녀는 잔에 음료수를 따르고 나서 병을 냉장고에 집어넣었다.

"어떤 질문도 받을 기분이 아니야."

"그것 참 안됐군. 당신은 내가 일어나기 전에 집을 나가서 오후 세 시가 될 때까지 돌아오지 않았소. 그러면서도 아무 것도 묻지 않기를 바라는 거요?"

"교장 선생님과 성난 남편, 그 중간쯤 되는 것 같군요. 하지만 당신은 어느 쪽도 아니랍니다."

케말이 재빨리 끼어들었다.

"그는 걱정이 대단했어요. 점심 때 내가 들르기 전까지는 나와 같이 있는 줄 알았다구요."

"케말과 같이 있었어야 했소. 그런데 누구에게도 말하지 않고 혼자서 이스탄불을 돌아다니다니⋯⋯."

"메모를 남겼잖아요."

"'몇 시간 내로 돌아올게요'라는 말뿐이었지."

"나도 이렇게 길어질 줄 몰랐어요. 박물관에 갔었죠. 작업하는 동안 누가 내 주위에서 어슬렁대는 건 싫었어요. 게다가 케말은 지루해 했을 거예요."

"당신과 있으면서? 절대 그렇지 않죠."

"입 닥쳐, 케말."

"그게 현명할 것 같군요."

케말이 고개를 끄덕이고 의자에 앉았다.

"계속하세요."

케이틀린은 소파 맞은편의 의자에 앉았다.

"난 사과할 생각 없어요, 알렉스. 레드포드 때문에 죄수처럼 지내지는 않을 거예요. 내가 니스행 비행기를 타지 않았다고 그가 의심할 이유도 없고, 분명 우리가 여기 있다는 것도 모를 거예요. 알고 있다면 지금쯤 행동을 취했겠지요. 난 박물관에 가고 싶었고, 그래서 갔어요."

"보호도 없이."

"케말과 삼 일 내내 외출했지만 아무 일도 없었어요."

"나 같은 호랑이가 당신을 보호하고 있으니 당연하죠."

알렉스의 시선을 알아채자 케말이 머리를 흔들었다.

"난 가보는 게 좋을 것 같군요. 끼어들지 않는 건 나에게 대단히 어려운 일일 테고, 어느 편을 들어야 할지 잘 모르겠거든요. 그리고 물론 내가 선택한 쪽이 이길 거예요. 그러니까 그건 정말 공평치가 않죠."

그가 문으로 걸어가 현관문을 열었다.

"잘 해보세요. 난 내일 만나자구요."

케이틀린은 그를 노려보고 있다가 문이 닫히자 갑자기 웃음을 터트렸다.

"케말은 정말 어쩔 수가 없어요."

"그 말은 그를 위해 만들어 낸 걸 거요."

미소지으려던 그의 시도는 금방 시들어졌다.

"케말의 말이 맞아. 정말 걱정했소. 그와 같이 외출했을 때도 충분히 나빴지만, 이건 정말 훨씬 더 심했소. 당신은 너무 자신만만해 하는 것 같소."

"그럴지도 모르죠. 여기 앉아만 있을 수는 없었어요. 무언가 한다는 느낌이 필요했어요."

"그래서 뭘 했소?"

"박물관에 전시된 문자가 적힌 벽과 서판들을 모조리 살펴봤어요. 그 다음에는 큐레이터인 모둘 씨를 간신히 설득해서 아래층에 보관된 예술품들을 뒤져봤죠."

"피곤한 것도 이상할 게 없군."

"윈드 댄서에 있던 것과 비슷한 부호가 적힌 서판들이 있긴 했는데, 윈드 댄서에 있는 문자가 더 그리스식인 것 같았어요. 윈드 댄서가 만들어졌을 때는 너무나 많은 나라와 문화들이 분리되어 있었으니 언어도 수백 종이었을 거예요. 박물관에 있는 서판 세 개는 해독되지 못했대요. 어디서부터 시작해야 할지도 모르겠어요."

"이미 시작했잖소."

"나도 그런 줄 알았다구요. 하지만 진행이 전혀 만족스럽지 않아요. 그

큐레이터에게 윈드 댄서 문자를 보여 주었더니 어딘가 낯이 익다고 했어요."

"앞으로 머리를 기대시오."

그의 목소리가 가까워졌다. 그는 그녀의 의자 바로 뒤에 서 있었다.

"뭐라구요?"

그는 지체없이 그녀의 목덜미를 잡아 강한 손가락으로 마사지하기 시작했다. 그녀의 모든 근육이 경직되었다.

"그러지 마, 당신을 도우려는 것뿐이오. 눈을 감고 긴장을 풀어요."

그의 엄지손가락이 목의 힘줄 속으로 깊이 눌러 오자, 근육이 풀리면서 전율이 쓸고 지나갔다. 그녀는 의자의 쿠션에 온몸을 실었다.

"어디서 봤는지 얘기하던가?"

눈을 감자 어둠 속에서 그가 전달해 주는 쾌감이 너무나 강렬히 다가와, 그들이 무슨 얘길 하고 있었는지 그녀는 간신히 생각해 내었다.

"아뇨, 생각해 보겠다고 했어요. 그래서 내가 내일 다시 방문하겠다고 했어요."

"그를 너무 밀어붙이고 있는 것 아니오?"

"생각해 보라고 일깨워 주는 건 밀어붙이는 게 아니에요."

"내일까지 그가 기억해 내지 못하면?"

"그 다음날 전화해 봐야죠."

"그리고 그 다음날, 또 그 다음날. 말해 봐요, 그 불쌍한 남자에게는 응답 전화기가 있소?"

"다시 그 과정을 반복하지는 않을 거예요. 난 모둘 씨와 같은 도시에 있는 걸요."

"알라께서 그를 도와야겠군."

"그런 말 말아요. 난 피터에게 무례하게 군 적 없어요."

"끈질겼을 뿐이지. 다음에 박물관에 갈 때는 나나 케말과 동행해야 하오."

그의 엄지가 목덜미 아래로 파고 들었다. 더 아래쪽 쇄골까지 내려와 뭉친 근육들을 달래며 마사지를 해주자 그 쾌감에 거의 어지러울 정도였다. 고통과 뒤섞인 그 해방감은 온몸으로 피를 전달하며 그녀를 약해지게 했다.

"나 혼자 있어야 더 집중할 수 있어요."

"죽는다면 아무 소용도 없지."

그 부드러운 말소리가 온몸을 관통했지만, 그녀를 몽롱한 상태에서 끌어낼 정도는 아니었다. 목과 어깨의 피부가 그의 손 아래서 얼얼해지며 열이 나기 시작했다.

"위험이 있을 수 있다는 건 알지만…… 현실적이지가 않아요. 현실이라고 느껴 본 적이 없어요. 그럴 수밖에 없지 않을까요? 내가 알지도 못하는 사람이 날 죽이고 싶어한다는 게 불가능한 것 같아요. 전혀 이치에 맞지가 않아요."

"케이틀린, 제기랄. 이 일에 무모하고 어리석게 굴지 마시오. 가장 안전하다고 느낄 때가 가장 쉽게 부서지는 법이오. 난 전에도 그런 걸 보았소. 처음에는 공포가 밀어닥쳤다가, 한동안 아무 일도 생기지 않으니까, 점점 권태로워지는 거지. 권태는 무모함을 낳게 되는 거요."

알렉스의 목소리가 깊고 부드럽게 설득적으로 울려퍼졌다. 그녀는 어둠 속에서 그의 라임 애프터 셰이브의 향내를 아련하게 맡을 수 있었다.

"방해하지 않겠소. 그냥 거기에 있게 해주시오."

이제는 근육들이 느슨하게 풀어져 흐르는 듯했지만, 여전히 그녀는 움직이지 않았다. 그의 손길이 계속되길 바랐다. 그의 손이 미끄러져 내려와 젖가슴을 감싸고, 그의 이가 민감한 부분을 깨물어 주길 바랐다. 불연듯 그녀는 그를 밀치고 일어섰다. 맙소사, 어쩜 이렇게도 어리석단 말인가? 그녀가 그를 돌아보았다.

"휴, 당신은 대단해요, 알렉스."

그의 시선은 신중했다.

"마사지하는 능력을 말하는 게 아닌 것 같은데?"

"그들이 원하는 것을 주면, 그들은 네가 원하는 것을 줄 것이다. 그렇게 되는 거죠?"

"그래."

"날 더 이상 섹스로 조정할 수 없어요, 알렉스."

"그럴 생각도 없었소, 처음에는. 당신을 돕고 싶었을 뿐이오."

"하지만 나중에는 그렇게 했겠죠."

그가 씁쓸하게 미소지었다.

"아, 그래. 그걸로 당신을 살아 있게 만들 수 있다면 난 기꺼이 섹스를 이용할 거요. 내가 가진 무엇이라도 사용할 거요."

13

차가 천천히 미끄러졌다. 한스는 센 강의 어두운 물줄기를 내다보았다.

"마음에 들지 않아요. 루브르 일에 충분한 인원을 배당해 주지 않았다구요. 그리고 성당 일 후로 너무 빨라요."

"셋이면 충분할 거야. 우린 그림을 훔치는 게 아니라, 폭파시키는 거란다."

레드포드가 한스를 힐끗 쳐다보았다.

"당신이 그림하고 그 물건을 날려 버리는 걸 싫어하는 줄 알았는데요."

"승리의 여신상을 그 물건이라고 부르지 마. 아무래도 널 좀 교육시켜야겠다."

한스에게 안도의 물결이 밀려들었다. 최근 레드포드는 마치 그들 관계에 짜증난 사람처럼 성마르게 굴었다. 하지만 자신을 더 영리하게 만들 생각이 있는 거라면, 여전히 아끼고 있다는 의미였다. 희망이 남아 있었다.

"그 물건에 대해서는 모르지만, 난 배울 수 있어요."

레드포드는 손을 뻗어 부드럽게 한스의 머리를 쓰다듬었다. 한스는 그의 손이 머리를 쓰다듬으며 손가락에 감아 장난칠 때마다 느껴지는 혐오감을 드러내지 않은 채 가만히 있었다. 빌어먹을, 그는 이렇게 긴 머리가 정말 싫었다. 지금 거울에 비치는 모습도 증오스러웠다. 거울 속에 있는 녀석은 그가 아니었다. 어떤 놈들은 레드포드가 동성연애자라고 말하지만, 그건 모두 거짓말이었다. 레드포드는 그를 아들처럼 사랑했고, 그에게 수상한 구석이라곤 없었다.

레드포드는 오른쪽으로 돌아 튈러리 궁 옆에서 멈췄다.

"칼 가지고 있니? 네가 입구의 경비원을 조용히 처치하는 게 좋겠어."

한스가 고개를 끄덕였다.

"일단 안에 들어가면 괜찮을 거야. 다른 경비원들은 내가 다 처리했거든."

"뇌물?"

"그래. 나폴레옹 뜰에 있는 유리 피라미드 옆에서 코르도자와 브렌터가 널 만날 거야. 그들이 폭발물을 갖고 있어. 차에 돌아올 여유를 주도록 타이머를 십 분으로 맞춰 놔."

"맡겨놓으시라구요."

한스는 고개를 끄덕이고는 차에서 나가려 했다.

"잠깐."

어둠 속에서 레드포드의 눈동자가 빛을 뿜었다. 그가 몸을 내밀어 부드럽게 한스의 뺨을 쓰다듬었다.

"내가 널 얼마나 아끼는 줄 아니?"

레드포드가 사랑스럽게 쓰다듬어 줄 때면 늘 그렇듯이, 기쁨의 떨림이 한스를 쓸고 지나갔다. 레드포드와 같이 있기 전에는, 아무도 그를 사랑해 주거나 보살펴 주거나 교육시켜 주지 않았다. 교육받는 건 싫었지만, 레드포드가 꼭 필요하다고 말했다. 그건 아버지가 아들을 사랑하듯이 그를 사랑하기 때문이며, 처벌도 그 사랑의 일부라고 했다.

한스의 뺨에서 손을 떨어뜨리며 레드포드가 속삭였다.

"가거라, 시간이 됐어."

“이따 봐요.”

한스가 차에서 뛰어내려 씩씩하게 입구를 향해 움직여 갔다.

입구의 경비원은 거리에서 등을 돌린 채 무슨 소리인가 듣는 것처럼 안뜰을 들여다보고 있었다. 뒤에서 베는 것은 한스에게 정말 우습지도 않게 손쉬운 일이었다. 경비원의 목을 감아 왼손으로 입을 막고, 오른손으로는 35센티미터의 전투용 칼로 사내의 갈비뼈에서 심장까지 깊이 찔러넣었다. 죽음과 동반되는 역겨운 소변 냄새가 나자 한스는 불쾌하게 인상을 찡그렸다.

그는 안뜰의 눈에 띄지 않는 곳까지 경비원을 끌고 가 버린 다음 유리 피라미드로 걸어갔다.

그 옆에 서 있던 브렌터와 코르도자가 한스의 모습을 알아보자, 그를 향해 움직여 왔다. 코르도자의 강하고 잘생긴 얼굴과 달빛 속에서 윤기 나게 빛나는 까만 머리카락을 보자 한스는 긴장했다. 레드포드가 지난 몇 달간 한 번인가 두 번 유심히 코르도자를 보았던 걸 기억했다. 느끼한 스페인계 녀석, 스페인계는 언제나 마음에 들지 않았다. 그 자식이 타이머를 갖고 있기만 바랄 뿐이었다. 마지막 작업을 하는 동안에는 두 녀석을 잊을 것이다, 그리고 만약 기회가 있다면…….

‘코르도자의 얼굴 반이 날아갔다.’

피라미드의 유리 위에 무언가 검고 부드러운 것이 흩어졌다. 코르도자의 뇌. 브렌터가 비명을 지르며 납작 땅으로 엎드렸다. 하지만 너무 늦었다. 그의 까만 재킷 앞자락은 총탄들로 인해 피범벅이었다.

맙소사, 어떻게 된 거야?

한스는 옆으로 몸을 굴리며 칼을 꺼내려 재킷 속으로 손을 넣었다. 총알들이 그의 바로 옆벽에 박혔다. 뭐가 잘못된 걸까? 문제 없이 처리되었을 텐데. 레드포드가 분명…….

“미안하구나, 내 아기.”

옆으로 고개를 돌렸다. 레드포드가 두 손에 경기관총을 들고 달빛 속에 서서 부드럽게 미소짓고 있었다.

“문제 없을 거라고 했잖아요.”

한스가 멍하니 입을 열었다. 레드포드가 고개를 끄덕였다.

"다 처리됐지. 경비원은 없어, 나뿐이야."

"왜?"

"그게 거래의 일부였어. 희생양 몇 명이 요구되었고, 난 직접 그 일을 하는 게 의무라고 느꼈지. 너희는 내 부하들이니까."

레드포드가 기관총을 들어 한스의 머리를 겨냥했다. 공포가 솟구쳤다. 방금 전 코르도자의 뇌가 흩어지는 걸 보았고 그 총이 뭘 할 수 있는지 알고 있었다. 레드포드는 망설이다가 총구를 내려 한스의 몸뚱이에 몇 발을 발사했다.

'고통스럽다.'

한스는 비명을 지르며 고꾸라졌다.

"이건 거래의 일부였을 뿐이란다, 한스."

레드포드가 슬프게 말했다. 한스는 미동도 없이, 고통스런 비명을 지르지 않으려고 아랫입술을 깨물었다. 신음이 새어나가면 또다시 총탄이 날아오리라. 정문을 향해 걸어가는 레드포드의 발자국 소리가 들렸다.

그는 죽어 가고 있었다. 레드포드가 그를 죽였다. 증오가 부글부글 끓어올랐다. 레드포드는 그 빌어먹을 조각상을 원했기 때문에, 그걸 위해 거래를 하고 싶었기 때문에 그는 죽어 가고 있었다.

'죽지 않을 것이다.'

레드포드처럼 영리하지는 않지만, 그는 더 강하고 젊다. 그리고 레드포드도 그렇게 영리하지는 못하다. 제대로 일을 끝마치지 못했으니까. 공격 상대를 확인하라는 것이 만고불변의 법칙인데, 레드포드는 그 법칙을 지키지 않았다.

정문을 향해 조금씩 기어가면서 그는 발작적인 웃음을 흐느낌처럼 내뱉었다.

당신을 위해서라면 무엇이라도. 나에게 시켜 주세요, 레드포드. 당신을 위해 내가 죽이게 해주세요. 나라면 더 잘 할 수 있어요.

상처에서 돌바닥 위로 피가 쏟아지는 걸 느끼며, 그는 천천히 고통스럽게 기어갔다. 여기서 빠져 나가는 즉시, 지혈시키리라. 스스로의 힘으로 그는 살아남을 것이다, 제기랄.

브라이언 레드포드가 살아 있는 한 그는 죽을 수 없기 때문이었다.

평소처럼, 다음날 아침 식사를 마치고 나서 알렉스는 힐튼의 데스크에
전화를 걸었다. 메시지를 확인하기 위해서였다. 아침 8시 43분에 남겨진
메시지 하나뿐이었다.

알렉스는 수화기를 뭉개듯이 내려놓고 케이틀린을 돌아보았다.

"됐어. 어막에게 연락이 왔소."

케이틀린이 놀라며 쳐다보았다.

"무슨 내용인가요?"

"당신에게 줄 것이 있소. 오전 열 시에 셀림 대사원으로 오시오."

"지갑을 챙겨 나올게요."

"서둘러요. 택시를 찾아봐야 해. 그리고 이스탄불에는 사원이 오백 개
도 넘는다구."

케이틀린은 핸드백을 집어들어 어깨에 걸쳤다.

"그것에 대해서 나보다 잘 아는 사람은 없을 걸요. 케말이 사원마다
모조리 데려갔을 거예요. 그리고 '대'라든가 '크다'는 말이 붙는 곳도 놀
랄 만큼 많더군요. 그곳을 찾을 수 있는 택시 기사를 만나야 할 거예요."

셀림 대사원은 이스탄불의 다른 편에 위치해 있고, 거기까지는 한 시
간 이상이 걸렸다. 어막은 관광객들이 모여 있는 사이에 전혀 어울리지
않게 로브를 걸친 채 밖에서 기다리고 있었다. 알렉스를 발견하자, 그가
가까이 다가왔다. 그의 살찐 갈색 얼굴은 번들거리는 땀으로 뒤범벅이었
다.

"여기 있소, 선물."

알렉스에게 하얗고 가느다란 직사각형의 상자를 건네는 그의 손은 떨
리고 있었다.

"나에게 뇌물은 통하지 않을 거야, 어막."

"내가 주는 게 아니야, 레드포드가 보낸 거지."

파리에서 현관 계단에 말려 있던 파란 스카프가 떠오르자 알렉스는 소름이 끼치는 걸 느꼈다.

"레드포드? 그가 여기 있나?"

"몰라. 난 아무것도 몰라. 날 그냥 내버려 두라구."

어막이 중얼거리고는 뒤뚱대며 방향을 돌렸다.

"잠깐, 어디……."

알렉스가 그를 부르다가는 말을 멈췄다. 어막이 사람들 속으로 사라지고 있었다. 이제 그를 잡기는 불가능하다.

케이틀린은 공포에 찬 표정으로 상자를 노려보고 있었다. 그녀도 자신의 방문 앞에 남겨졌던 스카프를 떠올리고 있음이 분명했다. 그녀가 쉰 목소리로 말했다.

"열어 봐요."

리본을 풀어 그가 천천히 상자를 열었다. 부드러운 종이 위에 자리잡고 있는 것은 조화인 듯한 까만 튤립 한 송이였다. 그 튤립 옆에 끼어 있는 카드를 집어들었다.

"뭐라고 쓰여 있어요?"

"레드포드의 말이 아니오. 관광객들에게 파는 꽃다발 속에 들어가는 튤립의 역사에 관해 타이프 친 글이오."

알렉스가 그녀에게 읽어 주었다.

"일반적으로 생각하는 것과는 달리, 튤립은 네덜란드에서 유래된 것이 아니다. 오트만 제국의 프랑스 대사가 터키에서 프랑스의 루이 십사 세 궁전으로 가지고 온 것이다. 꽃은 잘 자라고 구근은……."

"안 돼!"

알렉스의 시선이 그녀의 얼굴로 날아갔다. 그녀의 하얗게 질린 얼굴에서 눈만이 거칠게 번들거리고 있었다.

"모르겠어요? 검은색은 애도의 상징이에요. 까만 꽃을 프랑스로."

"맙소사."

상자가 그의 손에서 떨어졌다. 까만 튤립이 길바닥에 떨어지고, 택시를 부르며 달려나가는 그의 발 아래 짓밟혔다.

까만 꽃을 프랑스로 가져간다.
'바사로!'

"경고일지도 몰라. 모든 게 괜찮을 수도 있소."
알렉스가 바사로의 전화번호를 눌렀다.
"바사로의 사람들을 다치게 할 이유는 없어요. 그건 말이 안 돼요."
케이틀린이 의자에 앉아 긴장한 채 전화기를 노려보았다.
"그래. 하지만 조나단에게 연락해서 경고를……."
"죄송합니다, 연결이 되지 않습니다. 다시 걸어 주십시오."
교환원의 지루한 목소리가 들려 왔다.
"연결이 되지 않아."
그는 케이틀린에게 말한 다음, 재빨리 다시 수화기에 대고 말을 이었
다.
"마을에 약국이 있소. 전화번호를 모르겠군. 거기 걸어 주시오."
"소용없을 겁니다. 저의 제어판에 있는 그 지역 통신선이 잘못되어 있
습니다. 다시 한 번 걸어주십시오."
전화를 끊으며 알렉스의 가슴속엔 공포가 가득 찼다. 바사로의 전화선
이 끊어졌다. 확실하다. 맙소사, 전화선을 자르는 순간 그 가위의 강철 위
로 햇살이 번득이는 모습이 선명하게 눈에 떠올랐다.
"왜 그래요?"
그의 표정을 응시하며 케이틀린이 나지막이 물었다.
알렉스는 그녀를 쳐다보지 않은 채 재킷 주머니에 여권이 들어 있는지
확인했다.
"별일 아닐지도 몰라. 하지만 어쨌든 내가 바사로에 가봐야겠소."
케이틀린이 수화기를 집어들었다.
"당신은 나가서 택시를 잡으세요. 난 니스행 첫비행기를 예약할게요."
"당신을 잡으려는 함정일 수도 있소."
"여기서 날 죽이려고 당신을 떼어놓으려는 계획일 수도 있죠."
그 가능성도 생각해 보았다. 그가 없는 동안 케말에게 보호를 맡길 수

도 있지만, 바사로에 있는 동안 미칠 듯이 걱정될 것이다.

"나도 가겠어요, 알렉스. 아무도 날 막을 수 없어요. 바사로 일이라구요."

케이틀린의 떨리는 목소리를 들으며, 알렉스는 고개를 끄덕였다. 바사로는 그녀에게 가장 중요한 부분이었다. 그리고 그는 그녀를 단념시킬 권리가 없었다. 그녀를 보호하기 위해 애쓸 뿐이었다.

빌어먹을, 이렇게도 무기력하다니. 그에게 유일한 희망은 조나단 안드레뿐이었다. 조나단은 날카롭고 빈틈이 없으니, 상황을 알고 있을 것이다. 조나단이 아직 바사로에 있기만을 바랐다.

두 시간 후 알렉스와 케이틀린은 오두막을 떠나 니스행 비행기에 올랐다. 비행기가 활주로를 달리기 시작하자, 알렉스는 승무원이 건네준 신문의 머릿기사를 읽었다.

'크라코의 반테러리스트 팀이 루브르에서 블랙 메디나와 전투를 벌이다.'

그의 눈을 바라보며, 케이틀린의 눈이 공포로 커졌다.

"바로 어젯밤에 일어난 일이에요. 블랙 메디나는 절대 같은 주에 두 번 문제를 일으킨 적이 없어요. 그 꽃은 그냥 경고였을지도 몰라요."

그녀의 두 손이 불안하게 의자 손잡이를 쥐었다 놓기를 반복했다.

"섬뜩한 농담 같은 거였는지도 몰라요."

알렉스는 케이틀린의 손을 감싸주었다. 한순간 그녀가 손을 빼낼 거라고 생각했지만, 천천히 그녀는 그의 손을 마주 잡았다. 그녀에게 한 짓을 들은 후 처음으로, 그녀는 기꺼이 그에게 손을 갖다댄 것이다. 이 일에 어떤 의미도 두어서는 안 된다. 이 순간 그녀는 악마가 옆에 있다 해도 손을 뻗었을지 모른다. 그는 신문을 내려다보는 동안 위로와 따뜻함을 전달하려 애쓰며 그녀의 손을 힘껏 잡아주었다.

기사 위에는, 수백 명의 몰려드는 사람들을 밀치며 루브르의 정문으로 이동해 나가는 크라코의 미소 띤 얼굴이 찍혀 있었다. 군중들의 반짝이는 표정을 보며 알렉스는 냉소적으로 웃었다. 그들은 저마다 그가 성인이라도 되는 듯이 크라코에게 손을 내밀고 있었다. 왜 아니겠는가? 그는 자신의 약속을 지켰다. 그 위대한 영웅은 블랙 메디나 전체는 아닐지라도, 최소한 사랑하는 생 앙투안을 파괴시킨 위험분자들을 잡아내지 않았는가.

그는 구원자였다. 손을 내밀기만 하면 사람들은 그에게 원하는 무엇이라도 내어줄 것이다.

'하수구에 왕관이 빠져 있다, 그저 몸을 숙여 집어들기만 하면 되리라.'

이런 말을 누가 했더라? 아, 그래, 나폴레옹에게 바쳐진…….

"맙소사!"

그의 몸이 경직되며 신문을 움켜쥐었다. 케이틀린의 시선이 그에게 날아왔다.

"무슨 일이에요?"

"레드포드는 자기 파트너가 나폴레옹이 되고 싶어한다고 했소."

"그래서요?"

"달프레가 아니었어. 나폴레옹이 되고 싶어하는 건 크라코였소."

"크라코가 레드포드의 파트너?"

"내가 잘못 짐작한 거요. 레드포드는 내가 다른 골목을 헤매다니게 하는 게 재미있었던 거야. 그걸 확실히 해주려고 반쪽짜리 진실과 약간의 동기를 말해 주기도 했지."

알렉스는 재빨리 기사를 훑어보았다. 크라코의 팀은 테러리스트들을 사로잡은 것이 아니라, 날려 버렸다. 기사에 따르면, 테러리스트들은 생 앙투안처럼 루브르를 파괴하려고 침입해 경비원 한 명을 살해했다. 크라코의 팀은 루브르를 순찰하다가 폭발물이 설치되기 전에 세 명의 테러리스트들을 막았다는 것이었다. 그들은 끝까지 저항하다가 세 명 중 두 명은 전투중에 사살되었고, 나머지 한 명은 도망쳤지만 심한 상처를 입었으므로 며칠 내로 체포될 것이라는 내용이었다.

케이틀린이 그의 어깨 너머로 기사를 읽었다.

"하지만 말이 안 돼요. 크라코는…… 전혀 말이 안 돼요. 그의 부하들이 테러리스트 두 명을 죽였잖아요."

"그러면 그는 전혀 의심을 받지 않을 거고, 엄청난 지지를 얻어내며 다음 행동을 시작할 만한 위치에 서게 되는 거지?"

"무슨 행동?"

"이번 루브르의 공격으로 유럽 공동체에서 그의 지위가 변화할 거고, 어떤 막강한 정부가 테러리스트들을 다루어야 할 필요가 있다는 걸 받아들이게 되겠지. 그 자신이 우두머리가 되는 거요."

"그건 모두 추측일 뿐이에요. 확실히 알 수 없잖아요."

"그래, 확실치는 않소."

하지만 잃어버린 퍼즐 조각이 매끄럽게 제자리를 찾아가는 것처럼 올바르다는 느낌이 들었다.

"지켜 보자구."

"크라코는 어머니의 어린 시절 영웅이었어요. 어머니는 그가 모든 걸 옳게 만들 거라고……."

케이틀린은 말꼬리를 흐리며 멍하니 창 밖을 내다보았다.

"신께서 우리 모두를 보살피시기를."

카트린은 부엌 테이블에 앉아, 갓 끓여낸 커피 한 잔을 마시고 있었다. 컵을 쥐고 있는 자신의 섬세한 손가락을 내려다보며 그녀는 눈살을 찌푸렸다. 매니큐어 색이 자신의 피부에 맞지 않는 것 같았다. 오늘밤 지난주에 칸에서 사온 예쁜 분홍색으로 칠해야겠다. 사랑스러운 손톱보다 더 여성적인 느낌을 주는 것은 없다. 케이틀린의 매니큐어도 칠하지 않고 짧게 깎은 손톱이 생각나자 부르르 몸이 떨렸다. 케이틀린은 자신보다 더 예쁜 손을 갖고 있었다. 카트린은 언제나 들에서 일한다 해도 손을 여성스럽게 유지해야 한다고 설득해 보려 했지만 소용없었다.

하늘에 불빛들이 보였다.

카트린은 커피잔을 내려놓고 창 밖을 응시했다. 정말 이상했다. 의자를 밀치고 일어나 창으로 가까이 가자, 지평선 위에서 강한 두 개의 광선이 아래로 떨어지고 있는 것이 보였다. 그 광선은 칸 영화제가 열리는 동안

하늘에서 볼 수 있는 탐조등과도 약간 비슷했다. 데니스를 따라 그 영화제에 가본 적이 있었는데, 정말 즐거웠었다. 빠르게 달리는 차들, 반짝이는 보석과 유명한 얼굴들. 턱시도를 입은 데니스는 정말 멋져 보였고, 그녀는 매우 세련되고 아름다운 여자가 된 듯한 기분이었다.

문득 그 불빛들이 칸에서 펼쳐지는 것이 아니라는 것을 알아차렸다. 바사로에서 칸을 보려면 언덕을 넘어가야만 한다.

"바사로 부인."

그녀가 화들짝 놀라 뒤를 돌아보았다. 문가에 닳아빠진 파란 작업용 셔츠와 데님 바지를 입은 작고 탄탄한 사내가 서 있었다. 새 일꾼 중 한 사람이었다. 이탈리아계, 페르네오인지 페레조인지 그런 이름이었다.

"깜짝 놀랐잖아요. 노크 소리를 듣지 못했어요."

그가 미소지었고, 그녀는 그의 손이 움직이면서 반쯤 가려져 있던 금속성의 번득임을 보았다. 플래시일까?

"난 저 이상한 불빛을 보고 있었어요. 자크에게……."

그녀는 그 말을 끝맺지 못했다.

마리사와 피터는 떠나는 촬영팀을 배웅하고는 바사로로 돌아오고 있었다. 첼시는 촬영팀과 같이 떠났고 조나단도 일 때문에 같이 떠났다.

바사로로 이어진 언덕의 정상에 올랐을 때 피터는 장원 앞의 잔디에 헬리콥터가 내려앉는 모습을 보았다. 짙은 색 옷과 마스크로 얼굴을 가린 남자들이 적의 부대를 공격하는 특공대처럼 쏟아져 나오고 있었다.

"무슨 일이에요? 저 사람들은 뭐죠?"

마리사가 그의 팔을 움켜잡았다.

"나도 몰라."

하지만 그는 자신이 이미 알고 있는 것 같아 두려웠다. 화염이 장미 들판으로 질주해 가자, 나무들이 불길에 휩싸였다.

"화염 방사기야. 맙소사, 그들이 들판에 불을 지르고 있어!"

헬리콥터에서 쏟아져 나온 남자들이 사방으로 움직이며, 화염 방사기로 파괴를 자행하고 있었다.

"마리사, 무슨 불빛이……."

르네가 그들의 뒤로 길을 올라왔다. 그녀의 발길이 굳어지며, 목소리는 중얼거림으로 잦아들었다.

"맙소사, 들판이. 들판을 구해야 돼."

피터가 마리사의 팔을 붙잡았다.

"두 사람은 여기 있어요. 마을에 가서 사람들에게 말해야……."

폭발음이 땅을 진동시키는 순간, 피터는 본능적으로 두 여자를 땅으로 밀었다. 심장이 쿵쿵거리고 아파 왔다. 죽으면 안 돼, 마리사가 날 필요로 할 때에 죽는다는 건 안 될 말이다. 또 다른 폭발음, 또다시 폭발음이 이어졌다. 건물들이 하나둘씩 무너져 내리고, 돌과 나무와 파편들이 하늘 높이 치솟았다.

마리사가 중얼거렸다.

"카트린, 카트린은 어디 있죠?"

"내가 찾아……."

이미 불길에 휩싸인 곳에서 섬광이 번득이자 피터가 머리를 들었다.

4백 년 이상 굳건히 서 있었던 바사로의 저택이 갑자기 불빛 속에서 폭발했다.

마리사가 벌떡 일어나 언덕을 달려 내려가기 시작했다.

"카트린!"

악몽이다. 화염에 휩싸인 배경에 마리사의 가냘픈 형체는 아이들의 종이 인형 같았다. 그녀를 뒤쫓아 달리며 피터의 심장이 더욱 거칠고 고통스럽게 쿵쾅거렸다.

그녀가 넘어지고 있다! 총탄소리는 듣지 못했지만, 그녀의 몸이 뒤틀려 쓰러지며 그 하얀 셔츠에 검붉은 얼룩이 맺히는 것을 보았다.

오, 하나님, 마리사는 안 돼요. 마리사는 안 돼요. 마리사는 안 돼요.

그녀가 살아 있었다, 꿈틀거리며 길 옆으로 기어가려 애쓰고 있었다.

어렴풋이 낯익은 얼굴의 땅딸막한 남자가 마리사를 향해 달리고 있는 것이 보였다. 그의 앞에 권총이 삐죽 삐져 나와 있다.

"안 돼!"

피터는 자신이 슬로 모션으로 움직이는 느낌이었다. 시간 내에 도착하지 못할 것이다. 마리사는 죽을 것이다.

피터가 마리사의 몸 위로 몸을 날렸다. 그의 몸 속에서 고통이 폭발하자 그의 몸이 튕겨올랐다. 한 번, 두 번, 세 번.

"그대로…… 있어."

마리사에게 중얼거렸다. 무언가 따뜻한 짠 맛이 입안에 가득했다.

"우리가 죽은 걸로 생각하게."

말이 끊어지며 그의 몸이 그대로 축 늘어졌다.

더 이상의 총격은 없었다. 가버렸을지도 모른다. 마리사는 안전할지 모른다.

그는 죽어 가고 있었다. 우습군, 항상 그렇게도 조심스러웠는데. 적당한 휴식, 적당한 운동, 심장이 멈추지 않도록, 스트레스는 없게. 모든 것이 아무 소용도 없었다.

"피터."

마리사가 중얼거리며, 그의 몸 밑에서 고통스럽게 빠져 나왔다.

"그 남자가 갔어요."

그녀는 피범벅이었다. 하지만 그는 얼마만큼이 그녀의 것이고 얼마만큼이 자신의 것인지 알 수 없었다. 그녀를 도와야 한다, 붕대를 감아 주어야 한다. 하지만 그녀에게 손을 뻗을 수 있을 것 같지가 않았다.

"어서…… 어서 마을로 가."

그녀는 그에게 더욱 가까이 다가왔다. 그를 돕고 싶은 것이다.

"안 돼…… 살아야 돼."

"우린 둘다 살 거예요."

그녀가 그의 손을 힘껏 잡았다. 그녀의 눈동자가 불길 속에서 무척이나 반짝거렸다.

"싸우세요."

너무 늦었다. 마리사는 이해하지 못한다. 그녀는 투사였고, 투사들은 절대 이해하지 못한다.

고통이 점점 자라나며 가슴속에서 폭발하는 걸 느낄 수 있었다. 난폭한 거부의 순간이 느껴졌다.

"마리사!"

"저 여기 있어요."

마리사는 간신히 일어나 앉아, 그의 셔츠 단추를 더듬거리고 있었다.

고통이 더 심해지고, 두려움은 더욱 커져 갔다. 그 두려움을 몰아낼 방법을 찾아야만 한다.

연민과 이해로 그를 응시하고 있는 그녀의 눈을 들여다보았다. 아름답고 슬픈 에메랄드 눈동자. 아니, 그건 윈드 댄서이다. 하지만 갑자기 두 개가 융화되며 하나가 되더니 그에게 손을 내미는 것 같았다. 두려움이 가라앉았다.

끝없는 영토, 무한대의 비행, 황금빛으로 이어진 구름들.

더 이상은 두렵지 않았다.

바사로가 불타고 있다!

2인용 스포츠카가 모퉁이를 돌았을 때, 케이틀린은 믿을 수가 없었다.

들판과, 숲들, 포도밭……. 모든 것들이 불길에 집어삼켜지고 있었다. 거대한 까만 연기가 또아리를 틀며 하늘까지 치솟아 올랐다.

"안 돼!"

자신의 목에서 그 찢어지는 비명이 흘러나왔다는 것도 알아채지 못했다.

"이럴 수는 없어!"

알렉스가 액셀러레이터를 밟아 길을 내달렸다.

"알렉스……."

화염에 휩싸인 저택이 눈에 들어왔다. 집의 북쪽면은 터져나가고, 남아 있는 거라고는 파괴된 외관뿐이었다. 불길이 음란한 혀처럼 위층 창문을 핥아대었다.

"어머니."

"알아. 서두르고 있소."

저택 앞으로 들어섰을 때, 레몬과 라임 나무의 꼭대기도 온통 불길에

사로잡혀 있는 게 보였다.

"어머니."

케이틀린은 차가 멈추자마자 손잡이를 더듬거렸다.

"어머니가 저 안에 있어요."

"여기 있어요. 내가 모셔오겠소."

알렉스가 차에서 뛰어내려 현관문을 활짝 열어젖혔다.

죽음. 주위는 온통 죽음뿐이었다. 바사로가 죽어 가고 있다. 집이 죽어 가고, 그 집안에도 여전히 죽음이 기다리고 있다. 그런데 그녀더러 밖에서 기다리기만 하란 말인가?

케이틀린은 차문을 열었다. 뜨거운 연기가 폐 속으로 밀려들었다. 미친 듯이 계단을 달려 올랐다. 연기 때문에 눈이 따끔거리고, 폐가 불타는 것 같았다.

"알렉스!"

"여기서 나가시오. 나도 금방 가겠소."

집 뒤쪽에서 알렉스의 목소리가 들려 왔다.

그녀는 홀에 서서, 불길이 2층에서부터 계단을 타고 내려와 괴물처럼 잔악하게 융단을 조금씩 먹어 들어가는 모습을 지켜보았다.

알렉스가 부엌에서 달려나왔다. 연기가 더욱 짙어져 알렉스의 일그러진 얼굴을 간신히 볼 수 있었다. 그 순간 그의 팔에 안겨 있는 어머니의 가냘픈 몸을 알아차리고는 깊은 안도를 느꼈다. 어머니는 연기 때문에 의식을 잃은 것이 틀림없었다. 적어도 불길이 닿지는 않았다.

"차를 타고 마을로 갑시다."

카트린을 안고 현관 계단을 내려가며 알렉스가 말했다.

"내가 길까지 당신 어머니를 안고 가겠소."

케이틀린은 고개를 끄덕이고는 발끝을 들어 어머니의 얼굴을 들여다 보려 했다. 알렉스가 비스듬히 안고 있어, 그의 품속에 반쯤은 가려져 있었다.

"빨리 차로 모셔 가죠. 의사에게 보여야 해요. 연기가……."

케이틀린이 한 걸음 더 다가섰다.

"시간이 별로 없어요."

순간 알렉스가 그녀에게 숨기려고 노력하던 것을 보고야 말았다. 집게 손가락만한 작은 피 구멍이 어머니의 관자놀이를 관통하고 있었다. 케이틀린의 시선이 알렉스의 창백한 얼굴로 올라갔다.

"알렉스."

"돌아가셨소."

"그럴 리가 없어요."

어머니는 너무나 평상시와 똑같은 모습이었다. 립스틱은 방금 바른 듯이 깨끗했고, 양쪽으로 축 늘어진 손의 손톱에는 매니큐어가 칠해져 있었다. 케이틀린은 한 걸음 더 가까이 가서 어머니의 아름답게 정돈된 머리를 만져 보았다. 머리카락 한 올 흩어지지 않았다.

"어머니?"

"케이틀린."

알렉스의 목소리가 비통하게 흘러나왔다.

"어머니?"

"여기서 빠져 나가야 해. 불길이……."

그녀는 본능적으로 차 쪽으로 달려갔다. 케이틀린은 보조석 문을 열고 무너지듯 내려앉았다.

"아니."

알렉스가 얼굴을 일그러뜨린 채 그녀 옆에 서 있었다.

"당신이 운전해야 하오. 난 도로까지 이분을 안고 있어야 해."

그 순간 그가 무슨 말을 하고 있는지 알았다. 이 차는 2인용이었다. 어머니를 눕힐 자리가 없었다. 세상 어디에도 더 이상 어머니를 위한 자리는 없었다.

그녀가 두 팔을 벌렸다.

"내가 안을게요. 그렇게 무겁지 않을 거예요."

알렉스가 머뭇거렸다.

"나에게 주세요. 난 강해요. 안고 있을 수 있어요."

케이틀린의 목소리가 갑자기 난폭해졌다. 까만 그을림이 묻은 얼굴에서 알렉스의 눈동자가 빛을 발했다.

"그래, 당신은 강해."

알렉스가 조심스레 카트린의 작은 몸을 케이틀린의 무릎에 올려주었다. 그리고는 문을 닫고 운전석으로 달려갔다.

가까이서 총알 자국을 보니, 깊은 곳까지 고통이 관통해 들어와 갈기갈기 찢어놓는 듯했다.

떨리는 손을 뻗어, 부드러운 머리카락으로 어머니의 뺨에 있는 흉측한 자국을 덮어 주었다. 어머니는 흉측한 걸 보이기 싫어하실 것이다.

"괜찮소?"

그녀가 어머니를 사랑스럽게 품에 안고 있는 동안, 알렉스는 마을로 이어진 길을 향해 불타는 나무들 밑으로 차를 몰았다.

불! 불길이 그녀를 핥아대고 집어삼키고 있다. 숨을 쉴 수가 없다.

어머니! 케이틀린은 벌떡 일어나 앉았다. 빠져 나가야 해, 어머니를 모시고 나와야 해…….

"진정하시오."

알렉스가 그녀의 침대 곁에 앉아, 이불을 걷어차지 못하도록 막으며 그녀의 손을 움켜잡았다. 그에게서 연기 냄새가 났다. 거무스레한 눈자위가 지금껏 보아온 중에서 가장 수척해 보였다.

"당신은 안전해. 르네의 집에 있소."

그녀는 멍하니 주위를 둘러보았다. 커다란 침대, 연한 분홍빛 꽃무늬 벽지. 벽에 걸린 아이보리와 황금빛 십자가 상은 피에르와 르네의 결혼 선물로 그녀가 준 것이었다.

기억들이 밀려들자, 그걸 막아 보려고 두 눈을 감았다. 안전해. 그녀는 안전할지 모르지만, 세상에 어떤 것도 더 이상 안전하거나 확실하지 않았다.

"어머니는…….."

"기억나지 않소? 사람들이 모셔갔잖소."

르네의 집에 도착해서, 르네가 그녀를 씻겨 주고 침대에 눕혀 주었던 것은 어렴풋이 기억났지만, 그 이외의 것은 깜깜했다.

그녀가 눈을 떴다.

"이건 르네와 피에르의 침대예요. 내가 여기 있을 수는 없어요."

"지금 그들은 다른 일꾼들과 같이 들에 나가 있소. 자크가 꺾꽂이용 가지들을 구하려 노력하고 있지."

구해낼 게 있을지 그녀는 의심스러웠다. 들판에 가득 찼던 그 불타는 지옥의 모습이 떠오르자 몸이 부르르 떨렸다.

"왜 이런 일이 일어났을까요? 어머니는 누구에게도 피해를 끼친 적이 없었어요. 바사로는…….."

"나도…… 모르오. 그들은 헬리콥터로 왔지. 자크는 마치 작전에 의한 공격인 것 같았다고 했소. 그들은 뭘 해야 할지, 어디로 가야 하는지 정확히 알고 있었소. 헬리콥터가 이륙하기 직전 거기 올라탄 일꾼 중 하나를 자크가 알아보았소. 경찰에서는 그가 전화선을 자르고 이런 일을 저지른 것으로 보고 있소."

"그 사람이 누구죠?"

"이탈리아계, 페레조. 그가 피터도 죽였소. 마리사는 두 발을 맞았지만 괜찮고. 촬영이 다 끝난 뒤라 촬영팀과 첼시, 조나단은 바사로에 없었소."

"맙소사."

끔찍한 일들이 너무나 많이 일어났다. 그녀는 그 모든 걸 받아들이려 애쓰며 잠시 침묵했다.

"그건 그들이 날 해칠 수 있다는 걸 보여 주는 거겠죠? 이 모든 것이, 날 해치기 위해서일 뿐이에요."

알렉스의 손이 힘껏 그녀의 손을 잡았다.

"잠을 좀 자시오."

"꿈들이…….."

"알아."

그가 이해했다는 걸 그녀는 어렴풋이 깨달았다. 그의 표정에서 볼 수 있었다.

"좋아, 자지 마시오. 그냥 쉬도록 해요."

그녀를 품에 안고서 그가 의자에 등을 기댔다. 그의 하얀 셔츠 어깨 부분을 세 갈래로 찢어져 있고, 그와 가까이 있으니 연기 냄새가 더욱 강해졌다.

"당신 옷…… 냄새가 나요."

그의 몸이 경직되었다.

"아직 씻지 못했소. 당신 옆을 떠나고 싶지 않아서. 당신에게 그 기억을 불러일으킬 수도 있다는 걸……."

"괜찮아요. 숨어 있을 수는 없잖아요."

무의식적으로 그녀는 그의 어깨 우묵한 곳에 뺨을 더욱 깊이 들이밀었다.

"너무 무거우면 말해요. 내가 별로 가볍지 않다는 건 알고 있으니까요."

"무겁지 않소."

그녀는 자신이 너무나 무겁게 느껴졌다. 그 무게와 가득한 눈물로 인해 숨조차 쉴 수가 없었다.

"난 어머니를 사랑했어요. 언제나 사랑하고 있었어요."

알렉스는 아무 말 없이 그녀의 머리를 쓰다듬기 시작했다.

"하지만 어머니에 대해서 진정으로 알지 못했어요. 언제나 너무 바빠서 어머니와 얘기할 시간이 없었어요."

그녀의 가느다란 손이 불안하게 그의 셔츠를 움켜잡았다.

"내가 좀더 시간을 냈더라면. 이제 다시는 그런 기회가 오지 않을 거예요."

"사랑하는 사람이 죽으면 누구나 그런 느낌을 갖는다오. 우리는 모두 실수를 하지. 그냥 받아들여야 할 뿐이오."

"그래요. 그들이 왜 어머니를 쏘았을까요, 알렉스? 나 때문일까요?"

"아니오."

그녀의 목소리가 비통함으로 흔들렸다.

"이해할 수가 없어요. 아무것도 이해할 수가 없어요."

"그래, 그래."

끝부분에서 목소리가 꺾이자, 그는 그녀를 힘껏 끌어안았다.

"그 얘기는 나중에 합시다. 지금은 생각하지 말아요."

"나한테 이렇게 친절하게 대해 주어서 고마워요."

"친절? 맙소사!"

그가 절망스런 웃음을 터트렸다.

"당신은 자신이 생각하는 것보다 더 친절한 사람이에요."

"그런 말은 나중에 하시오."

"친절한 건 중요해요. 언젠가 당신이 그런 말을 한 적 있었죠?"

"그렇소."

"당신 목소리가 이상하게 들려요."

"당신 때문에 미칠 것 같기 때문이오."

이상했다, 이 비극적인 순간에 알렉스에게 향하던 모든 상처와 씁쓸함이 무너지고 있었다. 그들은 고통으로 하나가 되었고, 공통의 죄책감과 슬픔으로 이어졌다. 지금 중요한 것은 그가 그녀에게 위로를 주고 있다는 것과 그 또한 어머니를 좋아했다는 사실이었다. 그녀는 본능적으로 그의 목을 힘껏 끌어안으며, 그에게도 자신이 받은 것과 똑같은 위로를 전해 주려 노력했다.

"미안해요."

그는 그녀의 머리 속에 얼굴을 묻었다.

"더 이상 말하지 마시오. 그냥 쉬도록 애써 봐요."

그의 따뜻한 힘이 전해지자 점점 평화로운 무감각 상태가 찾아들었다.

"알렉스?"

"응."

"이거 알아요, 가끔씩 내가 당신을 정말로 사랑한다는 생각이 드는 거?"

그의 몸이 뻣뻣해졌다.

"아니, 그런 말은 하지 마시오. 나중에 후회할 거요."

"미안해요. 당신을 당황하게 할 생각은 아니었어요."

"당황하지 않았소."

그의 목소리가 쉬어 있었다.

"그럼 다행이에요. 내가 잘못 생각했는지도 모르죠. 우리 둘다 그것이 존재하지 않는……."

그녀의 눈이 감기고 세상을 닫아 버렸음에도, 그녀는 여전히 알렉스와 주위의 모든 것에 배어 있는 연기 냄새를 맡을 수 있었다.

바사로가 아직도 불타고 있을까?

아이리스 요한슨
Reap the Wind

14

"기분은 어때요? 내가 도울 만한 게 있을까요?"

무덤에서 돌아서며 첼시가 케이틀린의 팔을 어루만졌다.

"아뇨."

케이틀린은 무덤 안에 내려진 관을 돌아보았다.

"인간이 할 수 있는 일은 아무것도 없어요. 어머니는 떠나셨고 모든 게 사라졌어요."

무덤 주위에 모여 있는 낯익은 얼굴들을 둘러보았다. 자크, 피에르, 르네, 다른 일꾼들, 니스에서 찾아온 어머니의 친구들. 조나단은 피터의 시신을 웨스트버지니아로 옮기느라 장례식에 참석하지 못했다. 알렉스는 아까까지만 해도 있었는데 지금은 눈에 띄지 않았다. 그가 없음으로 인해 밀려드는 고독감을 재빨리 억눌렀다.

알렉스가 장례식을 위한 모든 일을 처리했고, 기자들과 경찰, 인터폴, 정부 관리들을 막아내었다. 또 이틀밤 동안 비명을 지르며 깨어난 그녀가 다시 잠들 때까지 안아주었다. 그 악몽의 기간이 지난 후 감정이 마비되어 버린 이런 상태가 오히려 감사했다. 이제는 아무것도 필요 없었다.

“옷을 보내 주어서 고마워요, 텔레비전 카메라들을 묘지 밖에 묶어 둔 것도요.”

“기자들은 알렉스가 처리했어요, 그리고 달프레도. 그 얼음 같은 남자를 어떻게 당신에게서 떼어놓았는지 난 알 수가 없어요. 그자는 우리들을 괴롭히고 있어요.”

또 알렉스로군. 그녀가 필요한 것을 보살펴 주고, 그녀를 위해 부드럽게 해주는 사람. 감사해야 한다는 건 알았지만 그녀를 둘러싼 이 차가운 벽, 무감각 상태를 뚫을 수 있는 것은 아무것도 없었다.

“그는 레드포드의 파트너가 크라코라고 생각해요, 달프레가 아니라.”

“알아요. 조나단에게 들었어요. 꽤 엄청난 추측이에요. 틀렸을 수도 있죠.”

첼시가 인상을 찡그렸다.

“난 그의 생각이 틀리길 바래요. 달프레를 증오하는 건 즐길 수 있을 테니까요.”

그녀가 케이틀린의 팔에 팔짱을 끼고, 묘지 입구로 부드럽게 이끌었다.

“난 병원에 돌아가 봐야 해요. 당신 괜찮겠어요?”

케이틀린이 고개를 끄덕였다. 첼시는 다시 인상을 찡그렸다.

“괜찮을 리가 없겠죠. 마리사가 퇴원할 수 있는 대로, 로스 앤젤레스로 돌려보낼 거예요. 거기 있는 내 집은 최첨단 안전 시설이 되어 있어요. 향수가 출시될 때까지 당신도 거기 같이 있으면 어떻겠어요?”

출시. 첼시는 아무것도 변하지 않은 것처럼 향수의 출시에 대해 말하고 있었다. 그들에게 향수에 대해 말해야만 하겠지만, 지금은 감당할 수가 없었다.

“친절하시군요.”

그건 친절이었다. 그리고 한순간 이 얼음장 같은 공허함 이외에 다른 느낌을 가질 수 있기를 바랐다.

“하지만 소용없을 거예요. 난…… 난 바사로 돌아가야 해요.”

첼시가 머리를 흔들었다.

“제발, 케이틀린. 당신은 충격을 받았어요. 아직 감당할 상태가…….”

"난 갈 거예요. 병원에 가기 전에 날 거기 내려주시겠어요?"

첼시는 머뭇거리다가 어깨를 으쓱였다.

"그러죠. 뭐 어떻겠어요? 이보다 더 심해지지는 않겠지요."

케이틀린은 언덕에 올라, 폐허가 된 저택을 뒤로 하고 까맣게 그을린 들판을 바라보았다.

올리브와 오렌지 나무들은 불에 타 뒤틀려 있었다. 며칠 전에도 그 모습을 보았지만, 그때는 울렁거리는 속을 진정시키기 위해 황급히 시선을 피했었다.

그녀는 등을 꼿꼿이 세우고 고통에 젖어 그 모습을 쳐다보았다. 그것이 차가운 분노와 결단을 불러일으키도록.

"여기 오면 안 되오."

알렉스가 그녀의 옆으로 다가왔다.

"그만하면 충분하지 않소? 오늘 장례식을 치렀잖소."

"꼭 봐야 했어요."

케이틀린의 시선은 검은 들판에서 떨어지지 않았다.

"이건 내 아이가 죽은 거나 같아요. 누구도 이런…… 흉측한 짓을 할 권리는 없어요."

"흉한 세상 때문일지도 모르오."

"난 그렇게 생각하지 않았어요. 언제나 나쁜 일이 일어나는 걸 우리가 막을 수 있으리라 생각했어요. 내 생각이 틀렸던 거예요."

알렉스가 한 걸음 다가와 손을 뻗었다.

"케이틀린, 이건 끝이 아니……."

"나에게 손대지 말아요."

그의 손이 옆으로 떨어졌다.

"좋소, 이해하오."

"아뇨, 당신은 몰라요."

그는 그녀가 이 잔학한 일에 대해 그를 비난한다고 생각했다. 하지만 그녀는 자신 외의 어느 누구도 탓할 수 없었다. 그의 손길을 허락하지 않은 이유는 그의 영향력 때문이었다. 그러한 감정은 그녀가 고통에 대항해 만들어 둔 장벽을 깨뜨릴 위험이 있었다.

그녀가 눈앞의 폐허를 가리켜 보였다.

"내가 이것에 대해 어떻게 느끼는지 이해하나요? 레드포드가 이런 짓을 하기 전에는 윈드 댄서를 조나단에게 되돌려 주려고만 했어요. 하지만 이젠 그자를 벌하고 싶어요. 그들 모두를 처벌하고 싶어요."

"당신은 복수를 믿지 않는다고 했었지."

"그리고 당신은 나에게 그 정도의 깊은 상처가 없었던 거라고 말했죠. 말해 봐요, 알렉스. 이젠 그 정도로 상처를 받은 건가요?"

"그렇소."

그가 말없이 기다렸다가 천천히 물었다.

"이젠 어쩔 셈이오?"

"이스탄불로 돌아가요. 내가 포기할 줄 알았어요? 지금 나에게 남아 있는 게 그밖에 뭐가 있나요? 바사로를 망치는 아버지를 보고만 있었던 어머니에게 난 언제나 화가 났죠."

그녀가 허탈하게 웃었다.

"그런데 내가 그 짓을 했어요. 너무나 어리석게도 난……."

더 이상 말을 이을 수 없었다.

"그건 당신 잘못이 아니오. 내 잘못이오."

일그러진 얼굴에서 알렉스의 눈만이 번득였다.

"모든 게 잘못되었소. 이러지 마시오, 제발. 당신이 더 이상 다치는 걸 보고 싶지 않소."

"그럼 그냥 놔두란 말인가요? 그저 여기 앉아서 들판만 쳐다보라는 건가요? 어머니가 죽었고, 바사로도 죽었고, 앞으로 열세 달만 있으면 내 향수도 죽을 거예요."

"당신 어머니의 죽음은 어쩔 수 없지만, 나머지에 대해서는 뭔가 할 수 있을 거요."

"무엇을요? 다른 농장에서 꽃을 수입해 올 건가요? 당신도 충분히 조사를 해보았으니 그게 효과가 없다는 것을 알고 있을 거예요. 향기의 진정한 정수를 유지하기 위해선 꽃들은 이곳 바사로에서 자라야만 해요. 저 땅을 보세요, 알렉스. 마치 수소 폭탄을 맞은 것 같지 않나요?”

“자크는 대부분의 꺾꽂이용 가지들을 모아들였다고 했소. 한 번 생각해 봅시다. 우린…….”

“싫어요!”

그 일을 생각하는 건 견딜 수가 없었다. 그녀는 홱 돌아서서 검은 잔디들을 가로질러 갔다. 그의 고통과 좌절을 어렴풋이 감지할 수 있었지만, 거기에 흔들리고 싶지는 않았다. 이 얼음벽 뒤에 어떤 것도 들이지 않으리라. 그러지 않으면 그녀는 산산조각나 버릴지도 몰랐다.

“당신이 이겼소, 제기랄.”

그가 그녀의 팔을 잡아 자신에게로 돌려세웠다.

“당신에게 보여 주고 싶은 게 있소. 피터의 물건 중에서 필름 한 통을 찾아냈소. 조나단이 현상했지.”

그가 재킷 안주머니에서 사진 한 장을 꺼냈다.

“들에서 일하는 이 작고 탄탄한 남자가 안토니오 페레조요. 그를 보시오. 그의 얼굴을 기억해 두시오. 그자가 당신 어머니와 피터를 죽였소. 기회가 생기면 그자가 당신까지 죽일 거요.”

케이틀린은 사진을 내려다보았다. 사진 속의 남자는 미소짓고 있었다. 그런데 하루가 채 지나지 않아 바사로에 이런 파멸을 가져오다니.

알렉스가 또 한 장의 사진을 내밀었다.

“그리고 이게 레드포드요.”

그녀는 낡아 구겨진 사진 속의 둔하고 발그레한 얼굴을 한참 동안 응시했다.

“그들은 너무나…… 평범해 보이는군요.”

그녀가 사진들을 지갑에 끼워 넣었다.

“걱정 말아요. 그들을 기억할 거예요.”

“그러는 게 좋을 거요.”

“크라코는 어떻게 하죠?”

“골드바움에게 그를 더 유심히 지켜보라고 말했소. 우린 오늘 떠날 거

요. 우리를 이스탄불 외곽의 사설 착륙지에 내려 줄 제트기를 준비해 놓
았소. 시장까지는 택시를 타고 갈 거고, 내가 그 집이 아직 안전한지 확
인하는 동안 당신은 케말과 같이 있게 될 거요.”

그녀가 동의했다.

“잠깐 마을에 들러 보험회사 사람들을 다루는 문제에 대해 자크와 얘
기합시다.”

그가 그녀의 눈을 들여다보았다.

“제기랄, 난 겁이 나오. 다시 한 번 생각해 보시오. 조나단이 안전하게
지켜줄 수 있는 안드레 항으로 갈 수도 있소. 거기에 있으시오, 케이틀
린.”

그녀는 대답하지 않았다. 그는 욕설을 중얼거리며 걸음을 옮겼다.

“페레조입니다. 이스탄불의 디반 호텔에 있어요.”

“자네가 어디 있는지는 관심 없어. 알렉스와 바사로 여자는 어디 있
지?”

“찾을 수가 없어요. 하루 종일 공항에 있었는데, 둘다 나타나지 않았다
구요.”

“자네더러 따라와 주십시오 하고 공항의 제트기를 탈 줄 알았나? 그가
그 정도로 바보인 줄 알아?”

“음, 바사로에 돌아가는 건 위험해요. 농장에 불을 지른 후에 인터폴
절반쯤이 그 주위를 뒤지고 다닌다구요.”

레드포드가 한숨을 쉬었다.

“자네에게 대단히 실망이 커, 페레조.”

“녀석은 영리해요. 베르사유에서 두 년놈을 다 없애도록 해주었어야
했다구요.”

“안 돼! 알렉스는 건드리지 마. 표적은 그 여자야, 이 멍청아. 네가 다
룰 수 있다면 말이지만.”

“바사로에서 그 정도는 해냈잖아요. 하지만 먼저 그들을 찾아야겠죠.”

“쉽지 않을 거야. 집시가 그러는데, 알렉스는 지하로 숨어 들어가서 자

기도 그 위치를 찾을 수 없다고 했어. 하지만 알렉스가 다시 그와 연락하려 할 거야.”

“그럼 거기서 진을 치면 되겠군요.”

“난 삼 주 이내에 이스탄불로 돌아갈 거야.”

레드포드의 목소리가 부드러워졌다.

“내가 거기 갈 때쯤에는 여자가 사라졌으면 좋겠어, 페레조. 난 두 번의 실수를 참아내지 못할 거야.”

대답을 기다리지 않고 레드포드는 수화기를 내려놓았다. 알렉스가 페레조를 떨쳐내기 위해 수고를 했다는 건 놀랍지 않았다. 바사로 파괴에 그 정도로 정성을 들였으니, 바사로 여자에 대해 별로 유쾌하게 생각하지 않는다는 게 알렉스에게 확실히 전해졌을 것이다.

“그 집에 대해 알고 있다면, 어째서 카라조브를 죽이지 않는 건가?”

레드포드가 일어나 맞은편 의자에 앉아 있는 크라코를 바라보았다.

“그는 인터폴로 달려가지 않을 거요. 걱정 마시오, 내가 처리할 테니까.”

“나와 연결되지 않도록 확실히 하라구.”

크라코가 일어났다.

“오늘 오후에 기자회견이 있을 거야. 이스탄불에 가기 전, 우리가 만나는 건 이번이 마지막이지. 전화로라도 통화할 일이 없어야 해. 이 일이 끝나면 난······.”

“저 산의 공기처럼 고결해지겠지.”

레드포드가 환하게 웃었다.

“당신 주위는 깨끗하게 정리될 거요.”

“할 일은 알고 있겠지?”

“내일 경찰에 협박 전화를 넣어야지.”

“그리고 내가 말한 대로 이스탄불의 일을 제대로 처리하겠지?”

“물론, 당신이 지휘하고 있잖소. 그건 아주 훌륭한 계획이오.”

레드포드가 다시 상냥하게 웃어 보였다.

“당신도 후회하지 않을 거야. 내가 힘을 얻기만 하면, 당신은······.”

“이제 가보는 게 좋겠소.”

레드포드가 말을 끊었다. 오늘은 더 이상 이 거만 떠는 자식을 견딜 수가 없었다.

“성공에 이렇게 가까워졌는데 어떤 것도 위험에 빠뜨리면 안 되겠지.”

“당신이 신중하게 행동해서 다행이야.”

레드포드는 군대식으로 걸어가는 크라코를 지켜보았다. 그놈의 등은 너무나 꼿꼿하게 굳어 있어서 엉덩이 위에 자루가 달린 것 같다고 생각했다.

크라코가 문에서 멈춰 섰다.

“이스탄불에 가서 나에게 연락하라구. 마지막 지시가 있을지 모르니까.”

“그러겠소.”

크라코가 문 여는 걸 지켜보면서도 레드포드의 미소는 흔들리지 않았다. 네 녀석이 나에게 지시를 한다고? 요즘 받고 있는 모든 아첨들이 녀석의 에고를 애드벌룬처럼 부풀게 만든 것이다. 갑자기 그 에고를 꺾어 버리고 싶은 충동이 일었다.

“당신 부인을 데리고 가는 것도 좋은 생각일 것 같소.”

“뭐라고?”

“이스탄불의 다른 표적들을 처리할 때, 당신 부인도 같이…….”

“헬가를?”

녀석이 흔들렸다. 레드포드는 눈 속의 만족감을 드러내지 않으려고 눈을 내리깔았다.

“어떻소? 당신은 가슴 아픈 남편 역할을 할 수 있고, 어떤 의심도 받지 않겠지.”

“난…… 생각해 보지.”

“목적을 위하여. 나도 루브르에서 좋은 녀석 셋을 포기했소. 부인 하나쯤은 큰 것도 아니잖소.”

“생각해 보겠다고 했잖아.”

크라코가 이를 악물고는 위엄을 끌어모았다.

"내가 만약 헬가의 죽음을 승인한다면, 그건 하찮은 이유 때문이 아니야."

"물론 그렇겠지."

크라코는 신이 되기 위해서가 아니라, 애국적인 이유로 이 모든 짓거리를 하고 있다고 진심으로 믿고 있는 듯했다.

"결정하면 알려주시오."

"그러지."

레드포드는 크라코 뒤로 문을 닫고 다시 전화기를 향해 움직였다. 그녀석을 건드리지 말았어야 했는지도 모른다. 녀석은 그를 어리석은 암살자 정도로 믿고 싶어했다. 레드포드는 웃음을 터트렸다. 엄청나게 교활한 사내와 거래했다는 걸 알게 되는 날에는 무척이나 놀라겠지.

자신의 계획을 위해 다음 단계를 시작할 때가 되었다. 그는 수화기를 들어 화이트 스타 선박 회사로 전화를 걸었다.

"안녕, 아가야."

첼시가 병실로 달려 들어가, 침대 위에 장미 꽃다발을 떨어뜨리고 마리사의 이마에 입을 맞추었다. 마리사의 왼팔과 어깨는 뼈가 부서져 깁스를 댄 상태였다. 그녀에게 날아온 두 번째 총탄이 피터의 몸을 관통하고 나서 그녀의 갈비뼈를 스쳤다. 세상에, 마리사는 정말 창백해 보였다.

"어젯밤 잘 잤다면서? 하루 빨리 여기서 나가게 해줄게. 기자들이 못 살게 굴지는 않았겠지?"

그녀가 침대 옆 의자에 걸터앉았다.

"간호사가 들여보내 주지 않았어요."

"잘됐구나."

"케이틀린은 어때요?"

"별로 좋지 않아. 로봇 같단다."

"그럴 수밖에 없겠지요. 오늘 장례식에 참석하셨어요?"

"네가 잊고 있길 바랐는데."

첼시가 마리사의 손을 붙잡았다.

“네 이름으로 꽃을 보냈어.”

“피터는요?”

“그는 내일 웨스트버지니아에 묻히게 될 거야.”

마리사의 눈에 눈물이 가득했다.

“그 사람이 내 생명을 구했어요, 어머니.”

“알아. 르네가 언덕에서 다 보았어. 우리에게 얘기해 주었단다.”

“그는 내 친구였어요. 친절하고 부드럽고……. 그렇게 가까운 느낌이 드는 사람은 만나 본 적이 없었어요.”

마리사의 뺨으로 눈물이 또르르 굴러내렸다.

“그럼 언제나 그렇게 간직하려무나. 절대 그를 잊지 않는 거야. 나도 잊지 않을 거란다. 그는 내 인생의 커다란 부분도 구해 주었으니까.”

“조나단이 그와 같이 갔나요?”

“그래.”

마리사가 아랫입술을 깨물었다.

“그가 혼자 있지 않기를 바랐어요. 살아 있는 친척이라고는 대고모뿐인데, 그녀와는 별로 친하지 않았거든요. 그는 너무나 외로운 사람이었어요.”

“조나단을 친구로 갖고 있었잖니. 그건 아주 큰 힘이었어.”

“그래요.”

마리사가 시트 자락으로 젖은 뺨을 닦아냈다.

“그분과 결혼할 건가요?”

첼시의 눈이 커졌다.

“뭐라고?”

“조나단, 그분은 좋은 사람이고 어머니도 그를 사랑하시잖아요. 그분과 결혼하실 거예요?”

“맙소사, 요술 구슬을 대체 어디에 숨기고 있었니? 내가 결혼할 타입이 아닌 거 알잖니. 언제나 너와 나만이 함께란다.”

“어머니와 나만 있는 건 그만 둘 때가 되었어요. 나에 대해서는 신경 쓰지 마시고 그분과 결혼하세요.”

"날 떼어 버리려는 거니?"

"어머니가 끈질기게 지고 있는 짐을 벗겨 드리려는 거예요."

"정말 터무니없는 생각이구나. 고약해. 난 그보다 더 세련되고 싶은데 말이야."

그녀는 마리사의 용서 없는 시선을 애써 외면했다.

"그냥 넘어가 주지 않을래?"

"안 돼요."

"휴, 넌 정말 고집쟁이야. 그는 다음 대통령이 될 거란다, 아가야."

"그래서요?"

"너도 알잖니, 내가……."

마리사의 입이 떡 벌어졌다.

"맙소사, 안 돼요. 어머니는 보호해 줄 또 다른 사람을 찾아내셨군요."

"그 얘긴 하고 싶지 않아."

마리사가 포기한 듯 머리를 흔들었다.

"어머니는 남이 아니라 자신을 보호해야 해요."

케말과 케이틀린이 이스탄불의 집에 도착했을 때는 자정이 가까운 시간이었다. 현관문이 열리자 알렉스가 부엌에 있다가 고개를 들었다.

"커피를 만들었는데, 좀 들겠소?"

"아뇨, 됐어요."

케이틀린은 곧장 침실로 향했다.

"난 너무나 피곤해요. 잘 자요."

잠시 후 그녀의 뒤로 문이 닫혔다.

"그녀는 달라졌어요. 그건 별로 마음에 들지 않아요."

케말이 걱정스레 닫힌 문을 쳐다보았다.

"난 좋아할 것 같은가? 그녀는 얘기도 하지 않고, 미소짓지도 않아. 바사로에서 그 첫날 이후로 계속 이런 식이었어."

"충격이군요. 하렘의 아이들에게서 때때로 그걸 본 적이 있어요. 그들은 무슨 일이 일어난 건지 믿고 싶어하지 않아요. 그래서 자신의 일부를 닫아 버리는 거죠.”

“그게 얼마나 지속되지?”

“때로는 몇 년이 가기도 해요. 그게 그렇게 나쁜 것도 아니에요. 최소한 그들의 일부는 더럽혀지지 않는 거니까요. 하지만 케이틀린의 상황은 달라요. 너무 무감각해서 두려워하지도 않는 건 위험해요. 당신이 점검하는 동안 기다리면서 그녀가 묻더군요, 어막에 대해 더 알아낼 수 있게 자기를 하렘 안으로 들여보내 줄 수 있느냐고요.”

“맙소사.”

“그건 별로 좋은 방법이 아니라고 말했어요. 어막은 당신들이 바사로로 떠난 후에 다시 나타나지 않았어요.”

“그 자식 어디 있는 거지?”

“겨우 칠 일밖에 안 지났는 걸요.”

7일. 바사로에서의 날들은 죄책감과 고통으로 점철된 것 같았다. 케이틀린의 고통, 그의 죄책감. 알렉스는 커피잔을 움켜쥐었다.

“거기서 빠져 나와야 해. 그 상태가 계속되는 건 너무 위험해.”

“그녀는 레드포드에 대한 증오심으로 가득 차 있어요. 복수심이 큰 동기가 될 수도 있죠.”

“케이틀린에게는 그렇지 않아. 지금은 복수하고 싶다고 생각하지만, 근본적인 믿음에는 위배되는 거지.”

케말이 미소지었다.

“하지만 우리 믿음과는 위배되지 않지요.”

“그래. 하지만 케이틀린은 우리와 달라.”

“그럼 어떻게 하죠?”

“죽음에 대한 생각을 멈추고 삶에 대해 생각하도록 만들어야 해.”

“그렇게 할 만한 최선의 상황은 아니지요.”

“언제나 방법은 있는 법이야, 문제를 정확히 본다면.”

케말이 묻는 듯 눈썹을 들어올렸다.

“윈드 댄서. 그녀는 모든 것을 잃어버렸다고 느끼고 있어. 하지만 아직 윈드 댄서가 있어.”

“이해가 안 되는데요. 윈드 댄서도 잃어버렸잖아요.”

“하지만 퍼즐은 그렇지 않아. 우린 그 퍼즐을 풀기 위해 노력할 수 있어. 해보자구, 빌어먹을. 우린 퍼즐을 풀 거야. 다른 면에서는 그녀를 도울 수 없지만, 그 일은 할 수 있어. 피터가 죽기 전날 짐을 보냈을 거야. 자네가 내일 아침 그걸 케이틀린에게 가져오게.”

케말이 고개를 끄덕였다.

“그녀는 변할 거예요. 인내를 가져요, 알렉스.”

알렉스는 케이틀린의 닫혀진 방문을 힐끗 쳐다보았다.

“인내는 자네나 가지라구. 난 너무나 두려워서 그녀 스스로 그 상태에서 빠져 나오길 기다릴 수가 없어. 내가 할 수 있는 방식으로 그녀를 깨워내겠어.”

“선물을 갖고 왔어요.”

다음날 아침 케이틀린이 문을 열어주자 케말이 힘차게 소리쳤다.

케이틀린은 옆으로 비켜나 그를 들여보내고 문을 닫았다.

“그게 뭔데?”

케말이 안도의 한숨을 내쉬며 커다란 상자를 테이블에 내려놓았다.

“내가 황소처럼 강한 걸 다행으로 생각하라구요. 아니었다면 이 밑에 깔렸을 거예요.”

케이틀린은 아련하게 재미있다는 느낌이 들었다.

“그게 뭔데 그래?”

케말이 주머니칼을 꺼내 상자에 붙여진 테이프를 잘라내기 시작했다.

“나도 몰라요. 윈드 댄서와 관계 있는 거, 피터 마스코블이 보낸 거라던데요.”

“피터.”

날카로운 고통이 가슴을 찔러 왔다. 온화하고 밝았던 피터와의 마지막 대화가 기억났다. 그녀는 따끔거리는 눈을 깜박이며 상자를 여는 걸 지켜보았다.

“세 개의 영사기.”

케말이 더 깊이 손을 넣어, 봉투 하나를 꺼내 그녀에게 건넸다.

"이것도 영사기만큼이나 무겁더라구요."

"번역본이야."

그녀가 중얼거렸다. 그렇게도 오랫동안 기다려 왔던 것이 지금 그녀의 손에 있었다. 깊은 곳에서 흥분이 일렁이며, 감정들을 감싸고 있던 얼음 조각들을 녹여 갔다.

케말이 여전히 깊이 손을 넣어 또 다른 커다란 봉투를 꺼냈다.

"온갖 종류의 보물이군요."

그녀가 봉투를 열어 안을 들여다보았다가 재빨리 닫았다.

"그냥 사진이야."

"내가 좀 봐도 돼요?"

케말이 손을 뻗자, 케이틀린은 망설이다가 봉투를 건넸다.

케말이 사진들을 꺼내 한 장씩 넘겨가며 보았다.

"난 꽃들이 좋아요. 당신의 바사로는 정말 아름답군요."

"그래, 그랬지."

그의 검은 눈동자가 연민으로 반짝거렸다.

"이제 당신은 다른 즐거움에 문을 열어야 해요. 냉담한 말로 상처 주려는 게 아니에요. 잃어버린 건 받아들여야 하는 거예요."

"받아들이고 있어."

"그런 것 같지 않은데요."

그가 다시 사진들을 내려다보았다.

"하지만 내가 도와……. 이건 누구죠?"

사진을 들척이던 손이 멈추고 한 사진을 응시하는 그의 표정이 이상했다.

"마리사 베네딕트."

"총을 맞았다는 소녀?"

케말의 표정이 굳어졌다.

"나쁜 자식들."

"그래."

케말이 계속해서 그 사진을 들여다보았다.

"그녀는 특별한 것 같아요. 하지만 웃지는 않네요, 그렇죠?"

케이틀린이 놀라 그를 쳐다보았다.

"웃는다구? 환한 미소를 보지는 못한 것 같지만……."

문득 마리사의 웃음소리를 들은 기억이 없다는 걸 깨달았다.

"미소는 짓지만 웃지는 않아요. 별로 좋은 게 아니에요. 누군가 그녀에게 웃는 법을 가르쳐 주어야 해요."

"모두가 마리사를 아끼고 좋아해. 난……."

말꼬리를 흐리며 케이틀린이 당황스레 그를 응시했다.

"그녀가 웃지 않는 걸 어떻게 알았지?"

"시엥 미엥."

"뭐라고?"

"표정을 읽는 고대 중국의 예술이죠. 한때 그걸 공부한 적이 있어요."

"난 천리안 덕인 줄 알았는데."

케이틀린이 흐릿하게 미소지었다.

"물론 그 분야의 전문가가 되었겠군."

그가 그 사진을 청바지 주머니에 넣었다.

"그럼요. 이 사진 내가 가질게요. 괜찮죠?"

"원한다면."

"아주아주 갖고 싶어요."

그가 영사기 하나를 상자에서 꺼냈다.

"자, 이걸 서재에 설치해 줄게요. 어디에 놓아야 할지 알려주세요."

번역물이 담긴 봉투를 내려다보며 케이틀린은 흥분감이 꿈틀거리는 것을 느꼈다. 그녀는 봉투를 힘껏 움켜쥔 채 케말을 따라 서재로 들어갔다.

"영사기들은 구석에 있는 의자에 놓아줘. 책상을 받침대로 이용해서 초점을 맞추고 다른 두 개의 영사기로……."

"스타워즈."

윈드 댄서 영상에 황홀하게 도취된 케말이 중얼거렸다.

"그 영화에서 배우들은 삼차원 게임을 하죠. 이게 그 비슷한 건가요?"

"영화 제작자들은 특수효과를 사용했겠지만, 이건 진짜야. 영화가 어떻게 만들어지는지는 모르지만, 입체 영상의 기본 원칙을 배운 적이 있지. 모두 레이저로 하는 거야. 레이저에서 나오는 빛이 주 광선과 보조 광선 두 줄기로 나누어지지. 주 광선은 렌즈들에 번져 찍고자 하는 목표물을 거울에 반사하게 되고 그 물체에서 나오는 빛의 파장들이 사진 필름을 향해 차례로 반사되는 거야."

알렉스는 케이틀린의 얘기를 들으며 서재문 앞에 서 있었다. 하지만 그녀나 케말 모두 그가 있다는 것을 알아차리지 못했다. 창문에 드리워진 커튼이 서재를 어둑하게 만들었고, 그들은 둘다 바닥에 무릎을 꿇고서 윈드 댄서의 영상을 올려다보는 중이었다. 어두운 중에서도 케이틀린의 열성적이고 솔직한 표정을 알아볼 수 있었다.

케이틀린이 자신의 짧은 머리카락을 헝클어뜨렸다.

"그 빛의 파장들이 반응하여 필름에 빠짐없이 기록되지. 필름이 현상되면, 그 패턴은 영원해지는 거야."

"아주 흥미롭군요."

케말의 따분한 듯한 목소리였다.

"계속하지는 말아 줘요. 당신은 정말 환상을 깨뜨리는 법을 안다니까요."

케이틀린이 키득거렸다.

"당신은 가스통 같아. 가스통도 논리적인 설명을 좋아하지 않지만, 그 애는 겨우 여섯 살이라구."

"영리한 아이군요."

알렉스는 혼자만 밖으로 밀려난 듯한 느낌이었다. 자신의 존재를 알리기 위해 그가 일부러 서 있던 곳에서 약간 움직였다.

"아, 당신 왔군요. 이리 와서 이 굉장한 걸 보라구요. 진짜 마술이에요."

케이틀린의 몸이 굳어지며 미소도 흐릿해지는 걸 보면서, 알렉스의 가슴은 날카로운 칼로 도려내지는 것 같았다.
케이틀린의 시선이 영상으로 되돌아갔다.
"한참 나갔다 오셨군요. 어디 갔었어요?"
"박물관의 모듈을 만나고 왔소."
"왜요?"
"그 문자를 기억해 낼 때가 충분히 된 것 같아서."
"그래서 그가 기억해 내던가요?"
"오랫동안 사려 깊은 조사를 한 후에. 그런 일은 오래 걸리는 법이지. 나를 자랑스럽게 생각할 거요. 당신의 그 유명한 끈기를 이용해 그를 들볶았으니까."
"악명이라는 게 맞는 단어죠. 어디에서 보았다던가요?"
"오 년전에 탐카로라는 마을 근처 산을 파다가, 기금 부족으로 중단하고 그때까지 발굴한 가치 있는 것들은 앙카라의 박물관에 옮겨놓았다고 하더군. 하지만 그 특별한 문자를 보았던 서판 조각은 발굴 과정에서 찾은 게 아니라고 하오. 노동자 중의 아들 한 명이 산에서 갖고 내려왔다는 거요."
"모세처럼?"
케말이 물었다.
"그것과는 달라. 소년은 동굴에서 깨어진 서판 조각을 발견하고, 돈을 좀 받아내려고 고고학자에게 갖다주었던 거야."
"그럼 서판의 나머지 조각들은 아직 동굴 안에 있겠군요."
"가능한 일이지."
케말이 벌떡 일어나 리모컨을 누르자, 윈드 댄서의 영상이 사라졌다.
"그럼 우리는 탐카로에 가야겠군요."
"나와 케이틀린이 갈 거야. 자넨 레드포드나 어막에게 연락이 올 경우를 대비해 여기 남아 있어."
"그게 좋겠어요. 난 산에 오르는 걸 별로 좋아하지 않거든요. 내 바퀴벌레들을 버려 두고 이리 이사와야겠어요. 당신 집을 지켜야 하니까요."
"대단한 희생 정신이군."

“그럼요, 난 위대한 가슴을 가졌거든요. 언제 떠날 건가요?”
“내일 아침.”
“지프가 필요하겠군요. 내가 하나 빌려서 야외 생활에 필요한 장비까지 다 준비해 놓을게요.”
“텐트에 황금 말뚝까지 박지는 않아도 돼.”
“안 됐군요. 난 그런 보물을 찾을 수 있는 곳을 잘 알고 있는데. 그걸로 당신에게 별도 수당을 청구하려 했다구요.”
“그 수당은 대단히 비싸겠지 아마.”
“그럼요. 지프는 내일 아침 여섯 시에 문 앞에 있을 거예요.”
그가 손을 내밀었다.
“당신의 소유물을 잘 보호하기 위해 열쇠가 있어야 해요.”
알렉스가 주머니에서 정문과 현관문 열쇠를 건네주었다.
“이 일이 너무 수고스럽지는 않을까? 자넬 불편하게 하고 싶지는 않아.”
“날 믿으라구요. 모든 게 잘될 거예요.”
케말이 케이틀린을 돌아보며 부드럽게 미소지었다.
“당신을 위해 좋은 일이 될 거예요. 나쁜 기억들은 모두 털어내고 자신을 치료하세요.”
그는 대답을 기다리지 않고 서재를 나갔다.
알렉스가 현관까지 케말을 뒤따라갔다.
“하루에 한 번쯤 이리로 전화할 거야. 앉아만 있지 말고 나가서 어막을 찾아보라구.”
알렉스의 날카로운 어조에 케말이 놀라서 돌아보았다. 그리고는 이해가 되는 듯 표정이 밝아졌다.
“나에게 화내지 마세요. 내가 한 게 아니에요. 그녀를 살아 있게 만든 건 그 조각이었다고요.”
그 말은 사실이었다. 하지만 빌어먹을, 케말을 볼 때는 그녀가 굳어 버리거나 조심스러워지지 않았다.
“무슨 말인지 모르겠군.”

"당신에게는 고통스러운 일이겠지요. 언젠가 그녀도 알게 될 거예요."
케말이 조용히 문을 닫고 나갔다.
"우리 진짜 가는 건가요?"
케이틀린이 서재 앞에 서 있었다.
"물론이오."
그는 그녀의 들뜬 얼굴을 슬쩍 보고는 자신의 침실로 향했다.

질투. 맙소사, 그는 질투로 부글부글 끓어오르고 있었다. 케말에게 화가 났고, 그 빌어먹을 번역물에 대해서도, 윈드 댄서에 대해서조차 질투를 느꼈다. 한 번도 이런 감정을 느껴 본 적이 없는데 정말 마음에 들지 않았다.

손을 뻗어 그녀를 흔들어대고 싶었다. 파리에서의 그 며칠처럼 자신을 쳐다보게 하고 싶었다. 얼음 조각으로 변하기 전 바사로에서처럼 자신에게 매달리게 만들고 싶었다. 마음 한구석으로는 케말의 말대로 인내심을 가져야 한다는 걸 알았다. 그럼에도 그의 감정은 온통 혼란스러웠다. 그녀를 돕고 싶을 뿐인데, 그녀는 그에게 문을 열어주지 않고 있다. 빌어먹을.

거짓말이다. 자신이 원하는 것은 그것이 아니었다. 그 동면 상태에서 그녀를 흔들어 빼내고 싶은 건 자신에게 되뇌이는 그런 순수한 목적 때문이 아니었다. 그의 육체는 케이틀린의 감정에 대해서는 전혀 관심이 없었다. 단지 자신만을 해방시키고 싶어할 뿐이었다.

지프가 오르막길로 접어들자 탐카로의 작은 마을이 내려다보였다. 그곳은 지금껏 뚫고 들어온 거대한 산들에 의해 둘러싸여 있었다. 마을 안팎의 스무 개는 될 듯한 온천에서 하얀 수증기가 끓어올랐다. 하얀 잿빛 모래땅 위에 회갈색 오두막들이 천막처럼 줄지어 늘어서 있었다.
"세상에, 이런 건 본 적이 없어요. 사람들이 정말 저 이상한 집에서 사는 건가요?"
케이틀린이 읽고 있던 번역물을 봉투에 집어넣고 똑바로 앉았다.
"아마 그렇겠지. 그런데 사람은 전혀 눈에 띄지 않는군."

알렉스가 차를 세우고 운전대에 팔꿈치를 기댔다.

"버려진 마을 같은데."

케이틀린도 그 마을에 사람이 사는 듯한 흔적을 찾을 수 없었다. 가축도 없고 자동차도 없다.

"유령 마을인가 봐요. 모둘 씨가…… 오 년 동안 이곳에 온 적이 없으니 그 사람도 알 리가 없겠죠."

"매일 케말에게 전화한다는 건 불가능하겠군. 고고학팀이 떠나고 나서 마을이 없어진 모양이오."

"땅을 좀 보세요. 고고학팀이 오기 전에도 제대로 살 수 있었을지 의심스러워요."

"온천들 때문에 땅 위까지 광물질이 올라온 것 같소."

"이곳을 헬스 온천장으로 만들면 관광객들을 끌어모을 수 있겠어요. 한 곳에 이렇게 많은 온천이 있는 건 처음 봐요."

케이틀린이 지프에서 펄쩍 뛰어내려 걷기 시작했다. 걸을 때마다 부츠가 먼지 한 무더기씩을 일으켰다.

갑자기 총알이 케이틀린의 머리 옆으로 휙 지나갔다! 그녀가 본능적으로 땅에 주저앉았다. 사방을 둘러싼 산 때문에 총알이 날아가는 메아리 소리가 크게 울려퍼졌다. 어디서 쏜 거지? 그녀의 시선이 길가에 늘어선 이상한 집들을 미친 듯이 훑어보았다.

"가만 있어."

알렉스가 소리 질렀다.

기 막혀, 그녀가 총을 쏜 사람과 산책이라도 하려는 걸로 생각했을까? 그녀는 무릎과 팔꿈치로 꿈틀꿈틀 기어, 거리 왼쪽의 옥수수 모양 오두막 하나에 몸을 피하려 애썼다.

또 다른 총알이 그녀의 바로 앞에 먼지를 일으켰다.

그녀는 얼어붙었다. 다시 지프차로 돌아가 볼까? 뒤를 돌아보았다. 알렉스가 없었다. 그는 어디에도……. 이런 제길, 이렇게 노출되어 있는 상태에서 그가 어디에 있는지 궁금해 할 시간도 없었다. 그녀는 깊이 심호흡을 하고 오두막을 향해 옆으로 몸을 굴렸다. 또 다른 총탄이 날아올 경우를 대비해서였다.

고통스런 비명소리가 계곡을 찢을 듯이 가르고, 높은 남자 목소리로 미친 듯이 지껄이는 터키어가 뒤를 따랐다. 케이틀린이 오두막 뒤에 무릎을 꿇고 일어서자, 구덩이 옆의 초가집에서 나오는 알렉스의 모습이 보였다. 그는 한 손에는 긴 소총을 들고 다른 손에는 권총을 들었다.

"당신 다쳤소?"

그가 소리쳤다.

"아뇨."

"그럼 이 안으로 들어오라구. 다른 오두막에 누가 있을지 어떻게 알겠소."

그가 오두막으로 들어갔다. 알렉스가 들어간 오두막에서 또다시 신랄한 터키어가 흘러나왔다. 케이틀린이 일어나 조심스레 움직여 갔다.

"케이틀린!"

"가요."

걸음을 빨리 하여 다음 순간 그녀도 납작 지붕의 오두막 안으로 들어갔다. 코끼리 떼가 짓밟고 지나간 듯한 커다란 방이었다. 의자와 책상들은 뒤집어졌고, 골동품 캐비닛의 내용물들이 죄다 바닥으로 내동댕이쳐져 있었다. 원래대로 유지된 가구라고는 벽 쪽에 세워진 긴 작업대 하나뿐이었다.

지저분한 바닥에 무릎을 꿇고 있는 비쩍 마른 사내는 주위 환경만큼이나 거칠고 황폐해 보였다. 적갈색 줄무늬의 로브와 회색이 되어 버린 하얀 터번을 두른 모습, 60대 초반쯤 되어 보였다. 그의 불타는 눈동자가 광적으로 그녀에게 고정되어 있었다. 입에서 피가 났지만, 그렇다고 그녀에게 내뱉는 그 말들이 중단되지는 않았다. 케이틀린은 자신도 모르게 한 걸음 뒤로 물러났다.

"이 사람은 누구죠? 왜 날 쏘려 했던 건가요?"

"그걸 알아내려는 거요. 별로 어렵지 않을 거요. 저놈의 입을 막을 수가 없으니."

알렉스가 잠시 귀를 기울이고 나서 케이틀린을 돌아보며, 그 남자의 계속되는 소리 위로 크게 목소리를 높였다.

"이자 이름은 압둘 카스미나고, 이 마을 전체가 자기 거라고 하는군. 다른 사람들이 떠났을 때도 자기는 남아 있었으니까 이 마을은 자기가 가질 권리가 있다는 거요. 우린 자기 땅을 침입했으니 죽어야 마땅하고."

케이틀린은 안도했다. 한순간 레드포드가 이 위협을 일으킨 건 아닐까 생각했던 것이다.

"미친 건가요?"

"훌륭한 결론이오."

케이틀린이 몸서리를 쳤다.

"왜 혼자 여기 남아 있을까요?"

"왕이 되고 싶은 걸까? 누가 알겠소?"

알렉스가 오두막을 둘러보았다.

"저기 있는 테이블과 골동품 캐비닛으로 보건대, 전엔 이곳에 발굴품을 모아 두었던 것 같은데 이자가 자기 돼지우리로 만든 것 같소. 난 압둘을 데리고 나가 몇 가지 물어 볼 테니, 당신은 모둘이 말한 서판 같은 게 있는지 찾아보는 게 어떻소?"

그 전에 이미 케이틀린은 벽에 놓인 긴 테이블로 움직이고 있었다. 돼지우리는 정말 잘 어울리는 표현이었다. 테이블 위에 몇 개의 도자기 그릇과 조잡한 칼들이 어지럽게 널려 있었다. 얕은 그릇 하나에 남은 음식 찌꺼기 위로 12마리도 넘을 듯한 파리가 날아다니자 인상이 절로 찌푸려졌다. 압둘에게 골동품을 존중하는 미덕이 없는 건 분명했다.

깨진 항아리 밑에서 서판 조각을 하나 발견했다.

그녀는 파리에 대해서는 잊어버렸다. 그 회갈색 쐐기 모양의 점토 조각 외에는 모두 다 잊어버렸다. 숨쉬기조차 겁이 났다.

"맙소사."

그 고대 문자를 내려다보며 자신이 그 말을 중얼거렸다는 것조차 간신히 깨달았다. 똑같았다.

"알렉스! 똑같아요."

그녀는 소리쳤다. 그리고는 목에 감았던 파란 손수건을 풀어 펼쳐, 그

중앙에 서판 조각을 놓고 조심스럽게 묶었다. 자신의 행운을 믿을 수가 없었다. 소년이 땅에서 파내다가 부수어 버렸든지 아니면 미친 남자가 화를 내며 땅에 던져 버렸을 수도 있었는데 이대로 남아 있다니. 그녀는 그 비슷한 부호가 그려진 서판이 또 없는지 확인하기 위해 테이블의 흩어진 물건들을 훑어보고 나서 밖으로 달려나갔다.

"알렉스, 내 말 들었어요? 그건…….'

압둘 카스미나가 땅에 누워 있고 알렉스가 그 위에 서 있는 모습을 보고는 그녀의 말이 딱 끊겼다.

알렉스는 기름때로 얼룩진 터번으로 그의 입을 묶어 놓았다. 이제 압둘의 입은 벌어지지 않았고, 그의 왼쪽 눈자위가 빠르게 검어지고 있었다.

"그를 때렸군요."

알렉스가 고개를 돌리자, 그의 광대뼈에서도 검은 멍을 볼 수 있었다.

"그러고 싶었소. 이놈이 우릴 죽이려 했다고."

"그는 정상이 아니에요. 그럴 필요까지는 없어요. 그냥 경고만 해서 쫓아 버릴 생각이었을지도 몰라요."

압둘이 그녀에게 원한 섞인 눈길을 돌리자, 알렉스의 표정이 더욱 굳어졌다.

"그런 것 같지 않은데."

"그래도 힘없는 남자를 때리면 안 돼요."

"힘없는 놈이 아니오. 이 멍이 일주일은 갈 거라구. 그리고 난 이놈을 때리고 있던 게 아니라, 질문을 하고 있었소."

알렉스가 신발 끝으로 압둘의 가슴께를 찔렀다.

"약간 피곤해서 누워 쉬기로 한 모양이지."

그녀의 입술이 못마땅한 듯 굳어졌다.

"KGB에서는 물어 볼 때 그렇게 하나요?"

"때로는. 그 서판이 어디에서 나온 건지 알고 싶겠지? 내가 알아냈소."

그가 마을에서 가장 가까운 산을 가리켰다.

"저 옆에 동굴로 이어진 길이 있소."

“다른 방법으로도 알아낼 수 있었을 거예요. 그를 놓아 주세요.”

알렉스가 머리를 흔들었다.

“이자가 다른 총을 숨겨놓았을지 알 수 없소.”

“그럼 묶어 놓으면 되죠.”

알렉스가 잠시 그녀를 응시하다가, 몸부림치는 압둘을 어깨에 들쳐멨다.

“금방 돌아오겠소.”

그가 안으로 사라졌다. 10분 후 그가 짐을 벗어 버리고 밖으로 나왔다.

“깔끔하게 꽁꽁 묶어 놓았소.”

“오래 걸렸잖아요.”

“영원히 갈 만한 피해는 끼치지 않았소.”

그가 지프차 있는 곳으로 향했다.

“그리고 녀석에게 원하는 정보를 얻어낸 것도 별로 미안하지 않소. 미쳤든 미치지 않았든, 그 놈은 우리 둘을 죽이려 했던 악독한 개자식이라구.”

그가 힐끗 그녀를 쳐다보았다.

“녀석이 풀려나면 감히 남자 바지를 입은 이교도 여자에게 하려던 짓을 통역해 줄까?”

“아뇨, 듣고 싶지 않아요.”

차에 도착하자 그녀는 그냥 놓아 두었던 번역본을 뒷좌석의 배낭 속에 집어넣었다.

“그래, 내가 나쁜 짓을 한 게 아니라는 어떤 내용도 듣고 싶지 않겠지.”

그가 어깨를 으쓱했다.

“그만하지. 장비를 찾아서 캠프나 만들자구.”

“저 오두막 중 하나를 쓰면 되잖아요.”

“당신 마음대로 하시오. 난 지난 오 년간 저 속에 쌓였을 지저분한 거름보다는 밖에 있는 게 더 좋겠소.”

케이틀린은 집안을 돌아다니던 벌레들과 먼지들을 기억하고는 마음을 바꾸었다. 그녀가 지프차에서 몸을 돌렸다.

"당신은 텐트를 치세요. 난 불 피울 나무를 찾아올게요."

그녀가 옆의 다른 종이들 위에 또 한 장의 종이를 올려놓았다.

"잠을 자야지. 내일은 산에 올라야 하오."

모닥불 맞은편 침낭에서 알렉스가 말했다.

"중간까지만이죠. 그 동굴은 산 중턱에 있다고 했잖아요."

그녀의 관심은 여전히 번역물에 쏠려 있었다.

알렉스의 목소리가 날카로워졌다.

"하여튼 당신을 끌고 가고 싶지는 않소."

그녀가 눈을 들었다.

"날 끌고 갈 필요는 없을 거예요. 내 힘으로 버틸 테니까요."

갑자기 그 말을 어디선가 보았던 기억이 났다.

"이건 자신스가 안드로스에게 했던 말이에요."

"뭐라고?"

"그들이 트로이를 떠날 때요. 그녀는 그의 걸음과 보조를 맞추겠다고 했어요. 안드로스는 샤다나였고, 윈드 댄서에 적힌 문자는 샤다나 말이었을 거예요. 트로이를 떠난 후에 안드로스가 그 문자를 밑에 새겨 놓은 것 같아요."

"그렇게 생각하는 이유는?"

"첫번째 전설에서는 어디에도 문자에 대한 언급이 없어요. 조각에 대해 세밀하게 묘사하면서도 문자에 대해서는 한 마디도 나오지 않아요."

"실수했는지도 모르지."

"하지만 이집트 문자로 이 이야기를 적은 사람이 안드로스였어요. 카타리나는 서문에서, 안드로스로 시작된 가문의 역사를 적는 것이 구성원의 전통이 되었다고 했어요. 안드로스는…… 그 점이 이해가 안 돼요."

"어째서?"

"안드로스는 전사였어요. 현실적이고 영리했지만, 후손을 위해 자신의 인생을 적어 두는 타입은 아니었어요. 어째서 자신의 이야기를 적어 후 손을 위해 남겨 두고 싶었던 걸까요?”

“첫번째 전설로 그 모든 걸 확신할 수 있소?”

“당신이 직접 읽어 보세요. 내 말에 동의하지 않을지 두고 보자구요.”

“내일쯤. 샤다나가 누구요?”

“그들에 대해 잘 아는 사람은 아무도 없어요. 그들은 은밀하고 자신들의 기록을 남기지 않았죠. 고대 이집트인들은 샤다나를 바다 사람들이라고 불렀어요. 그들은 투사로서 대단히 두려운 존재였고, 실지로 한 번 이집트 해안을 공격한 적도 있었죠. 나중에 그들은 파라오에게 고용되었어요. 그들이 왜 적에게 복종하게 되었는지는 아무도 모른답니다.”

“흠, 오늘밤은 알아내지 못할 거요. 잠을 자라구.”

알렉스가 등을 돌리고 침낭의 지퍼를 올렸다.

“금방 잘게요.”

“당장.”

그의 목소리가 너무 과격해서 그녀를 놀라게 했다. 안드로스의 이야기를 읽는 동안 알렉스가 긴장하고 있다는 것은 알았지만, 지금 그녀에게 돌린 그 등의 근육이 딱딱하게 뭉친 것을 볼 수 있었다. 그에게 지옥으로나 떨어지라고 소리치고 싶은 생각이 들었지만, 그들 간에 더 이상의 갈등은 필요치 않았다. 게다가 내일의 모험을 위해 휴식을 취해야 한다는 말이 옳기도 했다.

산행은 케이틀린이 예상한 것보다 훨씬 더 힘들었다. 늦은 오후가 될 때까지 그들은 동굴에 도착하지 못했다. 경사가 심했고 그들은 바위와 돌들 위로 길을 만들어 나가야 했다.

석회암 동굴의 커다란 입구가 눈에 들어왔을 무렵, 케이틀린은 몇 시간이 아니라 며칠 동안 산을 오른 듯한 느낌이었다. 등에 짊어진 배낭은 처음 출발할 때보다 1톤은 더 무거워진 듯했다.

알렉스가 몸을 돌려 마지막 암벽으로 끌어 올려주었다.

“괜찮소?”

산에 오르기 시작한 이후로 그가 처음으로 입을 열었다.

그녀는 숨을 헐떡이며 고개를 끄덕이고는 스카프로 이마와 목의 땀을
닦아냈다.

"여기 있어요. 내가 안을 둘러보겠소."

그가 동굴 안으로 사라졌다. 그녀는 숨을 진정시킨 다음 곧바로 그를
따라 들어갔다.

동굴 안의 유일한 빛은 입구에서 들어오는 것뿐이었다. 천장이 머리
위로 9미터나 높이 솟아 있는 듯했는데도, 춥지는 않았고 오히려 덥다고
느껴질 정도였다. 동굴 안의 희미한 바위와 돌들을 볼 수 있었다. 그녀를
향해 걸어오는 알렉스의 플래시 불빛도 보였다.

"평소처럼 내 명령에 잘 복종하는군."

"얼마나 깊은가요?"

"삼백오십 미터쯤. 이렇게 더운 이유는 동굴 끝에 온천이 있기 때문이
오. 그리고 벽에는 어떤 그림이나 문자도 보이지 않았소."

"당신이 찾으리라 기대하지도 않았어요."

케이틀린은 배낭을 벗어 땅에 내려놓았다.

"근처에 나무의 흔적이 없어요. 난로를 써야 할 것 같군요. 그나마 온
기를 얻기 위해 불을 지필 필요는 없겠어요. 이제 캠프를 만들고 새벽녘
에 조사를 시작하자구요."

"당장 시작하겠다고 말하지 않는 게 놀랍군."

그녀는 그의 비꼬는 어조를 무시했다.

"이 동굴이 당신 말대로 작다면, 기념비적인 과업은 아닐 것 같아요.
내일 저녁쯤이면 동굴 전체를 조사할 수 있을 거예요. 그리고 난 빛이 남
아 있을 때 일기의 두 번째 전설을 읽고 싶어요."

등에 그의 시선을 느낄 수 있었지만, 그녀는 쳐다보지 않았다.

"어젯밤에는 내가 식사를 준비했으니까, 오늘은 당신 차례예요."

그녀가 배낭에서 번역본을 꺼내 동굴 입구로 가 입구 바로 밖에 자리
를 잡고 울퉁불퉁한 석회암 벽에 등을 기댔다.

동굴 안에서 알렉스의 움직이는 소리가 들렸지만 그녀는 단호히 그를
몰아내고, 두 번째 전설 페이지를 펼쳐 읽기 시작했다. 알렉스가 나왔을

때는 겨우 세 페이지를 읽었을 때였다.

"첫번째 전설을 읽어 보겠소."

고개를 드니 알렉스가 그녀의 옆에 서 있었다.

"지금요?"

"직접 읽어 보라고 했잖소. 그밖에 별달리 할 일이 없거든."

알렉스는 그녀에게 그 부분을 받아, 절벽에 등을 기대고 앉아 첫 페이지를 집어들었다.

타이프 친 종이들이 믿을 수 없을 만큼 빠른 속도로 그의 손에서 넘겨졌다. 예전에 속독법을 익혔다던 그의 말이 기억났다.

그녀는 안드로스와 자신스가 알렉산드리아에 정착하여 가문을 시작한 것에 대한 두 번째 전설에 정신을 집중시키려 애썼다. 하지만 불가능했다. 바로 옆에 앉아 있는 알렉스가 의식되어 이야기에 흠뻑 빠져들 수가 없었다.

15

첫번째 전설은 안드로스가 자신스를 데리고 불타는 트로이 성에서 빠져 나오는 내용이었다. 안드로스는 왕의 동생 파라디그니스의 도움을 받아 윈드 댄서를 가지고 트로이를 빠져 나왔다.

알렉스는 첫번째 전설의 마지막 페이지를 내려놓고 물끄러미 어두운 계곡을 내려다보았다.

"어때요?"

"그들은 해안을 따라 남쪽으로 여행했소."

"그래요."

"이곳은 해안에서 그리 멀지 않소."

케이틀린의 눈이 커졌다.

"이집트로 가는 도중 여기에 그 서판을 남긴 사람이 안드로스라는 거예요?"

"그렇게 말하지는 않았소. 다만 가능성이 있다는 거지. 샤다나는 대단히 비밀스러워서 자신들에 대해 증거를 남기지 않는다고 하지만, 우린 안드로스의 것인 듯한 윈드 댄서 문자를 갖고 있고, 트로이에서 여행해

갔을 항로에서 서판을 찾아냈소. 거기에 어떤 연관성이 없다면 꽤나 이상한 우연의 일치로군.”

“그가 왜 이렇게 먼 내륙까지 왔을까요? 그리고 왜 여기까지 올라왔을까요?”

그녀가 계곡을 내려다보았다.

“아직 그 퍼즐의 조각은 갖고 있지 않소.”

알렉스는 종이들을 정리하여 그녀에게 건네주었다.

“하지만 이 전설에 따르면 안드로스가 이곳을 지나갔을 가능성이 높소.”

그녀는 기계적으로 봉투 안에 종이를 집어넣었다. 안드로스와 자신스가 이 산 위에, 바로 이 동굴 안에 있었다는 생각을 하니 묘한 기분이 들었다.

“신경이 쓰이는 모양이군.”

“아녜요.”

그녀가 벌떡 일어나 동굴의 입구로 들어갔다.

“여긴 점점 추워지네요. 안으로 들어가는 게 좋겠어요.”

알렉스는 희뿌연한 잿빛 하늘을 쳐다보았다.

“저 구름들이 마음에 들지 않는군. 오늘밤 조사를 하고 내려가는 게 좋을 것 같소. 눈보라 속에 갇히는 건 싫거든.”

“좋아요.”

그녀는 목적을 이루는 것보다도 알렉스와 같이 더 이상 머물고 싶지 않은 마음이 간절했다.

“먹는 건 나중으로 미루고 지금 조사해 봐요. 랜턴을 가져오세요.”

동굴 뒤쪽의 부글거리는 온천 근처에서 또 하나의 서판을 발견했다. 겨우 세 시간만에 찾아낸 것이었다.

그 앞에 무릎을 꿇고 앉은 케이틀린의 심장은 환희로 힘차게 줄달음치기 시작했다. 넓이 23센티미터, 높이 30센티미터 정도의 서판은 왼쪽 모퉁이가 떨어져 나가 있었다. 그녀는 서판을 바라보며 믿을 수가 없었다.

"너무 쉽군요. 그냥 눈에 띄다니."

"쉽지 않을 이유가 뭐 있겠소? 성배 같은 것도 아닌데."

알렉스가 그녀의 옆에 무릎을 꿇었다.

"이걸 쓴 사람은 숨기고 싶지 않았는지도 모르지."

알렉스는 대단히 신중하게 서판을 잡아 시험삼아 당겨 보았다.

"땅에 박혀 있군. 그래서 소년이 빼내려 했을 때 모퉁이가 깨어진 걸 거요."

그가 주머니에서 칼을 꺼내어 그 주위의 땅을 파기 시작했다. 15분 후 그는 서판을 들어올려 케이틀린에게 건네주었다.

"온천의 습기 때문에 이렇게 좋은 상태로 유지된 모양이오. 아니면 세월의 흐름으로 가루가 되었……."

그녀의 얼굴을 보더니 그가 말을 멈췄다.

"왜 그러는 거요?"

"더 있어요."

케이틀린이 동굴 벽의 어두운 부분을 자세히 들여다보았다. 그리고는 손을 뻗어 서판 하나를 꺼냈다. 또 하나, 또 하나. 그들 앞에 다섯 개의 서판이 놓이고 나서야 그곳이 다 비었다. 그녀는 어리둥절한 표정으로 그것들을 내려다보았다.

"똑같은 문자예요. 맙소사, 윈드 댄서 문자만 해독하면 된다고 생각했었는데."

"우리의 기록자는 다작가인 모양이오."

한 서판에서 다음 서판으로 시선을 옮기는 동안 케이틀린의 흥분은 점점 더 커져 갔다. 그러다 마지막 서판을 보자 날카롭게 숨을 들이켰다.

"그래요. 그는 우리를 위해 쉽게 만들어 주고 싶어했어요. 그리스어예요."

그가 그 서판을 살폈다.

"확실하오?"

"확실해요."

그 서판은 위에서 아래까지 하나의 선으로 갈려 있었다. 한쪽은 샤다나어인 듯했고, 다른 한쪽은 그리스어였다.

"그는 우릴 위해 이걸 놓아 둔 거예요. 서판을 준 다음에 그 열쇠를 준 거예요."

"왜 처음부터 그리스어로 쓰지 않았을까?"

"내가 어떻게 알겠어요? 우리더러 도전해 보라는 것인지도 모르죠."

"하지만 이것이 해독되리라는 걸 어떻게 알 수 있겠소? 그 시대에는 어차피 알려질 일도 아니었을 텐데."

"알아요. 이집트 상형문자를 해독하는 데도 몇 년이 걸렸죠. 장애물이에요. 그는 자신의 말이 사라지길 바랐지만 영원히 묻히는 건 바라지 않았던 거예요."

"당신 짐작일 뿐이오."

짐작일 뿐이라는 건 알았지만, 그녀는 계속해서 생각을 이어갔다.

"만약 이걸 쓴 사람이 안드로스라면, 가문의 역사를 기록하는 전통을 세운 이유가 설명이 돼요. 역사를 거슬러 가는 것이 실마리가 될 거예요."

"그 역사나 가문이 생존하리라는 것은 또 어떻게 확실했을까?"

"윈드 댄서. 그는 가문의 재산이 윈드 댄서와 연결되어 있으리라 확신했어요. 윈드 댄서가 살아남는다면, 가문도 마찬가지겠지요. 그리고 우리를 여기까지 이끌어 온 전설들도. 그건 똑같은 지점에서 끝나는……."

문득 그녀의 시선이 그의 얼굴로 올라갔다. 알렉스가 지금 뭘 하고 있는지 깨달았던 것이다. 그는 그녀의 생각이 더 깊이 파고들도록 질문과 논쟁으로 이끈 것이다.

"왜 두서없는 말이 나오도록 유도하는 거죠? 당신 스스로 모든 걸 짐작했을 텐데요."

"그럴지도 모르지."

그는 신중하게 서판들을 쌓기 시작했다.

"하지만 당신은 전부터 윈드 댄서가 당신만의 것이라고 주장했잖소. 어떤 도움도 달가워할 것 같지 않았지."

그는 그녀를 도울 방법을 찾아주었으면서도 그녀가 상황을 통제하게 해주었다. 그를 지켜보며 그녀의 마음속에 따뜻함이 번졌다. 블록을 쌓는 어린아이처럼 정성들여 서판을 차곡차곡 쌓아 가는 그의 표정이 진지했다. 정말 이상하게도, 알렉스의 소년 시절을 상상해 본 적이 한 번도 없었다. 그는 언제나 지성과 관능을 발산하는 성인 남성이었다.

이제 그녀는 그 관능미를 느낄 수 있었다.

조심스럽게 섬세한 서판들을 옮기는 그 강인한 손과, 쪼그리고 앉은 자세에서 부드러운 바지를 밀어붙이는 허벅지의 근육, 마지막 서판을 맨 위에 올려놓으며 까만 셔츠 아래 뭉쳐 있는 어깨, 그 모든 것들이 뚜렷이 의식되었다. 갑자기 손을 내밀어 그를 만지고 싶었다. 그의 바지 안으로 손을 넣고 싶었다.

그가 일어서서 한 걸음 물러나 그녀를 바라보았다.

"서판은 내가 옮길 테니 당신은 랜턴을 들고 앞장서시오. 이걸 갖고 넘어지거나 하면……."

그녀의 얼굴을 보고는 그가 긴장했다. 그의 배 근육이 뭉치는 걸 볼 수 있었다. 그녀는 숨을 쉴 수가 없었다. 그에게서 시선을 돌릴 수도 없었다.

"케이틀린?"

그가 그녀의 감정을 볼 수 있을 것이다. 공포를 느끼며, 그녀는 비틀비틀 일어나 랜턴을 잡았다.

"당신 말이 맞아요. 난 아무 도움도 원하지 않아요."

그녀는 재빨리 그를 지나쳐 동굴 앞쪽으로 걸어갔다.

그가 무슨 말인가 하는 것 같았지만, 그녀는 이미 멀리 떨어져 있었다. 그가 재빨리 따라오자, 동굴 벽면으로 거대하게 확대된 그의 그림자가 비쳐 왔다. 공포가 더욱 치솟았다.

그가 동굴 앞쪽에 도착했을 때, 그녀는 이미 배낭 속을 뒤지고 있었다. 그를 쳐다보지도 않고 파란 셔츠를 꺼내 그에게 던졌다.

"이걸로 서판들을 싸서 나에게 주세요. 내가 배낭에 메고 갈 거예요."

땅에서 셔츠를 집어들고 그가 서판들을 감쌌다. 그런 다음 조심스레 동굴 벽 옆의 바닥에 내려놓았다.

"나에게 달라고 했잖아요."

"이리 와."

그의 목소리에 흐릿한 슬라브 억양이 들어 있었다. 그녀는 뭉친 어깨 근육을 주무르며, 멍하니 벌어진 배낭 안을 들여다보았다.

"그러고 싶지 않아요."

그가 그녀의 옆으로 다가왔다.

"그런 소리 마."

그의 손이 내려와 랜턴 불빛을 꺼버렸다.

어둠. 열기. 알렉스. 심장 뛰는 소리가 너무나 커서 그의 귀에까지 들릴 것만 같았다.

"별 거 아니었어요. 서판들 때문에 흥분했던 거예요."

"경계를 풀고 날 들여보내 줘. 난 방법이나 이유들로 따지고 들지 않아. 그냥 머물 거라구, 빌어먹을."

"불 켜요."

"당신에게 내 모습을 보이고 싶지 않아. 그냥 느끼게 하고 싶어."

그의 몸이 닿았다. 목에 닿는 가벼운 스침만으로도 원초적인 떨림이 관통했다. 젖꼭지가 단단해져서 옷을 밀어붙였다.

"안 돼요."

그녀가 절망적으로 중얼거렸다.

"당신은 원하고 있어. 원한다고 말해 줘."

그가 그녀를 일으켜 세워 셔츠 단추를 풀기 시작했다. 어둠 속에서 라임과 사향의 남성적인 냄새를 맡을 수 있었다. 그가 셔츠를 벗기고 브래지어마저 풀어냈다. 왜 가만 있는 걸까? 왜 그에게 저항하지 않는 것일까?

"당신 생각은 틀렸어요. 난 이걸 원하지 않아요."

"당신이란 여자는 절대 항복하지 않는군."

그의 입술이 젖가슴으로 내려와 젖꼭지를 입에 넣었다. 열기가 치솟아 오르며, 배의 근육이 단단하게 뭉쳤다.

"당신은 이걸 원해."

그의 입이 강하게 빨아대며, 손으로는 가슴을 움켜쥐고 주물렀다.

"날 가져, 날 느끼라구."

그의 손이 그녀의 바지 사이로 내려와 부드럽게 문질렀다.

"여기로."

그의 이가 젖꼭지 위를 내리누르자, 그녀의 등이 휘어지며 비명이 새어나왔다. 어렴풋이 그의 손이 바지 지퍼를 내리는 걸 느꼈다. 그리고 다음 순간 바지와 팬티가 그녀의 발목에 걸려 있었다.

"거기서 나와."

알렉스는 바닥으로 무릎을 꿇고 그녀의 엉덩이를 주무르며 다리의 털 속에 얼굴을 파묻었다.

"어서."

그의 혀가…….

옷더미에서 걸어나오며, 그녀의 손가락이 무의식중에 그의 머리 속에 깊이 박혔고 등이 뒤쪽으로 휘어졌다. 그가 그녀의 허벅지를 넓게 벌리고 동굴벽으로 밀어붙였다. 벌거벗은 엉덩이와 등에 닿는 돌이 차가웠지만 그녀는 열기에 휩싸여 있었다. 엉덩이를 감싼 알렉스의 따뜻한 손, 자신의 내부에 달구어진 열기. 뜨거운 어둠 속에서 그의 거친 숨소리가 울렸다.

"못 참겠어요."

"아니, 참을 수 있어. 그게 당신이 원하는 거야. 받아들이라구."

그의 이가 부드럽게 건드리다가 잡아뺐다. 수많은 감각들이 몸 속에서 울부짖으며 비명을 지르는 것 같았다.

그가 밑으로 끌어내려 그녀의 위로 올라 허벅지를 벌리고 있었다. 그가 옷을 벗지 않았다는 것을 어렴풋이 깨달았다.

그가 그녀의 안으로 깊이 들어왔다.

"알렉스!"

"내가 누군지는 잊어버려. 모르는 사람으로 생각해. 당신이 원하는 걸 가져. 이것 말고 다른 건 모두 잊어버리라구."

그가 무슨 말을 하는 것인가? 낯선 사람은 그녀에게 이런 느낌을 만들어 낼 수 없다. 그녀가 리듬에 적응할 시간도 주지 않은 채 그가 깊이 찔러 들어왔다. 그녀는 몸을 비틀어대며 거친 숨을 몰아쉬었다.

"바로 그거야. 내가 느껴져? 좋아?"

그가 거대하고 두꺼운 열기둥을 다시 밀어넣었다.

"그건……."

"좋냐구, 제기랄. 나에 대해서는 아무것도 신경 쓸 필요 없어. 이것에 대해서만 생각해."

그녀의 몸이 그를 더욱더 받아들이려 위로 솟구쳐 올랐다.

"좋았어. 날 더 깊이 받아들이고 싶나?"

그가 약간 뒤로 뺐다. 그의 엄지손가락이 우묵한 곳으로 파고 들었다.

"여기에 그걸 느끼고 싶어?"

"그래요!"

야만적인 폭발과도 같은 대답이었다. 그가 재빨리 찌르고 들어와 그대로 정지했다.

"더?"

"더."

그가 거칠게 안으로 밀고 들어와 회전하며 파고 들었고, 그와 똑같은 힘으로 그녀는 쉴새없이 원초적인 신음을 토해내고 있었다. 번개가 치는 것 같았다.

그녀의 다리를 머리 위로 밀어올리고 그가 더욱 깊이 파고들었다. 그녀는 활짝 열렸다, 그가 성난 황소처럼 움직이는 동안 모든 근육이 응축하며 반응했다. 무수한 감각들이 생겨나 빙글빙글 회전을 하자, 숨을 쉴 수도 없었다. 어둠 속 그녀의 위에서 터지는 거친 숨소리 외에는 아무 소리도 들을 수가 없었다.

"날 풀어 줘, 지금."

알렉스가 그녀에게 자신을 묻었다. 그녀가 클라이맥스의 고통으로 발작을 하자, 그녀 안에서 그가 해방되었다.

그는 그녀의 위로 무너져 내렸다. 폐 속으로 공기를 집어넣으려고 거친 숨을 몰아쉬며, 그의 가슴이 들먹거렸다.

그런 다음 그녀에게서 떨어져 나갔다. 어둠 속에서 그의 모습이 보였지만, 호기심을 불러일으킬 에너지도 남아 있지 않았다. 랜턴을 켜서, 그가 그녀의 손에 쥐어 주었다.

"잡고 있어."

그가 그녀를 안아 들었다. 어디로 가는 걸까?

"잠시 여기 앉아 있어."

따뜻한 온천물 근처의 바위에 그녀를 내려놓고는 그녀의 손에 있던 랜턴을 잡아 옆의 바위에 두었다. 그의 주위로 수증기가 날아오르자, 습기가 그의 검은머리를 곱슬거리게 만들고, 그의 얼굴과 목의 그을린 살결에 윤기를 더해 주었다. 벽에 비친 두 사람의 거대한 그림자가 이상하게 보였지만, 아까처럼 두렵지 않고 단지 이상할 뿐이었다.

그가 물에 손을 넣어 보고 나서 그녀를 따뜻하게 부글거리는 물 속으로 들여보냈다. 그 관능적인 충격이 지친 상태에서 또렷한 의식을 되찾게 해주었다.

"당신에게 거칠게 굴었소."

그가 자조적으로 웃었다.

"간단히 말하면, 거의 당신을 찢어 버릴 뻔했지. 내일 아프다는 비난의 말을 듣고 싶지 않소."

그녀도 그를 도왔다. 그녀도 정신이 나간 채 어둠 속에서 교미하는 야생의 짐승처럼 행동했다.

"그건…… 아무 의미도 없는 거였어요."

그녀가 망설이며 입을 열었다.

"특별한 의미가 있소."

알렉스가 바위에 앉아 물 속의 그녀를 지켜보았다.

"당신이 살아 있다는 의미지. 당신의 어머니가 돌아가셨어도, 바사로가 죽었다고 생각해도, 당신은 죽지 않았어. 당신에게는 욕망과 강인함과 연약함, 전에 당신이 갖고 있던 모든 것들이 살아 숨쉬고 있다구. 그건 인생이 계속된다는 뜻이오."

"날 돕기 위해 이런 행동을 했단 말인가요?"

"절대 아니지. 당신 안에 들어가고 싶어서 죽을 것 같았기 때문에 한 짓이오. 나에게서 고상한 동기를 기대하기에는 나에 대해 더 잘 알고 있을 텐데."

"그런 건 기대하지 않았어요."

"그래, 당신은 날 나쁜 놈으로 생각하겠지. 내 손으로 바사로를 불태운 것이나 마찬가지니까."

"난 당신을 비난하지 않아요……."

"그럴 리가 없지. 하지만 내가 나 자신을 비난하는 것을 어쩔 수는 없을 거요."

그가 셔츠를 벗어들었다.

"이리 와서 서봐."

그녀가 웅덩이에서 일어났다. 그의 생각이 옳았다. 허벅지 사이에서 둔탁한 고통이 느껴졌다. 그가 그녀를 안아올려 자신의 셔츠로 힘차게 닦아 주기 시작했다.

"걱정 마, 모든 게 이전의 상태로 돌아갈 거요."

알렉스는 랜턴을 그녀에게 건네고, 다시 안아서 동굴 앞쪽으로 데리고 갔다. 그리고는 슬리핑백을 펴 그 안에 그녀의 벗은 몸을 끼워 넣었다.

"아니면 내가 견딜 수 없을 테니."

그는 랜턴을 들고 자신의 슬리핑백으로 걸어갔다.

그녀가 잠들기까지는 한참이 걸렸다. 벌거벗은 몸에 슬리핑백의 안감이 관능적으로 마찰되었다. 여전히 몸이 화끈거리고 있었다.

불에 데인 사람처럼 화들짝 놀라며 그녀는 재빨리 자신에게 각인시켰다. 그를 다시 원하는 건 아니라고. 그녀는 끔찍한 실수를 했다. 이런 일이 생기게 하지 말았어야 했다. 장벽이 걷혀 버렸고 그녀는 더 이상 안전한 느낌이 들지 않았다.

혼란스럽고 외롭고 상처받기 쉬운 느낌이었다. 그리고 살아 있는 느낌이었다.

새벽부터 눈보라가 치기 시작했다. 정오쯤 케이틀린과 알렉스가 산에서 내려왔을 때 지프 차 위에는 살짝 눈이 덮여 있었다.

그 옆에 주차된 또 다른 지프차 위에 케말이 발을 흔들며 앉아 있었다. 그가 가볍게 땅으로 뛰어내렸다.

"아, 드디어 내려오셨군요. 당신들을 뒤쫓아가야 할지 고민하고 있었다니까요. 내 수고를 덜어 주어서 다행이에요."

"여기서 뭐하는 거야, 케말?"

"전화를 하지 않았잖아요. 그래서 당신들을 구출하러 왔지요. 고래고래 고함치는 미치광이는 누구죠? 그자가 당신들을 죽여서 시체를 먹었을까 봐 걱정했다구요."

"그를 풀어 주었나?"

"내가 바보인 줄 알아요?"

"여긴 왜 온 거지?"

알렉스가 배낭을 풀어내며 다시 물었다.

"날 믿지 못하는 건가요? 내가 그 집의 편안함을 포기하고 수천 킬로미터의 먼지투성이 길을 여행해 이 끔찍한 눈보라를 맞았는데도?"

그가 뒷주머니에서 신문 한 장을 꺼내 알렉스에게 건넸다.

"당신이 이걸 봐야 할 것 같아서요. 어제 크라코가 유럽 공동체를 지지하고 각국의 힘있는 자들을 모임에 초대했다구요. 이스탄불의 스워즈가에서."

"그럼 당신 생각이 맞았군요, 알렉스."

케말이 고개를 끄덕였다.

"또 블랙 메디나가 그 행사가 개최되면 보복할 우려가 있다는 말도 있죠. 레드포드는 그들 모두에게 참석하든지 그렇지 않으면 테러리스트들에게 굴복하든지 하라는 짐을 씌운 거예요."

알렉스가 케말을 쳐다보며 말했다.

"크라코는 그 모임이 열리는 효과에 대해 성명을 발표하면서, 만약 저명하신 손님들이 참석하지 않기로 결정한다 해도 이해한다고 했겠지?"

"정확해요."

"그건 그 모임에서 무슨 일이 생긴다 해도 크라코의 책임은 아니라는 의미지. 어차피 그는 물러나 있으라고 발표했으니까."

"그럼 블랙 메디나가 모임을 공격할 거라고 생각하나요?"

케말이 물었다.

"자네 생각은 어떤가? 그 모임에서 몇 명이 죽게 되면 유럽 전체가 공포에 빠지겠지."

"그리고 크라코가 권력을 잡을 기회가 더욱 많아지는 거죠."

케이틀린이 중얼거렸다.

케말이 인상을 찡그렸다.

"그건 내가 일하러 가야 한다는 뜻이겠군요. 내일 하만에게서 그 궁전을 지켜보는 일을 넘겨받아야겠어요. 하지만 이런 희생을 하는 나에게 매일밤 저녁 식사에 초대해 준다고 약속해야만 해요, 바퀴벌레들에게서 날 구해 줘야지요. 그날의 보고를 하고 내가 노래도 불러 주고……."

알렉스가 중단시켰다.

"그 집이 열리면, 들어가서 둘러보라구."

"뭘 찾아야 하는 건가요?"

"그림들과 조각들. 거기 있으리라고는 생각지 않지만, 확인은 해봐야지."

"내가 확인해 볼게요. 그리고 공항에 있는 친구에게 전화해서 레드포드가 오는지 감시하라고 해야겠어요."

"일단 그 집을 지켜보게 되면, 자네가 다시 집에 들르지 않았으면 좋겠어."

케말의 얼굴이 실망으로 흐려졌다.

"안 된다구요?"

"왜 안 되는 거죠?"

케이틀린이 물었다.

"난 이해해요. 고양이가 쥐구멍을 지켜보는 동안, 다른 쥐가 고양이를 지켜볼까 봐 걱정인 거죠. 내가 그들을 당신에게 끌고 가는 걸 원치 않는 거예요."

케말이 어깨를 으쓱이고 경쾌하게 손짓했다.

"조심해야 한다는 건 맞아요. 그가 알아채지 못하는 건, 내가 고양이 정도가 아닌 호랑이라는 점이죠. 난 한 입에 모든 쥐를 먹어삼킬 수 있다구요.”

“약간 잔혹하게 들리는군. 복통이 생길 거라는 점은 말할 것도 없겠고. 자네 행동은 그 쥐구멍을 지켜보는 일로 한정시켜. 우린 매일 저녁 해질 녘 터번 가게 거리의 시장에서 만나기로 하지.”

“그렇게 주장하신다면요. 내 바퀴벌레들은 어차피 외로워지겠군요.”

케말이 한숨을 쉬었다. 그는 산을 쳐다보았다가 다시 케이틀린의 얼굴로 시선을 옮겼다.

“성공하셨나요?”

케이틀린이 환하게 미소지었다.

“기대했던 것 이상이야.”

“잘됐군요.”

그가 그녀의 얼굴을 관찰하다가 다시 미소지었다.

“네, 아주 좋아요. 당신의 긴장이 훨씬 더 풀어졌어요.”

그녀가 얼굴을 붉히며 눈을 내리깔고는 배낭을 풀기 시작했다.

“시엥 미엥?”

“천리안.”

그가 자신의 지프로 걸어가 운전석에 올라탔다.

“집에서 다시 만나자구요. 집을 지키는 그런 단조로운 일에 희생하기로 했으니까, 오늘밤은 내가 하고 싶은 대로 다 하게 내버려 둬야 해요.”

그가 시동을 걸고 후진했다.

“그나저나 알렉스, 이 지프 빌린 값과 내 불편함의 대가를 청구해야 한다는 건 알고 계시겠죠?”

“청구서가 날아오겠군.”

“엄청난 액수죠. 의협적인 일은 싸구려가 아니잖아요.”

그가 지프를 돌려 눈가루와 잿빛 먼지를 일으키며 달려나갔다.

케이틀린은 차 뒤의 바닥에 조심스레 서판들이 담긴 배낭을 내려놓았다.

“이제 시작인 모양이죠?”

알렉스가 천천히 고개를 끄덕였다.

"당신을 이 일에서 빼내고 싶어."

"난 갈 데가 아무 데도 없어요."

"빌어먹을!"

그의 어투가 너무나 난폭해서 그녀는 놀라며 시선을 들었다.

"대체 왜 그러는 거요? 당신에게는 여전히 뿌리가 있잖소. 제발 거기에 매달리라구. 바사로는 당신의 일부요. 그게 부서지고 불에 타버리긴 했지만, 아직도 당신의 일부지. 뿌리 없이 살 수는 없소."

"당신은 살잖아요."

"난 그런 걸 가져본 적이 없기 때문이오. 당신은 달라, 당신은……."

그가 갑자기 차 안에 배낭을 던져넣었다.

"이스탄불로 돌아갑시다."

케이틀린이 차에 올라탔다.

"압둘 카스미나는 어떻게 하죠?"

"내가 어떻게 당신의 그 자비로움을 잊었을까? 그를 데려가서 우리와 같이 살게 하지 않는다 해도 괜찮겠소?"

그가 차를 후진하여 방향을 돌렸다.

"옆마을에 들러서 그 자식에 대해 경찰에 알릴 거요. 문자 해독에 속도를 낼 수 있는 방법을 생각해 봤는데, 국가 안전국에 편지뿐만 아니라 부호까지 해독하는 새 컴퓨터가 있소. 아직 기밀에 속하지만, 조나단에게 손을 써서 보내 줄 수 있을지 물어 봐야겠소. 다른 방법으로 그 문자를 알아내려면 몇 년이 걸릴지 모르오."

"그걸 어떻게 사용하는지도 모르는 걸요."

"내가 전에 암호 컴퓨터를 만져 본 적이 있소. 내가 가르쳐 주겠소."

그는 그녀를 쳐다보지 않았다.

"그 일을 대신 맡으려는 게 아니오. 그냥 제안하는 거요."

그 기계가 문자 해독을 도울 수 있다면, 그걸 거절할 바보는 아니었다. 그 서판들과 케말이 전해 준 뉴스가 아무 관련이 없음에도, 그의 말은 시간이 다 돼가고 있다는 느낌을 전해 주었다. 그녀가 형식적으로 대꾸했다.

"고마워요. 그 컴퓨터를 얻어준다면 고맙겠어요."

"집에 도착하는 대로 조나단에게 전화하겠소. 그가 손을 쓰는 데 시간
이 걸릴 수도 있으니까."

페레조는 전에도 그 남자를 본 적이 있었다. 스워즈가 저택 맞은편의
가게 벽돌에서 그가 천천히 몸을 일으켜 세웠다.

그 곱슬머리의 남자가 트럭 옆에 서 있는 나이 든 남자에게 웃음기 섞
인 농담을 건네고 안뜰을 가로지르는 모습을 지켜보았다. 남자라기보다
는 소년에 가까운 듯 보였다. 그가 입술을 오므리고 브루스 스프링스틴
의 노래를 흥얼거리기 시작했다. '눈부신 시간' 혹은 '눈부신 시절' 그 비
슷한 노래였다. 그는 연못 옆에서 잠깐 멈춰 어깨 위의 작은 테이블을 더
안전하게 균형잡은 다음 저택의 현관문까지 여유롭게 걸어갔다.

그래, 페레조는 전에 그를 본 적이 있었다. 잊어버리기에는 너무나 기
억할 만한 얼굴이었다.

이틀 전, 저택으로 이어진 거리의 커피 하우스 문 앞에서 그 거만한 녀
석을 보았었다. 그리고 오늘은 레드포드가 일년 전 이 집을 사면서 짐들
을 쌓아놓았던 창고에서 가구를 옮기고 있었다.

우연의 일치일까?

페레조는 우연의 일치를 믿지 않았다.

그가 다시 벽에 등을 기대고 가슴 위로 팔짱을 꼈다. 오늘은 감시를 그
만 둘 참이었지만, 이제 그 남자가 밖으로 나오기를 기다릴 작정이었다.

"터키 남자들은 왜 영화에 나오는 것 같은 터키 모자를 쓰지 않나요?"

천막 매점을 지나는 사람들을 지켜보며 케이틀린이 알렉스에게 물었
다.

"처음 터키에 왔을 때, 난 탁발승들과 베일을 쓴 여자들이 있을 거라
고 생각했거든요."

"터키 모자는 터키가 아시아 대신 유럽을 모범으로 삼기 시작했던

1926년에 폐지되었소. 탁발승들도 사라졌지.”

그가 사람들 속에서 케말을 찾아 둘러보았다.

“그리고 도시에 사는 터키 여자들은 세계에서 가장 자유분방한 쪽이지. 시골에나 가야 베일을 쓰고 복종하는 여자들을 찾을 수 있을 거요.”

“도시 생활이 좋은 거로군요.”

그녀는 자신이 만지고 있던 아름답게 수놓아진 벨벳을 내려다보았다.

“지금쯤은 케말이 왔어야 하는데.”

“겨우 십오 분 늦는 거요. 짐꾼들과 같이 창고까지 갔다와야 한다고 했소.”

“그 예술 작품들이 왜 그 저택에 있을 거라고 생각지 않는 건가요?”

“유럽 밖으로 그것들을 옮긴다는 건 이치에 맞소. 하지만 레드포드는 절대 경비도 없는 집에 남겨 두지 않았을 거요.”

“그럼 이스탄불 다른 곳 어디엔가 있겠군요.”

“레드포드가 나타나면 알게 되겠지.”

그가 그녀의 손에 들린 포도주색 벨벳을 가리켰다.

“그거 마음에 드는 거요?”

“아주 아름다워요.”

“내가 사주겠소.”

그가 막사 뒤의 턱수염을 한 상인에게 돌아섰다.

그녀의 손이 거기서 즉시 떨어졌다.

“아뇨, 사양하겠어요.”

“맙소사, 그건 천조각에 불과하오. 당신에게 무언가 주고 싶소.”

“왜요?”

“난 당신에게 무엇이든 줄 필요가 있소. 그게 그렇게나 이상한가? 내가 당신에게서 얼마나……..”

그녀가 그의 말을 가로막았다.

“저기 케말이 와요. 아주 기분 좋아 보이는군요.”

“그게 뭐가 특이하겠소? 케말이 수줍고 소심해 보인다면 더 특이한 일이지.”

"당신이 그를 좋아한다는 거 알아요."

"그도 내가 자기를 좋아한다는 걸 알고 있소. 그 망나니는 나무에 있는 새들이라도 끌어들일 수 있다고 생각하지."

"그럴까요?"

알렉스가 마지못해 미소지었다.

"그의 생각이 맞소."

"입이 귀까지 찢어졌는 걸요. 오, 맙소사!"

그녀의 표정을 보며 알렉스의 몸이 경직되었다.

"무슨 일이오?"

"그 뒤에, 그 뒤 사람들 속에."

케이틀린은 입술이 굳어 버려 말이 제대로 나오지 않았다. 알렉스가 빙글 돌아, 시장에 우글거리는 사람들 사이를 훑어보았다.

"난 잘……."

"확실해요, 그자가 거기 있었어요. 장담해요. 당신이 보여 주었던 사진, 페레조예요!"

다음 순간 눈과 귀와 촉각이 모두 흐릿해졌다. 권총의 금속성 번득임이 그녀의 머리를 곧바로 겨냥했다.

"안 돼!"

알렉스가 그녀를 밀쳐 바닥으로 굴렀다. 그들이 천막 매점에 부딪쳐 공단과 실크 묶음들이 수레에서 굴러 떨어지자 상인이 비명을 질렀다.

총소리가 시장 전체에 울려퍼졌다.

부드러운 살갗에 닿는 둔탁한 금속의 느낌. 고통스런 신음과 함께 알렉스가 그녀의 위로 쓰러졌다. 사방으로 달아나는 사람들의 비명소리, 따뜻한 피. 그녀의 피는 아니었다. 알렉스의 피!

공포가 밀려들었다. 알렉스의 피가…… 관자놀이에서 뿜어나오고 있다. 페레조의 모습은 볼 수 없었지만, 그건 중요한 게 아니었다.

케이틀린은 미친 듯이 알렉스의 축 늘어진 사지를 천막의 구석으로 끌어당겼다. 턱수염 달린 상인이 땅에서 웅크리고 있다가 그녀에게 소리를 지르기 시작했다.

“닥쳐요. 지금 이 사람⋯⋯.”

그 상인을 옆으로 밀치며 난폭하게 소리지르다가 소용없다는 걸 알았다. 이 남자는 그녀의 말을 이해할 수 없다. 그를 무시한 채 알렉스의 머리를 가슴에 끌어안았다. 아직 살아 있을까? 마을로 차를 몰고 가면서 어머니를 이런 식으로 안고 있었는데. 어머니의 관자놀이에 총탄 자국이⋯⋯.

“케이틀린!”

케말의 목소리.

“여기야. 조심해, 케말.”

“그놈은 갔어요. 당신을 쏜 직후에 달아났어요.”

케말이 그녀의 옆에 무릎을 꿇고 알렉스를 쳐다보았다.

“죽었어요?”

“모르겠어.”

그녀는 더듬더듬 땅에 흩어져 내린 천 한 자락을 끌어당겨 알렉스의 관자놀이를 닦기 시작했다.

“피가 너무나 많이 나.”

상인이 다시 무어라 소리를 지르자, 케말이 고개를 돌려 터키어로 고함을 쳤다. 그 남자의 눈이 분개한 듯 커졌지만, 일어서서 걸어가 버렸다.

“맥밀란⋯⋯ 경찰은 안 돼.”

케이틀린의 시선이 알렉스의 얼굴로 날아갔다. 그의 눈이 열리더니 입술로 무슨 말인가 내뱉었다. 그녀가 더욱 가까이 고개를 숙였다.

“맥밀란. 의사⋯⋯ 그에게 말해⋯⋯ 페레조.”

알렉스는 눈이 감기는 순간 의식을 잃었다. 의식은 없지만 살아 있다! 너무나 큰 안도감에 케이틀린은 머리가 어지러울 지경이었다.

“곧 경찰이 올 거예요. 그를 옮겨야 할까요?”

케말이 다급하게 물었다.

총알이 스치긴 했지만, 그래도 그를 움직이는 건 위험할지 모른다. 어떻게 해야 한단 말인가? 하지만 알렉스가 경찰은 안 된다고 했다.

“당신이 안을 수 있겠어?”

"그럼요. 난 아주 힘이 세거든요."

알렉스의 늘어진 몸뚱이를 팔에 안으며 그의 허세는 완전히 사라졌다.

"당신이 앞장서서 경찰이 오는지 살펴봐요. 일단 시장에서 벗어나면, 안전한 길을 가르쳐 줄게요. 집으로 갈까요?"

케이틀린은 케말이 힘겹게 일어나는 모습을 지켜보았다.

"다른 곳이 어디 있겠어?"

콴티코에 네 번의 전화를 걸고 나서야 마침내 로드 맥밀란과 통화를 할 수 있었다. 그가 전화를 받자, 케이틀린은 시간을 낭비하지 않았다.

"알렉스 카라조브가 총에 맞았어요."

상대편에서 잠시 침묵이 흘렀다.

"죽었소?"

"아뇨, 하지만 진료를 받아야 해요. 그리고 그는 경찰이 개입되는 걸 원치 않아요."

"아직 이스탄불이오?"

"그래요."

그녀가 간단하게 일어난 일을 설명했다.

"그가 페레조라고 말하랬어요."

"거기 주소를 알려주시오."

그녀가 집의 위치와 주소를 알려주었다.

"사십오 분 내로 사람을 보내겠소. 당신이 케이틀린 바사로요?"

"네."

"그에게서 떨어지시오."

그녀의 손이 수화기를 움켜잡았다.

"뭐라구요?"

"처음에는 바사로가 난장판이 되고 지금은 이런 일이 생겼소. 당신이 목표요. 카라조브가 당신 옆에 있는 걸 원치 않는다구, 제기랄."

케이틀린은 아무 대꾸 없이 전화를 끊었다.

"누가 온대요? 그는 아직 의식불명이에요."

케말이 알렉스의 침실에서 대야를 갖고 나왔다.

"곧 사람을 보내 준다고 했어."

"잘됐군요. 그놈은 레드포드의 부하인가요?"

"그래, 이름은 페레조야. 그가…… 내 어머니와 피터 마스코블을 죽인 것 같아."

"그럼 그 사진 속의 예쁜 여자를 쏜 것도?"

케이틀린이 고개를 끄덕였다.

"나쁜 놈이군요."

케말이 대야를 부엌으로 가져가 핏물을 싱크대에 버렸다.

"내 잘못이에요. 그놈이 나를 쫓아온 거예요."

"어떻게든 우리를 찾아냈을 거야."

케말은 머리를 저었다.

"내가 충분히 조심하지 않았어요. 미행당한다는 것조차 알아채지 못하다니. 어쩌면 난 항상 생각했던 대로 대단하지 않은가 봐요. 냉정한 깨달음이군요."

"누구나 실수는 하는 법이야."

"이런 실수는 아니죠."

그의 표정은 그답지 않게 심각했다.

"당신이 죽을 수도 있었어요. 알렉스는 거의 죽을 뻔했고. 미안해요, 케이틀린."

"됐어, 이제 다시 바로잡으면 돼."

그가 뒤틀린 미소를 지었다.

"당신은 너무 관대해요."

그 말에 그녀는 문득 알렉스에게 관대하지 못했음을 깨달았다. 그에게 바사로에서 생긴 일이 자신의 탓이라고 말했지만, 마음속으로는 진실로 그렇게 받아들일 수가 없었다, 혼자만 죄책감을 끌어안는 걸 견딜 수 없기 때문이었다.

'난 당신에게 무어라도 줄 필요가 있소.'

페레조를 발견하기 직전에 했던 알렉스의 말. 그래, 그는 그녀에게 무언가를 주었다. 그녀를 구하려 했기 때문에 생명을 내어줄 뻔했고, 여전히 죽을 가능성이 있다.

"아니야. 틀렸어. 난 전혀 관대하지가 않아."

그녀는 힘없이 알렉스의 침실로 들어갔다.

다음날 새벽 4시까지 알렉스는 깨어나지 않았다. 그의 침대 옆 의자에서 졸고 있던 케이틀린이 화들짝 깨어났다. 알렉스가 파란 눈동자를 반짝이며 그녀를 응시하고 있었다.

"안녕."

남은 잠을 몰아내려고 그녀가 머리를 흔들었다.

"당신은 괜찮아질 거예요. 총알이 스치기만 했대요. 그걸로도 충분히 심각하지만요. 의사는 망치로 두들겨 맞은 것과 비슷할 거라고 하더군요. 충격을 받았으니 다음 한 주 동안은 침대에 누워 있어야 해요."

"페레조는?"

"총을 쏜 후에 사람들 속으로 사라져 버렸어요."

"맥밀란에게 말했소?"

"네. 그가 의사를 보내 주었어요."

그가 희미하게 미소지었다.

"최대한 빨리 움직였겠군."

"그가 나더러 당신에게서 떨어지라고 하더군요."

그의 미소가 사라졌다.

"웃기는군. 신경 쓰지 마시오. 지금은 당신을 보내 줄 수 없소. 안전하지가 않아. 이 일이 다 끝날 때까지 여기 있어야 하오."

그녀가 잠시 조용히 있다가 입을 열었다.

"기분은 어때요?"

"머리가 터질 것 같소."

"거의 그럴 뻔했어요. 계속 어머니 생각이……."

그는 한참을 아무 말도 하지 않았다.

"아침에 조나단에게 전화를 거시오. 오늘밤 일에 대해서는 아무 말 말고, 유럽 공동체의 회담에서 레드포드가 나설 것 같다고 말하시오. 그를 잡을 수 있을 거라고. 거기에서 그의 도움이 필요할 수도 있소. 그리고 당신은 한동안 이 집에서 나가지 마시오.”

“언제까지요?”

“맥밀란에게 페레조를 처리할 시간을 주어야지.”

페레조를 처리한다고? 아, 맥밀란에게 페레조를 죽일 시간을 준다는 뜻이었다. 그 잔인한 말에 그녀는 몸서리가 쳐졌다.

그녀의 혐오감을 느꼈는지, 그가 감았던 눈을 떴다.

“필요한 일이오. 그는 다시 시도할 거요.”

“반대하는 게 아니에요. 세상은 페레조 없이도 잘 돌아갈 거예요.”

알렉스의 얼굴에 놀라움이 스쳤다가 힘없는 미소가 떠올랐다.

“당신도 결국 나의 세상에 자리를 만든 것 같소.”

그의 눈이 다시 감기고, 얼마 지나지 않아 그는 깊은 잠으로 빠져들었다.

케이틀린은 의자에 등을 기대고 그의 얼굴을 들여다보았다.

그의 세상. 그녀의 세상. 두 가지가 점점 하나로 융화되는 듯했다. 그녀는 자신이 어디에 속했는지 더 이상 알 수가 없었다. 어머니의 죽음 후의 고립된 상태에서는 절대적으로 확실했던 것이 이제는 뿌연 안개와도 같이 흐려졌다. 그녀는 이제 알렉스가 처음 바사로에서 만났던 순진한 여자가 아니었다. 하지만 언덕 위에서 바사로의 폐허를 내려다보았던 여자와도 같지 않았다. 그녀는 점점 변해 가고 있다.

제기랄, 자신이 어떻게 되어 가는지 알 수가 없었다. 혼란스럽고 어지러운 감정 상태. 그 감정들이 변형되었을 때 과연 어떤 것들이 나올지는 신만이 아시리라.

하지만 시장 바닥에 누운 알렉스를 보았을 때 한 가지 분명한 진실을 깨달은 것이 있었다, 이제 똑바로 마주 보고 붙잡아야만 하는 진실을.

16

"침대에서 나오면 안 돼요."

침실 앞에서 완전히 옷을 차려입은 알렉스를 보고는, 케이틀린이 잡지에서 눈을 들어올렸다.

"의사가 일주일 동안 쉬라고 했던 말이에요. 겨우 사 일밖에 안 되었어요."

"충분히 괜찮아졌소. 이제 일 분도 그 빌어먹을 침대에 누워 있을 수 없소."

그가 거실을 가로질러 그녀에게 다가왔다.

"뭘 읽고 있소?"

"뉴스위크, 크라코에 대한 기사가 났어요."

"일기는 어쩌고?"

"그건 벌써 네 번이나 읽었는 걸요. 생각할 시간이 필요해요. 케말이 국제 서점에서 책과 잡지들을 듬뿍 사다 주었어요."

알렉스가 잡지 한 권을 집으려고 몸을 숙였다. 방안으로 들어오는 늦은 오후의 햇살이 그의 까만 머리 위에서 반짝이며, 관자놀이의 눈부시게 하얀 반창고를 드러내었다.

"읽으면 안 돼요. 그것도 의사의 지시사항에 위배돼요."

"말도 안 돼."

그가 테이블 위의 잡지들을 모두 모아들였다.

"가만히 누워서 빈둥거릴 수는 없소. 이것들을 가져가서 읽어 볼 거요."

"안 돼요. 내일쯤은 될지 모르죠. 내일 아침에 의사 선생님이 오실 테니, 책을 읽어도 될지 여쭈어 볼게요."

그녀가 벌떡 일어나 잡지들을 빼앗자, 그의 얼굴이 험상궂게 일그러졌다.

"조나단에게 전화해 봐야겠군. 그 빌어먹을 기계가 지금쯤은 도착했어야 한다구."

"그건 도착했어요. 케말이 이틀 전에 가져왔죠. 서재에 놓아두었어요."

"왜 말하지 않았소?"

"당신이 당장 일어나려 할 줄 알았으니까요. 자, 이제 앉으세요. 차 한잔 드릴게요."

그녀가 부엌으로 들어갔다.

"차를 마시고 나서 침대로 돌아가세요."

"이 정도 상처는 아무것도 아니오. 스페츠나츠에서 같으면 반나절 이상 누워 있지도 못했을 거요."

"그렇다면 그들은 모두 대단한 멍청이들이군요."

알렉스가 여전히 그녀를 쳐다보고 서 있었다.

"좀 앉으시겠어요? 당신은 지금 그 군인 친구들하고 누가 더 남자다운지 겨루고 있는 게 아니에요. 상식이 조금이라도 있을 법한 지성인이라구요."

그의 얼굴에 놀라움이 스치더니 어쩔 수 없이 미소지으며 안락의자에 내려앉았다.

"조금은 낫군요."

그녀가 차를 만들었다.

"왜 스페츠나츠에 있었나요?"

"아버지가 원하셨소."

"당신이 군대에 있는 건 낭비라는 걸 아셨을 텐데요."

그는 대답하지 않았다. 그녀가 고개를 들었을 때, 그는 그녀를 유심히 응시하고 있었다. 그가 천천히 말했다.

"당신 달라졌군. 변했소."

"내가요?"

그녀가 찻잔을 쟁반에 올려 커피 테이블로 가지고 왔다.

"당신 아버지는 왜 당신을 군인으로 만들고 싶어하셨나요?"

"그분은 평생 군인이셨소. 다른 직업의 인간은 쓸모가 없었지. 그런데 당신에게서 날카로움이 사라졌소. 나에게 모질게 굴지 않는군."

그녀는 그를 쳐다보기만 했다.

"왜지?"

"내가 바사로 일로 당신을 비난하고 있었다는 걸 깨달았어요."

"그건 당연한 거요."

그녀가 고개를 저었다.

"깨끗이 용서하는 거요?"

"아주 깨끗하게."

그가 잔을 들어 차를 마시는 동안, 그들 간에는 침묵이 깔렸다.

"현재가 너무 바빠서 과거를 기억하지 못하게 될 거요."

그가 잔을 내려놓고 의자에 등을 기대며 앞으로 다리를 쭉 뻗었다. 갑자기 알렉스는 생생하게 살아났다. 불안함과 우울함이 모두 사라지고 완전한 자신감이 넘쳐흘렀다. 케이틀린을 불안하게 만드는 자신감이었다.

"차 다 마셨으면 침대로 돌아가세요."

"조금 있다가."

"벌써 어두워지네요. 불을 켜는 게 좋겠어요."

"그냥 놔두시오. 아직 어둡지 않은걸."

그랬다, 방안에는 친밀감을 형성하는 어스름뿐이었다. 황금빛이 부드럽게 스며들었다.

"왜 스페츠나츠였나요?"

"다시 그 얘기로 돌아가는 거요?"

그가 어깨를 으쓱했다.

"그들은 정예 부대였소. 난 아버지가 날 자랑스럽게 여기길 바랐소."

"그렇게 여기셨나요?"

"그렇소, 한동안은. 스페츠나츠에 아들을 둔 것은 그분의 자랑거리였지. 그때 KGB가 와서 날 모스크바로 데려갔소. 아버지의 눈에 나로 인한 영광이 없어져 버렸지. 그래서 그분은 연락을 끊어 버렸소."

그의 어조에는 아무 감정도 들어 있지 않았다.

"상처받으셨나요?"

"기억나지 않소. 그 당시에는 상처받고 화가 났던 것 같소. 끝이 어떨지 알았어야 했지. 그분은 학교에서 날 데려올 때부터 나에게 기대하는 바를 확실히 밝혔으니까."

"학교라니요?"

"난 공립 학교에 다녔소. 다섯 살 때 어머니가 돌아가셨지만, 그때부터 난 특이한 지적 잠재력을 나타내고 있었지. 그들은 관료들이 찾아올 때 앞에 내놓으려고 날 데리고 있었소. 열여섯 살 때 아버지가 돌아오셔서 그들은 날 포기할 수밖에 없었지. 그분은 날 러시아로 데리고 가셨소."

"그분과 같이 가고 싶으셨나요?"

"오, 그럼. 난 집과 가족에 대해 평범한 환상을 갖고 있었으니까."

"페이블은 어디서 만나셨어요?"

"스페츠나츠에서. 우린 함께 훈련을 받았소. 다른 질문에는 다 대답하겠지만, 페이블에 대해서는 얘기하지 않았으면 좋겠소."

"왜요?"

"난 그를 아꼈소. 내 친구였지. 내가 아끼던 사람에 대해 말하는 게 힘이 드오."

그가 재빨리 덧붙였다.

"다른 건 다 말해 주리다."

"내 질문에 다 대답할 필요 없어요."

"아니, 아니오. 당신이 그랬잖소, 당신에 대해 모든 걸 다 알고 있으니 나에게 부서지기 쉽다고. 난 공평해지려고 노력하는 거요. 그걸 이용해서 날 박살내려는 게 아니라는 걸 알거든. 또 뭘 알고 싶소?"

그녀가 고개를 저으며 일어섰다.

"내가 상관할 바 아니에요."

"언젠가 왜 러시아에서 망명해 왔냐고 물은 적이 있었지? 이용당하는 것이 지겨웠소. 미국에서라면 내 삶을 살 수 있을 거라 생각했지. 하지만 그렇게 되지 않았소. 단지 주인만이 바뀌었을 뿐이오."

알렉스가 현실 세계에서는 모든 사람이 다른 사람을 이용한다고 믿는 것도 이상할 것이 없었다. 그는 어린 시절부터 부모님, 학교, 정부에 의해 이용당해 왔다. 케이틀린은 그가 자신의 목적을 위해 그녀를 조종했다고 화를 냈었다. 하지만 바사로에 필요한 것을 얻기 위해 그녀 또한 그의 돈과 지성을 이용하지 않았던가?

그녀가 쟁반을 들고 부엌으로 가져갔다.

"침대로 가세요. 더 이상 말하면 안 돼요."

"당신 마음이 바뀌면 알려주시오."

"내 마음은 바뀌지 않을 거예요."

그가 두 개의 잡지를 들고 일어섰다.

"안 돼요, 그거 내려놔요."

그녀가 뒤를 돌아보자 그는 미소지으며 잡지를 내려놓았다.

"그냥 시험해 본 거요."

"케말이 이따가 들를 거예요. 그와 같이 카드놀이는 하셔도 돼요."

"당신이 지금 같이 해줄 수도 있잖소."

"싫어요, 케말을 기다리세요."

말 한 마디, 동작 하나하나에 그가 점점 가까이 느껴졌으므로, 그녀 자신이 물러서야만 했다.

제기랄, 그녀를 향한 그의 느낌이 갈망과 의무감뿐인지 아니면 더한 것이 있는지조차 알 수가 없었다.

그가 유심히 그녀를 살펴보았다. 그녀는 방안에 어둠이 짙어진 것이 다행스러웠다. 표정이 보이지 않을 것이다.

"기다리겠소."

부드러운 목소리로 대답하고는 그가 돌아섰다.

그리고 그 말이 케말을 기다린다는 뜻이 아님을 그녀는 알았다.

케말이 카드 한 장을 내놓으며 유쾌하게 미소지었다.

"와, 내가 또 당신을 박살낼 것 같은데요. 지금 그만 두는 게 좋을 거예요."

"계속할 거야."

알렉스가 자신의 손을 내려다보았다.

"아까 저녁 때 페레조가 더 이상 위협이 되지 않는지 확인하려고 맥밀란에게 전화했었어."

케말이 스페이드 2를 버렸다.

"그 매력적인 맥밀란은 어떻던가요?"

"당황하더군."

"그게 상상력이 부족한 자들의 운명이죠."

"내가 총에 맞은 날 밤, 페레조는 자기 호텔방에서 살해당했어."

"그게 당신이 원하던 거 아니었나요? 이제 케이틀린은 안전해요."

"맥밀란의 부하가 한 짓이 아니야."

"아니라구요?"

"누가 했는지 알아내야겠어."

"그게 무슨 소용인가요?"

"새로운 요소가 등장하는 건 별로 달갑지가 않아."

케말이 킥킥거리며 머리를 흔들었다.

"내가 했어요."

알렉스의 몸이 굳어졌다.

"자네가 페레조를 죽였어?"

케말은 어깨를 으쓱해 보였다.

"맥밀란의 부하가 재빨리 행동하지 않을까 봐 걱정했거든요."

"그게 전부는 아니었겠지."

"그놈은 당신들을 찾으려고 날 이용했어요. 난 이용당하는 걸 싫어해요. 당신도 나와 똑같을 것 같은데요?"

알렉스는 잠시 말이 없었다.

"그래."

그의 시선이 다시 카드로 내려갔다.

"스스로 한몫 챙겼군. 맥밀란이 불쾌해 할지도 몰라. 그자는 쇼하는 걸 좋아하거든."

"동떨어진 문제였잖아요. 다시는 그런 일 없을 거예요. 난 죽이는 걸 좋아하지 않아요. 온화한 영혼을 가졌거든요."

그가 세 장의 킹을 펼쳐 보였다.

"싸워 보시죠."

알렉스가 손을 들었다.

"호랑이처럼 온화하군."

"필요할 때만요."

케말의 표정이 갑자기 진지해졌다.

"우리 중 야만적 기질이 없는 사람은 없어요. 우린 매일 증오할지 사랑할지, 선이냐 악이냐를 선택해야만 해요."

"그럼 자넨 어느 쪽이지?"

"얼마나 걸려 있는가에 따라 다르죠. 때때로 우린 선이 되길 원하지만 타협을 해야만 해요."

"그럼 페레조는 타협이었나?"

"아뇨, 타협은 필요치 않았어요. 그는 날 이용했고, 내 친구를 다치게 했어요."

카드를 쥐고 있던 알렉스의 손에 힘이 들어갔다.

"친구?"

"당신은 내 친구예요. 그걸 몰랐나요?"

알렉스는 말없이 그를 응시했다.

"대답할 필요 없어요. 그게 당신에겐 어렵다는 걸 아니까요."

"나에게 뭐가 어렵다는 거지?"

"친구로 인정할 만큼 누군가를 믿는 것. 나도 그런 문제를 갖고 있어요."

케말의 까만 눈동자가 갑자기 장난스레 반짝였다.

"물론, 세상의 모든 사람이 나처럼 놀라운 자질을 가진 친구를 무척이나 갖고 싶어한다는 걸 알죠. 그게 위안이 되지요."

"놀라운은 내가 사용할 단어가 아닌걸."

"매혹적이고, 눈부시고 천재적이다?"

"여전히 아닌걸."

"잘생기고, 재능 있고, 예술……."

"더 이상은 견딜 수 없군. 갑자기 숨이 탁탁 막히는 것 같아."

"난 정직하게 말할 뿐이에요. 하지만 당신은 나에게 정직한가요?"

"자네의 놀라운 자질에 대해서?"

"아뇨."

케말이 앞에 놓인 카드판을 손짓했다.

"내가 마지막 세 번을 다 이겼어요. 당신은 기억력이 대단히 뛰어나니까, 어떤 카드가 나올지 다 기억하고 있었을 거예요. 날 이기게 해준 건가요?"

"아니. 기억력이 대단한 재능이긴 하지만, 난 그걸 차단하는 법을 배웠어."

"왜요?"

"게임이 더 흥미로워지니까. 경쟁하는 게 아니잖아."

케말이 마냥 앉아서 그를 쳐다보며 의미심장하게 미소지었다.

알렉스가 시선을 들고 씨익 웃었다.

"게다가 그건 일종의 친구를 만드는 방법이지."

"일어나, 케이틀린."

침대에 일어나 앉으며, 케이틀린의 심장은 거칠게 두근거렸다. 램프의 불빛이 문가에 선 알렉스의 실루엣을 드러내었다.

"왜 그래요? 레드포드가?"

"아니, 별일은 아니오. 그냥 잠이 오질 않아서 당신과 얘기를 해야겠다고 결심했소. 당신에게 보여 주고 싶은 게 있어서."

그녀가 테이블 위의 시계를 힐끗 보았다.

"새벽 네 시 삼십 분에?"

"옷 입고 나오겠소?"

케이틀린이 졸린 눈을 비볐다.

"기다릴 수 없어요? 중요한 일이에요?"

"나에겐 그렇소."

잠시 망설이다가 그녀가 이불을 젖혔다.

"십오 분만 기다리세요."

"바사로에 대해 말하고 싶소. 우린 바사로를 재건해야 하오."

그의 목소리에 너무나 강렬한 떨림이 깃들어 있어, 케이틀린도 그에 응답하는 반응이 생기는 것 같았다.

"아주 희망적으로 들리는군요."

"희망이 있소, 케이틀린. 우린 다시 바사로를 살아나게 만들 수 있소."

"우리?"

"내가 당신을 돕겠소. 돕게 해주시오."

"난 당장은 바사로에 대해 생각하는 것만으로도 가슴이 아파요."

"좋아. 바사로에 대해서는 잊어버리시오. 향수에 대해 얘기해 봅시다."

"맙소사, 당신은 포기라는 걸 모르나요? 그 향수도 함께 사라져 버렸어요."

"난 포기할 수 없소, 제대로 만들기 전까지는."

"알렉스, 우린 십삼 개월분의 향수밖에 내놓을 수 없어요. 주문을 소화할 수 없다면 향수를 출시할 수 없는 거예요."

"우린 할 수 있소. 내가 생각해 보았는데 잘만 하면, 우린 바사로를 세계에서 가장 으뜸가는 향수로 만들 수가 있소."

"어떻게?"

"인간의 가장 근본적인 욕망을 자극하는 거요."

"어떤 거죠?"

알렉스가 씨익 웃었다.

"금지되거나 손에 넣을 수 없는 것을 소유하고자 하는 욕망. 세상에서 가장 매력적인 것들로 생각되는 게 뭐요? 다이아몬드, 에메랄드, 황금……. 수가 드물고 찾아내기 어려운 것들이지. 예술가들이 죽으면 왜 그 작품들이 더 가치 있어지는 걸까? 세상에 존재하는 그림이 우리가 가진 전부라는 걸 알기 때문이오."

케이틀린은 문득 호흡이 가빠지며, 어찌할 수 없이 그의 열정에 동화되는 느낌이었다.

"그러니까 우리에게 십삼 개월분밖에 없기 때문에……."

"우린 바싹 말라 버린 행성에 남은 단 한 방울의 물처럼 그 향수를 배급할 거요. 세계에서 선택된 가게 몇 곳에서만 그걸 팔 거요. 그걸 공급받으려고 야단들이 나겠지. 일 온스에 천 달러."

케이틀린의 눈이 충격으로 휘둥그래졌다.

"절대 팔리지 않을 거예요."

"신비감을 유지하기 위해 가격을 올려야만 하오. 날 믿어요, 효과가 있을 거요. 블랙 메디나가 바사로를 불태워 버린 걸 세상이 다 아는 지금, 돈을 긁어모으려는 계책이라고 생각할 사람은 아무도 없을 거요. 그 향수는 아주 조금밖에 없고 앞으로 몇 년간은 제공할 수가 없지. 십년 정도."

"십년간?"

"자크는 나무가 새로 자라나 향수의 성분이 되려면 칠 년 정도 걸릴 거라고 했소. 하지만 삼 년쯤 더 보태도 괜찮을 것 같소. 값을 내려 널리 퍼뜨리기 전에 사람들의 마음속에 바사로의 신비감을 확실히 심어 주는 거지. 그때쯤이면 모든 여자들이 세상에서 가장 소망하는 사치가 바로 바사로 향수를 한 병 갖는 것이 될 거요."

케이틀린은 그저 놀라울 뿐이었다.

"모든 걸 다 계획해 놓았군요."

"당신이 침대에 누워서 아무 일도 못하게 했잖소, 생각하는 수밖에. 우린 향수를 출시한 후 첼시와 같이 대대적인 광고를 전개할 거요. 하지만 조각상과 향수의 그 진귀함에 초점을 맞추게 될 거요. 그리고 그 후에는 광고를 아껴서 가장 최고 시간대에만 내보일 거요. 나라의 우두머리가 다른 대단한 지위의 사람에게 향수 일 온스를 선사하는 것도 좋은 생각일 것 같소. 프랑스의 가장 지위 높은 여성이 어디 보자, 엘리자베스 여왕에게. 왜 웃는 거요?"

"갑자기 엘리자베스 여왕이 불쌍해져서요."

케이틀린의 눈동자가 반짝거렸다.

"그 가엾은 여자가 어떻게든……. 선물로 제조법을 알려준다고 해도, 내 향수와 연결되고 싶어하지 않는다면 어쩌죠?"

알렉스가 씨익 웃었다.

"그녀가 원하는 것을 찾아서 그걸 주어야지."

"진짜로 향수를 출시할 생각이에요?"

그녀가 다시 진지해졌다.

"물론이오. 사실은, 광고 회사에 전화해서 다음달 삼 일까지 제작하라고 말해 놓았소. 우린 실제 향수가 아니라 하나의 개념을 파는 것이기 때문에……."

"만약 레드포드가 그 신호를 받고 나타난다면요?"

"그는 여기 있을 거요. 그렇게 될 거요, 케이틀린. 바사로의 회복, 출시, 모든 것. 내가 그렇게 되도록 만들 거요. 날 믿어 주겠소?"

그녀의 마음에 믿음이 생기기 시작했다. 희망이 자라나 뿌리를 박았다.

"당신을 믿기가 겁이 나요."

"날 믿어야 하오. 당신에게는 바사로와 당신의 향수가 필요해. 그 둘다 당신의 일부이니까."

"당신 머리는 온갖 것들로 가득 차 있다고 하더니 정말 그렇군요."

"당신과 바사로요. 그건 온갖 것이 아니오, 케이틀린."

"아니라구요?"

그 말들이 그녀에게 너무나 깊은 영향을 끼쳤다. 생각을 해보아야 했다, 그것이 그녀에게 어떤 의미일 수 있는지.

케이틀린이 서재문 앞에서 소리쳤다.
"점심 드세요."
"조금 있다가."
알렉스는 여전히 컴퓨터에 고개를 숙인 채였다.
"지금요. 당신은 이틀 동안 별로 먹지도 않고 잠도 거의 안 잤다구요.
다음은 내가 해볼게요."
"한 번만 더 해보고."
그녀가 성큼성큼 걸어와 그의 어깨를 꽉 잡았다.
"내가 할게요. 넘겨 주지 않으면 너무 심한 거라구요."
"맙소사, 내가 계속하고 있었잖소?"
그녀가 웃어댔다.
"그렇게 놀란 표정 짓지 말아요. 예상대로인 걸요. 그게 야수의 본성이
죠."
"그래서 싫다는 건가?"
"아뇨. 하지만 너무 과로해서 다시 간호하는 일이 생긴다면 싫어할 거
예요."
그는 당황스러운 표정이었다.
"왜 싫어하지 않지?"
그녀는 미소만 지으며 머리를 흔들었다.
"가서 좀 드세요."
"한 번만 더 해보고. 점점 근접해 가는 것 같거든."
그가 컴퓨터에 명령어를 쳐넣었다.
"프린터를 확인해 보시오."
그녀가 프린터에 나온 메시지를 확인했다.
"아직 쓰레기뿐이네요."
"빌어먹을."
그가 또 다른 명령어를 치고 나서 고개를 들었다.

“좋아, 당신이 하시오. 난 십 분 내로 돌아오겠소.”

컴퓨터 앞에 앉으며 케이틀린은 고개를 흔들며 웃었다.

서서히 그 미소가 잦아들며 그녀는 화면에 나온 복잡하게 얽힌 직선의 패턴들 속으로 빨려 들어갔다.

행운이 온 것은 새벽 세 시쯤이었다.

케이틀린이 알렉스를 돌아보았다.

“해냈어요. 이것 같아요.”

그가 의자에서 벌떡 일어났다.

“확실하오?”

“너무 겁이 나서 말을 못하겠어요. 프린터를 확인해 보세요.”

그녀가 명령어를 치고 숨을 죽이고 있을 때, 컴퓨터가 프린트를 시작했다.

“알렉스?”

그가 소리내어 읽었다.

“나, 샤다나의 안드로스가, 당신에게 인사하며…….”

케이틀린이 큰 소리를 외치며 벌떡 일어나 프린터로 달려왔다.

“우리가 해냈어요!”

알렉스가 그녀를 안아 빙글빙글 돌렸다.

“바로 맞았어.”

그에게서 몸을 빼내고, 그녀는 기계가 토해낸 말들을 훑어보았다.

나, 샤다나의 안드로스가 당신에게 인사하며, 누군가 내 글을 읽는 사람이 있음을 신께 감사하노라. 여기 앉아, 이 서판에 적힌 지식이 알려지기 전에 야만인들에 의해 세상이 멸망하지 않았는지 궁금해 하노라.

전투란 나처럼 그에 굴복한 자에게는 매혹적인 것이며, 야만인들은 윈드 댄서의 수호자들보다 훨씬 더 싸움을 좋아한다. 그들은 더 잘 싸우려 하기보다 단지 그걸 즐길 뿐이다.

어쩌면 샤다나의 위대한 치료사들은 우리 영혼의 난폭함을 부드럽게 한다는 그들의 주장보다 더 성공했는지도 모른다. 나는 가끔 우리의 사명감이 우리 안의 난폭함을 속죄하기보다 그 비밀을 보호하는 데 더 열심히라는 생각을 한다.

글을 쓸 시간이 많지 않으니, 당신의 목적에 충분할 말만 했노라.

난 학자가 아니므로 글을 쓰는 방법이 날 미친 듯이 몰아대는 좌절감처럼 조악할 것이다.

야만인들은 어째서 사브젠을 만들어 내지 않았을까?

"사브젠?"

"그는 윈드 댄서의 수호자들을 복수로 말하고 있소. 트로이에서 그의 탈출을 도운 파라디그니스가 윈드 댄서를 위탁한 수호자는 그뿐일 텐데, 그는 마치……."

말꼬리가 흐려지며, 알렉스의 시선이 가늘어졌다.

"그는 샤다나를 뺀 모든 세상을 야만인으로 간주한 것 같소. 하지만 그 당시 그리스, 트로이, 이집트의 더 문명화된 문화들을 알고 있었을 텐데……. 다음 서판을 풀어 봅시다."

"안 돼요!"

알렉스가 그녀를 돌아보자, 그녀는 고개를 저었다.

"이건 내가 생각한 것 이상이에요. 좀 생각해 보고 싶어요."

"이게 당신이 원하던 거잖소."

"내일."

"뭘 두려워하는 거요?"

확실히 말할 수는 없었지만, 안드로스의 말 중에서 무언가가 경고의 깃발을 흔들어대고 있었다.

"내일요."

"좋소. 내일 아침에 해봅시다."

그녀는 컴퓨터와 불을 끄고 알렉스와 같이 서재를 나섰다. 그녀는 두려움과 호기심 사이에서 갈피를 잡을 수 없었다.

샤다나의 치료자들은 누구였을까?

두 시간 후 알렉스는 케이틀린이 살그머니 침대에서 빠져 나가는 것을 느꼈다. 그녀는 너무 흥분해 잠을 잘 수 없을 거라는 우려대로, 계속 깨어 있었다. 그녀의 기분을 알 것 같았다. 그 또한 잠을 이룰 수 없었던 것이다. 그들이 풀어 가는 수수께끼는 너무나 매혹적이라 도저히 마음이 가라앉지 않았다.

하지만 그것은 케이틀린의 수수께끼였다. 그 답을 먼저 읽는 사람은 그녀가 되어야 한다. 나중에 그에게도 알려준다면 고마운 일이리라.

그는 애써 긴장을 풀며, 새벽까지 시간이 지나기만을 기다리고 누워 있었다.

그녀는 창문 옆 커다란 의자에 웅크리고 있었다. 아침 햇살이 유리창을 뚫고 케이틀린의 황갈색 머리에 황금빛을 던져주었다. 알렉스가 문가에 섰을 때, 케이틀린은 한 페이지를 다 읽고 의자 옆 바닥에 놓인 다른 종이들 위에 올려놓는 중이었다.

알렉스가 미소를 보냈다.

"기다릴 수 없었던 모양이군."

"잠을 자보려 했는데 그럴 수가 없었어요."

그녀의 시선이 미안한 듯 그의 얼굴로 올라갔다.

"당신을 밀어내려는 게 아니었어요. 그냥 알아야만 했어요. 그게 강박관념 같았다구요."

"밀려났다고 느끼지 않소. 그건 당신의 수수께끼잖소. 서판들을 다 풀었소?"

그가 그녀의 옆에 무릎을 꿇고 앉았다.

"처음 것만 빼고 다요. 그건 개인적인 얘기로 정보를 담고 있는 것 같지는 않아요."

케이틀린이 머리를 흔들었다.

"정말 믿을 수가 없어요, 알렉스."

“샤다나?”

“그래요, 그들은 내가 들어 본 적도, 읽어 본 적도 없는 그런 문화를 갖고 있었어요. 샤다나는 높은 절벽으로 둘러싸인 지중해의 화산섬이었어요. 그 안을 들여다볼 방법은 없었죠. 그들 문명은 점점 고립되어 가고 은밀해졌어요. 그래서 시민들은 샤다나에 대해 외부인들에게 드러내는 자는 추방하기로 했어요. 결국 선택된 몇 명만 제외하고는 바깥 세상과 교섭하거나 무역하는 것이 금지되었죠.”

“세상에 쓸모 있는 것이 그들에게 있었다면, 그걸 비난할 수는 없을 거요. 안드로스의 말처럼, 그 당시는 야만인들로 가득 찬 세상이었으니까.”

“그들은 정말 쓸모 있는 걸 갖고 있었어요. 그들은 치료사들이었죠. 모든 만족의 기본은 몸과 마음의 건강함에 있다고 믿었어요.”

“그래서?”

“그들의 문화는 전부 그 철학을 바탕으로 해요. 여자나 남자 모두 치료하는 법을 배웠고, 그 중 가장 재능이 뛰어난 자는 위대한 치료사라는 명칭과 함께 샤다나 전체를 통치했어요. 위대한 치료사가 되기 위해서는 어떤 질병의 치료법이나 수명을 연장시키는 방법 중 하나를 발견해 내야 했어요.”

“맙소사.”

그는 얘기가 어떤 쪽으로 가고 있는지 알았다.

“안드로스 당시에 그 체계가 얼마나 오래 되었소?”

“오백 년. 한 세대마다 적어도 한 명의 위대한 치료사가 배출되었겠죠.”

“적어도 치료법 하나나 방법의 발견이라.”

“그 이상이에요. 샤다나의 평균 수명은 백오십 년이었어요. 단어는 다르지만, 여기 안드로스의 말에 의하면, 그들은 심장마비, 암, 당뇨병, 천연두, 소아마비, 나병 등등의 치료법과 예방책을 발견했어요. 내가 들어 본 적 없는 병까지. 그게 무슨 뜻인지 아세요? 그들은 의학적인 슈퍼맨들이었던 거예요.”

"예수 탄생 수세기 전에 이집트인들이 정교한 뇌수술을 했다는 말은 들었소."

"하지만 이건 그 이상이에요. 이건 수백만 명의 생명을 구하는 거예요."

"당신은 샤다나가 여전히 존재하는 것처럼 말하는군."

"그렇지는 않을 거예요. 그런 사회를 숨기기에는 우리 지구가 너무 좁아졌으니까요. 하지만 그들의 의학적인 지식은 존재할 수 있어요. 안드로스가 위대한 치료사의 비밀에 대해 했던 말 기억나요?"

"응."

"샤다나는 자기 도시의 영광을 더하기 위해 다른 곳에서 보물을 약탈해 올 특별 전사들을 내보냈어요. 정신적으로 샤다나의 평화로운 생활에 적응하지 못하는 사람들이었죠. 그들의 지도자는 수호자로 알려졌어요. 그리고 그들의 가장 중요한 의무는 윈드 댄서를 보호하는 것이었죠."

"윈드 댄서가 샤다나에 의해 만들어진 거요?"

"그것은 그들 장인들이 가장 위대한 노력을 기울여 만든 문화의 보고였어요. 그들은 너무나 귀중하고 너무나 아름다워서 누구도 파괴할 수 없는 물건을 만드는 것이 목적이었지요."

"그럼 어떻게 그리스인들의 손에 들어갔을까?"

"샤다나는 화산이 많고 지진도 일어났어요. 윈드 댄서를 만들어 낸 후, 그들은 전사들의 보호에 맡겨 그것을 세상에 내보냈죠. 큰 재앙이 덮치게 될 때 피해를 입지 않도록. 윈드 댄서를 실은 샤다나의 배는 아가멤논(트로이 전쟁 당시 그리스군 총지휘관) 휘하의 선장에게 약탈되었다고 해요. 그 말이 샤다나에 들어가자, 윈드 댄서를 되찾기 위해 안드로스가 보내진 거죠. 그는 아가멤논의 함대를 뒤쫓다가 폭풍에 휩쓸려 트로이의 포로가 되었던 거예요. 그 나머지는 당신도 알고 있는 내용이에요."

그녀가 알렉스의 눈을 똑바로 들여다보았다.

"정확치가 않군. 당신은 윈드 댄서를 보고라고 표현했소."

"윈드 댄서의 그 문자는 '안에서 불이 타오른다'로 번역되었어요. 위대한 치료사들은 윈드 댄서 안에다 그때까지 자신들이 습득한 모든 지식을 넣어 두었어요.”

“어떻게?”

알렉스의 놀란 물음에 그녀는 어깨를 으쓱했다.

“나도 몰라요. 안드로스가 써놓지 않았어요. 조각상 안에 새겨넣었을 수도 있고, 이 사브젠이 그와 관련이 있을지도 모르죠. 그들은 여러 방면에서 우리보다 더 발전되었음이 확실해요. 마이크로 필름 비슷한 그들만의 장치를 갖고 있었을지도 모르죠. 무엇이든, 그건 여전히 존재해요. 샤다나인들은 모든 위협으로부터 그 비밀을 안전하게 지킬 목적이었어요.”

그녀가 몸서리를 쳤다.

“그리고 레드포드가 윈드 댄서를 갖고 있어요. 맙소사, 두려운 일이에요. 그 지식을 얻으려고 많은 나라들이 얼마나 큰 돈을 들일지 아시겠어요? 그와 크라코가 그걸 이용할 수도 있어요.”

“하지만 레드포드는 자기가 뭘 갖고 있는지 모르지. 그자가 예술 작품 이상의 것이 있다는 걸 알아차리기 전에 윈드 댄서를 빼앗아 와야 하오.”

마지막 서판의 해독은 다른 것들보다 대단히 어려웠다. 마치 다른 시대에 쓴 것처럼 내용이 중간중간 끊겨 두서없이 나열되었다.

자신스는 트로이에 만연된 병에 걸렸노라. 이 산에서 죽으려고 트로이의 운명을 피해 나왔다니 얼마나 슬픈 일인가. 우리는 해안에 우글거리는 야만인들을 피해 이 은신처를 택했다.

그녀는 4일 전 병에 걸렸고, 내가 그녀와 같이 머물 약한 자가 아니라고 생각할 것이다.

하지만 그녀가 야만인이라 해도, 여러 가지 면에서 좋은 동료였고 진실하고 유쾌했다. 그녀와 같이 여행을 계속하고 싶은 것은 당연한 일이리라.

불결한 물로 인한 병인 듯하다. 원하기만 한다면 난 그녀를 치료해 줄 수 있다.

내가 무슨 생각을 하고 있는가? 그녀는 한 여자일 뿐이다. 여자 하나 때문에 내 맹세를 저버리지는 않으리라. 그녀가 죽는다면, 죽어야 하리라.

그녀는 열에 불타고 있다. 밤에는 비명을 지른다. 그것이 왜 나에게 상처가 되는가?

난 수호자다. 맹세를 저버릴 수 없다. 야만인의 여자가 샤다나에 다시 돌아가지 못할 정도의 가치가 있는가?

한 시간 전에 그녀는 눈을 뜨고 나에게 미소지으려 애썼다.

그리고 마지막 글씨는 떨리는 손으로 쓴 듯했다.

나도 죽을 것만 같다, 신께서 그녀를 빼앗아 간다면……

"그녀는 죽지 않았어요."
케이틀린이 조용히 말했다.
"그는 다시 샤다나로 돌아가지 않았구요. 그가 그녀를 도와주었어요."
"그렇게 해서 전설이 시작된 거로군."
"하지만 그는 비밀을 드러내지는 않았어요. 야만인들에게서 샤다나와 윈드 댄서를 보호했지요."
"지금까지는. 그가 예측한 대로, 세상에는 아직도 야만인들이 있소."
그녀가 그를 돌아보았다.
"그래요. 하지만 더 많은 수호자들이 있지요."
"날 보지 마시오. 난 그런 이상적인 수호자가 아니오."
"그래요? 하지만 당신은 내가 그 역할을 선택했다고 말했잖아요. 그리고 당신이 날 보호해 주었어요. 당신은 당신이 생각하는 것보다 더 안드로스와 많이 닮은 것 같아요.”

그가 불편하게 어깨를 움직였다.

“말도 안 되는 소리.”

“샤다나에 무슨 일이 생겼을 것 같아요?”

“고고학 전문은 당신이잖소. 샤다나를 친근하게 생각하는 것 같은데.”

“치료를 둘러싼 문화는 그렇지가 못해요. 하지만 어쩌면…… 아발론? 아서왕이 치명적인 상처를 치료받으러 갔던 그 치료의 섬.”

“난 화산과 지진에 대해 생각해 봤소. 어떤 학자들은 아틀란티스가 조류에 의한 지진으로 멸망했다고 생각하지. 그게 왜 샤다나인들이 약탈을 그만 두고 이집트에 고용되었는지 설명해 줄 거요. 그들은 돌아갈 장소가 없었던 거지.”

그가 어깨를 으쓱했다.

“아니면 그 어느 곳도 아닐지 몰라. 내가 직접 이것들을 읽어 봐야겠소. 그 다음에 컴퓨터와 프린터를 치워야겠소.”

“왜요?”

“다시 영사기를 설치하려고. 윈드 댄서 영상을 연구해 보고 그 빌어먹을 것 안에 들어갈 방법을 찾아봐야지. 그들이 그렇게 아름다움을 사랑했다면, 그걸 밀봉해 놓고 파괴하도록 만들지는 않았을 거요. 어쩌면 보석이 놓인 방식에 무언가 있을지도 모르지.”

서판의 해독이 어렵다고 생각했는데, 다음 몇 시간은 그걸 열 수 있는 방법을 찾는 것이 거의 불가능하다는 것을 입증했다. 그들 앞에 할 일들이 무수히 남아 있음은 확실했다.

케이틀린은 너무나 피곤해서 금방 잠이 들 거라고 생각했는데, 알렉스를 남겨놓고 일어선 지 한 시간이 넘도록 여전히 깨어 있었다.

갑자기 그녀는 이불을 걷고 일어났다. 잠시 후 그녀는 알렉스의 침실 문가에 서 있었다.

“알렉스.”

그는 긴장된 몸짓으로 침대에서 몸을 일으켰다.

"왜?"

그녀가 그에게로 가까이 다가갔다.

"더 이상 혼자 있고 싶지 않아요."

그가 말없이 이불을 들추어 주었다.

"당신은 혼자 있은 적이 없었소."

그녀가 그에게 닿지 않은 채 그의 옆으로 미끄러져 들어갔다.

"혼자가 아니라구요?"

그는 부드럽게 이불을 턱까지 끌어 올려주었다.

"내가 언제나 당신을 위해 여기 있었잖소."

"나에게 미안하기 때문인가요?"

"아니, 그 때문은 아니오."

"욕망?"

"그것도 아니오. 그게 존재한다는 건 분명하지만."

"난 아주…… 불안한 느낌이 들어요."

"난 그렇지 않소."

"우리 주위의 모든 것들이 변하고 있어요. 우린 어떻게 해야 하죠?"

"잠을 자고, 그 빌어먹을 조각상 안에 들어가고, 레드포드를 찾고, 니스로 가서 향수를 출시하고, 꽃나무들을……."

그녀가 키득거리며 웃었다.

"당신에게 해답이 있을 줄 알았어야 했는데."

"해답은 내가 제일 잘 하는 것이지."

"당신이 더 잘 하는 게 있어요."

"당신을 위해 여기 있다고 해서 보답할 필요는 없소, 케이틀린. 그게 친구라는 거요."

연인이 아니라 친구. 그녀는 언젠가 아주 오래 전에, 그들 사이는 연인이 아니라 친구라고 자신에게 주입시켰던 것이 어렴풋이 기억났다.

그 이후로 너무나 많은 일들이 일어났고, 그때가 십년은 지난 것만 같았다.

"우리가 친구인가요, 알렉스?"

"당신의 친구가 되고 싶소. 당신을 존경하오. 당신을…… 믿지."

무척이나 힘든 것처럼 그 말이 망설이며 흘러나왔다. 그녀는 마음속에 온기가 자라는 것을 느꼈다.

알렉스 카라조브에게 정열이란 쉬운 거였다. 하지만 억압과 배신으로 점철된 세월을 보낸 후에, 신뢰와 우정은 크고 값진 선물이었다. 그는 페이블에게 그의 우정을 주었고, 페이블이 죽고 난 후에는 케말에게 애정 비슷한 표현을 간신히 뱉어낸 적이 있었다.

"말해 봐요, 페이블에게 당신이 아낀다는 것을 말한 적이 있나요?"

"왜 묻는 거요?"

"있어요?"

"아니."

그가 재빨리 덧붙였다.

"그럴 필요 없었소. 그는 내 감정을 잘 알고 있었으니까."

"그렇군요."

그녀는 마침내 알렉스 카라조브를 알아가기 시작했다.

그녀처럼 그 또한 얼마나 조심스러운가? 문득 연민이 일었다. 알렉스에게 향했던 조심스러움이 사그라들고 다시 믿음이 자라기 시작했다. 그들은 욕망으로 시작해 수많은 정열과 절망, 증오를 거쳐 왔고, 이제는 서로를 완전히 이해하기 시작했다.

"날 만져 줘요."

그의 몸이 굳어졌다.

"나에게 보답할 필요는 없다고 했잖소."

"누가 보답한다고 했나요?"

그녀는 그의 품안으로 들어가 살이 맞닿자 욕망이 밀려드는 걸 느꼈다. 완전한 순환, 그들은 완전히 한 바퀴를 돌아 갈망으로 돌아왔다.

"난 당신이 제일 잘 하는 걸 얻으려는 거예요."

"알렉스."

거의 잠에 취한 상태로 그녀가 속삭였다.

"응."

"당신이 알아야 할 게 있어요."

그녀가 눈을 감은 채 더욱 가까이 안겨들었다. 그의 손이 그녀의 머리를 쓰다듬었다.

"뭔데?"

"당신을 사랑해요."

그의 몸이 경직되는 걸 느꼈지만, 그는 아무 말도 하지 않았다. 대답을 기대하지도 않았다. 그가 결코 그런 말을 해주지 않으리라는 걸 알고 있었으니까. 하지만 괜찮았다. 그에게 말하고 싶었다.

"우리가 잘못 생각했어요. 그건……."

"그런가?"

그의 목소리가 쉬어 있었다.

"그래요. 잘 자요, 알렉스."

그의 따뜻한 입술이 절묘한 부드러움으로 볼에 닿는 것을 느꼈다.

"잘 자, 케이틀린."

케말이 마지막 프린트 종이를 한쪽으로 내려놓았다.

"대단히 흥미롭군요."

"흥미롭다구? 케말, 이건 세상이 흔들릴 정도로 획기적인 일이야."

케말의 표정은 엄숙하면서도 눈동자가 반짝거렸다.

"아뇨. 세상이 흔들릴 정도로 획기적인 건 나구요, 이건 그냥 흥미로운 거예요. 하지만 지금은 알렉스나 당신이나 그런 말을 할 수는 없겠죠. 당신들이 열심히 일하는 동안에는 난 하나도 재미가 없었어요. 알렉스는 하루 종일 서재에서 나오지도 않았다구요."

"그는 조각상 밑에 박힌 보석들의 형태에 무언가 있을지도 모른다고 생각해. 그걸 파괴하지 않고 조각을 열 수 있는 부분은 밑부분밖에 없다고 생각하지."

"그것 봐요. 형태, 전설, 기적의 실마리…… 그 중요한 일들 때문에 당신은 시간이 하나도 없다구요. 난 당신들의 정신을 돌려놓을 만한 레드 포드에 관한 정보가 있는지 뒤져봐야겠어요. 휴, 만약 내가 노력해서 안되는 일이 있다면 그거야말로 세상이 뒤흔들릴 일이지요."

케말이 집을 나서자 케이틀린은 즐겁게 웃으며 서둘러 서재로 되돌아갔다.

17

"어막이 돌아왔어요."

이틀 후 알렉스가 전화를 받자마자 케말이 전달했다.

"확실한가?"

"어젯밤 카파스로 들어가는 걸 내가 직접 봤어요."

"그 녀석 대체 어디 있었던 거지?"

"당신 때문에 겁을 집어먹었다고 했잖아요. 우리가 생각한 것보다 더 많은 이유가 있을지도 모르죠."

"무슨 얘길 하는 거야?"

"어막에 대해 몇 가지 알아봤어요. 그에 대해 모두 다 알고 있다고 생각했는데, 당신을 그 정도로 두려워한다는 게 좀 이상했죠. 그래서 약간 조사를 해봐야겠다고 결심했어요. 우리는 너무나 오랫동안 연결되어 있었기 때문에 좀 놀랄 수밖에……."

"케말."

"알았어요, 말한다구요. 어막은 집시와 관련이 있어요."

"뭐라고?"

"그의 아버지의 첫번째 부인이 해마다 에리든에 오는 부족 중 하나였어요."

"어막이 집시일 수도 있다는 거야?"

"글쎄요, 그의 아버지가 피로 맹세를 하지 않았으면 어막의 어머니와 결혼할 수 없었을 거예요. 그래서 어막이 집시가 된 것 같아요. 그자가 그 집시인지는 몰라요. 하지만 당신이 누굴 찾는지 알고 나서 바로 사라졌던 이유를 그게 설명해 주겠지요. 그는 당신이 그렇게 열심히 그를 찾아다닌다는 점을 레드포드가 별로 즐거워하지 않으리라는 걸 알았죠. 아마 당신을 두려워하는 것만큼이나 레드포드에게 당할까 봐 두려웠던 모양이에요."

"자넨 어막이 위조 서류를 얻어내지 못한다고 했잖아."

"내가 아는 한은 그랬어요. 그 점을 알아봤는데, 마을에 여권을 다룰 수 있는 위조범들이 몇 명 있더라구요."

"오늘밤 카파스에서 만나지."

"미안해요. 이번 일은 혼자 하셔야 할 거예요. 어젯밤 쇼가 끝난 후에 하렘에 들어가 보려 했는데, 문에서 날 막더라구요. 어막이 날 들여보내지 말라고 명령한 거예요."

케말의 목소리에 빈정거림이 섞였다.

"진심으로 가슴이 아팠어요. 우린 아주 친밀했거든요."

"난 들어갈 수 있을까?"

"가능해요. 어막의 경비원들은 당신을 모르니까. 하지만 그를 찾으러 하렘 안을 돌아다닐 수는 없을 거예요. 어디 보자, 이렇게 하면 되겠군요. 멜리스에게 도와달라는 말을 전할 수 있을 거예요. 케이틀린도 데려가세요."

"그녀가 여기 혼자 남을 것 같지는 않아."

"오늘밤 카파스에 가서, 쇼가 끝난 다음에 하렘으로 들어가 다른 손님들처럼 방 하나를 빌리세요. 멜리스더러 당신들 방에 가서 기회가 좋을 때 어막에게 안내하라고 할게요."

"어막과 얘기를 하고 나면 어떻게 하렘에서 나오지?"

"들어갈 때와 똑같죠, 만족한 손님들처럼 카파스로 나오는 거예요. 물론 어막이 경보 장치를 울리지 않도록 확실히 해둬야겠죠."

"그를 만나기만 하면, 그 점은 약속할 수 있지."

"그럴 줄 알았다니까. 당신 능력을 대단히 믿거든요. 일 끝내고 집에서 만나자구요. 내가 커피를 준비해 놓을 테니, 일어난 일들을 죄다 말해 줘야 해요."

"커피 만드는 봉사료는 지불하지 않아도 되겠지?"

"이 계획을 모두 구상한 사람이 난데 어떻게 그런 말을 할 수 있어요? 당신은 그걸 실행하기만 하면 되는데."

"실행하기만 한다고?"

"완력보다는 두뇌가 항상 가치 있는 거예요. 나처럼 둘다 갖고 있을 때는 멋진 일이죠. 하지만 당신도 부족한 면을 채울 수……."

"안녕, 케말."

"안녕, 알렉스."

케말이 예측한 대로, 알렉스와 케이틀린은 두 명의 경비원들을 지나는 데 아무 문제가 없었다. 일단 안에 들어가자, 주홍빛 로브를 입은 시중꾼들이 손님들을 보살폈다.

알렉스와 케이틀린은 천장과 두 군데 벽이 거울로 장식된 커다란 방에 남겨졌다. 두꺼운 하얀 카펫이 하늘색 타일을 덮었고, 침대는 왕에게나 어울릴 듯한 쿠션과 터키옥으로 만든 걸작이었다. 그녀가 방안을 걸으며 애써 미소지었다.

"이곳이 술탄의 환상을 옮겨놓은 곳이라고 했죠?"

그녀가 코를 킁킁거렸다.

"맙소사, 이 향내 좀 봐. 얼마나 오래 여기 있어야 하는 건가요?"

"멜리스가 데리러 올 때까지. 언제인지는 케말이 말해 주지 않았소."

알렉스는 여전히 문 옆에 서 있었다.

"불안한가?"

"약간요."

그녀가 인상을 찡그렸다.

"하렘에 처음 들어와 보는 거라서요."

"나도 그렇소."

자단 테이블 위에 크리스털 와인병이 반짝거렸다. 알렉스가 루비빛 빨간 와인을 두 잔 따라 한 잔을 그녀에게 건네주었다. 케이틀린은 시험삼아 한 모금 마셨다.

"너무 달아요. 방안의 다른 것과 똑같아요. 너무 강렬해요."

"음, 무슨 얘길 하고 싶소?"

"뭐라구요?"

"무언가 해야잖소. 우린 선택의 여지가 별로 없소, 이 방을 원래 목적대로 사용하고 싶지 않은 이상."

갑자기 카파스에서 몸을 비틀어대며 자극적으로 결합하던 여자와 남자들의 모습이 떠올랐다. 오늘밤은 그 쇼를 보고도 전혀 흥분되지 않았다. 오직 끝나기만을 바라고 있었다.

"그럴 생각은 없어요."

"나도 그렇소."

"어막이 레드포드가 있는 곳을 말해 줄까요?"

"그자가 하수인이 아니라 바로 집시라면 알고 있겠지. 우린……"

문의 부드러운 노크소리가 알렉스의 말을 중단시켰다.

"멜리스일까요?"

케이틀린이 테이블 위에 잔을 내려놓았다.

"그렇겠지."

그가 재빨리 문으로 다가갔다.

"손님을 모시러 왔습니다."

"멜리스?"

"네."

방으로 들어온 왜소한 소녀는 케말이 말해 준 나이보다 훨씬 더 어려 보였다. 곱슬거리는 금발 머리가 어깨까지 흘러내렸고, 진주색 공단 어깨띠가 있는 하얀 드레스에, 하얀 스타킹, 그리고 반짝이는 까만 가죽신 차림이었다.

"잠시 기다리셔야 해요."

숨가쁘게 말하는 그녀의 하얀 피부에 불안한 홍조가 나타났다.

"케말은 당신들이 안전해야 한다고 그랬어요. 경비원들이 시말의 방에 들어갔지만, 그들이 시작할 때까지 기다려야 해요."

"시작하다니요?"

그 순간 말뜻이 이해되자 케이틀린은 뱃속이 울렁거리는 것 같았다. 그 시말이라는 사람도 멜리스처럼 어릴까 궁금했다. 케이틀린이 멜리스 나이였을 때, 그녀는 친구들과 어울려 꽃이 만발한 들판을 뛰어다녔다.

"우리가 뭔가 해야겠어요, 알렉스. 이런 건 견딜 수가 없어요."

"알아. 방법을 찾아봅시다. 제일 먼저 할 일은 어막을 제거하는 거요."

"당신을 도와드리면 당신도 우릴 도와주실 거라고 케말이 그랬어요."

멜리스의 작은 손이 새하얀 치맛자락을 불안하게 만지작거렸다.

"전 여기 있는 게 싫어요. 떠나고 싶어요."

케이틀린은 너무나 가엾어서 목이 메일 지경이었다.

"떠나게 될 거예요. 당신 기분 이해해요."

멜리스가 케이틀린의 얼굴을 살펴보다가 천천히 고개를 저었다.

"아뇨, 당신은 친절하지만 이해하지는 못해요."

그녀가 몸을 돌려 문을 열었다.

"제가 먼저 갈게요. 네 걸음 뒤로 절 따라오세요."

텅 빈 복도를 걸어나가, 멜리스가 조각된 문 앞에서 멈춰 섰다.

"전 이제 가봐야 해요. 찾고 있을 거예요."

그녀가 다른 세계의 작은 유령처럼 날 듯이 사라져 갔다.

"대체 누가 그녀를 찾고 있는지 알고 싶군요. 어막을 죽여 버리고 싶어요."

케이틀린이 난폭하게 중얼거렸다.

"진정하시오."

말과는 달리 알렉스의 표정도 냉혹했다. 그가 문을 열었다.

"모든 건 때가 있는 법이오. 그녀를 꼭 빼내겠다고 약속하겠소. 내 손으로 그놈을 죽여 버리고 싶지만, 지금은……."

어막은 이미 죽어 있었다!

육중한 책상 위로 고꾸라져 있는 남자 모습에 케이틀린은 충격을 받았다.

"저 사람이 어막이에요?"

"그렇소. 문을 닫으시오."

알렉스가 재빨리 그에게로 다가갔다. 케이틀린은 그의 말에 따르며, 어막의 목에서 흘러나와 책상의 종이 위로 번진 피 웅덩이를 노려보았다.

"살인인가요?"

"자신의 목을 베기란 쉽지 않지."

"우리도 여기서 나가야 하지 않겠어요?"

"조금 있다가."

그 피웅덩이를 홀린 듯이 바라보고 있다가, 그녀가 힘겹게 침을 삼켜 역겨움을 가라앉혔다.

"누가 이런 짓을 했을까요? 레드포드?"

"어쩌면. 우리가 너무 가까이 접근해서 어막을 침묵시키고 싶었을 수도 있겠지."

알렉스가 어막의 시체를 움직여 가운데 서랍을 열었다. 죽은 남자의 머리가 흔들거렸다.

"다른 사람일 수도 있소. 여기 창녀들 중 하나이거나 그가 협박해 온 손님 중 한 명일 수도 있지."

그가 서랍을 닫았다.

"케말의 말에 의하면, 그는 이스탄불에서 그다지 인기가 없었다더군."

"뭘 찾고 있나요?"

"기록, 정보."

알렉스가 오른쪽 서랍을 열었다.

"여기 있소."

어막을 쳐다보지 않으려 애쓰며 케이틀린이 앞으로 다가왔다.

"뭘 찾았어요?"

"서랍에 여권들이 가득 차 있소. 우수한 품질이야."

"그럼 어막이 집시였던 건가요?"

알렉스는 맨 밑의 서랍을 열어 두 개의 긴 까만 장부를 꺼내들었다.

"그런 것 같소. 이 자식이 어떤 내용을 적어 놓았는지 보자구."

알렉스는 첫번째 장부를 열어 보고는 다시 닫았다.

"하렘의 회계 장부로군."

두 번째 장부를 열어 재빨리 들춰 보다가, 그의 얼굴에 미소가 번졌다.

"B. L. 자, 첫글자가 B. L.인 사람이 누가 있을까?"

"브라이언 레드포드."

"맞았소."

그가 손수건을 꺼내 조심스럽게 책상에서 손이 닿았던 부분을 닦아내고 나서, 장부를 하얀 로브 안으로 넣었다. 그리고 케이틀린의 손을 붙잡았다.

"이 빌어먹을 장소에서 어서 나갑시다. 레드포드가 우릴 아는 자객을 심어놓았을지도 모르니."

알렉스와 케이틀린이 집으로 들어가자 케말이 기타를 내려놓고 일어섰다.

"딱 맞춰 오셨군요. 커피가 준비되었답니다. 앉아 계세요. 내가 가져올게요."

그가 알렉스를 보더니 머리를 흔들었다.

"카파스를 떠나기 전에 그 로브는 벗었어야죠. 그건 당신에게 어울리지 않아요. 그런 로브를 입으려면 예민한 감각이 필요하다구요, 당신은……."

"패션 비평은 그만 두고 커피나 가져오라구."

알렉스가 로브 안에서 긴 장부를 꺼내 테이블에 놓고 나서, 그것을 벗어 문 옆 의자에 던져놓았다.

"어막의 장부는 너무 묵직해서 다른 옷에는 숨길 수가 없었어."

케말이 부엌으로 들어가 쟁반을 갖고 나왔다.

"그것을 얻어내다니 대단히 설득력이 있으셨던 모양이군요. 어떤 정보라도……."

"그는 죽었어, 살해된 거 같아."

케이틀린이 말했다. 케말의 걸음이 순간 정지됐다가 다시 움직였다.

"정말이에요? 알렉스?"

"난 아니야. 우리가 갔을 때 그는 죽어 있었어."

"안됐어라. 그럼 그에게 물어 볼 수도 없었겠군요. 어떻게 죽었던가요?"

"칼로. 목이 베어졌어."

"지저분하군. 케이틀린이 별로 좋아하지 않았겠는데요."

케말이 케이틀린에게 부드럽게 미소를 보냈다.

"앉으세요. 끔찍해 보이는군요."

그는 그녀를 의자에 앉히고 잔 하나를 건네주었다.

"마셔요. 기분이 더 나아질 거예요."

케말은 알렉스를 돌아보았다.

"장부에서 필요한 정보를 알아낼 수 있을까요?"

뜨거운 액체가 몸 속으로 들어가자, 케이틀린은 뱃속의 울렁거림이 약간 가라앉는 것 같았다.

두 남자는 어막이 못된 남자였으며 죽어 마땅하다는 점을 편안하게 받아들이는 것 같았지만, 그녀는 아직 그 핏물 고인 웅덩이를 잊을 수가 없었다.

"모르겠어. 아직 살펴볼 시간이 없었어."

케말이 케이틀린의 의자 옆 바닥에 책상다리를 하고 앉아, 커피잔을 집어들었다.

"그럼 지금 살펴보세요. 난 시체처럼 조용히 있을 테니까."

케이틀린이 움찔하는 걸 보자 그가 인상을 찌푸렸다.

"미안해요, 케이틀린."

알렉스가 장부를 훑어보았다.

"맙소사, 이 녀석은 아프리카와 유럽에서 돈으로 움직이는 것의 반쯤은 공급하고 있었던 모양이야.”

“어막이 부자라고 했잖아요. 주소는요?”

“없어. 상품과 운반 날짜뿐이야.”

“그럼 원점으로 돌아가는 건가요?”

“그렇지 않을 수도 있지.”

알렉스의 손가락이 B. L. 밑에 쓰인 상품 목록을 훑었다.

“여기 약간 이상한 부호들이 있어. 이걸 좀 조사해 봐야겠어.”

“난 이제 가봐도 될까요? 할 일이 있거든요.”

케말이 커피를 한 모금 마시고 일어났다.

“무슨 일?”

“경비원들이 어막을 찾아내면, 하렘에 한바탕 소동이 일어날 거예요. 빨리 움직이면, 그런 혼란을 틈탈 수 있을 것 같아요.”

“뭘 하려고?”

“아이들, 멜리스와 다른 아이들. 운이 좋으면, 다른 사람이 그곳을 장악하기 전에 그들을 빼낼 수 있을 거예요.”

케이틀린이 물었다.

“그런 일이 가능할까?”

“아마 그렇게 될 거예요. 어막도 하렘의 전 주인에게서 빼앗은 거니까.”

“나도 같이 가지.”

알렉스가 일어서자 케말은 머리를 저었다.

“당신은 오늘밤 거기서 모습을 보였어요. 나와 같이 가는 건 위험할 거예요.”

“아이들을 어떻게 할 생각이지?”

“하루나 이틀쯤 내 바퀴벌레들과 친하게 지내다가, 내가 장소를 찾아 내…….”

“이리로 데려오도록 해. 조나단에게 전화하면 도울 방법을 찾아줄 거야.”

케이틀린의 말에 케말이 문 앞에서 멈춰 섰다.

“여섯 명이나 돼요. 당신에게 폐가 될 텐데요.”
“이리 데려와.”
케말이 진지하게 말했다.
“당신을 처음 보았을 때부터 모성본능을 가진 사람이라는 걸 알았죠.”
“거짓말, 네가 본 건 내 가슴뿐이었어.”
“똑같은 거예요. 심리학적인 거죠.”
그가 의자에 놓인 로브를 걸쳐입고 알렉스를 향해 돌아섰다. 그리고는 가슴에 팔짱을 끼고 다리를 약간 벌린 자세를 취했다.
“자, 이 로브를 입으면 이렇게 보여야 하는 거예요. 사막의 왕처럼, 잘생긴 군주처럼.”
“아이들이나 데리러 가라구.”
케말이 씨익 웃고는 당당하게 하얀 로브자락을 펄럭이며 집을 빠져 나갔다.

“알렉스였소.”
조나단이 수화기를 내려놓고 첼시를 돌아보았다.
“케이틀린이 우리 도움을 필요로 한다는군. 어젯밤 여섯 명의 아이들을 데려온 모양이오.”
“평범한 일은 아닌 것 같군요. 무슨 일이래요?”
“나에게 묻지 마시오. 알렉스가 말해 주지 않았으니까. 남자아이 두 명, 여자아이 네 명, 열 살에서 열네 살까지의 아이들이오. 그의 말로는 성적으로 학대당했다고 하더군.”
“자기 부모들에게?”
“당신이 직접 물어봐야 할 거요.”
“내가요?”
“당신은 이 문제를 다루기에 적합한 사람이오. 학대받는 아이들을 돕는 시설의 원장이잖소.”
“그건 맞아요.”
그녀가 의자에서 일어나 치맛자락을 가다듬었다.

"다른 사람의 문제를 푸는 일은 기가 막히게 잘 하죠. 가자구요."

"더 이상 한 걸음도 움직이지 않겠어. 계속 빙글빙글 돌고 있잖아."
첼시는 도착하자마자 호텔에 짐을 풀어 놓고 케말의 안내를 받아 케이틀린을 만나러 가고 있었다. 조나단은 알렉스와 대사관에서 만나기로 했다며 동행하지 않았다. 그들은 코라코가 하는 회의에 대해 알아볼 생각이었다.
첼시가 무너질 듯한 아파트 건물로 이어진 쇠난간에 걸터앉아 차갑게 케말을 노려보았다.
"저 가게를 두 번이나 봤잖아. 당신은 두 시간 동안이나 날 이 뒷골목에서 걸어다니게 했어."
"걷는 건 좋은 운동이에요."
"십 센티미터짜리 구두를 신었을 때는 아니지."
"그런 신발을 신지 말았어야 해요. 케이틀린은 훨씬 더 실용적인데."
"케이틀린은 나보다 머리 하나는 더 크다구."
케말이 미소지었다.
"아, 그렇죠. 그녀는 아주 아름다워요. 당신도 매력적이긴 하지만, 개인적으로 난 큰 여자가 더 좋아요. 그리고 난 당신을 운동시키려는 게 아니에요. 우릴 미행할지도 모르는 누군가를 떼어내고 싶은 거죠. 케이틀린과 알렉스가 안전하도록. 나에겐 오토바이가 없어요. 그리고 택시와 자동차는 뒤쫓아 올 수가 있어요. 걷는 게 제일 좋아요."
첼시가 잠시 그의 진지한 얼굴을 들여다보다가 마지못해 다시 일어섰다.
"제기랄, 어서 가자구."
케말이 즉시 출발했다.
"당신의 체력을 높일 기회를 주는 나에게 고마워해야 해요. 케이틀린도 한 번 걷는 게 건강에 얼마나 좋은지 보여 주고 나니까 훨씬 더 좋아졌다구요."

"우리 왔어요. 안드레 씨가 이 사랑스러운 숙녀를 보내 주었답니다."

케말이 오두막의 문을 활짝 열자, 케이틀린이 달려와 첼시를 껴안았다.

"첼시, 어서 와요. 이곳에서 만나니까 정말 반가워요."

첼시도 같이 껴안아 주고 나서 집안으로 절룩거리며 들어섰다.

"당신 친구 케말이 여기 산다는 걸 알았다면, 절대 오지 않았을 것 같아요."

케말이 문을 닫았다.

"그녀도 걷는 걸 별로 좋아하지 않더군요. 당신보다 더 불평이 심했어요. 아이들은 어디 있어요?"

"알렉스의 방에서 아직 자고 있어. 멜리스만 빼고. 그녀는 어젯밤부터 먹지도 않고 자지도 않아. 그냥 정원에 앉아서……. 다른 아이들은 행복해 하는 것 같은데."

"두려운 거예요. 변화란 언제나 아이들에게 두려움을 주지요. 내가 가서 얘기해 볼게요."

케말이 작은 정원으로 걸어나갔다.

첼시와 케이틀린은 문 앞에 서서, 그가 돌벤치에 앉아 있는 금발머리의 아이 옆에 앉아 얘기하는 걸 지켜보았다.

"어디서 온 거죠?"

첼시가 물었다.

"매춘굴."

"맙소사! 우리가 사는 세상이 그런 곳이라는 걸 알고 당신이 아주 놀랐겠군요."

"그래요."

"다른 아이들은요?"

"똑같아요. 케말이 그들을 다 데려왔어요."

멜리스의 뺨을 만져 주는 케말의 표정은 진지하고 부드러웠다. 하얀 빅토리아풍 드레스를 입은 금발의 소녀와 파란 셔츠와 청바지 차림의 까만 머리 남자는 이상하게도 과거와 현재를 보여 주는 듯한 아름다움을 이루었다.

이제 멜리스의 얼굴에 미소가 보였다. 아주 작은 변화이긴 해도, 미소는 미소였다.

"어쩌면 저 사람, 내가 생각한 것처럼 나쁜 사람은 아닐지도 모르겠군요. 적어도 저 작은 소녀는 그렇게 생각하지 않는가 봐요."

첼시가 마지못한 듯 말했다.

멜리스가 일어나서 케말의 손을 잡았다. 그리고 케말이 그들에게 외쳤다.

"멜리스가 배고프대요. 먹이지도 않고 어떻게 잠을 자라는 거예요?"

"내가 아까……."

케말이 고개를 흔들어 보이자 케이틀린도 얼른 말을 멈췄다.

"샌드위치를 만들게."

멜리스는 케말에게 화사한 미소를 보이며 집으로 천천히 걸어왔다.

"그는 매력이 뭔지 아는 사람 같아요."

케이틀린의 말에 첼시도 고개를 끄덕였다.

"분명 아이가 그에게는 반응하는군요. 난 뉴욕에 전화해서 보호소장과 통화해야겠어요. 이스탄불에서 연락할 만한 사람 이름을 알고 있을 거예요. 언어가 다르다고 해서 고통받을 수는 없어요. 아이들은 보호받아야 해요."

그녀가 수화기를 집어들었다.

"이런 상황에서는 안전하다는 느낌이 절대적이에요. 불건전한 환경에서 빠져 나온 후 처음 몇 주 동안이 그들에게는 잔인한 기간이죠. 당신 뭘 기다리고 있어요? 저 아이에게 샌드위치를 만들어 줘야 하잖아요."

케이틀린은 부엌으로 들어가 냉장고문을 열면서 자신도 모르게 미소짓고 있었다.

"당신 친구는 일을 제대로 할 줄 아는군요."

케말이 여섯 명의 아이들을 양떼처럼 거리로 몰고 가는 첼시를 지켜보았다. 그녀는 그곳 복지부를 다그쳐서 아이들을 실어 갈 봉고차를 끌어내었다. 그 차는 집의 안전을 위해 두 블록 떨어진 곳에 주차되어 있었고, 첼시는 자신이 직접 자동차까지 아이들을 데려가겠다고 고집했다.

"하지만 그 미국 영화배우가 이스탄불을 떠나고 난 후에도 아이들이 잘 대접받을 수 있을까요?"

"첼시가 그 점까지 확인할 거야. 그녀에게도 상처받은 딸이 있거든. 첼시만큼 힘없는 자들을 보호해 줄 수 있는 사람은 없어. 그녀는 학대받는 아이들을 위한 단체를 후원하고 있지."

"그녀의 딸? 바사로의 그 소녀."

케말의 시선이 그녀의 얼굴로 날아왔다.

"아, 그래서 그녀가 웃지 않는 거군요. 누가 그런 짓을 했죠?"

"그 아버지."

"믿었던 사람에게 당한 배신이 언제나 더 심각한 법이죠. 그자는 어디 있어요?"

그의 표정은 굳어진 채 딱딱했다.

"죽었어. 당신이 온 세상을 보호할 수는 없어, 케말."

"보호하기에는 너무 늦어 버린 때도 있죠. 하지만 아직도 도와주고 복수해 줄 방법은 많이 있어요."

"마리사를 위해 복수해 주기에는 너무 늦었어. 그리고 첼시가 온갖 정성으로 도와주고 있지."

케말의 시선이 멜리스에게 향했다. 그녀는 필사적으로 애절하게 케말을 돌아보고 있었다.

"어떤 사람의 문제는 더 복잡해요. 때로는 거기 있지 않았던 사람은 도와줄 수도 이해할 수도 없는 경우가 있지요."

"정원에서 멜리스에게 뭐라고 한 거야?"

"또다시 상처받게 될지도 모르지만, 다시는 무기력하게 당하지 말아야 한다고 했어요."

"그렇게 안심되는 말은 아닌 것 같아."

"그녀에게 다시는 상처받지 않을 거라고 약속해 주어야 했을까요?"

케말이 고개를 흔들었다.

"그럼 날 믿지 않았을 거예요. 멜리스는 이미 인생은 고통과 타협으로 가득 차 있다는 걸 알아요. 우리 같은 사람은 인생을 바꿀 기회를 갖는 것으로도 충분해요. 그 자체가 커다란 선물이지요."

아이들이 모퉁이를 돌아설 때 그가 손을 흔들어 주었다.

"케말, 당신은 철학자로 성공할 것 같아."

케말의 진지함이 즉시 사라졌다.

"철학자가 되는 것으로는 부자가 될 수 없어요. 슈퍼스타가 되는 게 훨씬 더 많이 벌지요. 베네딕트 양에게 기타를 연주해 보이면 어떨까요? 그녀가 날 할리우드로 데려갈지도 몰라요. 그리고 그 특별한 마리사에게 소개도 시켜 주겠죠."

"그럴 것 같지는 않은데. 호텔에서부터 그렇게 걷게 만든 걸 용서하지 않을 거야."

케말의 얼굴이 밝아졌다.

"아, 그녀는 몸집이 작으니까 정원에 있는 자전거에 태울 수 있겠군요. 손잡이에 앉혀서 호텔로 데려다주겠다고 하면 그녀가 더 좋아할까요?"

첼시가 애용하던 긴 리무진을 생각하자 케이틀린은 웃음이 나오려 했다.

"직접 물어 보지 그래?"

알렉스는 그날 저녁 9시까지 돌아오지 않았다. 문 닫히는 소리가 들리자 케이틀린이 침실 밖으로 나갔다.

"오래 걸리셨네요. 뭐라도 좀 알아냈어요?"

"대사관 직원에게 스케줄만 얻어내는 데도 몇 시간이나 걸렸소."

"물어 오는 사람마다 다 알려주고 싶어하지 않는 이유는 알 만하잖아요. 스케줄은 어떻던가요?"

알렉스가 어깨를 으쓱였다.

"아침 열 시에 공항에서 그 장소까지 특별 경호를 하고, 점심 식사는 영국인 경호원들의 엄격한 보호 하에 먹게 되어 있소. 그리고 저녁 여덟 시에 공항까지 모시고 가는 거지. 독창적이거나 혁신적인 건 별로 없소."

"식사는 했어요? 아이들에게 만들어 준 스튜가 약간 남았는데."

"배고프지 않소. 아이들은 아직 여기에 있소?"

"첼시는 허리케인 같았어요. 순식간에 복지 시설을 수소문해서 아이들을 데리고 갔어요."

첼시의 찌푸린 얼굴이 기억나자 절로 웃음이 나왔다.

"그리고 그 후에 케말이 자전거에 태워 그녀를 호텔까지 데려다 주었어요."

"두 사람 다 특별한 경험이 되었겠군."

알렉스가 수화기를 집어들었다.

"난 골드바움에게 전화해야 하오. 레드포드가 산 장비에 대해 조사를 좀 부탁해야겠소. 장부는 어디에 놔두었지?"

케이틀린이 벽장 선반에서 꺼내어 갖다 주었다.

"여기 있어요. 그가 아직 사무실에 있을까요?"

고개를 끄덕이며 알렉스가 번호를 누르는 동안, 케이틀린은 소파에 앉아 기다렸다.

"대체 어디 있었던 거요?"

골드바움이 짜증스럽게 다그쳤다.

"처음에는 미치도록 귀찮게 굴더니, 정작 정보가 있을 때는 사라져……."

"바빴소. 무슨 정보지?"

"레드포드."

"뭐라구!"

"음, 우리가 그를 알아낸 건 아니고 크라코와 연결이 되었소. 내 부하가 파리의 다니엘 브레즈워스 이름으로 된 아파트까지 크라코를 미행해 갔소. 브레즈워스를 조사해 보라고 했더니, 그 인상착의가 레드포드와 맞아떨어졌소."

"맙소사, 아직 거기 있는 거요?"

"크라코와 만나고 나서 이틀 후 떠났소. 하지만 마지막 삼 주 동안의 전화 통화 기록을 얻어냈소. 비용은 당신이 내야겠지만."

"상관없소. 그가 이스탄불로 전화를 했소?"

"몇 번. 모두 같은 번호요. 그건 추적할 수 없었소. 당신이 직접 알아봐야 할 것 같소. 그 이스탄불 전화국은 전혀 뇌물이 통하지 않았거든. 당신 전화번호도 알아낼 수가 없었소."

"번호를 대주시오."

알렉스가 펜과 종이에 골드바움이 불러 주는 번호를 휘갈겨 적었다.

"다른 곳은?"

"르 하브르요, 화이트 스타 선박 회사. 다니엘 브레즈워스가 대주주로 되어 있소. 레드포드가 파리의 아파트에서 이동한 날 배 한 척이 르 하브르에서 출발했소."

"공항을 지키고 있었던 건 헛수고였군. 그 배의 이름은?"

"아거시."

"여객선이오?"

"엄격하게 짐만 취급했소, 지금까지는."

"그 배의 모양과 크기, 등록 번호, 톤수 기타 등등을 알려줄 수 있소?"

"알아보겠소."

"당장. 레드포드가 일주일 전에 파리를 떠났다면, 지금쯤 여기 도착했을 거요."

"항로에 따라 다르지. 그리고 배 이름을 바꿔 항구로 들어오면 시간이 걸릴 수도 있소."

"어쩌면."

알렉스가 장부를 펼쳐 손가락으로 훑어 내려갔다.

"당신 컴퓨터로 좀 찾아주었으면 하는 목록이 두 개 있소. 그게 무엇이며 어떤 용도로 쓰이는지 알아야 하오. '질식가스'라는 단어 뒤에 물음표가 그려져 있소. 그 바로 밑에 나트륨 V."

"질식가스."

"가능한 한 빨리 전화주시오."

"이번에는 전화번호를 알 수 있는 거요, 아니면 텔레파시를 써야 하겠소?"

알렉스가 전화번호를 일러주고 끊었다. 케이틀린의 시선이 그의 얼굴에 고정되었다.

"흥분한 것 같군요."

"기회가 왔소. 가능할 것 같지 않았는데 진짜로 기회가 왔소. 레드포드는 여기 배로 오는 중일 거요."

"어떤 배요?"

"아거시. 보물 창고라, 골동품을 좋아하는 레드포드에게 딱 어울리는 이름이지."

"그럼 우린 어떻게 하죠?"

"케말에게 부두를 확인하도록 할 거요. 레드포드가 이스탄불에 전화한 곳이 있는데 거기 소유주 이름과 주소를 알아내야지. 녀석이 문을 열고 들어올 때 우리와 마주칠 수 있도록. 우린 그를 잡게 될 거요, 케이틀린."

"우리?"

알렉스가 그녀를 쳐다보았다.

"당신도 나만큼이나 흥분되지 않소? 왜 그러는 거요?"

"모르겠어요. 왠지 레드포드가 사악한 슈퍼맨처럼 느껴져요."

"영리하고 사악하긴 하지만, 그도 인간이오. 우린 그를 꺾을 수 있소."

그녀는 몸서리를 쳤다.

"할 수 있을까요? 레드포드는 어째서 그런 인간이 되었을까요?"

그녀에게는 레드포드에 대한 이치에 맞는 설명이 필요했다. 그녀를 도와줄 만한 말을 생각해내야 했다.

"나도 모르겠소. 내가 아는 한, 그는 정상적인 어린 시절을 보냈소. 아이오와의 작은 마을의 목사 아들이었지. CIA에 같이 있을 때 어머니의 생신날 전화했던 게 기억나오."

"무언가가 그를 악하게 만들었어요. 그는 우릴 지독히도 상처 주고 싶어해요. 그럴 만한 짓을 그에게 한 적이 있나요?"

"그는 모든 특권을 누릴 수 있는 맥밀란의 자리에 오르고 싶어했소. 내가 그 기관에서 뛰쳐나왔을 때, 그는 일자리를 잃었소. 아프가니스탄에서 발생한 일을 내가 모르도록 처리하는 게 그의 의무였지."

그녀가 묻는 듯 쳐다보았다.

"그들은 무작정 나에게 한 장소를 내밀었소. 숫자와 변수들과 지리학적인 형세뿐이었지. 어디로, 언제 군대가 통과할지 알아내라는 거였소. 그건 쉬운 문제였지. 난 아무 어려움 없이 풀어냈소."

그가 쓸쓸하게 웃었다.

"맥밀란은 그 정보를 KGB에 팔았소. 그 군대는 반란 지도자가 파키스탄 경계 너머 교전 지역 밖으로 무고한 시민들을 이동시키던 중이었소. 그들은 학살당했지."

"당신 잘못이 아니에요. 몰랐잖아요."

"그 일을 페이블에게 들었을 때 난 그대로 있을 수가 없었소. 그 문제를 푼 사람은 나였으니까."

그가 벌떡 일어나 그녀를 일으켜 세웠다.

"오늘은 정말 지독한 하루였소. 침대로 갑시다."

"아직은 안 돼요. 레드포드에 대해 생각하면서 잠들면 안 될 것 같아요. 난 입체 영상을 한 번 더 볼 거예요. 같이 볼래요?"

정신 없는 시간을 보낸 후 그녀도 그만큼이나 피곤할 것이 틀림없었다. 그런데도 그녀는 여전히 나아가고 있었다. 이것이 그가 처음 바사로에서 만났던 그녀였다. 고난을 견디면서 여전히 삶을 위해 노력하는 것이. 알렉스에게 너무나도 절묘하고 강렬한 부드러움이 밀려들었다, 거의 고통스러울 정도였다.

그가 그녀의 허리에 팔을 감았다.

"같이 봅시다."

그날 밤 모든 것이 완성되었다.

"당신이 진짜로 해낸 거예요?"

알렉스는 방금 프린트되어 나온 복잡한 숫자들을 쳐다보며 미소지었다.

"그런 것 같소."

"그 밑면이 회전하며 열린단 말이에요?"

"열려라 참깨."

케이틀린이 웃어댔다.

“알라딘의 동굴이군요.”

“비슷하오. 안드로스가 파라디그니스에게 이렇게 말했잖소, ‘샤다나에는 당신이 상상할 수 있는 것보다 더 위대한 보물들이 있다’고.”

케이틀린은 영상에 나타난 에메랄드 눈동자를 응시했다.

“하지만 진짜를 갖기 전에는 알 수 없어요. 윈드 댄서가 필요해요.”

“곧 갖게 될 거요. 점점 가까워지고 있소.”

“그래요, 점점 가까워지고 있어요.”

“지난 주 동안 이스탄불에 그런 이름이나 모양을 한 배는 들어온 적이 없어요. 그 정보가 확실한 건가요?”

케말이 물었다.

“그래, 레드포드는 여기 왔을 거야. 회담이 삼 일밖에 남지 않았고, 크라코도 어젯밤 이스탄불에 도착했어. 레드포드가 걸었다는 그 전화번호는 확인할 수 있었나?”

“골드바움 말이 맞았어요. 그 전화국은 목록에 없는 번호에 대한 정보는 절대 주지 않더라구요. 아직 노력중이에요.”

“빌어먹을!”

한스는 폭발물이 담긴 가방을 앞으로 밀어대며, 좁은 바위틈을 따라 열심히 기어갔다. 숨을 쉴 수가 없었다.

온통 어둠뿐이었다. 어둠의 공포를 진정시키려 애쓰며 잠시 쉬었다. 그는 언제나 어둠이 두려웠다. 레드포드에게만 고백한 약점이었다. 그 개자식의 눈이 거짓 눈물로 가득 차 한스의 머리를 쓰다듬어 주며 다시는 혼자 있지 않아도 된다고 말해 주던 기억이 났다. 아버지와 아들처럼 함께 그 두려움과 싸워 나갈 거라고.

그런데 한스는 또다시 어둠 속에 혼자 있었다. 루브르에서 죽을 고비를 넘긴 후 그는 레드포드에게 복수하겠다는 일념으로 살아남았다. 그리고 지금 그 복수를 실행하는 중이었다.

몇 미터만 더 가면……

암벽 끝에 도착하자 그는 조심스럽게 기둥 밑에 폭발물을 붙였다. 그리고는 타이머를 설치하고 다시 기어나왔다.

레드포드가 다른 두 개를 발견한다 해도, 이것만은 찾지 못할 것이다. 그리고 이것 하나만으로도 레드포드와 그의 소중한 보물들을 폭발시켜 버릴 수 있다.

제기랄, 정말이지 플래시를 켜고 싶었다. 어떻겠는가? 이 은신처는 그가 들어올 때 거의 버려진 것처럼 보였다.

안 돼, 안전하지 않다. 그 개자식을 혼내 줄 기회가 이렇게 가까워졌는데 지금 모험을 할 수는 없다. 어둠에서 빠져 나가야 한다. 그리고 고원에 올라가서 크라코를 위해 비슷한 선물을 설치해 주리라. 그 다음에는 나무들 틈에 숨어 쇼를 감상할 만한 자리를 잡기만 하면 된다.

5분 후, 그는 1.8미터 남짓 되는 암벽에서 껑충 뛰어내려 웅크린 자세로 착지했다.

옆구리의 상처가 불에 타는 듯이 고통스러웠다. 그 고통과 목까지 올라오는 쓴 맛을 참아내며 잠시 그대로 있었다. 고통이 가시고 둔탁한 통증으로 사그라졌다. 그는 멀리 달빛이 비치는 곳을 향해 빠르게 움직여 갔다.

입구를 나서자, 싸늘한 밤공기가 뺨을 강타했다. 안도와 승리감이 한껏 날아올라 어지러울 지경이었다. 그는 숨을 크게 들이마시고는 중얼거렸다.

"넌 폭발할 거야, 이 개자식."

10분 후 그는 다시 고원을 향해 날카로운 비탈길을 오르기 시작했다. 테니스화가 미끄러지자 균형을 유지하려 안간힘을 썼다.

"한스냐?"

한스의 몸이 경직되며, 시선은 고원 끝으로 날아갔다.

그의 바로 위에 레드포드가 서 있었다. 강인한 몸집은 실루엣뿐이었지만, 그의 얼굴은 달빛에 표정이 드러났다. 고통스러운 듯 입술을 비틀며, 그의 눈이 슬픔으로 가득했다.

"여기서 뭐하는 거니, 얘야?"

한스는 격분으로 몸을 떨었다. 본능적으로 칼을 빼들고 앞으로 달려들었다.

고통! 은밀한 곳에 설치한 폭발물이 폭발한 것처럼 머리가 흔들렸다. 무릎을 꿇고 쓰러지며 그의 주위로 어둠이 밀려들었다.

"다치지 않도록 하라고 했잖아."

레드포드가 한스 뒤의 누군가에게 날카롭게 외쳤다.

"이 가엾은 아이는 충분히 상처받았다구."

그가 한스를 향해 가파른 비탈을 내려왔다.

"오, 한스. 너에게 무슨 짓을 한 거냐?"

칠흑 같은 어둠만이 가득했다.

눈을 떴을 때 레드포드가 젖은 수건으로 한스의 관자놀이를 부드럽게 닦아 주고 있었다. 한스는 자신이 은신처의 창고에 있는 간이 침대에 누워 있다는 걸 깨달았다. 그의 시선이 벽 쪽의 나무상자와 캔버스들과 테이블 위에 놓인 윈드 댄서로 움직였다.

레드포드의 머리에 그 조각을 부수어 버리고 싶었다.

그의 시선이 레드포드에게 돌아갔다.

"개자식."

레드포드가 움찔했다.

"그런 말을 들어도 싸지."

그의 눈동자가 불빛 속에서 촉촉하게 반짝거렸다.

"난 그러고 싶지 않았단다. 크라코가 그렇게 만들었어. 너도 잘 알잖니. 그는 스미스를 처치한 후에 널 옆에 두는 게 너무 위험하다고 생각한 거야."

"널 죽여 버린 테야."

"널 처음 본 순간 그 회담에서 크라코를 없애려고 폭발물을 설치하러 온 것임을 알았단다. 네 가방 속의 폭발물로는 나와 크라코 둘다 없애기에 충분치 않더구나. 날 어떻게 없앨 셈이냐? 뒤에서 칼로 찌를 거니, 한스? 네가 칼을 잘 쓴다는 걸 알고 있지."

레드포드는 그가 이미 터널에 폭약을 설치한 것을 모르고 있었다. 은신처로 들어가기 전에 한스를 붙잡은 걸로 생각하고 있었다. 격렬한 기쁨이 솟구쳤다. 그는 죽을 것이다. 하지만 레드포드도 따라 죽으리라.

"네놈이 나한테 한 식으로 사타구니에 총알을 박아넣을 수도 있지."

"그건 어쩔 수 없는 일이었단다."

레드포드가 한스의 금발머리를 뒤로 쓸어넘겼다.

"털이 다 깎인 양처럼 보이는구나. 너의 아름다운 머리는 다 어떻게 된 거냐?"

한스는 머리를 흔들어 레드포드의 손을 치워 버리고 말없이 노려보았다. 상처가 낫고 나서 가장 먼저 한 일이 레드포드가 좋아하던 머리를 깎은 거였다.

레드포드의 손이 그에게서 떨어졌다.

"날 증오하는구나. 어떻게 널 탓할 수 있겠니? 하지만 정말 크라코 때문이었어. 맙소사, 그런 짓을 시키다니 정말 그가 증오스럽단다."

"당연하지."

"사실이야. 어떻게 하면 너에게 이해시킬 수 있을까? 넌 나에게 아들과도 같아. 아까 고원에서 죽을 뻔한 너를 내가 중지시켜 살렸단다. 거기에 특별한 의미가 있지 않겠니?"

"왜 죽이지 않았지?"

"널 아끼기 때문이야."

한스가 코웃음을 쳤다.

"널 찾으려고 파리 전체를 뒤졌단다."

"그 일을 끝장내려고?"

"잘못된 걸 고치기 위해서야. 지금은 그렇게 할 수 있어. 우린 함께 떠나는 거다. 우리 계획 기억하니? 전과 똑같아질 거란다."

레드포드가 또다시 자신을 속일 수 있다고 믿다니, 한스는 어이가 없었다. 그런 짓을 하고서도 말이다! 하지만 레드포드는 무언가를 원하고 있다. 자신이 제대로만 한다면, 목숨을 구할 수 있을지도 모른다.

한스는 눈을 내리깔았다.

"크라코는 어떻게 하고?"

"그 거만한 자식이 절대 이 게임에서 이길 수 없다는 거 알잖니. 우린 전리품을 챙겨서 남미로 떠나는 거야. 물론 크라코는 반대하겠지. 그래서 네 도움이 필요하단다. 너에게도 즐거울 거야. 네가 그런 고생을 한 건 다 그놈 때문이었잖니. 네 폭약을 쓸 수 있어. 하지만 너의 계획을 약간 개선해야 할 거다. 내가 가르쳐 줄게."

이제 한스는 확실히 알아차렸다. 레드포드는 크라코 또한 제거하고 싶었고, 한스가 그를 위해 그 지저분한 일을 맡아 주길 바라는 것이다.

"너에게 상처 준 걸 내가 얼마나 후회하는지 증명할 기회를 주렴. 내가 바라는 건 그것뿐이란다."

날 이용하고 그 후에 또다시 뒤통수를 치겠지. 분노와 증오가 솟구치는 것을 한스는 애써 참았다. 이번에는 그가 이용하리라. 레드포드가 크라코를 해치우도록 한 다음 그와 그 귀중한 그림과 조각들이 백만 갈래로 산산조각나는 걸 지켜보리라.

레드포드는 부드럽고 애정어린 표정을 지으며 한스의 팔을 붙잡았다.

"너에게 보상할 기회를 주겠니?"

한스는 레드포드의 손길을 뿌리치지 않으려고 무진 애를 썼다.

"그럴 수 있을지 모르겠어요."

"하지만 노력은 해주겠지?"

한스가 눈을 뜨고 똑바로 레드포드를 쳐다보았다. 그리고 천사 같은 미소를 지어 보였다.

"오, 그래요. 노력은 해보겠어요, 레드포드."

18

다음날 아침 열 시에 골드바움에게서 전화가 왔다.

"질식가스는 화학물질이 아니라, 기체 상태요. 그래서 아마 물음표가 그려져 있었던 것 같소."

"나트륨 V는?"

"그게 물음표의 해답이오. 질식가스는 이산화탄소 과다로 불이 타지 않소. V는 증기를 의미하는 것 같소. 특별히 밀봉된 나트륨 증기는 광부들이 지하에서 밝은 빛이 필요할 때 사용하곤 하는 거요."

"광부들, 맙소사!"

알렉스가 의자에서 벌떡 일어났다.

"무슨 일인지 알 것 같소?"

"그만 끊겠소."

수화기를 내려놓고 나서 알렉스가 케이틀린을 돌아보았다.

"내가 바보였소. 레드포드의 그 집에 너무 집착한 나머지 그걸 알아채지 못했소."

"뭘요?"

"레드포드가 터키를 다녀왔다는 말을 들었을 때 무언가가 계속해서 신경을 건드렸지. 다르다넬스 해안의 몇 군데 마을을 방문하고 이스탄불로 와서 스워즈가의 집을 산 거요. 난 그 집으로 달려간 거지. 진작에 깨달았어야 했는데. 트루브, 모든 게 거기서 시작된 거요. 트로이."

알렉스는 아름다운 대지를 지나 해안까지 일직선으로 차를 몰았다. 그들은 작은 호텔과 해변을 지나쳤다. 대로에서 25킬로미터쯤 갔을 때 트루브 5킬로미터라는 표지판이 보였다.
"레드포드가 트로이에 물건들을 숨겼다고 생각해요?"
알렉스가 고개를 저었다.
"터널."
케이틀린의 눈이 휘둥그래졌다.
"안드로스의 터널?"
"레드포드는 릴리 안드레의 책과 윈드 댄서의 전설을 수도 없이 얘기했었소. 그 책에는 전설에 대해 자세히 나오지 않았지만, 안드로스가 어떻게 트로이에서 도망쳐 나왔는지는 적어놓았소. 도시 밑을 통해 먼 곳의 언덕까지 이어진 터널로 말이오."
"레드포드가 그 터널을 찾아냈을까요?"
"그래야 모든 게 들어맞지. 첫째로, 그는 윈드 댄서와 그 기원에 대해 대단히 집착했소. 두 번째로, 그는 지하에서 쓰는 특별 랜턴을 주문했지. 그는 여기 와서 터널을 찾아내고, 훔친 예술품들을 숨기기에 완벽한 장소라고 생각했을 거요. 크라코에게 마지막 행동은 터키에서 이루어져야 한다고 설득했겠지. 그 다음에, 이스탄불이 아니라 여기 이 해안가에 자신의 사령부를 설치한 거요. 이스탄불에서 한 시간 반밖에 걸리지 않고, 작은 항구 도시인 카나케일과 가깝소. 그게 또 플러스 요인이 되었겠지. 유럽에서 비행기로 옮기는 것보다 보물들을 바다로 운송하는 것이 더 쉬웠을 테니까."
"그럼 아거시는 이스탄불이 아니라 이 해안에 정박되어 있겠군요."
"장담할 수 있소. 저 앞이 트로이일 거요."

케이틀린은 흥분하며 똑바로 일어나 앉았다. 소르본 대학에 다닐 때 트로이의 멸망에 대해 공부한 적이 있었다.

아홉 개의 각기 다른 도시들이 그곳에서 멸망했지만, 어느 것 하나 제대로 알려진 바가 없었다. 첫번째 지반이 무너진 것은 기원 전 3000년과 2500년 사이로 짐작되었다.

기원 전 1200년쯤 존재했던 트로이가 호머가 묘사한 호화로운 도시겠지만, 그것 또한 추측일 뿐이었다. 트로이는 알렉산더 대제가 세계를 정복하는 도중 들렀을 때 그랬던 것처럼 지금도 불가사의한 전설로 가려져 있었다.

그녀는 실망스러웠다.

트로이 위에 자리잡은 히사릭 언덕은 흙과 돌투성이에다 에게해의 옥색 바다와 이어진 평평한 대지가 내려다보이는 것밖에는 특이한 것이 없었다. 그 입구에는 두 대의 관광버스가 주차되어 있었고, 몇몇 학생들이 트로이 목마를 재건해 놓은 거대한 나무 축조물 위로 계단을 오르는 중이었다.

멀리서 보기에 그 목마 위의 지붕이 덮인 건물은 아이들 장난감 집처럼 보였고, 거대한 목마 또한 인상적이기보다는 오히려 불쌍해 보였다. 이 폐허에서 호머가 그렇게 칭송했던 위대한 도시의 흔적은 전혀 찾아볼 수가 없었다.

케이틀린이 알렉스를 돌아보았다.

"전에 와본 적이 있나요?"

"아니, 실망할 거라는 말만 들었소. 때로는 상상만 하고 현실은 보지 않는 것이 나을 수도 있지."

그가 멀리 자리잡은 언덕들을 가리켰다.

"헛수고일지도 모른다는 걸 알면서도 도전하고 싶소?"

"그저 운이 따라 주길 바래야겠군요. 삼각형 모양의 빨간 바위가 입구 근처에 있다고 했는데."

"수백 년이 지나는 동안 먼지가 돼버렸을지도 모르지. 릴리 안드레의 책에 그 바위가 있다고 쓰여 있었소?"

케이틀린이 고개를 끄덕였다.

"그럼 그걸 찾아야겠군. 레드포드가 터널을 찾으려 했다면, 무언가를 지침으로 삼았을 거요."

"쓸모가 있는 말이라면요."

알렉스는 지프를 출발시켜 남쪽 언덕을 향해 나아갔다.

운은 따라 주지 않았다.

그들은 내내 빽빽한 숲속을 뒤지며 거친 길들을 헤매다녔지만, 삼각형의 바위나 터널 입구를 가리킬 만한 어떤 실마리도 찾아내지 못했다. 마침내 날이 너무 어두워지자, 그들은 수색을 포기하고 이스탄불로 돌아와야 했다.

집으로 들어섰을 때 케말이 소파에서 빈둥대고 있었다. 그는 읽고 있던 컴퓨터 프린트물을 한쪽으로 내려놓았다.

"이런 식으로 하면 진짜 조각상이 열릴까요, 알렉스?"

"가능해."

"흥미롭군요. 세상이 흔들릴 정도는 아니지만, 정말 흥미로워요."

케이틀린을 보며 그의 미소가 흐려졌다.

"피곤해 보이네요. 뭐라도 찾아냈어요?"

"소나무, 진흙, 바위와 파리떼들."

"안됐군요."

"가능성이 크지 않다는 건 이미 알고 있었어. 카나케일은 가장 가까운 항구 도시야. 내일 다시 가서 아거시호의 흔적이 있는지 알아보고, 호텔들을 다니며 몇 가지 물어 볼 생각이야. 레드포드는 편안한 걸 좋아해. 영원히 살아갈 사령탑을 지하에 세우지는 않았을 거야."

그의 옆 테이블에서 전화벨이 울렸다.

"골드바움인 모양이군. 무언가 알아냈으면 좋겠는데. 오늘은 제대로 된 일이 하나도 없단 말이야."

그가 수화기를 집어들었다.

"골드바움?"

"골드바움이 누구지?"

알렉스의 심장이 목까지 튀어올랐다.

"레드포드."

케말이 낮은 목소리로 무어라 중얼거렸고, 케이틀린은 전화기로 더 가까이 다가갔다.

"오랜만이야, 알렉스. 음, 꼭 그렇지는 않군. 하지만 아주 오랜만인 것 같은 기분이야. 친한 친구들끼리 헤어져 있으면 언제나 그렇잖나? 바사로 계집이 아직도 너와 같이 있다는 말을 들었어. 그건 실수하는 거야, 알렉스. 내가 그 계집과 같이 있는 걸 얼마나 싫어하는 줄 알 텐데."

"그녀가 여기 있는 건 어떻게 알았지?"

"오늘도 같이 나타났잖나. 트루브는 정말 유쾌한 장소야, 그렇지? 내가 널 위해 준비할 때까지 그 은신처에 가까이 오리라고는 생각지 않았어. 하지만 넌 언제나 날 놀라게 하거든. 상관없어, 이제 넌 나에게 위협이 될 만한 걸 갖고 있지 않아. 아무것도 찾지 못했지. 시간이 다 돼가고 있어, 알렉스."

"어디 있나?"

"그 지프로 뒤지고 다닐 때 거의 날 찾을 뻔했지. 너의 영리함에 보상을 해주기로 결정한 걸 고맙게 생각해야 할 거야, 정보 하나를 주지. 그 일은 저택에서 일어나지 않을 거야."

"무슨 일?"

"멍청한 척하지 마, 알렉스. 그러면 짜증이 난다구. 영국 대표단이 거기서 제거될 거라는 걸 알아차렸을 텐데."

"그들이 어디서 제거될 예정이지?"

"그건 질문이 지나친 거야. 직접 찾아보라구."

그가 낄낄거렸다.

"만약 네가 찾아내면 보상을 해주지."

"어떤 보상?"

"그 바사로 계집을 시간 끌지 않고 재빨리 죽여 줄 거야. 그 여자를 죽일 만한 충분한 이유가 있잖아."

그의 목소리가 부드럽게 낮아졌다.

"우린 이제 카운트다운으로 들어가는 거야, 알렉스. 넌 결정을 해야지. 그 여자가 없으면 네가 더 또렷하게 생각할 수 있을 거라 믿어. 정말 흥분되지 않나?"

"사냥할 때의 흥분뿐이지. 넌 잡혀서 죽게 될 사냥감일 뿐이야, 레드포드."

"나에게만이 아니라 자신에게도 거짓말을 하는군. 넌 나만큼이나 우리의 만남을 고대하고 있어. 그 이유를 알겠나?"

"네가 말해 주겠지."

"너와 내가 비슷하기 때문이야, 알렉스. 그래서 너에게 흥미를 느낀 거야. 널 붙잡고 있는 기사도 경향이 한탄스러울 뿐이지. 그걸 포기하라구, 알렉스."

"네놈을 죽여 버리겠어."

레드포드가 한숨을 쉬었다.

"아직도? 아, 그래. 이 순간을 위해 난 꽤나 오랫동안 기다려 왔어. 조금은 더 기다릴 수 있지."

레드포드가 전화를 끊었다.

알렉스는 수화기를 내던지듯 내려놓았다.

"일은 그 저택에서 일어나지 않을 거요. 조나단과 연락해야겠소."

"레드포드를 어떻게 믿죠?"

"그놈은 내가 크라코의 계획에 대해 알아내길 바라고 있소. 우리가 트로이를 뒤지고 다닌 걸 싫어하면서도, 암살 시도에 대해서는 기꺼이 알려주는 거요."

"왜 그럴까요?"

케말이 물었다.

"배반?"

"그럴 수도 있겠죠. 하지만 암살 시도 전인가요, 후인가요?"

"나도 몰라. 레드포드에겐 어느 쪽이든 상관없을 거야."

그가 케이틀린을 돌아보았다.

“당장 힐튼으로 옮겨야겠소. 짐을 싸시오.”

“알았어요.”

케이틀린의 시선은 여전히 전화기에 고정되어 있었다.

“알렉스, 그가 이 전화번호를 어떻게 알았을까요?”

“그래서 옮겨야 하는 거요. 전화는 이 집의 소유자 이름으로 되어 있소. 골드바움조차 전화번호를 알아내지 못했는데, 레드포드는 알아냈소.”

알렉스가 케말 쪽으로 시선을 돌렸다.

“회담이 끝날 때까지 케이틀린에게 경호원 두 명을 붙여 줘. 할 수 있겠나?”

“문제 없죠. 난 솜씨 좋고 불쾌한 녀석들을 많이 알거든요.”

케말의 표정이 진지해졌다.

“다시는 당신을 실망시키지 않을 거예요, 알렉스. 케이틀린에게 아무 일도 일어나지 않게 하겠어요.”

다음날 아침 알렉스는 객실에 잠들어 있는 케이틀린을 놔두고 조나단의 방으로 향했다.

“빌어먹을, 조나단. 대사가 당신에게 거짓말을 했소.”

방에 들어서자마자 알렉스가 말했다.

“암살 시도가 그 저택에서 일어나지 않는다면, 그들의 예방책과 안전 조치는 모두 허사요.”

“아니면 레드포드가 당신에게 거짓말을 했든지. 전에도 그랬잖소.”

조나단이 안락의자에 앉아 다리를 앞으로 쭉 뻗었다.

“당신도 직접 그자의 정신이 불안하다고 했고.”

“이번에는 거짓말이 아니오. 난 그를 알아. 그놈 생각을 알아낼 만큼 충분히 당했잖소.”

“좋아, 레드포드가 진실을 말했다는 점을 받아들이지. 그럼 대사 또한 그 사실을 모르고 있었던지, 아니면 회담이 열리는 곳을 말해 줄 수 없었던 모양이오.”

“시간도.”

"시간? 내일 모레 세 시로 되어 있잖소?"

"아니, 그건 세계의 신문사들이 일어난 일을 떠들어델 시간이오. 만약 회담 장소가 변경되었다면, 시간이 정확할 필요도 없겠지."

그가 머리를 흔들었다.

"아무것도 확실치가 않아."

조나단이 일어섰다.

"그럼 다시 대사에게 가서 목을 좀 비틀어 볼까?"

알렉스가 문으로 향했다.

"그게 논리적인 출발 같소."

"케이틀린은 데려가지 않을 거요?"

"그렇소."

"좋아하지 않을 텐데."

"할 수 없지."

조나단이 말없이 계속 쳐다보고 있자, 알렉스가 갑자기 난폭하게 덧붙였다.

"빌어먹을, 맥밀란은 그녀가 표적이라고 했소. 그 말이 맞아. 경호원이 지키는 호텔에 있는 게 더 안전하오. 내가 이스탄불 전체에 데리고 다녀야 하겠……."

문득 떠오른 생각에 그의 눈이 커졌다.

"맙소사!"

조나단이 물어 보듯 쳐다보자, 알렉스는 머리를 흔들었다.

"별일 없을 거야. 그건 말이 안 돼. 생각을 좀 해봐야겠소. 갑시다."

"복도에 대기하고 있는 저 이상한 사람들은 누구죠?"

첼시가 케이틀린의 방으로 들어서자마자 물었다.

"케말이 선택한 경호원들이에요. 흉터 있는 사람이 알리고, 뜨뜻한 송장 같은 사람이 하마드예요. 뭐라고 하든, 어두운 골목에서 그들을 만나느니 차라리 레드포드를 만나는 게 나을 것 같아요."

"바사로에서 생긴 일을 생각하면 난 싫은 걸요. 조나단에게 전화가 왔

어요. 알렉스와 같이 대사관에 갔다올 거래요. 알렉스가 나중에 전화하겠
대요."

케이틀린이 눈살을 찌푸렸다.

"대체 왜 날 데려가지 않은 거죠?"

"이건 사실을 알아내러 가는 거지 습격이 아니니까, 당신은 침착하게
기다리래요."

첼시가 낄낄거리며, 전화기로 걸어갔다.

"보호 시설에서 막 돌아오는 길이라 아직 아침을 안 먹었어요. 당신도
뭐 좀 먹을래요?"

"커피요. 아이들은 어때요?"

"괜찮아요. 혼란스러워하는 애는 멜리스뿐이에요. 그 애는 오늘 아침
에 아주 불안해 하더군요. 케말이 다시 찾아가 주는 게 좋을 것 같아요."

"다시라뇨?"

"거기 여자가 그러는데, 그가 어젯밤 다녀갔대요."

첼시에게 이끌려 나가던 멜리스를 보며 케말의 얼굴에 떠올랐던 근심
어린 표정이 기억나자, 마음이 따뜻해졌다.

"놀랄 일도 아니죠. 그녀가 떠날 때 걱정하는 것 같았거든요."

첼시가 룸 서비스 버튼을 눌렀다.

"멜리스는 케말이 떠나고 나서 만족해 하며 바로 잠자리에 들었대요."

"다행이에요."

"케말은 어디 있어요?"

"모르겠어요. 복도에 있는 그 사람들을 소개해 준 다음에 떠났어요. 자
기가 정기적으로 확인하겠다고 했어요."

"그들은 아무것도 모른다고 했잖소."

차관 사무실에서 나오며 조나단이 대사관 현관에서 기다리는 알렉스
에게 입을 열었다.

"비밀 회담 가능성을 얘기하니까 사이먼이 거의 쓰러질 뻔하더군. 만
약에 비밀 회담이 있다면 말이오."

"누군가는 알고 있을 거요. 카트라이트의 직원 중 아는 사람 있소?"

"아니, 하지만 스코틀랜드의 필립 피버디는 알고 있소. 그가 누군가 연결해 줄 수 있을지도 모르지. 여기서 전화해야겠소."

알렉스가 리셉션실로 조나단을 따라 들어갔다.

"그럼 그렇게 합시다. 빌어먹을, 뭐라도 제대로 해보자구요."

조나단이 놀란 시선을 던지자 그가 간단하게 대꾸했다.

"미안하오. 초조해서 그런 것 같소."

알렉스는 문득 그 초조함이 아까 떠올랐던 말도 안 되는 가능성 때문이라는 걸 깨달았다. 호텔을 떠난 후부터 그 가능성을 파고드는 일을 회피하여 왔다. 전적으로 무시하려 노력했다. 왜 그랬을까?

천천히 리셉션실의 가죽의자에 내려앉아 멍하니 조나단이 전화하는 모습을 지켜보았다. 그런 다음 조나단의 통화하는 목소리를 몰아내고, 케이틀린에 대한 걱정과 두려움, 레드포드에 대한 증오, 이 퍼즐 조각을 맞추고 싶어하지 않는 망설임마저 비워 내려 노력했다.

퍼즐을 푸는 일에 감정이란 언제나 방해가 되었다. 지금은 그럴 여유가 없다. 그는 눈을 감고 자신의 앞에 놓인 조각들을 명확하고 냉정하게 관찰하기 시작했다.

"여기서 떠나야 해요!"

케말이 방안으로 뛰어 들어오자, 첼시와 케이틀린이 깜짝 놀라 시선을 들었다. 그의 숱 많은 검은머리는 아무렇게나 헝클어져 있고, 입술도 음울하게 굳어 있었다.

"여긴 더 이상 안전하지 않아요, 케이틀린."

"무슨 일이야? 레드포드?"

"그래요, 알리가 호텔 웨이터복을 입은 레드포드의 하수인을 알아봤어요. 알렉스는 어디 있죠?"

케말이 케이틀린을 잡아서 일으켰다.

"대사관에 갔어."

"제기랄, 메모를 남겨놓으세요. 터번가에 있는 내 집으로 간다고 써요.”

“내가 할게.”

첼시가 책상으로 가서 서랍의 메모지를 한 장 꺼내 재빨리 몇 줄 적었
다.

“주소가 어떻게 되지?”

“그가 알고 있어요. 전에 기타를 가지러 들른 적이 있거든요. 어떤 정
보도 흘려놓아선 안 돼요.”

케말이 케이틀린의 손목을 잡아 문으로 끌었다.

“당신 방으로 가세요, 베네딕트 양. 여기 있으면 당신도 안전하지 않아
요.”

“케이틀린을 당신 집까지 어떻게 데려갈 셈이지? 차도 없잖아. 자전거
에 태울 건가, 아니면 미행당할 수 있는 택시를 탈 건가?”

첼시의 비꼬는 물음에 케말이 눈살을 찌푸렸다.

“차를 한 대 빌릴 거예요.”

“좋은 생각이야.”

첼시가 수화기를 집어들었다.

“데스크에 전화해서 정문 앞에 우리가 탈 차를 대기시키라고 하겠어.”

“우리? 이 일은 당신과 상관없어요, 첼시.”

케이틀린의 말에 케말이 재빨리 동의했다.

“그 말이 맞아요. 당신까지 위험해지면 안 돼요.”

첼시의 입술이 완고하게 굳어졌다.

“레드포드와 그 부하 녀석들은 나와 아주 많은 관계가 있어. 내 딸을
거의 죽일 뻔했다구. 그놈들을 잡을 기회를 기다리고 있었지.”

“마음에 들지 않는 걸요.”

“나도 이십사 시간 동안 엉덩이에 그 빌어먹을 자전거 핸들 자국이 난
게 마음에 들지 않았어. 때로는 싫어하는 일도 받아들여야 하지.”

알렉스의 눈이 번쩍 뜨이며 의자에서 팅기듯 벌떡 일어났다.

“맙소사!”

"무슨 일이오?"

"전화 끊어요. 맥밀란에게 전화해야겠소."

조나단이 수화기를 건네주었다.

"피버디는 어쩌고?"

알렉스는 재빨리 맥밀란의 사무실 번호를 눌렀다.

"그 사람은 필요 없을 것 같소."

CIA 사령부에서 버니가 전화를 받았고, 즉시 맥밀란을 연결해 주었다.

"무슨 일이야, 카라조브? 난 기분이……."

알렉스가 맥밀란의 말을 잘랐다.

"물어 볼 말이 있소. 은밀한 질문이오. 거기 버니가 같이 있소?"

"알렉스, 무슨……."

"있냐구?"

"그래."

"그를 내보내시오."

"난 명령받는 걸……."

"어서!"

"나에게 감히 명령을……."

수화기에서 고개를 돌려 맥밀란이 웅얼거리는 소리가 들렸다. 그러고 나서 다시 그가 수화기에 대고 말했다.

"이 분만 주지, 카라조브."

"크라코의 회담은 어디서 열리지?"

침묵.

"내가 어떻게 알아. 미국의 높으신 분들이 초대되지도 않았는데."

"하지만 알고 있을 거야, 그렇지? 십이 개국의 안전요원들이 이스탄불로 몰려들고 있어. 빌어먹게 골치 아픈 일이겠지. 그걸 다룰 만한 중간파라도 있다면 훨씬 나을 거야. 말하라구, 당신 사무실에서 그들의 안전 조치를 조종해 주는 연락망을 제안하지 않았나구?"

또다시 한참의 침묵이 흐른 다음 대답이 나왔다.

"그래."

“왜?”

“버니가…… 난 그게 사교적인 행동이 될 거라 생각했어. 몇 가지 호의도 얻어낼 수 있을 거고.”

“어디서 언제?”

“그건 네가 알 바 아니야.”

“아니라고? 레드포드가 그 회담에 모인 사람들의 반을 시체로 만들면 문제가 될걸.”

“그런 일은 일어나지 않아. 그 안전 조치는 절대 확실해.”

“내가 파리에 있는 건 누가 알고 있었지?”

“널 따라다니던 남자.”

“그럼 내가 이스탄불에 있는 건 누가 알고 있지?”

“너에게 보내 준 의사.”

“다른 사람은?”

“없어.”

“아니, 레드포드는 알고 있어. 파리와 이스탄불의 내 거처를 당신 사무실만이 알고 있었는데, 그게 이상했어. 파리에서는 실수로 흘러 들어갔을 수 있지만, 이스탄불에서는 그렇지 않아. 그런데 레드포드가 여기 내 전화번호까지 알고 있었어. 다른 사람 이름으로 되어 있는데 말이야.”

“레드포드는 몇 년전에 해고되었어.”

“정보통이 있다고 했어. 거기 있는 누군가와 연락을 유지하고 있는 게 아니면 뭐겠냐구?”

“그게 나라고 생각하는 거야?”

맥밀란이 믿을 수 없다는 듯 웃어댔다.

“널 말려 죽여 버리고 싶긴 하지만, 우리 둘다 내가 그럴 수 없다는 거 알잖아.”

“아니, 당신이라고 생각지는 않아. 버니인 것 같아.”

“미쳤군.”

“버니가 크라코의 회담을 다 주선했지?”

맥밀란이 머뭇거렸다.

"내가 직접 했어."

"제기랄, 진실을 말하라구. 당신은 내가 처음 만났을 때부터 손가락 하나 까닥하지 않았어. 버니가 모든 걸 처리했잖아."

"좋아, 버니가 했어. 하지만……."

"어디야?"

맥밀란이 머뭇거리다가 중얼거렸다.

"트로이. 크라코는 회담이 역사적인 곳에서 열리면 카트라이트가 좋아할 거라고 생각했어. 새로운 정부를 만들고 싶어하긴 해도 역사를 존중한다는 점을 보여 주고 싶어했던 거지."

"언제?"

"오늘 세 시. 대표단들은 카나케일에서 모일 거야. 거기서 트로이까지 방탄 버스로 움직일 거고, 회담이 끝난 후 다시 돌아올 거야. 버스는 두 시 사십오 분에 도착할 거고."

"버스를 확인해 봤나?"

"영국 요원들이 이 잡듯이 철저히 조사했어. 탱크처럼 탄탄하고 강하다구. 사람들이 타기 전에 그들이 다시 확인할 거야. 아무 문제 없어."

"그럼 트로이의 옛터는?"

"어제 한밤중에 방책을 길에 깔아놨어. 전 구역이 군사들과 안전요원들로 우글거린다구. 특별 허가증 없이는 아무도 드나들 수 없어."

"그들이 이미 안에 들어가 있다면?"

"그럴 수는 없지. 방책을 설치하기 전에 사방 십육 킬로미터를 죄다 뒤졌으니까. 장담하지만, 절대 안전하다구."

"내가 장담하는데 이미 들어가 있어. 버니는 레드포드의 수하야."

"버니? 그런 말도……. 이게 뭐야?"

알렉스도 그 소리를 들었다. 다른 곳에서 부드럽게 수화기를 내려놓는 소리.

알렉스가 날카롭게 외쳤다.

"당장 거기서 나가, 맥밀란. 그리고 영국 안전부에 연락해서……."

낮게 울리는 퍽소리. 맥밀란의 손에서 책상으로 떨어지는 수화기의 덜

그럭소리.

"맥밀란!"

수화기가 조심스레 내려졌고 연결은 끊어졌다.

알렉스가 마지막으로 그 부드러운 퍽소리를 들었을 때는 스페츠나츠에서였다. 한 번 들으면 잊을 수 없는 소리, 방음 장치가 된 권총이 발사되는 소리였다.

맥밀란은 영국 안전부나 어느 누구에게도 전화할 수 없으리라.

알렉스가 전화를 끊고 조나단에게 돌아섰다.

"맥밀란도 이제 어쩔 수 없소. 회담은 트로이에서 열리오. 버니가 우리 행동을 알 테니, 그 장소 근처에 가면 우리를 막도록 조치할 거요."

벌써 9시 45분이었다. 회담 시간까지는 다섯 시간도 채 안 남았고, 그는 첫번째 검문소를 통과하는 방법조차 모르고 있었다.

"조나단, 차관에게 한 가지 더 물어 봐 주시오."

그는 재킷 주머니에서 종이 한 장을 꺼냈다. 레드포드가 이스탄불에 전화했던 번호가 적혀 있었다.

"이게 누구 전화번호인지 알아야 하오."

알렉스의 굳은 표정을 힐끗 보고 나서, 조나단이 방을 나섰다.

알렉스는 마음을 비우려 노력했다. 잘못 생각했을 수도 있다. 변수는 있다. 제기랄, 자신의 생각이 틀렸기를 바랐다.

조나단이 방으로 돌아왔다.

"케말 네미드로 등록돼 있군, 터번가 423."

그리고 알렉스는 자신이 왜 그렇게 퍼즐 풀기를 망설였는지 알 수 있었다.

"맙소사."

"예상하지 못했던 일인가?"

"아니, 내 생각이 틀리길 바랐소. 난 맥밀란에게 이스탄불에 있는 요원 이름을 대달라고 했지. 그는 버니에게 그 일을 시켰소."

그가 씁쓸하게 웃었다.

"버니가 케말의 이름을 요원으로 올리는 건 식은 죽 먹기였겠지. 케말은 이스탄불에 있던 레드포드의 수하였소.”

케말, 그가 지금 레드포드로부터 케이틀린을 보호하고 있다. 힐튼의 전화번호를 누르는 그의 손이 떨리고 있었다.

“546호.”

전화벨이 열 번이나 울려댔다.

“아무도 받지 않아.”

머리가 어찔해지며 온몸으로 소름이 쫙 돋았다. 6개월 전 그는 전화벨이 울리는 소리를 들으며 이렇게 서 있었다, 레드포드의 부하가 페이블을 죽이던 날 밤.

그가 수화기를 내던졌다.

“호텔로 돌아가야겠소.”

“여기에 주차해야 돼요. 자동차를 끌고 올라갈 수는 없잖아요.”

케말이 말했다. 첼시는 좁고 꼬불꼬불한 거리를 올려다보고는 고개를 끄덕였다.

“당신이 왜 자전거를 타는지 알겠군.”

케말은 케이틀린이 내리도록 뒷문을 열어 주고 나서 운전석으로 돌아갔다.

“정말 호텔로 돌아가지 않을 건가요?”

그녀는 고개를 저으며 문고리를 잡았다.

“절대 안 되겠어.”

케말이 생각에 잠겨 그녀를 쳐다보았다.

“그거 참 안된 일이군요. 하지만 고마워요.”

케말은 문을 열고 첼시의 어깨에 손을 올려놓았다. 첼시의 머리가 운전대 위로 푹 고꾸라졌다.

“첼시, 무슨 일이에요?”

케이틀린이 달려와 케말을 난폭하게 노려보았다.

“무슨 짓……”

“다치지는 않았을 거예요.”

케말이 케이틀린의 팔을 잡고 부드럽게 첼시 쪽으로 밀었다.

"봐요, 안색이 괜찮잖아요."

"의식을 잃었어요. 당신이 어떻게……."

케말의 손이 팔뚝을 힘주어 잡아 왔을 때 약간의 따끔거리는 느낌이 전해졌다.

"오, 정말 미안해요, 케이틀린."

그녀의 무릎이 꺾이며 땅으로 쓰러지려는 찰나 그가 부드럽게 붙잡았다.

"알렉스, 내 아기. 이제 마지막 연기를 할 시간이야."

한 시간 후 알렉스가 호텔방에서 수화기를 집어들자마자 레드포드가 말했다.

"그들은 어디 있지?"

"약간 긴장한 것 같군. 숙녀들은 둘다 살아 있어. 네가 지시에 따르기만 하면 그대로 살아 있을 거야."

"케말의 집에 없었어. 거긴 이미 가봤어."

"물론 거기에는 없지. 네가 그 메모에 귀찮게 신경을 쓰다니 놀랐는걸. 솔직히 말하면, 그들은 이리로 오는 중이야."

"트로이?"

"그래, 트루브 방향판이 있는 곳에서 케말을 만나도록 해. 그가 널 나에게 데리고 올 거야. 당장 오라구."

전화가 끊기자 알렉스가 조나단을 휙 돌아보았다.

"그들은 아직 살아 있다고 했소. 난 트로이로 가야 하오."

"나도 같이 가지."

"들어가면 나올 수 없을지도 모르오. 나에겐 거래할 게 별로 많지 않소."

"같이 가겠소. 어떻게 가면 되지?"

"지프를 빌려서 가다가 트루브 방향판에서 케말을 만나는 거요."

레드포드는 한스가 기다리고 있는 진입로까지 느긋하게 걸어가 그에게 말했다.

"갈 시간이 되었다, 아가야. 좋은 지점을 선택했겠지?"

"아주 좋은 곳이지요. 바로 옆 언덕. 아주 많이 가려 주는 곳."

"조준 거리 안이냐?"

"내가 할 일은 잘 알고 있어요."

"물론 그렇겠지."

레드포드가 자비롭게 미소지었다.

"크라코 무리를 제거한 다음에 터널로 돌아와라. 우린 군사들이 사라지고 해안이 깨끗해질 때까지 숨어 있는 거야. 알겠니?"

"난 멍청이가 아니에요."

한스가 까만 배낭의 끈을 움켜잡았다.

"내가 크라코를 없애고 폭약이 늙은 여자와 회담의 대표단을 터트리는 거죠."

레드포드가 나왔던 방을 그가 힐끗 돌아보았다.

"그 그림하고 물건들은 언제 옮기나요?"

"넌 걱정 마. 케말이 군사용 트럭에 싣고 검문소를 지날 거야. 넌 네 할 일만 하면 돼. 나머지는 내가 다 알아서 할 거란다."

케이틀린이 깨어났을 때, 방 한쪽에서 불가사의하게 쳐다보고 있는 윈드 댄서의 에메랄드 눈동자를 알아차렸다.

꿈인가? 무거운 눈꺼풀이 다시 감기기 시작했다.

"정신 차려요!"

누군가 부드럽다기보다 단호한 손길로 그녀의 어깨를 흔들고 있었다. 다시 눈을 뜨니 그녀를 내려다보는 첼시의 모습이 보였다.

"첼시?"

"아니면 누구겠어요? 당장 정신 차려요. 우린 이럴 시간이 없어요."

몽롱한 상태에서는 제대로 조절이 안 된다는 사실을 무시하다니, 그야말로 첼시다웠다. 정신을 차리려고 머리를 흔들어 보았다. 기억이 되살아났다.

“케말······.”

“변절자. 쥐새끼 같으니.”

“무언가 실수가 있었던 걸 거예요.”

케말이 이런 짓을 할 리가 없다.

“실수가 아니에요. 그가 우리를 마취시켰어요.”

케이틀린은 작고 어두운 방안을 둘러보았다. 테이블 옆 땅바닥에 랜턴이 하나 놓여 있을 뿐이었고 그녀는 맨 땅에 누워 있었다. 벽은 거친 나무판자로 막혀 있었으며 창문은 없다.

문 옆에 간이침대가 하나 놓여 있고, 거기서 조금 떨어진 곳에 테이블과 의자가 놓여 있었다.

그리고 테이블 위에······ 윈드 댄서가 있었다.

꿈이 아니었다. 윈드 댄서가 베르사유 거울의 홀에서처럼 똑같은 힘으로 방안을 지배했다.

케이틀린은 방안의 냉기를 막으려고 몸을 감싸며 일어나 앉았다.

“이 안은 춥군요. 우리가 어디 있는 걸까요?”

“나도 방금 깨어났어요. 문을 열어 보려 했지만, 잠겨 있어요.”

이제 머리 속이 맑아지기 시작했다.

“레드포드, 레드포드였을 거예요. 그가 윈드 댄서를 갖고 있어요.”

“내 생각도 그래요. 변절자 케말은 그를 위해 일하구요.”

“케말이 이런 짓을 하지는 않았을 거예요. 첼시, 난 그를 알아요. 그는······.”

문에서 열쇠 돌아가는 소리가 들렸다. 사내 한 명이 들어왔다.

“안녕하시오, 숙녀분들. 날 소개하지. 난 브라이언 레드포드요.”

그는 알렉스가 보여 준 사진에서처럼 평범해 보였다. 단단하고 튼튼한 체격에 쾌활한 얼굴, 전혀 괴물 같지 않았다.

“지친 상태가 아니길 바라오. 케말이 약간의 여파가 남을 거라고 했지만.”

그가 손목시계를 들여다보았다.

“그가 말한 시간에 정확히 깨어나셨군. 케말은 항상 신뢰할 만하지. 실수투성이 세상에서, 그는 대단히 능률적이거든.”

실망감이 밀려들자 케이틀린은 아까보다 더 춥게 느껴졌다. 배신당하다니.

“여기가 어디죠?”

“아직 짐작 못했나? 어제 알렉스와 같이 그렇게 열심히 찾아다니던 터널 안이지. 베네딕트 양께서 친절하게도 구해 주신 자동차로 두 분을 트렁크에 넣고 아무 문제 없이 이리 데려올 수 있었소.”

“우리가 왜 여기 있어야 하는지 묻는 건 어리석겠죠?”

“대단히 어리석지. 그렇지 않으면 알렉스를 온전한 상태로 여기까지 데려올 방법이 어디 있겠소?”

그가 첼시를 돌아보았다.

“당신은 예상치 못한 보너스이긴 하지만. 나의 친구 케말이 보너스까지 챙길 줄 알았어야 했는데 말이오.”

“그럼 그 보너스를 챙겨 준 사람은 어디 갔나요? 나도 좀 나눠 받고 싶은데.”

첼시가 말하자, 레드포드의 웃음소리가 울려퍼졌다.

“당신이 재미있는 여자인 줄은 알고 있었지. 케말은 검문소에서 알렉스를 데려오기 위해 나갔소. 허가증이 없는 사람은 영국인 요원들이 별로 환영하지 않거든.”

그가 케이틀린에게 시선을 돌렸다.

“당연히, 알렉스는 당신을 원할 거야. 하지만 그때쯤이면 당신들은 여기 없지.”

케이틀린은 아무 감정도 드러내지 않으려고 노력했다.

“우릴 죽일 건가요?”

마지못한 찬탄의 기색이 레드포드의 얼굴에 스쳐갔다. 그리고는 빈정거리던 말투를 버리고 냉혹하게 말했다.

“네가 좀더 두려워하길 바랐는데. 알렉스가 섹스에만 끌리지 않았으리라는 걸 생각했어야 했어.”

그녀는 너무나 겁이 났다, 뱃속이 메슥거릴 정도였다. 하지만 그걸 이자에게 알리지는 않을 것이다.

"하지만 알렉스는 죽이지 않겠죠?"

"그가 이성적이라는 걸 확인한다면. 난 이 게임이 그렇게 끝나는 걸 바라지 않지. 쓸데없이 간섭해서 그를 위험에 빠뜨린 장본인은 바로 너야."

첼시가 끼어들었다.

"우릴 이용해서 거래를 하는 게 낫지 않겠어요? 난 꽤 값이 나가는데."

"난 이제 곧 원하던 만큼의 돈을 갖게 될 거야. 하지만 공평한 사람이기도 하지. 정당한 기회도 없이 너희들을 죽이지는 않을 거야. 넌 알렉스에게 들었겠지, 내가 얼마나 게임을 좋아하는지?"

"당신이 살인자라고 하더군요."

레드포드가 움찔했다.

"그리고 물론 네가 나에 대한 그의 분노를 부채질했겠지."

"부채질할 필요는 없었어요. 내 어머니는 왜 죽인 거죠?"

"정말 슬픈 일이었어. 하지만 그런 결과를 바라지 않았다면 네가 이 게임에 끼어들지 말았어야 했던 거야."

그가 손을 내저었다.

"하지만 그건 다 지난 일이지. 우린 새 무대에서 연기를 해야 해."

그가 재킷에서 태연스레 권총을 꺼내 그들을 겨누었다.

"내가 당신들을 위해 약간의 장애물 코스를 준비해 놨어. 이리 오라구."

그가 테이블 옆의 문으로 움직였지만, 두 여자 다 꼼짝도 하지 않았다.

"자, 고집 부리지 말라구. 둘다 확실한 것보다는 도전하는 일을 더 좋아할 거야."

그가 열쇠를 꺼내 문을 열고, 활짝 열어젖혔다.

케이틀린과 첼시는 어쩔 수 없이 그의 옆으로 움직였다. 찬 공기가 휘몰아쳤다. 어둠. 아니, 완벽하게 어둡지는 않았다. 멀리 가느다란 불빛 한 점을 겨우 식별할 수 있었다.

케이틀린의 시선을 따라간 레드포드가 부드럽게 말했다.

"대낮이지. 고대 트로이인들이 선견지명을 갖고 있었다는 게 날 행복하게 한다구. 원래 터널에서부터 많은 곁가지로 갈라진 지하묘지야. 이게 지금까지 발견한 것 중에서 가장 흥미로운 거지. 비상구가 있다는 걸 알면 언제나 크게 안심이 되거든. 언제 탈출할 일이 생길지 전혀 모르니까 말이야."

"우리에게 탈출로를 주는 건가요?"

첼시가 회의적으로 물었다.

"날 의심하나? 사실 그렇게 생각하는 게 옳기도 해. 당신들은 터널 끝까지 갈 수 없을지도 몰라. 내가 몇 가지 놀라움들을 준비해 놓았거든."

"우리가 여기 남겠다고 한다면?"

"그럼 난 총을 쏠 거야."

레드포드가 활짝 웃어 보였다.

"터널로 들어가서 당신들의 생명뿐 아니라 영국 대표단의 생명까지 구해 세계적인 영웅이 될 기회를 잡는 거야. 흥분되지 않나?"

"소름이 끼치도록."

첼시가 대꾸했다.

"터널은 히사릭 고원 바로 아래로 나가게 되어 있어. 크라코의 회담이 열리는 곳이지."

케이틀린의 눈이 커지는 걸 보고 그가 고개를 끄덕였다.

"알렉스가 미처 말할 기회가 없었겠지? 회담이 열릴 시간이 한 시간도 안 남았어. 회담 참석자들이 곧 특별 버스를 타고 도착할 거야. 그리고 크라코는 그들을 대단히 따뜻하게 맞이하면서 옛터로 안내를 해주겠지. 그 우스꽝스러운 가짜 트로이 목마를 포함해서. 윈드 댄서를 진짜 트로이 목마로 생각하는 나에게 그건 너무나 혐오스러워. 계단을 올라갔을 때 무엇이 그들을 기다리고 있을까? 한 번 알아맞혀 봐."

그가 기대감에 찬 표정을 던졌다.

"선물을 든 그리스인?"

첼시의 말에 레드포드가 크게 웃어댔다.

"멋있어. 사실은 선물을 든 독일인이지. 어젯밤 군사들이 도착하기 전,

내 오랜 친구 한스가 그 말머리에 폭약을 설치했어. 사람들이 말의 배에 오르자마자 터지는 거야. 뻥!"

"크라코도?"

"아니, 그는 고소공포증이 있어서 말에 올라가지 않을 거야. 크라코를 위해서는 내가 특별한 계획을 세워두었어. 그 더러운 일이 끝나자마자 내 친구 크라코가 나와 내 팀들을 없앨 생각이라는 걸 처음부터 알고 있었지. 내가 먼저 행동하는 것이 합리적일 뿐이야. 다른 녀석들은 어제 돈을 주고 떠나 보냈어. 이제 남은 건 나와 한스와 케말, 그리고 대단히 깔끔한 소탕 계획뿐이지."

"그 소탕 작업을 우리가 방해해도 좋다는 건가요?"

"승리가 바로 눈앞에 있는데, 지는 것보다 더 고통스러운 고문은 없지. 난 당신들이 터널 끝까지 도착할 걸로 생각지 않아, 옛터는 물론이고. 그런 일은 있을 수 없지만, 만에 하나 옛터에 도착한다 해도 영국 안전 요원들과 크라코의 반테러리스트단들과 맞붙어야 할 거야."

그가 재킷 주머니에서 만년필 크기의 플래시 하나를 꺼냈다. 몇 번 깜박거려 보고 나서 케이틀린에게 그것을 건넸다.

"전지가 대단히 약하다는 걸 알았을 거야. 불쌍하기도 해라. 언제 전지가 다 닳아 버릴지 알 수 없지. 터널 끝에 도착할 때까지 지속될지도 모르고. 알 수 없겠지?"

케이틀린의 손이 차가운 강철 플래시를 힘껏 잡았다.

"첼시는 이 일과 상관없어요. 당신이 도망갈 수 있다고 그렇게 확신한다면, 그녀를 놓아주어도 될 거예요."

"마지막 순간에 위로가 될 친구도 없이 널 떠나 보내라고? 알렉스가 절대 용서하지 않을 거야. 자, 가라구. 당신들 앞에 큰 모험이 기다리고 있어."

그가 손가락을 퉁겼다.

"아참, 잊을 뻔했군. 부디 신발과 스타킹을 벗으라구."

두 여자가 당황한 채로 그냥 서 있자, 그의 환했던 미소가 사라졌다.

"어서. 어둠 속에서 맨발로 걸어다니는 것만큼 인간을 약하게 만드는 건 없지. 그리고 난 당신을 아주 연약하게 만들고 싶거든, 바사로 양.”
　케이틀린과 첼시는 신발과 스타킹을 벗어 바닥에 떨어뜨렸다.
　“아주 좋아. 이젠 작별을 고해야겠군.”
　그들을 터널의 차고 축축한 어둠 속으로 밀어넣고 그가 문을 쾅 닫았다.
　곧바로 열쇠 돌아가는 소리가 들렸다.

19

"맙소사, 온 도시가 군인들 천지로군."

조나단이 그들을 방금 지나친 터키 군인으로 가득 찬 트럭을 돌아보았다.

"레드포드는 대체 어떻게 이걸 벗어나려는 걸까?"

"그는 그런 걸 좋아하지, 도전이 되거든. 도전이 클수록, 그는 더욱 좋아하오. 자기가 얼마나 영리한지 증명할 수 있으니까."

"당신에게?"

"그렇소, 그리고 그 자신에게. 지금 몇 시요?"

알렉스의 시선이 케말의 흔적을 찾아 길 옆 숲속을 훑어보았다.

"두 시 이십오 분. 버스가 두 시 사십오 분에 도착할 예정이라면 우리 바로 뒤에 따라올 거요. 방책은 어떻게 통과하지?"

"그건 케말이 할 일이오."

알렉스의 입술이 음울하게 긴장되었다.

"그 녀석처럼 영리한 놈이라면 대답을 알고 있을 거요. 그는……."

그 순간 케말이 길 앞에 나타나 차를 정지시켰다. 빨간 스웨터와 낡은 갈색 골덴 바지 차림의 그는 알렉스가 처음 보았던 때처럼 어려 보였다.

브레이크를 밟자 지프가 끼익 소리를 내며 멈춰 섰다.

"빨리 오셨군요."

케말이 조나단이 앉은 보조석 쪽으로 돌아갔다.

"당신이 안드레인가요?"

조나단이 고개를 끄덕였다.

"그럴 줄 알았어요. 신문에서 사진을 본 적이 있거든요. 당신은 브루스 스프링스틴과 맞먹을 정도로 유명해요."

"고맙군. 자네는 귀 따가울 정도로 얘기를 들은 그 케말인 것 같은데."

케말이 차문을 열고 조나단에게 말했다.

"뒷좌석으로 옮기세요. 내가 앞에 탈게요. 그들이 바리케이드에서 허가증을 검사할 거예요."

"자네는 허가증을 갖고 있나?"

"물론이죠, 크라코가 만들어 줬어요. 레드포드에게는 특별 허가증을, 그 부하들에게는 출입 허가증을요."

조나단이 뒷좌석으로 옮겨 타며 문을 쾅 닫았다.

"어떤 지위가 되셨나?"

"크라코의 반테러리스트 팀의 일원이죠. 우린 어디에나 갈 수 있어요. 나한테 다 맡기라구요."

알렉스가 차를 출발시켰다.

"당연하겠지? 자넨 그런 일을 아주 잘 하니까."

케말이 알렉스의 굳은 얼굴을 힐끗 쳐다보았다.

"나에게 아주 화가 나셨군요."

"나 자신에게 화가 난 거야. 맙소사, 널 믿다니."

"자신에게 심하게 굴지 말아야 해요. 난 내가 하는 일을 아주 잘 해내거든요."

"정확히 어떤 일을 하지, 케말?"

"내가 해야만 하는 일. 아주 큰 부자가 될 거라고 말했잖아요."

"레드포드에게 받는 피 묻은 돈으로?"

"레드포드는 목적을 위한 수단이지요. 그리고 난 피 흘리는 걸 별로 즐기지 않아요. 내 전공이 아니거든요."

"그럼 전공은 뭐지?"

조나단이 물었다.

"아마 알렉스가 알고 있을 거예요."

"수요와 공급, 집시."

케말이 고개를 끄덕였다.

"어막은?"

"아, 그도 집시였어요. 사실, 그는 내 삼촌이죠. 부족에서 도망쳐 나왔을 때, 난 그에게 가는 게 마음 편했어요."

케말의 목소리에 씁쓸함이 깃들었다.

"어쨌거나 내 어머니의 동생이니까요."

"자네가 그를 죽였어."

"그는 날 이용했어요. 다른 많은 사람들에게 한 식으로 날 파멸시킬 뻔했어요. 그보다 죽어 마땅한 인간은 없을 거예요."

"그 점에 이의는 달지 않겠어. 하지만 왜 그 전에 죽이지 않았지?"

"적당한 때가 아니었어요. 어막은 내 목을 베어 버릴 만한 도시의 권력자들을 친구로 갖고 있었거든요. 내가 충동적으로 행동할 것 같은가요? 내 인생에 충동적인 행동은 딱 한 번뿐이었고, 그것이 내 사랑하는 삼촌의 즐거운 집으로 끌어들였죠. 그 이후로 난 천천히, 모든 계획을 세심하게 짜요. 곧 이스탄불을 떠나게 될 테니 어막을 제거하는 게 안전하리라고 생각한 거죠. 그의 죽음은 세 가지 목적을 이룰 수 있어요. 날 찾으려는 당신의 관심을 딴 데로 옮길 거고, 아이들을 해방시킬 거고, 그리고 나에게 큰 기쁨을 주는 거죠."

"그의 책상에 자네가 장부와 여권들을 집어넣었군."

"그래요. 어막을 집시로 생각하기에는 상황이 약간 빈약했죠. 당신이 그 물품 목록에 몰두해서 너무 많은 의문을 갖지 않게 되길 바랐던 거예요."

"그리고 난 그대로 했지. 내가 멍청이였어."

"아뇨, 당신은 날 믿었던 거예요."

케말이 부드럽게 말했다.

"그게 멍청하다는 걸 증명하는 거야. 네가 그 장부까지 보여 주었는데."

"실수였던 거죠. 당신이 모든 걸 꿰어맞출 시간이 없으리라 생각했어요. 난 아주 정확하게 움직여야 했어요. 레드포드는 페레조가 케이틀린을 죽이려 했던 날 이후로 당신 거처를 알았어요. 그 전에는 내가 당신과 연결되어 있다는 걸 몰랐죠. 당신이 프랑스에서 돌아온 후로는 종적을 감추었다고 했거든요. 하지만 당신이 맥밀란과 연락한 후에는 당연히 버니를 통해 말이 들어갈 거고, 그래서 그 전에 내가 먼저 선수를 친 거예요."

"우리 있는 곳을 알고 있었다면, 레드포드는 왜 케이틀린을 다시 죽이려 들지 않았지?"

"페레조의 죽음으로 혼란스러웠던 거예요. 버니가 맥밀란의 짓은 아니라고 했고, 당신이 죽였다는 것도 말이 안 되었던 거죠. 난 크라코가 레드포드를 없애는 조건으로 당신을 보호해 주기로 거래를 했는지도 모른다고 설득했어요. 그는 잠시 기다리면서 지켜보기로 결정했죠. 그게 바로 내가 바라던 일이에요."

알렉스가 여전히 의심스러운 듯 쳐다보자, 케말이 머리를 흔들었다.

"이해하지 못하는군요. 난 계속 케이틀린을 보호해 왔어요. 당신을 좋아해요. 당신이나 케이틀린에게 무슨 일이 생기는 걸 원하지 않았어요."

"그러면서 케이틀린과 첼시를 태연하게 갖다 바쳤군."

조나단이 말하자, 케말이 뒤를 힐끗 돌아보았다.

"베네딕트 양이 따라오겠다고 고집을 부렸어요. 난 안 된다고 말하려 노력했다구요."

그가 다시 알렉스를 쳐다보았다.

"난 진심으로 케이틀린을 끌어들이고 싶지 않았어요. 당신들을 끌어들일 수밖에 없었던 건 미안하게 생각해요."

운전대를 쥐고 있는 알렉스의 손에 힘이 들어갔다.

"그가 그녀를 죽일 거야."

"그런 일은 일어나지 않게 하겠어요."

"이 나쁜 자식, 넌 그놈을 막을 수 없을 거라구. 그 빌어먹을 부자가 되려는 것도 안 될 거야."

케말의 입술이 고통스럽게 일그러졌다.

"당신은 이해하지 못해요. 하렘에서 도망쳤을 때, 난 내가 아는 유일한 방법으로 스스로를 보호해야 했어요. 이스탄불 거리의 아이에게 얼마나 많은 기회가 있다고 생각하나요? 세상의 어느 누구도 나에게 교육시켜 주거나 안전하게 지켜 주려고 기다리지 않았다구요. 당신은 언제나 내 말을 농담으로 생각했겠죠. 하지만 난 꼭 성공할 거예요, 알렉스. 커다란 집도 사고 멋진 인생을 살 거예요. 아주아주 큰 부자가 되어서, 다시는 아무도 날 이용할 수 없게 할 거예요."

그가 자리에 똑바로 앉았다.

"속도를 줄여요. 바로 앞에 검문소가 있어요."

"저, 플래시를 켜볼까요?"

케이틀린이 물었다.

"잠깐 볼 정도만. 그 개자식이 우리를 위해 계획했다는 작은 놀라움이 처음 열 발자국 안에 있을 것 같지는 않아요. 그자는 우선 우리에게 공포를 주고 싶었을 거예요."

"그래요, 이제 켤게요."

케이틀린이 플래시를 켜서 앞으로 쭉 뻗었다. 희미한 노란 불빛이 몇 미터 앞의 어둠만을 보여 주었다. 언뜻 보았을 때 둥글게 놓인 돌과 흙벽 들이 이리저리 엇갈린 나무로 지탱되고 있는 듯했다. 케이틀린이 플래시 를 껐다.

"내가 갇히는 걸 얼마나 싫어하는지 말했던가요?"

"식은 죽 먹기예요. 한 번에 한 발씩만."

첼시가 천천히 앞으로 움직이기 시작했다.

"터널 속에 뱀도 있나요?"

"가끔요. 하지만 여긴 너무 추워요. 뱀은 추운 걸 좋아하지 않아요. 그러길 바라는 거죠."

맨 발바닥에 닿는 바위는 소름끼치게 차가웠지만, 적어도 단단하고 확고했다. 맹세코, 이런 암흑 속에서 미끌미끌한 어떤 것을 건드리는 건 정말 싫었다. 그리고…… 갑자기 그녀가 발을 딱 멈추고 어둠을 꿰뚫어보려 애썼다.

"저게 뭐죠?"

"뭐가요?"

"들어 봐요."

또다시 들렸다. 앞의 어둠에서부터 흘러나오는 낮고 깊은 쉬쉬소리.

"바람일까?"

아니면 한밤중에 무언가 부딪히는 소리랄까. 이렇게 비현실적으로 아무것도 존재하지 않는 곳에서는 무슨 일이라도 가능할 것 같았다. 필사적으로 머리를 굴려 보았다.

"모르겠어요, 하지만 마음에 들지 않아요."

"플래시를 켤까요?"

"그게 무엇이든, 너무 멀리 있어요. 더 가까이 갈 때까지 기다려야 해요."

케이틀린은 다시 앞으로 움직이기 시작했다. 또다시 낮고 깊으며 불길한 쉬쉬소리가 들려 왔다.

바람소리이길, 그녀는 기도했다. 오, 제발, 바람소리이길 바랐다.

알렉스는 파란 포드 승용차 옆에 지프를 주차시키려 했다.

"아뇨, 거기가 아니에요. 저 나무들 속으로 들어가요."

케말이 공터를 가로질러 소나무들이 모여 있는 곳을 가리켰다.

그 숲 안에는 삼각형의 빨간 바위가 1.8미터 정도 위로 솟아 있었다. 그 뒤의 뚜껑문과 경계표는 천막과 진흙, 잡목으로 교묘하게 가려져 있었다. 케말이 뚜껑문의 쇠고리를 잡고 문을 들어올렸다.

"조심하세요, 진입로가 아주 가팔라요. 잡을 것도 없구요."

넓은 나무 진입로가 땅 밑으로 15미터쯤 이어져 있었다. 그들 모두 터널 안으로 들어서자, 케말이 문을 닫고 그들 앞에서 통로 밑 쪽으로 안내했다. 통로 밑의 9미터쯤 되는 공터 한쪽에 문 하나가 있었다. 그곳은 돌벽에 부착된 12개의 나트륨등으로 환하게 밝혀져 있었다.

"아주 효율적이군. 땅 밑의 집이라."

알렉스가 무미건조하게 한마디했다.

"레드포드는 그림과 조각들을 이 밑으로 안전하게 옮겨와야 했어요. 원래는 밧줄 사다리뿐이었죠. 그 원래 있던 밧줄 사다리는 수백년 전에 썩어 버려서 우리가……."

"오, 우리 손님들이 오셨군."

레드포드!

알렉스의 시선이 그들을 향해 공터를 가로질러 오는 브라이언 레드포드에게로 꽂혔다. 그는 그들과 동시에 진입로 밑바닥에 도착했고, 케말에게 들고 있던 기관총을 건넸다.

"이들을 감시해. 난 좀 즐기고 싶으니까."

케말이 오른쪽 겨드랑이에 그 총을 편안히 받아들었다.

"드디어!"

레드포드의 시선이 알렉스의 얼굴에 열성적으로 고정되었다.

"아주 좋아 보이는군. 날카로움을 갈아내고 다이아몬드의 빛을 더하기에 긴장만큼 좋은 건 없지."

"케이틀린은 어디 있지?"

"살아 있어. 숙녀분 둘다 내가 마지막으로 보았을 때는 건강하게 살아 있었지."

레드포드가 조나단을 쳐다보았다.

"당신은 여기 오지 말았어야 했소, 안드레. 당신의 앞에는 큰 할 일들이 있다고 들었는데."

다시 알렉스에게로 시선을 돌렸다.

"도움을 받아들이기로 결정하다니 실망스럽군, 알렉스. 이 해후가 엄격히 우리 둘만의 것이라는 걸 알았을 텐데."

알렉스는 케말을 힐끗 보았다.

"당신에게도 친구가 있잖아."

"케말?"

레드포드가 고개를 저었다.

"케말은 그 자신일 뿐이야. 오히려 너와 비슷하지. 할 일을 하긴 하지만 나에게 속하지는 않아. 명석한 녀석이지."

"나도 알아차렸어."

"케말을 위해서는 따로 큰 계획을 세워 둔 게 있어. 하지만 당신들을 그냥 서 있게 하다니 내가 너무 무례했는걸."

그가 방금 왔던 방향으로 돌아 앞장을 섰다.

"이 아래는 간신히 거주할 수 있을 만한 방이 딱 두 개뿐이야. 이 공터를 만들면서 터널을 유지하기가 대단히 어려웠지."

그가 왼쪽 문을 열었다.

"들어오시지요, 신사분들."

"젠장!"

약간 앞서 가던 첼시가 소리를 질렀다.

"멈춰요! 더 이상 가지 말아요."

손으로 케이틀린의 팔뚝을 꽉 잡으며 낮게 욕설을 중얼거렸다.

"무슨 일이에요?"

"내 발. 못이나 깨진 유리나 그런 거. 아마 유리 같아요. 레드포드의 놀라움 중 하나를 만나게 됐군요. 절대 움직이지 말아요."

첼시가 케이틀린의 팔을 풀고 뒤로 한 걸음 움직였다. 또다시 고통스런 숨소리가 새어나왔다.

"빌어먹을!"

"플래시를 켤게요."

"아니, 아직은 안 돼요. 건전지를 낭비하면 안 돼요. 내가 앉을 테니 당신은 큰 조각들을 빼줘요."

"큰 조각?"

케이틀린이 첼시의 옆에 무릎을 꿇고, 그녀의 왼쪽 다리에서 발까지

손으로 더듬어 내려갔다.

"얼마나 많은 조각이…… 맙소사!"

첼시의 발에 몇 개의 커다란 뾰족한 것들이 튀어나와 있었다. 그 수많은 상처에서 손가락을 타고 피가 흘러내리는 걸 느낄 수 있었다.

"불을 켜야 해요."

"안 돼요, 느낌으로 해봐요. 심한 것들만 빼내고 나서 다시 움직여요."

"걸을 수 있겠어요?"

케이틀린이 첼시의 발에서 1센티미터 정도 되는 유리 조각을 잡아뺐다.

"당연하지요. 걸을 수 없으면, 그 개자식이 멈춰 세우기 전까지 기어서라도 갈 거예요."

케이틀린이 또 다른 유리 조각을 빼내자 그녀가 숨을 들이켰다.

"빨리 해요."

"빨리 하고 있어요. 박힌 게 열 개도 넘는 것 같은데……. 당신 웃는 거예요?"

"광고 찍을 때 파울리의 그 빌어먹을 맨발 신봉주의가 생각나서요. 얼마나 슬픈……."

케이틀린이 또 다른 조각을 잡아빼자 그녀의 말이 끊겼다.

"포도밭에서도 즐겁게 춤을 춘 것 같지는 않지만, 여기에 비하면 가장 즐거운 일 중 하나로……."

"입 닥쳐요, 첼시. 나에게 연극할 필요는 없어요. 아프다는 거 안다고요."

첼시가 잠시 침묵했다.

"난 이런 어둠이 싫어요. 관 속에 있는 것 같아. 죽는다는 생각은 사실 한 번도 해본 적이 없어요. 언제나 다른 사람에게만 일어나는 일이었죠."

"아직 기회는 있어요."

첼시의 발을 만져 보았다. 모두 다 빼냈다고 할 수는 없겠지만, 튀어나온 유리 조각은 느껴지지 않았다.

"다른 발을 줘봐요."

"당신도 두려운가요?"

"맙소사, 물론 두렵지요."

케이틀린이 얇은 유리 조각 하나를 빼냈다.

"이쪽 발은 그렇게 심하지 않네요. 내가 할 수 있는 건 다 빼냈어요."

"그럼 날 일으켜 세워 줘요."

케이틀린이 일어나 첼시를 일으켜 세웠다.

"괜찮아요?"

"견딜 만해요."

첼시가 깊이 숨을 들이마셨다.

"좋아요, 이제 플래시를 켜고 레드포드의 작은 장난을 돌아갈 수 있을지 보자고요."

케이틀린이 플래시를 들고 켤 준비를 했다.

쉬쉬. 더 크다. 어둠 속에 그 소리가 계속 메아리치고 있다.

몸서리를 치며, 뒤돌아 도망가고 싶은 충동을 간신히 억눌렀다. 한 번에 하나뿐일 거야.

플래시 버튼을 눌렀다. 깨어진 뾰족한 유리들이 그들 앞에 1.5미터 이상 펼쳐져 있었다. 불빛이 약해지며 깜박거리자, 재빨리 플래시를 껐다.

"왼쪽으로 벽에 몸을 딱 붙이고 발끝으로 선다면……."

첼시는 이미 케이틀린 앞으로 절룩이며 나아가고 있었다. 그녀는 벽에 밀착하여 천천히 앞으로 전진했다. 케이틀린도 플래시를 꼭 움켜잡고 그녀의 뒤를 따랐다.

쉬쉬. 더 가깝다. 그건 바람소리가 아니었다.

"저게 내가 생각하는 그 상자들이오?"

조나단이 작은 방안에 빙 둘러 있는 소나무 상자들을 쳐다보았다. 레드포드가 고개를 끄덕이며 말했다.

"이 안이 더운 점은 미안하오. 하지만 그림들을 보호하려면 따뜻하고 건조하게 유지해야만 하지."

"윈드 댄서는 어디 있소? 저 상자들 중 하나에?"

조나단의 빈틈없는 시선이 방을 살폈다.

"아니, 윈드 댄서는 다른 방에 있소. 내가 대부분의 시간을 보내는 곳에. 그걸 보고 만질 수 있는 곳에 놓아 두고 싶었지. 윈드 댄서를 위해서는 커다란 계획을 갖고 있다고."

케말은 윈드 댄서에 어떤 내용이 포함되어 있는지 알 뿐 아니라, 그 정보를 얻어낼 방법까지 알고 있었다. 레드포드에게 말했을까?

"어떤 계획이지?"

레드포드가 웃으며 케말을 돌아보았다.

"내가 그 조각으로 하려는 일을 설명해 주라구, 케말."

케말은 알렉스의 눈을 쳐다보고 나서 거의 알아차릴 수 없을 정도로 살짝 머리를 흔들었다.

"그는 크라코보다 더 그럴 듯한 목표를 갖고 있어요. 유럽의 왕이 되는 건 바라지 않죠, 남미의 제왕이 되고 싶을 뿐이에요."

"사실, 내 것이 훨씬 더 가능성이 높은 계획이야. 그 예술품들은 유럽 공동체의 보물로 쓸 수가 없지, 하지만 남미는 다르거든."

레드포드가 의자에 편안히 앉았다.

"네가 멋지게 설치해 놓은 사라자의 대 실수에서 아이디어를 얻었어, 알렉스. 일단 남미에서 자리를 확고히 하고 나면, 더 나아갈 수 있지. 내가 어디까지 갈 수 있을지 누가 알겠어? 난 크라코보다 성공할 가능성이 훨씬 더 크다구."

"맙소사."

조나단이 중얼거렸다.

"찬성하지 않는 건가? 내 친구 케말은 멋진 생각이라고 하던데. 하지만 그 계획에서 자신의 위치를 잘 알고 있긴 하지. 난 그를 아주 큰 부자로 만들 거야."

그가 알렉스를 보며 부드럽게 목소리를 낮췄다.

"우리와 같이 가겠나, 알렉스? 난 너와 동격이라는 걸, 아니 너보다 한 수 위라는 걸 증명했어. 여긴 너를 위한 것이 아무것도 없어. 넌 내가 줄 수 있는 그런 자극이 필요하다구. 너에겐 내가 필요해."

“케이틀린은 어디 있지?”

레드포드의 얼굴에 분노가 서렸다.

“날 수치스럽게 만들려는 거야?”

“그녀는 어디 있어?”

“그녀와 베네딕트라는 여자는 옛터까지 뚫린 터널 한 곳으로 내려보냈지. 그들이 통과하리라고는 생각지 않지만 말이야.”

알렉스의 몸이 굳어졌다.

“이유는?”

“그들에게 쉬운 길을 알려주었으리라 기대하지는 않을 거야. 하지만 난 내 자신이 아주 관대했다고 믿고 있지. 플래시도 주고, 고원에 도착하는 것이 무척이나 힘들 거라는 경고까지 해주었거든.”

케말이 눈살을 찌푸렸다.

“알렉스가 올 때까지 인질로 데리고 있겠다고 했잖아요.”

“너에게 모든 걸 일일이 말하지는 않아, 케말. 예를 들어, 폭약에 대해서도 너에게 말해 주지 않았거든.”

레드포드의 미소에 케말이 경직되었다.

“폭약이라고요?”

“그래, 내 오랜 친구 한스가 며칠 전에 그걸 나 몰래 터널에 장치해 놓았지. 하지만 난 그의 속셈을 알아채고 타이머를 확인했는데 그건…….”

그가 시간을 확인했다.

“이십오 분 후에 터질 거야, 정확히 세 시 칠 분. 목마의 폭약이 회담 참가자들을 처치하고 나서 사 분 후지. 그 사건이 혼란을 불러일으킬 거고 모두가 옛터로 달려갈 거야. 검문소에 경호원들이 남아 있다 해도, 우리가 처치하는 건 일도 아니지.”

“당신이 과연 이 귀중한 그림들을 모두 파괴해 버릴까?”

조나단이 그림이 담긴 상자들을 힐끗 보았다.

“그림 하나뿐이야, 렘브란트. 나머지 그림과 조각들은 모두 아거시 호에 들어가 있어. 윈드 댄서와 렘브란트 그리고 저 텅 빈 상자들뿐이지. 한스에게 폭약 설치하는 게 대단히 가치 있다는 걸 확인시키기 위해 눈가림용으로 놓아 둔 거야. 당연히 렘브란트와 윈드 댄서는 내가 떠날 때 가져가야지.”

“터널을 폭파시키려는 건가?”

“오, 그래. 그건 피할 수 없어. 그래서 이 모든 어려움을 감수했는걸. 한스는 자기 일을 끝내고 나서 영국 요원에게 체포되게 되어 있지. 버니가 손을 써놓았어. 일반적인 통념과는 달리, 영국인들은 감정이 치밀었을 때 꽤나 야만적일 수 있어. 그리고 그들은 카트라이트를 대단히 아끼고 있지. 강압에 못 이긴 한스는 자기가 폭탄을 설치했으며, 나와 그 엄청난 예술품들을 몽땅 날려 버렸다고 고백할 거야. 그럼 당연히 그는 영원히 감옥에 갇히는 신세가 될 테고, 그들은 그의 말을 믿겠지.”

그가 슬프게 고개를 흔들었다.

“세상에, 얼마나 비극적인 손실일까.”

“그들은 더 이상 당신이나 예술품들을 찾지 않을 테고.”

알렉스가 말했다.

“맞았어. 알렉스, 때로는 퍼즐을 푸는 것보다 구성하는 게 더 어렵다구. 내가 이런 감정적인 지점까지 끌어들이려고 한스를 얼마나 가르치고 조종해야 했는지 넌 아마 알 수 없었을 거야. 우선은 그가 멍청하고 완고하고 사악한 면이 잘 섞여 있다는 걸 확인해야 했지. 그 다음에는 이용할 수 있을 정도까지 심리적인 조건을 만드는 데 몇 개월이 걸렸어. 그의 상처는 대단히 고통스러워야 하지만 생명에 위협은 없어야 했지. 계속 그를 감시하며 그가 회복되도록 은밀히 도와야 했고…….”

그가 머리를 흔들었다.

“그 얘기는 나중에 해줘야겠어. 계획대로 검문소에 가려면 짐을 싸야 하거든.”

그가 케말에게 시선을 돌렸다.

“안드레 씨를 밖으로 데리고 나가. 알렉스와 둘만 얘기하고 싶어.”

케말이 총구로 문 쪽을 가리켰다.

“나가시죠, 안드레 씨.”

“알렉스?”

조나단이 물었다.

"나가시오."

두 남자가 방을 나서자, 알렉스가 말했다.

"터널을 보여 줘."

"그 여자를 따라가고 싶지는 않을걸. 절대 빠져 나갈 수 없을 거야."

"터널을 보여 줘."

"나와 같이 있어. 나와 같이 가자구."

그의 얼굴이 붉어지며, 말들이 어색하게 굴러나왔다.

"육체적인 건 아니야. 난 널 이해할 수 있어. 네가 얼마나……. 그냥 너와 같이 있고 싶을 뿐이야."

"지옥에나 가버려."

레드포드의 얼굴에서 핏기가 사라졌다.

"이렇게 되는 건 바라지 않았어. 너의 상대가 된다는 걸 보여 주면, 우리가 함께 하는 게 얼마나 좋은 일인지 알아차릴 거라고 생각했는데."

갑작스런 분노로 그의 표정이 어두워졌다.

"넌 날 아주 많이 실망시켰어."

"터널."

"그 계집을 네 걸로 만들고 싶나?"

레드포드의 입이 분노로 뒤틀리며 문으로 돌아섰다.

"그럼 가지라구. 케말!"

케말이 문가에 나타났다.

"그 신사분들을 숙녀들과 같은 터널로 들여보내야겠어."

그의 시선이 케말의 얼굴을 유심히 살폈다.

"네가 반대하지 않는다면."

케말이 어깨를 으쓱했다.

"내가 왜 반대해야 하죠?"

"숙녀들에 대해 아주 걱정하는 것 같았으니까. 길을 안내해 드려."

잠시 후 그들은 작은 방에 들어섰다.

"여자들은 십오 분 먼저 출발했어. 하지만 멀리 갔을지는 의심스러워."

레드포드가 테이블에서 랜턴을 집어 알렉스에게 건넸다.

"너의 시계바늘이 시시각각 움직이는 것 정도는 보길 바라지. 마지막으로 기회를 줄게. 이건 네가 풀 수 없는 퍼즐이야, 알렉스."

"시도해 보기 전까지는 알 수 없어."

"넌 죽을 거야. 그 여자가 너에게 그렇게 큰 의미인가? 장담하지만, 그 여자에게는 죽음밖에 없어."

케이틀린과 첼시를 도울 수 없을지도 몰랐다. 만약 레드포드와 같이 있는다면, 그의 신임을 받아냈다가 죽여 버릴 기회가 있으리라. 진심으로 그렇게 하고 싶었다. 알렉스의 마음속에는 이전의 어느 때보다 더욱 강하게 증오와 좌절감이 불타올랐다.

하지만 레드포드와 같이 남는다면, 케이틀린을 구할 노력조차 해볼 수가 없다. 선택의 여지는 없었다.

그가 조용히 말했다.

"당신이 틀렸어, 레드포드. 그녀는 그 자체로 생명이야."

그가 몸을 돌려 조나단과 같이 터널로 들어갔다.

"흥미로운 선택이군."

케말이 중얼거렸다.

레드포드가 그의 뒤에 대고 소리질렀다.

"후회하게 될 거야. 실수하는 거라구."

알렉스가 뒤를 돌아보았다. 레드포드와 케말은 방안의 어두운 빛을 등지고 실루엣으로밖에 보이지 않았다. 하지만 케말의 그늘진 얼굴에 흐릿한 미소가 떠오른 듯했다. 갑자기 희망이 솟는 걸 느꼈다. 변수일까? 케말은 한 번도 예측 가능한 적이 없었지만, 이제 지금까지 만난 중에서 가장 불가사의한 남자라는 걸 깨달았다. 케말이 알렉스의 친구로 자처하던 날 밤, 그에게 했던 말들을 되새겨 보았다.

'우린 매일매일 선택을 해야 해.'

묵직한 문이 닫히고 두 남자는 어둠 속에 남겨졌다.

쉬쉬소리가 거의 으르렁거림이 되었다.

“맙소사, 대체 저게 무슨 소리일까?”

케이틀린의 팔을 붙잡고 첼시가 멈추어 섰다.

“골리앗과 싸우러 나가는 다윗 같은 기분이야.”

“골리앗은 쉬쉬거리지 않았어요. 타잔처럼 가슴을 두드리고 있었겠죠. 길이 아래쪽으로 기울어져 있나요?”

“그런 것 같지는 않아요. 평평한 것 같은데.”

“그럼 플래시를 켜는 게 좋을 것 같아요.”

“왜?”

“그 소리는 어딘가…… 아래쪽에서 들려 오고 있어요.”

케이틀린이 앞쪽으로 플래시 불빛을 비추었다.

“나쁜 자식.”

첼시가 한 걸음 나서며 숨을 들이켰다.

그들은 3천 미터 이상 꺼져 있는 깊은 균열의 가장자리에 서 있었다. 양쪽의 돌은 푸주간의 식칼로 조각한 듯 날카롭게 베어져 있었다. 그 밑 바닥에서 무언가 반짝반짝 꿈틀거리며 움직이는 것이 언뜻 보였다.

“물이야, 샘일까?”

첼시의 물음에 케이틀린이 고개를 저었다.

“그 소리는 바다가 바위들에 부딪혔다 물러나는 소리 같아요.”

“바다는 몇 킬로미터나 떨어져 있어요.”

“하지만 여긴 해수면이 아주 낮아요.”

그녀가 플래시를 껐다.

“그리고 지진이 일어났던 곳이에요. 언젠가 트로이 위에 세워진 도시 하나가 지진으로 멸망했다는 글을 읽은 적이 있어요. 그 지진이 이렇게 먼 내륙까지 바다를 끌어들인 균열을 만들었을지 모르죠.”

바닷물이 쉬쉬소리를 내며 반짝거리며 꿈틀거리고 있었다.

“다시 불을 켜야겠어요. 건너갈 길이 있는지 봐야 해요.”

첼시가 말했다.

“구 미터를 뛰어넘지 않는 한 길은 없어요.”

“우린 물만 내려다봤잖아요. 건널 길을 찾든지 아니면 썩어 문드러질 때까지 여기 남아 있어야 해요. 플래시를 켜요.”

케이틀린이 불을 켜고 균열의 표면을 훑어보았다.

“없다고 했잖…….”

밧줄이 보였다.

맨 오른쪽으로 산악인이 쓸 듯한 강한 밧줄이 터널의 기둥 하나와 균열의 저편에 묶여 있었다. 심연 위로 탱탱하게 잡아당겨져, 다른 쪽 육중한 바위에 여러 번 감겨 있었다.

그 밧줄의 3분의 2쯤 되는 지점에 나비 모양의 넓은 빨간 리본이 불빛 속에서 유쾌하게 흔들거렸다.

“레드포드의 선물이란 얘기군, 포장된 선물.”

첼시가 중얼거렸다.

“밧줄은 아주 튼튼해 보여요.”

“함정이야.”

“그럴지도 모르죠. 하지만 아니면 어쩌죠? 우리가 너무 겁이 많아 목숨을 구하지 못할 걸로 예상하고 이걸 만들어 놓은 거라면요.”

케이틀린이 가까이 다가가 시험삼아 잡아당겨 보았다. 단단했다.

“다른 방법이 없잖아요?”

그들은 둘다 선택의 여지가 없다는 걸 알고 있었다.

“내가 먼저 갈게요. 내가 더 가벼우니까.”

첼시가 말했다.

“내가 더 강해요. 난 농장 출신이잖아요. 갈 길이 구 미터나 돼요, 첼시. 내가 가는 게 더 가능성이 있을 거예요.”

케이틀린은 플래시를 첼시에게 건네고 다시 밧줄을 당겨 보았다.

“괜찮아 보이네요.”

케이틀린은 눈을 감고 밧줄을 잡으며 깊이 심호흡을 했다. 그리고 허공 속으로 몸을 밀어냈다. 겨드랑이에서 팔이 빠져 나갈 듯 팽팽해졌다. 손바닥도 불에 데인 듯했다.

바닷물이 잔치를 바라는 굶주린 구렁이처럼 밑에서 쉬쉬거리고 있었다. 하지만 밧줄은 괜찮았다.

"빨리 가야겠어요. 견딜 수가⋯⋯."

그녀는 말을 멈추고 되도록 빨리 움직이기 시작했다. 빨간 리본이 입을 쩍 벌린 허공 저 멀리에서 끄덕끄덕 흔들거렸다. 이 손과 팔의 고통 대신 저 리본만 쳐다보고 정신을 집중시킬 수 있다면⋯⋯.

3분의 1가량 왔다. 바닷물이 계속 쉬쉬거렸다. 거의 반을 왔다.

그 주홍빛 리본이 횃불처럼 반짝거리며, 거친 밧줄과 경박하게 대조를 이루었다.

반을 지났다. 조금만 더 가면 리본을 잡을 수 있는 거리가 된다. 조금만 더⋯⋯.

갑자기 손 밑에서 밧줄이 획 당겨지는 느낌이 들었다.

밧줄! 제기랄, 그렇게 강해 보였는데. 그녀의 시선이 앞쪽의 밧줄로 날아갔다. 약한 부분은 없다. 거친 밧줄일 뿐이다.

"케이틀린, 왜 그래요?"

첼시가 소리쳤다.

"밧줄이⋯⋯ 끊어지려 하고 있어요."

그녀는 얼어붙은 듯 그대로 매달려 있었다. 움직이기가 두려웠다.

그녀가 거의 3분의 2 지점에 닿기 전까지는 밧줄이 끊어지는 기미는 없었다. 빨간 리본에 거의 다가왔을 때까지.

리본. 맙소사, 그 빌어먹을 리본이 문제였다! 레드포드는 밧줄을 일부 잘라 놓고 그 부분을 넓은 리본으로 가려놓았던 것이다.

"리본. 그가 잘라⋯⋯."

다시 그녀의 무게로 인해 밧줄이 튕기는 듯하더니 꼬여진 밧줄의 몇 가닥이 풀려나갔다. 뒤로 돌아갈 수는 없었다. 끊어지기 전에 닿을 수가 없다. 위험한 시도밖에 남아 있지 않았다.

빠르게, 빠르게 움직여야 한다. 그녀는 미친 듯이 앞으로, 그 주홍색 리본을 향해 나아갔다. 밧줄이 튕기며 탁 소리를 내더니, 완전히 끊어져 버렸다. 그녀는 손을 놓고 그 리본을 지나 앞으로 날아 잘려나간 밧줄의 끝자락에 있는 힘껏 매달렸다.

첼시가 비명을 질렀다.

케이틀린의 몸은 뾰족한 벽을 향해 빠르게 날아갔다. 벽에 부딪히는 순간, 왼쪽 광대뼈에 엄청난 고통이 느껴졌다.

터널 속에 여자의 비명소리가 울려퍼졌다! 알렉스는 공포로 달려나가기 시작했다.

"첼시 목소리였소."

조나단이 그의 뒤를 따르며 중얼거렸다. 안도감이 느껴지는 것에 죄책감을 느꼈다. 신발 밑에서 무언가 바스라지는 것이 어렴풋이 느껴졌다. 조가비일까? 아니, 유리다.

터널의 모퉁이를 돌자, 무릎을 꿇고 어둠 속을 내려다보고 있는 첼시가 보였다.

알렉스는 차가운 소름이 돋는 걸 느꼈다. 대체 뭘 쳐다보고 있단 말인가? 그 순간 심연 저편의 밧줄에 매달려 있는 케이틀린을 발견했다.

그가 낮은 신음을 흘리며 앞으로 한 걸음 다가섰다.

"안 돼!"

조나단이 그의 팔을 잡았다.

"말하지 마시오. 정신을 분산시키면 안 되오. 그녀가 해낼 수 있을지도 모르오."

알렉스는 공포로 위가 조여드는 것 같았다. 이보다 더 무기력한 느낌은 가져 본 적이 없었다. 필사적으로 밧줄에 매달려 있는 케이틀린을 지켜보며 서 있는 것 말고는 아무것도 할 수가 없다니.

케이틀린의 손이 밧줄에서 미끄러지기 시작했다.

"케이틀린, 절대 포기하면 안 돼요."

첼시가 소리쳤다.

케이틀린은 어지러움과 고통을 몰아내려 애쓰며 매달려 있었다. 이걸 놓친다면, 레드포드가 이기는 것이다. 그자가 어머니를 죽였고 이제 그녀마저 죽이려 하고 있다. 그녀는 머리를 젖혀 밧줄의 위를 올려다보았다. 안전한 곳, 너무 멀다. 최소한 3미터. 하지만 여기서 죽는다면, 레드포드가 이기는 것이다. 빌어먹을, 그를 잡으려고 얼마나 많은 일들을 겪어 왔는데 그자가 이겨서는 절대 안 된다. 그자는 이길 권리가 없다. 그녀는 균열된 돌벽에 발을 대고 반쯤은 걸어서 반쯤은 자신을 끌어올리듯 움직이기 시작했다.

손에서 피가 나고 있다는 걸 어렴풋이 알아차렸다. 밧줄에 매어졌던 붉은 리본처럼 손이 닿은 곳마다 붉은 흔적이 남았다.

2미터. 팔과 어깨에 아무 감각도 없었다. 고통은 둔해졌지만, 피로감으로 감각이 마비되었다.

1미터. 눈물과 땀으로 눈이 따끔거렸다. 더 이상 아무것도 보이지 않았다. 그저 맹목적으로, 기계적으로 오를 뿐이었다.

흐릿하게 첼시가 소리를 지르고 애원하며 욕을 해대고 있다는 걸 느꼈다. 케이틀린은 균열된 틈 가장자리에 도착해 몸을 그 위로 끌어올렸다. 그리고는 바닥에 쓰러져 두 팔로 얼굴을 감싼 채 숨을 헐떡이며 떨었다.

“해냈어!”

이가 딱딱 부딪혔다.

“조금만 기다려 줘요.”

“하나님 감사합니다. 난 당신이…….”

첼시의 조용한 목소리였다.

“나도 그래요.”

무한한 감사의 눈물이 뺨으로 흘러내리는 걸 느낄 수 있었다. 이젠 살 수 있을 것이다. 그는 이기지 못할 것이다. 그가 이기도록 허락하지 않을 것이다. 앞에 또 다른 놀라움이 기다리고 있을지도 모르지만, 방금 경험한 것만큼 지독한 것은 더 이상 없으리라.

“이제 어쩌죠? 밧줄은 쓸 수 없을 것 같아요. 당신을 어떻게 이쪽으로 데려오죠?”

“당신이 하지 않아도 돼, 케이틀린.”

“알렉스?”

그녀의 머리가 번쩍 들려 반대쪽을 응시했다. 알렉스가 첼시 옆에 서 있었다. 손에 들린 플래시 빛 속에 드러난 얼굴이 창백하고 무시무시했다. 그의 뒤에 조나단 안드레가 서 있는 것도 보였다.

알렉스가 다급하게 입을 열었다.

"잘 들어요, 시간이 없소. 우리 걱정은 하지 말고, 터널 밖으로 나가서 옛터로 가야 하오. 그들에게 경고하시오."

"당신들은요?"

"우린 잊어버리시오. 길을 찾아보겠소."

"여기 오지 말았어야죠. 당신들을 두고 떠날 수는……."

"어서 가요, 제기랄. 당신이 빨리 빠져 나갈수록, 우리를 도와줄 길이 빨라지는 거예요."

첼시의 말이 옳았다. 여기서 나가 군인들에게 갈 수 있다면……. 케이틀린은 비틀비틀 일어나다가, 살이 벗겨져 피가 나는 손이 돌에 스치자 움찔했다. 온몸의 근육이 모두 고통스러웠다.

"그래요. 내가 도움을 청할게요. 금방 돌아올게요."

힘겹게 일어나자마자 그녀는 햇볕이 있는 지점으로 달리기 시작했다.

"내가 도와줄 사람을 데려올게요!"

조나단이 첼시의 옆에 무릎을 꿇고 뺨을 어루만졌다.

"당신 비명소리를 들었소."

"케이틀린. 난 너무나 무서웠어요."

고개를 흔들다가 그녀의 말투가 난폭해졌다.

"오고야 말았군요, 네? 당신들마저 레드포드의 손가락 밑에서 박살난다고 무슨 소용이 있어요? 안전한 곳에 그대로 있었어야죠. 도대체 왜 그런……."

"쉬이."

그의 손가락이 그녀의 입술을 막아 침묵시켰다.

"당신은 정말 어쩔 수 없는 바보군. 내가 어떻게 그냥 있을 수 있겠소? 당신은 언제나 나에게 뭘 해야 하는지, 무엇이 되어야 하는지 말해 왔지. 당신 없이는 그 어떤 것도 될 수 없다는 걸 모르는 거요? 당신이 내게 얼마나 필요한지 모르는 거냐구?"

"필요하다고요?"

그녀는 놀라서 쳐다보았다. 조나단과 그 단어를 연결해 생각해 본 적은 한 번도 없었다. 다른 사람들 모두가 조나단을 필요로 했다. 그는 은신처요, 단단한 바위였다.

"아뇨, 난……."

"이 기둥들 두 개로 무언가 할 수 있을지도 모르오."

알렉스가 터널 지붕을 받치고 있는 엇갈린 기둥들을 살피고 있었다. 여전히 밧줄이 매달려 있는 기둥으로 가서 그 밑의 땅을 살폈다.

"느슨한 모래땅이오. 기둥 두 개를 함께 묶어 다리를 만들 수 있다면, 가능성은 있소."

"천장이 우리 머리 위로 내려앉으면?"

조나단이 물었다.

"이십 분 안에 어차피 천장은 무너져 내릴 거요. 잃을 게 뭐가 있겠소?"

"전혀 아무것도 없지."

조나단의 음울한 대꾸에 첼시가 물었다.

"무슨 얘길 하는 거예요? 케이틀린이 도와줄 사람들을 데려올 거잖아요."

"레드포드가 터널 안에 폭약을 설치했다고 했소."

"우리가 살아나갈까 봐 두려워하지 않은 게 다 이유가 있었군요. 패를 그놈이 다 갖고 있었어요."

조나단이 일어나 기둥을 살피려고 다가갔다. 알렉스가 시험삼아 기둥을 잡아당겼다.

"약간 흔들리는걸. 밧줄을 이용해서……."

"이런, 알렉스. 힘이 아니라 머리에 의지하는 법을 배웠을 줄 알았는데. 얼마나 더 그 얘기를 해줘야 하겠어요?"

케말이 터널 모퉁이에서 걸어나왔다.

알렉스는 기둥에서 물러나며, 그의 오른팔에 들린 기관총을 응시했다.

"우릴 해치울 셈인가?"

"당신의 직감은 어디 간 거죠? 운명이 날 악당으로 몰려 할 때조차 나에게 영웅의 정신이 있다는 게 분명히 보이지 않던가요? 당신의 탈출로를 적당히 준비해 두고 레드포드에게 빠져 나오는데 시간이 좀 걸렸죠. 하지만 구출하기 위해 내가 여기 왔다니까요."

그의 미소가 사라지고 까만 어둠 속을 쳐다보았다.

"케이틀린은 어디 있죠?"

"그걸 묻기엔 너무 늦은 것 아닌가? 이 밑으로 떨어졌다고 한다면 어쩔 거지?"

"그럼 나 자신을 용서할 수 없을 거예요. 그런 일이 생겼나요?"

"그녀는 간신히 건너갔어. 지금쯤 터널 밖에 도착했을 거야. 너의 도움 없이, 이 나쁜 자식."

첼시의 사나운 대꾸에 케말은 안도의 한숨을 토해내었다.

"그럼 당신들은 즉시 그녀와 합류해야겠군요. 시간이 별로 없거든요."

그가 왔던 길로 돌아가기 시작했다.

"따라오세요."

"잠깐."

"시간이 없어요. 어서요."

케말은 멈추지 않았다.

"내가 자넬 믿어야 할까?"

"선택의 여지가 있나요?"

케말의 목소리가 다급해졌다.

"날 믿어요. 케이틀린을 위험에 빠뜨릴 생각은 없었어요. 인질로 잡고 있겠다고 했다고요."

알렉스가 망설이다가 케말의 뒤를 따랐다.

"믿을 수가 없어. 그의 말대로 하려는 거예요?"

첼시가 비틀거리며 일어나 뒤를 따랐다.

"그는 기생충이에요."

"우리가 가진 최선의 기회이기도 하오."

"그렇고말고요."

케말이 오른쪽 벽에 박혀 있는 커다란 돌 앞에 멈춰 섰다. 그가 그걸 옆으로 굴리자 1미터 가량의 동굴이 나타났다. 그가 첼시에게 손짓했다.

"숙녀 먼저."

첼시가 의심스럽게 입구를 쳐다보았다.

"어디로 연결된 거지?"

"중앙 터널로. 우리 친구 레드포드는 대단히 양면적인 인물이기 때문에, 난 필요할 때 도망갈 길을 알아두는 게 현명하다고 생각했죠. 그래서 유럽을 혼란에 빠뜨리려고 떠나 있는 동안, 이 근처 지역과 터널을 답사해서 은신처를 파놓았어요."

그가 시계를 살폈다.

"십 분. 별 문제 없을 거예요. 중앙 터널은 금방이니까. 입구로 들어가서 왼쪽으로 돈 다음에 계속 가요. 여기서 팔백 미터쯤 가면 끝나죠. 사 분이면 빠져나갈 수 있을 거예요. 출구에서 백 미터쯤 떨어진 수풀 속에 당신의 지프를 숨겨놓았어요. 그걸 타고 옛터로 달려가 대표단에게 경고하라고요."

첼시가 무릎을 꿇고 입구로 기어들어 갔고, 그 뒤를 조나단이 따랐다.

"왜지?"

알렉스가 케말에게 퉁명스레 물었다.

"가세요."

알렉스가 무릎을 꿇고 입구로 기어 들어갔다. 케말이 따라 들어와 일어서서는 왼쪽을 가리켰다.

"사 분, 장담한다니까요."

그가 들고 있던 총을 알렉스에게 건넸다.

"이게 필요할지 몰라요. 크라코의 팀은 당신의 방해를 달가워하지 않을지도 모르죠. 행운을 빌어요, 친구."

그가 오른쪽으로 돌아 내려갔다.

"자넨 어디 가는 거야?"

알렉스가 외쳤다.

"날 부자로 만들려구요. 윈드 댄서가 아직 여기 있잖아요."

“바보야, 그곳은 곧 터져 버릴 거야.”

“어떤 것은 위험을 무릅쓸 가치가 있는 거예요.”

알렉스가 망설이자 케말이 뒤를 돌아보며 이해한다는 듯 미소지었다.

“또 다른 선택이죠. 당신은 나와 같이 가서 레드포드를 죽이고 싶겠죠. 하지만 케이틀린과 대표단이 위험하다는 것도 알아요. 어떤 선택을 해야 할지 알고 있을 거예요.”

그가 어깨를 으쓱했다.

“레드포드가 살지 못할 거라는 걸 알려주면 도움이 될까요? 그의 죽음은 처음부터 내 계획의 일부죠. 사실, 그와 협조하기 시작한 게 그 이유예요.”

알렉스의 시선이 케말의 얼굴로 날아갔다.

“돈 때문만이 아니었나?”

“어막은 하렘을 운영할 뿐이고, 실소유자는 레드포드였어요.”

“뭐라고!”

“그는 이스탄불에 오자마자 그 지배권을 사들이고 스워즈가의 집도 샀죠. 그곳은 순전히 그의 개인적인 취향을 위해서였어요. 레드포드가 남미의 제왕이 될 자격이 있다고는 믿지 않아요.”

“자네는?”

케말이 뒤를 돌아보며, 장난스레 씨익 웃었다.

“당신 생각은 어때요?”

다음 순간 그가 시야에서 사라져 버렸다.

“그를 믿는 건가요?”

첼시가 물었다.

“그렇소.”

알렉스가 천천히 대답했다.

“그래, 그를 믿소.”

그가 왼쪽으로 돌아 빠르게 걸어 내려갔다.

정확히 4분만에 알렉스는 터널 입구를 빠져 나왔다. 조나단은 발을 다친 첼시를 부축해 나오느라 조금 뒤쳐졌다. 알렉스는 고원을 훑어보다가 문득 몸이 굳어졌다.

케이틀린!

케이틀린이 히사릭 고원을 향해 달리고 있었다. 맨발에 찢어진 옷차림 새가, 마치 밀림의 여자처럼 보였다.

보초병 중 하나가 그녀를 보는 즉시, 총을 쏘지 않는다면 운이 좋은 것이리라. 그런 생각이 스치는 순간, 영국 제복 차림의 군인으로 가득 찬 지프 한 대가 케이틀린을 향해 으르렁대며 달려가는 것을 보았다.

시간이 없다. 그는 덤불 속에 숨겨진 지프를 향해 달리기 시작했다.

20

"안녕, 케말. 널 기다리고 있었어."

레드포드의 오른손은 윈드 댄서의 날개 위에 편안히 올려져 있었고, 왼손에는 42 매그넘 연발 권총이 들려 있었다.

"널 의심하지 않을 줄 알았나? 너같이 효율적인 녀석이 알렉스를 찾아내지 못하다니 정말 이상하게 생각했지. 바사로를 박살낸 후로 몇 주일이 지나도록 말이야. 그리고 내 인질의 운명에 대해 걱정이 약간 지나치더군. 하지만 내가 실망했다는 점은 인정해야겠지. 네가 알렉스를 데리고 돌아올 줄 알았는데. 그게 아니었다면 그들을 따라가게 두지 않았을 거야."

"당신은 그를 잃었어. 모든 걸 잃었어, 레드포드."

"말도 안 되는 소리. 아무것도 변한 건 없어. 내 계획은 깔끔하게 진행되고 있다고. 렘브란트는 차에 실어놓았고, 한스가 폭파시키기 전에 검문소까지 갈 시간이 육 분 가량 남아 있지."

그가 총을 들어올렸다.

"그리고 네 머리를 박살낼 무기도 갖고 있어."

"총알이 없는 총이지."

케말이 천천히 그를 향해 걸어갔다.

"나처럼 효율적인 남자는 그런 사소한 것까지 간과하지 않잖아."

레드포드가 케말의 이마 한가운데를 겨냥했다.

"허세 부리는군."

"내가?"

레드포드가 방아쇠를 당겼다.

거의 시간이 되었다.

한스는 손을 풀기 위해 혹혹 불고 나서, 트로이 목마 바로 앞의 길을 스프링필드 소총으로 내려다보았다. 바위에 기댄 몸을 좀더 편하게 움직였다.

이 언덕에서 목표 지점까지는 9백 미터가 약간 안 되는 거리였고, 스프링필드에는 한 발의 총탄만이 들어 있었다. 최고의 실력을 갖춘 사람에게 한 발 이상은 필요 없다. 아래 광경을 지켜보며 그가 미소지었다. 고원에 설치된 커다란 주홍빛 텐트는 우스꽝스러운 서커스 천막처럼 보였다. 그 생각에 다시 미소가 나왔다. 그래, 뽐내며 걷고 있는 크라코의 반테러리스트 아이들과 영국 군인들은 모두 어릿광대들이었다.

크라코가 버스에서 내리는 늙은 여자의 손을 잡아 주며 아첨하듯 미소지었다. 카트라이트 옆에서 무어라 말하는 입술의 움직임도 볼 수 있었다. 나머지 사람들도 버스에서 내려 목마를 향해 걸어갔다.

레드포드는 회담 참석자들이 모두 목마 안으로 들어갈 때까지 기다리라고 말했지만, 그의 명령은 이제 받지 않는다. 자기가 하고 싶은 대로 할 것이다.

그래, 시간이 거의 다 됐다.

조나단이 첼시를 안고 터널을 나왔을 때, 알렉스는 이미 케이틀린을 향해 지프를 전속력으로 몰아대고 있었다.

"우릴 기다리지 않기로 결정한 모양이군."

조나단은 첼시를 터널 입구 옆의 평평한 바위 위에 내려놓았다.

"상관없지."

첼시는 달리는 케이틀린을 쳐다보았다.

"맙소사, 미친 여자처럼 보여요. 나도 저 정도로 심해 보이나요?"

"더 지독해."

그가 윗옷을 벗어 길게 찢은 다음, 그녀의 왼쪽 발을 재빨리 감싸기 시작했다.

"빌어먹을, 이렇게 심하리라곤 생각 못했소."

"난 살아남을 거예요."

"그래, 당신은 그럴 거요."

조나단은 오른발에도 마저 붕대를 감은 다음 일으켜 세웠다.

"걸을 수 있겠소? 가능한 한 빨리 이 언덕에서 빠져 나가고 싶소. 이 터널에 얼마나 많은 폭약이 설치되었는지는 모르지만, 알고 싶지도 않소."

"난 괜찮아요. 여기서 나가자고요."

첼시는 일어서서 언덕의 비탈길을 내려가기 시작했다.

"타, 어서!"

알렉스가 케이틀린 옆으로 차를 몰아 브레이크를 밟으며 소리질렀다. 케이틀린이 지프에 뛰어올랐다.

"얼마나 남았죠?"

"오 분."

액셀러레이터를 밟자, 지프가 앞으로 튀어나갔다.

"우리가 할 수 있을까요?"

"내가 어떻게 알겠소?"

지프가 술 취한 코뿔소처럼 흔들거리며 질주했다.

다가오는 자동차에 한스의 시선이 향했다. 레드포드의 계획에서 또 다른 예상치 못한 붕괴일까?

그가 쌍안경을 들어 더 자세히 들여다보았다. 남자 하나와 여자 하나.
운전자를 처치해 버려야 할까?

그는 그러지 않기로 결정했다. 스프링필드 외의 것을 사용하기에는 너
무 멀었고, 그 총탄 한 발은 오로지 크라코만을 위한 것이었다. 게다가
주위의 군인들이 이미 그들을 발견했으니, 그 대신 처리해 줄 것이다. 시
계를 힐끗 보았다. 폭발 예정 시간 5분 전.

하지만 이 새로운 소란이 그의 섬세한 계획을 흔들어 버릴 수도 있다.
행동을 빨리 해야겠다.

주머니에서 두 개의 작고 까만 스위치 상자를 꺼냈다. 트로이 목마와
터널 안에 설치한 타이머를 무시하고 폭파시킬 수 있는 장치. 그는 어젯
밤 목마와 터널에 숨어들어, 아주 신중하게 폭약 밑에 두 번째 무선조종
의 뇌관을 숨겨놓았었다. 트로이 목마는 파란 버튼, 터널은 빨간 버튼.

그의 손바닥 안에 레드포드의 운명이 달려 있었다. 한스는 이제 힘을
가졌다. 지배력을 가진 쪽은 바로 그였다. 사실 5분을 더 기다릴 필요는
없었다.

"우릴 쏘려고 해요."

그들에게 다가오는 지프 안의 군인이 자동 소총을 들고 있는 것을 보
자 케이틀린은 믿을 수가 없었다.

"우리가 자기들을 구하려 한다는 걸 모르는 걸까요?"

"그들이 아는 건, 다이너마이트를 가득 채운 지프가 자폭할 수도 있다
는 거지. 바닥으로 내려가."

"그들이 당신을 쏘라고요?"

케이틀린은 차 안의 손잡이를 꽉 움켜쥐었다.

"당신이 총에 맞으면 나에게 도움이 될 것 같소?"

알렉스는 그 군인의 눈을 어지럽히려고 지그재그로 차를 몰았다.

"차를 세우고 설명할 수는 없을까요?"

알렉스는 손목 시계를 힐끗 보며 고개를 흔들었다.

"사 분 남았소."

그리고 거대한 목마를 향해 질주했다.

한스는 몸을 똑바로 세우고 눈을 찡그렸다. 지프가 그냥 돌파할 작정인가 보다. 그럼 조만간 크라코가 알아채고 경계를 할 것이다.

그는 망원 렌즈를 들여다보며 조준했다. 크라코가 트로이 목마로 이어진 길에서 카트라이트 옆에 서 있었다. 그는 미소짓고 있었다. 그의 하얀 금발머리가 강한 바람에 휘날렸다.

천천히, 한스의 손가락이 방아쇠를 눌렀다.

크라코의 이마에 빨간 꽃이 나타났다. 뇌의 기능이 멈추는 순간 그자의 아첨어린 미소는 영원히 사라지리라.

한 가지를 마쳐야지. 이제 레드포드에게 누가 진짜 지배자인지 알려줄 신호를 보낼 시간이다. 한스의 엄지손가락이 파란 버튼을 눌렀다.

트로이의 목마가 화염에 휩싸이며 폭발했다.

목마가 폭발하는 순간 나뭇조각 하나가 날아와 지프의 창문에 내리꽂혔다.

알렉스는 브레이크를 밟고 케이틀린을 차 바닥으로 끌어당겼다. 그 폭발로 지프가 허공에 1미터 가량 떠올랐다가 다시 쾅 내려앉았다.

"뭔가 잘못됐어요. 사 분이 남았는데. 뭔가 잘못됐어요."

케이틀린이 알렉스의 어깨에 얼굴을 묻으며 힘껏 매달렸다.

"레드포드의 친구 한스가 규칙을 바꾼 모양이오."

알렉스는 조심스레 머리를 들고 밖을 내다보았다. 미친 듯한 움직임, 비명과 고함소리들, 정신병원 같았다.

회담 참석자들은 버스를 향해 달려가고 있었다. 군인들은 무기력하게 몰려들어, 거대한 목마가 자리했던 곳의 으르렁거리는 불덩어리만 쳐다보고 있었다.

목마 주위의 소나무 꼭대기에도 불이 붙어, 화장용 장작더미에 붙은 거대한 횃불처럼 타올랐다.

크라코는 땅바닥에 쓰러져 꼼짝도 않고 누워 있었다. 카트라이트 쪽을 걱정스레 쳐다보자 그녀가 몸을 일으키며 파란 정장에서 먼지와 나뭇잎들을 털어내는 모습이 보였다.

"카트라이트는 괜찮군."

"크라코는요?"

"모르겠소. 움직이지 않아. 모두 버스 쪽으로 달려가고 있소."

케이틀린이 일어나 앉았다.

"다 무사한가요? 믿을 수가……."

"차에서 나와."

신랄하고 차가운 명령 소리가 들렸다.

"두 손 높이 쳐들어. 그렇지 않으면 엉덩이를 날려 버리겠다."

그들을 쫓아왔던 군인들의 지프가 가까운 곳에 세워져 있었다. 세 명의 군인이 지프 옆에 섰고, 영국 대령 제복을 입은 매부리코의 키 큰 사내가 엄격하게 그들을 응시하고 있었다.

"네놈 머리를 박살내 버리면 기분이 좋아질 텐데."

알렉스가 그들의 머리에 겨누어진 M 16 총을 응시하며 메마르게 입을 열었다.

"카트라이트는 안전한지 모르지만, 우리에 대해서는 확신할 수 없겠는걸."

레드포드의 매그넘이 텅 빈 찰칵 소리만 냈다.

케말이 씨익 웃으며 바지 주머니에서 총알 네 개를 꺼내 보여 주었다. 레드포드의 얼굴에 감탄의 기색이 스쳤다. 총구가 밑으로 내려갔다.

"오, 그런 일을 해내다니, 케말. 내가 지금껏 만난……."

갑자기 땅이 흔들리더니 먼지가 테이블 위로 쏟아졌다.

레드포드의 얼굴이 충격으로 얼어붙었다.

"한스! 빌어먹을, 너무 빨라!"

그가 윈드 댄서를 낚아채 겨드랑이에 끼었다.

"개자식!"

"조각상은 나에게 주시지."

케말의 말에 레드포드의 눈이 번들거렸다.

"맘대로 해! 난 여기서 나갈 거야. 내가 직접 타이머를 확인해 봤는데, 그 자식이 다시 가서 이중 스위치를 설치한 게 틀림없어. 그 자식이 빌어먹을 버튼을 누르기만 하면 그 순간 우린 끝장이라고."

갑자기 빈 권총이 날아왔다. 케말이 그 밑동에 관자놀이를 맞아 비틀거리는 사이, 레드포드가 그를 지나 밖으로 달려나갔다.

케말은 얼른 정신을 차리고, 총을 집어들고 그의 뒤를 쫓았다. 레드포드는 진입로를 향해 공터를 달리는 중이었다. 케말이 그의 뒤로 달렸다. 랜턴 불빛 속에서 반짝이는 윈드 댄서를 보았다.

진입로에 오르려는 찰나 케말이 레드포드의 어깨를 움켜잡았다. 레드포드가 으르렁거리며 뒤로 돌아서 윈드 댄서로 가슴을 내리치자, 케말이 뒤의 터널 벽에 부딪혔다. 레드포드가 진입로를 오르기 시작했다.

그 뒤를 쫓아 오르며 케말은 매그넘에 두 발의 총알을 집어넣었다. 진입로 반쯤에서 레드포드를 따라잡아 윈드 댄서를 향해 달려들었다.

레드포드의 발에 사타구니를 얻어맞자 엄청난 고통이 느껴졌다. 하지만 뒤로 비틀거리는 순간에도 윈드 댄서를 빼내려고 필사적으로 잡아끌었다.

"이건 내 거야! 이 개자식아, 내 거라고!"

레드포드가 있는 힘껏 케말의 얼굴에 주먹을 강타했다.

입에서 짠 피맛이 났다. 케말은 자신이 쓰러지며 진입로 밑으로 떨어지는 걸 느낄 수 있었다. 하지만 여전히 윈드 댄서를 붙잡고 있었다. 그가 총을 들어 허공으로 떨어지는 순간 방아쇠를 당겼다.

레드포드의 왼쪽 뺨에 새빨간 얼룩이 나타났고, 그의 놀라움과 고통 섞인 비명 소리를 들었다.

케말은 땅바닥에 온몸을 부딪혔다. 고통이 엄습했다. 무언가 부러진 것 같았다.

몸 밑의 축축한 돌들이 느껴졌고, 레드포드가 멀리 위쪽 진입로에 죽어 널브러져 있었다. 그 진입로가 영원히 위로 뻗어 있는 것만 같았다. 그 생각에 피식 웃음이 나왔다. 지금 움직이지 않으면 그의 미래가 바로 영원히 사라질 것이다.

그는 윈드 댄서를 움켜잡고 천천히 진입로를 향해 기어갔다. 불에 데인 듯한 고통이 어깨에서 느껴지자 이를 악물었다. 진입로를 기어오르기 시작했다. 너무 느리다. 너무 느려. 일어서야 한다. 그러면 더 빨리 갈 수 있을 것이다.

한스가 언제 터널을 폭파시킬지 알 수 없었다.

그 멍청한 군인들은 옛터 주위를 뛰어다니고 있었다. 닭장 속에 들어온 여우 한 마리를 피해 도망치는 닭들처럼. 그 생각에 한스는 즐거워졌다.

그가 바로 여우였다.

바위에 등을 기대고 잠시 기다렸다가, 두 번째 스위치 상자를 내려다보았다. 지금쯤 레드포드는 자기에게 더 이상의 지배권이 없음을 알아차렸겠지. 자기 목숨과 그 조각을 구하려고 필사적으로 달리고 있을지도 모른다.

한스는 그 순간을 즐기며, 그 신과 같은 힘을 음미하며 잠시 주저했다.

"잘 가라구, 레드포드."

그가 빨간 버튼을 눌렀다.

처음 것은 전혀 폭발음같이 들리지 않았다, 언덕을 통과하며 울리는 커다란 쿵소리와 비슷했다. 10초 후 두 번째와 세 번째 폭약이 터지자, 언덕의 꼭대기가 분출하는 화산처럼 하늘로 솟구쳐 올랐다. 첼시와 조나단은 하늘 높이 날아오르는 나무와 바위, 흙더미를 쳐다보았다.

"맙소사! 저 속에서 누가 살아남을 수 있을까요?"

첼시가 공포에 차 중얼거렸다.

"생존자는 없습니다."

서번 대령이 한때 터널로 이어진 뚜껑문이었던 곳의 커다란 구멍을 내려다보았다. 그가 조나단과 알렉스에게 시선을 돌렸다.

"물론 조사는 할 거지만, 이런 폭발 속에서 살아남을 수 있는 가능성
은 없습니다. 한 시간 전에 한스라는 놈을 붙잡아서, 런던의 반을 폭파시
킬 만한 폭약을 설치했다는 자백을 받아냈습니다."

그가 어깨를 으쓱였다.

"만약 그 폭발로 가루가 되지 않았다 해도, 떨어지는 바위에 짓뭉개졌
을 겁니다. 이곳 땅은 변화가 심해서, 잔해들을 파내려면 몇 년이 걸릴지
모릅니다."

"수풀 속에 차가 한 대 숨겨져 있었소. 그걸 타고 빠져 나갔을지
도……."

조나단의 말에 서번 대령이 고개를 저었다.

"언덕 중턱에서 그 차를 찾아냈습니다. 잃어버린 렘브란트 그림 하나
가 트렁크에 있었는데, 기어는 여전히 주차 상태였습니다. 케말과 레드포
드는 터널 안에 있었던 겁니다."

"검문소의 경비원들은 확인해 봤습니까?"

알렉스가 물었다.

"다섯 시간 이상 철저히 조사했습니다. 첫번째 폭발이 있은 후 통과한
차는 한 대도 없었습니다. 받아들이십시오, 그들은 죽었습니다. 네 분 모
두 우리에게 진술을 해주셔야겠습니다."

"숙녀들은 힘든 일을 겪었소. 그들을 호텔에 돌려보내고 나와 알렉스
만 하면 안 되겠소? 그들에게는 나중에 진술받을 수 있을 거요."

서번이 망설이며 입을 쩍 벌린 구덩이를 힐끗 돌아보고 나서 고개를
끄덕였다.

"내일 해도 괜찮겠지요. 베네딕트 양과 바사로 양을 이스탄불로 모셔
다 드릴 사람을 구해 드리지요. 도시를 떠나지 말라고 말해 두십시오. 당
신 진술부터 시작하지요, 안드레 씨."

"어서 마무리지읍시다."

조나단이 알렉스를 돌아보았다.

"첼시에게 호텔에서 보자고 말해 주시오."

알렉스는 대답하지 않았다. 그는 9백 미터쯤 떨어진 소나무 수풀을 생

각에 잠겨 응시하고 있었다.

"알렉스?"

알렉스가 눈길을 돌렸다.

"아, 그렇게 말하겠소."

알렉스는 첼시와 케이틀린이 앉아 있는 지프로 향했다.

첼시와 케이틀린을 위해 문을 열어 주던 호텔 수위의 입이 떡 벌어졌다.

그를 탓할 수는 없다고, 케이틀린은 힘없이 생각했다. 그들은 너무나 지저분하고 피로 얼룩져 있었다. 마치 한바탕 전쟁을 치르고 나온 사람 같아 보였다. 그리고 그 말이 맞기도 했다.

"그 발을 의사에게 보여야 해요. 내가 유리를 전부 빼내지 못했잖아요."

엘리베이터에 오르며 케이틀린이 말했다.

"데스크에 전화해서 보내 달라고 해야죠."

엘리베이터가 자기 층에 멈춰 열리자, 첼시가 벽에서 몸을 세웠다.

"이따 전화할게요."

그녀가 절룩거리며 복도를 걸어갔다.

몇 분 후 케이틀린이 자신의 방문을 닫았을 때 전화벨이 울리고 있었다. 수화기를 들자마자 첼시의 목소리가 들려 왔다.

"멜리스가 사라졌어요. 복지 시설 여자에게서 전갈이 와 있었는데 도망간 것 같대요."

"어머나, 세상에. 경찰에 연락했대요?"

"한 시간 전에요. 빌어먹을, 정말 지독한 하루네요."

멜리스를 찾아냈을 때, 세상에서 그녀가 유일하게 의지했던 사람이 재가 되어 버렸다는 소식을 전해야만 하리라. 첼시의 말이 맞았다. 정말 지독한 하루였다.

"그녀를 찾으면 전화해 주기로 했나요?"

"그래요, 기도나 해야죠."

전화를 끊고 나서, 케이틀린은 천천히 욕실로 걸어가 샤워기를 틀었다. 옷을 벗으며 세면대 위 거울에 비친 모습을 보고는 움찔했다. 자신이 생각했던 것보다 훨씬 더 심각한 모습이었다. 부풀어오른 왼뺨에는 커다란 멍이 들었고, 눈 밑의 자주색 그늘이 공포 영화 속의 주인공 같다는 느낌을 줄 정도였다.

샤워기 밑으로 들어가 뜨거운 물을 몸으로 쏟아부었다. 영혼까지는 아니더라도, 근육의 통증은 어느 정도 가시겠지. 만족스런 기분이 들어야 마땅했다. 레드포드는 죽었다. 정의의 심판이 이루어졌다. 하지만 케말이 같이 죽었기 때문에, 그 만족은 씁쓸했다.

케말. 이상하고 재미있으면서 복잡한 케말, 그녀를 감동시키고 마음을 치료해 주고…… 그리고 배신했다. 하지만 그는 결국 그들 모두를 구해 주었다고 했다. 눈물이 뺨으로 흘러내리는 걸 느낄 수 있었다. 그날의 긴장이 풀린 탓인지, 아니면 그 괴팍하고 가치도 없는 망나니 케말 때문인지 알 수가 없었다.

알렉스가 호텔에 돌아왔을 때는 자정이 지나서였다. 아까의 케이틀린처럼 지치고 흐트러진 모습이었다.

"무슨 소식 있어요?"

그가 침실로 들어오자, 케이틀린은 침대에서 일어나 앉으며 텔레비전 리모컨을 눌러 껐다.

"우리 얘기 말고요. 영국 대표단이 언론에 얘기해댔나 봐요. 온통 트로이의 사건 얘기뿐이에요."

"머리 기사감이지."

알렉스가 힘없이 머리를 흔들었다.

"해안을 샅샅이 뒤지고 있지만, 아거시가 정박한 곳은 발견되지 않았소. 그리고 서번은 여전히 아무도 살아남을 수 없었을 거라고 확신하고 있지. 잔해라도 찾아보려 했지만, 땅이 꺼져 버려서 중단해야만 했소. 그들에게 있어, 이 사건은 종결되었소."

"윈드 댄서는요?"

"서번은 그것도 폭파 시에 부서졌을 거라고 하지."

슬픔이 밀려들었다. 그녀 인생의 가장 중요한 부분, 마치 오랜 친구를 잃어버린 느낌이었다.

"지식과 아름다움이 모두 사라졌군요."

알렉스가 욕실로 향했다.

"금방 돌아오리다. 샤워 좀 해야겠소."

"그러면 기분이 더 나아질 거예요."

"어차피 이보다 더 지독한 기분은 불가능할 거요."

"그 말이 틀릴까 봐 걱정되네요. 멜리스가 사라졌어요."

알렉스의 걸음이 딱 멈췄다.

"뭐라고?"

"오늘 오후에 달아났대요. 경찰이 찾고 있지만, 아직은 성과가 없나 봐요."

"아."

"별로 불안해 하는 것 같지 않네요."

"아, 불안하긴 해. 하지만 어쩌면……."

그는 말꼬리를 흐리고 욕실로 들어갔다. 샤워기 트는 소리가 들리자마자 전화벨이 울려 케이틀린이 수화기를 들었다. 알렉스가 잠시 후 욕실에서 나올 때는 전화를 막 끊던 참이었다.

"멜리스에 대한 일이오?"

"아직도 찾지 못했대요."

알렉스가 침대로 향했다.

"이스탄불은 큰 도시요."

"맙소사, 큰 도시라는 건 나도 알아요."

자신의 목소리가 너무나 날카롭게 흘러나오는 것을 깨닫고 그녀가 말을 끊었다.

"미안해요. 좀 불안해서요."

"멜리스에 대해서?"

"모든 것에 대해서. 하지만 네, 멜리스에 대해서요. 이 끔찍한 일들에

난 아무것도 할 수가 없어요. 하지만 멜리스는…… 난…….”

넘쳐나려는 눈물을 참으려 애쓰며 그녀가 눈을 들었다.

“그녀가 안전했으면 좋겠어요. 겨우 어린아이일 뿐이에요. 더 이상 다치는 일이 없길 바래요. 우리 모두에게 너무나 많은 고통이 있었죠. 이젠 그게 다 끝났으면 좋겠어요.”

그가 부드럽게 그녀의 머리를 쓰다듬었다.

“그래. 저, 케이틀린…… 난 그들이 멜리스를 찾을 것 같지가 않소.”

“알 수 없는 일이에요.”

“그래, 변수가 많이 있지.”

그녀의 옆에 앉아 그가 자신의 품으로 그녀를 끌어들였다.

“변수라뇨? 무슨 말을 하는 거예요?”

그는 잠시 대답하지 않았다.

“케말이 살아 있다면 어떨까?”

“가능성이 없다면서요.”

“서번은 케말이 얼마나 비상한 수완가인지 모르지.”

“그가 빠져 나갔다고 생각해요?”

“모르겠소.”

“아무도 검문소를 지나가지 않았어요. 차 트렁크에 있던 그 그림은 어떻고요? 케말이 살아나갔다면 그렇게 귀중한 것을 남겨두지 않았을 거예요.”

“케말이 수백만 달러 가치의 그림을 포기한다는 것이 말도 안 된다는 건 알아. 하지만 나무가 쓰러지려 하는데 나뭇가지 하나 붙잡고 버틸 정도로 어리석지는 않거든.”

케이틀린의 시선이 그의 얼굴을 살폈다.

“하지만 그게 전부는 아니겠지요?”

“소나무 수풀에서 자전거 자국을 발견했소. 조나단과 같이 서번을 기다리면서 돌아다니다가 언뜻 보았지. 그래서 당신이 떠난 후에 더 자세히 살펴보았소.”

“자전거!”

“가능성일 뿐이오.”

그가 손을 들어올려 그녀의 말을 막아냈다.

“폭발로 인해 지반이 너무 갈라져 있어서, 그 자국이 얼마 전에 난 것이라고 확실히 말할 수는 없소. 하지만 문득 생각이 들었소. 케말은 레드포드와 같이 남미로 갈 생각은 전혀 없었지. 그리고 처음부터 그 예술품들을 자기가 훔칠 생각이었소. 그는 레드포드의 일을 방해하면, 안전한 길을 마다하는 거라고 생각했소. 우리에게 자기만큼 그 터널을 잘 아는 사람이 없다고도 말했지. 그런 그가 한스가 설치한 폭약에 대해 몰랐다는 건 이상하잖소. 우리가 아는 케말은 레드포드와 한스의 계획에 대해 모두 다 알아냈을 거요.”

“그럼 그가 그 폭탄에 대해서 알고 있었다는 거예요?”

“가능하오. 하지만 케말은 죽이는 일에는 취미가 없소. 나한테 직접 그렇게 말했지. 옛터의 폭발이 견제 작전이 되길 바랐겠지만, 암살 시도를 뒤엎을 만한 또 다른 요소를 끌어들일 필요가 있었을 거요.”

“우리군요. 그리고 레드포드의 계획 일부를 이용해서 그 그림들과 같이 사라지려 한 거예요.”

“수풀 속에 차는 두 대뿐이었소. 그리고 케말은 지프를 터널 입구로 옮겨놓았소. 하지만 그가 덤불 속에 자전거를 숨겨 두었다면? 그가 어떤 차림이었는지 기억나오? 갈색 골덴 바지에, 무거운 신발과 빨간 스웨터였소. 근처 농장 아이와 비슷하지. 처음 보았을 때 나도 어린 소년으로 착각했으니까. 군인들이 옛터로 떠날 때까지 언덕에 숨어 있다가 가까운 농장 한 곳으로 달려나갔을 수 있소.”

“해안에 쾌속정이 그를 기다리고 있었겠죠. 그가 어디로 갈까요?”

“아거시가 정박된 곳이겠지. 레드포드 대신 자신을 배 주인으로 받아들이도록 선원들에게 관대한 뇌물을 주는 것도 마다하지 않았을 거요.”

“그렇게 세상에서 가장 가치 있는 보물들을 갖고 아무 끈도 없이 떠나는 거군요.”

“한 가지 끈은 있을지 모르지.”

“멜리스?”

그날 아침 첼시가 멜리스에 대해 했던 말을 기억해 내려 노력했다. 그녀가 씩씩하게 방에 들어와 알렉스가 대사관에 갔다는 말을 전했을 때가 천년이나 지난 것 같았다.

"멜리스는 어젯밤 아주 불안해 했대요. 하지만 케말이 들렀다 가자 진정이 되고 만족해 하는 것 같았대요. 그러나 첼시 말로는 오늘 아침에 멜리스가 다시 불안해 했다고 하던데."

"불안…… 아니면 기대감이었겠지."

"그럼 케말이 어젯밤에 같이 데려가겠다고 말했을까요?"

"그녀를 아거시 호가 있는 곳까지 데려다 줄 사람을 보냈을 수 있겠지."

알렉스가 이불을 들추고 들어와, 힘없이 베개에 등을 기댔다.

"휴, 내가 어떻게 알겠소? 불이나 끕시다."

그녀가 불을 끄고 침대에 누웠다.

"서번 대령에게 말했나요?"

"내가 무슨 말을 할 수 있겠소? 모두 가정일 뿐인데."

"그가 도망쳤다면, 윈드 댄서를 갖고 있을지 몰라요."

"위험을 무릅쓸 결심을 했다면. 자전거에 그 조각을 어떻게 숨기겠소? 그림처럼 남겨 두고 가는 것이 더 영리한 짓이오."

그가 불안하게 몸을 들썩였다.

"하지만 제대로 맞출 만한 퍼즐 조각들이 전혀 없소. 내가 갖고 있는 건 그 빌어먹을 자전거 바퀴 자국뿐이오. 변수는 너무나 많고 모든 게 짐작일 뿐이오."

"하지만 당신 생각이 사실이길 바라죠?"

그는 한참 동안 말이 없었다. 대답하지 않으려나보다 생각했을 때 마침내 그가 입을 열었다. 그 말은 간신히 들을 수 있을 정도였다.

"그래, 그게 사실이었으면 좋겠소."

이런 고백은 알렉스에게 쉬운 일이 아니었다. 그들 둘다 사람을 쉽게 믿지 않았다. 그리고 케말에게 그녀와 똑같은 배신감을 느꼈을 것이다. 케말이 치명적이고 지나치게 영리하며 사람을 조종한다는 점은 부인할 수 없었다. 하지만 그에게는 그 외의 다른 면들도 많았다. 갑자기 멜리스와 애기할 때 부드럽게 빛나던 그의 얼굴이 기억났다.

케이틀린은 알렉스의 품으로 움직여 그의 어깻죽지에 뺨을 기댔다.

"나도 그래요."

다음날 정오가 다 되어 깨어났을 때 알렉스는 보이지 않았다. 처음에는 욕실에 있으리라 생각했지만, 책상 위에서 그의 메모를 발견했다.

케이틀린, 난 니스로 출발하오. 당신이 잠든 후에 갑자기 스치는 생각이 있었소. 이 모든 소동을 향수 소개를 위한 배경으로 이용할 수 있을 것 같소. 하지만 상황을 최대한 이용하려면 재빨리 움직여야 할 거요. 당신도 마찬가지고 첼시와 조나단에게도 트로이에서의 일에 대한 모든 인터뷰를 거절하라고 하시오.

기자들에게는 무슨 말이든 듣고 싶으면, 바사로를 소개하는 장소인 네그레스코 호텔로 10월 15일 나오라고 하시오.

서번에게 진술을 다 하고 나서, 당신도 니스로 오시오. 당신이 필요할 거요.

알렉스

케이틀린은 어리둥절하여 다시 한 번 편지를 읽었다. 어젯밤 알렉스는 지치고 혼란스럽고 연약했다. 그런데 밤 사이 변화가 일어났다. 그는 다시 움직이고 생각하며 모든 일을 자신에게 맞도록 만들어 가고 있었다.

'그들에게 원하는 것을 주어라.'

하지만 기자들은 원하는 것을 얻으려면 2주나 남은 10월 15일까지 기다려야 할 것 같았다.

그리고 그 대신 바사로는 지금껏 향수 세계에 있어 본 적이 없는, 특별한 뉴스로 실리게 될 것이다.

21

첼시가 엘리베이터 옆에 있는 케이틀린을 알아보자, 네그레스코 로비
에 몰린 기자들의 머리 위로 손을 흔들었다. 그런 다음 다시 몸을 돌려
화사하게 미소짓자 카메라들이 돌아가며 찰칵거리고 수많은 질문이 그녀
에게 쏟아졌다.

"당신이 블랙 메디나에게 납치되었다는 게 사실입니까?"

"지난주에 파리에서 뭘 하셨습니까?"

"다큐 드라마에 출연하기로 사인을 하셨습니까?"

"질문은 받지 않겠습니다."

첼시가 손을 올려 수많은 말들을 중지시켰다.

"잘 아시잖아요. 오늘밤 새로운 향수를 소개하는 파티가 있고 그 직후
에 공동 기자회견을 가질 겁니다. 그때 무엇이든 물어 보세요. 자, 전 이
만 위층으로 올라가서 신발을 벗어야겠어요. 오늘밤 내내 당신들을 만나
게 될 거예요."

그녀가 사람들 틈 사이로 빠져 나오기 시작했다.

톰 크루즈와 라이벌이라 해도 좋을 만큼 엄청 잘생긴 부지배인이, 재

빨리 첼시와 기자들 사이에 끼어들어 엘리베이터까지 길을 터주었다. 부지배인이 첼시와 케이틀린을 엘리베이터 안으로 들여 보내고 유리문을 닫아 준 다음, 케이틀린이 버튼을 누를 때까지 그 앞에 서 있었다.

첼시가 케이틀린을 재빨리 껴안았다.

“당신 어때요?”

“좋아요. 너무 바쁘긴 하지만 괜찮아요.”

“세상에, 엘리베이터 안에 크리스털 샹들리에가?”

첼시가 천장을 올려다보았다.

“네그레스코 호텔은 확실히 으스대는 방법을 아는군요.”

그녀의 시선이 벽에 대어진 빨간 벨벳천을 훑어보았다.

“그리고 그 섹시한 라틴계 벨보이들은 멋진 엉덩이를 돋보이게 하는 십팔 세기식 반바지를 입고 돌아다녀요. 너무 퇴폐적이라니까. 음…… 하지만 정말 마음에 들어요.”

케이틀린의 입술에 미소가 어렸다.

“그 복장은 성적 욕구를 자극하려고 입은 게 아니에요. 이 호텔이 1912년에 문을 열면서 역사적인 분위기를 자아내려 했던 거죠.”

“그럼 처음 내 생각이 맞았군요. 그들이 역사적인 인물로 보이고 싶었다면, 이십 세기에 호텔을 열면서 왜 굳이 십팔 세기 옷을 입었을까요? 섹스가 세상을 돌아가게 만드는 거예요. 십팔 세기 남자들 옷은 훨씬 더 섹시하죠. 그리고 그게 벨보이들의 세계 일류의 그것들이 그 바지 속에 들어 있는 이유라고요.”

케이틀린은 웃음을 참을 수 없었다.

“마음대로 생각하세요.”

“난 그런 버릇이 있죠. 오늘밤 준비는 다 된 건가요?”

“아뇨, 하지만 그렇게 될 거예요.”

케이틀린이 인상을 찡그렸다.

“난 바로 내려가서 오디오 만지는 사람들을 점검해 봐야 해요.”

유리문이 열리고 두 여자가 넓은 복도로 들어섰을 때, 짐으로 둘러싸인 두 명의 벨보이들이 객실 앞에 기다리고 있었다. 케이틀린의 시선이 자신도 모르게 첼시에게 그렇게 매력적이었다던 남자들의 그 신체 부위로 내려가자, 첼시가 은근히 미소지었다.

"봤죠?"

그녀의 시선이 얼른 첼시의 장난스런 얼굴로 올라와서는, 진지하게 고개를 끄덕였다.

"놀랄 만한 걸요."

첼시가 문을 열자, 벨보이들이 네 개의 가방과 두 개의 트렁크를 들고 객실로 따라 들어왔다.

20세기의 안락함과 조화된 18세기의 우아함이 인상적이었다. 첼시는 벽에 붙어 있는 루이 16세 책상과, 원본처럼 보이는 두 개의 그림, 지중해가 내려다보이는 창문을 훑어보았다.

"베네딕트 양의 가방은 이 방에 놔주세요."

케이틀린이 응접실 왼쪽 방을 가리켰다.

잠시 후 첼시가 벨보이들에게 팁을 주어 내보냈다.

"유명한 앵커, 바바라 월터스가 공항에서 나한테 다가오더군요. 오늘 밤 공개식 전에 독점 뉴스를 얻어내려고 무척이나 노력했어요. 그들은 전부 침을 흘리고 있다니까요."

그녀가 하이힐을 벗어던지고 응접실을 돌아다녔다.

"우린 열심히 일했어요. 베르사유 파티는 이와 비교될 바가 아니에요."

"알렉스는 어때요?"

"밤에만 간신히 얼굴을 볼 정도예요. 그리고 두 마디 이상 하기도 전에 의식을 잃어버린답니다. 저기, 마리사가 여기 와 있어요."

첼시가 빙글 몸을 돌렸다.

"뭐라고요?"

"그녀가 오고 싶어했어요. 조나단이 안드레사의 전용 비행기로 데리고 왔답니다."

"빌어먹을, 겨우 이틀전에 침대에서 일어나도 좋다고 허락받았는데. 어디 있죠?"

케이틀린이 한쪽 문을 가리켰다.

"어젯밤 늦게 도착했어요. 아마 아직 자고 있을 거예요. 당신이 곁에 두고 싶어할 것 같아서 여기로 들여보냈어요."

"당연하죠. 그 멍청한 의사들이 그 애를 비행기에 태우지 말았어야 해요."

"아주 좋아 보이던 걸요. 만약 그렇지 않았다면 조나단이 허락하지 않……."

"그는 그런 짓을 하면 안 돼요."

첼시가 주먹을 불끈 쥐었다.

"그가 이런 식으로 행동하면 그를 만나지 않으려고 유럽 전체를 뛰어다니는 게 무슨 소용이란 말이에요? 그가 마리사를 데려온 걸 누가 알게라도 된다면……."

"당신은 질 싸움을 하고 있는 것 같아요, 첼시."

케이틀린이 부드럽게 말했다.

"절대 아니에요."

첼시는 깊은 숨을 들이마시고 천천히 주먹을 풀었다. 케이틀린은 미소를 지으며 고개를 가볍게 흔들었다.

"난 일하러 가야 해요. 호텔 미용사가 네 시에 올라와서 머리와 손톱을 손질해 줄 거예요. 쇼는 여덟 시예요. 여섯 시에 당신과 마리사에게 간단한 저녁 식사를 올려보낼게요."

"모든 걸 다 관리해 내는 것 같군요."

"아직은 아니에요. 하지만 계속 노력중이에요."

케이틀린은 손을 흔들어 보이고 방을 나갔다. 첼시는 재킷을 벗어 침대 위에 던졌다.

"어머니?"

"여기 있다."

파란 파자마에 로브를 걸친 마리사가 방금 깨어났는지 어수선한 모습으로 나타났다.

"그냥 누워 있지 그랬니. 내가 너에게 갔을 텐데."

그녀가 마리사를 살펴보았다.

"좋아 보이는구나. 거의 다 나은 것 같아."

그 말은 사실이었다. 마리사의 안색은 좋아 보였고, 오른쪽 팔과 어깨에 걸린 깁스만 빼면 완전히 정상인 듯했다.

"전 좋아요. 다음주에 학교로 돌아갈래요."

마리사가 고개를 숙여 어머니의 볼에 입을 맞추었다.

"너무 빨라. 만약에……."

"괜찮을 거예요. 걱정일랑 날려 보내요."

마리사의 어조는 부드럽지만 단호했다.

첼시는 자신도 모르게 웃음이 나왔다. 마리사가 친구들끼리의 은어를 쓸 때마다, 과연 딸아이의 입에서 나온 소리인지 이상하게 느껴졌다. 그녀의 미소가 다시 흐려졌다.

"여기 오지 말았어야 했어. 조나단은……."

"조나단은 우리 둘다 원하는 일을 한 거예요. 내가 여기 온 건 조나단 때문이에요."

농담을 하면서도 첼시의 몸이 굳어졌다.

"날 보러 온 게 아니고?"

"이렇게 계속할 수는 없어요, 어머니. 어머니는 우리 둘다 기만하고 있어요."

"널 기만한다고?"

마리사가 엄숙하게 첼시를 응시했다.

"그래요. 나에게는 친구와 아버지를 빼앗는 거고, 조나단에게는 아내와 딸을 빼앗는 거예요. 피터가 죽었을 때 깨달은 게 있어요. 그가 나에게 마지막으로 한 말이 살라는 거였어요. 언제 끝날지 모르는 상태에서 낭비해 버리기에는 인생이 너무나 소중해요. 우린 충만하게 살아야만 해요. 어머니는 우리에게 그런 일을 허락하지 않고 있어요."

"난 네가 행복해지기만 바랄 뿐이야."

"그럼 우리 인생을 낭비하는 건 그만 두세요."

첼시가 고통스레 머리를 저었다.

"넌 이해하지 못해."

"맙소사, 어머니는 정말 고집쟁이예요. 그럼 다른 면을 생각해 보죠. 조나단이 대통령으로 선출된다면 어떨까요? 대통령은 때로 표적이 되죠. 케네디와 링컨, 레이건이 그랬듯이요."

"안 돼! 그런 일이 일어나게 할 수는 없어."

"어머니는 거기 없을 텐데요. 그는 혼자일 거예요."

"대통령은 절대 혼자 있지 않아."

"하지만 진심으로 자신을 아끼는 사람은 갖지 못할 거예요. 그분에게 는 어머니가 필요해요."

'당신이 필요해.' 터널 안에서 조나단이 그렇게 말했었다.

"그는 괜찮을 거야."

"어머니가 어떻게 알아요?"

어머니의 혼란스런 얼굴을 보다가 마리사는 마지막 카드를 꺼내기로 결심했다.

"우린 더 이상 어머니의 이런 행동을 놔두지 않기로 결정했어요. 어머 니가 만약 조나단과 결혼하지 않는다면, 난 그의 집으로 이사할 거예요."

첼시가 입을 열려 하자 그녀는 손을 들어올렸다.

"아주 공개적으로. 열여섯 살의 소녀와 같이 산다면 그가 과연 대통령 이 될 수 있을까요?"

"허세 떨지 마. 조나단은 절대 널 그런 입장에 두지 않을 거야."

"맞아요, 조나단은 허세겠지요. 하지만 난 아니에요. 내가 허세부리지 않는다는 거 아시잖아요. 난 방법을 찾을 거예요."

"넌 지금 무슨 말을 하는지 모르는 거야. 언론에서 널 갈기갈기 찢어 버릴 거라고."

"제가 언제나 말했잖아요, 그들에 대해 나보다 어머니가 더 두려워한 다고. 제 고통은 아주 오래 전에 끝났어요. 아직 상처받고 있는 사람은 어머니예요."

"네가 조나단을 망가뜨릴 거야."

"아뇨, 조나단은 우리 때문에 망가지기에는 너무 강해요."

"대통령이란……."

"난 조나단을 좋아해요. 어머니를 사랑하고요. 다른 사람을 행복하게 하기 위해 한 사람을 희생해야 한다면, 내가 어느 쪽을 선택하겠어요? 절 보세요. 진심이라는 거 아시겠죠?"

마리사가 첼시의 눈을 들여다보았다.

첼시는 그녀를 응시하다가 떨리는 한숨을 내쉬었다.

"그래, 넌 진심이야."

"제 의견을 확실히 아셨다니 다행이에요. 그 일에 대해 생각해 보세요. 안드레 항에 가기 전에 다음주까지 시간을 드릴게요."

"고맙구나."

"어머니가 일단 받아들이면 더 쉬울 거예요. 어머니는 둔하지 않잖아요."

침실로 들어가 문을 닫는 마리사를 쳐다보며, 첼시는 머리가 어지러운 느낌이었다.

맙소사, 어느 쪽이든 결정을 해야 한다.

그녀가 천천히 화려한 의자로 걸어가 털썩 내려앉았다. 자신이 해야 할 일을 생각해야 했다. 이건 말도 안 돼. 마리사는 미숙한 소녀일 뿐이고, 그녀는 경험 많은 여자였다. 명료하게 생각한다면, 마리사를 물리칠 방법이 있을 것이다.

하지만 이번 경우, 마리사는 그녀가 명료하게 생각하지 못한다고 말했다. 사랑하는 사람을 보호하고 싶은 것이 그렇게도 나쁜 일일까?

하지만 마리사의 말대로, 그 보호가 그들에게 완전한 삶을 살지 못하도록 막는 거라면?

알 수가 없었다. 의자에 머리를 기대고 편안히 앉았다. 머리가 뒤죽박죽 혼란스럽긴 했지만, 한 가지 사실이 점점 분명해졌다. 빨리 어떤 결정을 내려야만 했다.

저녁 7시 30분, 첼시는 케이틀린의 방문을 단호하게 두드렸다.

케이틀린이 문을 열어 주었다.

"첼시, 아직 옷도 안 입었군요."

"걱정 말아요. 그건 오 분밖에 안 걸리니까."
첼시가 방안으로 들어와 조용히 문을 닫았다.
"오래 붙잡지 않을게요. 당신에게 꼭 해야 할 말이 있어요."

8시 4분 전, 케이틀린은 황급히 그랜드 볼룸으로 들어가 꽃줄로 장식한 무대를 향해 걸었다.
"당신 괜찮소?"
케이틀린이 무대 위의 옆자리에 앉자마자 알렉스가 물었다.
"숨도 못 쉬겠어요. 방금 기절할 뻔했거든요."
"무슨 일이 있소? 모든 게 잘되어 가는 것 같은데. 첼시는 어디 있지?"
"금방 올 거예요."
케이틀린은 좌석을 둘러보다가 높은 천장의 둥근 방 뒤쪽에 앉은 조나단을 발견하자 손을 들어 아는 체를 했다.
맨 앞의 열 줄은 신문 기자와 사진 기자들, TV 촬영팀을 위한 자리였다. 연단에는 적어도 30개의 마이크가 첼시의 출시 연설을 기다리고 있었다.
"충분히 선전이 되겠군요."
"인공위성으로 백여 개 나라에 생방송될 거요."
방 뒤쪽에서 현악 4중주단이 연주를 시작하자, 알렉스가 시계를 살폈다.
"그녀는 어디 있소? 시작해야 하는데."
"걱정 말아요. 첼시는 절대 기회를 놓치지 않아요."
그가 그녀를 돌아보았다. 그녀의 목소리에 담긴 흥분을 눈치챈 것이 분명했다.
"케이틀린, 그게 무슨……."
그녀가 그의 팔뚝을 움켜잡았다.
"저기 와요."
첼시 베네딕트가 무대를 향해 걷기 시작하자 음악소리가 높아지며 방안에는 낮은 속삭임만이 들렸다.

첼시는 허벅지까지 오는 은색 원반들의 튜닉을 입고 있었다. 그녀는 갑옷을 입은 젊은 기사 같아 보였다. 보석은 착용하지 않았지만, 조명 밑에서 한 걸음 걸을 때마다 그녀의 길고 아름다운 다리가 반짝거렸고 야성적으로 곱슬거리는 머리카락이 횃불처럼 타오르는 듯했다.

그녀는 왼쪽도 오른쪽도 보지 않았다. 눈동자는 사파이어처럼 반짝이며, 얼굴은 생동감이 넘쳐흘렀다. 걸음걸음마다 탁탁거리는 에너지를 발산하는 듯했다.

관중들에게서 웅성거림이 퍼졌다.

"쇼를 시작할 시간이에요."

케이틀린이 벌떡 일어나며 중얼거렸다.

그녀가 연단으로 나가 마이크에 대고 말했다.

"신사 숙녀 여러분, 전 케이틀린 바사로입니다. 오늘밤 와주신 여러분께 감사드립니다. 우린 오늘 향수의 역사에서 유일무이한 자리를 차지할 향수 하나를 소개하려 합니다."

첼시가 거의 무대에 도착했고, 케이틀린은 단을 오르는 그녀의 눈을 똑바로 쳐다보았다.

"우리의 향수를 소개하기 위해, 우린 그 향수만큼이나 유일무이한 여성 한 분을 선택했습니다. 우린 그녀를 우리 향수의 영원한 모델로 지정하려 합니다."

첼시가 충격으로 멈춰 섰다가 다시 걸음을 떼었다.

"우리의 향수가 수세대를 거쳐 이어지리라 확신하지만, 또 다른 모델은 절대 선택되지 않을 겁니다. 바사로가 어느 것과도 바꿀 수 없는 것처럼, 첼시 베네딕트 또한 그렇기 때문입니다. 여러분, 첼시 베네딕트 양입니다."

말을 마치고 케이틀린은 뒤로 물러나 다시 알렉스의 옆에 앉았다.

사람들의 박수 갈채가 쏟아졌다.

첼시는 고개를 똑바로 쳐들고 연단 앞에 서서 박수 소리가 진정되기를 기다렸다. 목을 가다듬었지만, 입을 열었을 때 그녀의 목소리는 여전히 약간 쉬어 있었다.

"케이틀린 바사로가 방금 나에게 해준 말이 얼마나 큰 명예인지 여러분은 모르실 겁니다. 하지만 이제 곧 아시게 될 겁니다."

그녀가 앞에 놓인 르크럭의 크리스털 병을 들어올렸다.

"바사로 향수입니다. 세계에서 가장 멋진 향수, 저는 살아 있는 동안 다른 향수는 절대 뿌리지 않을 겁니다. 이걸 얻을 수 있다면 말이지만요. 제 계약서에 이 향수를 계속 공급받을 수 있다는 조항을 첨가해야만 하겠군요. 바사로에 일어난 일에 대해서는 모든 분이 아시고 계실 겁니다. 그리고 우린 한동안 이걸 볼 수가 없을 겁니다. 그리고 바사로의 모델로서 저 또한 은퇴함을 선언합니다."

케이틀린은 알렉스의 놀란 숨소리를 들었다.

"전 케이틀린 바사로에게 제가 받은 모든 금액을 돌려줄 것이며 더 이상 어떤 회사의 상품도 광고하지 않겠다고 말했습니다."

방안에 웅성거림이 번지자 첼시가 미소지었다.

"놀라셨나요? 아직은 아무것도 아닙니다."

그녀가 어깨를 똑바로 펴고 두 손을 내밀었다.

"제가 결혼할 남자, 조나단 안드레가 차기 미국의 대통령으로 출마할 것임을 선언하는 바입니다."

관중들 사이에서 요란한 소리들이 터지자, 첼시는 잠시 기다렸다가 한 손을 들어 진정시켰다.

"이런 일이 예상된 바가 아니라는 건 잘 압니다. 하지만 어떻습니까? 제가 원래 엉뚱하잖아요?"

웃음소리가 터져나왔다. 그녀의 미소가 점차 사그라들었다.

"이제 조용히 해주십시오. 더 드릴 말씀이 있습니다."

장내가 조용해지자, 그녀의 목소리가 진실의 울림으로 울려퍼졌다.

"조나단 안드레는 제가 만난 중에서 가장 고상하며 명예를 존중하는 남자입니다. 대통령이란 꽤나 생색도 나지 않는 직업인데, 전 그가 왜 그 일을 원하는지 모르겠습니다. 아뇨, 그건 사실이 아닙니다. 전 그 이유를 알 것 같습니다. 그는 도움을 주고 싶으며, 잘못된 것을 고치고 싶으며, 더 나은 무언가를 만들어 내고 싶어합니다. 그는 그런 남자입니다. 지금까지 우리가 일으켰던 많은 혼란들, 우리에게 과연 그를 맞이할 자격이 있는지는 모르겠지만, 그는 우리를 위해 기꺼이 그 자리에 있으려 합니다. 제가 대통령의 아내로서 적당하지 않다는 이유로 여러분이 거절하지만 않는다면 말이죠. 조나단은 어떤 정치인들에게 나와 결혼하는 것은 대통령이 될 가능성을 내던지는 거라는 말을 들었습니다. 그들은 여러분이 나와 같은 악명 높은 여자를 받아들이지 못할 것이며, 가장 낮은 공통분모에 호소해야 한다고 말했습니다. 저도 그에게 같은 말을 했지요. 하지만 그는 우리의 말을 듣지 않았습니다. 그는 절 사랑합니다. 그리고 그는 여러분을 존경합니다. 여러분의 지성과 판단력을 존중합니다. 그는 세상이 변했고 사람들도 원시적인 이미지보다는 정직한 걸 더 원한다고 말합니다. 저는 그의 말이 맞을지 두고 볼 생각입니다.”

체르시의 손이 연단 끝을 힘껏 잡았다.

“전 매우 잘 알려진 배우이며 오랫동안 역할을 따기 위해 오디션을 받은 적이 없었습니다. 하지만 오늘밤 난 그 일을 하려 합니다. 지금 보시는 바가 바로 여러분이 얻을 것입니다. 전 낸시 레이건이나 재클린 케네디가 되지 않을 것이며 바바라 부시와는 대단히 다른 여자입니다. 언제나 완벽한 영부인이 되지는 못할 겁니다. 전 성마른 성격을 갖고 있으며 실수도 많이 할 겁니다. 또한 스페이드를 다이아몬드로 부르라고 요구한다 해도 스페이드라고 솔직히 말할 겁니다.”

그녀가 미소지었다.

“하지만 좋은 면도 있습니다. 여러분은 언제나 제가 같이 있다는 걸 아실 겁니다. 전 어리석지 않고 충실합니다. 내가 할 일을 잘 해냅니다. 최근에 제가 대단히 아끼는 사람에게서 공격을 받은 또 하나의 자질이 있습니다. 제가 너무 과하게 보호하려 든다고 하더군요. 글쎄요, 그럴지도 모릅니다. 하지만 그게 나쁜 것만은 아닙니다. 그걸 우리를 위해 사용할 수 있습니다. 일단 제가 여러분을 제 가족으로 생각하면 여러분도 마찬가지로 있는 힘껏 보호할 것이기 때문입니다.”

체르시의 뺨이 달아오르고, 눈동자는 눈부시게 반짝거렸다. 그녀는 관중들을 도전하듯 쳐다보았다.

"이것이 전부입니다. 이제 결정은 여러분에게 달려 있습니다. 제가 거의 차버릴 뻔했던 것처럼 당신의 기회를 어리석게 내던지지 마십시오. 조나단 안드레 같은 사람은 다시 얻지 못할 겁니다."

그녀가 연단에서 걸어나왔다.

관객들이 일어났고 요란한 박수소리가 터져나왔다. 그 소리에 귀가 먹먹할 지경이었다. 그녀가 안드레를 향해 걸어갔다.

"맙소사!"

알렉스가 중얼거렸다.

"그래요. 그들이 그 기회를 내던질까요, 알렉스?"

케이틀린이 눈에 눈물을 그렁거린 채 다른 사람들처럼 일어나 박수를 쳤다. 알렉스가 그녀의 팔을 잡고 무대에서 이끌어냈다.

"모르겠소. 하지만 이게 선거 운동의 시작이라고 말하지 않을 사람은 아무도 없을 거요."

"향수에 대해 약간 집중력이 떨어진다는 건 알았지만, 거부할 수가 없었답니다."

"그건 상관없소. 그들이 백악관에 가게 된다면, 첼시의 연설은 적어도 다음 팔 년간 방송에 오르내릴 거요. 이런 광고 효과는 살 수도 없는 거라오."

첼시가 조나단 앞에 멈춰 턱을 치켜세웠다.

"내가 이런 일을 하려는 걸 당신에게 말했어야 했겠죠. 나와 결혼하는 것에 대해 당신 마음이 변하지 않았기를 바래요. 이젠 너무 늦었거든요."

"그럼 내가 잡혀 버린 거군."

"제닝스가 화를 낼까요?"

"격분하겠지."

"신경 쓰이나요?"

"절대 아니오. 내가 왜 신경 써야 하오? 당신이 날 보호해 줄 텐데."

"맞아요. 당신은 정말 운이 좋아요, 그렇죠?"

그녀가 그의 손을 잡고 입구로 잡아당겼다.

"가요, 우린 알렉스와 케이틀린과 같이 기자회견을 가질 거예요. 전 우선 마리사를 확인하고 싶어요."

그녀는 걸어가면서 말했다.

"내 홍보 담당에게 전화해서 내일 저녁 카슨과 나이트라인에 나가도록 손쓸 수 있는지 알아봐야겠어요. 그렇게 하면 오락물과 뉴스에서 대중의 이목을 끌어모을 수 있어요. 여론조사에서 인기가 올라갈 정도로 관심을 끌 수 있다면, 정당은 당신을 지명할 수밖에 없을 거예요."

그가 계속 웃어대자 그녀는 엄하게 쳐다보려 애썼다.

"난 진지하다고요. 우린 이 일을 해야만 해요. 지금부터 이십 년간 내가 대통령이 될 기회를 빼앗았다는 비난은 듣지 않을 거예요. 그들은 당신이 원하는 일을 빼앗아가지 못할 거예요. 우린 그들과 싸워 나갈 거예요."

"그럴 거라 확신하오. 그리고 거의 기다릴 수 없을 지경이오."

조나단이 그녀의 뺨에 입을 맞췄다.

'검의 그늘 밑에서 살아남은 것처럼 강한 사랑은 없다.'

언덕에 서서 장미 들판을 내려다보며 케이틀린의 머리에 그 말이 되살아났다. 검이 내려와 바사로를 유린했지만, 그 과정중에 그녀는 또 하나의 사랑과 수년간 지속되어 나갈 우정을 발견했다.

바사로가 지속되어 나갈 것처럼.

왠지 아직까지 그을음 냄새가 날 거라고 예상했지만, 깨끗한 대지의 내음만이 맡아질 뿐이었다. 땅은 깨끗해졌고 새로이 갈아졌다. 자크와 일꾼들이 간신히 구해낸 가지들을 심는 모습이 보였다. 다른 줄의 일꾼들은 묘상에서 산 작은 나무들을 심고 있었다.

그때 땅에 무릎을 꿇고 가지 심는 일에 집중하고 있는 알렉스를 보았다. 그의 모습은 처음 바사로에 왔을 때가 연상되었다. 파란 작업용 셔츠와 낡은 청바지 차림으로, 검은머리를 파랗고 하얀 끈으로 묶은 모습이었다.

그녀가 언덕에서 내려가자 그가 고개를 들고 미소지었다. 그녀의 걸음이 거의 달릴 듯이 빨라졌다.

"메모를 남기지 않았잖아요. 깨보니 당신이 없었어요. 그게 점점 나쁜 습관이 되어 가는 것 같아요."

"당신은 내가 있는 곳을 알 거라 생각했소."

그가 가지 주위에 흙을 덮었다.

"광고를 위해 할 수 있는 일은 전부 했소. 이제 여기 일을 해야 할 시간이지."

그녀도 무릎을 꿇고 그를 마주 보았다.

"조나단과 첼시, 마리사가 오늘 오후에 뉴욕으로 떠나요."

"알고 있소. 호텔을 떠나기 전에 전화로 작별 인사를 했소. 한동안 그들을 보지 못할지도 모르오."

"내가 호텔을 나서기 직전에 인터폴에서 조나단에게 전화를 했어요. 모나리자가 돌아왔대요."

그의 움직임이 정지됐다.

"뭐라고?"

"이틀 전에 보험사 사람들이 접촉해서 중개 수수료를 협상했대요. 어제 오후 남태평양의 한 섬에서 그림과 현금을 교환했대요."

"수수료는 얼마지?"

"이백만 달러."

알렉스가 낮게 휘파람을 불었다.

"물론 익명으로 처리됐겠지."

"그래요, 그들은 그걸 되찾아오기 위해서라면 악마와라도 거래했을 거예요."

케이틀린이 땅을 내려다보며 아랫입술을 깨물었다.

"난…… 그게 케말일 수도 있다고 생각해요."

"글쎄, 잘 모르겠소."

그의 손이 그녀의 턱을 들어올렸다.

"그냥 받아들이시오. 영원히 알 수 없을지도 모르오. 거래한 사람이 아거시 호의 선장일 수도 있소."

"하지만 윈드 댄서가 나타난다면, 조나단에게 거래가 들어온다면……
그때는 알 수 있겠죠?"

"그래. 케말이 아닌 다른 사람은 윈드 댄서를 갖고 있을 리 없지. 그는
그 내용에 대해서도 알고 있소. 자기 왕국에 그 치료법들을 이용할 수도
있지."

"그가 살아 있다면요."

"그래, 그가 살아 있다면."

"조나단에게 윈드 댄서에 대해 무슨 연락이라도 오면 즉시 우리에게
알려달라고 부탁했어요."

"잘 했소."

그가 주머니에 손을 넣었다.

"당신에게 줄 것이 있소. 니스에 처음 갔을 때 주문했는데, 너무 바빠
서 줄 시간이 없었소."

그는 섬세한 금줄로 된 펜던트를 들어 그녀의 눈앞에 달랑거려 보였
다.

"윈드 댄서는 아니지만, 이게 내가 할 수 있는 최선이었소."

에메랄드 눈동자를 가진 절묘한 황금의 페가수스. 아주 오래 전 황혼
녘의 기억이 되살아났다.

"자크에게 들었어요?"

그가 고개를 끄덕였다.

"당신 아버지가 주었던 건 찾을 수 없었소. 그래서 이걸 만들었지. 똑
같은 의미는 안 되겠지만……."

"그래요, 똑같지는 않아요……. 훨씬 더 아름다워요."

그녀가 그걸 높이 들어올리자 황금에 햇살이 닿아 반짝거렸다.

"어느 누구도 그걸 당신에게서 빼앗아가지 않도록 할 거요. 다시는 당
신에게서 어떤 것도 빼앗을 수 없도록 하겠소."

"그럼 더 큰 의미가 있네요, 그렇죠?"

눈물 때문에 페가수스가 흐릿해 보였다.

"이럴 필요까지는 없었어요. 윈드 댄서를 잃어버리지 않았다면 좋았겠

지만, 더 이상은 필요 없어요. 난 꿈이 필요했고, 우린 그 꿈을 이루었어요. 이젠 바사로, 새로운 바사로가 그 꿈이에요. 진입로에 주차된 큰 트럭은 뭐죠?"

"나무들."

알렉스가 씨익 웃었다.

"이십 년 된 오렌지 나무. 그럼 유리한 출발이 될 수 있겠지. 그것들이 열매를 맺게 될 때에 내가 이 근처에 있길 바라오. 오늘 오후에 장미나무를 실은 다른 트럭들도 올 거요. 그리고 내일 저택을 새로 건축할 설계자가 올 거요. 내 서재에 대해서만 내 말대로 해준다면 당신이 하고 싶은 대로 해도 좋소. 난 돌아다닐 공간이 있다면 좋겠소."

"앞날을 생각하는 모양이군요. 비용은 당신이 지불하실 건가요? 난 그 정도 여유가 없어요."

그가 시선을 피하고 잠시 말하지 않았다. 그 다음 순간 어색하게 말이 새어나왔다.

"전부 내가 낼 거요."

또다시 침묵이 흘렀다.

"우리가 타협을 할 수 있을 거라 생각했소."

"타협이라뇨?"

"거래랄 수도 있겠지. 내가 당신에게 바사로를 되돌려 줄 테니, 당신은 한동안 날 머물게 해주는 거요."

그녀가 숨을 죽였다.

"얼마나 오래?"

"모르겠소."

그가 자리를 움직여 삽으로 땅을 뒤집기 시작했다.

"사십 년이나 오십 년으로 출발하면 어떨까? 그 후에는 재협상하고."

그녀가 한꺼번에 숨을 토해내었다.

"당신은 뿌리내리는 걸 원하지 않는 줄 알았어요."

"모든 건 변한다고 했잖소. 거래하는 거요?"

"그들이 원하는 것을 주면, 그들도 나에게 원하는 것을……."

재빨리 고개를 든 그의 표정을 보고 그녀가 말을 멈췄다.

"당신이 원하는 것을 말하시오. 그럼 내가 그걸 주겠소. 날 당신 곁에 머물게만 해준다면."

"그래요? 그럼 나도 그걸 거절할 정도의 바보는 아니죠, 그렇잖아요?"

"그래."

그녀가 킥킥대며 그의 손을 잡았다. 그들의 손 사이에서 페가수스가 잡혔다.

"오십 년이라고 했나요?"

"최소한."

"결혼은?"

"당신이 싫지 않다면."

"싫지 않아요."

그녀가 잠시 가만히 있다가 갑자기 긴장했다.

"날 사랑하나요, 알렉스 카라조브?"

"물론이오. 그렇지 않다면 이게 다 무슨 말이겠소?"

오히려 그가 놀란 듯 대꾸했다. 그녀의 기쁨에 찬 웃음소리가 장미 들판으로 널리 울려퍼졌다.

'검의 그늘 밑에서 살아남은 것처럼 강한 사랑은 없다.'

에필로그

윈드 댄서는 조나단 안드레에게 돌아오지 않았다.

그 후 5년 동안, 블랙 메디나가 훔쳐간 다른 모든 예술품들이 눈이 뒤집힐 정도의 엄청난 수수료와 교환되어 각국으로 회수되었다. 찰스 버니는 로드 맥밀란의 살인범으로 체포되지 않았다.

그리고 아거시와 그 선원들은 바다에서 사라져 버렸다.

바사로

잭 키론은 바사로의 진입로에 회색 자동차를 주차하고 나서, 펄쩍 뛰어내렸다. 그리고 저택의 앞에 세워진 리무진으로 걸어갔다. 운전사의 도움으로 차에서 내리던 마리사 베네딕트가 잭에게 미소지었다.

"당신도 이곳이 마음에 들 거예요. 한때 온 세상을 통틀어 내가 가장 좋아했던 곳이랍니다."

그는 이미 이곳이 마음에 들었다. 노스캐롤라이나의 농장에서 자란 그는 새로 자라나는 것들의 냄새와 모습들이 그리웠다. 대통령 가족의 비밀 경호원이라는 것이 어깨를 으쓱하게 만들긴 했지만, 대도시에서 사는 걸 좋아해 본 적은 한 번도 없었다.

그래서 대통령의 의붓딸인 마리사 베네딕트의 경호를 지시받았을 때 그는 내심 마음에 들었다. 샌 디에이고의 해양 생물학자인 그녀를 경호하는 일은 워싱턴의 정치 상황에서 벗어날 수 있게 해주었고, 게다가 그녀가 진심으로 좋았다. 그녀는 언제나 유쾌했다. 붙임성 있는 그녀에게서 보스틱에 사는 여동생이 약간 연상되었다.

"아름다운 곳이에요, 베네딕트 양."

마을로 이어진 길 진입로에 쭉 늘어선 라임 나무들을 살펴보며 마리사의 얼굴에 약간의 그림자가 드리워졌다.

"내가 마지막으로 보았을 때와는 달라 보여요."

그녀를 보호할 임무를 부여받았을 때 잭도 바사로의 파괴에 대해 들은 바가 있었다.

"이번에는 걱정할 필요 없습니다, 베네딕트 양. 아무 일도 일어나지 않을 겁니다. 내일 대통령과 영부인께서 도착하실 때는, 군대도 충분히 막을 수 있습니다."

그녀가 다시 미소지었다. 언제나 보여 주던 수수하고 달콤한 미소였다.

"알아요, 잭. 그냥 옛날 생각이 나서요."

"오, 당신이 마리사군요."

눈부신 하얀 정장을 입은 검은머리의 젊은 남자가 집에서 나와 그들을 향해 천천히 계단을 내려왔다.

"당신을 기다리고 있었답니다. 케이틀린과 알렉스는 추가 안전설치를 하러 그라스에 갔어요. 만약 돌아오기 전에 당신이 도착하면 대신 환영해 달라고 부탁했지요. 난 루이 델가도예요."

잭이 긴장하며 자동적으로 옆으로 물러났다. 필요할 때 재빨리 움직일 수 있는 자리를 잡는 것이다. 바사로에 있을 만한 사람에 대해서는 다 보고를 받았지만, 그 중에 루이 델가도는 없었다.

"누구시죠, 델가도 씨?"

"비밀 경호원이신가?"

루이 델가도는 잭을 보고 알았다는 듯 고개를 끄덕였다.

"대단히 빈틈이 없군. 당신은 나에게 물을 권리가 당연히 있소. 케이틀린과 알렉스는 목록을 만들어 줄 때 아마 내 이름을 말해 주지 않았을 거요. 난 대통령을 놀라게 해줄 사람이지."

"우린 놀라는 걸 좋아하지 않소."

"대통령은 이걸 좋아할 거라 장담하오. 때로는 백악관이 대단히 지루할 테니까."

"어째서 추가 안전설치가 필요한 거요? 우리 자체로도 해낼 수 있는데."

"오, 물론 그렇겠지요. 하지만 난 내 짐에 대해 대단히 신경을 쓰고 있소. 그래서 알렉스가 적절한 보호 조치를 취해 주기로 했소."

그가 운전사를 돌아보았다.

"베네딕트 양의 가방을 집으로 옮기시오. 가정부가 어느 방인지 알려줄 거요."

그가 다시 마리사를 쳐다보았다.

"내가 직접 당신을 위해 선택했지요. 햇살이 가득한 노란 방이오."

"네, 아주 친절하시네요."

"난 친절해질 수 있지요."

그가 고개를 끄덕이고는 갑자기 환한 미소를 지었다.

"언제나 당신에게 친절할 거요."

잭은 마리사의 얼굴에 나타난 사로잡힌 표정을 보고는 불안감을 느꼈다. 이 녀석은 바람둥이나 자만심에 가득 찬 사내일 것이다. 이런 놈을 딸에게 가까이 가게 한다면 영부인은 가만 있지 않으리라. 그가 앞으로 한 걸음 나섰다.

"들어가기 전에 집안을 점검하는 것이 좋을 것 같습니다, 베네딕트 양."

"좋을 대로 하시지요."

루이 델가도가 마리사의 팔을 붙잡았다.

"그 동안 난 베네딕트 양에게 장미 들판을 보여 드리지요. 꽃이 활짝 핀 때라 풍경이 아주 숨이 막힐 정도라오.”

잭이 반대하기도 전에, 그들은 멀리 들판을 향해 초록의 잔디를 가로지르고 있었다. 잭은 욕설을 중얼거리며 차로 걸어가, 카폰으로 니스에 있는 샘 게스러에게 전화를 걸었다. 그의 상관인 샘 게스러가 다음날 대통령의 도착에 관한 모든 일을 처리하고 있었다.

“의외의 사건입니다.”

마리사와 델가도를 주시하며 그가 음울하게 전달했다.

“루이 델가도라는 남자가 바사로에 와 있습니다. 그에 대한 정보가 있습니까?”

게스러가 종이 뒤적이는 소리가 들렸다.

“언급이 없군. 어떻게 생겼지?”

“잘생기고 검은머리에, 나이는 삼십 정도. 이천 달러짜리 정장을 입었고, 매끈한 말솜씨입니다. 영부인께 말씀드려야 할까요?”

게스러가 한숨을 쉬었다.

“아니, 우린 빌어먹게 빨리 확인해야 해. 그를 확인할 수 있는지 알아볼게. 빌어먹을, 이런 급한 여행은 정말 싫다니까. 대통령이 전화 한 통 받더니 모든 걸 내던지고 프랑스로 달려간다는 거야. 도대체 뭐가 그렇게 중요한 거야?”

잭도 그 점이 궁금했다.

“가족의 응급 상황일지도 모르죠. 그렇지 않으면 왜 딸까지 여기에 왔겠습니까?”

“내가 알 게 뭐야. 델가도는 잠시 놔둬 봐. 내가 다시 전화하겠네.”

잭은 전화를 끊고 서둘러 마리사와 루이 델가도의 뒤를 따랐다.

루이 델가도는 장미 화단의 진홍빛 꽃송이를 가리켜 보였다.

“대단하지 않소? 새로운 탄생의 힘을 느낄 수 있죠. 케이틀린과 알렉스가 아주 잘 해냈어요.”

“그래요.”

그녀의 시선이 마을로 이어진 길 쪽으로 돌아갔다.

"당신을 위해 죽은 그 남자를 생각하는군요."

그녀가 긴장하며 그를 돌아보았다.

"피터에 대해 알고 있나요?"

그가 부드럽게 미소지었다.

"그건 당신 잘못이 아니에요. 남자란 어떤 것이 목숨을 바칠 만큼 중요한지 스스로 선택한답니다."

그가 어떻게 알았을까? 어머니조차도 수년간 그녀를 괴롭혀 온 죄책감을 알아채지 못했는데.

"케이틀린에게 그 이야기를 들었을 때 난 남자에게 그런 반응을 일으킬 만큼 특별한 여자는 별로 많지 않다고 생각했지요."

마리사가 궁금한 듯 그를 쳐다보았다.

"알렉스와 케이틀린은 그런 얘기를 아무에게나 하지 않았을 거예요. 당신은 아주 친한 친구이신가 봐요, 델가도 씨."

"루이라고 해요. 그래요, 아주 좋은 친구죠. 오랫동안 서로 만나지 못했지만. 난 칠레 해안에서 떨어진 한 섬에 살고 있어요. 유럽에는 자주 오지 않지요."

"섬에요?"

"내 섬에 대단히 흥미를 느끼게 될 거예요. 당신은 해양 생물학자죠? 난 북쪽 해안에 돌고래를 연구하는 실험실을 만들었답니다. 거기 사람들이 최근에 놀라운 연구를 하고 있지요. 아마 델가도 단지에 대해서는 들어 보셨겠지요?"

"당신이 그 델가도인가요? 당신 연구원들의 논문은 읽어 봤어요."

그녀의 얼굴이 열성적으로 밝아졌다.

"당신은 또 돌고래 구하기 운동에도 기금을 내셨잖아요?"

"그래요. 내 사촌도 돌고래에 아주 관심이 많지요. 그녀는 당신을 만나고 싶어해요."

"여기 같이 오셨나요?"

"이번에는 같이 안 왔어요. 멜리산드는 지금 참여하고 있는 실험이 있고, 나도 개인적인 일이 있어서요."

그가 언덕에서 멈춰 장미 들판을 내려다보았다.

"나도 결혼할 때가 되었지요. 난 신부를 사려고 결혼 지참금을 갖고 왔어요."

"산다고요? 여기서요? 남미라 해도 정략 결혼과 지참금 제도는 구식일 거예요."

그가 고개를 저었다.

"그 옛날 방식은 여전히 남아 있어요. 결혼 지참금은 중요하지요. 그건 신부를 잘 대하겠다는 약속과 신의를 보여 주는 것이거든요. 지참금이 클수록, 약속은 더욱 강하지요."

그의 시선이 그녀의 얼굴로 돌아왔다.

"그리고 난 세상의 어떤 남자가 줄 수 있는 것보다 훨씬 더 비싼 것을 신부의 아버지에게 줄 거랍니다."

"그래서 그 짐에 대해 그렇게 신경을 쓰는 건가요? 설마, 현금을 들고 오지는 않았겠죠?"

"그래요."

그녀가 안도의 한숨을 쉬었다.

"다행이에요. 그건 너무 위험해요."

"현금이 아니고, 아주 특별한 보물이죠."

"보석?"

"아, 보석도 있지요. 금, 에메랄드, 다이아몬드, 진주 그리고 내가 지난 몇 년간 작업해 왔던 대단히 흥미로운 서류들하고. 내가 왜 꼭 그렇게 높은 지참금을 주어야 하는지 묻지 않는군요."

"그건 나와 상관이……."

예의 따위는 집어치우자. 그녀는 그 답을 알고 싶었다.

"왜죠?"

"당신 부모에게 날 믿게 해야 하기 때문이죠. 과거에 내가 항상 좋은 녀석은 아니었거든요."

다음 말은 마치 그녀를 설득하려는 듯이 부드럽고 강렬했다.

"하지만 언제나 영원한 선을 이루려고 노력해 왔지요."

그의 강한 어조가 이상하게도 마리사의 숨을 앗아가는 듯했다, 마치 휩쓸려 버리는 듯이. 그녀는 애써 가볍게 물었다.

"그럼 신부는 선택하셨나요?"

"아주 오래 전에. 하지만 그녀를 갖기 위해 기다릴 필요가 있었죠. 최선의 환경이 아니었거든요."

그가 손을 뻗어 그녀의 귀 뒤로 머리카락 한 올을 넘겨주었다.

"운명을 믿나요, 마리사?"

"잘 모르겠어요."

"난 믿어요. 나 같은 남자는 나에게 맞추기 위해 약간 비틀 수 있지만 말이오."

그녀가 미소지었다.

"비틀 수 있다면, 그건 운명이 아닐 걸요."

"당신은 사랑스러운 미소를 가졌어요."

그의 시선이 얼굴에 고정되자, 그녀는 다시 이상하게 자신이 반응하는 느낌이었다.

"하지만 더 웃어야만 해요."

"뭐라고요?"

"걱정 말아요. 내가 가르쳐 줄게요. 당신에게 많은 멋진 것들을 내가 가르쳐 줄게요."

그녀는 그의 반짝이는 검은 눈동자를 홀린 듯이 응시하고 있었다.

"당신이요?"

"오, 그럼요, 그건 진실이에요. 그 일은 일어날 거예요. 날 믿으라고요."

장난기어린 미소가 그의 얼굴에 번졌다.

"나에겐 천리안이 있거든요."

< 끝 >